MW00973620

DANS LE CERCLE SACRÉ

Né au lendemain de la guerre, en 1946, Paul-Loup Sulitzer perd son père à l'âge de dix ans. Confronté à la solitude et au chagrin dans sa pension du lycée de Compiègne, Paul-Loup acquiert la rage de vaincre. Il écourte ses études et se lance rapidement dans la vie active. À dix-sept ans, en créant un club de porte-clefs, il suscite un véritable phénomène de mode. Plus jeune P.-D.G. de France à vingt et un ans, il entre dans le livre Guiness des records. Comme son père, qui avait réussi en partant de rien, Paul-Loup Sulitzer se lance dans le monde des affaires. Il devient importateur d'objets fabriqués en Extrême-Orient et est à l'origine de la « gadgetomania ». Très vite, il élargit sa palette d'activités et touche avec bonheur à l'immobilier. C'est à ce moment qu'il assimile les lois de la finance, se préparant à devenir l'expert que l'on connaît aujourd'hui.

En 1980, il invente le western économique, un nouveau genre littéraire, et écrit *Money* dont le héros lui ressemble comme deux gouttes d'eau. *Cash* et *Fortune* paraissent dans la foulée. Le succès est énorme : ses romans deviennent des manuels de vie pour des millions de jeunes en quête de valeurs positives et permettent à un très large public de comprendre l'économie de marché sans s'ennuyer.

Suivront de nombreux romans, qui sont autant de best-sellers : *Le Roi vert, Popov, Cimballi, Duel à Dallas, Hannah, L'Impératrice, La Femme pressée, Kate, Les Routes de Pékin, Cartel, Tantzor, Les Riches, Berlin, L'Enfant des Sept Mers, Soleils rouges, Laissez-nous réussir, Tête de diable, Les Maîtres de la vie, Le Complot des Anges, Succès de femmes, Le Mercenaire du diable, Crédit Lyonnais : cette banque vous doit des comptes, La Confession de Dina Winter, La Femme d'affaires*. Il est également l'auteur du *Régime Sulitzer* et des *Dîners légers et gourmands de Paul-Loup Sulitzer*.

Paul-Loup Sulitzer a vendu à ce jour 35 millions de livres dans 43 pays du monde. Souvent visionnaire, toujours en phase avec son époque, il sait ouvrir les fenêtres du rêve et du jeu des passions humaines.

PAUL-LOUP SULITZER

Dans le cercle sacré

ROMAN

STOCK

Pour Delphine.
Pour James et Édouard,
mes deux fils adorés.

« Le jour où le soleil
percera l'Oreille du vent,
un nouveau monde naîtra
de la clarté céleste. »

LITTLE WOLF.

1

Un sourire se dessina sur le visage du général Guillermo Manrique. Il alluma un havane bien souple et s'enfonça dans son fauteuil de cuir, le seul objet de luxe qu'il emportait au cours de ses bivouacs en Amazonie.

— Alors, tu es bien sûr? demanda-t-il à l'Indien qui se tenait debout devant lui.

— Faites-moi confiance, général. Leur campement est à trois heures au nord-ouest en partant de la berge opposée du fleuve.

— Combien sont-ils?

— Difficile à dire. Vu le nombre de baraques, une centaine.

— Et Vargas?

— J'ai aperçu sa femme. Je sais qu'ils ne se quittent jamais.

— Tu l'as reconnue?

— Une beauté pareille, il n'y en a pas deux dans tout le pays. C'est une Lakota, Diego Vargas en est fou.

— Parfait, fit le général. Va te reposer, Chico. Nous les surprendrons dans leur sommeil, avant l'aube. Tu as compris ce que tu dois faire?

— Oui, général.

L'Indien sortit de la tente. Le général Manrique releva un pan de toile et observa la nuit qui tombait comme une pierre sur la jungle. Dans dix minutes, quinze au maximum, on ne verrait plus rien. Il tira goulûment sur son cigare. Cette fois, pensa-t-il, il le tenait.

Depuis le temps que Vargas proférait des menaces contre la présidence et l'état-major... Dire qu'il avait osé s'attaquer directement à lui, Guillermo Luis Maria Manrique, un héros national, galonné et adulé, aux moustaches brossées qui plaisaient tant aux dames, l'homme de tous les combats contre les guérillas marxistes en Amérique latine : de Cuba au Salvador, du Chili au Nicaragua. Ne murmurait-on pas, dans les tavernes de la capitale, qu'il ferait un président idéal ? Que l'habit civil, malgré sa bedaine avantageuse, lui irait mieux encore que l'uniforme vert olive à épaulettes grenat ? Et voilà qu'un intellectuel utopiste s'était permis de salir son honneur en soufflant son nom au reporter de l'*Espectador* lancé sur la piste des narcotrafiquants. L'article était paru un mois plus tôt — une pleine page à la section politique —, assorti d'un éditorial de la direction, évidemment non signé, dénonçant la collusion entre l'armée et les barons de la cocaïne. C'en était trop. Un soir, à la réception donnée à sa résidence par l'ambassadeur des États-Unis, on avait jasé sur son passage. Dès le lendemain, le général avait fait abattre le journaliste en pleine rue, dans le quartier résidentiel de Bogotá. Quant à Vargas, nul ne savait à l'époque où il se cachait. En tout cas, il inondait les journaux progressistes d'informations compromettantes pour les dignitaires du régime. Il attaquait même physiquement les soldats véreux et les parrains, selon une technique qui le désignait sans erreur possible : de petites fléchettes soufflées à la sarbacane tranchaient net la carotide des victimes. La signature d'un Indien, d'un guerrier précis, furtif, insaisissable.

La nuit était tombée. Le général tourna la tête en direction du fleuve. Les cuirasses nacrées de trois hélicoptères d'assaut miroitaient dans les premiers rayons de lune. Des silhouettes s'affairaient autour des mitrailleuses et des mortiers. On entendait parler américain. Dans le faisceau lumineux des lampes-torches se découpaient les visages des tirailleurs occupés à remplir d'interminables cartouchières, qu'ils engageaient avec précision dans les culasses chargées jusqu'à la gueule. Le Pentagone n'avait pas hésité à affréter ces appareils Apache avec leurs pilotes et un commando d'instructeurs. Car Diego Vargas n'avait pas seulement déclaré la guerre à l'État corrompu. Il menaçait aussi de divulguer le nom des membres du Congrès américain, proches de la Maison-Blanche, impliqués dans le trafic de drogue.

Le général consulta sa montre. Il était à peine 9 heures du soir.

— Emilio! fit-il à mi-voix.

L'aide de camp se précipita, comme s'il attendait l'instant de grâce où l'homme illustre prononcerait son prénom.

— Prévenez Jack Tobbie que je l'attends ici. Vous nous ferez servir deux repas.

À cinquante ans passés, Jack Tobbie avait un corps de jeune homme, sculpté par la gymnastique et la natation. Les cheveux blancs et ras, encore mouillés après un crawl vigoureux dans l'Amazone, la raie de côté impeccablement marquée, il posa son regard bleu clair sur le général et ne put retenir un léger sourire dont son hôte ne fut pas dupe. Jack Tobbie méprisait ce gradé aux allures de Culbuto. Quelques jours avant l'opération, ses supérieurs de la CIA l'avaient contraint à faire équipe avec le général. L'agence de renseignements voulait s'assurer que le travail serait fait proprement. En clair : Diego Vargas devait être capturé, surtout pas exécuté. Il fallait le pousser dans ses retranchements, pour l'amener à livrer ses secrets. Les Américains savaient que, s'ils laissaient l'initiative au seul général, ils ne récupéreraient pas vivant ce Libertador tant recherché. Libertador, c'était le nom que les Indiens d'Amazonie lui avaient donné depuis qu'il avait mis le feu, de ses propres mains, au plus important laboratoire de cocaïne installé dans la jungle, le laboratoire des frères Fernandez qui travaillaient secrètement pour la CIA. Avec les bénéfices de la drogue, l'agence fournissait en armes lourdes la Contra du Nicaragua [1], et Jack Tobbie veillait au bon déroulement des transactions. Diego Vargas l'avait mis dans une situation critique mais, bien qu'il ne connût pas son visage, Tobbie éprouvait pour Libertador une sympathie plus forte que pour ce gros plein de soupe de général.

— Asseyez-vous, fit Guillermo Manrique sans lâcher du regard l'agent américain. Vos appareils sont-ils fin prêts?

— Ils le seront, répondit Jack Tobbie. Encore quelques réglages. Ils ont fait merveille pendant l'opération « Tempête du désert ». Vous vous souvenez de nos fameux tueurs de chars, dans les sables du Koweit? Ce sont des modèles identiques. On a seulement renforcé le système à infrarouge pour la jungle.

— Je vois, souffla laconiquement Guillermo Manrique, qui n'entendait pas se laisser impressionner. Décollage à 5 heures du matin. Mon éclaireur indien a repéré leur campement. D'un coup d'hélice, on sera sur eux en moins de vingt minutes.

— Comment distinguerons-nous le théâtre des opérations? demanda Jack Tobbie. Le radar nous signale les obstacles, il n'identifie pas la cible.

Le général réchauffa son cigare à la flamme d'une allumette et prit tout son temps pour répondre, comme s'il voulait montrer à l'Américain qu'il était le seul maître de la partie.

— À 5 h 15 précises, l'éclaireur et deux de mes hommes allumeront des feux autour du campement de Vargas. Un foyer au nord, un autre par sud-ouest, le dernier par sud-est. Ce sera un jeu d'enfant pour vos pilotes. Il suffira de mitrailler la surface du triangle délimitée par les flammes. Vu?

1. Forces anticommunistes que les Américains soutenaient contre les sandinistes, dans les années 1980.

Jack Tobbie hocha la tête d'un air sombre.

— Un souci ?

— Non. Je pensais... Si vos hommes et l'Indien ne parviennent pas à allumer les feux à temps, ou si leur présence est éventée par les gardes du Libertador...

Le général haussa les épaules.

— Impossible. Nous voulons sa peau, vous n'imaginez pas à quel point. Tous les humbles et les loqueteux que compte ce pays le prennent pour un dieu. On n'avait jamais vu ça depuis le Che. Pourtant, je vous jure qu'il n'a rien d'un communiste barbu en béret étoilé. Il a plutôt un côté *high tech* bien propre, si vous voyez ce que je veux dire.

Jack Tobbie ne releva pas la pique.

— Vous l'avez déjà rencontré ?

— Pas personnellement, mais des témoins que nous avons interrogés à plusieurs mois d'intervalle ont décrit le même type. Un entomologiste réputé de la côte Ouest, comme vous dites chez vous, a pu lui parler toute une soirée. Le gars s'était égaré près d'un bras mal connu de l'Amazone. Il a été amené dans un campement — sans doute celui que nous détruirons demain — après une longue marche, les yeux bandés. Quand il a pu revoir la lumière du jour, il s'est trouvé face à un homme d'une trentaine d'années, aux cheveux très noirs, lissés et noués en catogan. C'était sûrement lui. Une femme magnifique était assise à ses côtés, avec un petit garçon de sept ou huit ans.

— Il a laissé repartir le scientifique ?

— Oui. C'est là que les choses se compliquent un peu. Apparemment, Diego Vargas est un de vos compatriotes, un Hispano avec du sang indien dans les veines. Son père, d'après l'entomologiste, était professeur à l'Institut des mammifères marins de Santa Monica. C'est en tout cas ce qu'il a dit ce soir-là.

— Et alors ?

— Le père de Libertador a quitté les États-Unis avec sa famille en 1972, parce qu'il ne voulait pas être envoyé combattre au Viêt-nam. Du jour au lendemain, il a renoncé à sa chaire universitaire et s'est installé avec sa famille dans un coin perdu de Colombie amazonienne, à Leticia, un village indien en pleine forêt. Il a transmis à son fils sa passion des dauphins.

— Quoi ? s'écria Tobbie.

— Vous avez bien entendu : des dauphins. Il y en a des tas dans le fleuve. C'est ce détail qui nous a mis pour la première fois sérieusement sur la piste de Vargas, à cause des fléchettes trouvées sur les corps des victimes, à Cali, à Medellín, et même à Bogotá.

Jack Tobbie fronça les sourcils. Le général attendit quelques secondes en tirant sur son cigare, vérifiant que la lenteur étudiée de ses gestes exaspérait l'Américain. Enfin, il donna l'explication :

— Sur chacune des fléchettes qui ont tranché la carotide des militaires et des trafiquants tués par Vargas, il y avait une petite incrustation représentant un dauphin.

L'agent de la CIA réfléchit :

— Cela ne me dit pas pourquoi Libertador a laissé repartir l'entomologiste.

— Disons qu'il a éprouvé de la sympathie pour ce bonhomme qui ne s'intéressait qu'aux papillons et qui lui rappelait sans doute son père.

— Vous avez sûrement raison, admit Tobbie. Qu'est-il devenu, ce père ?

— Ça, je crois qu'il faudrait demander aux anacondas, lâcha Manrique dans un bruyant éclat de rire.

Ils dînèrent, en silence, d'une cuisse de singe arrosée de vin du Chili, chacun plongé dans ses pensées. Le général proposa un verre d'*aguardiente* à l'Américain, qui déclina l'offre et s'apprêtait à se lever quand le général lui saisit le bras.

— En somme, cher ami, je ne vois pas comment notre raid pourrait échouer, sauf si vos hélicoptères ne sont pas ponctuels au rendez-vous.

— Ils le seront, assura sèchement Tobbie.

Avant de regagner sa tente, l'agent américain resta un moment près des appareils à discuter avec les pilotes. Ils pointaient le nez vers le ciel, apparemment nerveux. Le cours du fleuve créait la seule trouée visible sur des kilomètres. Tout autour, la jungle opposait aux regards son épaisseur laineuse. L'air humide lustrait la végétation, accentuant le mystère. Des oiseaux au bec en ciseaux rasaient l'eau, happaient des poissons-chats et remontaient en chandelle, comme des projectiles de ball-trap, en poussant d'étranges cris de gorge.

L'équipage échangea encore quelques mots, puis chacun partit se reposer. Tobbie attendit d'être seul avant de grimper à bord du premier hélicoptère. Après quelques tâtonnements sur un écran à chiffres, il réussit à obtenir une tonalité.

— Agent Tobbie à Central, vous m'entendez ?

Il se représenta le parcours des ondes à travers ce lacis infini de lianes et d'arbres géants qui semblaient devoir pousser jusqu'au ciel. Au bout de quelques secondes, une voix répondit, très faible, dans le lointain. Une voix à Washington.

— Parfaitement, Tobbie, à vous.

— Stan, c'est toi ?

— Oui, mon vieux, je t'écoute.

Comme Jack Tobbie, Stan Fleming était un vétéran de la CIA. Il avait fait ses premières armes en Iran, à la chute du shah. Il s'était ensuite distingué au Panamá en perçant le double jeu du général Noriega qui travaillait un coup pour Bush, un coup pour le cartel d'Escobar. Fleming avait eu l'idée géniale de balancer des tonnes de décibels sous les fenêtres de la nonciature, où « Tête d'ananas [1] » avait trouvé asile. Après plusieurs jours et plusieurs nuits de rock'n'roll — lui qui n'aimait que la salsa —, Noriega avait fini par écouter la voix de Dieu, représenté par le nonce, Mgr Laboa, et s'était rendu. Mais Fleming n'avait pas eu le temps de savourer son succès. À peine enfermé dans une cellule de huit mètres carrés au Metropolitan Correctional Center de Miami, où il risquait une peine de deux cent dix ans

---

1. Surnom donné à l'ancien homme fort du Panamá.

de prison, Noriega déclara aux journalistes du *Los Angeles Times*, joints sur son portable, qu'il tenait Bush par les couilles. Rappelé à Langley [1] pour une promotion-sanction, Fleming avait payé l'insolence du dictateur à l'encontre du locataire de la Maison-Blanche. C'était du moins la thèse officielle de son retour au bercail. En réalité — et Tobbie le savait —, son ami en connaissait désormais trop sur les menées du gouvernement dans son arrière-cour d'Amérique centrale. Pour tuer le temps, Stan Fleming avait occupé ces derniers mois à découvrir la véritable identité de Diego Vargas. Il lui fallait maintenant connaître ses secrets.

— Culbuto est assez bien renseigné sur notre homme, commença Tobbie. Mais je crains qu'il le liquide sans qu'on ait pu l'entendre.

— Tu dois tout faire pour l'en empêcher, insista Fleming.

— OK, Stan. Mais les pilotes sont sous le commandement de Manrique. Je ne peux pas leur demander de saboter la mission.

Il y eut un long silence sur la ligne. De nouveau s'insinua la rumeur de la jungle, un écho sonore et profond, à travers la plus grande forêt du monde. Tobbie se revit enfant sur la plage de Big Sur, au bord du Pacifique, un coquillage contre l'oreille, guettant la respiration de l'océan.

— Écoute, Jack. Je ne suis pas sur place. À toi de trouver un moyen.

— J'ai la nuit devant moi, soupira Tobbie. Dis-moi au moins si je peux casser la tirelire.

— Tu peux, confirma la voix devenue presque inaudible.

— Compris.

— Encore un mot, Jack, ajouta Fleming.

— Oui ?

— Méfie-toi de Manrique. C'est un méchant, un vrai méchant.

1. Siège de la CIA.

Il descendit discrètement de l'Apache et salua deux militaires qui montaient la garde à bonne distance. Tobbie disposait donc de cent millions de dollars pour convaincre Diego Vargas de se rendre. Exactement le montant de la prime offerte par l'État colombien pour la capture, mort ou vif, et plutôt mort que vif, de Libertador. Si les États-Unis étaient prêts à dépenser une telle somme, c'est qu'ils tenaient Diego Vargas pour un adversaire très important. Que savait-on au juste, à Washington, qui justifiât pareil traitement ? Tobbie avait bien reçu le message : Libertador devait se tirer sain et sauf de l'assaut. Restait à savoir comment. Officiellement, la CIA prêtait main-forte à l'armée régulière de Colombie afin de liquider ce desperado insaisissable qui gênait les trafics des personnalités les plus en vue du pays, y compris ceux de l'effroyable Manrique. Tobbie s'allongea sur son lit de camp et potassa le manuel de pilotage des hélicoptères, à la recherche d'une solution. Au bout d'une heure, soulagé, il éteignit sa lampe de poche.

— S'il est malin, songea-t-il, il s'en sortira.

2

Diego Vargas n'aimait pas ce moment où la nuit allonge les ombres. Il interrogea les hommes de garde postés aux limites les plus avancées du campement. Tout paraissait normal. Pendant ces longues années passées au cœur de la jungle, il avait appris à reconnaître le moindre cri de bête, la cavalcade des tapirs, le glissement furtif des lynx. Grâce aux Indiens qui l'avaient adopté, il connaissait les herbes qui soulagent et les poisons qui tuent, les larves comestibles, les lianes gorgées d'eau. Seules l'inquiétaient les silhouettes humaines, surtout au coucher du soleil, lorsque l'œil aux aguets transforme chaque arbre, chaque branche, chaque palme bercée par le vent du soir en menace mortelle. Vargas ressentait alors une vive douleur à la poitrine, comme un étau qui lui serrait les côtes et l'empêchait de respirer.

Un bruit de feuillage le fit tressaillir. Quelqu'un bougeait derrière son dos. Malgré l'obscurité, il reconnut Yoni et leur fils Ernesto. Ses traits se détendirent. Il observa le garçon de huit ans et de nouveau le frappa son incroyable ressemblance avec sa mère : mêmes yeux d'émeraude, même sourire interrogateur, même peau mate et duvetée sur les joues, jusqu'au minuscule grain de beauté posé au-dessus de la lèvre supérieure, qui donnait envie de l'embrasser juste là.

— Diego, je te cherchais partout.

— J'inspectais les alentours.

— Viens te coucher. Le petit a sommeil mais il ne voulait pas s'endormir avant que tu ne sois rentré.

Vargas passa les doigts dans les cheveux de son fils et entoura la taille de la belle Indienne. Il sentit vibrer sous sa main ce corps parfait qu'il ne pouvait effleurer sans ressentir un violent désir au creux du ventre.

— Tu devrais parler aux hommes, souffla Yoni. Depuis des jours tu ne dis plus rien. Il est temps de repasser à l'action. Cheng a appris que les capos de la drogue vont bientôt se réunir à Medellín. Il est question d'installer un nouveau laboratoire de cocaïne dans la jungle. Si tu te mets à hésiter...

— Je sais, interrompit Vargas. On coupe la tête du monstre et deux autres lui poussent. On liquide un narco et dix le remplacent. Les militaires impliqués dans le trafic sont devenus interchangeables. À peine a-t-on descendu le général Utrillo, voilà que cet imbécile de Manrique s'en mêle. Je me demande si nous ne faisons pas fausse route.

La voix de Vargas faiblit et des sifflements scandèrent sa respiration. Yoni reconnut les prémices d'une crise d'asthme. Elle savait que dans ces moments-là, le chef tombait au fond d'un gouffre et ne croyait plus en rien. Yoni conduisit Ernesto dans son lit, puis reparut avec une dose de camphre et une seringue.

— Pose ta tête sur mes genoux, fit-elle très doucement, détends-toi.

Vargas obéit et ferma les yeux. Elle releva la manche de sa chemise et piqua avec précision. Il sentit en même temps les lèvres de sa femme qui se posaient sur les siennes.

Ils restèrent un long moment sur le seuil de leur logement, une solide cabane de bambous comme savaient les construire les Indiens forestiers. Bâtie sur une butte, elle dominait tout le campement. De la terrasse jonchée de nattes, on embrassait d'un coup la plantation de bananiers, le champ de maïs, l'allée de caféiers qui menait à l'étang peuplé de gymnotes. Dix hectares de paix sur la carte de Colombie.

Peu à peu Vargas retrouva une respiration normale. À quelques mètres d'eux, leur fils s'était endormi.

— Je vous ai entraînés dans une drôle de vie, dit soudain Diego. Tu te souviens de nous, à Harvard, il y a presque dix ans ? Je te parlais d'un monde propre et juste, d'une vie tranquille, des dauphins qu'on protégerait. Et nous voilà les armes à la main, traqués comme des bêtes sauvages, ma tête mise à prix.

Yoni sourit.

— Tu n'es pas heureux ? Tous ces gens qui t'aiment, qui prononcent ton nom comme celui d'un sauveur, ce n'est pas ce que tu voulais, à l'époque où l'on dénonçait l'absurdité des marchés, la course folle de l'argent ? Souviens-toi de ce pauvre professeur, comment s'appelait-il ?

— James Bradlee.

— C'est ça, James Bradlee, avec son inusable nœud papillon et sa philosophie de boutiquier : jeunes gens, Wall Street est à la hausse, le dollar monte, prions et remercions ! Comme tu as pu l'agacer avec tes raisonnements sur la dette de l'Amérique latine. Tu te rappelles quand tu as dit : les prix du café s'effondrent car le Congrès refuse de soutenir les cours de l'arabica aux cotations de New York? Alors les paysans cultivent de la coca, la blanche inonde l'Amérique et vous vous ruinez dans un vain combat contre les stupéfiants!

— Je disais ça pour te séduire, ma petite Lakota.

— Tu as réussi.

— J'avais raison de vouloir faire la révolution économique. J'aurais dû obéir à mon intuition. Au lieu de ça, j'ai déclaré la guerre à l'État, aux mafieux et aux trafiquants. Moi qui me moquais du Che et des barbus de La Havane, je n'ai réussi qu'à abattre quelques militaires sans importance. Et à présent, je dois me cacher comme un voleur. Je suis sûr que tu rêves de belles robes, de parfums, de danses, de fêtes. À l'époque où je t'ai connue, tu adorais le tango. Ton idole, c'était Carlos Gardel, je n'ai pas oublié.

La jeune femme ne put s'empêcher de sourire en lissant ses cheveux.

— Diego, je suis heureuse ainsi.

— Et Ernesto, continua Vargas, feignant de n'avoir rien entendu, c'est toi qui lui as appris à lire, mais si Cheng n'était pas là, je crois qu'il ne connaîtrait rien ni aux mathématiques, ni à la géométrie.

— Ni aux ombres chinoises, enchaîna Yoni. Justement, fit-elle avec le plus grand calme, Ernesto sait lire en espagnol et en anglais. Pour les cosinus, il a Cheng. Qui dit mieux?

— Oui, tu as réponse à tout, ce soir! s'exclama Diego. Pourtant ma vie est un malentendu. Je ne veux pas finir en poster pour adolescents qui considèrent un foulard rouge noué au canon d'un fusil comme l'expression de la liberté.

Vargas s'était assis et saluait d'un geste de la main plusieurs de ses hommes qui regagnaient leurs habitations.

— Eux, continua Yoni, ils te font confiance. Regarde Cheng, regarde Mourad, et Hugues, et Lancelot, et les autres, comme ce jeune de Bakou qui n'est jamais rentré chez lui malgré l'insistance de sa famille. De belles carrières les attendaient après

Harvard. C'est toi qu'ils ont suivi. Cela n'a donc plus d'importance à tes yeux?

Un silence s'installa.

Cheng, précisément, marchait dans leur direction.

— Nous parlions de toi, maugréa Diego.

— Tu es au courant du rendez-vous de Medellín?

— Yoni m'a dit.

— Si on envoyait quatre tireurs, nos meilleurs à la sarbacane?

Vargas parut hésiter.

— Je vais réfléchir.

Le Chinois jeta un regard inquiet à Yoni, qui lui fit signe de les laisser. Elle saisit les mains de Vargas et les serra très fort.

— En d'autres temps, tu n'aurais pas hésité. Que se passe-t-il, Diego, tu as peur?

— J'ai peur, oui, d'avoir fait fausse route. Je croyais pouvoir préserver mes idéaux en vivant au milieu de la nature, sans jamais me mêler à l'agitation du monde. Mais si je reste à l'écart, le monde continue à se corrompre et à se détruire, et je ne vaux pas mieux que ces prélats qui prient sans jamais se retrousser les manches. Je rêve d'une action de plus grande envergure.

— Qui t'empêche de l'entreprendre? demanda calmement Yoni.

Vargas fixa sa femme intensément.

— Je crains de perdre mon âme, Yoni. Je voudrais toujours lire dans tes yeux que tu m'aimes et que je ne te dégoûte pas. Je sais que si je descends dans cette arène ignoble, où les intérêts tiennent lieu de sentiments, je deviendrai comme eux et tu finiras par me mépriser. Aucun homme ne peut se préserver quand il s'approche de trop près du pouvoir et de l'argent. Souviens-toi de ce qu'il est advenu d'Icare sous le soleil.

Yoni resta un moment sans parler. Puis elle se redressa.

— Écoute-moi, Diego. Dans les temps les plus anciens, le dieu de la Création a donné quelques-uns de ses pouvoirs aux femmes. C'est par elles que l'homme a appris les leçons de sagesse ainsi que les prophéties qui dessinent un destin sur le cœur de chacun, du plus humble aux valeureux chefs comme le furent Élan noir, Cochise ou Geronimo. J'ai entendu, de mes propres oreilles de petite fille, des *medecine men* et des grands sachems appeler « maître » ma grand-mère et ma mère. J'ai appris d'elles les secrets de la vision et de la spiritualité, comme les signes annonçant qu'il est temps de parler à l'homme qu'on aime, afin d'éclairer son chemin.

— Quels sont ces signes ? demanda Vargas intrigué.

Yoni sourit.

— Tu vois que la petite Lakota peut enseigner des choses à un bel Apache ! Je sens au creux de mes paumes un fourmillement, comme si de minuscules aiguilles se plantaient à la surface de mon épiderme. C'est le pouvoir du Créateur qui opère en moi. Regarde bien autour de nous. Vient un jour où les arbres dénudés sortent leurs feuilles, où les merles, qu'on ne voyait plus, refont leurs nids dans les branches. Qui leur a dit que le printemps était de retour ? Ont-ils, eux aussi, ressenti ces picotements ? Ils obéissent à une force supérieure qui agence et ordonne le rythme de l'existence. Elle relève d'un grand mystère, elle nous enseigne comment vivre.

— Et tu connais cette force ?

Yoni hocha la tête et ouvrit ses mains.

— Regarde mes paumes.

— Elles sont toutes rouges !

— Je t'ai beaucoup observé ces jours-ci, et ce que tu m'as dit de ton découragement, je l'avais deviné. Je l'attendais même. Tu dois toujours garder à l'esprit que tu es un Indien comme je suis une Indienne. Nos pères ont souffert autrefois de leurs divisions. Ils ont succombé aux tentations mirifiques des hommes blancs et se sont entre-déchirés. Tant que nos peuples ne formaient qu'un seul peuple à l'intérieur d'un cercle sacré, ils étaient aussi invulnérables que le vent. Dans l'enceinte de ce cercle, nous étions comme l'enfant dans le ventre de sa mère. Les esprits divins veillaient sur nous et l'air béni de Woniya Wakan signifiait la présence de ce dieu clément. L'autre jour, en emmenant Ernesto à la rivière, j'ai entendu une voix très lointaine résonner en moi. Elle disait : « Qu'advient-il de ton peuple ? Quel est désormais son avenir ? Qui saura écarter le voile posé sur le temps qui va naître ? Seul un être divin et un homme élu peuvent répondre. » J'ai longuement médité ces paroles. Elles me sont apparues comme un signe que je ne pouvais immédiatement déchiffrer. Quelque temps après, la même voix m'est revenue, douce à l'oreille, comme un chant de sommeil ou une poésie. Elle disait cette fois : « Quand les hommes blancs auront à leur tour perdu tout ce qu'ils aiment, ils viendront humbles devant le fils du vent. Ils se prosterneront à ses pieds et l'imploreront avec ces mots : "Enseignez-nous la vraie vie car nous descendons de ceux qui ont détruit le monde." » Cette révélation m'a troublée. Non à cause de la scène où des Visages pâles s'abaissaient devant une « longue chevelure ». Autre chose m'a fait palpiter le cœur. Chaque fois que j'imaginais cet Indien qui tenait les Blancs en respect, c'est ton visage que je voyais.

Yoni se tut. Vargas la regardait intensément. Il s'était mis à caresser ses cheveux sans perdre une seule de ses paroles.

— Ton temps est venu, Diego, reprit Yoni. C'est toi qui reconstruiras le cercle sacré. Il est en toi, il te protégera. Tu ne risqueras pas de perdre ton âme, même si tu mets les mains et les pieds dans la fange. Tu resteras intact, pur et fort. Et aussi longtemps que tu accompliras ton action à l'intérieur du cercle, tu n'auras pas à craindre de perdre mon amour. Je resterai à tes côtés jusqu'à l'accomplissement de la prophétie de nos anciens. Ils m'ont indiqué la voie pour que, à mon tour, je te la montre.

Les yeux fermés, Yoni se mit ensuite à ranimer le souvenir des grandes figures de son peuple, Élan noir, Ours debout, Faucon volant. Elle évoqua longuement les vertus du cercle sacré avec les mêmes mots que le chef sioux Élan noir lorsqu'il affirmait : « Tout ce que fait un Indien, il le fait dans un cercle. »

Bouleversé par ce qu'il venait d'entendre, Vargas resta silencieux, pris d'un étrange vertige. Le jeune homme s'approcha du visage mat de Yoni, le respira comme une fleur capiteuse. Il sentit ses seins frais contre sa poitrine, la peau souple de son ventre. Ils restèrent longtemps, leurs corps tendrement enlacés dans la beauté immobile de la nuit. Vargas se sentait un autre homme depuis que les profondes paroles de Yoni avaient bouleversé son regard sur le monde. Il était plus fort, plus courageux. En silence, il caressa les hanches de Yoni, convaincu que rien au monde ne serait jamais plus généreux que ce corps offert, accordé au sien.

3

Il faisait encore nuit lorsqu'un militaire vint secouer Jack Tobbie. Dans son demi-sommeil, il entendit la voix du général Guillermo Manrique qui distribuait les ordres à son aide de camp. Il se passa une serviette humide sur le visage et rejoignit la tablée où les instructeurs et les pilotes buvaient un café brûlant.

— Emilio, mon compas, mon poignard !

Le général était dans un rare état d'excitation. Son regard brillait d'une étrange lueur qui ne trompa guère l'agent américain. Comme la plupart des officiers complices des trafiquants, il avait fini par devenir leur meilleur client. Les jours de parade, la coke ne lui suffisait pas. Son haleine puait le mauvais whisky qu'il transportait dans une mignonnette, glissée dans un étui de cuir placé en évidence sur sa bedaine.

Tobbie soupira. Avec un tel cinglé, tout était à craindre. Il avait peine à croire qu'au Pentagone les rapports les plus élogieux circulaient sur Manrique, au point que la Maison-Blanche s'apprêtait à favoriser sa candidature à la tête de l'État colombien. La veille, Tobbie s'était rendu compte qu'en dépit de ses idées primaires sur Vargas, le général détenait des informations exactes à son sujet. La CIA, elle aussi, avait mené son enquête. Libertador était sans doute de nationalité américaine. D'après le bureau de Boston, il avait probablement étudié à Harvard une dizaine d'années plus tôt. Quant aux individus qui l'accompagnaient dans la jungle, plusieurs recoupements laissaient penser qu'il s'agissait d'intellectuels brillants ayant préféré la lutte armée au cursus tranquille des *graduates* à toques et parchemins enrubannés. Vargas les avait recrutés sur le campus de l'université. On ne savait pas grand-chose sur leur compte, sauf qu'ils étaient de nationalités et de provenances différentes. Parmi eux se trouvait un ancien étudiant rescapé des massacres de la place Tien an Men. Depuis plusieurs mois, l'ambassade d'Irak à Washington s'inquiétait de la disparition de Mourad, un des petits-fils de Saddam Hussein dont le père avait été assassiné l'année précédente, à son retour d'exil. Quelques indices laissaient croire que le jeune homme avait rejoint le maquis avec Vargas. Un jeune ingénieur des pétroles, familier de la mer Caspienne, s'était lui aussi volatilisé lors d'un séjour de formation sur les chocs sismiques, à Boston. Le Kremlin était resté discret sur cette affaire depuis que l'Azerbaïdjan avait proclamé son indépendance. Mais les services de la CIA à Bakou savaient qu'une femme aux yeux clairs recevait chaque mois un courrier posté d'Amazonie colombienne qu'elle n'ouvrait jamais avant d'être rentrée chez elle et de s'être assurée que nul ne l'avait suivie.

Pour Tobbie, il importait de mettre la main sur ces hommes de l'ombre. Ils n'étaient pas communistes. À ses yeux, cette qualité les rendait encore plus dangereux.

Les pales des hélicoptères se mirent à fouetter l'air pesant de la jungle. Le général Manrique portait une tenue de brousse et suait déjà à grosses gouttes sous son chapeau à large bord. Il sortit de sa poche une petite pince d'argent et coupa l'extrémité d'un havane. Un pilote lui fit signe de ne pas l'allumer. Le général s'exécuta à contrecœur, mais respira si voluptueusement la cape de son cigare que Tobbie songea que Manrique était en manque.

— À l'heure qu'il est, l'éclaireur et son escorte doivent être en place. À nous de jouer, dit le général d'un ton fiévreux.

— OK, fit Tobbie. Vous prendrez place dans le dernier appareil. Le pilote a reçu les instructions de vol. Rendez-vous après l'assaut.

Tobbie sentit que le militaire voulait ajouter quelque chose, mais il ne lui en laissa pas le temps. Le premier hélicoptère monta dans le ciel sombre qui commençait à peine à rosir sur les franges de la grande forêt. Les trois Apache s'élevèrent rapidement au-dessus des frondaisons et se disposèrent en triangle. L'agent américain vérifia l'emplacement de la manette dont il avait découvert l'existence en consultant le carnet technique. Il ne pouvait pas l'atteindre lui-même, car elle se trouvait à main gauche sur le tableau de bord. Tobbie comprit qu'il devait mettre le pilote dans le coup. À cet instant, l'écran chiffré sur lequel, la veille, il avait appelé Washington, se mit à clignoter.

— Je prends, dit Tobbie.

Il reconnut la voix lointaine.

— Je te reçois bien, Stan, vas-y.

— J'ai du nouveau sur notre homme. Un télégramme tombé cette nuit. Je te le lis?

— Et comment!

— Alors voilà, d'après les informations que nous a données un certain professeur James Bradlee, retraité depuis l'an passé, il pourrait s'agir d'un de ses anciens étudiants.

— Son nom?

— Le professeur doit retrouver ses dossiers, qui

sont restés au secrétariat de Harvard. Mais il se souvient de son visage. Il dit qu'on ne peut pas oublier un regard pareil. Il paraît que le type ne prenait jamais de notes. Si Bradlee lui demandait de rappeler un point de l'exposé, il se levait pour que tous le voient bien et reprenait la leçon dans le moindre détail. Il était entouré de quelques fidèles, en particulier d'une Indienne au corps affolant, qui buvait ses paroles. Avec eux, il y avait aussi un Black fondu d'informatique, un de ces malins qui visitent les sites confidentiels et piquent ce qu'ils veulent, tu vois le genre ? D'après Bradlee, ce n'était pas un Amerloque, plutôt un Sud-Af, car il distribuait souvent des tracts à la gloire de Mandela.

— Continue.

— Rien d'autre. Juste un détail. S'il s'agit bien de Vargas, il craint la fumée plus que tout. Elle déclenche chez lui de terribles crises d'asthme.

La liaison fut coupée. Les hélicoptères approchaient de leur cible. Dans trois minutes, ils survoleraient le triangle de feu. Jack Tobbie se retourna. Plus il en apprenait sur Vargas, plus il brûlait de le tenir enfin en face de lui. Sur le côté droit, cent mètres en arrière, suivait l'appareil du général Manrique. Sur le côté gauche, à même distance, se tenait le troisième Apache. Il n'y avait plus une seconde à perdre. Les mitrailleuses placées en position de tir n'attendaient que le signal terrestre pour cracher leurs rafales.

Tobbie se décida. Il attrapa l'épaule du pilote et désigna la manette à sa gauche. L'homme le regarda avec surprise et secoua la tête en signe de refus. Tobbie se rapprocha de lui et souleva son oreillette.

— Faites ce que je vous dis, c'est un ordre. Tirez là-dessus !

Le pilote obéit. Aussitôt une sirène se déclencha tandis que des lumières violentes, rouges et bleues, illuminaient l'habitacle, donnant à l'hélico les allures d'une guirlande de Noël.

— Que se passe-t-il ? s'étrangla le général Manrique.

— Je ne comprends pas, dit son pilote. Sûrement une fausse manœuvre. Le système d'alarme s'est déclenché. On le met en marche avant les atterrissages en catastrophe.

Le général écumait de rage.

— Qu'attendez-vous pour tirer, nom de Dieu ! Feu ! Feu !

L'assaut fut de courte durée mais d'une violence inouïe. Des hommes couraient à toutes jambes puis s'immobilisaient brusquement, touchés par une salve invisible qui hachait la jungle et déchiquetait les corps. Les brasiers allumés autour du campement par l'éclaireur et son escorte commençaient à se propager. Les hélicos poursuivirent leur vol macabre au-dessus des flammes jusqu'à l'épuisement des cartouchières. En quelques minutes, des dizaines de cadavres jonchèrent le sol. Le jour se leva sur ce spectacle de mort.

Depuis longtemps, les compagnons de Vargas avaient tracé des sentiers de fuite de la largeur d'un homme, qu'ils entretenaient semaine après semaine à coups de machette. Ils prenaient soin de ne jamais dégarnir les branches supérieures, de sorte qu'il était impossible aux appareils survolant la jungle à basse altitude de détecter ces galeries végétales qu'il fallait traverser tête baissée. Mais nul n'avait prévu que le campement serait encerclé par le feu lors de l'assaut du général Manrique. Sans le vent de terre qui, ce jour-là, refoulait une épaisse fumée vers le centre du campement, tous auraient sans aucun doute déguerpi avant le claquement des balles. Le plan de Tobbie avait failli marcher. Les compagnons de Vargas s'étaient réveillés en sursaut à l'approche du bourdon hurlant et rougeoyant dans la nuit. La plupart avaient eu le temps de préparer quelques vêtements, de charger des fusils. Les premiers avaient pu s'enfuir. Mais très vite, des flammes énormes avaient empêché l'accès aux issues secrètes, au moment même où le général Guillermo Manrique ordonnait le feu à volonté.

Comme Vargas suffoquait, Yoni s'était attardée à

lui préparer en hâte une piqûre de camphre. Son geste d'amour la perdit. Tandis qu'il courait droit devant lui, toussant et crachant, soutenu par ses amis Cheng et Mourad et serrant dans ses bras le petit Ernesto, des balles rasantes fauchèrent la jeune femme en pleine course à l'instant où elle allait rejoindre Diego et leur fils. Un cri déchirant retentit dans la jungle. Vargas avait hurlé si fort qu'on le crut à son tour blessé à mort. Il venait de voir en se retournant le corps inerte de Yoni. Il déposa Ernesto dans les bras de Cheng et se précipita vers elle, la souleva, lui parla doucement, caressa ses longs cheveux, baisa ses lèvres déjà exsangues. La vie l'avait quittée. Il découvrit avec horreur que dans sa chute, Yoni s'était enfoncé l'aiguille de la seringue en plein cœur. Il la retira d'un coup sec, pour rien. Brisé de chagrin, Vargas comprit que tout était fini. Il regarda les yeux émeraude fixés sur lui à jamais, et qu'il n'eut pas la force de fermer.

Une autre épreuve l'attendait. Une balle avait frôlé le crâne du petit Ernesto au moment où Cheng l'emmenait à l'abri. L'enfant saignait abondamment, il avait perdu connaissance. Deux Indiens lui bandaient la tête.

— Ils vont le transporter dans un hôpital, c'est la seule chance qu'il s'en sorte, dit Cheng. Ils connaissent des pistes sûres. Et nous, filons. Sinon, nous sommes foutus.

— Mais Yoni, sanglotait Vargas, on ne va pas la laisser comme ça. Aide-moi à l'ensevelir...

Des hommes avaient enveloppé la jeune femme dans un tissu de coton et la recouvraient d'un amas de feuilles.

— Ils seront là d'une minute à l'autre, insista le Chinois. J'ai vu leurs éclaireurs. Ils savent que nous sommes vivants. Je t'en prie, Diego, partons d'ici.

Désormais, toute sa vie, Vargas se souviendrait que dans le matin calme de l'Amazonie, un de ces matins où la jungle lui semblait un paradis terrestre, il avait dû laisser sa merveille de Yoni sur le sol cramoisi, baignant dans son sang, son regard vert figé dans sa dérisoire sépulture.

Le vacarme des hélicoptères s'estompa. Les appareils tournaient en rond au-dessus d'un véritable brasier qui rendait inutile le tir des mitrailleuses. Les Apache finirent par prendre de l'altitude. Bientôt, on n'entendit plus aucun bruit, sauf le craquement des branches dans les flammes et les plaintes des mourants. Vargas étreignit son fils inconscient et, priant pour que la mort le délivre de ce cauchemar, il attrapa la main que Cheng lui tendait.

4

L'atterrissage des Apache souleva un nuage de cendres. Les hommes restèrent à bord plusieurs minutes après l'arrêt des rotors, saisis par l'image de ce brasier géant qui avait emporté toute trace de vie. Puis il y eut le silence, un terrible silence. Tobbie espérait que Vargas et les siens avaient pu s'enfuir à temps. Il comptait que Libertador, son orgueil rabattu, serait prêt à négocier. Mais, en touchant sa proie dans ce qu'elle avait de plus cher, il ignorait qu'il venait d'attiser chez cet homme, aux penchants paisibles, un formidable besoin de vengeance.

Le général Manrique fut le premier à sauter à terre. Plusieurs soldats le suivirent, leur visage couvert d'un mouchoir imbibé d'eau de rose. Sous les épaisses fumées noires que dissipait peu à peu le soleil levant, des dizaines de cadavres se consumaient. Indifférent à l'odeur de la chair brûlée, Manrique entreprit de retourner les corps un à un. Tobbie resta à distance. C'étaient les mêmes gestes qu'au Viêt-nam, quand il avait participé aux recherches des boys *missing in action*, après l'ouverture de la piste Hô-Chi-Minh. Vingt ans déjà. Il n'avait pas oublié. Ni l'odeur de la mort. Ni les membres déchiquetés des gamins sortis des rizières, ni les restes de bras, de troncs et de pieds de ceux qui se croyaient les plus forts du monde.

Tobbie redoutait l'instant où Manrique pousserait son cri de victoire.

— Mon général, certains ont réussi à s'enfuir !

Manrique reconnut Chico, son éclaireur.

— C'est votre faute, cria-t-il en direction de l'Américain. Qu'est-ce qui a pris à votre pilote de déclencher ce cirque ? On n'est pas à Disneyland, bordel !

— Calmez-vous, général. J'ai reçu des ordres de Washington. Nous devons attraper Vargas vivant. Ces listes de noms qu'il envoie aux journaux, il les sort bien de quelque part. Il doit nous dire tout ce qu'il sait, nous donner ses réseaux, ses complices, je suis sûr qu'il en a dans le monde entier. Sinon, tout continuera, même sans lui. Un autre Libertador prendra le relais, comme chez les capos de Cali et de Medellín.

Le général Manrique eut un haut-le-cœur à l'idée qu'un autre Diego Vargas pourrait venir troubler ses ambitions de gloire nationale.

— Qui vous dit qu'en ce moment, de nouvelles révélations n'arrivent pas dans les rédactions, ou au siège de la DEA [1], ou au palais des Nations unies ? Je suis sûr qu'il vous déplairait de voir sortir au grand jour certaines affaires, ajouta Jack Tobbie d'une voix un rien menaçante.

— Par exemple ? s'écria le général en sursautant.

— Souvenez-vous du carnage au restaurant du Rio de Enero, à Cali, il y a six mois. Deux Land Cruiser stoppent devant la terrasse. Huit types sortent armés de P38 et de fusils-mitrailleurs. Il y avait là, attablés, les plus grands défenseurs de la loi d'extradition pour les trafiquants, dont le juge Pedro Sanchez. Aucun ne s'est relevé, sauf le magistrat que son code pénal a sauvé : il l'avait serré contre son cœur dans un réflexe puéril, et les balles les plus dangereuses se sont logées dans le papier bible. Il est quand même resté six heures sur le billard et on lui a enlevé quatre mètres d'intestin.

1. Drug Enforcement Administration, organisme américain chargé de la lutte antidrogue. Ses agents furent court-circuités par ceux de la CIA au moment de la poursuite des parrains latino-américains.

— Et alors? s'inquiéta Manrique.

— Si Vargas se mettait en tête de révéler que les armes des tueurs provenaient de votre régiment? Je sais ce qu'on dit à Bogotá, général. Vous avez applaudi quand le député Escobar a fait sa déclaration à la tribune : plutôt une tombe en Colombie qu'une cellule à Miami. Vous êtes de ceux qui l'ont fait élire à la Chambre. Malgré vos dénégations, je sais que vous soutenez les adversaires de l'extradition. Sachez une chose : les temps ont changé en Amérique. Le cow-boy Reagan, les magouilles de Bush avec la CIA pour détruire par tous les moyens les guérillas marxistes, c'est fini. Maintenant, on nettoie, on efface, on brûle. Quand nous aurons neutralisé Libertador, quand nous aurons récupéré les courriers à en-tête de la Maison-Blanche qui prouvent que nos dirigeants font ami-ami avec les diables de la coke, il n'y aura plus aucun compromis possible. Clinton a horreur des dealers, vous pigez?

L'idée de voir de nouveau son nom étalé dans la presse plaisait modérément à Manrique.

— Que proposez-vous? demanda-t-il.

— Les survivants sont sûrement dans un sale état, exposa Tobbie. Ils n'iront pas loin. On va les laisser mariner. Demain, on rallumera des feux. Si mes informations sont bonnes, le bonhomme ne supporte pas la fumée.

Manrique considéra Tobbie d'un air inquiet.

— Ils sont partis par là, indiqua Chico en désignant un étroit défilé.

— Prenez trois hommes avec vous et fouillez les alentours, ordonna le général. On a assez perdu de temps.

Manrique regagna son hélicoptère et déplia une carte de la forêt. Compas en main, il indiqua au pilote la région à survoler.

Tobbie avait l'instinct du chasseur. Les traces l'intéressaient autant que le gibier. Sur un remblai, il aperçut une maison de bambous que les flammes avaient épargnée.

Au moment de pénétrer à l'intérieur, il eut un

mouvement d'hésitation. Les tempes battantes, les jambes lourdes, c'était comme si son sang s'était changé en plomb fondu. Tobbie fut certain, en entrant dans cette maison, qu'elle avait abrité l'homme qu'il recherchait. Allait-il y trouver le cadavre de Vargas ? Le maître des lieux l'attendait-il tranquillement dans un fauteuil à bascule, le canon d'un fusil pointé vers l'encadrement de la porte, pour un remake tropical de ces vieux westerns où les héros meurent à la fin, face à face, balle contre balle ?

Une sorte de bonheur imprégnait l'endroit. Rien ne trahissait le moindre affolement, comme au moment du départ. Tout était calme, comme à l'abri du monde. Un parfum de citronnelle flottait dans une chambre d'enfant. Au plafond, un ventilateur en marche agitait légèrement la moustiquaire accrochée autour du lit. Un chapeau à fleurs écarlates, posé sur un fauteuil, annonçait une envie de lecture au soleil, ou une promenade à l'étang, pour contempler les papillons aux reflets métalliques, les nénuphars géants qui, dans cette région de démesure, pouvaient soutenir le poids d'un nouveau-né. Dans une cage ronde somnolait un perroquet. Une pendulette cerclée de vieil or grignotait le temps.

Dans la plus grande chambre, Tobbie remarqua une haute armoire faite de planches grossières de palissandre. Il ouvrit les portes. Le bois grinça. Les tiroirs débordaient de vêtements légers et multicolores, de dessous féminins, de tee-shirts d'étudiants, dont l'un portait une inscription aux couleurs de la Harvard Business School. Entre deux calicots, Tobbie effleura du doigt un objet dur aux angles vifs. C'était un cadre ancien protégé par un verre dépoli qui contenait le portrait d'un très vieux Peau-Rouge fixant droit l'objectif. Tobbie se demanda si Libertador avait cette même expression intimidante. D'après Manrique, se rappela-t-il, Vargas avait du sang indien. Un sourire amer passa sur les lèvres de l'agent américain. Il y avait une cruelle ironie à voir des appareils Apache mettre en fuite un fils de Geronimo.

Tobbie n'éprouvait aucun enthousiasme à jouer les vandales. Combien de fois, dans sa vie d'espion, avait-il connu cette situation : un domicile éventré, des secrets intimes éparpillés sur le sol, des lettres d'amour mêlées à des dossiers confidentiels, un viol pour raison d'État. Il finit pourtant par renverser le contenu des tiroirs, fouiller les plus petits recoins, soulever les lattes du plancher. Il tomba sur la photo d'un enfant et de sa mère qui souriaient, nus, à demi plongés dans une rivière. Leur ressemblance singulière attira son attention. Il songea que le fils du Libertador n'avait que peu des traits de son père. Le garçon avait tout pris de la belle Lakota dont gisaient au sol les jupes de coton et ces bijoux de pacotille que vendent les Indiens sur les marchés des villages amazoniens, au milieu des farines de poisson et des herbes à fumer.

Sur un bureau de bois clair qui dégageait un parfum de miel, Tobbie trouva un épais cahier rouge d'où dépassaient quelques feuilles volantes. Touchait-il au but ? Il tourna les pages, le souffle suspendu. Il découvrit des dessins à la mine, des dauphins, rien que des dauphins. Il referma le cahier et respira profondément. Un instant, il eut l'étrange sensation que les habitants de la maison de bambous allaient reparaître, comme les acteurs de théâtre reviennent saluer à la fin du spectacle après avoir été tués sur scène. Cette demeure avait été une villégiature, un paradis éphémère. Pas un document ne traînait, pas une trace justifiant la présence d'un espion. D'ailleurs, peut-être Libertador gardait-il toutes ses informations en tête, à la manière du Mister Memory de son enfance, au music-hall de Broadway ?

En sortant, sur la terrasse, il eut la vision du campement qui finissait de brûler. Debout devant un Apache, sa carte d'état-major à la main, le général Manrique l'attendait, de mauvaise humeur.

— Où étiez-vous passé ? Mes hommes ont localisé Vargas. Ils sont une vingtaine, peut-être moins. Je prends cinq tireurs d'élite et ils sont à nous.

— Pas question, fit Tobbie. Rappelez-vous qu'il nous faut Vargas vivant. Dites à votre éclaireur de m'accompagner. Si je ne suis pas rentré dans quarante-huit heures, ce sera à vous de jouer. Mais pas avant. Compris ?

Manrique n'osa pas protester. Les menaces à peine voilées de Tobbie sur les informations détenues par Libertador l'avaient ébranlé. Il regarda l'agent américain dans les yeux. De son côté, Tobbie se demandait ce que le général lui cachait. Dans cette partie de poker menteur, Vargas représentait une carte maîtresse. Manrique songea que, mort, il serait peut-être plus dangereux pour lui que vivant.

— Chico ! appela-t-il.

L'éclaireur répondit aussitôt.

— Tu accompagneras M. Tobbie jusqu'à la planque de Vargas. Mais je vous préviens : quarante-huit heures, pas une de plus. J'oubliais : je doute qu'il vous sera fait bon accueil. Nous avons trouvé le cadavre d'une très belle femme aux yeux verts.

Un sourire s'était dessiné sur le visage de Manrique, le sourire d'un fou capable de tuer par plaisir ou pour un mot de travers. Tobbie ne broncha pas. Il confia son Colt 45 à un instructeur et partit sans se retourner, conscient du regard de Manrique dans son dos.

5

Le jour et la nuit qui suivirent le massacre, Diego Vargas délira. On l'avait obligé à s'allonger sur une épaisse couverture, vite inondée de sueur. Il se débattit, cogna, hurla. À trois reprises, il fallut courir le rattraper pour l'empêcher de rejoindre le campement. On lui donna des somnifères, des herbes à tuer l'angoisse. Un Indien passa à son cou un collier de turquoises aux pouvoirs apaisants. Des plaintes s'échappaient continuellement de sa bouche. Au petit matin, il finit par s'endormir. Pendant son sommeil, on l'entendit pleurer.

Quelques mois plus tard, c'est à Jack Tobbie qu'il devait raconter les deux rêves qui ne cessaient plus de le poursuivre, depuis l'aube de ce premier jour après Yoni. Le premier le ramenait à son enfance, en Arizona. Sa mère l'avait élevé dans le culte du guerrier Geronimo. À sa mort en captivité à Fort Sill, en 1909, le vieux chef avait laissé une fille de dix-sept ans, Eva. La mère de Vargas était la petite-fille d'Eva. C'est ainsi que, dès son plus jeune âge dans ses jeux, Libertador s'était identifié à cet Apache au regard sévère dont la photo serrée à l'intérieur d'un cadre en bois ne laissait pas de l'intriguer. Pour ses douze ans, sa mère avait décidé de lui faire subir la grande épreuve. Dans le Land Cruiser familial, ils avaient roulé des heures sur la route 66 jusqu'à Phoenix. Passé les motels et les vergers d'agrumes, ils s'étaient retrouvés dans le désert de Sonora. Il était midi. Le soleil tombait droit comme une masse d'acier frappe une enclume. L'auto s'arrêta près d'un saguaro. L'enfant frémit devant ce cactus aux allures d'épouvantail, avec sa peau en accordéon.

— Bois, ordonna sa mère en tranchant l'arbre d'un coup de hachette.

L'eau avait jailli de l'arbre amputé, et l'enfant avait bu, comme un trou.

Puis elle l'avait interrompu de sa voix douce et ferme en même temps.

— Maintenant, tu vas remplir ta bouche d'eau fraîche et surtout ne pas avaler. Ne crache pas non plus. Tu courras aussi longtemps que le soleil ne sera pas descendu derrière les montagnes. Tu comprendras que tu n'as pas d'amis, sauf tes jambes, sauf tes bras, sauf ton cœur. Allez, va !

Il avait couru près de cinq heures, la gorge brûlante, les lèvres serrées sur le trésor liquide, s'empêchant de boire la moindre goutte, et surtout pas les larmes qui roulaient sur ses joues. Sa mère l'attendait sur la ligne de l'horizon. Elle recueillit dans un pot de terre le liquide héroïquement conservé par son fils, l'embrassa. Puis elle lui raconta les derniers temps de son aïeul, les concours de lasso où, à la fin, on l'exhibait. Elle lui montra d'autres photos de lui coiffé de sa parure en plumes d'apparat, l'œil éteint. Des clichés qu'il vendait dix cents à la foire de Saint Louis, sous la surveillance de six gardes dépêchés par le président des États-Unis en personne. Vargas décida que jamais il ne se laisserait photographier. « Trois ans après la mort de cet homme, l'Arizona a apporté sa quarante-huitième étoile au drapeau américain », avait dit la jeune femme.

Ce jour-là, l'enfant avait pris conscience de son sang et de son rang.

Cette course qu'il avait accomplie, dans son rêve, devenait interminable. Il traversait le lit des ruisseaux asséchés, la forêt pétrifiée, le désert peint, tous les espaces infinis de l'Amérique, terre de géants. Il se frayait un chemin entre les monolithes de Monument Valley, glissait au bord des gorges déchiquetées du Grand Canyon, entrait dans les villages en terre, poursuivi par des bandes de pumas, de loups gris et de coyotes. Des saguaros, les bras levés vers le ciel, jalonnaient sa route; mais s'il tentait d'y boire en tranchant leurs branches, ils se transformaient en colonnes de poussière.

Dans son autre rêve, Diego Vargas naviguait en pirogue avec son père sur un bras de l'Amazone infesté d'anacondas. Il faisait nuit noire. L'homme était musclé. À sa taille étincelaient deux poignards. Le nez de la pirogue semblait découper la jungle comme une scie de bûcheron. À voix basse, l'homme disait à l'enfant : sais-tu pourquoi j'aime tant les dauphins roses ? Diego faisait « non » de la tête. Parce qu'ils sont des rescapés, disait son père. Ceux de l'Orénoque ont disparu, ceux du fleuve Jaune aussi. Il n'y en a plus dans le Mississippi et les fanatiques du Gange leur ont mangé les yeux. Les derniers sont ici. Tu les reconnaîtras à l'oreille : je leur ai appris les premières mesures du *Concerto italien* de Bach.

Son père lui expliquait des choses difficiles à

comprendre. Les trafiquants de drogue avaient installé leurs laboratoires au bord du fleuve. Ils rejetaient, dans l'eau, du poison qui tuait les dauphins. Et là où ces derniers trouvaient asile, les anacondas veillaient.

Dans le rêve de Vargas, la pirogue heurtait soudain comme un mur de lianes. La tête tendue en hauteur, la queue baignant sous un frais tapis de jacinthes sauvages, de gros boas montaient la garde, comme des tuyaux d'orgue en caoutchouc, les yeux mi-clos, le corps souple dominé par un museau renflé. Par dizaines, ils attendaient. Le vent les balançait mollement. D'autres sommeillaient, énormes rouleaux posés en couronnes sur les branches affaissées des saules. Ils surveillaient la proie qu'ils emporteraient par le fond. Il leur suffisait de se laisser tomber dessus de toute leur masse. Ils s'y prenaient de cette manière avec les caïmans, avec les dauphins. De même firent-ils avec le père de Diego.

À la fin de son rêve, le petit se retrouvait seul dans la pirogue, guidé par une force invisible jusqu'à son village où sa mère l'attendait. « Ce sont les dauphins qui t'ont ramené, murmurait-elle. Mais où est ton père ? » L'enfant essayait de se souvenir. Un ciel de serpents leur était tombé sur la tête. Au bord du fleuve, se tenait une silhouette en uniforme de camouflage comme en portent les militaires de l'école de la jungle, les amis des trafiquants, disait son père. Il ne pouvait plus la chasser de sa mémoire.

6

Vargas se réveilla en sursaut. Il était 10 heures du matin. Les rayons du soleil se cassaient dans l'épais feuillage de la forêt. Il fit le tour des visages qui l'entouraient. Cheng le regardait intensément.

— Quelqu'un voudrait te parler. Il est arrivé hier soir, fit Cheng. Il n'est pas armé.

Vargas se redressa brusquement. Un homme se tenait en retrait, les cheveux blancs et ras, une raie impeccablement marquée sur le côté. Il reconnut l'agent américain.

— Vous êtes Jack Tobbie, n'est-ce pas?

— En effet, répondit Tobbie sans cacher sa surprise.

— Je vous connais, lâcha Libertador d'un ton énigmatique.

Il y eut un silence. Vargas ferma les yeux, les rouvrit aussitôt, comme si ce qu'il avait entrevu dans le noir était insupportable.

— C'est vous qui avez déclenché les alarmes de l'hélico?

— C'est moi.

— Ça n'a pas servi à grand-chose, fit Vargas en détournant la tête.

— Je regrette, pour votre femme, enchaîna l'Américain.

De nouveau, le silence.

— J'ai un marché à vous proposer, reprit Tobbie. Vous pourrez commencer une nouvelle vie, dès demain.

— Qu'est-ce qu'on fait de lui? interrompit Cheng. Tu ne vas pas te laisser embobiner par ce fils de pute, de mèche avec Manrique? Flinguons-le et filons. Nous sommes peut-être déjà encerclés.

— Je voudrais parler seul à seul avec vous, Libertador.

Vargas sursauta.

— Laisse-nous, Cheng, et dis aux autres de monter la garde. Je vais écouter ce qu'il a à me dire. Après, nous le tuerons.

Cheng obéit de mauvaise grâce. Vargas avait retrouvé tous ses esprits.

— Je savais bien qu'un jour ou l'autre, vous traverseriez la jungle pour vous assurer de mon existence, commença-t-il. Nous nous parlerons en nous tournant le dos. N'essayez rien contre moi, mes hommes ont eu trop de mal à me tirer d'affaire pour me laisser bêtement assassiner sous leurs yeux. Et cessez de me dévisager comme une bête curieuse.

Vargas lui tourna le dos. Tobbie avait eu le temps d'apercevoir cette figure juvénile, la peau bronzée comme un havane, les yeux aussi noirs que les cheveux, l'acuité troublante du regard qui donnait à chaque mot prononcé la force d'un projectile. Il comprit en un éclair pourquoi Pablo Escobar, avant sa retraite dans la prison de Catedral sur la colline de Medellín, avait désigné cet homme comme le seul être capable de lui faire peur.

— Je voudrais..., risqua Tobbie.

— C'est moi qui commence, interrompit Vargas. Je sais pourquoi vous êtes là.

S'il avait pu assister à leur rencontre, le vieux professeur James Bradlee aurait tout de suite reconnu son ancien étudiant. La même façon d'étouffer sa voix pour retenir l'attention, la même intensité dans les yeux qui l'obligeait, lui, le spécialiste reconnu des *future markets* [1], à piocher dans ses notes la suite de ses explications, tant le regard de Vargas le déstabilisait.

— Je vais vous parler du général Guillermo Luis Maria Manrique. Il a l'air de séduire irrésistiblement vos supérieurs, mais vous vous trompez lourdement sur son compte. Si les nouveaux dirigeants de l'Amérique s'obstinent à le soutenir, on assistera à un scandale plus retentissant que le Watergate et l'Irangate réunis. Vous me suivez?

Il ne fallut pas longtemps à Jack Tobbie pour comprendre une chose : ce gamin de vingt-neuf ans possédait assez de renseignements pour ébranler la Maison-Blanche et une bonne partie de l'Amérique du Sud. Ses motivations étaient celles d'un juste : la fidélité à la mémoire de son père jeté aux anacondas par un sergent qu'il avait reconnu, des années après, sous les traits du général Manrique; l'attachement à des dauphins mélomanes et sauveurs d'enfants.

1. Marchés à terme dont Diego Vargas, quelques années plus tard, deviendra un maître redouté.

Vargas brossait de Manrique un portrait d'une telle précision que l'agent de la CIA fulminait intérieurement contre les prétendus spécialistes de Langley, Stan Fleming compris.

La voix assourdie de Vargas poursuivait :

— Noriega et Manrique, ils étaient comme les doigts de la main. Mais Manrique est encore plus pourri, il aime encore plus les dollars que Cara de piña[1]. Imaginez votre arrière-cour, Yankee. Ici la Colombie, et au nord l'étoile la plus septentrionale, Panamá. Un pays qui a épousé jusqu'à la forme du billet vert, voyez ce « s » paresseux qui fait saliver deux océans. Là-bas, Noriega mettait son nationalisme dans sa poche en échange de vos dollars. Mais, un beau jour, votre honorable correspondant s'est rebellé. Il en avait assez de se voir traiter d'agent double et de trafiquant dans les journaux de l'empire. Il a fini par regimber quand on lui a demandé d'entraîner les hommes de la Contra dans la zone du canal. Alors, qui a accepté de former les forces de la contre-révolution ? Ce bon, loyal et fidèle général Manrique, qui n'était alors que commandant des forces terrestres. Déjà, aux Malouines, il s'était distingué. Washington, officiellement, soutenait la Dame de fer. Mais, en sous-main, le Pentagone craignait de perdre ses bonnes relations avec la junte argentine. Vos stratèges trouvèrent la parade. La CIA versa de grosses sommes aux forces colombiennes qui achetèrent des missiles Exocet français pour les céder aussitôt à Buenos Aires. Dans l'opération, Manrique gagna quelques galons et la confiance de vos services. Quand Noriega craqua sous les assauts des Rolling Stones et d'Elvis Presley mis en scène par vos soins, Manrique bomba le torse comme à la parade. C'est vrai qu'il avait pris goût à l'Amérique et de toute sa splendeur. On le vit à New York dans les suites à huit cent cinquante dollars du Hemsley Palace. Il raffolait aussi des croisières sur le Poto-

1. « Tête d'ananas », surnom donné à Noriega à cause de sa face vérolée.

mac. C'est là qu'un beau jour il rencontra Oliver North. Je ne vous lasse pas ?

— Au contraire, fit Tobbie, qui tentait de suivre l'incroyable toile d'informations tissée par Libertador au fond de la jungle.

— C'est qu'il s'est mis à aimer l'argent comme un fou, Manrique. À un certain stade, les billets n'étaient plus comptés mais pesés. Il voulait sa dose de dollars, un vrai accro. Les habitants de Bogotá se souviennent de ses premières sorties en Cadillac blanche avec klaxon à cinq tons. On se serait cru à Palerme, à l'heure où les parrains vont à la messe. Il descendait lentement de son auto, santiags de lézard aux pieds, reconnaissable à son teint de brique pilée, dans un uniforme repassé de frais. Quand il a rencontré le colonel North, il caressait déjà le rêve de diriger un jour la Colombie. Pour cela il lui fallait accomplir une action d'éclat. Ça tombait bien : North et le vice-amiral Poindexter avaient imaginé une partie de billard à trois bandes : ils vendaient des armes à l'Iran en échange de la libération des otages américains du Liban. Avec le produit des ventes, ils finançaient les contras du Nicaragua — un énorme programme d'entraînement. Mais ils avaient besoin de sociétés-écrans pour acheminer l'argent. Les fonds transitèrent par Riyad, Brunei, Séoul et Téhéran. À l'origine, tous venaient de trois sociétés fictives créées à Barranquilla, une charmante cité de Colombie connue pour ses œillets. Et qui fut le prête-nom bombardé à la tête de ces sociétés de paille ? Un certain Rudy Moreno, ancien pilote automobile, beau-frère de Manrique. La CIA affréta les Cessna d'une petite compagnie privée de Miami afin de livrer les armes à la Contra. Les appareils se posaient au matin sur l'aéroport de Barranquilla, s'avitaillaient, puis repartaient vers les États-Unis. Comme Manrique a horreur du gaspillage, il eut vite l'idée de charger les soutes avec de la cocaïne. La CIA prélevait sa rente au passage et fermait les yeux sur le reste de la marchandise. Avec ses sachets de poudre, votre agence achetait d'autres armes. Les trafiquants, eux, servaient les gangs, de Miami à Los Angeles. Ce cher Manrique n'est pas étranger à l'apparition du crack sur la côte Ouest.

Libertador suspendit un instant son incroyable récit.

— Ne bougez pas, lança-t-il à Tobbie, je n'ai pas fini. J'allais dire : et vous n'êtes pas étranger à la prospérité du général. À cette époque, il émargeait chez vous à deux cent mille dollars par mois. C'est à cette époque qu'il reçut une Légion d'honneur de la République française, car il était jaloux de celle décernée trois ans plus tôt à Manuel Noriega. Paris ne pouvait rien lui refuser. Il avait vendu à la France des enregistrements d'écoutes téléphoniques de l'US Army captés par une station spéciale installée au cœur de l'Amazonie colombienne.

— Il a fait ça! s'écria Tobbie, que rien, jusqu'à présent, n'avait fait réagir.

— Parfaitement. Le Pentagone se doutait que Paris utilisait le canal de Panamá pour acheminer du matériel nucléaire en direction de Mururoa. Or je ne vous apprends rien en vous rappelant que le vieux canal est encore sous administration de votre armée jusqu'au 31 décembre 1999.

— Bien sûr, grommela Tobbie.

Depuis combien de temps étaient-ils assis dos à dos, indifférents à la fraîcheur qui tombait? Un Indien leur servit à chacun un bol de soupe fumante. À bonne distance, Cheng et ses amis jetaient des regards inquiets en direction des deux hommes. Hugues de Janvry, le Français de l'équipe, demanda à voix haute si Libertador n'avait pas perdu la tête après le choc causé par la mort de Yoni.

— Ne répète jamais ça, menaça Cheng. As-tu déjà vu Diego perdre le contrôle des événements? Faisons-lui confiance, ajouta-t-il comme pour se convaincre.

Le jour perdait en intensité. On distinguait le lent balancement des palmes. À quelques kilomètres de là, le général Manrique rongeait son frein. À l'abri dans sa tente montée en hâte par son aide de camp, il venait de sniffer un rail de coke et songeait maintenant à la suite qu'il devait donner aux événements. Depuis toujours, Manrique avait été un traître doublé d'un violent. À treize ans, il possédait un petit pistolet de poing avec lequel il menaçait ses copains et même ses frères aînés. Il avait frappé à la porte de l'université de médecine, mais ses diplômes obtenus en fraude n'avaient pas convaincu les autorités de Bogotá. C'est ainsi qu'à dix-neuf ans il s'était retrouvé aspirant à l'académie militaire de Soca. Ses supérieurs qui n'avaient pas tardé à percer le personnage lui confièrent la tâche de dénoncer ceux qui, sous l'uniforme, rêvaient de révolution et prêchaient la leçon marxiste. Repéré par la CIA, il avait continué sa formation à l'école américaine des opérations de jungle, puis au Panamá, au centre de renseignements de Fort Gullick.

C'est là qu'il rencontra Noriega. Stagiaire à Fort Bragg, aux États-Unis, il avait suivi une formation intensive d'action psychologique, d'espionnage et de contre-espionnage. Comme son futur rival de Panamá, il allait passer maître dans le double jeu, aidant Medellín contre Cali, Cali contre Washington, et Washington contre Cuba, d'où il continuait cependant de recevoir, par colis spéciaux de la Présidence, les meilleurs havanes du monde accompagnés de cigarettes à papier sucré, son péché mignon avec la coke péruvienne.

Ce jour-là, Manrique se préparait à trahir une nouvelle fois. Il sortit de sa tente, huma l'air et demanda si Chico était revenu.

7

— Comment avez-vous obtenu tous ces renseignements ? S'ils savaient ça, à Langley !

Jack Tobbie se retourna et regarda la nuque de

Vargas, ses cheveux noirs attachés par un ruban grenat qui, dans la nuit naissante, se fondaient à l'obscurité. Maintenant, Libertador n'était plus qu'une voix de la jungle, couverte par les cris des perroquets et des singes hurleurs.

Une voix qui hésitait.

— Si je vous réponds, je devrai vous parler de mon père.

— Je vous en prie, insista l'Américain.

— J'imagine que vos services ont un peu travaillé. Vous savez donc qu'il s'agissait d'un professeur apprécié de l'Institut des mammifères marins de Santa Monica.

— Oui, nous savons.

— Mon père avait la passion des dauphins.

— D'où les dauphins incrustés sur les fléchettes que vous lanciez dans la carotide de vos victimes, à Cali ?

— Attendez, le reprit Vargas. Vous allez trop vite. Lorsque j'étais enfant, nous allions en famille sur la plage de Big Sur.

— Par exemple ! Moi aussi, fit Tobbie.

Depuis le début, et malgré leur différence d'âge, il se sentait lié au destin de cet homme mystérieux qui semblait détenir les secrets intimes de l'Amérique. Et voilà que Vargas s'était baigné dans les mêmes eaux que lui, dans le Pacifique...

Libertador doucha l'enthousiasme de son visiteur.

— Je ne vous y ai jamais vu.

— Ce n'était pas la même époque, répondit Tobbie simplement.

— Là-bas se promenait souvent un ancien aviateur français. J'avais treize ans, lui soixante. Il avait combattu pour la France libre pendant la Seconde Guerre. Il apprenait à jongler avec des oranges. Il commençait avec trois, puis il en ajoutait une, et encore une, poursuivit Vargas. Il échouait toujours à la sixième. Un jour que nous guettions les dauphins, mon père et moi, le vieil aviateur était là, face à l'océan. Il venait de réussir à lancer cinq oranges, mais la sixième ne voulait décidément pas entrer dans sa ronde. Alors il se retourna vers moi et me dit : on est toujours malheureux dans la vie à cause de la sixième orange. Plus tard, j'appris par mon père qu'il était aussi écrivain, mais je n'ai jamais lu aucun de ses livres traduits en américain. J'ai seulement su qu'un de ses romans les plus fameux parlait d'éléphants. Pour lui, ces vieilles bêtes symbolisaient la liberté. Un jour de novembre 1970, il avait dit à mon père que c'en était fini des éléphants, que le dernier pachyderme authentique était mort et enterré à Colombey-les-Deux-Églises, un petit village de France. Alors, en secret, je me suis mis à la recherche d'un animal de rechange pour incarner la liberté et mes rêves d'enfant. J'ai choisi le dauphin, à cause de son sourire, de ses cris de joie, de sa peau lisse qui le rend insaisissable, sauf par les anacondas.

— Vous les avez trouvés ici ? demanda Tobbie.

— Patientez encore. Mon père s'était illustré dans la lutte contre la ségrégation raciale aux côtés de Martin Luther King. On le voit au premier rang sur les photos des grandes manifestations de Memphis, une semaine avant l'assassinat du pasteur. Notre téléphone était sur écoute — déjà vos services — et la carrière universitaire paternelle cahotait. Au début, mon père enseignait la biologie à Harvard. C'est là-bas qu'il avait rencontré un jeune enseignant en théologie qui deviendrait le fameux Luther King. Ils étaient devenus amis. L'Université a fait savoir à mon père qu'un Blanc ne devait pas s'acoquiner avec le nègre le plus dangereux pour l'avenir des États-Unis. Comme il s'obstinait, il fut muté à Santa Monica. C'est là qu'est née notre passion des dauphins. Mais, en 1972, Nixon a rappelé les vétérans pour les envoyer se battre contre le Viet-cong. Là, mon père a décidé qu'on quitterait les États-Unis aussi longtemps que les républicains seraient à la Maison-Blanche. Je me souviens de notre départ pour la Colombie. Mon père avait entendu parler d'un vieux village indien à la frontière du Brésil, un modeste comptoir de commerce à une journée d'Iquitos et à peine trois de Manaus. Il s'appelait Leticia. C'était le nom choisi par son fondateur, au siècle dernier, après la mort accidentelle de sa femme, une ravissante Indienne dont c'était le nom.

Vargas se tut un instant, luttant contre les larmes qui se formaient au bord de ses paupières. Il appela dans la nuit. Cheng s'approcha aussitôt.

— La seringue, ami. Et vous, ne vous retournez pas! lança-t-il à Tobbie d'une voix menaçante.

Cheng lui tendit une fiole de camphre qu'il piqua à travers la capsule. Il scruta l'aiguille : elle ne portait plus aucune trace du sang de sa femme. Un souvenir l'assaillit. Il venait de rencontrer sur le campus cette jeune étudiante, qui lui disait toujours oui avec un sourire doux et généreux.

— La forêt avait été taillée par le mari inconsolable de telle sorte qu'en la survolant, on voyait se former les sept lettres du prénom de la disparue, reprit Vargas. Pour me consoler de notre départ, mon père m'avait promis que nous trouverions des dauphins au bord de l'Amazonie. Dès notre installation, mes parents et moi avons mené plusieurs expéditions en pirogue, remontant jusqu'aux scieries géantes du rio Laguna, au-delà de l'île aux Singes. Mon père menait des recherches sur la couleur rose des dauphins d'eau douce. C'est ainsi qu'il m'initia à la plongée en apnée. À force de volonté et d'entraînement, je réussis à tenir trois minutes avec une seule goulée d'air. J'avais quatorze ans. Je me souvenais de ma cavalcade dans le désert d'Arizona, la bouche remplie d'eau. Dans l'Amazone, la difficulté s'inversait. Muni d'air, je devais vaincre l'eau. Au cours d'une plongée très profonde, je suivis un dauphin femelle jusqu'à son garde-manger, une réserve de centaines de petits mollusques. En remontant à la surface, je m'aperçus qu'ils étaient roses. Les premières années, les cétacés étaient nombreux. Puis ils se firent plus rares. Je sentis que mon père était nerveux et inquiet, mais il ne disait rien. Un matin, très tôt, j'avais juste vingt ans, il m'emmena en pirogue dans une zone que je ne connaissais pas. Ce jour-là, des anacondas sont tombés sur nous par dizaines. Je me souviens seulement qu'un soldat en treillis, posté sur les berges, leur avait tiré dessus en riant. Mon père a été emporté par les boas au fond de l'eau, et je ne l'ai jamais revu. Je suis revenu par miracle au village. Ma mère m'a expliqué que les dauphins avaient attrapé la liane accrochée au nez de la pirogue et m'avaient sauvé la vie.

Tobbie renonça à interroger Libertador sur ses origines indiennes ; il se promit de le faire plus tard, si la vie leur en donnait l'occasion, loin de la jungle. Pour l'instant, il suivait le fil de l'histoire.

— C'est à ce moment-là que vous avez pris le maquis ? demanda-t-il.

— Non. J'étudiais à Harvard et, l'été, je revenais à Leticia. J'étais obsédé par le visage de ce soldat qui visait les serpents pour les énerver et les pousser à nous attaquer. J'ai même cru un moment que j'avais été victime d'une hallucination. Jusqu'au jour où je suis tombé sur don Escobar.

Vargas avait juste prononcé le nom du parrain de Medellín lorsqu'une bousculade attira son attention. Un petit groupe d'Indiens essoufflés venait de surgir, s'exprimant avec de grands gestes et montrant une direction à Cheng. Celui-ci s'approcha de Vargas et lui glissa quelques mots à l'oreille.

— Je crois que Manrique et ses hommes nous préparent un feu d'artifice, dit Vargas, les mâchoires serrées.

— C'est impossible, répliqua Tobbie, je lui ai demandé quarante-huit heures pour négocier...

— Ma reddition ?

— Non, il faut que je vous explique...

— Plus tard. Il faut d'abord trouver une cachette ailleurs.

— Attendez..., fit Tobbie.

— Vous n'avez pas encore compris que Manrique est un tueur et que je veux sa peau ?

L'agent américain demeura interdit.

— Une fois il m'a pris de vitesse, à cause de vous. Je n'avais pas pensé à vos putains d'hélicoptères. Je

50

savais pourtant que les États-Unis avaient vendu leurs radars à la Colombie sous prétexte de repérer les plantations de coca et les installations suspectes. Mais de là à imaginer que votre sens de la collaboration vous conduirait à prêter vos gros bourdons... Cette erreur m'a coûté cher, Tobbie, je ne recommencerai pas. Suivez-nous. S'il faut monnayer notre liberté, je n'hésiterai pas à vous livrer à Manrique.

— Le général n'a que faire de moi, répondit Tobbie. S'il n'a pas respecté les délais convenus entre nous, c'est qu'il nous veut tous les deux, vous et moi.

Vargas réfléchit.

— Alors suivez-nous. On va vous donner une arme.

8

Quelques heures plus tôt, le général Manrique accompagné de ses dix meilleurs tireurs avait quitté ce qui restait du campement. En tenue léopard, ils marchaient maintenant en file indienne dans le sillage de Chico. Il faisait lourd. De gros nuages s'amoncelaient au-dessus de la jungle. Les pilotes des hélicos avaient pris prétexte du ciel bas pour justifier leur refus de redécoller. Manrique n'était pas mécontent de s'en être débarrassé. Seul avec ses hommes, il avait le sentiment de reprendre les opérations en main. À proximité du nouveau refuge de Vargas, le général décida une halte. Lui-même se dirigea vers un abri de seringueiro et demanda à ses tireurs de se déployer tout autour. Il s'assura que son domestique avait bien suivi le groupe. L'homme pénétra sans se faire prier à l'intérieur de la cahute et à la demande du général ouvrit le précieux coffret qu'il transportait : une petite cave à cigares où reposaient à température idoine, semblables à de longues cartouches, les meilleurs cigares d'Amérique du Sud. Manrique demeura quelques secondes indécis devant ce spectacle magique.

Choisirait-il un Santa Rosa Churchill de sept pouces, l'un de ses préférés, un Roméo et Juliette, cadeau de l'une de ses nombreuses maîtresses, ou un double Corona que ses fournisseurs agrémentaient d'un parfum d'arabica ? Avant de se décider, il fit appeler Chico.

— Va voir ce qu'ils fabriquent, Tobbie et Vargas. Ne te fais pas repérer.

L'éclaireur disparut et Manrique put de nouveau contempler ses trésors bruns. Chaque fois qu'il devait prendre une décision grave — et Dieu sait s'il en avait pris au cours des derniers mois, de l'assassinat d'un adversaire dangereux pour les prochaines présidentielles à la protection officieuse de Pablo Escobar —, Manrique cherchait la paix des sens et de l'esprit dans cette petite chapelle aux tiroirs de cèdre espagnol qu'il n'oubliait jamais d'arroser de quelques gouttes d'eau, même dans ses missions les plus dangereuses. S'il devait garder toute sa lucidité, il essayait autant que possible d'éviter la coke. Don Pablo l'avait mis en garde : ne couche pas dans ton propre poison.

Manrique fut tenté par un de ces torpédos en forme de cône qui laissent dans le palais, tout au long de la combustion, un merveilleux goût acidulé. Non. Il avait besoin d'une sensation plus forte. Il attrapa un vieil Hoyo de Monterrey, vérifia sa bague rouge et or, le caressa de la pulpe des doigts, puis le respira. Alors qu'il s'apprêtait à l'allumer, à demi allongé dans un hamac ficelé aux deux murs de la cabane, il ignorait qu'à quelques pas de là, dissimulée derrière un enchevêtrement de lianes boas, une femme le guettait, le canon de son fusil dirigé vers sa cervelle.

Chico ne tarda pas à revenir avec des nouvelles inquiétantes : Tobbie et Vargas parlaient ensemble. Il n'avait pas pu se faufiler assez près pour distinguer leurs paroles. Il avait seulement remarqué qu'ils se tournaient le dos, et que plusieurs hommes, blancs pour la plupart, montaient la garde.

— Qu'est-ce qu'ils peuvent bien se raconter? s'énerva le général. Tu n'as pas été suivi? lança-t-il à Chico.

— Non, répondit l'Indien après un bref silence, je ne crois pas.

Manrique aurait bien renouvelé le coup de l'incendie, mais les nuages noirs qui grossissaient au-dessus de la jungle l'en dissuadèrent.

— C'est bon, Chico. Dis aux hommes de se tenir prêts. Nous donnerons l'assaut dans moins d'une demi-heure.

Le général tailla la tête de son cigare avec les dents. Il ne retrouvait plus sa petite guillotine d'argent. Au fond de sa poche, il effleura un objet de métal. C'était un briquet à essence que lui avait prêté Tobbie. Il grimaça. L'objet ne lui rappelait pas un si mauvais souvenir — après tout, ce Tobbie l'avait déjà bien aidé à semer la panique et la mort dans le camp de Libertador —, simplement il détestait ces briquets américains dont la flamme donne au cigare une odeur de pétrole. Pour un Hoyo de Monterrey comme pour n'importe quel havane, il ne fallait ni pétrole ni allumettes soufrées. Manrique appela son domestique.

— Du feu, s'écria-t-il.

L'homme comprit aussitôt et tendit au général un briquet au gaz spécialement rechargé pour l'expédition. Manrique eut un sourire de satisfaction et chauffa quelques secondes le pied de son cigare. Puis l'extrémité se mit doucement à rôtir, jusqu'à former un petit cercle de braise. Manrique retourna le bout vers lui, l'observa qui se consumait en dégageant un parfum de miel. Enfin, il tira une première bouffée. Une volute sombre monta dans la cabane. Il ferma les yeux et, pendant que d'épaisses gouttes de pluie commençaient à tomber sur la végétation, émettant un crépitement assourdi, il essaya de rassembler ses idées.

Il était clair qu'il devrait éliminer Tobbie. Si

l'agent américain et Libertador étaient en conversation depuis le lever du jour, ce n'était pas pour se raconter leurs vies. Les propos de Tobbie sur la tuerie du restaurant Rio de Enero, à Cali, avaient alerté Manrique. Bien sûr, il occupait une position suffisamment forte à Bogotá pour que personne ne se risque à remonter jusqu'à lui sans rencontrer une balle perdue. Mais la menace voilée qu'avait agitée Tobbie lui déplaisait profondément. C'était peut-être du bluff. Les agents de la CIA qu'il avait connus autrefois étaient tous de fieffés vantards qui se targuaient de connaître personnellement jusqu'aux maîtresses des hôtes de la Maison-Blanche et les numéros de leurs comptes bancaires à Nassau ou à Genève. Mais Tobbie semblait sûr de ses informations. De plus, Libertador l'intéressait moins pour son silence éternel que pour sa parole. Or Vargas était précisément en train de parler à Tobbie, et Manrique, malgré le réconfort de son délicieux barreau de chaise, se sentait mal à l'aise.

Car Libertador savait. Depuis une année, les homicides s'étaient multipliés à Bogotá. Trois candidats officiels aux prochaines présidentielles avaient fini le ventre en bouillie. On avait chaque fois montré du doigt le clan d'Escobar ou celui de Cali, Coca Nostra, comme titraient l'*Espectador* ou *Cambio 16*. Une centaine de policiers assassinés, plus de trente magistrats et même un certain nombre de militaires dévoués à la cause anti-mafia. La population descendait chaque jour dans les rues pour réclamer la fin des crimes de sang qui remplissaient les cimetières plus vite que la maladie et la vieillesse. Inlassablement la foule criait le nom de Manrique : Guillermo, prends le pouvoir, rends-nous le calme d'antan. Qui, parmi ces hommes et ces femmes à bout d'espoir, aurait deviné que le populaire Manrique armait la plupart des bras meurtriers de Colombie ? Il faut dire qu'en quelques années il avait amassé une belle fortune qu'il convenait de faire prospérer : des chaînes de pizzerias, des abattoirs de poulets, d'immenses haciendas et même des salons de coiffure grâce auxquels il blanchissait allégrement l'argent de ses trafics ou des parrains qu'il protégeait.

Son chouchou, c'était Escobar. Il avait un faible pour lui depuis qu'il l'avait connu, jeune homme à la maigreur de chat, dans les bas quartiers de Medellín. Pour subsister, Pablo volait les pierres tombales dans les cimetières, effaçait les inscriptions, puis les revendait au plus offrant. Le père de Manrique, qui tenait une concession de pompes funèbres, les rachetait à bon prix pour les céder trois fois plus cher aux familles éplorées.

L'intermédiaire dans les transactions n'était autre que son fils aîné, Guillermo, le futur général. Les liens d'Escobar et de Manrique étaient les plus forts qui soient, ceux que l'on tisse sur la mort des autres. À l'époque où Manrique trafiquait avec Noriega, don Pablo avait participé à ses rotations aériennes entre Bogotá et Miami en plaçant quelques avionnettes estampillées « coke de Medellín ». Plus tard, quand Pablo avait lutté contre la loi d'extradition des « narcos », il avait trouvé en Manrique un soutien irréprochable.

L'argument de don Escobar était de taille : les juges américains confisquaient tous les biens des marchands colombiens avant de les relâcher. Les fruits du « travail » tombaient immanquablement dans les poches des Yankees ! N'était-il pas préférable de régler ces petites affaires en famille ? On enfermait quelque temps les narcos dans une bonne prison de Colombie, d'où ils poursuivraient leurs trafics à l'aide de téléphones portables, et, en contrepartie, ils se montraient généreux avec l'administration. Mais, à la fin du mandat de George Bush, la pression américaine était telle qu'Escobar et son clan perdirent la main. Bush espérait que sa fermeté vis-à-vis des parrains de la drogue lui vaudrait un second séjour à la Maison-Blanche. La loi d'extradition fut votée. C'est à cette époque que, une nuit, Pablo Escobar fit venir d'urgence le général Manrique dans une de ses caches, identifiée depuis comme étant la luxueuse résidence de Finca Napoles, au bord du rio Magdalena.

— C'est la guerre! lui avait dit don Pablo en l'accueillant.

Son ami d'enfance portait une chemise de soie rose et une de ces cravates criardes qui donnaient des haut-le-cœur à la bonne bourgeoisie de Medellín lorsqu'il assistait aux ventes de charité ou forçait la porte des endroits à la mode — comme le Campestre, le club de golf le plus chic de la ville où on l'avait longtemps refusé avant qu'il finisse par l'acheter. Le « patron » s'amusait sans conviction avec un kangourou qui lui envoyait un ballon bleu, sous le regard d'un valet silencieux.

— Que se passe-t-il? avait demandé Manrique avec un peu d'inquiétude.

Escobar avait sorti d'un étui à lunettes une flèche minuscule, pointue comme une aiguille, dont la tige était équilibrée par de petites boules rouges fixées de part et d'autre, dans une matière proche du coton.

— Regarde ça, Manrique.

Le général avait longuement examiné le projectile et l'avait reposé sans un mot dans son étui.

Escobar renvoya l'orchestre de mariachis qui jouait derrière eux.

— Je ne supporte plus rien dans mon dos, avait-il lâché.

Puis le parrain avait repris la flèche entre ses mains et, à cet instant, le général s'était aperçu qu'il tremblait.

— C'est la guerre, répéta Escobar. En moins de trois semaines, j'ai perdu mes meilleurs gardes du corps. Petit Ange, Popeye, Tirofijo, le Scorpion, Crasseux! Tous sont morts de la même manière, ces flèches de malheur en travers de la gorge. Au début, j'ai cru à une cabale de ceux de Cali. Mais la manière ne leur ressemble pas. Les *sicarios* de ces messieurs agissent à deux sur une moto, l'un conduit, l'autre tire. Ou bien ils attaquent au cri de *plata o plomo*! (de l'argent ou du plomb!), et disparaissent avec leur butin. D'après certains témoignages, les meurtriers

56

sont des Indiens en costumes sombres, qui utilisent une sarbacane pour souffler leurs flèches à une distance prodigieuse, au moins la largeur des plus grandes avenues de Medellín. Tu imagines?

Manrique avait hoché la tête, perplexe.

— Maintenant regarde mieux, avait poursuivi don Pablo. Tu vois cette petite incrustation?

— Oui, et alors?

— C'est un dauphin.

Le général avait considéré son ami comme s'il avait perdu la raison. Le parrain s'était fâché.

— Ne me prends pas pour un imbécile, Guillermo. Il y a trois mois, un jeune type est venu me voir. Il avait un culot monstre. Il m'a dit : Pablo Escobar, je n'ai pas peur de vous. Je sais tout de vos trafics. Vos laboratoires dans la jungle polluent l'eau de mes dauphins. Je vous conseille de m'abandonner les cinquante mille kilomètres carrés de jungle le long de la frontière brésilienne si vous ne voulez pas que j'alerte la planète entière, CIA comprise, sur vos transactions, sur l'emplacement exact de vos immeubles, sur le nombre de vos Van Gogh et de vos voitures de collection, sur le trajet quotidien qu'empruntent vos enfants pour se rendre à l'école, au club de foot et au cours de danse. Je ne parle pas des visites de votre épouse Maria Victoria dans cette succursale de la Bank of America où les dépôts se font régulièrement deux fois par jour. Au début, son audace m'a fait éclater de rire. J'ai pensé qu'il voulait m'épater pour obtenir d'entrer dans mes affaires. Mais j'ai vite compris qu'il n'avait d'intérêt que pour ses dauphins. Et c'est là qu'il a prononcé ton nom, Manrique.

Le général avait sursauté.

— Mon nom? Mais je ne connais pas ce gars-là.

— Lui, en tout cas, te connaît. Il dit que tu lui dois le sang de son père... une histoire d'anacondas, sur le fleuve, il y a longtemps. Mais ce n'est pas tout. Il en sait à ton sujet autant que sur moi. Peux-tu croire qu'il m'a raconté, comme s'il y avait assisté, nos affaires de pierres tombales? Quand j'ai vu sur les flèches les dauphins et les petites boules rouges, j'ai tout de suite compris. Ce sont les fruits du samauma, cet arbre qu'on trouve vers l'île aux Singes, chez les Indiens Tucunas. Si tu les disposes correctement sur une tige, elles peuvent voler très loin.

Manrique n'avait pas entendu la fin des propos de don Pablo sur les fruits du samauma. Il essayait de se remémorer le visage d'un enfant sur l'Amazone, presque vingt ans plus tôt, l'image du nid de serpents qu'il avait fait pleuvoir dans leur pirogue. Comment avait-il pu survivre à cette lourde masse de chair qui aurait assommé ou étouffé les plus coriaces des caïmans ?

— Après la mort de Crasseux, je me suis dit qu'on devait agir vite. Il faut abattre ce type ! Il paraît qu'il se fait appeler Libertador, là-bas. Donne-toi les moyens, Manrique, demande de l'aide aux Américains et fonce du côté de Leticia. J'ai lu un reportage dans l'*Espectador*. Les derniers dauphins d'Amazonie, on les trouve dans ce coin.

Le Hoyo de Monterrey s'était éteint. Manrique le ralluma d'une flamme vive et tenta de chasser de son esprit la figure apeurée de don Pablo, ce jour-là. Jamais il ne l'avait vu dans cet état. C'était comme si Vargas, avec son regard froid et profond, avait pris le visage du diable. Au lendemain de leur entrevue, Pablo Escobar s'était rendu aux autorités colombiennes pour exiger d'être enfermé dans une prison sûre. Il avait refusé qu'on le photographiât, non à cause de son visage empâté, mais pour éviter de servir de cible aux tueurs à sarbacane lancés à sa poursuite. Il s'était assuré que toutes les vitres des fenêtres étaient de double épaisseur. Il avait recruté les gardiens et les cuisiniers parmi ses proches et contraint Manrique à assurer une surveillance par satellite de tous les environs de la colline de Cate-dral, en face de Medellín, sa cage dorée. Don Pablo avait toujours su quoi faire contre les traîtres ou les forts en gueule : ou il les avait achetés, ou ils pourris-saient dans un des terrains vagues de Medellín, car le « patron » ne leur laissait guère le temps d'acheter leur propre pierre tombale dans les cimetières déjà surpeuplés de la capitale du Tango. Mais avec Vargas, il était tombé sur un Martien. Le gars ne voulait pas d'argent, pas de femmes, il n'avait peur de rien, il restait insaisissable. Obligé d'augmenter le salaire des hommes qui composaient sa garde prétorienne, Escobar avait pour la première fois eu le sentiment de jeter l'argent par les fenêtres. Même au temps des campagnes électorales, lorsqu'il distribuait les dollars comme des confettis, don Pablo n'avait jamais eu cette impression que le billet frappé à l'effigie de Washington n'était qu'un leurre. Ce Vargas était un pur, une utopie vivante, un de ces illuminés que rien n'arrête sinon une bonne décharge de plomb.

Manrique était sûr que Libertador savait : l'assassinat de son père, la collusion avec Escobar, les attentats contre quiconque en Colombie pouvait incarner la démocratie. Le général se demandait si Vargas en informerait l'agent de la CIA. Au début de l'année 1985, lorsque George Bush avait brutalement compris les inconvénients politiques de ses liens avec Noriega, le trafic de drogue avait été dévié en catastrophe vers d'autres aéroports des États-Unis contrôlés par la mafia, avec la bénédiction des gouverneurs fédéraux. C'est ainsi que plusieurs opérations avaient été menées à bien sur les pistes de l'Arkansas, un État qui, à l'époque, était dirigé par le futur candidat démocrate à la Maison-Blanche, un certain Bill Clinton. Ces missions, toutes réussies, étaient placées sous la responsabilité unique de Guillermo Manrique. Lui seul détenait les preuves qu'elles avaient bien eu lieu. Si Libertador monnayait cette information à Jack Tobbie, le général courait de sérieux risques. Il devait les supprimer tous les deux, au fond de cette jungle soudain noyée sous des bourrasques de pluie chaude.

Dans les semaines qui avaient suivi sa rencontre avec Escobar, Manrique avait commis une erreur, une toute petite erreur qui allait lui ôter, plus tard, le souffle nécessaire à la combustion lente des cigares.

Feignant de s'attaquer à Vargas, le général avait d'abord réglé son compte à la guérilla communiste des FARC, dont les bases de repli se situaient dans une région voisine. Les hommes de Manrique avaient fait sauter la tête de leur chef Jacobo Bejarano et celle de dizaines de gamins, de quinze ans à peine, qui formaient ses troupes. Officiellement, il s'agissait d'éradiquer chaque mètre carré de l'Amazonie de toute trace de communisme. En réalité, la guérilla constituait pour Manrique une trop forte concurrence dans ses affaires de blanchiment d'argent sale. Avec leurs stations-service et leurs rôtisseries, leurs hold-up, leurs enlèvements d'enfants célèbres, leurs extorsions de fonds et leurs perpétuels vols de bétail, les guérilleros communistes atteignaient leur objectif : Manrique voyait rouge.

Le jour où il avait eu la peau du charismatique Jacobo, sa femme, la belle Catalina, était en visite chez sa mère, dans les quartiers pauvres de Cali. À son retour, la jeune femme, qui n'avait pas trente ans, avait été avertie du massacre par la vingtaine d'enfants armés rescapés de la tuerie.

Le soir de l'attaque de Manrique contre Libertador, un béret sur la tête, coiffée à la garçonne, la crosse du fusil de son homme calée contre son cœur, la guérillera attendait que le général Guillermo Manrique expulse sa dernière bouffée de Monterrey pour lui tirer une balle entre les deux yeux, un exercice auquel elle s'était maintes fois entraînée sur les soldats de l'armée régulière colombienne, mais jamais sur un haut gradé.

À l'opposé du mur de lianes, invisibles derrière d'énormes troncs de frangipaniers, des Indiens costumés attendaient, sarbacane aux lèvres, de lancer sur la même cible leurs drôles de petits dauphins gravés.

9

La pluie redoublait de violence. Deux coups de feu retentirent dans la jungle, suivis, après un silence qui parut durer des heures, d'une rafale de mitrailleuse. Puis ce fut de nouveau le silence avant que des cris déchirants ne viennent le rompre encore, sans qu'on ait entendu cette fois la moindre déflagration. Vargas et Tobbie s'étaient précipités sur les lieux de l'affrontement. Le spectacle les laissa sans voix. Devant une cabane de saigneur d'hévéa gisait, baignant dans son sang, le général Guillermo Manrique, un mégot encore serré entre les dents et la gorge transpercée d'une courte flèche. Le sang s'écoulait en flots sombres à travers le trou qu'un fusil d'une précision diabolique avait percé entre ses sourcils, à la racine du nez. Debout devant son cadavre, le pied botté de noir appuyé sur son ventre pour le vider comme un goret, une femme élancée, étroitement enserrée dans un treillis d'homme, regardait enfin sa proie dans les yeux — des yeux voilés par la mort qui l'avait aussi pris à la gorge, par cette flèche minuscule d'où dépassaient, çà et là, de petites boules rouges. Derrière la belle guérillera, une dizaine de soldats de l'armée régulière embrassaient la terre mouillée, le dos ou le visage dans la boue, à jamais immobiles. Les hommes de Libertador avaient bien fait les choses. Au moment où, à leur grande surprise, le général Manrique, qu'ils s'impatientaient de voir sortir de sa tanière, s'était montré dans l'encadrement de la cahute, ils n'avaient pas eu le temps de souffler leurs flèches que déjà des coups de feu avaient jailli d'un canon caché, perçant deux fois le même trou dans le front de taureau du militaire bedonnant. Après un instant de stupeur, les soldats avaient tiré à l'aveuglette dans les lianes alentour, sous les ricanements de Catalina. Les Indiens Tucunas avaient aussitôt visé à la gorge les militaires affolés, leur arrachant de terribles cris. Et c'est avec un étonnement mêlé de respect qu'ils avaient vu sortir de la jungle, fusil à l'épaule, la veuve du célèbre Jacobo.

— Écartez-vous, cria Vargas à ses Indiens.

La femme le regardait approcher. Elle avait conservé une expression d'adolescente en essuyant ses larmes. Malgré son béret, ses cheveux noirs qu'elle avait portés plus clairs et très longs autrefois, Libertador reconnut Catalina. Il se présenta. Elle ne serait pas près d'oublier ce regard posé sur elle, cette voix ferme et douce, cette main qui pressa son bras quand il la remercia d'avoir débarrassé le pays de cette racaille de Manrique. Tobbie se tenait deux pas en arrière.

— Si un jour l'Amérique dresse la liste des héros de Colombie engagés dans la guerre totale contre les narcos, n'oubliez pas le nom de doña Catalina, déclara Vargas.

La jeune femme dressa la tête.

— Vous savez qui je suis ?

Vargas lui sourit mais ne répondit pas. S'il savait ! Cinq ans plus tôt, il avait vu pour la première fois son visage dans les bureaux de l'*Espectador*, à Bogotá. À cette époque, Catalina était une des plumes les plus en vue du journal de Guillermo Caño [1]. Elle avait déclaré la guerre totale aux trafiquants de drogue. Elle ne signait plus ses articles, mais chacun pouvait reconnaître son style incisif et précis. Elle changeait sans cesse d'horaires et d'itinéraires, disposait de plusieurs domiciles, utilisait de multiples identités pour mener ses enquêtes. Sa jeune sœur, elle aussi reporter à l'*Espectador*, avait fini criblée de plomb dans sa petite auto, au carrefour Muñez, un soir qu'elle quittait la rédaction. Catalina, elle, tenait bon. Chaque fois qu'un confrère était assassiné, elle s'assurait auprès de son patron que l'éditorial du lendemain porterait le titre « On continue ! », en caractères gras et en pleine page. Au fil des mois, Catalina avait appris le tir au pistolet

1. Ancien directeur du grand journal colombien, assassiné par les narcos en décembre 1986, quelques jours avant les fêtes de Noël.

sur fausse cible humaine. La jeune pasionaria s'était longtemps refusée à porter une arme. Après l'assassinat de sa sœur, elle s'y était résignée. Sans doute serait-elle restée à l'*Espectador* si le groupe économique le plus puissant de Colombie, Santodomingo, n'avait jeté son dévolu sur le célèbre quotidien où avait débuté comme journaliste Gabriel García Márquez. Catalina savait trop combien le groupe industriel, comme toutes les entreprises prospères du pays, était infiltré par Coca Nostra. Du jour au lendemain, elle avait quitté Bogotá, et seule sa mère avait été mise dans la confidence : Catalina avait rejoint la guérilla communiste et son chef Jacobo, le seul homme capable, à ses yeux, de redonner à la Colombie une colonne vertébrale solide et saine. Hélas, la journaliste rebelle avait dû rapidement déchanter. Dans sa lutte contre les narcos, Jacobo usait des mêmes poisons qu'eux pour se procurer des armes : trafic de cocaïne, enlèvements d'enfants, vols à main armée. Par idéalisme et en rupture avec son milieu d'intellectuels préférant la palabre aux balles, Catalina s'était éprise de ce guerrier du bien. Mais son amour ne l'avait pas aveuglée longtemps. Une prise d'otages qui avait mal tourné s'était soldée par la mort atroce du fils d'un patron de l'Avianca. Quelques semaines avant l'assassinat de Jacobo, Catalina avait décidé de partir. Elle attendait seulement de trouver les mots. Manrique ne lui en avait pas laissé le temps en éliminant son mari.

Pendant que la jeune femme continuait d'enfoncer son pied dans le ventre du général, Vargas se demandait si elle se rappelait leur première et unique rencontre à l'*Espectador*. Il avait obtenu d'elle un rendez-vous. On l'avait fouillé à l'entrée de l'immeuble et un homme armé d'un pistolet-mitrailleur l'avait conduit jusqu'au bureau de Catalina. Une puissante déflagration avait démoli les locaux du journal dans les jours précédents, et le sol était encore jonché de gravats. Au milieu de la poussière de plâtre et de piles de journaux déchiquetés, Catalina lui avait donné cinq minutes pour expliquer le but de sa visite. Il avait évoqué les dauphins, la mort de son père, les laboratoires clandestins d'héroïne base et de pasta de coca, l'eau souillée par l'acide, encore et toujours les dauphins.

La jeune femme s'était impatientée.

— Je ne vais pas me déplacer pour une bande de poissons, même menacés de disparition. Nous sommes tous des espèces en voie d'extinction dans ce pays de la violence! avait-elle dit d'une voix sourde. On nous a tué trois candidats à la présidence, le journal a sauté, vingt de mes confrères ont cassé leur plume pour toujours, et vous voulez m'attendrir avec vos dauphins!

Vargas s'était retiré. Il avait senti la journaliste à cran et ne lui en avait pas tenu rigueur.

Un peu plus tard, Catalina, troublée, avait écouté le récit du correspondant de l'*Espectador* à Cali parlant de mystérieuses flèches incrustées d'un dauphin, retrouvées dans la gorge de trois parrains, ennemis jurés d'Escobar. La direction avait accepté de traduire en espagnol et de publier un texte du Français Jacques-Yves Cousteau qui, retour de l'Amazonie colombienne, s'inquiétait du sort fragile des aimables cétacés. Catalina avait encouragé la parution de l'article en bonne place dans le nouveau supplément de l'*Espectador* consacré à l'écologie. Vargas n'avait pas manqué de lui adresser un mot de remerciement, persuadé que sa visite était pour quelque chose dans le choix du journal.

À une trentaine de mètres, un groupe d'adolescents en treillis attendaient la guérillera. En les apercevant, Jack Tobbie ne put s'empêcher de penser aux Khmers rouges qui avaient jadis cruellement décimé la population du Cambodge, du temps où il servait dans les marines. Ces guerriers redoutables qui faisaient trembler toute l'Asie n'étaient que des gamins dont la voix n'avait pas encore mué. C'étaient les mêmes petits visages lisses et imberbes qui se tenaient là, immobiles, leurs fusils pointés sur l'agent de la CIA. Catalina leur fit signe d'approcher et de relever leurs armes.

— Vous n'avez pas à me remercier, monsieur Vargas, dit enfin Catalina. Nous servons la même cause. J'ai su que vos dauphins montraient quelquefois des dents de requin.

Libertador sourit faiblement. C'était son premier sourire depuis la mort de Yoni. Il inclina la tête, regarda encore une fois la jeune femme qui se tenait devant lui, essaya de l'imaginer comme il l'avait découverte à Bogotá, son opulente chevelure châtain clair, les traits moins durs de son visage. C'était avant.

Le ciel s'était dégagé aussi rapidement que, tôt le matin, il avait pris ses couleurs de deuil. Le bourdonnement de trois hélicoptères parvint jusqu'à eux. Tous levèrent les yeux. Les Apache cherchaient une trouée où se poser. Vargas chargea Cheng de les guider.

— Je dois regagner mon QG, fit Catalina. D'autres missions nous attendent.

Elle tendit la main à Libertador. Il la pressa longuement sans la quitter des yeux. Ce qu'ils se dirent à cet instant, dans le silence de leur regard, ressemblait à une promesse.

10

Le soir tombait sur la grande forêt. Les Indiens Tucunas s'activaient pour enfouir le cadavre de Manrique. En observant le visage d'où pointait toujours un ridicule mégot de cigare, Vargas reconnut les traits déformés de celui qui avait peuplé ses cauchemars d'enfant.

Tobbie avait rejoint les pilotes des Apache. Après avoir tournoyé de longues minutes dans le ciel enfin dégagé, les appareils avaient trouvé un point de chute aux abords d'un lac, à deux kilomètres à vol d'oiseau. Libertador et ses hommes regagnèrent leur bivouac provisoire pour ce qui serait, il en avait décidé ainsi, leur dernière nuit dans la jungle. La plupart de ses compagnons offraient la même expression fermée, comme s'ils pressentaient ce que leur chef s'apprêtait à leur dire. Ils avaient pris place autour d'un feu.

Impassible, Cheng regardait danser les flammes qui découpaient les angles vifs de ses pommettes. Il en voulait à Libertador d'avoir passé de longues heures à se confier à ce Jack Tobbie, tandis que lui, son ami fidèle, avait dû se tenir à l'écart avec les autres. Comme chaque fois qu'il était bouleversé, triste ou en colère, le jeune Chinois revoyait avec horreur les folles journées de la place Tien an Men, à l'époque où il croyait encore à la bonté des hommes. C'est cette foi qui l'avait poussé à traverser en courant l'immense avenue de la Longue-Paix puis à se planter, immobile, devant la colonne de chars qui fonçait vers lui. Le monde entier avait assisté à cet incroyable face à face. La colonne s'était arrêtée. Le char de tête avait voulu trouver une parade, passer par la droite, par la gauche. Mais le jeune homme, d'un léger chassé de hanches, anticipait chaque mouvement et se retrouvait dans la mire du canon, obstiné, têtu. Peut-être souriait-il, peut-être criait-il. Peut-être avait-il ce petit visage buté, comme à présent dans la nuit amazonienne à remâcher sa déception. Jamais on ne le saurait. Les caméras de télévision de toute la planète tournaient. On ne voyait que le dos du héros. Une danse devant la mort. Des millions de téléspectateurs, souffle suspendu, avaient vu l'intrépide escalader d'un bond la chenille jusqu'au sommet du char, sommant le tankiste de l'écouter. Il lui avait dit quelques mots, puis était reparti indemne, presque insouciant. Il avait quitté le champ de la caméra. On ne l'avait jamais revu, on n'avait pas su son nom, rien deviné de ses traits.

Plusieurs mois plus tard, il avait trouvé asile aux États-Unis. Sur le campus de Boston, il s'était lié d'amitié avec un jeune homme robuste et plein de fougue, de six ans son aîné, qui rêvait de transformer l'Amérique du Sud en continent de paix. Il commencerait par l'Amazonie. Cheng voulait-il le suivre ? C'est à ce dieu laïque prénommé Diego que le jeune Chinois avait confié son secret. Oui, c'était bien lui, la mince silhouette qui avait arrêté le char sorti de la Cité interdite pour s'en aller massacrer le printemps. Et jamais il n'aurait le cran de rentrer chez lui, dans ce pays où l'on ne prenait même plus le soin de capuchonner le canon des chars, au cas où un étudiant passerait à portée de tir. Cheng, la mine maussade, pensait à tout cela lorsque Libertador, la voix nette et décidée, lança :

— Venez plus près et formez un cercle. J'ai à vous parler.

Tous s'exécutèrent en silence et avec perplexité. Aucun n'avait le cœur à faire la ronde comme dans un jeu d'enfants.

À côté de Cheng, l'air aussi buté, se tenait Mourad, jeune homme de vingt-quatre ans, d'allure élancée, le cheveu très court et d'un noir intense comme son œil. Une fine moustache rehaussait sa lèvre. Il était le portrait juvénile de son grand-père Saddam Hussein, et cette ressemblance le tourmentait, lui qui devait au maître de Bagdad l'assassinat de son père. Mourad s'était enfui pour les États-Unis au lendemain du drame. La presse mondiale avait fait ses gros titres de cette terrible information : Saddam Hussein exécute ses deux gendres, Hassan et son frère Hakim, après leur retour d'exil en Jordanie. La télévision irakienne avait annoncé la veille le divorce de leurs épouses Raghad et Rana, les filles du dictateur. Aussitôt Mourad avait filé vers Amman. Le roi Hussein lui avait prêté asile dans les vastes salons du palais Hachémiyé réservé aux hôtes officiels. Mais, très vite, le « petit roi » avait senti le danger que constituait la présence à Amman du jeune homme. La capitale jordanienne était truffée d'espions de Saddam : la nouvelle parviendrait tôt ou tard au dictateur. Grâce à ses liens d'amitié avec la Maison-Blanche, il réussit à obtenir le transfert du petit-fils de Saddam aux États-Unis.

C'est ainsi que Mourad s'était retrouvé auditeur libre au Centre des questions internationales de Harvard, où il put bénéficier des enseignements éclairés de Henry Kissinger. Aux intercours, il s'était lié d'amitié avec un Chinois peu bavard qui semblait porter un fardeau aussi pesant que le sien. À force de méfiance vaincue, les deux jeunes gens s'étaient raconté leur histoire. Cheng avait présenté Mourad à Diego Vargas. Libertador, ce jour-là, avait recruté un nouveau candidat pour l'Amazonie.

Pour la première fois depuis longtemps, Mourad revécut par la pensée ses derniers jours à Bagdad. Que de haine il avait accumulée contre Saddam Hussein! Son père Hassan n'était pas un saint, il le savait. Il avait longtemps servi de bras armé à son beau-père, et le peuple irakien le tenait à juste titre pour le maître des programmes d'armement, en particulier du canon géant de mille mètres conçu pour menacer le Koweit. Ancien sergent de police promu garde du corps d'un oncle maternel de Saddam, puis chef de sa garde rapprochée, il était devenu ministre de la Défense, s'illustrant dans les bombardements au gaz moutarde de villages kurdes. Mais devant la folie grandissante de son beau-père, il avait fini par s'opposer à ses ordres les plus déments, comme l'idée de piéger le convoi d'une délégation des Nations unies. Brutalement limogé, il avait demandé l'asile politique au voisin de Jordanie. À ce moment-là, il avait fait amende honorable, livrant à des militaires américains de haut rang des informations confidentielles sur l'armement biologique et chimique de l'Irak. Pour Mourad, son père était d'abord un homme loyal et droit qui avait mal supporté la souffrance de son peuple, l'aveuglement de Saddam, les provocations de son fils Ouda. Il revoyait encore ce blanc-bec promenant son tigre dans les rues opulentes du quartier Mansour et achetant dans un restaurant de brochettes plus de dix kilos de viande rouge que le félin avait dévorée à pleines dents au beau milieu de la rue, sous le regard de passants qui n'avaient pas mangé le moindre morceau de bœuf ou d'agneau depuis des mois. Hassan avait houspillé son beau-frère en présence de Saddam. Ce n'était pas un hasard si, à son retour d'exil, Hassan avait été accueilli à la frontière par Ouda avec ces mots : « Laissez-moi le traître. » Il l'avait emmené dans sa voiture jusqu'au palais présidentiel. Saddam Hussein en personne, disait-on, avait tiré la première balle, et Ouda s'était chargé de l'achever.

En regardant Mourad, Vargas pensait qu'il aurait du mal à le convaincre de rentrer en Irak, sauf à réactiver en lui un désir de vengeance. Il se trompait. Le jeune Irakien n'avait plus de nouvelles de sa mère depuis près de trois ans. Il lui arrivait certains soirs, sous le ciel étranger d'Amazonie où les étoiles ne brillent pas comme en Orient, de l'appeler. Il n'avait gardé d'elle aucune photo, et son image se dérobait à son esprit par le jeu d'un cruel sortilège de la mémoire. Mourad savait que le jour approchait où l'idée de ne plus embrasser sa mère, de ne plus pouvoir se remémorer précisément les traits de son visage, la douceur de sa voix, lui serait insupportable. L'amour d'une mère constituerait un moteur plus puissant que la vengeance.

L'homme qui se tenait assis près de Mourad avait la peau noire comme de l'ébène et malgré son jeune âge le crâne aussi lisse qu'une boule d'ivoire. À vingt-sept ans, il avait déjà vécu plusieurs existences, des rues défoncées de Soweto aux combats syndicaux des mineurs sud-africains. Il était de ceux qui avaient arraché de haute lutte une amélioration des salaires dans les gisements d'or et de platine de l'Anglo-American. Envoyé au fond dès l'âge de quinze ans, il gardait ces clignements d'yeux incontrôlés qui trahissent l'impossibilité de s'habituer jamais aux lumières du grand jour, quand on a connu la nuit effrayante et sombre des entrailles terrestres. Il s'appelait Lancelot Palacy. Enfant déjà, il surprenait ses professeurs par son aisance d'orateur et l'intelligence de ses remarques. Sa famille vivait à proximité du quartier d'Orlando ouest, où des milliers de Noirs défilaient chaque année devant la maison de Nelson Mandela. En 1976, les étudiants de Soweto s'étaient soulevés pour réclamer un accès normal à l'université, des bibliothèques, des salles de sport. Quinze mille jeunes avaient marché dans Old Potchefstroom Road, l'artère principale du township. La police avait tiré à bout portant sur les manifestants. Plus de cinq cents ne s'étaient pas relevés. Parmi eux se trouvait Hector, l'un des meneurs, frère aîné de Lancelot. Après la libération du « plus vieux prisonnier du monde », en 1990, un mémorial avait été dressé dans Soweto à la mémoire d'Hector Palacy. Lancelot avait grandi dans l'admiration de ce « héros » qu'il avait à peine connu, sauf en photographie sur l'album de famille et dans un cadre de métal, sur le buffet de la cuisine familiale. Lui-même, jeune syndicaliste à l'Union des mineurs, il avait réussi le tour de force d'organiser une grève sur plus de cinquante sites de l'Anglo-American. Les leaders de l'African National Congress avaient vu en lui un digne successeur de son frère. Mais, à dix-neuf ans, il ne pouvait espérer rivaliser avec l'étoile montante, Trevor Jones, qui s'était illustré dans la lutte antiapartheid et entendait bien tirer les dividendes de ses faits d'armes lors de la consécration du Black Power. Beau joueur, Lancelot s'était retiré du jeu à condition d'obtenir une bourse d'étude dans les meilleures universités du monde. Après une année à l'École des mines de Paris, il s'était retrouvé au Centre d'étude des ressources naturelles et de l'énergie de Boston. Son diplôme en poche, il avait entamé un Masters de finances internationales, convaincu que l'heure viendrait du *black business* à Johannesburg. C'est pourquoi il était tout ouïe lorsque Diego Vargas se mit à parler d'argent.

Une heure plus tôt, avant que Tobbie ne se dirige vers les Apache, Libertador avait eu un nouvel aparté avec l'Américain, très bref cette fois. « C'est quoi, votre marché ? » avait-il demandé en le fixant droit dans les yeux. Tobbie l'avait entraîné à l'écart. Il avait senti son pouls s'accélérer, conscient que la réussite de sa mission dépendait des quelques mots qu'il allait prononcer.

— Voilà. La prime de cent millions de dollars offerte à qui vous capture, je vous la donne. Vous en faites ce que vous voulez à condition de quitter l'Amazonie, vous et vos hommes, et de regagner vos pays respectifs. En contrepartie, je vous demande de nous fournir toutes les informations — fichiers, disquettes, rapports et documents originaux — qui concernent les liens de l'administration américaine avec les narcotrafiquants colombiens, en particulier avec Pablo Escobar.

Libertador était resté pensif. Il avait doucement hoché la tête sans rien dire. Tobbie avait poursuivi prudemment :

— Bien sûr, nous nous occuperons de vous fournir de nouveaux papiers d'identité, des passeports et des visas. S'il le faut, certains d'entre vous pourront bénéficier de traitements de chirurgie esthétique. À la CIA, nous avons l'habitude de ces métamorphoses.

— Très peu pour moi, avait répondu Vargas en passant la paume de sa main sur son visage, comme le faisait Yoni quand elle lui murmurait : « Ne change jamais. » C'est avec la même tête qu'il rentrerait aux États-Unis. Mais il rentrerait. Une idée mûrissait dans son esprit. Il serra la main de Tobbie et lui demanda de revenir le lendemain matin.

Une longue nuit commençait.

Diego Vargas inspira profondément l'air de la jungle. Il s'arrêta sur chacun des regards posés sur lui. Pour la première fois il pouvait lire une sorte d'hostilité, en tout cas une vive incompréhension, dans les yeux de Cheng et de Mourad. Lancelot Palacy semblait au contraire brûler d'impatience, comme s'il avait compris que le jeu prenait une autre dimension. Trois hommes offraient un visage impénétrable. Il y avait Hugues de Janvry, un héritier des « deux cents familles », égaré par idéalisme et goût de la contradiction dans ce qu'il avait cru être un combat de classe — révolutionnaires contre bourgeois, Sud contre Nord, Marx et Lénine contre Jésus et Coca-Cola. Parce qu'il avait joué aux billes sur les trottoirs de l'avenue Henri-Martin, dans son enfance, avec un cousin germain de Régis Debray, le jeune Janvry avait rêvé de choquer sa mère engluée dans l'œuvre charitable des Petits Lits blancs, et surtout son père, catapulté par un gouvernement de droite au comité de régence de la Banque de France. Parti en année sabbatique pour Boston, le jeune Français avait vu en Vargas une réincarnation moderne du Che. Sans doute avait-il aussi éprouvé un sentiment proche de l'amour entre garçons. Autant dire que leur relation reposait sur un malentendu. Hugues de Janvry était le seul membre du groupe à croire que leur lutte était idéologique. Il n'en demeurait pas moins un compagnon agréable et plein d'humour, dont la précision — qui n'excluait pas un rien d'affectation — dans le maniement de la sarbacane laissait pantois les Indiens Tucunas. Il avait fini par trouver le temps long dans la jungle colombienne. Lui manquaient, quoi qu'il s'en défendît, les friandises de sa vieille nannie, ses habits de velours et les grands crus de bordeaux qu'il affectionnait plus que tout, intarissable sur les pauillacs et les margaux même quand Vargas le raillait sur ses penchants petits-bourgeois.

Il y avait aussi Barco Herrera, l'ancien jeune prodige du football brésilien. Combien de supporters avaient hurlé son nom dans le chaudron de Maracana ! La trentaine approchant, il avait monnayé sa fin de carrière en rejoignant les diables verts de Boston, une des rares équipes de football « à l'anglaise » des États-Unis. C'est à l'occasion d'une rencontre amicale entre les joueurs de Harvard et son équipe qu'il avait noué des liens avec Diego Vargas. Ce jour-là, Vargas s'était proposé comme arbitre de la partie. Il avait pu apprécier sur le terrain la vaillance du Brésilien, son incroyable toucher de balle qui ressemblait à une danse, à la manière du roi Pelé. Le soir, ils avaient fait plus ample connaissance à la pizzeria du campus. Vargas avait alors découvert d'autres facettes de la personnalité du champion. Originaire du Rio Grande do Sul, il maudissait les politiciens de Rio et de Brasilia qui utilisaient sa popularité pour faire oublier au peuple, le temps d'un match, combien ils étaient pauvres et décervelés. Les multinationales américaines rachetaient le Brésil par appartements, ou plutôt par centaines de milliers d'hectares. Les bidonvilles grossissaient à vue d'œil, le Nord crevait au profit de ces fêtards de Copacabana. Lorsque Vargas avait parlé à Barco Herrera de son projet de reconquête en Amazonie, le footballeur avait gardé le silence. Quelques mois plus tard, le *Boston Daily News* s'interrogeait sur la disparition soudaine du champion. On avait lancé un avis de recherche au Brésil. Une journée de deuil national avait été décrétée par les autorités de Brasilia, sans que personne ait su ce qui était vraiment arrivé. Le gouvernement mesura là le degré de popularité de Barco Herrera. Vargas savait que le jour viendrait où il saurait mettre à profit ce profond amour du petit peuple pour un homme beau comme un dieu qui, avec sa peau mate et ses boucles blondes, incarnait le mélange magique formant la nation brésilienne.

Il y avait enfin Natig Aliev, l'ingénieur des pétroles qui avait fui l'Azerbaïdjan au moment de l'entrée des chars russes à Bakou, un matin du printemps 1991. Avant l'arrivée au pouvoir des bolcheviks, en 1920, son grand-père avait prévenu : si les rouges entraient à cheval dans son palais, il n'hésiterait pas à tirer. À cinquante ans, ce prince de l'or noir était devenu le bienfaiteur de Bakou. On lui devait la construction des plus beaux édifices modernes sur les bords de la Caspienne, l'Opéra, l'hôpital, l'université, l'hôtel Azor où devait dormir, des années plus tard, le général Charles de Gaulle en route pour Yalta, et aussi le palais des mariages. Comme les Nobel, Aliev avait fait fortune avec l'or noir de Bibi Heybat, le gisement mythique de Bakou. Mais il n'avait pas attendu Lénine pour accomplir le devoir de partage. Fort en chiffres, mais demeuré toute sa vie analphabète, il

avait sauvé de la destruction des milliers d'ouvrages
savants qu'il se faisait lire, le soir, page après page,
par un érudit de l'université. Père de cinq enfants
dont trois filles, il s'était tiré une balle dans la tête à
l'arrivée des bolcheviks. Ses enfants avaient réussi à
s'enfuir vers la Pologne. Natig était le fils du dernier
fils du vieil Aliev. Une de ses sœurs vivait à Bakou.
C'est à elle qu'il adressait parfois un courrier où il
donnait de ses nouvelles, tout en réclamant des
informations sur ce qui se passait là-bas. Ainsi
avait-il appris que les biens familiaux, malgré l'indépendance déclarée de l'Azerbaïdjan, ne reviendraient
pas à sa famille. Le nouveau maître de Bakou, bien
qu'azeri de naissance, était un ancien patron du
KGB qui avait, en son temps, servi Brejnev. Rien ne
changeait donc et, de rage, Natig était resté à Boston
afin de parfaire ses connaissances sur les hydrocarbures. Là, comme ses compagnons d'aventure, il
n'avait pu résister au charme persuasif de Diego Vargas et avait troqué ses rêves de revanche en Caspienne contre un idéal amazonien.

— Natig, fit Libertador en regardant son jeune
compagnon azeri. Toi qui as étudié les champs de
pétrole et qui as vu les flammes affleurer du sol à
l'état naturel dans ta région de Bakou, tu vas
comprendre...

Puis, s'adressant à tous :

— Écoutez-moi. Quand un incendie se déclare
dans un puits de pétrole, on ne connaît qu'une seule
manière de l'éteindre : c'est de le bourrer d'explosifs
et de le faire sauter. On éradique le feu par le feu. Le
souffle de la déflagration abat les flammes.

Natig opina du chef sans voir précisément où
Libertador voulait en venir.

— Nous sommes arrivés à un tournant. Cette
révolution écologique dont nous avions rêvé, la
marche des sociétés capitalistes vers une plus grande
humanité, le respect des faibles, les actes généreux et
désintéressés, la mort de l'argent roi, rien de tout
cela n'arrivera si nous restons terrés comme de vulgaires bandits au fond de la forêt. Manrique est

mort. Un autre l'a déjà remplacé à Bogotá. Si je donne à Tobbie les filières de Coca Nostra, les barons en inventeront aussitôt de nouvelles. Le monde tourne sans nous, les gars. À quoi bon vouloir changer son cap puisque nous n'avons pas en main les manettes de pilotage, vous me suivez ?

— Tu renonces à notre combat, Diego ?

Hugues de Janvry avait parlé d'une voix blanche.

— Mon cher Hugues, répondit Vargas, je connais ton engagement trotskiste, ton sens de l'honneur, tes idéaux que je respecte et qui restent en partie les miens, le sectarisme mis à part. Je ne renonce pas au combat, je le déplace. Il est temps de rétablir le règne de la créativité, de remettre l'imagination au pouvoir. Pour cela, nous allons porter le feu là où il couve déjà, au cœur de leurs temples, à Wall Street, à Francfort, à Johannesburg, chez les gnomes de Zurich et les petits messieurs de la City imbus d'eux-mêmes. Les financiers sont les complices des politiques. Ils ferment les yeux sur tout à condition que les richesses circulent, qu'elles grossissent et les engraissent. Aucun de vous ne s'est demandé pourquoi la Colombie est bien vue du FMI ? Parce qu'elle rembourse sa dette. Et comment la rembourse-t-elle ? Avec les dollars que les narcos virent sur des comptes offshore en échange d'une paix royale. L'argent n'a pas d'odeur sauf chez nous : il sent la poudre. Évidemment, la planète financière tient trop à son confort personnel pour réagir. Qu'importe que la jeunesse de Bogotá se shoote au basuco, moitié marijuana, moitié coke frelatée. Qu'importe que les gangs de LA rétament les gamins au crack latino : les créances colombiennes sont honorées, les Bourses tiennent le coup, les blue chips versent des dividendes, tout le monde se goinfre. Alors écoutez-moi : l'IBM, l'ITT, les pétrolières, le luxe, la pharmacie, on va tout faire sauter. Mani pulite aura l'air d'un nettoyage artisanal à côté de mon plan. Souvenez-vous : éteindre le feu par le feu. Le fric leur brûlera les doigts. Si vous me faites confiance, si vous me suivez encore une fois, les marchés devront nous obéir, vous verrez. Le jour viendra où il nous appartiendra de redonner un cœur et une âme à nos sociétés. Mais attention : nous allons quitter la jungle pour une autre jungle. Nous allons nous battre avec les vraies armes qui mènent le monde. De quoi avons-nous l'air avec nos fusils et nos sarbacanes ? Hugues, toi qui as trop lu Trotski, tu te souviens de sa prédiction : nous achèterons aux capitalistes la corde pour les pendre. Cette corde, nous l'achèterons à crédit. Déjà, Tobbie nous offre cent millions de dollars pour quitter ce fichu pays.

— Qu'est-ce qu'on va faire de ce fric ? demanda Cheng, interloqué.

— Tendre un piège à tous ceux qui ont fait de l'argent sans idée leur dieu. Chacun chez lui, nous allons les appâter. Ce sera pire qu'une soupe d'hameçons. Ils mordront, et on tirera. Tu peux être sûr qu'on tirera.

Cheng soupira. Pour la première fois depuis dix ans, il envisagea avec appréhension et tristesse sa vie loin de Vargas, le retour à Pékin. Car, s'il suivait bien le raisonnement de son héros, chacun devrait rentrer dans son propre pays et participer secrètement à l'œuvre commune, jusqu'à l'effondrement, au jour J...

— Pourquoi ne pas continuer comme on l'a toujours fait ? insista l'ancien étudiant de Tien an Men. Pardonne-moi de te dire ça, Diego, mais j'ai l'impression que depuis la mort de Yoni, tu as peur.

Vargas accusa le coup sans rien laisser paraître. Il fixa Cheng dans les yeux et parla d'une voix assurée, comme si sa conviction naissait en même temps que ses paroles.

— Cheng, je connais ton intelligence. Ne fais pas l'idiot. Les journaux sont remplis de commentaires chantant les louanges de la mondialisation, du temps réel, des transactions sur le Net, des OPA sauvages qui donnent aux nouveaux géants une emprise sans précédent sur les individus que nous sommes. Nos habitudes sont étudiées, modélisées, nos goûts et nos marottes espionnés par les mouchards installés dans les logiciels de nos computers. Nous menons un combat préhistorique face à des puissances mutantes qu'il faut toucher à l'endroit sensible : leur fortune. Crois-moi, les risques que nous prendrons seront à la mesure de l'enjeu : énormes. Alors, la peur...

Un silence s'installa durant lequel les compagnons de Libertador le regardaient pensifs. Vargas se remémora cette soirée avec Yoni, où elle l'avait initié à sa prophétie du cercle sacré. Elle aussi lui avait demandé s'il avait peur.

Comme ses paroles ne semblaient guère avoir convaincu le Chinois, il se mit à répéter les mots d'Élan noir, que sa jeune femme, peu avant de mourir, lui avait soufflés, tel un air béni.

— Mes amis, commença Diego, si je vous ai demandé de vous tenir en cercle autour de moi, c'est pour que nous formions ensemble une alliance indestructible. Dans les temps anciens, nous autres Indiens vivions heureux et forts. Nous tenions notre pouvoir du cercle de la nation. C'est de l'avoir brisé qui nous a perdus. Je sais que vous n'appartenez pas à mon peuple. Mais vous savez aussi qu'un homme ne trouve pas toujours son frère dans son propre sang et que la vie lui apporte des liens solides à travers les amitiés qu'il tisse dans la succession des jours et des nuits, des bonheurs et des malheurs. C'est pourquoi je voudrais qu'ensemble nous soyons ce cercle sacré, au sein duquel régneront la confiance et le souvenir de ce que nous avons été, qui nous prémunira contre la tentation de changer de rêve.

— Pourquoi un cercle ? interrogea Cheng.

Les mots d'Élan noir, portés par la voix de Yoni, traversèrent l'esprit de Vargas.

— Le cercle est la mesure de chaque chose importante de notre monde. Le ciel est rond comme la terre, la lune et même les étoiles. Le soleil s'élève et redescend dans un cercle. Le vent, dans sa puissance la plus admirable et violente, tourbillonne. Les oiseaux font leur nid en rond. Même les saisons, dans leur succession, forment un grand cercle et reviennent toujours là où elles étaient. Et notre vie, mes amis, notre vie d'homme est un cercle, d'enfance à enfance. Les tentes de mes ancêtres étaient rondes comme des nids d'oiseaux et toujours disposées en cercle; le cercle de la nation était fait d'une multitude de nids où ils couvaient leurs enfants. Ce cercle sacré, c'est l'assurance que, partout où nous irons, quoique nous entreprenions, nous resterons nous-mêmes et nous accomplirons notre destin d'hommes libres malgré les embûches et les tentations qui ne manqueront pas de surgir sur notre route.

Ils écoutaient attentivement, serrés les uns contre les autres, conscients que là, au plus profond de la nuit amazonienne, ils se liaient à jamais dans une noble fraternité, autour de Libertador.

Il y eut encore quelques questions, mais les hommes semblaient soudain apaisés, transcendés par la voix de Vargas qui leur avait ouvert un chemin de lumière dans l'obscurité.

11

Depuis vingt-cinq ans qu'il travaillait pour la CIA, Jack Tobbie ne s'était jamais senti aussi inutile. La chute du mur de Berlin avait sonné le glas de la belle époque du renseignement, des coups fourrés, du double jeu. Il était de ceux qui rêvaient parfois d'aller reconstruire ce mur de la honte pour retrouver leurs bons vieux adversaires, de l'autre côté du rideau de fer. Mais il avait fallu se faire une raison. L'ennemi historique avait bel et bien disparu, et la drôle de guerre froide était entrée à jamais dans l'histoire révolue de l'espionnage. Avant de partir en mission auprès de Manrique, Tobbie avait longuement hésité. Avec quelques anciens du bureau de

Moscou, il avait pensé monter une petite agence privée au service de quelques grosses entreprises américaines soucieuses de protéger leurs positions en Europe. Mais la réputation de Diego Vargas l'intriguait. Il voulait à tout prix savoir ce que ce type avait dans le ventre. À côté des barbouzes qu'il n'avait cessé de côtoyer depuis un quart de siècle, Libertador jouissait de l'aura d'un chevalier. Les patrons de la nouvelle CIA entendaient bien le neutraliser, de même qu'ils entendaient effacer les traces compromettantes des saloperies américaines en Amérique latine, où se trouvaient mêlés les noms d'au moins deux présidents des États-Unis.

Tobbie avait demandé à l'instructeur d'un Apache de le réveiller à 6 heures du matin. Dès 5 heures, des chants d'oiseaux l'avaient tiré du sommeil et, depuis, il réfléchissait : Vargas accepterait-il sa proposition ? Une autre idée travaillait l'Américain, mais elle lui semblait inexprimable, en tout cas prématurée. Si pourtant Bill Clinton disait vrai, si l'espionnage économique devenait une ardente obligation pour protéger les entreprises de l'Oncle Sam contre les attaques déloyales menées par l'Europe et l'Asie, alors Vargas était sûrement l'homme de la situation.

Peu avant de s'envoler vers la Colombie, Jack Tobbie avait éprouvé, pour la première fois de sa vie, la honte d'appartenir à la grande maison de Langley. Une longue enquête publiée dans l'édition dominicale du *Los Angeles Times* — des révélations qui, il faut le dire, ressemblaient au dernier clou qu'on enfonce dans un cercueil — démontrait, selon un journaliste informé aux meilleures sources, comment les présidents Reagan et Bush s'étaient laissé berner sur la prétendue puissance militaire des Soviétiques — cela à l'aube des années 80. Des rapports rédigés par des taupes du KGB au sein du bureau de la CIA, surestimant les capacités nucléaires et stratégiques de l'URSS, avaient incité Washington à dépenser inutilement plus de vingt milliards de dollars pour un programme fumeux de guerre des étoiles et d'avions furtifs. Le nom de Tobbie n'était pas cité parmi les agents doubles, mais il avait découvert que des collaborateurs très proches, qu'il invitait parfois chez lui à partager un excellent caviar de la mer Noire arrosé de vodka, s'étaient prêtés à cette mystification. Dans la poche de sa chemise, il conservait plié en quatre l'article explosif du *LA Times*. Le ton persifleur du reporter Jessy Brown le mettait hors de lui. « Reagan, écrivait l'impudent, a cru à cette légende que les Soviétiques étaient prêts à évacuer Moscou en quinze minutes et qu'ils pouvaient survivre à une riposte nucléaire américaine. L'opinion que rien ne marchait en URSS était donc une illusion dangereuse. Les touristes revenant de là-bas et rapportant qu'il fallait deux jours pour commander un petit déjeuner à l'hôtel se trompaient lourdement... » Plus loin, le journaliste n'hésitait pas à annoncer la fin prochaine de l'Agence de la manière la plus ironique : « La CIA va me manquer. Aussi loin que je me souvienne, quand il y avait une erreur à commettre, on pouvait toujours lui faire confiance pour ne pas la rater. Cette constance fut l'une des bases qui fondèrent toute ma vie de journaliste. En cas de pénurie, je pouvais être sûr qu'un scandale impliquant la CIA surgirait juste à temps pour me permettre de payer mon loyer. » Quarante-huit heures après la parution de ce brûlot, le patron de la CIA, James Woosley, avait été convoqué d'urgence dans une salle sans fenêtres du Rayburn Building, à deux pas du Capitole. Là, la commission parlementaire des Affaires du renseignement avait cuisiné cinq heures d'affilée le petit homme chauve et transpirant, sommé de s'expliquer. Il s'était retranché derrière ses illustres prédécesseurs, arguant qu'il n'était pas en place à l'époque des faits. Avec habileté, il avait expliqué que tout cela, bien que fort regrettable, était de l'histoire ancienne. Avec la chute du communisme, les alliés d'hier, même les plus fidèles, étaient devenus des ennemis sur le terrain économique. Il fallait renforcer les moyens d'investigation technologiques et financiers dans les firmes européennes. Son auditoire l'avait écouté attentivement. Le leader de la majorité démocrate à la Chambre des représentants avait paru soudain très intéressé par l'exposé du patron des services secrets. Woosley était reparti avec l'assurance d'obtenir un budget de trois milliards de dollars. Mais l'alerte avait été chaude.

Le lendemain, dans la cour des usines Boeing à Seattle, Bill Clinton avait accusé la firme française Airbus de voler des emplois à l'Amérique. La Maison-Blanche avait même publié un communiqué laconique soulignant le lien désormais inextricable entre la sécurité nationale et la protection par tous les moyens des intérêts des entreprises américaines, y compris hors des frontières. Hélas, les agents secrets spécialisés dans le business n'étaient pas légion. La plupart s'étaient grillés entre les délices de La Havane — rhum, cigares, poudre blanche et filles faciles — et les putes à chapka et pelisse du parc Gorki. Pas un seul jour ne s'écoulait sans que l'Agence ne fît l'objet de moqueries et de scandales. Une fois, c'était une espionne chargée à Paris de « traiter » un haut fonctionnaire de Matignon sur la position française au Gatt et qui avait fini par tomber dans les bras de sa cible. En faisant passer l'amour avant le devoir, elle avait révélé le but de sa mission à son amant. Celui-ci, plus prudent que troublé, avait mis la DST sur le coup. Résultat : la France avait expulsé avec perte et fracas cinq agents de la CIA, sans aucun égard pour l'ambassadeur des États-Unis accouru en hâte à l'Élysée avec le vain espoir d'étouffer l'affaire. Une autre fois, c'est un colonel guatémaltèque et tortionnaire qui avait défrayé la chronique en dévoilant que, depuis près de dix ans, il percevait un salaire mensuel de la CIA.

Au milieu de ce déballage sans précédent, des entreprises américaines, parmi les plus réputées de Wall Street, multipliaient les appels du pied à la Maison-Blanche. Le message était des plus clairs : fournissez-nous des espions diplômés en marchés, des as de Yale et de Princeton, polyglottes et cultivés, des rois de la high tech, des internautes et des financiers, des malins du software. Nous les ferons passer pour des salariés de nos filiales à l'étranger. Ils observeront nos concurrents et les services secrets des pays où nous sommes victimes d'une guerre économique.

Telles étaient les pensées que remuait Jack Tobbie en attendant de retrouver Vargas. En recrutant Libertador et ses hommes pour le département Action, il pourrait de nouveau se sentir fier d'appartenir à la « grande maison ». Et s'assurer l'impunité pour les quelques malversations dont il s'était rendu coupable au Panamá, du temps où Noriega n'était pas encore un Satan.

L'agent américain s'apprêtait à gagner le refuge de Vargas lorsqu'un voyant rouge s'alluma sur le tableau de bord de l'hélicoptère, accompagné d'une faible sonnerie. Il décrocha l'appareil et reconnut aussitôt la voix de Stan Fleming.

— Je m'inquiétais de n'avoir plus de nouvelles, commença son interlocuteur. Tout est OK ?

— Vargas est sain et sauf, si c'est ce que tu veux savoir. Mais Manrique et ses soldats sont kaput. Je t'expliquerai. Fais préparer la villa de Coco Bay pour sept personnes. Et pour l'instant, pas un mot au big boss. J'envisage un transfert dans les vingt-quatre heures. Mécanisme de sécurité renforcé, une brigade en faction dans le parc, et une équipe de chirurgie. Le Dr Li serait parfait.

— Des visages à redessiner ?

— Sûrement. Mais tu la boucles. La partie est délicate. Libertador me donne l'impression de calculer plusieurs dizaines de coups à l'avance. C'est fascinant, mais terriblement inquiétant.

— Bien reçu. Qu'est-ce que je dis pour Manrique ?

— Rien. Nos hommes savent où il est enterré dans la jungle. On bougera son cadavre la nuit prochaine, puis on le jettera d'un hélico, à basse altitude, au-dessus du vieux cimetière de Cali. J'ai déjà fait préparer la pancarte habituelle qu'on lui passera au cou. « Traître à réclamer ». C'est la signature des sicaires de Medellín. Avant qu'ils décèlent la supercherie, ils se seront entre-tués, eux et l'armée régulière, et nous, on sera loin.

Il y eut un silence dans l'écouteur.

— Comment est l'ambiance, à Langley? reprit Tobbie.

— Poison, répondit Fleming. La presse nous harcèle. Hier, elle s'en est prise à l'ancien chef du bureau de Téhéran. On a maintenant la preuve que nos liaisons radio avec l'Iran étaient interceptées par les services de Khomeiny, avec la complicité de nos agents.

— C'est tout?

— Non, hélas! Le *Post* confirme que la CIA a complètement « enflé » la Maison-Blanche en 1980. On était les seuls à dire que les Soviétiques s'étaient lancés dans une course au surarmement. Vu ce qui a suivi, ça risque encore de valser dans l'aile nord de Langley [1].

— Tu es sûr qu'on n'est pas dans l'orbite d'une grande oreille? s'inquiéta soudain Tobbie.

— Rassure-toi, rigola Fleming. J'ai un infaillible détecteur de bretelles. Sois tranquille, la ligne est déserte. Juste toi et moi.

Était-ce le manque de sommeil? Tobbie eut l'impression désagréable que quelque chose avait changé dans la voix de son vieux copain. Comme une pointe de décontraction forcée. Il le salua brièvement et raccrocha. Aussitôt, il eut envie de composer le code secret de Langley, mais renonça. En partant à la rencontre de Vargas, il prit la décision de changer son plan. Il connaissait à Panamá City une ancienne planque de Noriega reconvertie en sas de protection pour les agents retour d'une mission dangereuse et contraints de se faire oublier. Dans son souvenir, un vieux chirurgien allemand pratiquait à merveille les interventions au visage. Sa main ne tremblait pas et il ne posait jamais de questions. La meilleure manière, à son sens, de ne subir à son tour aucun interrogatoire.

Tobbie savait qu'il disposait d'un dernier argument pour convaincre Vargas d'accepter cent mil-

---

1. Partie du bâtiment réservée aux pays de l'Est.

lions de dollars et, peut-être, d'entrer à son service. La veille au soir, l'agent américain avait reçu un message du Children Hospital de Bogotá. Après quarante-huit heures de coma, le petit Ernesto, huit ans, avait repris connaissance. Il ne savait plus son nom ni d'où il venait, mais il était vivant.

Vargas fit à Tobbie un accueil plus chaleureux que la veille. Que s'était-il passé dans l'heure qui avait précédé la levée du jour ? Les six hommes qui entouraient Libertador arboraient un large sourire tandis que Vargas faisait les présentations. Même Cheng présentait un visage détendu en serrant la main de Tobbie. En se trouvant face à Mourad, l'agent de la CIA eut un mouvement de recul. Il songea qu'en effet, le scalpel du médecin teuton serait indispensable au moins dans un cas.

— C'est entendu, fit Libertador. Nous cessons aujourd'hui notre action dans la jungle. Je vous conduirai là où je tiens en sécurité les documents que vous m'avez demandés. Il nous faudra de nouveaux papiers, des vêtements de ville. Je suppose que vos services sont en mesure de nous fournir un dossier complet sur ce qui se passe dans nos pays respectifs depuis trois ans. J'aurai besoin aussi de la liste des principaux hommes politiques, celle des chefs d'entreprise, des banquiers, des financiers, enfin, le gotha de ceux qui tiennent les cordons de l'économie mondialisée, comme vous dites maintenant...

— Parfait, approuva l'agent de la CIA. Tout cela vous sera remis au plus vite. Les trois hélicoptères sont prêts. Nous pouvons décoller maintenant.

— Alors allons-y, décida Vargas.

Plus tard, Cheng devait avouer à Tobbie comment Libertador les avait convaincus. « Il semblait abattu, à bout de forces, avait dit le Chinois. Puis son regard s'est éclairé, sa voix a pris une fermeté qu'on ne lui connaissait plus. Nous étions revenus au temps de nos mémorables nuits sur le campus de Boston, quand on refaisait le monde, avec Yoni. À chacun de nous il distribua un rôle impossible à imaginer. Barco était le futur président du Brésil et Mourad le successeur de son grand-père dans un Irak libre et pacifié. Natig fut sacré roi des pétroles et Hugues reçut de Libertador le titre d'éminence grise et de conscience morale du capitalisme français, ce qui le flatta sans qu'il sût précisément de quoi il retournait. À Lancelot, il promit que le noir deviendrait la couleur dominante de la nation arc-en-ciel. Et quand vint mon tour de recevoir l'onction suprême, il me fit venir les larmes aux yeux avec cette petite phrase : Cheng, quand tu es venu vers moi, je t'ai choisi sans hésiter car de nous tous j'ai su aussitôt que tu étais le meilleur. C'est un enseignement de mon aïeul Geronimo : n'hésite jamais à t'entourer de plus forts que toi. Alors ne me déçois pas, change de nom et de visage s'il le faut, deviens qui tu voudras, mais montre-nous que la Chine appartient au monde libre. Qu'as-tu à craindre, toi que les canons n'ont pas écrasé ? »

Vargas s'était ensuite lancé dans une démonstration étourdissante. Il avait convoqué son panthéon intime. Lawrence d'Arabie, Robin des Bois, Martin Luther King et surtout les esprits supérieurs auxquels sa femme l'avait initié, Élan noir, Ours debout, Faucon volant. Nous ne recevons pas cette terre de nos parents, avait-il dit, nous l'empruntons à nos enfants. Comment avait-il réussi à séduire ses compagnons avec des mots, de simples mots usés dans toutes les bouches et dans toutes les langues, mais qui, par sa voix, reprenaient soudain la vigueur des premiers matins de la Création : la liberté, l'amitié, le partage et la solidarité entre les hommes de bonne volonté ? Bien sûr, il faudrait se salir les mains, brasser l'argent pour mieux le mépriser, faire la preuve que la folie des marchés n'était autre que la folie de tous les égoïsmes réunis en conglomérats, en unions patronales et en syndicats de salariés, en corporations vieillottes jalouses de leurs privilèges, en clubs de placements et en vieillards irresponsables qui préféraient leurs dividendes de rentiers à la survie des nations. Sa conviction était faite : par l'argent, il tuerait l'argent dépourvu d'idéal pour redonner toute sa place au propre des hommes : l'imagination. Cette perspective leur avait soudain rendu la vie plus légère.

— J'avais pensé vous loger quelques jours dans une résidence privée de la CIA, expliqua Tobbie. Mais, réflexion faite, je crois que ce n'est pas une bonne idée. Si vous voulez bien, nous rejoindrons un lieu sûr à Panamá City. Là-bas, je vous ferai débloquer la somme promise. Mais, d'abord, nous devons nous arrêter vous et moi à Bogotá.

— Pourquoi Bogotá ? demanda Vargas.

Tobbie chercha son regard.

— Il y a dans cette ville un jeune garçon qui attend son papa.

12

— Entrez, messieurs, mais ne faites pas de bruit, il dort encore.

C'était un matin, éclairé par un soleil aux rayons timides qui semblaient mourir contre les vitres de la chambre où reposait l'enfant. Derrière la fenêtre se découpaient les sommets verdoyants de la cordillère Orientale. L'infirmière, vêtue d'une blouse bleue en toile légère, ne pouvait s'empêcher de regarder le plus jeune des deux hommes, ses yeux noirs où brillait tout l'espoir du monde.

— Vous êtes le *padre* du petit, n'est-ce pas ?

— Oui, fit Vargas, comment va-t-il ?

— Je vous laisse, fit Jack Tobbie. Un coup de fil à donner. Je vous attendrai dans les jardins de l'hôpital.

L'Américain disparut au fond du couloir. L'infirmière se mit à parler à voix basse dans un espagnol approximatif.

— Je m'appelle Mary, je suis américaine. Je travaille ici depuis seulement trois mois. C'est ma première mission à l'étranger. Excusez les fautes.

— Vous pouvez me parler en anglais, moi aussi je suis américain, lui dit Vargas.

L'enfant remua doucement la tête. Son crâne était couvert d'une épaisse bandelette qui lui recouvrait le front. Les yeux clos, il dormait. Sa bouche remuait quelquefois, mais aucun son ne sortait.

— D'après le Dr Clark, il n'a pas repris pleinement conscience, commença la jeune femme. Nous attendions votre venue pour le vérifier, mais je crois qu'il ne va pas vous reconnaître.

— Qui est le Dr Clark ? demanda Vargas.

— C'est le neurologue de l'hôpital. Un excellent praticien. Votre fils est en de bonnes mains. Vous savez, cet endroit est un peu..., comment dire..., spécial.

— Spécial ?

— M. Tobbie ne vous a pas expliqué ?

— Non.

— Dans ce cas, je préfère qu'il vous en parle lui-même. Disons que le Dr Clark a l'habitude de trouver du plomb dans le corps et la tête des gens qui se présentent ici.

L'enfant venait d'ouvrir les yeux. Le regard vide, il fixait son père.

Vargas approcha jusqu'à son chevet. Cachant son émotion, il avança une main vers la joue d'Ernesto. Le petit resta immobile. Il ne réagit pas plus lorsque Diego, d'une voix très douce, lui parla.

Une ombre vêtue de blanc s'était glissée furtivement dans la chambre. Un homme d'une cinquantaine d'années, l'œil bleu pétillant derrière des verres de myope, assistait en silence à la scène. Le Dr Clark avait une grande expérience des lésions cérébrales. Il savait combien l'esprit humain est capable de sursauts insoupçonnés peu compatibles avec les données rationnelles de la médecine et de la science. Dès ses premières années de praticien, il s'était spécialisé dans les pathologies de l'oubli et de la reconnaissance des visages familiers, tout en étudiant les troubles du langage consécutifs à l'endommagement du cortex frontal. Une thèse remarquée sur les enfants sauvages lui avait valu une certaine notoriété, y compris en Europe. Quand la CIA l'avait approché pour lui demander de venir au secours de ses meilleurs cerveaux, il n'avait pas hésité longtemps. Le Dr Clark était persuadé que les cortex vieillissants de ses malades, au service de gériatrie de Philadelphie, lui apprendraient moins sur la nature humaine que les cerveaux des espions soudain enrayés par un corps étranger. D'après lui, le fonctionnement de l'organe supérieur de la pensée devenait fascinant et riche d'enseignement quand un grain de sable, même s'il s'agissait d'une balle de 7.65, s'attaquait à la plus belle machine de l'homme. Dans le cas d'Ernesto, le Dr Clark restait perplexe. L'attitude de l'enfant en présence de son père lui confirmait ce qu'il pensait : le petit ne reconnaissait pas ses proches, alors que son système de vision était intact. Lorsque les hommes de Tobbie l'avaient amené à l'hôpital, Ernesto saignait abondamment de la tête. Il ne voulait pas lâcher une flèche minuscule incrustée d'un dauphin que lui avait laissée un des Indiens qui l'accompagnait. C'est seulement dans son sommeil qu'on avait pu lui ôter l'objet pointu. Un scanner avait montré que les blessures étaient superficielles, ne portant que sur la boîte crânienne. Aux yeux du Dr Clark, le choc subi par l'enfant était d'abord d'ordre émotionnel. S'il ne parlait pas, s'il ne reconnaissait pas son père, c'était sûrement qu'il ne le voulait pas. Rien, dans l'assemblage neuronal d'Ernesto, ne semblait lui interdire la parole ni l'expression de ses sentiments.

Le médecin en était là de ses réflexions lorsqu'un fax de Jack Tobbie lui avait annoncé l'arrivée prochaine de Diego Vargas.

L'homme se redressa. Il dépassait le Dr Clark d'une bonne tête.

— Je crois que mon fils ne sait plus qui je suis.

— Venez dans mon bureau, j'ai à vous parler.

Vargas se retourna vers Ernesto. Alors lui sauta aux yeux ce qu'il n'avait pas voulu voir d'emblée : l'incroyable ressemblance avec Yoni. Il se sentit défaillir. Le médecin l'entraînait déjà hors de la chambre.

Le bureau du Dr Clark était clair et sentait le propre. Une vaste armoire d'acajou aux portes vitrées laissait voir des dizaines de volumes de neurologie. L'écorché d'un crâne en cire d'abeille côtoyait la boîte crânienne, authentique celle-là, d'un chimpanzé.

— Monsieur Vargas, je crois que votre fils peut guérir. Seulement j'ai besoin de connaître les circonstances précises de l'accident.

— À quoi bon ? fit Diego avec méfiance.

— Il me semble qu'Ernesto est en état de choc. Moins à cause des balles qui l'ont touché que des événements auxquels il a assisté, vous comprenez ?

Vargas hocha la tête. Toutes les images qu'il avait refoulées depuis trois jours affluèrent à son esprit. Il revit la charge des Apache, violente et folle : une apocalypse. Ernesto tenait sa main. Ensemble ils couraient à travers la jungle. Les mitrailleuses crachaient le feu en plein ciel. Soudain ils se retournaient. Yoni avait disparu. L'enfant avait-il assisté au pire ? La rafale dans le dos de la jeune femme, ce sang qui avait jailli de sa bouche, les avait-il vus de ses yeux ? Et le cri qu'elle avait poussé, le prénom de son fils, l'avait-il entendu avant qu'une autre salve vienne lui brûler la tête ?

— Il arrive que des enfants cessent de parler en perdant leur mère, expliqua le Dr Clark. Ce n'est pas pour rien que l'on accorde tant d'importance à la langue maternelle. Les premiers mots sont ceux de la mère. Qu'elle vienne à disparaître et on assiste quelquefois à une régression grave, surtout si le choc affectif s'est accompagné d'un traumatisme physique.

Vargas ne répondit pas. Sa haine de Tobbie, qu'il avait su contenir, était de nouveau prête à exploser. Comment pouvait-il faire confiance à un type qui avait abattu sa femme et transformé son fils en légume amnésique? Bien sûr, l'Américain n'avait fait qu'obéir aux ordres de ce malade de Manrique. Et c'est lui qui avait déclenché le signal d'alarme dans l'hélicoptère. Le reste pouvait se concevoir comme une insigne malchance, un coup du destin. S'il n'avait pas souffert d'une brutale crise d'asthme, Yoni se serait-elle attardée, dans la cahute, à préparer la piqûre de camphre?

Vargas éprouva soudain le besoin de sortir.

— Je vous accompagne, fit le Dr Clark. Je dois vous faire part d'une observation. Hier, j'ai montré à votre fils quelques photographies d'animaux sauvages. Des tigres, des lions, des éléphants, et des dauphins.

— Des dauphins?

— Oui, à cause de cette flèche qu'il serrait dans sa main en arrivant ici.

Le médecin sortit d'un tiroir le projectile que Vargas aurait reconnu entre mille, où se voyait l'incrustation du petit cétacé.

— C'est très curieux, poursuivit-il. Ernesto n'a réagi devant aucun animal. Mais quand il a vu ce cliché d'un dauphin offrant sa face rieuse à l'objectif, il s'est mis à sourire et tout son visage s'est éclairé. Il a émis un son aigu, comme s'il avait voulu l'imiter. Vous voyez, j'ai étudié dans ma vie le comportement des enfants-loups élevés dans certaines forêts d'Europe, les enfants-coyotes d'Arizona. Ne m'en veuillez pas si je vous dis que votre fils est devenu, provisoirement, un enfant-dauphin.

Libertador, abasourdi, ne savait pas s'il devait pleurer de désespoir ou se réjouir, au contraire, d'avoir su transmettre à Ernesto des valeurs de paix par l'intermédiaire des dauphins. Il songea que ces animaux lui avaient déjà sauvé la vie une fois. Il n'était alors pas beaucoup plus vieux que son fils. Peut-être les dauphins étaient-ils leurs anges gardiens, à lui comme à Ernesto?

— Ne soyez pas choqué, reprit le Dr Clark, qui aurait bien aimé, à cet instant précis, lire dans les pensées de Vargas. C'est une chance que votre garçon ait réagi positivement devant un dauphin. Les choses auraient été moins simples avec un tigre, n'est-ce pas ? Si mes intuitions se confirment, nous pourrons bientôt envisager une rééducation. Vous voyez le bassin derrière la rangée de palmiers, près du mur d'enceinte ?

— Je vois.

— Nous l'avons rempli d'eau de l'Amazone. J'attends un couple de dauphins pour la semaine prochaine, si nos plongeurs ne sont pas trop maladroits.

Vargas sourit, remercia le médecin, puis descendit dans le jardin où Tobbie l'attendait.

— Je sais ce que vous pensez, fit l'Américain, ne dites rien. Je vous emmène dans un restaurant de La Calera, un village tranquille sur la route de Tierra Caliente. Rien de tel que la salsa et les patios fleuris pour chasser les envies de meurtre.

Tobbie avait loué chez Colombian Rent une Chrysler aux épais sièges en skaï, climatisation à trois vitesses, un de ces modèles qu'on ne voyait plus depuis belle lurette aux États-Unis. Ils empruntèrent l'autopista del Norte sur quelques kilomètres. Une féerie de roses égayait le terre-plein central. Vargas se taisait, souffrant d'un léger mal de tête.

— L'altitude, lui avait expliqué Tobbie. L'altiplano est à 2 600 mètres, ça secoue toujours, les premières heures.

Ils arrivèrent dans un jardin ombragé plein d'hibiscus et de flamboyants. Une vieille bâtisse espagnole de type colonial résonnait d'une musique discrète. Sur une large véranda ornée de plantes grasses étaient dressées quelques tables couvertes d'une nappe blanche. Un parfum de citronnelle embaumait l'air. Les deux hommes se regardèrent : c'était le parfum qui flottait dans la maison de Yoni et de Vargas au moment de leur fuite.

— On vient de toute l'Amérique du Sud pour déguster les côtes de bœuf de la señora Rodriguez, prétendit Tobbie pour rompre la gêne qui s'était installée soudain. Il faut réserver longtemps à l'avance. Heureusement, elle me connaît bien. J'ai demandé une table en plein air, à côté des massifs de bougainvillées.

Vargas se taisait toujours.

— Est-ce que le nom de William Casey vous dit quelque chose ? demanda l'Américain.

— L'ancien patron de la CIA ?

— Exact. Après mon séjour à Moscou, j'ai travaillé auprès de lui au début des années 80. Une sale période pour l'Amérique, vous vous souvenez ? Cet idiot de Carter avait décrété l'embargo céréalier à l'encontre des Soviétiques après l'entrée de l'Armée rouge à Kaboul. On a perdu des milliards de dollars à cause des sacro-saints droits de l'homme. Je me souviens des silos débordant de grains du Midwest, les fermiers fous furieux. On a renvoyé Carter à ses cacahuètes, mais les emmerdements ont continué. Les otages à Téhéran. Le détournement de l'*Achille Lauro* et l'exécution d'un otage. L'explosion de notre ambassade à Beyrouth, l'Irangate. Par-dessus le marché, le dollar à dix francs nous privait des meilleurs débouchés à l'exportation, et les Japonais nous espionnaient tant et plus. C'est à cette période-là que Casey s'est épris d'un drôle de type qui adorait se déguiser, porter des perruques et changer d'identité. Il s'appelait Oliver North. L'Irangate, le financement des Contras du Nicaragua avec l'argent de la coke, c'était lui. Quand j'ai connu Casey, il n'avait qu'une obsession : fonder une autre CIA, ou plutôt une entité autonome au sein de la CIA. Il lui avait déjà trouvé un nom : l'Entreprise. Elle n'aurait rendu de comptes à personne, ni au Congrès, ni au bureau ovale, à personne. Sa mission était de poursuivre en secret tous les objectifs de notre politique étrangère. Avec l'aide de North, Casey avait compris qu'il pouvait autofinancer des opérations spéciales de déstabilisation. Mais le temps lui a manqué. Il est mort d'une tumeur au cerveau et North s'est figé dans sa nouvelle image de héros de l'Amérique, irréprochable mais perdu à jamais pour l'action clandestine.

— Et alors ? fit Vargas.

— Après la disparition de Casey, je me suis juré de reprendre le flambeau. Voyez-vous, les temps ont changé, et je suis sûr que vous me comprenez sans que j'aie besoin de me lancer dans de longues explications. Je me trompe ?

— Continuez quand même.

— Il fut une époque où nos espions trempaient leurs cravates dans les produits des laboratoires chimiques qu'ils visitaient pour nous permettre d'analyser les résultats d'entreprises concurrentes. Lorsqu'on se baladait dans les chaînes d'assemblage automobile en Europe, on prenait soin de porter des chaussures à semelle de crêpe pour que les copeaux de métal s'y enfoncent. On pouvait ainsi détecter les nouveaux alliages expérimentés chez les concurrents. Avec le recul, on a l'impression de barbouzerie artisanale, non ? Maintenant, nous travaillons autrement. Quand un grand P-DG voyage avec son staff sur Concorde, on s'arrange pour installer deux hommes à nous, plutôt un couple de soi-disant amoureux — ils passent plus facilement inaperçus —, pour écouter, photographier, enregistrer. Si nous sentons venir une offensive commerciale de la part d'un ennemi de nos intérêts vitaux, dans l'informatique, les télécom, l'automobile, le nucléaire ou l'agro-alimentaire, nous lançons des campagnes de dénigrement du produit. Nous portons atteinte à la réputation d'une firme ou à celle de ses dirigeants, nous essayons de casser une image. On a plutôt bien réussi pour une marque de boisson française. On a aussi informé la justice belge sur les malversations d'un grand patron de l'industrie allemande.

— Et que se passe-t-il après ? demanda Libertador, s'efforçant de dissimuler un intérêt de plus en plus vif.

— En général, le cours en Bourse s'effondre. Les fonds de pension se dégagent, la société devient bonne à racheter. Pas mal de fusions-acquisitions se préparent de la sorte. Mais la riposte ne s'est pas fait attendre. Nos firmes subissent les mêmes assauts de la part d'acteurs asiatiques et européens. Il est temps de créer une agence spéciale d'intelligence économique...

Tobbie laissa volontairement sa phrase en suspens.

— ... Et j'ai pensé à vous.

Vargas considéra l'Américain avec dans le regard un mélange d'étonnement et de mépris. Combien de fois ce Tobbie avait-il trahi au cours de son existence ? Depuis qu'il le connaissait, il avait déjà lâché un général colombien et s'apprêtait ni plus ni moins à berner son employeur au nom de sa fidélité au souvenir d'un des plus gros ripoux de la CIA.

— Les documents que vous attendez de moi, fit Libertador sans répondre à la question, seront destinés aux patrons de Langley ou à vous-même ?

Dans l'assiette de Tobbie, l'énorme entrecôte commençait à refroidir. Vargas but une gorgée de vin du Chili qu'une serveuse avait discrètement apporté dans une aiguière, sans interrompre leur conversation.

— Tout dépend de vous, articula Tobbie. Avec vos hommes, je suis certain que vous pourriez former un réseau de renseignements inégalable.

Vargas hocha la tête.

— Possible. Mais qui vous dit que votre maison mère nous laisserait les mains libres ?

— Si vos documents sont ce que je crois, nous aurions là un moyen non négligeable de dissuasion contre toute fuite ou manœuvre hostile.

— Vous parlez bien le langage des espions, nota Vargas en souriant.

Libertador considéra Tobbie qui coupait maintenant de gros morceaux de viande saignante et les engloutissait méthodiquement, ses mâchoires tranchant et mastiquant avec une régularité d'automate. Le jeune homme se souvint d'une règle de sagesse enseignée par les maîtres du judo : quand l'autre est fort, profite de sa force pour le combattre. Diego savait que jamais il ne travaillerait pour la CIA ni pour une officine dissidente. Mais il savait aussi qu'en feignant de jouer le jeu, il s'introduirait là où il voulait aller pour imposer, le moment venu, ses propres lois.

— Je dois réfléchir et en parler à mes amis, répondit-il enfin. Auparavant, nous avons besoin de notre argent. Quand voulez-vous récupérer les documents en échange ?

— Le plus vite possible. Où sont-ils ?

— Cette fois, fit Diego, il va falloir que je vous parle de ma mère. Connaissez-vous le lac Powell ?

13

Belisario Dundley s'extirpa avec peine de l'arrière de sa Buick et fit signe au chauffeur qu'il pouvait partir. De gros nuages vaporeux menaçaient le ciel de Panamá City, coiffant le sommet de la tour Manhattan Pacific, la tour personnelle de Belisario Dundley. Ses bureaux occupaient toute la surface du cinquante-deuxième étage. De ses larges baies vitrées, il pouvait contempler la toile d'acier du pont des Amériques et poser les yeux sur son futur enfant : le canal. Dundley comptait les jours. Le 31 décembre 1999 à midi, les Américains allaient enfin rendre à son pays la fameuse trouée semée d'écluses, entre l'Atlantique et le Pacifique. Catapulté à la présidence de la Commission du transfert, l'ancien chef des Doberman [1] attendait avec impatience de voir tomber dans son escarcelle les cinq cents millions de dollars annuels de rente et le fruit des trafics, avouables ou non, qui prospéraient entre les écluses de Miraflores et la zone libre de Colón. Le *Financial Times* parlait désormais d'un nouveau Hong-Kong.

Comme la plupart des gratte-ciel payés cash dans les belles années du blanchiment des narco-dollars,

1. L'ancienne garde rapprochée du général Noriega.

le Manhattan Pacific, hormis son cinquante-deuxième étage, était une coquille vide. Les tours voisines qui dominaient les quartiers neufs du Panamá Moderna formaient la nuit une forêt de totems obscurs jetant sur la ville leur ombre inquiétante. Panamá attendait le départ des Américains pour se réveiller. Belisario Dundley, malgré le pacte de neutralité qu'il avait signé à Washington deux mois plus tôt, était bien décidé à traiter avec les plus offrants.

La veille, sa secrétaire lui avait apporté un télex provenant de la représentation de Taiwan à Panamá City. En quelques lignes, le chef de la délégation lui annonçait la visite, ce jour, d'un émissaire arrivé directement de Taipei, et le priait de le recevoir. Peu après, un message chiffré en provenance du Quai d'Orsay, à Paris, avait signalé au patron de la Commission du transfert qu'un certain Enguerrand de Saint-Ours, mandaté par le ministre en personne, était de passage à Panamá. Celui-ci ne manquerait pas, précisait le message, de prendre langue avec lui. Dundley, qui savait un peu de français, apprécia l'expression « prendre langue » et sourit à la lecture de ce patronyme que seuls les aristocrates d'un autre siècle pouvaient se permettre. Il songea à la statue de Ferdinand de Lesseps, sur la place de France, que les enfants des écoles ne manquaient jamais de saluer.

Un homme plus avisé aurait pu s'étonner d'une telle démarche. Bien sûr, les Français avaient une revanche historique à prendre sur le canal où flottaient les ombres de « Fernando » de Lesseps et de Gustave Eiffel, le souvenir des vingt mille Français morts de fièvre jaune et de malaria, d'épuisement aussi, pendant le creusement à travers les marécages et la jungle. Et Taiwan se donnait un malin plaisir à contrer la Chine populaire dans les quelques bastions capitalistes d'Amérique du Sud où Pékin n'avait pas encore osé s'aventurer. Depuis l'affaire des frégates françaises vendues à Taiwan, il ne paraissait pas si choquant de voir ces deux nations se précipiter de concert sur une place que l'Amérique s'apprêtait à regret à laisser encore tiède et confortable. La démarche concertée des deux missi dominici aurait cependant éveillé la méfiance d'un esprit tatillon. Un coup de téléphone auprès de leurs ambassades aurait suffi pour les confondre. Mais on était au Panamá, c'est-à-dire dans un État de non-droit où l'on savait les lignes écoutées, les voitures suivies, et les esprits trop méfiants voués à finir une pierre au cou dans la première écluse du canal. Le raisonnement de Belisario Dundley n'allait même pas si loin. Il aimait à répéter le mot de Bolívar : « Panamá sera un jour le siège de la capitale de la terre. » Pour cela, il ne fallait surtout pas faire la fine bouche quand un M. de Saint-Ours et un certain Kim de Taiwan se donnaient la peine d'un si long voyage. Aveuglé par l'argent, ce bon Belisario recevrait ces émissaires avec toute l'attention que réclamait leur capacité à le corrompre. Après tout, la devise de son pays, inscrite en toutes lettres sur les billets de cent mille balboas, n'était-elle pas « Pro mundi beneficio » ? À l'instar de ses congénères, Dundley n'en pouvait plus de la présence des Américains, de leurs espaces barbelés dans la zone du canal, de leurs pelouses manucurées, de leurs soirées barbecues et de leurs églises baptistes. L'heure était à la liberté. Et comme le répétait à l'envi Belisario Dundley, on ne pouvait vouloir à la fois la liberté et le contrôle. Autant dire que le bonhomme était ouvert à toutes les propositions.

Autre chose désactivait chez lui le moindre réflexe procédurier. Quand il se tournait vers une autre baie vitrée, il embrassait du regard le Casco Viejo, ses bus bariolés qui crachaient une fumée noire et épaisse contre les façades décrépies des habitations du petit peuple, avec leurs balcons vermoulus où séchait un pauvre linge acheté pour rien sur les étals du marché central. L'ancien serviteur du général venait de ce vieux Panamá et pour rien au monde il n'y serait retourné. Il avait fait construire à l'intention de sa mère une maison flambant neuve sur les hauteurs du golfe, allait à l'église Santa Maria chaque dimanche, ce qui ne l'empêchait pas, le reste de la semaine, de vendre à tour de bras des pavillons de complaisance aux escrocs les plus notables d'Amérique du Sud, d'Europe ou d'Asie, mais aussi de Miami. Les États-Unis avaient bien tenté d'attirer la *hot money* vers leurs officines de Californie, afin de concurrencer la place de Panamá. Mais les investisseurs en délicatesse avec la loi étaient vite revenus auprès d'hommes sûrs de la trempe de Dundley. « À Miami, plaisantait-il, ils ont vu qu'on ne pouvait pas s'arranger avec le bon Dieu. » À Panamá, le Très-Haut avait le sens du business et les avocats jouaient à merveille leur rôle de confesseurs. Il suffisait de tout leur dire, qu'on voulait déshériter un proche, dissimuler des droits d'auteur, des commissions illicites, l'achat d'un yacht ou d'un appartement dans les beaux quartiers de Paris, pour que le représentant zélé de la bazoche locale crée d'un coup de manche une société *ad hoc* avec statuts officiels et agréments incontestables. Après la chute de Noriega, Dundley avait craint la fin de son ascension. Mais ses manières policées l'avaient au contraire rendu très utile pour faire passer le message aux aigrefins de haut vol que, moyennant finance et discrétion, les trafics continueraient comme avant.

Dès leur arrivée à Panamá, les hommes de Vargas avaient été conduits dans une luxueuse villa isolée qui donnait sur une plage privée. Ils avaient trouvé dans leurs chambres des vêtements de coton à leur taille, des costumes de ville avec chemises et cravates assorties, des souliers de cuir aux bonnes pointures, un maillot de bain, des lunettes de soleil et des serviettes-éponges, des téléphones portables et un panier de fruits frais, mangues, pommes et ananas, le tout enveloppé dans un film de cellophane. Comme dans les meilleurs hôtels, un minibar avait été mis à leur disposition. Le service était assuré par de jeunes Panaméens discrets au visage impassible. À la demande de Libertador, Tobbie avait promis qu'aucune surveillance ne serait effectuée sur ses compagnons, hormis les rondes de sécurité autour de la villa. Manifestement, il avait tenu parole. Le regard de Vargas au moment où il avait exigé qu'aucune photographie ne soit prise de l'un d'entre eux avait suffi à dissuader l'agent américain de la moindre fausse manœuvre. Avant de s'envoler pour Chicago, Libertador avait pris à part Cheng et Hugues. Ils étaient restés sans voix quand le jeune homme leur avait dit : « C'est décidé : on va racheter le canal de Panamá. »

Devant ses amis incrédules, il avait continué avec cet air de diable qu'ils lui connaissaient déjà à l'université :

— Nous allons finir le siècle comme il a commencé, ce sera un énorme scandale. Le moment est venu de vendre du rêve à qui voudra investir. À vous de jouer pour les travaux d'approche.

— Comment paierons-nous ? s'était aussitôt inquiété Cheng.

— Qui te parle de payer ? avait répondu Vargas en riant. Que fais-tu de ça ?

Et il s'était frappé le front du plat de la main.

— Monsieur Kim ? fit Belisario Dundley en avisant le jeune Chinois.

— Lui-même, répondit Cheng. Et voici Enguerrand de Saint-Ours. Nos gouvernements sont associés dans un ambitieux projet dont nous aimerions vous entretenir.

— Asseyez-vous.

Dundley commanda trois cafés, proposa une liqueur de menthe « pour le parfum » et se cala au fond de son fauteuil.

— D'abord, commença « Kim », nous voulons vérifier quelques aspects avec vous. Est-ce vrai que votre intention est d'augmenter le péage à l'entrée du canal, dès sa nationalisation ?

— Nous l'envisageons sérieusement, répondit Dundley. Les Américains considéraient la zone comme une *non profit area*. Ils se contentaient d'une gestion de père de famille. Ce canal est le trésor de notre petit pays. Rendez-vous compte : 5 pour cent du fret mondial passe par ici. Regardez par la fenêtre ces navires qui attendent dans la baie, immobiles, magnifiques. La file d'attente la plus prestigieuse du monde. Un remarquable échantillon des richesses de la planète.

Ses deux visiteurs se penchèrent. Sur la mer grise s'était formé un gigantesque troupeau d'éléphants amphibies, des méthaniers, des vraquiers, des super-pétroliers, d'énormes cargos céréaliers.

— Si vous voulez les feuilles de température de l'économie mondiale, il suffit de jeter un œil sur le trafic du canal. Nous considérons que notre service est sous-payé. À deux dollars la tonne de marchandise acheminée, on gagne cinq cents millions de dollars. Nous allons doubler la mise.

— Combien de cargos gravissent chaque jour les marches de l'eau ? demanda Hugues.

— En moyenne une quarantaine, monsieur de Saint-Ours, répondit Dundley, prononçant ce nom avec une gourmandise non dissimulée. Si seulement nous pouvions élargir la passe à hauteur du Gaillard Cut, ce n'est pas 5 pour cent mais la moitié du commerce mondial qui passerait entre nos mains. Imaginez ! Rejoindre l'Atlantique et le Pacifique sur une eau calme surélevée de vingt-six mètres au-dessus des océans, ce n'est pas seulement un miracle du génie humain, c'est aussi une économie de temps considérable, et je ne parle pas des dangers évités, en comparaison du détour par le cap Horn !

— Nous y voilà, reprit Cheng. Nous étudions à Taiwan la possibilité de créer à côté du canal une voie parallèle, une sorte de canal sec qui permettrait aux bateaux de dimensions trop importantes de décharger leurs containers sur des trains longs. Les convois traverseraient la jungle en moins d'une heure.

— Quant à nous, poursuivit « M. de Saint-Ours », vous comprendrez où se situe notre défi : réussir là où Lesseps a échoué. Je me suis laissé dire que les vestiges du canal français sont mangés de joncs et de mangrove. Nous serions prêts à élargir l'étranglement à hauteur de la passe Gaillard. Vous savez, ces quelques kilomètres à travers les montagnes rocheuses, où les falaises tombent à pic dans l'eau. Beaucoup de mes compatriotes y ont laissé la vie et...

Déjà, Belisario Dundley rêvait. Hugues et Cheng échangèrent un sourire discret.

— Évidemment, relança le Chinois, tout cela a un prix.

— Évidemment, renchérit Hugues.

— Je vous écoute, messieurs.

C'est Cheng qui se lança.

— Nous comptons sur votre force de persuasion pour convaincre vos pairs de la Commission du transfert : il faudrait privatiser le canal et la zone libre de Colón dès le départ des Américains.

— Il s'agirait d'une privatisation mondiale, qui garantirait votre indépendance, souligna habilement Hugues de Janvry.

— Bien sûr, les ressortissants de nos deux pays bénéficieraient d'une minorité de blocage dans la société nouvelle, en raison de notre mise de fonds initiale, ajouta Cheng.

Comme au cours d'une partie de tennis, le regard de Belisario Dundley passait de l'un à l'autre, chaque parole semblant le mener droit vers le comble de la satisfaction.

— Notre peuple serait fier d'effacer ce mauvais souvenir de l'histoire et d'investir dans un projet solide et pacifique. Plus il y a de commerce, plus il y a de paix, n'est-ce pas ?

— Parfaitement, monsieur de Saint-Ours.

Belisario Dundley n'aborda pas directement la question de son propre intéressement. Il savait qu'il fallait laisser faire le temps.

— Notre commission se réunit dans quelques semaines, ici même, déclara-t-il. Je vous rappellerai après. J'ai bon espoir.

— En attendant, nous aimerions traverser le canal. Il est important pour nous d'apprécier *de visu* l'état des installations, dit Cheng.

— C'est bien légitime. Je vais donner des ordres. Vous pourrez embarquer demain matin sur l'une de nos vedettes. Présentez-vous au port de Cristóbal à 7 heures. Vous verrez, le voyage le mérite. Des cargos géants au milieu de la jungle, c'est un spectacle qui vaut les meilleurs *Indiana Jones*! Au retour de Colón, je vous conseille le petit train bleu. Le bar est en cuivre authentique. Et il arrive que des singes s'invitent à déjeuner.

— À propos, señor Dundley, nous n'avons pas parlé de la sécurité future du canal. Qu'adviendra-t-il quand les GI seront partis?

— Il faudra y penser, fit Dundley d'un air soudain perplexe. J'ose à peine le dire, mais il suffirait d'une poignée de mercenaires pour étrangler notre magnifique chef-d'œuvre.

— Nous y penserons. Encore merci, firent les hommes de Vargas en s'éloignant. Et bien sûr, pas un mot de tout cela avant que nous en ayons référé à nos supérieurs.

— Soyez tranquilles. On parle toujours trop. *No es bueno. Hasta luego.*

14

Le pick-up roulait sur South Rim Drive en direction du Grand Canyon. Le jour se levait dans une lumière acidulée. Installé à la place du passager, Tobbie sommeillait. Diego Vargas avait ouvert la vitre et respirait le parfum douceureux des pins ponderesas, les mains à plat sur le volant. La veille, ils avaient dormi dans l'une des trois mille chambres de l'hôtel Bellagio, à Las Vegas. Dans un décor romantique bordé par un faux lac de Côme, l'agent américain avait claqué près de mille dollars sous le regard glacé de Vargas. Depuis l'aube, les deux hommes ne s'étaient pas adressé la parole. « Dire qu'il ferme les yeux devant ces merveilles, songeait Libertador. C'est bien un Yankee. Une nuit avec une machine à sous et il n'y a plus rien à en tirer. »

Le pick-up traversait maintenant un désert de pierres nues et lisses, hérissées parfois comme par miracle de cactus-tonneaux et de petits arbres opiniâtres qui trouvaient leur vie à la source profonde et secrète de minuscules affluents enfouis de la Green River. Des arches sculptées par le vent et la pluie formaient d'immenses portiques surplombant une éternité de deux milliards d'années. Vargas se projetait mentalement jusqu'au lac Powell. Déjà il voyait le pays des pierres dressées, les dômes arrondis de grès rose, bleu et violet que sa mère appelait l'« arc-en-ciel couché ». Il voyait les cheminées de fées, le panorama éblouissant depuis Cataract Canyon, l'eau bouillonnante des chutes qui coulait sanguine sur son lit de galets, après s'être frottée aux roches écarlates de l'Utah. Ces paysages avaient bercé sa prime enfance, et il ne les trouvait jamais plus beaux qu'à la naissance du jour ou au crépuscule, lorsque le soleil les figeait dans un reflet cuivré, ou encore après les orages, quand le ciel cru et l'air liquide donnait à la pierre mouillée une blondeur vénitienne.

— On arrive au McDo ? demanda Tobbie en ouvrant un œil.

— Vous feriez mieux de regarder autour de vous au lieu de penser à votre estomac.

— Que se passe-t-il, Diego, pas assez dormi ?

— Vous êtes tous pareils, les Américains. Quand vous voyez une arche de pierre, c'est forcément une imitation de McDonald.

— Ne vous fâchez pas. Vous auriez dû faire comme moi, hier. Les bandits manchots, y a pas mieux pour faire passer le blues. Pas besoin de réfléchir. Et quand le fric dégringole dans la cagette, c'est un vrai plaisir de gosse. Les casinos, c'est comme les marchés : ça ne ferme jamais. Je parle de ceux du Nevada. Quand j'étais plus jeune, je n'étais pas fana. Mais Las Vegas, c'est un monde, vous ne trouvez pas ? Tout ce bruit, le jour artificiel et l'absence d'horloges qui vous font perdre la notion du temps. Nous avons blanchi comme ça des millions de dollars en simulant des gains fictifs. Avec les pontes de la CIA, on arrivait du fric plein les poches qu'on changeait contre des plaques. Avez-vous déjà vu les plus belles, les plaques couleur cyclamen, un petit rectangle de cent mille dollars ?

Vargas haussa les épaules sans répondre.

— Au début, on ne participait pas. On se contentait de regarder les tables de jeu, le poker, le black jack, la roulette, le punto banco ! On repartait quelques heures plus tard, après avoir rendu nos plaques vierges contre un beau chèque du casino garanti par la Bank of America. Le tour était joué. Nos biftons à la cocaïne étaient changés en fric tout propre. L'inverse de l'histoire du carrosse et de la citrouille. Mais, à force, on a fini par craquer. Un soir, au Casino Circus, je suivais une partie de baccara quand un joueur a quitté la table de roulette. Le croupier a crié : place libre ! On faisait la queue pour jouer, des types attendaient depuis des heures, et même des ladies à chapeau de velours et solitaire au doigt. J'étais tout près. Sans réfléchir, je me suis assis. J'ai remarqué que le croupier avait les poches de sa veste cousues. Lui au moins ne serait pas tenté d'en mettre à gauche. Le cylindre s'est mis à tourner, les trente-sept numéros défilaient sous mes yeux à toute allure, dix-huit rouges, dix-huit noirs, et ce satané zéro. Je dis satané car je l'ai joué trois fois. Je n'ai eu droit qu'aux voisins du zéro, le deux, l'as, le trois. En face de moi, un vieil Anglais impassible remporta trente-cinq fois sa mise sur un seul numéro. Là, j'ai compris que j'étais accroché. Comme un gamin, je vous dis.

— Moi, quand j'étais gosse, j'allais avec mon père observer les dauphins, coupa froidement Libertador, les mains crispées sur le volant. Et pendant les vacances, on partait là où je vous emmène, dans le pays de ma mère. Je n'ai jamais rien vu d'aussi beau que le plateau rouge du Colorado, tout autour du lac Powell. Évidemment, ce n'est pas votre Amérique. Je ne sais même pas si de telles splendeurs appartiennent à l'Amérique. Il faut être indien dans le sang et dans l'esprit pour ressentir la force de la nature.

— Ne me dites pas que les dollars vous laissent indifférent. Cent millions de dollars, c'est une somme. Qu'allez-vous faire de tout cet argent ?

Vargas haussa les épaules.

— Un dollar de papier, c'est de la peau de grenouille verte.

— Que dites-vous ?

— Vous avez bien entendu, de la peau de grenouille verte. L'Amérique est le pays des peaux de grenouille, tout le monde se bagarre, s'arnaque, intrigue, tue et vole pour de vulgaires peaux de grenouille verte ! Vous savez ce que Geronimo faisait des dollars ? Il allumait sa pipe avec. Quand ses guerriers attrapaient un Visage pâle aux poches bourrées de billets de banque, ils les distribuaient aux enfants qui s'amusaient à les plier dans tous les sens. Avec la tête de George Washington, ils fabriquaient des bisons, des chevaux, des pirogues. Nos tribus ne connaissaient pas l'argent. Alors, cent millions de dollars... Je vais essayer des pliages, moi aussi.

— Et que plierez-vous ?

Vargas ne répondit pas. Devant eux s'ouvrait béante la bouche du Grand Canyon. Ils longèrent le vide sur plusieurs kilomètres jusqu'à Phantom Ranch. Là, ils troquèrent le pick-up pour deux chevaux de selle.

— À partir d'ici, retenez bien le chemin, fit Diego.

— Pourquoi donc ?

— Vous reviendrez seul.

— Seul ?

— Je resterai dans la maison de ma mère. Quand je vous aurai donné les documents, vous pourrez filer.

— Mais l'argent... Et vos hommes, à Panamá ?

— Ils savent ce qu'ils doivent faire. Quant au fric, Cheng a reçu des consignes. Je vous préviens, il est assez fort question chiffres.

— Comme vous voulez, fit Tobbie dépité. Alors, ma proposition ne vous intéresse pas ?

— Un temps pour chaque chose. Ici, nous sommes sur le territoire de ma mère et de Geronimo. Il sera bien temps, plus tard, de penser à l'intérêt vital des firmes américaines, vous ne croyez pas ?

Le sabot des chevaux claquait sur la caillasse. Tobbie venait juste de s'apercevoir que Vargas montait à cru, le dos bien droit, le corps admirablement souple et ne faisant qu'un avec sa monture. Ils descendirent un défilé entre deux parois rocheuses puis s'engagèrent dans un véritable labyrinthe. L'agent de la CIA se demandait comment il retrouverait son chemin. Lorsque l'immense étendue du lac Powell s'ouvrit devant eux, ce fut comme une délivrance.

— Je vous déconseille la baignade, avertit Vargas. Le bleu profond est trompeur. L'eau est presque glacée. Quand ma mère était enfant, rien de tout ça n'existait. C'était le Glen Canyon, avec des parois à pic, d'antiques amphithéâtres et, tout au fond, Colorado River. Le lit a été inondé depuis la construction d'un barrage. La flotte a gagné partout. Mais croyez-moi si vous voulez, le Colorado continue de couler sous le lac artificiel. La roche, c'est pareil. Hollywood croyait s'approprier tout l'Ouest en Technicolor. Mais si vous grattez le sol de ce pays, si vous descendez dans les gorges ou escaladez les canyons secs, vous trouverez nos sanctuaires, nos tombes. Vos dollars n'ont pas eu le dernier mot. C'est toujours un beau jour pour mourir, ici.

Jack Tobbie dévisagea Libertador comme s'il le voyait pour la première fois. Il n'était pas au bout de ses surprises avec cet homme d'à peine trente ans, qui semblait avoir vécu mille vies et plusieurs siècles, et dont l'intelligence le fascinait en même temps qu'il la redoutait. Libertador jeta sur l'Américain le même regard glacé que la veille, lorsque Tobbie s'était défoulé sans retenue sur de stupides machines à sous. Un instant, il regretta de l'avoir emmené jusqu'ici. Il cravacha la croupe de son cheval et se mit au galop en direction d'une maison en bois aux volets clos, bâtie sur une petite éminence en retrait du lac.

— Ne perdons pas de temps, fit Vargas. Il serait préférable que vous rentriez avant la nuit.

Tobbie voulut poser une question, mais l'œil de Libertador l'en dissuada. Vargas fit jouer une grosse clé dans la serrure. Depuis combien de temps les lieux n'avaient pas vu la lumière ? La porte grinça. Des housses de coton blanc recouvraient les fauteuils et les lampes. Tobbie recula de deux pas. Un homme se tenait debout devant lui, le visage noir et hiératique, les bras croisés, immobile et silencieux.

— Je vous présente Geronimo, souffla Vargas. Ne craignez rien. Il est en bois, et son visage en granit pétrifié. Ma mère a vécu là presque dix ans, après la disparition de mon père. Elle ne voulait plus rien voir qui lui rappelait l'Amazonie, la jungle, la luxuriance de verdure qu'elle avait connues en Colombie. C'est pourquoi elle s'était retirée sur la terre de ses ancêtres. Elle ne vivait plus que de souvenirs. Une fois par an je retournais la voir. J'en profitais pour lui confier les documents que vous êtes venu chercher. Les derniers temps, elle était vraiment redevenue une Indienne. Elle partait pour de longues marches, pieds nus, jusqu'au désert peint. Elle remplissait de petites fioles de sables multicolores, qu'elle disposait au pied de son lit. Les petites *kachinas* que vous voyez sur ce coffre, c'est elle qui les confectionnait. Poupées de pluie, poupées de fertilité, de fête, de deuil, poupées d'amour. Coiffée d'un feutre noir qui avait appartenu à son grand-père, elle parcourait les *pueblos* voisins. Là, on lui donnait des tissus teints, du fil, des perles. Elle me disait : tu dois croire que je suis devenue folle à jouer à la poupée comme une fillette. En effet, elle était devenue folle. Elle s'était fabriqué une petite poupée, ou plutôt un petit mannequin, qui représentait mon père. Du matin au soir elle lui parlait, lui racontait ses promenades, lui demandait son avis. Elle avait même fini par l'emmener dans ses virées sur le Grand Canyon ou au Navajoland. Elle lui avait sculpté un petit dauphin pour qu'il ne s'ennuie pas, les jours où elle le laissait à la maison... Je crois qu'au fond elle est morte de chagrin.

Il y eut un silence.

— Et Geronimo, c'est aussi son œuvre?

— Je ne sais pas. Un été, je suis arrivé à la nuit tombée. La ressemblance était d'autant plus troublante que ma mère lui avait mis son chapeau et sa vieille veste dont les boutons sont des pièces d'or de dix dollars.

— Elle avait laissé les pièces d'or? s'exclama Tobbie.

— Évidemment, répondit sèchement Vargas. Ça vous choque, pas vrai, vous le fils de la bonne Amérique du fric? Des pièces d'or à la place des boutons de veste, vous ne pouvez pas comprendre. Geronimo, lui, savait se faire plaisir.

Tobbie ne répondit pas. Libertador lui lança un regard malicieux, avec ce sourire irrésistible qui venait quelquefois éclairer tout son visage.

— Allons, ne faites pas cette tête-là. Dites-moi plutôt si vous aimez les jeux de piste.

— Pourquoi les jeux de piste? s'inquiéta l'Américain.

— À cause de ma mère. Je crains que les documents secret-défense qui vous tiennent tant à cœur, et pour lesquels vous êtes prêt à payer cent millions de dollars, soient disséminés dans un périmètre de plusieurs milliers de kilomètres carrés entre Denver Colorado et Phoenix Arizona.

— Voyons, Vargas, ce n'est pas possible!

— Suivez-moi. Nous allons en avoir tout de suite le cœur net.

Ils pénétrèrent dans une pièce sombre où flottait une odeur d'épicéa que dégageait un gros secrétaire de bois clair. Vargas ouvrit un tiroir, puis un autre. Vides.

— C'est bien ce que je pensais. Le jour de son enterrement, je ne suis pas entré ici. Il y avait trop de monde. Je ne voulais pas courir le risque d'être surpris avec des documents à en-tête de la Maison-Blanche. Ma mère s'était fait beaucoup d'amis parmi les pêcheurs de truites arc-en-ciel, qui sillonnent le lac sur leurs barques-cabanes. Vous les apercevrez sûrement en repartant, si vous ne craignez pas de regarder le soleil en face. À ma dernière visite, elle m'avait demandé si je ne m'exposais pas à de terribles dangers en conservant tous ces papiers. Je lui avais répondu que non puisqu'ils étaient bien cachés dans ce bout du monde où personne ne viendrait les chercher. Elle était inquiète. La nuit, elle prenait à partie le mannequin paternel et aussi le vieil ancêtre à la figure de granit. Le matin, elle se précipitait vers moi pour me tenir au courant des délibérations de son conseil. « J'ai parlé à Geronimo, s'écriait-elle, demande à ton père, il a tout entendu. » Elle me racontait une drôle d'histoire. « Quand il était jeune, commençait-elle, le chef apache courait aussi vite qu'un cheval. Mais sans qu'il en sût rien, l'Union Pacific et la Continental Railway avaient fait la jonction des voies ferrées entre l'Atlantique et le Pacifique. Un crampon d'or avait même été posé à l'endroit où les chemins de fer se touchaient. Geronimo avait beau se croire libre et courir comme le vent, il fut rattrapé par la bête humaine. Le cheval-vapeur lui apporta le chaos des pionniers qui ne rêvaient que de dollars. » J'avais compris que ma mère ne se sentirait plus jamais en sécurité nulle part. Elle visitait chaque semaine des tombes d'ancêtres perdues dans l'immensité minérale qui nous entoure. Elle aimait se rendre là-haut car elle disait qu'on ne laisse pas de traces sur la pierre nue. Elle connaissait mieux que quiconque les cavernes de Monument Valley où quantité de nos guerriers reposent avec leurs armes. Je sais qu'elle craignait pour ma vie, surtout quand j'ai pris le maquis avec mes hommes et Yoni. Deux fois, en trois ans, je suis revenu la voir. Elle me serrait contre elle et commençait son délire : j'ai encore parlé de toi à ton père et au Vieux Chef, ils ont le même avis que moi : tu devrais te débarrasser de ces paperasses qui n'ont rien à voir avec toi, Diego. Regarde l'aigle blanc qu'ils ont mis sur leurs affreux billets. On n'en voit plus un seul dans le ciel. L'Amérique conquiert le monde en lui imposant un symbole mort. Tout ce qu'elle touche, elle le tue. Et la devise qu'ils ont marquée sur les peaux de grenouille, tu sais bien : « Remettons-nous-en à Dieu ». Ce n'est pas notre Dieu, mon fils.

De nouveau, Tobbie se sentit transpercé par le regard de Libertador.

— Que proposez-vous ? On ne va quand même pas explorer tout l'Ouest ?

— Calmez-vous, Tobbie. Ces documents, je les ai là.

Il pointait son doigt sur son front.

— Je peux vous dire précisément leur date d'émission, les noms des signataires et leur contenu dans le moindre détail. Vous avez de quoi noter ?

— Mais combien en possédiez-vous ?

— Une quinzaine de notes dactylographiées à deux interlignes, et autant de lettres manuscrites. J'ai un point commun avec les dauphins, Tobbie : la mémoire. C'est terrible quelquefois, vous savez, de se souvenir de tout. Les savants parlent d'hypermnésie. Disons simplement que je garde la trace précise de tout ce qui est passé une fois sous mes yeux. Je peux vous affirmer que les documents dont nous parlons, je ne les ai lus que trop pour espérer un jour les oublier.

Tobbie avait sorti de sa poche un stylo et un long carnet étroit, mais il renonça à poursuivre.

— Vous êtes certain que jamais ces pièces à conviction ne pourront ressortir de ces montagnes ?

— Vous avez ma parole.

L'agent américain eut un haussement de sourcils. Dans sa vie d'agent secret, il avait bien des fois donné sa parole à des hommes qu'il s'était aussitôt empressé de trahir.

— Ma parole d'Indien, fit Vargas.

— Dans ce cas... Mais pourquoi m'avez-vous emmené jusqu'ici ? Vous saviez bien que les documents n'y étaient plus.

— Exact.

— Alors ?

— Vous aurez tout le temps du retour pour y réfléchir. Maintenant, vous savez au moins qui est Diego Vargas.

Le soleil de l'après-midi éclaboussait toute la surface du lac Powell. Dans le contre-jour brillaient les cannes chromées des pêcheurs installés le long des criques. Tobbie remonta sur son cheval.

— Je vous raccompagne jusqu'à la sortie du labyrinthe, fit Vargas. Si vous devez en référer à des supérieurs, dites que vous avez eu les lettres entre vos mains et que vous avez jugé trop dangereux de vous balader avec; que vous vous sentiez suivi, que vous n'aviez plus vraiment confiance dans votre copain Stan Fleming...

— Comment savez-vous?

— Dites que vous avez tout brûlé, continua Vargas sans paraître remarquer le trouble de Tobbie lorsqu'il avait prononcé le nom de Fleming. Je crois qu'à l'heure qu'il est, ces papiers ne doivent pas être dans un meilleur état que l'herbe sèche sous la flamme. Pour le reste, remettez-vous-en à Dieu...

— Encore un mot, Vargas.

— Allez-y.

— C'est au sujet de Fleming, vous me devez au moins une explication.

Libertador considéra l'agent de la CIA avec un petit sourire.

— Il me semble que nous avons été interrompus, l'autre jour, lorsque j'allais vous parler de Pablo Escobar.

— En effet.

— À cette époque, j'étais plutôt inconscient, mais je savais tout de même garantir mes arrières. Grâce à de multiples recoupements, j'étais parvenu à dresser la liste de tous les avoirs de don Pablo en Colombie. J'avais établi la topographie exacte de ses immeubles à Medellín et à Bogotá. L'un de mes compagnons était assez doué en piratage téléphonique pour tirer une ligne sur la grande oreille de l'Amérique installée au Panamá. C'est ainsi qu'à plusieurs reprises, nous avons pu décrypter les messages audio entre le parrain de la coke colombienne et vos services. Je suis au regret de vous dire que le nom de Stan Fleming revenait souvent. Les deux hommes étaient en affaires pour beaucoup de choses — de la coke bien sûr, mais aussi des armes, des faux papiers et même des femmes. Escobar craignait l'extradition vers les États-Unis, ce qui lui aurait valu, croyait-il, d'être exécuté dans sa cellule par des hommes de main affidés à Fleming. Ici, il redoutait mes Indiens à sarbacane dont l'adresse avait déjà foudroyé plusieurs de ses proches. À cette époque, je ne rêvais que d'une chose : établir une zone de paix dans la région de Leticia et connaître le nom de l'assassin de mon père. Escobar a accepté mes conditions. Je crois sincèrement qu'il avait peur car il ne parvenait pas à me situer. Il me demandait sans cesse : mais qui êtes-vous, d'où venez-vous ? Je lui répondais seulement : je suis le frère des dauphins, et cela le rendait encore plus méfiant. Il s'était persuadé que j'étais un de vos agents. Je crois que c'est pour cette raison qu'il m'a remis plusieurs documents attestant ses liens avec la CIA. J'ai pu vérifier que les traces écrites confirmaient les messages radio que nous avions interceptés. Fleming était toujours aux premières loges. Je ne peux rien vous dire de plus.

Tobbie accusait le choc. Il venait enfin de comprendre que son vieux Stan l'avait envoyé au casse-pipe en le jetant dans la gueule de Manrique. Il comprit que dans le registre de la trahison, il avait encore beaucoup à apprendre. Il ignorait aussi de quoi Libertador était capable.

— Tobbie, fit Vargas comme ils passaient côte à côte entre deux parois abruptes, je vous sens soucieux. Je ne veux pas que vous gardiez un mauvais souvenir de votre venue ici. Ne pensez plus à ces documents et écoutez-moi. Pour votre CIA bis, votre agence de renseignements économique.

— Oui..., dit faiblement l'Américain sans oser laisser paraître la moindre émotion.

— Eh bien, c'est d'accord.

— D'accord pour quoi ?

— Je veux bien manager ça au cours de ma vie

nouvelle. Mais attention : c'est donnant, donnant.
Une fois en place, mes hommes prépareront des
digest que vous pourrez utiliser dans le cadre de
votre mission confidentielle sur les entreprises américaines à l'étranger. Mais je veux savoir où nous
mettons le nez. Je vous solliciterai aussi pour
connaître les personnages susceptibles de contrarier
mes desseins, leurs réseaux, leurs points faibles.

— Je me réjouis de pouvoir vous aider en retour,
dit Tobbie qui se détendait. Mais quels sont au juste
vos desseins ?

Vargas ne répondit pas aussitôt. On entendit le
sabot des chevaux claquer sur la caillasse brûlée des
gorges de l'Arizona.

— Je voudrais mettre un peu d'éthique dans ce
monde, restaurer l'esprit de chevalerie, le sens de
l'honneur, vous voyez.

— Oui, déclara Tobbie sans l'interroger plus
avant, trop heureux d'avoir inclus le jeune prodige
dans son jeu.

Au bout d'une heure de petit trot, l'agent américain reconnut les toits de Phantom Ranch. En se
retournant vers Colorado River, il aperçut dans le
lointain pelé une arche de pierre rose, courbe
comme un dauphin géant.

15

Pendant cinquante-deux jours, Diego Vargas ne
donna de nouvelles à personne. Les pêcheurs de
truites le virent souvent partir, à l'aube, de la maison
maternelle et revenir au crépuscule, à cru sur un
petit alezan à tête noire. Parfois, au contraire, il ne
mettait pas le nez dehors et recevait la visite
d'Indiens Pawnee, à queue de cheval, dont le vrom-
bissement des Harley-Davidson semblait rider la surface de l'eau. Nul ne sut jamais à quoi Vargas passa

ses jours et ses nuits au bord du lac Powell. Des pêcheurs, qui avaient l'habitude de boire le thé à la maison, du vivant de sa mère, témoignèrent plus tard qu'il offrait, à ceux qui le croisaient, un visage fermé, presque hostile, et paraissait avoir pleuré. D'autres, qui avaient connu les lieux autrefois, prétendaient que la maison baignait la nuit dans la lueur bleutée d'un ordinateur, grâce auquel il se connectait avec la terre entière. Sans doute les deux versions sont-elles en partie vraies, l'une et l'autre donnant quelques aspects de ce que fut l'existence de Libertador dans cette période secrète de sa vie.

Les Indiens, qui affluaient par petits groupes, appartenaient à ces tribus de Californie, parties chasser ce qu'elles appelaient le « nouveau bison ». Des éclats de voix se faisaient parfois entendre, cent mètres à la ronde, car ce qui les attirait n'était autre que l'essor anarchique, dans le désert, des casinos indiens, dont Vargas voulait la fin.

— Il est temps que nous entrions dans le rêve américain, lui opposaient timidement les délégations venues prendre son conseil.

— Le déshonneur d'un seul est le déshonneur de tous, s'emportait Vargas. Vous n'avez donc d'autre ambition que d'installer chez vous ces machines à sous, avec tout le vacarme électronique et les éclairages criards qui aveuglent l'esprit? Croyez-vous qu'on fait venir la chance comme on tire une chasse d'eau?

Les Indiens repartaient, piteux ou en colère contre le descendant de Geronimo, qui les envoyait au diable en leur rappelant le souvenir de la « piste des larmes ». Les Blancs avaient manqué à leur parole de les laisser vivre en paix sur la Grande Prairie aussi longtemps que le soleil brillerait dans le ciel, et que les montagnes n'auraient pas été changées en poussière. Ils avaient connu l'extermination, l'exode sur leurs poneys faméliques, la vie dans les réserves, l'humiliation de voir les oreilles des caciques conservées dans du whisky, leur tête bouillie, leur crâne blanchi. Allaient-ils encore faire confiance aux

Visages pâles qui finiraient bien par taxer leurs casinos?

— Justement, Diego, on se venge en leur soutirant leurs peaux de grenouille, lui avait dit un jeune Pawnee en jean, les yeux cachés derrière d'épaisses lunettes noires. Nous pourrons créer des banques et venir en aide aux tribus les plus pauvres.

Vargas secouait la tête et pensait, au fond de son cœur, qu'un jour viendrait où les Indiens d'Amérique retrouveraient leur dignité de guerriers, comme ceux de l'Amazonie leur liberté de coureurs de bois.

Ramené à sa solitude, il se retira dans la pièce au gros secrétaire d'épicéa. Selon toute vraisemblance, c'est là que Vargas reprit contact avec la planète financière qu'il avait quittée, huit ans plus tôt, en s'établissant à Leticia pour mener sa guerre contre les narcos. Le maniement d'Internet lui fut rapidement familier. Lorsque le FBI lança plus tard des investigations serrées sur l'origine des trois cents sociétés qu'il devait créer à travers le monde — mais ce chiffre semble déjà dépassé —, force fut de constater que Vargas connaissait la méthode pour circuler sur le Web sans laisser aucune trace, à la manière de ses glorieux ancêtres dans l'Ouest sauvage. Des nuits entières, il se contenta de visiter les sites de la presse internationale, avec un penchant pour *The Economist*, le *Wall Street Journal* et le *Financial Times*. Puis il étudia de près les publications financières, la liste des valeurs en vue sur le Nasdaq [1], les cours des monnaies, en particulier du bath thaïlandais et de la devise chinoise, qu'il jugea surévaluée. Il éplucha la presse *people*, les mariages et les divorces, les filles en vue du jet set international prêtes à coucher contre un gros cachet. Puis il fit défiler les lettres pétrolières publiées en Europe centrale, avec un intérêt tout particulier pour les gisements annoncés en mer Caspienne. Il vérifia sur le site des Nations unies quelles étaient les conditions dans lesquelles était maintenu l'embargo pétrolier sur l'Irak.

1. Marché des valeurs à haute technologie.

C'est par une de ces nuits, dans la lumière d'aquarium de son écran, qu'il eut l'idée de créer l'imbroglio le plus gigantesque jamais survenu sur les marchés de l'or noir, dont il confia ensuite l'époustouflante réalisation à Mourad et Natig Aliev. Mais s'il voulait faire rendre gorge à ce capitalisme archaïque dominé par une poignée de prédateurs dépourvus de rêves et d'éthique, il ne devait rien laisser au hasard. C'est pourquoi il se mit en quête de proies, dans tous les domaines, qui font du monde moderne une poudrière financière injuste et folle. En interrogeant un site consacré aux grandes peurs du siècle à venir, il découvrit combien les organismes génétiquement modifiés nourrissaient de fantasmes. Sur des feuilles volantes, qu'il brûla le jour de son départ, il avait tracé trois colonnes qu'il remplissait au fur et à mesure d'annotations laconiques. Dans la colonne « rêve », il avait écrit : pétrole, or et platine, luxe, grands vins, parfums, mode, remèdes antivieillissement. Dans la colonne voisine, sous l'appellation « moyens du rêve », se lisaient les mots : fonds de pension, capitaux à risques, prises de participation, groupe de presse. La dernière colonne, « fin du rêve », était la plus brève. Figuraient seulement quatre mots : révélations, scandales, dévaluations, krachs.

Jour après jour, Vargas affinait sa stratégie, seul sous le regard aveugle de Geronimo à la face de pierre. Il s'intéressa encore aux journaux en faillite à travers le monde ; aux grands dirigeants remerciés, rongeant leur frein et rêvant de revanche ; aux jeunes spéculateurs en vue ; aux femmes fatales (il s'arrêta longuement sur la biographie épurée d'une jeune Chinoise devenue l'étoile montante de l'empire Moloch) ; aux firmes empêtrées dans une succession difficile. Il vérifia les dispositions exactes du traité Torrijos-Carter de 1977, qui prévoyait le retour du canal de Panamá dans le giron du petit pays. Il s'était entendu avec Cheng et Hugues : dès qu'ils auraient établi le contact avec le maillon faible de l'édifice, le fameux Belisario Dundley, les deux hommes adresseraient un e-mail sur une messagerie cryptée appartenant à Vargas. Libertador avait bâti, autour de sa signature électronique, une véritable forteresse : même les détecteurs les plus puissants de la CIA et du KGB réunis auraient mis plus de cent ans avant d'espérer comprendre les combinaisons du codage. C'est ainsi qu'au lendemain de la rencontre avec l'agent panaméen, un message s'était affiché sur l'écran du lac Powell : affaire bien engagée mais reste à conclure. Suivant les instructions de Vargas, Chang et Janvry, changés en « Mr Kim » et « Enguerrand de Saint-Ours », avaient traversé l'isthme jusqu'à la zone libre de Colón, munis de photos d'identité de chaque membre du groupe, Vargas compris. Un vieux Chinois, lié à Cheng, établi en Amérique du Sud depuis la Révolution culturelle, s'était spécialisé dans la confection de faux papiers. Il réalisa pour chacun trois passeports différents. L'un d'eux, réservé à Vargas, portait le nom de John Lee Seligman. C'est sous ce patronyme qu'à plusieurs reprises Libertador se rendit en Europe et se fit connaître de ses contacts qui furent aussi ses proies. Chaque faiblesse du monde, il semblait la renifler. Son instinct ne le trompait pas. Par exemple, il savait que le jour viendrait où la Colombie ne supporterait plus d'être amputée de Panamá. Le visage de la belle Catalina s'imprimait dans ses pensées quand il se demandait comment étrangler subitement le canal. « Quelques guérilleros suffiraient », avait avoué, affolé, Dundley. Une guérillera ferait sûrement l'affaire. Ne parlait-on pas du pouvoir croissant des femmes dans les sociétés latino-américaines ?

Peu à peu se construisit dans le cerveau de Vargas une machination internationale dont les analystes mettront encore des années avant de dénouer les ramifications, s'ils y parviennent jamais. Un matin, au terme d'une nuit sans sommeil, il traça un trait sous ses trois colonnes et pour la première fois inscrivit des noms. Les rôles étaient distribués comme suit :

— Or et platine : Lancelot Palacy
— Pétrole : Natig et Mourad
— Luxe et intox : Hugues de Janvry
— Scandale politique : Barco Herrera
— Spéculation, dévaluation : Cheng et ?

Vargas conclut qu'il lui manquait un homme sûr dans la City, un de ces *spillers* capables de casser une monnaie en trois minutes, comme l'avait fait Soros de la livre sterling. C'est ce qui le décida à se rendre au symposium de Davos. Il mentionna aussi « Jack Tobbie » sur ses papiers. Quant à lui, l'évidence lui crevait les yeux : il serait partout. Le décor était bâti, la scène prête à être jouée. Il restait aux acteurs à apprendre leur rôle. Enfin, Vargas écrivit en capitales les six lettres du mot CIRCLE, persuadé que le fonds de pension, dont il venait de déposer les statuts par e-mail et fichier anonyme dans une banque des îles Vierges, serait un bon sésame pour attirer les grisons fortunés de Californie et de la Riviera. Vendre du rêve, puis le briser : rien désormais ne le ferait reculer.

Avant de quitter le lac Powell, il étudia aussi, avec précision, les cartes des anciens territoires indiens d'avant la bataille de Little Big Horn. Il s'arrêta sur les petites kachinas confectionnées par sa mère, et l'émotion, qu'il avait contenue depuis des semaines, éclata brusquement en sanglots qu'il ne chercha plus à retenir. Se mêlaient soudain le visage de son père sous les anacondas ; celui de sa mère dans sa dernière demeure de granit ; la figure étonnée de Yoni, à l'instant de rendre son dernier souffle ; le regard absent d'Ernesto, dans cette chambre du Children Hospital, où l'enfant avait oublié jusqu'à la voix de son père. Regardant les sept figurines dans leur danse immobile, il se vit entouré de ses compagnons. Les dauphins appartenaient au passé de Leticia. La tribu des poupées venait de naître.

Au bout de cinquante-deux jours, un message parvint dans la villa de Panamá, où six hommes attendaient un signal. Il arriva sous la forme d'une brève dépêche qui disait : « Rendez-vous dans une semaine à l'Elyseum Palace de Boston, sur la terrasse qui domine la ville. À 7 heures du matin, pour prendre la mesure du monde. Signé : Diego. » L'envoi était daté du 23 septembre 1997. Lorsque Cheng et les autres en prirent connaissance, ils eurent le sentiment que la conquête venait vraiment de commencer.

16

Comme souvent, les jours de pluie, on circulait mal à Boston. Coincé sur Longfellow Bridge, le chauffeur de taxi s'énervait tout seul. « Ici, les automobilistes considèrent à peine les feux rouges comme des suggestions, et encore ! Quel bazar ! J'espère que vous n'êtes pas trop pressé. »

Diego Vargas consulta sa montre. Des péniches remontaient Charles River. La grisaille du matin venait au contraire soulager sa mémoire. Depuis près de dix ans qu'il n'était pas revenu à Boston, il appréhendait de reconnaître les quartiers où il avait été heureux avec Yoni. Il redoutait que des images trop précises viennent l'assaillir sans crier gare. Une heure plus tôt, dans sa chambre de l'Elyseum Palace, il avait failli annuler, au dernier moment, son rendez-vous avec le vieux professeur Bradlee. Le courage lui avait soudain manqué pour affronter la ville. Il se disait : si nous passons devant le musée d'Art moderne, ou si le chauffeur se met en tête de me montrer le Waterfront d'où nous partions le dimanche pour aller observer les baleines de la baie... Et s'il me conduit tout droit vers la maison de Henry James, où nous allions si souvent... Cent millions de dollars ne protégeaient ni des chagrins ni du passé. Mais il s'était fait violence. Après tout, le ciel gris et cette petite pluie voilaient momentanément les souvenirs ensoleillés qu'il gardait de son existence de jeune homme amoureux.

Le taxi s'engagea enfin dans les rues pentues de Beacon Hill. Rien n'avait changé : les jardins verdoyants, les trottoirs proprets semés de réverbères à l'ancienne, les maisons cossues de la Nouvelle-Angleterre avec leurs murs de brique rose et leurs festons de fer forgé. Depuis qu'il avait pris sa retraite, James Bradlee vivait dans une de ces demeures nichées au sommet de la colline dans un décor à la Walt Disney, peuplé de fontaines et d'oiseaux bavards. Curieusement, Libertador avait un faible pour le père de Mickey. Il admirait cet homme qui avait construit un empire en dessinant une souris. Mais c'était dans une Amérique disparue, une Amérique où l'on croyait encore aux idées, à l'audace, à la chance et au talent. Ce pays, hélas, avait aussi changé. Et Vargas se souvenait avec une honte confuse d'avoir éprouvé du plaisir à découvrir les attractions de Disneyland à Orlando, comme si cet univers irréel et joyeux était l'ultime vestige de l'Amérique optimiste qu'il avait aimée. En réglant le taxi, Vargas aperçut le professeur qui guettait derrière sa fenêtre. Il n'eut pas besoin de sonner. La porte s'était déjà ouverte, et un jeune labrador remuait frénétiquement la queue en poussant des jappements de chiot joueur.

— Dites-lui bonjour et flattez-le un peu, sinon il ne va pas vous lâcher ! fit James Bradlee.

Lui non plus n'avait pas beaucoup changé. Malgré ses soixante-dix ans passés, il portait toujours beau. Avec son éternel nœud papillon, son costume de tweed et cette tignasse blanche crantée qui le faisait remarquer de loin, il ressemblait à un vieil Anglais. Les deux hommes se saluèrent avec émotion.

— J'ai reçu la visite d'un type de la CIA il y a quelques semaines, commença Bradlee. À vrai dire, je me demandais ce que vous étiez devenu, toutes ces années. Je me disais bien que vous n'étiez pas du genre à regarder Wall Street grimper, en priant pour que ça continue. Vous aviez l'aventure dans le sang. Et puis vous alliez vite, tellement vite. J'avais sans cesse l'impression que vous saviez déjà ce que j'allais vous dire.

— Vous aviez tort, j'ai beaucoup appris de vous, professeur.

— Professeur... Ah, on ne m'appelle plus ainsi depuis un petit moment déjà... J'ai été peiné pour ce qui est arrivé à votre femme. C'est le type de la CIA qui m'a renseigné, il était revenu me voir pour que je lui donne votre nom. La première fois, j'avais fait mine de ne plus m'en souvenir. Mais il insistait beaucoup et je l'ai cru lorsqu'il m'a dit que vous étiez en danger. Vous pensez bien que je n'aurais pas oublié votre nom. Des étudiants de votre genre, je n'en ai pas connu beaucoup tout au long de ma carrière. Dieu sait pourtant si j'ai longtemps sévi. Quand ils ont élu un remplaçant à ma chaire de finances, j'avais soixante-huit ans, vous vous rendez compte! Vous me donnez combien? demanda-t-il avec un brin de coquetterie, les joues soudain rosées par l'audace puérile de sa question.

Vargas fit mine de réfléchir. Il connaissait l'âge de Bradlee mais décida de lui accorder un rabais.

— Je dirais soixante et onze?

— Comment avez-vous deviné! exulta le professeur, heureux d'avoir passé trois années à la trappe.

— Il suffit de regarder votre œil bleu.

Le visage de Bradlee s'assombrit tout à coup.

— Moi aussi, jeune homme, j'ai perdu ma femme. La compagne de toute une vie. Elle me parlait quelquefois de vous. Je crois que vous l'aviez beaucoup impressionnée par votre mémoire. Elle qui perdait même les noms de ses proches, elle vous enviait de pouvoir vous rappeler tant de choses. Mais, en réalité, votre prestige à ses yeux tenait à l'amour que vous portiez à cette ravissante Indienne. Nous avions su par des relations que ses parents s'opposaient à votre mariage, et que vous l'aviez enlevée! Oh, bien sûr, Boston la puritaine aurait eu des raisons d'être choquée par cette atteinte aux convenances, mais vous aviez l'air de tant vous aimer qu'on aurait pardonné bien pire afin que rien ne vous sépare.

Cette évocation bienveillante d'un passé de bonheur fit l'effet d'un baume sur le cœur de Libertador.

Lui, qui craignait de voir resurgir des fantômes, se sentit à l'aise et apaisé face à ce vieil homme qui gardait de beaux souvenirs. Pour un peu, il l'aurait pressé de continuer à parler encore de Yoni, de ses impressions quand elle arrivait au cours dans une robe éclatante en satin clair, avec de longues boucles d'oreilles en or qui brillaient dans sa chevelure.

— Je ne sais pas si j'aurais jamais eu le courage d'enlever la femme que j'aimais, se demanda à haute voix James Bradlee. Mais passons, vous n'êtes pas venu pour recueillir les états d'âme d'un vieux barbon. Je crois que j'ai ce que vous me demandiez dans votre lettre. Un jeune gars excellent. Vous vous êtes ratés de peu. Il était dans mon cours l'année qui a suivi votre départ pour l'Amazonie. Je pense qu'il avait entendu parler de vous sur le campus, car il m'a questionné plusieurs fois sur vos activités. Je pense qu'il vous aurait suivi si vous l'aviez connu. C'était un champion du business monétaire. Lui aussi il pigeait tout, comme vous. Je crois que le fric le passionnait, en tout cas les jeux sur l'argent. Il s'appelle Isidore Sachs, de son vrai nom Isaac Rozen. Sa famille a fui la Hongrie après la guerre. Il est fiable et discret. Depuis trois ans, il travaille dans une grosse maison de la City, la Morgan Grennfell. Il me fait la gentillesse de me donner de ses nouvelles. La dernière lettre remonte à deux mois environ. Il travaillait sur les devises asiatiques et avait bon espoir d'être nommé à Manille ou à Singapour. En attendant, il semble se plaire à Londres. C'est une bonne place pour un trader. Quand les cotations commencent, Tokyo a clôturé et New York n'est pas encore ouvert. On a déjà une idée du marché. Je crois que ce gamin a compris où la grande bagarre allait se déclencher.

— C'est-à-dire ? fit Vargas en fronçant les sourcils.

— Retenez ce nom, Diego : la Chine, la Chine, la Chine, la Chine. Je sais que vous n'êtes pas du genre à ce qu'on vous répète quatre fois les choses. Mais il faut regarder la réalité en face. Notre dette extérieure dépasse le budget des États-Unis. Si tous nos créanciers se levaient demain comme un seul homme et nous sommaient de rembourser, la faillite serait totale. Pas seulement en Amérique, vous m'entendez ? La puissance qui monte est à Pékin. Les produits *made in China* vont déferler d'ici moins de dix ans. J'ai lu dans le *Financial Times* que les Chinois construisent une somptueuse ambassade de représentation à Genève, face au siège de l'Organisation mondiale du commerce. Je commence à croire que le dollar est devenu la peau de grenouille verte avec laquelle vous me narguiez autrefois. Je vais même vous dire mieux : cette peau de grenouille est devenue une peau de chagrin. Nous entrons, sans nous en rendre compte, dans l'ère du yuan. Soros n'est plus dans le coup en bricolant contre le sterling ou le franc. La main passe. Suivez de près cet Isidore Sachs. Et faites-lui comprendre qu'il ne faut pas surestimer l'argent. Les marchés ont souvent tort, il faut savoir les contrarier, savoir aussi que la pierre philosophale n'est pas plus à Wall Street que dans la Cité interdite. Mais pour accepter ça, il ne faut plus avoir vingt ans.

James Bradlee tendit à Vargas une carte de visite sur laquelle figurait le numéro d'e-mail du jeune courtier.

— Je suis sûr qu'il serait heureux de recevoir un signe de vous.

Vargas remercia et glissa la carte dans la poche de sa veste. Le professeur lui proposa du thé, un cigare. Il accepta sans manières. Une corpulente femme noire apparut par une porte dérobée et posa une théière devant chacun. Celle du professeur ne fumait pas.

— Je préfère le thé froid, c'est plus digeste.

Les deux hommes restèrent un moment dans le bleu et le noir de leurs yeux, à se dévisager comme deux animaux paisibles et curieux l'un de l'autre. Un morceau de musique parvenait du fond de la pièce. En fumant son cigare, il songea au calumet de Geronimo qui restait accroché à un mur de la maison, au bord du lac Powell. Ni sa mère ni sa grand-mère ne l'avaient jamais allumé. Il se promit de le faire, une prochaine fois. Il serait le premier homme depuis le grand chef indien à aspirer dans la longue pipe. Le jour où il serait en paix avec lui-même, il achèterait du tabac rouge de saule sauvage et renouerait le lien qui unit par la fumée le cœur des vivants à l'esprit des morts.

— Vous trouverez notre ville bien changée, reprit James Bradlee au terme d'un long silence. Si je voulais être méchant — mais vous savez que je ne le suis pas —, je dirais que la girouette piquée là-haut, sur la coupole de Faneuil Hall, est devenue notre symbole. Boston est désormais la capitale mondiale de ces fonds de pension qui gouvernent le monde. Qui aurait cru ça d'une cité provinciale et prude ? Je vous assure que les murs de la Trinity Church et de la Public Library en tremblent encore. Nous étions la cité des sciences et des arts, Harvard, le MIT, six présidents des États-Unis issus de nos rangs, vingt-sept prix Nobel, trente prix Pulitzer... Et voilà qu'un nommé Neil Damon bâtit sa fortune en levant les dollars de tous les petits vieux du Massachusetts, les Grey Panthers, comme il les appelle, pour le placer sur des valeurs exotiques dont on connaît à peine le nom. Les retraites, voilà le nouvel eldorado de nos financiers. Lamentable, non ! L'appât du gain avant le grand saut... Et je peux vous garantir que ce Neil Damon est quelque chose comme un dieu. Quand les P-DG du monde entier, des patrons de droit divin dans leurs boutiques, viennent à Boston présenter leurs résultats, ils sont comme des petits garçons. J'ai vu le chairman d'une grosse boîte de l'agroalimentaire rougir jusqu'aux oreilles quand un analyste débraillé, la bouche pleine d'un morceau de cheeseburger, lui a demandé de façon vulgaire et presque inaudible de détailler la rentabilité de son groupe dans les pays d'Afrique subsaharienne. Le boss, qui n'avait pourtant pas l'air d'un tendre, a pâli. Il s'est tourné vers un de ses collaborateurs, a consulté quelques notes sorties en hâte d'une serviette de cuir. Lorsqu'il a été en mesure de répondre, le type au hamburger était sorti pisser. Je vous jure que c'est comme ça. Les patrons se préparent pendant des semaines à l'épreuve. Ils se font tester à l'oral par des pros de la communication, ils ingurgitent des tonnes de chiffres, inventent des périphrases pour se sortir des sujets embarrassants, du genre : « Continuerez-vous à investir en Corée du Nord ? » ou : « Ne trouvez-vous pas que vous devriez licencier vingt mille employés ? »

— Et que se passe-t-il si l'examen n'est pas concluant ? demanda Vargas.

— La terre continue à tourner, vous et moi restons confortablement installés dans nos fauteuils à fumer un cigare en dégustant par petites lampées cet excellent thé de Chine.

— Oui, professeur, excellent.

— Pour le patron passé à la question, commence la dernière nuit du condamné. À l'ouverture du lendemain sur le Stock Exchange, les cours de sa société peuvent être suspendus tellement la chute a été sévère. Les boursiers appellent ça la « baisse au cul verdâtre », car sur nos computers, les valeurs en berne s'affichent, c'est bizarre, dans la couleur de l'espérance. Les choses vont parfois encore plus vite. Je me souviens qu'une fois, le président d'un géant de la chimie a juste dit : « Le résultat opérationnel de notre groupe n'atteindra pas le niveau espéré. » Quelques minutes plus tard, l'action baissait de 38 pour cent ! Les analystes sont impitoyables quand on leur a caché une baisse de profits, même si la rentabilité reste très supérieure à la moyenne. Les capitaux quittent le navire et se portent sur une autre valeur. Il arrive aussi qu'en prime, la femme du patron le quitte, ajouta Bradlee en souriant. Il y a des femmes comme ça, à notre époque.

— Vraiment ? fit Vargas.

— Des hommes de l'acabit de Neil Damon dressent aussi des listes noires. Au terme des *road shows*, ces tours de piste des P-DG, ils recommandent le désengagement d'un certain nombre de sociétés en divulguant opportunément leurs analyses dans la presse. On s'aperçoit souvent qu'ils sont présents dans le capital de telle ou telle feuille financière qui souffle tantôt la ruine, tantôt la grâce. Leur parole a du poids. Quelques mots en bien ou en mal, et les marchés tournent de l'œil. Vous vous souvenez de mes leçons, n'est-ce pas? L'économie c'est d'abord de la psychologie et de l'émotion. Quand on a compris ça, on évite d'y placer son âme. Cela suffit d'y mettre les quelques sous qu'on est prêt à perdre.

— Parlez-moi encore de ce Neil Damon.

— C'est un gars malin, pas flambeur pour un sou. Il a le contact immédiat avec les gens simples. Sa famille appartenait aux premiers colons de la ville, ceux qui firent fortune dans la morue. Il en a gardé la patience du pêcheur et cette manie presque maladive de se laver les mains à tout bout de champ et de se parfumer un peu trop. C'est pour ça qu'il a réussi à Boston. Dans la rue, vous ne le remarquerez pas. Costume terne, figure terne, godasses ternes. Il démarche systématiquement les associations de retraités à travers les États-Unis. Retraités du chemin de fer, des banques, de la passementerie, des grands magasins, que sais-je encore. Et ce n'est pas le genre Maxwell à vider les caisses de retraite pour financer ses folies. Avec une croissance de 40 pour cent en moins de cinq ans, pas étonnant que tous prient pour sa santé.

— On a une idée du montant des sommes qu'il gère?

— À votre avis?

— Cinquante milliards?

— Mon pauvre ami!

— Cent milliards?

— Vous n'êtes pas sérieux!

— Aucune idée, vraiment.

— Au bas mot, trois mille milliards de dollars. Je parle de l'exercice écoulé.

Vargas émit un sifflement.

— Je ne vous le fais pas dire, jeune homme. Je connais un de ses employés. À vrai dire, il ne sait jamais, à quelques centaines de millions de dollars près, quelle est précisément sa position. Ces fonds bouffent tout. Prenez la cote de Wall Street, les blue chips, et aussi le Nasdaq, les *start up*, ces valeurs jeunes et pleines de potentiel. Les fonds les contrôlent, pour moitié des actions en circulation. Certains en viennent à regretter l'actionnariat de papa, les petits porteurs et tout le tremblement. Au nom de la défense de leurs intérêts, les fonds de pension s'érigent en pouvoirs rivaux des gestionnaires d'entreprises. C'est tout juste s'ils ne dictent pas le salaire du patron. Je pèse mes mots, ce sont de véritables missiles dans le capital des firmes. Ils peuvent exploser à chaque instant si les *executive boards* font un pas de travers. Je vous jure, Diego, il ne fait pas bon être patron à notre époque.

— On lui connaît des faiblesses, à ce Neil Damon, quelques petits péchés qui nuiraient, disons, à sa réputation ?

— Pas le moindre. Bien marié, bon père. Je sais seulement qu'il prend le Concorde une fois par mois, accompagné d'un seul collaborateur, toujours le même. Je crois qu'il fait du lobbying afin d'implanter son fonds en Europe. Mais nos anciens colonisateurs sont réticents devant l'arrivée de tels instruments. Jusqu'à présent, il n'a pas réussi à percer le mur de l'administration française. Il est vrai que ces gens n'ont pas supprimé la monarchie. Ils l'ont démultipliée et diluée jusqu'au moindre sous-chef de bureau. Pourtant ils devront tous y passer. Les États modernes ne pourront pas continuer de financer les retraites comme avant. Le quatrième âge s'accroche et, en Europe, les critères de leur traité de Maastricht — quel nom, vous ne trouvez pas ? — vont les obliger à comprimer les déficits publics. Si les capitaux des Panthères grises du Vieux Continent entrent demain dans la danse, croyez-moi, il y aura de quoi faire tout flamber.

— Je vois, dit Vargas pensif.

— Encore un peu de thé ?

— Merci, professeur, j'ai abusé de votre temps. Je vais rentrer.

Le jeune homme se leva. Le labrador, que leur conversation avait assommé, se dressa d'un bond et courut dans les jambes de Libertador.

— Dites-lui qu'il est beau. On aime bien entendre ça quand on est vieux, alors, à son âge...

James Bradlee s'était levé à son tour. Son nœud papillon n'était plus exactement à l'horizontale, et ses joues rosies lui donnaient un petit air de ludion. En s'approchant pour le saluer, Vargas respira son haleine chargée de scotch. Il comprit pourquoi la théière du professeur ne fumait pas.

— J'oubliais. Je ne sais pas si ça vous intéresse. Neil Damon est littéralement fou des tableaux de Claude Monet. C'est aussi pour aller les admirer qu'il voyage souvent en Concorde.

— En effet, répondit Vargas, c'est un renseignement précieux.

Libertador garda un long instant la main du professeur dans les siennes, puis il prit congé. Il avait repéré une station de taxis sur la petite place en descendant la rue. Marcher un peu lui ferait du bien. Comme il sortait de la maison, il vit un rayon de soleil faire briller le dôme doré du Capitole, sur les hauteurs de Beacon Hill. Pour la première fois depuis longtemps, il marcha d'un pas léger, les mains dans les poches. Il était heureux à l'idée de retrouver ses amis, le lendemain matin, sur la terrasse de l'Elyseum Palace. Il nota sur son agenda d'acheter au plus vite, par la librairie Internet, l'ouvrage le plus luxueux qui soit sur Claude Monet et les impressionnistes, avec l'espoir qu'il manquait à Neil Damon.

17

La nuit tombait sur Bakou. Des Volga du temps de l'empire filaient sur le boulevard des pétroliers. Dans moins d'une heure, le Président quitterait le palais pour se rendre à son domicile. Ce serait le même branle-bas de combat que tous les soirs, la sirène de l'escorte, les motos ouvrant la route à la longue berline noire, les rondes des policiers avant le passage du cortège, pour vérifier qu'aucune auto suspecte n'était garée sur le trajet. Depuis quelques jours, les mesures de sécurité avaient été renforcées. Les autorités azeris craignaient des attentats côté arménien. On murmurait que la Géorgie nourrissait des visées expansionnistes. Et ce mystérieux rapport annonçant plus de deux cents milliards de barils de gisements dans la Caspienne ouvrait des appétits colossaux dans les états-majors des grandes compagnies. Les esprits étaient chauffés à blanc. Dans la pénombre des caravansérails, dans les cafés de la place des Fontaines où les vieux Azeris attrapaient les derniers rayons du soleil d'octobre, on se prenait à rêver de la résurrection de Bakou. Les marchands de médailles de l'ex-armée soviétique prononçaient sans se cacher les noms des Nobel, des Rockefeller et des Schlumberger, les rois du pétrole d'avant les bolcheviks, quand il suffisait de percer un trou avec la pointe de son parapluie pour voir surgir un geyser noir. Dans une salle du cinéma Alexandre-Nevski, au cœur de la ville historique, on projetait en boucle un film ancien sur l'époque héroïque du pétrole à Bakou, la « ville des vents ». On y voyait de méchants puits picorant le liquide visqueux, des hommes torse nu remontant des profondeurs avec à la main des seaux dégoulinant d'huile précieuse, exténués, à demi asphyxiés ; certains mouraient parfois d'avoir respiré des poches de gaz. Les images défilaient. Une forêt de derricks, des torchères en flammes, d'immenses flaques de pétrole jaillies des « fontaines » où pataugeaient des moutons égarés. Et puis le lent ballet des chameaux qui emportaient des outres en peau, gonflées d'or noir, à travers le désert et jusqu'aux rives de la mer Noire. Des chiens, des ânes, tout était bon pour évacuer la manne miraculeuse. C'était avant l'orée du XXe siècle, du temps où les pipelines n'étaient encore que folles conjectures dans l'esprit fiévreux d'une poignée d'aventuriers. Des plus jeunes aux plus anciens, la population entière se précipitait dans la salle réservée jusqu'ici aux vulgaires productions égyptiennes ou turques, romances à l'eau de rose en version originale auxquelles nul ne comprenait rien. Mais cette fois, le cinéma parlait aux gens du cru. Le film était arrivé deux semaines plus tôt à la mairie de Bakou, avec les compliments d'une société de rénovation cinématographique basée à Boston, dont le directeur était un certain John Lee Seligman.

De sa chambre de l'hôtel Minerva, à côté de l'imposante tour Sainte-Anne, un homme essayait de comprendre. À bientôt trente-six ans, Tony Absheron avait brillamment grimpé tous les échelons qui mènent au dernier carré des décideurs à la Oil & Gas Limited. Ses patrons lui devaient les plus belles découvertes anglo-saxonnes en mer du Nord et quelques gisements miraculeux du golfe de Guinée. Depuis six mois qu'il travaillait sur l'hypothèse de la Caspienne, il ne voyait pas la moindre goutte d'or noir. D'après ses études, la zone regorgeait de gaz. Mais le monde entier était plein de gaz. Fallait-il investir des milliards de dollars pour ranimer les fantômes du champ mythique de Bibi Heybat, qu'il regardait se fondre doucement dans l'obscurité ? Tony Absheron était de ceux qui vivent au présent, un de ces ingénieurs pragmatiques épris de faits, de chiffres cohérents, d'affirmations vérifiables et vérifiées.

— Comment est-ce possible ? s'écria-t-il à haute voix en jetant un œil désemparé vers sa table de travail où trônait le document qu'il épluchait minutieusement depuis la veille.

L'audience qu'il avait sollicitée à la Présidence avait été décommandée brusquement en début d'après-midi, sans aucune explication. Une voix distante l'avait averti à son retour de déjeuner. Aucun autre rendez-vous n'avait été fixé. Tony Absheron allait de la fenêtre à son bureau, les mains dans le dos et l'air grave. Quelque chose clochait. Il ne savait pas quoi. Mais il le sentait par une de ces intuitions dont il était coutumier, « un excès de vitesse de votre intelligence », disait son patron quand, au milieu d'un raisonnement, il allait tout droit à la solution. Cette fois, la solution se dérobait.

La circulation s'était espacée sur le boulevard des pétroliers. Le Président était retenu au Palais. Il ne passerait pas ce soir. Une rumeur le disait mourant. Une autre laissait entendre qu'il négociait déjà avec l'Iran la construction d'un nouveau pipeline plein sud pour échapper aux visées turques soutenues par Washington, et au doux chantage de Tbilissi pour relier la mer Noire. Tony Absheron ne croyait à aucun de ces tuyaux crevés. Il pensait simplement qu'à cet instant, dans le tic-tac des vieilles pendules officielles qui sonnaient jusqu'aux quarts d'heure, le Président compulsait le même document que lui. Qu'il y voyait une chance inespérée d'attirer tous les gogos de la terre. Qu'il ne prêterait pas l'oreille aux oiseaux de mauvais augure s'inquiétant de l'énormité des chiffres avancés.

Une folle effervescence avait gagné Bakou. On annonçait chaque matin l'installation prochaine de compagnies étrangères, des marchés astronomiques signés avec l'État azeri sur les concessions en sommeil depuis le départ des Soviétiques. Les services secrets occidentaux et russes avaient dépêché leurs limiers pour tenter de percer les mystères de ce rapport dont nul n'avait précisément identifié la source. La presse américaine avait été la première à s'en faire l'écho. Les journaux européens avaient suivi, aussitôt relayés par les lettres professionnelles de la qualité d'*Oil Strategy*, basée à Londres.

— *Oil Strategy* ! répétait Tony Absheron, comme s'il allait trouver une réponse à ses interrogations en disant le nom de cette bible pétrolière qu'il avait tant de fois compulsée pour y recouper ses propres informations et sentir les bons coups. Deux sites venaient de se créer sur Internet, reproduisant les données du rapport. L'un s'appelait Dolphin Oil, du nom de la société d'études qui avait publié le document. Un volume de cent trente pages dans lequel rien n'était laissé au hasard.

— Du travail de pro, murmura Absheron en se penchant une fois encore sur le pavé.

Au cours des six derniers mois, il avait orchestré une campagne sismique sans précédent sur une surface de cinquante mille kilomètres carrés. La Caspienne, il la connaissait comme sa poche. Il avait mesuré tous les obstacles techniques. S'il y avait du pétrole en quantité, ce qu'il ne croyait pas, il était profond, très profond, offshore, difficile à pomper. De l'automne au printemps, la Caspienne se figeait dans les glaces. Les rigs les plus coriaces menaçaient de se transformer en congères. Un Pompéi gelé. Les coûts d'accès s'annonçaient déments. Au prix du baril, c'était du suicide ! Déjà les hommes de BP s'apprêtaient à mettre la clé sous la porte après une tentative malheureuse. Les installations soviétiques récupérées à Bakou s'étaient révélées inopérantes, incapables d'atteindre l'eau profonde. Trop vieilles, hors d'usage, dangereuses. Elles mouraient doucement dans une enclave du port. La semaine précédente, après la projection du film au cinéma Alexandre-Nevski, Tony Absheron était allé les voir dans leur cimetière de ferraille, de filins battant au vent et de carcasses éventrées. Le champ des pionniers n'était plus qu'un cloaque. Les puits centenaires bourrés d'arthrose piquaient du nez non sans grincements déchirants du métal. À leur chevet, de pauvres hères, dont les savates éclatées laissaient voir les pieds, colmataient tant bien que mal les fissures par où suintait un pétrole gras. De gros bandages noirs étaient censés faire l'affaire. Le siècle s'était immobilisé là, figé par l'histoire tragique du communisme exporté chez les Azeris à la peau foncée. Sur les plates-formes aux crémaillères spectrales, de pauvres Russes déclassés à la barbe de Mathusalem tentaient de s'accrocher, indifférents à la rouille et au roulis. De toute façon, ils n'avaient pas un kopeck pour rentrer chez eux, quelque part vers Moscou. Dans sa débâcle, l'empire les avait laissés là avec des bobines de câble inutile, sur des puits de forage bons à finir par cent mètres de fond. Mais ces rescapés ne l'entendaient pas de cette oreille. Ils astiquaient chaque jour le seul joyau qui leur restait, une énorme plaque d'acier peinte aux couleurs de la faucille et du marteau. Et c'était avec ces antiquités qu'on prétendait faire revivre les grandes heures de Bakou !

Tony Absheron décrocha son téléphone et demanda le *room service*. Il commanda une omelette, une coupelle de caviar et un verre de vodka. Le soir, au bar de l'hôtel, il avait aperçu une femme qu'il n'avait encore jamais vue ici. Une créature aux ongles vernis de rouge vif, impeccablement maquillée, vêtue d'une jupe en daim et d'un chemisier blanc largement échancré. Il s'était arrêté sur sa chevelure rousse et sur son décolleté qui laissait plus que deviner des seins ronds et laiteux. Elle lui avait souri tout en décroisant ses longues jambes sur un très haut tabouret. Le frottement de ses collants ajourés avait éveillé en lui l'envie de cette peau qu'il devinait douce, chaude et parfumée. Absheron s'apprêtait sans enthousiasme à passer une nouvelle nuit à étudier le rapport. Il précisa son numéro de chambre et s'enquit de la jeune femme. Le valet l'informa qu'elle était toujours au bar, sans compagnie. Il lui fit passer le message qu'elle pouvait venir partager sa collation. Quelques minutes plus tard, on frappa à sa porte. Un garçon en veste blanche portait un plateau de faux argent. Il était seul.

— Dommage, murmura-t-il.

C'est en voyant arriver les œufs d'esturgeon qu'une idée traversa l'esprit de l'ingénieur de l'Oil & Gas Limited. Il saisit le document et compulsa les cartes où les prélèvements avaient été prétendument effectués. Il s'aperçut que la zone, et pour cause, ne pouvait être exploitée. Elle recouvrait exactement le territoire de reproduction des esturgeons. Les pétroliers savaient que les bateaux de Greenpeace croisaient en permanence dans ces eaux protégées. Nul ne s'y serait aventuré. Mais l'auteur apportait la réponse : grâce à une technique de forage expérimentée en Amérique du Sud, il était possible à des plates-formes équipées de longues et fines sondes d'aller pomper le pétrole très profondément et à l'horizontale, sans perturber le moins du monde l'œuvre de la nature.

— Bien vu, fit Absheron en étalant du caviar sur un toast.

Il but une gorgée de vodka et se replongea dans sa lecture. À la page de garde, il s'arrêta un moment sur le nom de la société inconnue, à l'origine de ces révélations explosives. Jamais il n'avait entendu parler de la Dolphin Oil Company. Il chercha en vain une adresse. L'annuaire de Bakou ne lui fut d'aucun secours. L'exemplaire mis à sa disposition dans sa chambre datait de l'année précédente. Il tournait nerveusement les pages quand il entendit frapper à sa porte. Il se leva d'un bond et ouvrit. Elle se tenait devant lui, souriante, l'œil rieur, un rien provocante, gonflant sa poitrine dont il ne pouvait détourner son regard.

— Ce n'est pas trop tard, pour la vodka ?

— Entrez. Vous arrivez à temps. Ne vous voyant pas venir, j'allais noyer ma tristesse avec le fond de la bouteille.

— Je m'appelle Minaï. Je vous ai vu ce soir au bar. J'ai cru que vous m'inviteriez plus tôt. J'avais très envie de vous parler.

Il aima aussitôt sa voix rauque et un peu voilée. Elle s'était assise sur le rebord du lit. Absheron lui tendit un verre qu'elle but d'un trait.

— Vous... travaillez ici ? demanda-t-il.

— Ce n'est pas un travail. J'aime beaucoup rencontrer des étrangers. Longtemps notre pays a été banni. Seuls les Russes se déplaçaient ici, et pas les plus raffinés. Des types brutaux et rustres qui ne savaient rien à rien mais croyaient pouvoir tout se permettre parce qu'ils avaient du fric. Cette époque est bien finie et tant mieux. En 1991, on a eu les chars soviétiques dans Bakou : trois jours de combats affreux, des centaines de morts. J'ai perdu beaucoup d'amis.

Elle se tut quelques secondes.

— Et du jour au lendemain ils sont partis. Nous étions enfin indépendants.

Elle avait prononcé ce mot avec un plaisir animal, comme s'il signifiait pour elle l'émancipation d'une jeune femme désireuse de connaître la vraie vie, l'aventure et l'amour.

— Et maintenant ?

— Maintenant je peux choisir avec qui je finis mes nuits.

Absheron avala une cuiller de caviar et vida son fond de vodka.

— Ça ne vous gêne pas si j'allume toutes les lumières ? J'adore faire ça comme en plein jour.

— Faire ça ?

Minaï se pencha vers une lampe de chevet. À cet instant, Absheron eut la confirmation de ce qu'il avait cru voir quelques heures plus tôt, lorsque Minaï assise sur un tabouret du bar avait ostensiblement décroisé ses jambes. Elle ne portait pas de culotte. Seulement des bas qui montaient haut sur ses cuisses. Il se jeta sur elle avec fièvre et, toute la nuit, aima cette femme qui gémissait des mots incompréhensibles et qui gardait les yeux grands ouverts pour ne rien perdre du spectacle de leur propre jouissance dans une chambre illuminée.

Les amants dormaient profondément quand le cortège officiel descendit à vive allure le boulevard des pétroliers. Confortablement installé dans sa limousine, le Président n'était pas seul. À côté de lui se tenait un jeune homme pour qui il avait spécialement bouleversé l'emploi du temps de son après-midi. Il lui montrait avec fierté le Bakou de la nuit, tout en le félicitant pour la pertinence de son travail. Natig Aliev était rentré chez lui. Demain, il retrouverait sa sœur Minaï qu'il n'avait pas revue depuis sept longues années.

18

Un long moment, la femme passa doucement son doigt sur le visage régulier du jeune homme. Depuis qu'il se tenait debout devant elle, dans la pénombre de son vestibule, elle n'avait pas prononcé un seul mot. Il la dépassait de deux bonnes têtes, et elle devait se dresser sur la pointe des pieds pour atteindre son front, redescendre le long du nez, caresser cette peau étrangère. Elle s'y reprit à plusieurs fois, murmurant, pour elle : *Allah akbar*. Ce regard-là ne pouvait tromper une mère. Dehors, il y eut l'appel du muezzin, pour la troisième prière de la journée.

— Mourad, mon fils, fit la femme en sanglotant doucement. Comme je suis heureuse !

— Maman, s'étrangla le jeune homme, maman...

Ils restèrent ainsi tout le temps de la prière. Un portrait de Saddam Hussein était accroché contre un mur de l'entrée.

— Malgré ce qu'il nous a fait..., s'énerva Mourad, indigné.

— Tais-toi, malheureux. Il y a des yeux partout à Bagdad, et même à l'intérieur des maisons.

— Alors, tu m'as reconnu ? s'inquiéta le jeune homme.

— Rassure-toi, tu es devenu un autre, et cela me brise le cœur. Mais un fils ne peut jamais se travestir au point d'abuser sa mère. Cet œil, cette allure, c'est toi, Mourad. Au Palais, ils n'y verront que du feu. Même ton grand-père, qui n'a jamais regardé quiconque au fond des yeux. Tu devras pourtant être prudent. Nous nous retrouverons à l'extérieur dans un endroit sûr, près du souk, je te dirai où. Tes visites pourraient donner l'alerte.

Elle s'interrompit, recula d'un pas et leva le menton, détaillant l'homme qui lui faisait face.

— Tu as forci ! Évidemment, huit ans...

— Un peu moins, maman.

— Oui, sept ans, cinq mois et dix-neuf jours.

Mourad inspira profondément. Diego Vargas avait raison. Une semaine plus tôt, ils s'étaient retrouvés sur la terrasse de l'Elyseum Palace de Boston. Libertador avait étreint chacun de ses hommes d'un vigoureux *abraso*. Quand était venu le tour de Mourad, il l'avait attentivement scruté, comme s'il avait mentalement rappelé l'image défunte de son ami irakien pour mieux lire le nouveau visage qu'il découvrait à présent.

— C'est formidable, avait-il lâché au terme de son examen scrupuleux. À part ta mère, je mets au défi n'importe qui de ta famille de savoir qui tu es.

Leur rencontre avait été chaleureuse, mais très brève. Natig Aliev s'était envolé, une heure plus tard, pour Bakou. Là-bas, il devait prendre possession des bureaux loués dans la ville ancienne par Libertador, au nom de John Lee Seligman. Cheng et Hugues de Janvry étaient attendus à Panamá. Belisario Dundley mordait à l'hameçon. Il ne faudrait pas trop attendre avant de ferrer. Barco Herrera, lui, testait personnellement quelques filles intelligentes et assez garces pour risquer de compromettre un président du Brésil. Son prochain contact serait une ancienne Miss Monde d'Hawaï, reconvertie dans les nuits câlines du jet set. Elle aimait le sexe très hard et encore plus l'argent. Elle était assez douée pour tenir la pose en pleine action lorsqu'un objectif dissimulé prenait des clichés souvenirs à ne pas mettre entre toutes les mains. « J'afficherai les résultats sans tarder », avait promis Barco avec son air coquin de beau gosse. Quant à Lancelot Palacy, il s'apprêtait à rentrer à Soweto avec dix millions de dollars avancés par Vargas. Il devait, au plus vite, prendre quelques positions sur les gisements du Transvaal, où les experts en platine prévoyaient de fabuleuses et imminentes découvertes, à condition que les cours mondiaux tiennent le coup. Et, en cette fin d'année 1998, ils tenaient. La demande était *booming* au Japon, dans la joaillerie. Les campagnes antipollution, lancées dans le monde entier, donnaient une nouvelle jeunesse au pot catalytique. On disait volontiers, dans la

City et au Financial Center de New York, que le métal blanc pourrait bientôt supplanter l'or. Vargas était bien décidé à acquérir un journal qui donnerait écho à de telles prévisions.

Avant que tous ne se séparent, Diego avait raconté en quelques mots clairs ses dernières touches. Chacun avait compris qu'un jeune prodige des monnaies entrerait probablement dans la conspiration. À chacun, il avait demandé de surveiller les groupes de presse en difficulté. Cheng, dès son retour à Pékin, devait approcher la jeune Chinoise dont la carrière météorique au sein du groupe Molloch suscitait de vives réactions, y compris à New York et à Londres. Libertador n'avait pas eu besoin d'insister : le visage de l'ambitieuse, découpé dans le *Herald Tribune*, ne lui semblait pas inconnu. Mourad n'avait pour l'heure qu'une mission, mais elle était de taille : convaincre les plus hautes autorités irakiennes que l'embargo pétrolier pouvait être contourné à condition de maquiller le brut du désert en huile de la Caspienne. Cela supposait, au passage, la construction d'un pipeline enterré, qui éviterait l'Iran. Rien que ça...

Ils s'étaient tous donné rendez-vous à une adresse cryptée du site Internet, créé par Vargas sur les dauphins. Au moment de quitter Boston, Mourad avait entendu son ami lui répéter : « Ne t'inquiète pas, seulement ta mère, tu verras... »

Mourad n'eut pas le cœur de rester davantage dans la maison de son enfance. Pour un peu, il aurait entendu la voix de son père, comme ces fins de matinée où il rentrait de l'école et qu'ils partageaient ensemble, « entre hommes », disait-il, une grappe de tomates et ces petits concombres à croquer sans les éplucher tant leur peau était fine. Ils buvaient à la gargoulette une eau de source légère et attaquaient un plateau de pâtisseries très sucrées, qu'il fallait le reste de la journée et une bonne sieste pour digérer. Les pièces restaient fraîches malgré le soleil lourd de la mi-journée. Mourad s'allongeait à côté de son père, à même le carrelage, avec un coussin pour oreiller. Ils s'endormaient ensemble et l'après-midi passait tranquille dans un bruit de fontaine. Leur demeure était l'une des plus belles de Bagdad, enfouie dans un écrin de palmiers à proximité du fleuve. Mourad songea que cette vie était loin et fila sans embrasser sa mère. Il n'avait pas envie de rentrer tout de suite à l'hôtel Rachid. Il marchait à travers les rues du quartier Sadoun lorsqu'une voiture s'arrêta à sa hauteur.

— Taxi ? demanda le conducteur.

Mourad hésita. Il avait envie de revoir le boulevard Abou-Naouas, ses restaurants et ses terrasses de café, s'ils n'étaient pas fermés. Il monta dans l'auto et indiqua sa destination. Il s'aperçut à ce moment-là de l'absence de compteur à côté du volant. Le chauffeur guettait ses réactions dans son rétroviseur.

— Bienvenue en Somalie, monsieur ! dit-il avec une ironie désenchantée. Pardonnez l'accueil. Je ne suis pas plus taxi que vous êtes imam. Mais il faut bien vivre. Dans la vie d'avant, j'étais professeur de géographie au grand collège Omar-Khayyam. Je vous parle de ça, c'était avant la « Tempête du désert », avant l'embargo, avant qu'ils nous fassent crever de faim, quoi. Alors, va pour la Somalie. Vous arrivez de loin ?

Mourad tressaillit.

— À quoi voyez-vous que je ne suis pas d'ici ?

— Vos joues bien pleines, monsieur. Et vos dents impeccables. Je connais tous les visages des dignitaires du régime. Le vôtre ne me dit rien.

— J'étais aux États-Unis, répondit Mourad.

— Ceux-là, je les retiens. C'est à cause d'eux qu'on en est là. Promenez-vous dans les souks. Les femmes vendent leurs bijoux de mariage pour nourrir leurs enfants. Des familles se débarrassent de leurs chameaux. Et si vous entrez chez les gens, vous ne verrez plus de tapis. J'en connais qui ont même démonté leurs lavabos et les robinets pour pouvoir manger. Moi, j'ai dû céder l'œuvre complète de Shakespeare pour trois misérables tranches d'agneau. La semaine prochaine, je bazarderai mon encyclopédie illustrée si je ne gagne pas plus de mille dinars d'ici là. De toute façon, on ne lit plus quoi que ce soit, tellement on n'en peut plus...

— Mais l'aide alimentaire ? « *Food for oil* » ?

— Foutaise, par Allah ! Saddam nous tient avec ses tickets de rationnement. Il nous affame, mais pas assez pour nous tuer. Quoique, à l'hôpital Youssef, les gamins tombent comme des mouches. Plus de médicaments, plus de groupes électrogènes... Si vous remplissiez d'enfants deux gros avions de la Panam et qu'ils se cassent la gueule, vous auriez l'équivalent du nombre des petits qui rendent l'âme chaque mois. Ça vous dit quelque chose ?

Mourad sentit décupler sa haine contre son grand-père.

— L'aide alimentaire est une honte de l'Occident. Je vais vous dire ce qu'est cette manne qui tombe du ciel en échange de nos barils de pétrole : du riz moisi, de la farine qui ne lève pas, de l'huile rance, des pois chiches durs comme des cailloux, même après cuisson, du thé sans goût et du savon, puisqu'il faut bien se laver, du savon qui ne mousse pas. Les Occidentaux ont la conscience tranquille parce que le dictateur ne peut plus envoyer ses avions au sud du 33e parallèle. La population chiite ne voit plus la mort tomber du ciel. Bassorah est sauvée ! Bassorah peut crever de faim, voilà la vérité, monsieur.

Mourad essaya de se souvenir des reportages télévisés sur CNN, au lendemain de la guerre du Golfe. Jamais il n'avait entendu parler des souffrances de la population civile. Le spectacle de la rue et les propos de l'ancien professeur venaient d'oblitérer des mois de propagande américaine à la gloire des attaques chirurgicales, des armes propres et des courageux pilotes de F15.

— Vous ne devinerez jamais la dernière lubie de Marcel, reprit le taxi amateur.

— Marcel ?

— Ici, on a pris l'habitude de ne plus prononcer son nom, car sa police secrète et ses fedayin sont partout ou presque. On lui donne des petits noms comme Marcel, Maurice, ou Jacquot, à cause du président des Français qui le tient pour un ami personnel et l'a pas mal aidé dans le nucléaire.

— Je vois. Et cette lubie ?

— Ah oui ! C'est à propos des fournitures du matériel médical de première urgence que Marcel a demandé aux Nations unies. En tête de liste vient le matériel de liposuccion. Il se préoccupe de son tour de taille. Dans ses interventions télévisées, il se tient toujours assis de face, les mains posées sur une table haute. Mais debout et de profil, il a du bide, un énorme bourrelet. Je sais de bonne source que ses proches ont demandé des implants mammaires de silicone et des lasers pour blanchir les dents. Voyez, l'après-guerre a du bon. Notre « vainqueur par la volonté d'Allah » aime les dames à belle poitrine.

Un feu rouge provoqua un ralentissement. Des gamins marchèrent à la hauteur de la voiture, offrant des bonbons et des bâtonnets d'encens. Certains exhibaient des paquets de cigarettes. Le chauffeur les éloigna.

— Évidemment, ils ne vont pas à l'école, soupira-t-il.

Comme l'ancien professeur cherchait son regard, il craignit soudain d'avoir repris son visage d'avant. Il sentit la sueur perler à son front et une brève panique s'empara de lui.

— Arrêtez-moi ici, fit-il précipitamment.

— Mais nous sommes encore loin de l'avenue Abou-Naouas.

— Peu importe, je vais marcher un peu.

— Comme vous voulez.

Mourad sortit de sa poche un billet de dix dollars. L'homme à son tour blêmit.

— Mais... Surtout, je ne vous ai rien dit, je ne vous connais pas.

La peur se lisait dans ses yeux. Il remercia. Puis réfléchit à haute voix :

— Je ne sais pas comment je vais changer ça. Vous voyez ces hommes qui marchent avec de gros sacs noirs en plastique ?

— Oui, dit Mourad.

— Ils transportent des liasses de billets de cent dinars. Il faut cinquante billets pour acheter une bouteille de Coca. Alors imaginez le casse-tête pour changer dix dollars. Mon coffre ne sera pas assez grand et je risque de me faire piquer la voiture. Tenez, je vous le rends. Vous n'auriez pas plutôt des dinars?

Mourad n'avait pas encore changé d'argent.

— Je suis à l'hôtel Rachid. Passez demain matin à 8 heures, je vous paierai.

— Merci, monsieur. Merci pour mon encyclopédie. Au fond, j'y tiens, vous savez. Bien sûr, les gamins crèvent, plus personne ne ramasse les ordures et on ne respire plus à pleins poumons à cause de la puanteur. Mais c'est plus fort que moi, mes livres...

— Ne vous justifiez pas, je comprends.

Le chauffeur lui serra la main et redémarra en seconde, pour économiser l'essence.

Mourad se dirigea vers l'autre trottoir, à l'ombre. La température atteignait les cinquante degrés. Au passage de camions-citernes déglingués, le bitume fondu gardait l'empreinte des pneus. Il approchait du centre ville. L'odeur pestilentielle lui retourna l'estomac. Il attrapa son mouchoir et le plaqua contre son visage. Ce geste lui donna l'impression d'avancer masqué dans sa ville natale. En approchant du terrain de football, il entendit une rumeur qui montait, des cris de plus en plus forts, des sifflets, des rires. Les tribunes du stade, pourtant, étaient désertes. Était-il le jouet d'une hallucination? Il ne tarda pas à s'apercevoir qu'il avait bien toute sa tête. Devant lui, une jeep de l'armée de l'air se frayait un chemin triomphal au milieu d'une foule surexcitée. Accrochés au pare-chocs arrière par une longue corde, trois cadavres, ficelés comme des saucisses, se suivaient à la queue leu leu, le dos traînant sur la route. Mourad reconnut l'uniforme d'aviateurs américains que des gradés promenaient fièrement à travers les rues de Bagdad affamée. Faute de pain, les jeux étaient offerts. Trois jours plus tôt, Saddam Hussein avait promis une prime importante à qui capturerait l'équipage d'un hélicoptère ou d'un chasseur frappé de la bannière étoilée. C'était chose faite. Une caméra de la télévision irakienne filmait complaisamment le spectacle, s'attardant sur les faces réjouies des militaires qui avaient décroché le gros lot. Mourad, lui, regardait avec horreur d'autres visages, surtout celui d'un jeune pilote aux yeux grands ouverts, la bouche ensanglantée, un crachat coulant de son front comme une ultime marque d'infamie. « L'embargo n'est pas près d'être levé », pensa-t-il. Malgré la chaleur et la foule compacte, il pressa le pas jusqu'à l'hôtel Rachid. À peine avait-il regagné sa chambre qu'il se précipita vers les toilettes. Il n'avait plus vomi comme ça depuis l'assassinat de son père.

Un fax en provenance de Bakou avait été déposé près du téléphone. Natig Aliev demandait que la marchandise fût prête à être acheminée dès les premiers jours du printemps. Mourad lut deux fois le texte puis le brûla. Il n'y avait pas de temps à perdre.

19

Le *Boston Daily News* était un de ces vieux journaux créés à l'époque de l'aristocratie morutière, que les lecteurs avaient longtemps acheté par habitude, pour faire comme leurs parents ou leurs voisins. Mais la percée des quotidiens nationaux avait porté un coup dur à cette presse hors du temps qui semblait ramener les limites du monde aux méandres de Charles River. Les éditions de la semaine étaient remplies d'événements aussi insignifiants que la remise de décorations aux secouristes bénévoles de la paroisse de Trinity Church ou les incidents, toujours fâcheux, mais somme toute assez banals, entre les bandes de South Boston et celles du Midtown. On ne comptait plus les gros titres saluant le départ en retraite de bibliothécaires valeureux, de marins hardis et d'agents de police épatants. Chaque promotion de Harvard était largement photographiée à l'ombre des gros châtaigniers de l'Old Yard, à côté de la statue du fondateur de l'université, John Harvard. D'année en année, cela permettait aux plus anciens abonnés de vérifier que les arbres majestueux plantés il y a deux siècles tenaient encore debout, de même que la hiératique statue. C'est de ce genre de scoops que devaient se contenter les plus fidèles lecteurs.

Le week-end, le supplément sportif donnait tous les détails des matchs de base-ball que l'équipe des Red Sox de Boston devait disputer sur Fenway Park. Chaque joueur était présenté en médaillon, avec une légende d'accompagnement rappelant sa place sur le terrain et, en général, l'ancienneté de sa famille dans la ville. Des noms irlandais côtoyaient des patronymes polonais et italiens, comme pour mieux montrer le brassage en vigueur dans la cité de la *tea party*. Le journal, dirigé par les héritiers d'un riche armateur du XIXe siècle, ne manquait jamais de rappeler les grandes heures de Boston.

Des pages entières racontaient en feuilletons l'histoire de la ville, depuis l'affaire des douze hommes déguisés en Mohicans pour jeter dans le port les cargaisons de thé anglais (suivait un couplet sur les taxes exorbitantes alors prélevées par la Couronne) jusqu'au « coup de feu qui fit le tour du monde », les débuts de la guerre de sécession à Lexington, la bataille de Bunker Hill, autant d'événements qui devaient déboucher sur l'indépendance.

Si le *Boston Daily News* ressassait tant le glorieux et austère passé de la ville, c'était pour mieux taire l'inavouable : on ne parlait pas d'argent dans ses colonnes. Le puritanisme avait imprimé sa marque. Les habitants de Boston disposaient du seul quotidien américain qui ne publiait pas la cote de Wall Street ni d'aucune place financière de la planète. La rédaction, forte de soixante journalistes, ne comptait pas un seul spécialiste en économie. La vie quotidienne, les spectacles et le sport, tels étaient les fers de lance, avec l'histoire, du *Boston Daily News*. Pendant de longues années, la formule avait eu son succès, confortant la direction dans ses choix éditoriaux. En 1972, les lecteurs les plus curieux avaient dû se procurer le *Wall Street Journal* pour comprendre que le président Nixon avait décrété le dollar inconvertible en or. Ils avaient replié cette feuille new-yorkaise avec un brin de dégoût, le nez pincé comme de vieux « anciens Anglais » qu'ils restaient dans l'âme, un « *shocking* » sur le bout des lèvres. Décidément, cette presse économique n'apportait que de mauvaises nouvelles. Ils pensèrent de même lorsque, peu après, éclata le premier choc pétrolier. Mais dans les années 90, dominées par l'argent roi, les lecteurs les plus étrangers aux choses de la finance s'étaient intéressés à leurs placements et réfléchissaient à la meilleure manière de faire fructifier leurs retraites. Or, pas une fois, le *Boston Daily News* n'avait donné la moindre indication, se refusant même à écrire un portrait ou publier une interview de l'enfant du pays, Neil Damon, dont on murmurait pourtant dans l'Amérique tout entière qu'il était un petit prince du cash flow.

L'arrivée de Diego Vargas à Boston coïncida avec un effondrement des ventes du journal. La rédaction avait beau multiplier les jeux-concours et la publication de photos pleine largeur montrant des personnalités « en rang d'oignons » pour stimuler les achats motivés par l'amour-propre, rien n'y fit. Il fallait inventer une nouvelle formule. Et surtout, il fallait de l'argent, ce fameux argent que le *Boston Daily News* s'était appliqué à mépriser. C'est James Bradlee qui alerta un jour Libertador sur la nécessité de secouer cette vieille institution.

— Je suis ami d'enfance du patron, un certain Macdorsey. On joue au bridge ensemble chaque semaine et nos femmes étaient inséparables. Malgré ça, lui avait-il glissé avec dépit, je n'ai jamais pu écrire la moindre chronique financière dans son canard. Il prétendait que ç'aurait été s'abaisser. Je crois qu'il est aujourd'hui dans de meilleures dispositions, vous devriez le contacter.

Ce premier lundi d'octobre, c'est à la rédaction du *Boston Daily News* que Diego Vargas se rendait d'un pas décidé sous l'identité de John Lee Seligman, homme d'affaires et bienfaiteur des dauphins. Il portait un costume clair qui faisait ressortir le teint mat de son visage. Ses chaussures neuves le blessaient légèrement, et c'est en grimaçant qu'il entra dans l'immeuble sans charme de Back Bay où le journal avait son siège depuis près d'un siècle. Un homme à cheveux blancs l'attendait dans un bureau de taille modeste, qui ressemblait davantage à la cellule d'un moine qu'à l'antre d'un patron de presse. Jefferson Macdorsey offrit une vigoureuse poignée de main à Vargas et se lança tout de go dans un exposé long et assez ennuyeux sur l'importance du *Boston Daily News* dans la vie quotidienne des habitants de cette ville, cela depuis des générations. Il insista sur la nécessité de renouveler les sujets, d'introduire la couleur, de réveiller la régie publicitaire et, sur le même ton assez monocorde, les yeux à demi fermés, laissa tomber, comme si cela allait de soi, qu'avec un million de dollars, deux au grand maximum, l'affaire serait sauvée.

Vargas laissa un silence s'installer. Jefferson Macdorsey regardait le jeune homme en se demandant ce qui avait pu pousser ce vieux brigand de Bradlee à le lui envoyer. Bradlee était resté très vague sur son parcours professionnel, indiquant seulement qu'il disposait d'une fortune considérable — ce qui était exagéré — et, pour avoir vécu à l'étranger, connaissait bien l'évolution de la presse internationale. À ce titre, il pouvait éclairer Macdorsey sur la voie à suivre.

— À combien tirez-vous ? finit par demander Libertador.

— Nous diffusons plus de deux cent mille exemplaires.

— Et vous en vendez vraiment combien ?

— Notre bouillon a un peu augmenté ces derniers temps. Disons que les mauvais jours, nos invendus atteignent 20 pour cent de la production.

— Mes chiffres tournent plutôt autour de 40 pour cent de bouillon, rétorqua Vargas.

— On vous aura mal renseigné : avec 40 pour cent, on serait prêts à mettre la clé sous la porte !

— N'est-ce pas précisément cette hypothèse qui motive ma présence ici ? Ne jouons pas au chat et à la souris, monsieur Macdorsey. J'ai étudié le dossier de votre entreprise. Je vous conseille de vendre l'imprimerie avec ses vieilles tours d'encrage qui vous coûtent une fortune. Séparez-vous de tous ces chroniqueurs qui racontent pour la cent millième fois l'art de planter des rosiers ou Boston au tournant du siècle, la *tea party* et tout le tralala. Créez une section économique et financière de premier ordre, embauchez des jeunes reporters malins capables de dégoter pour vos lecteurs les meilleurs placements du moment. Envoyez-les sur les nouveaux business, chez les *brokers on line* qui font de l'argent comme nos vieux Irlandais des pommes de terre. Votre public a changé, monsieur Macdorsey. Il a vieilli. N'êtes-vous pas vous-même préoccupé par votre retraite ? Et pensez aux plus jeunes, ceux qui s'installent dans la vie. Ils n'ont que faire de vos leçons d'histoire. Ils veulent du concret, de l'utile. Tenez, je suis sûr que vous êtes passé des dizaines de fois devant l'énorme siège de la Bank of Boston, dans Federal Street.

— J'y ai un compte, coupa le patron du journal.

— Raison de plus. L'immeuble est si imposant que les gens l'appellent Pregnant Alice tellement il évoque une femme enceinte. Ça, je ne l'ai jamais lu dans vos colonnes.

Macdorsey eut un mouvement d'épaules.

— Ne vous moquez pas, monsieur. On a aussi envie de lire des choses comme ça. Surtout, je me demande pourquoi vous n'avez jamais publié la moindre enquête sur cette noble institution qui gère des sommes venues de tous les États-Unis. Vous seriez surpris de l'intérêt des lecteurs pour ce genre de papiers.

On frappa à la porte. Un garçon d'étage déposa deux feuillets remplis de chiffres. Macdorsey les fit aussitôt disparaître dans un tiroir. Cette semaine encore, les ventes avaient dégringolé.

— Suivez-moi.

Le patron du *Boston Daily News* s'engagea dans l'escalier à spirale qui desservait les différents services du journal. C'était une rédaction à l'ancienne qu'on eût dit composée de gentlemen dilettantes et vaguement démodés écrivant des articles par goût du superflu. Beaucoup de têtes aussi blanches que celle de leur patron se penchaient sur des bureaux où crépitaient d'authentiques Remington. Quelques rédacteurs utilisaient encore le stylo à encre. Le parquet sentait le bois ciré. Un pool de secrétaires plutôt collet monté, d'épaisses lunettes sur le nez ou un camée fermant le dernier bouton de leur chemisier, devinaient les besoins de ces messieurs. Régnait ainsi une atmosphère de collégiens très attardés, indifférents à l'actualité, trouvant le thème de leur chronique dans les plis de leur mémoire plutôt que dans l'air du temps qui les ennuyait.

— Permettez-moi de vous présenter...

Vargas serra ainsi de nombreuses mains appartenant à des individus malicieux ou compassés. Il eut le sentiment d'avoir soudain débarqué sur une planète sans âge où seule comptait une forme de constance dans l'art de ne rien faire comme tout le monde. Il se demanda comment le journal drainait encore quelques milliers de lecteurs, et sa conviction en sortit renforcée qu'il devenait urgent de réveiller la belle endormie.

De retour dans le bureau de Macdorsey, celui-ci soupira. La petite promenade dans les étages l'avait essoufflé. Il demanda son âge à Vargas.

— Évidemment, fit-il. Tout le monde ne peut pas

avoir trente ans. En tout cas, je ne peux plus les avoir puisque c'est vous qui les avez...

Diego sourit. Pour la première fois leurs regards se touchèrent.

— Ce n'est pas de moi, reprit Macdorsey. J'ai entendu ça dans un film français, un très vieux film, vous vous en doutez bien.

Il sortit de son tiroir les feuillets apportés par son factotum.

— Voyez vous-même. C'est la chute.

Vargas sentit que l'homme l'observait attentivement tandis qu'il découvrait l'étendue des dégâts.

— Quand j'ai pris en main cette affaire — mais je ne sais pas si le mot est approprié —, j'avais votre âge. Je me fendais quelquefois d'un éditorial que le curé de King's Chapel reprenait le dimanche dans son sermon. Contrairement à ce que vous pourriez croire, nous avons été un temps à la pointe du progrès. Imaginez que dans notre célèbre Widener Library, les auteurs féminins et les auteurs masculins se trouvaient rangés sur des rayons séparés ! Je dois vous dire que c'est au terme d'une campagne du *Boston Daily News* à laquelle je pris part que cette aberration cessa !

— Chaque époque a ses combats, fit Vargas sur un ton de respect. Aujourd'hui, un journal comme le vôtre doit se mettre au service de la justice. Or, à votre avis, quelle injustice plus grande que l'écart qui se creuse chaque jour entre ceux qui s'enrichissent en recevant des informations financières de premier ordre et les citoyens anonymes qui placent aveuglément leur argent sur des fonds d'État à 2 pour cent ? Notre démocratie suppose un libre accès, en connaissance de cause, aux nouveaux instruments financiers. Faut-il laisser les fruits du capitalisme aux seuls capitalistes ? Et disant cela, monsieur Macdorsey, sachez que j'abhorre tout autant les nomenclatures marxistes qui, au nom du bonheur collectif, ont scellé pour toujours le malheur individuel. Réfléchissez : vos lecteurs sont aussi de petits épargnants qui méritent considération autant que les chairmen qui arrondissent leurs fins de mois avec les *stock options* de leurs sociétés, non?

— Comment dites-vous?

— Les *stock options*. Un intéressement juteux réservé aux patrons des firmes en pleine croissance. Pour ces gens-là, le salaire est une base ridicule. Ils perçoivent chaque année des millions de dollars supplémentaires. Si ces chiffres circulaient dans la presse...

— Je comprends les enjeux, monsieur. Bradlee m'a dit que vous raisonnez vite. Trop vite, je le crains, pour ces braves grisons qui vous ont tendu leur main tout à l'heure. Voyez ces visages qui m'entourent.

Il désigna trois portraits à la manière de Gainsborough, sur fond de paysages bucoliques et presque nocturnes.

— Voici ceux qui m'ont précédé à cette place. Mon ancêtre le plus lointain, le fondateur du journal, Isidore Macdorsey. Sa compagnie maritime fut l'une des plus florissantes de la Nouvelle-Angleterre. Il a tout fait, du vin, des étoffes et même des peaux de castor.

— Il savait donc saisir les occasions nouvelles...

— À côté, son fils cadet. Il publiait des extraits d'incunables pour faire connaître ces œuvres majeures, inaccessibles à un large public. Et à droite, mon père. Le journal, c'était toute sa vie. Il est mort exactement où je suis, pendant une grève à l'imprimerie. Il n'a pas supporté que le *Boston Daily* ne paraisse pas pendant plusieurs jours. Aucun de ces trois hommes n'aurait accepté de mettre à la porte ses vieux collaborateurs pour une histoire de rentabilité défaillante. Ces mots n'appartenaient pas à leur vocabulaire. Et je crois qu'ils n'ont pas encore franchi la porte de notre immeuble, d'après ce que vous avez pu en voir.

— Réfléchissez, monsieur Macdorsey. Je suis prêt à revoir mes propositions concernant votre équipe de seniors. Pour le reste, c'est une question de vie ou de mort. Si vous ne vous relancez pas en force sur le business et la finance, votre conseil de famille, de l'au-delà, risque de vous le reprocher.

Le bonhomme se retourna en direction de ses illustres aînés.

— Vous avez sûrement raison. Vous entreriez à hauteur d'un million de dollars ?

— Je vous l'ai dit. Je tiendrai parole.

Le vieil homme se tut. On entendit un roulement sourd qui semblait venir des profondeurs. Vargas regarda sa montre. Il était 7 heures du soir.

— On commence à rouler, expliqua Macdorsey. Ce n'est pas le métro que vous entendez, mais les rotatives. Je vous raccompagne.

À mesure qu'ils descendaient vers le sous-sol, les cognements sourds s'amplifiaient. Au rez-de-chaussée, ils empruntèrent un minuscule escalier de métal comme s'ils s'engouffraient dans le ventre d'un sous-marin. Une odeur d'encre chaude et de papier les submergea. Vargas contempla les plaques de marbre, les fils à plomb, et ces immenses bobines de papier qui se dévidaient dans un claquement d'étendard. Les caractères s'agglutinaient, des milliers de mots. Diego songea aux unes qu'il pourrait concocter le jour prochain où Natig Aliev annoncerait la première grande découverte de pétrole dans la mer Caspienne.

— Ne rêvez pas, monsieur Vargas, vous n'êtes pas chez Citizen Kane.

Libertador entendit seulement la fin de sa phrase : le nom de Citizen Kane. Il pensa que Yoni aurait aimé l'atmosphère de ce journal démodé, ces gens polis et courtois. Pour la première fois depuis longtemps, il sentit l'air lui brûler les poumons. Il fit signe à Macdorsey qu'il voulait remonter. Les typographes le saluèrent. Il prit rapidement congé.

Quand il se retrouva sur Boylston Street, il chercha une pharmacie. Plutôt que des ampoules de camphre, la pharmacienne lui proposa des traitements plus modernes et sûrement plus efficaces, mais il refusa. Il tenait à cette aiguille, son dernier lien physique avec Yoni. Il pensa à Macdorsey qui ne voulait pas lâcher ses vieilles machines ni ses vieux journalistes : à lui aussi, cette piqûre de rappel était nécessaire pour lui prouver qu'il était vivant.

À la réception de l'Elyseum Palace, Libertador trouva un paquet à son nom, qu'il emporta dans sa chambre. Il aurait bien aimé habiter dans une de ces maisons fleuries de Beacon Hill, mais il y aurait cherché sans cesse la présence de Yoni. Finalement, il préférait ces chambres impersonnelles et spacieuses où il pouvait, la nuit entière, suivre des programmes télévisés du monde entier si le sommeil tardait à venir. Il ouvrit le paquet expédié de France. Ce soir-là, il lut jusque très tard la vie de Claude Monet, puis s'endormit en rêvant au blanc diaphane des nymphéas.

20

Dans moins de trois heures, le supersonique se poserait à Paris-Charles-de-Gaulle. L'appareil avait décollé de Boston en début d'après-midi et les passagers, pour la plupart des hommes d'affaires, compulsaient d'épais dossiers ou frappaient avec frénésie sur le clavier de leur ordinateur portable. À la brève escale de New York, un frisson avait traversé le cockpit quand étaient montés, le visage barré de lunettes noires, Michael Jackson, puis Claudia Schiffer. C'était ça aussi, Concorde : voler dans et avec les étoiles. En s'élevant au-dessus de l'Hudson, l'hôtesse avait prévenu les passagers du désagrément de courte durée que pouvait causer la montée à plein régime des quatre réacteurs Colombus. Le grand oiseau blanc avait semblé puiser dans toutes ses réserves pour s'arracher du sol dans un hurlement aigu. Puis tout était redevenu calme.

Diego Vargas avait pu apprécier l'accueil des

jeunes femmes en robe rayée marron et blanc, le confort des sièges couleur sable, le déjeuner servi dans une vaisselle ultra-légère. Grâce à l'intervention de Jack Tobbie, il s'était fait communiquer la place exacte qu'occuperaient Neil Damon et son inséparable collaborateur. Depuis son retour à Langley, l'agent américain s'était montré d'une précieuse utilité pour Vargas. Efficace et discret, il lui avait fourni des renseignements hautement confidentiels sur le roi des fonds de pension. Il l'avait ainsi avisé de ses pèlerinages réguliers chez les mormons de Salt Lake City où il donnait les listings de tous ses adhérents afin que les serviteurs de Dieu prient pour eux et enrichissent leurs recherches généalogiques. Comme par hasard, nombre de porteurs du fonds Eternity de Neil Damon recevaient régulièrement la visite de jeunes gens bien mis et allant par deux, vantant, au seuil des demeures, la fraternité nécessaire entre les hommes, lisant quelques textes sacrés si on leur en laissait le temps, et proposant des brochures d'approfondissement spirituel, vendues à prix modique.

Si Tobbie ne savait pas très bien ce que recherchait Libertador, il s'abstenait de poser la moindre question, craignant que l'oiseau, ressentant la moindre atteinte à sa liberté, s'envolât sans crier gare. Comme prévu, Vargas se retrouva assis à côté du roi des fonds de pension, dont l'allure ne démentait pas la description qu'en avait faite James Bradlee. Avec son visage maigre et jaune mangé par une barbe en éventail, son costume gris de coupe classique dénué de toute fantaisie, l'homme ressemblait à ces missionnaires souffreteux mais coriaces qui portaient autrefois la bonne parole de Dieu dans les contrées de l'obscurantisme païen. Son propos était nettement plus prosaïque. Sans avoir besoin de tendre vraiment l'oreille, Vargas saisit l'essentiel de la conversation de son voisin avec son employé. Damon n'avait pratiquement pas touché à son repas. Il avait picoré trois feuilles de salade, grignoté un morceau de pain avec une fine tranche de gruyère, avait mis sa main à plat sur son verre lorsque l'hôtesse avait proposé un peu de vin. Son collègue, dont le prénom semblait être Thomas, montrait en revanche de bonnes dispositions pour le coup de fourchette et lorgnait à regret sur les plats de son patron, sans oser y toucher.

— Espérons que Duhamel, le conseiller du ministre, se montrera cette fois plus compréhensif, disait Thomas. L'autre jour, au téléphone, il m'a paru s'être un peu assoupli. J'ai senti que notre insistance pourrait se révéler payante si nous sommes patients et habiles, cela va de soi.

— Il serait temps, répondit Neil Damon, pensif. Quand est fixé notre rendez-vous à Bercy ?

— Demain à 10 heures. Nous aurons eu une bonne nuit de sommeil.

— Si ce qu'on nous annonce sur le recensement français est exact, dans moins de cinq ans, ils ne pourront plus financer leurs retraites, vous m'entendez ? La retraite par répartition, c'est valable pour les nations jeunes et en situation de quasi plein emploi. Comment voulez-vous que ces vieux pays fassent tirer le boulet financier que représentent le troisième et maintenant le quatrième âge par une population active qui diminue à vue d'œil ? On n'a jamais vu construire des pyramides sur la pointe. Croyez-moi, ils devront penser à épargner durant toute leur vie professionnelle s'ils veulent toucher quelque chose après soixante ans. Les Européens sont trop dogmatiques. Ils veulent résoudre des problèmes concrets au moyen de concepts.

— Sûrement, monsieur Damon. Mais les fonds de pension continuent de les inquiéter car beaucoup de leurs entreprises sont mixtes, fondées sur un mélange de capitaux publics et privés. Le ministre des Finances craint que, si des fonds de pension français sont créés, la pression à la privatisation de tout le secteur public soit trop forte.

— Sociétés mixtes ! tempêta Damon. Comme si une femme pouvait être à moitié enceinte !

Thomas s'esclaffa.

— Et les billets pour l'exposition Monet? s'inquiéta Neil Damon, tout à trac.

— *Money?*

L'homme en gris haussa les épaules.

— Je ne vous parle pas d'argent mais du peintre français Claude Monet.

— Ah oui, excusez-moi! Les réservations ont été confirmées. Le conservateur vous attend dès le début d'après-midi à Giverny. De mon côté, je resterai avec Duhamel. Il m'a laissé entendre que je pourrais rencontrer un de ses collègues du Trésor. Il s'agit d'un corps bien particulier qui veille jalousement à l'intégrité des finances publiques françaises. Si le Trésor baissait la garde, nous ne serions pas loin d'avoir partie gagnée. Hélas, nous n'en sommes pas là. Ensuite, il y aura l'obstacle de Bruxelles. L'Europe est devenue envahissante dans la législation de chacun des États membres, au point qu'on se demande parfois où se situe exactement la souveraineté nationale.

Neil Damon leva les yeux au ciel.

— Nous avons quelqu'un à Bruxelles qui plaide notre dossier?

— Pas encore, mais j'y songe.

Les yeux fermés, la tête légèrement inclinée vers le siège de son voisin, Vargas ne perdait pas une miette des propos échangés. La voix de l'hôtesse emplit le cockpit.

— Nous venons de mettre en marche la réchauffe qui va permettre à Concorde de franchir le mur du son. Nous volons actuellement à douze mille mètres d'altitude et atteindrons bientôt les dix-huit mille mètres. Notre commandant vous informe qu'un certificat de passage de mach 1 puis de mach 2 vous sera remis si vous le désirez.

Un steward passa dans la travée en poussant un chariot couvert de journaux. Neil Damon attrapa le *Wall Street Journal* et *Le Figaro*. Il se plongea aussitôt dans le cahier saumon du quotidien français, tandis que Thomas se précipitait sur les derniers résultats enregistrés à la Bourse de Paris. Diego Vargas s'était

155

redressé. Il choisit ce moment pour demander ostensiblement le *Boston Daily News*. Il espérait que son plan avait marché, et c'est le cœur battant qu'il tendit la main en direction du steward. Neil Damon n'avait pas cillé, son regard restant aimanté aux pages roses du *Figaro*.

— Enfin ! s'écria Vargas à haute voix en dépliant le vieux journal de Boston. Depuis le temps !

Les hommes de Macdorsey avaient bien travaillé. Sur la première page s'étalait la photo de Neil Damon sous le titre : « Cet homme vaut trois mille milliards de dollars ». L'article était signé d'un certain Barett Lewis, un pseudonyme derrière lequel se cachaient Jack Tobbie pour les informations et un jeune journaliste transfuge du *Los Angeles Times*, recruté pour diriger le nouveau service financier du *Daily*, un certain Jessy Brown. Sous couvert d'un sondage, évidemment imaginaire, dans lequel on aurait demandé à la population de Boston le nom de la personnalité la plus prometteuse du Massachusetts, Neil Damon arrivait en tête devant tous les ténors de la vie politique, devant aussi le déjà fameux Joe Timmermann qui avait donné la victoire au Red Sox dans la finale de la ligue.

— Ça, par exemple ! fit Neil Damon en découvrant son visage imprimé. Monsieur, est-ce que vous me permettez ?

— Je vous en prie, fit Vargas.

L'homme prit connaissance de l'article qu'il lut très lentement, puis replia le journal d'un air satisfait.

— Voilà qui pourrait faciliter nos affaires à Paris, glissa-t-il à Thomas, lequel fit la moue.

— Je ne sais pas si les Français lisent l'anglais, monsieur.

C'est en rendant son exemplaire à Vargas que Neil Damon ressentit une émotion tout aussi vive que la première. Libertador eut la confirmation que les vieux messieurs de Macdorsey avaient rempli leur mission au-delà de ses espérances. Sous la photo du businessman s'étalait une représentation en quadrichromie des nymphéas de Claude Monet. Le titre en très gros caractères était une invitation pressante : « À quand les fleurs liquides sur les cimaises du Museum of Fine Arts de Boston ? »

— Excusez-moi encore, monsieur, balbutia Damon. Acceptez-vous que je vous emprunte de nouveau ce journal ?

— Avec plaisir. D'autant que je suis l'auteur de cet article. Je me présente, Barnett Frieseke.

— Voyons, réfléchit un instant Damon. Frieseke, comme Frederick Carl Frieseke, le disciple de Monet, l'auteur de la sublime *Femme dans un jardin* ?

— Votre connaissance de l'œuvre de mon grand-oncle me confond. Peu de gens à Boston ont eu vent de l'histoire de ces jeunes Américains qui furent les compagnons du grand peintre français, et les précurseurs de notre art abstrait.

— C'est une lacune regrettable, cher monsieur. Notre nation est intimement associée à l'éclosion de l'impressionnisme, n'est-ce pas ?

— Vous avez mille fois raison. Il y avait à Giverny une véritable colonie venue des États-Unis. Dans la correspondance de mon grand-oncle à sa famille, on trouve ce cri du cœur : « J'ai trouvé le paradis ! » Il reste d'ailleurs là-bas un merveilleux musée consacré aux toiles de nos représentants. Louis Ritter, Willard Metcalf, Theodore Wendel, John Leslie Breck. Tous ces noms sont aujourd'hui engloutis, et leurs toiles supportent mal la comparaison avec celles du maître. Mais c'est grâce à eux qu'il y a tout juste cent ans, on accrocha soixante-six Monet sur les murs de notre musée. Et son influence a perduré jusque dans les jardins de Beacon Hill, les petits bassins aux nénuphars, les ponts japonais... Vous comprenez pourquoi je voudrais tant revoir ces peintures uniques dans notre ville.

— Oui, oui, s'émerveillait soudain Neil Damon dont les yeux gris s'étaient mis à briller. Comment comptez-vous vous y prendre ?

— L'art n'est rien sans l'argent, à notre époque.

J'attends l'occasion qui me permettra de financer le transport des nymphéas de l'Orangerie et la restauration de tous les tableaux qui ont été abîmés. Mon rêve est de présenter à Boston une rétrospective intégrale de Monet.

— Mais les panneaux de l'Orangerie sont incrustés à même les murs du musée, fit Neil Damon avec surprise.

— Exact. C'est pourquoi nous étudions avec un laboratoire de Dusseldorf un procédé d'hologrammes qui permettrait le transport virtuel des œuvres impossibles à déplacer. Nous pourrions attirer plus d'un million de personnes. Imaginez les retombées mondiales d'un tel événement. Et l'intérêt financier.

Le patron des fonds de pension hocha la tête.

— Nous pourrions profiter de l'occasion pour redonner leur vraie place aux artistes de Boston liés aux balbutiements de l'impressionnisme.

L'hôtesse annonça l'atterrissage imminent du Concorde. Après avoir captivé Neil Damon avec ses connaissances et son ambitieux projet, Vargas piqua la curiosité de son voisin sur le terrain où il voulait doucement l'amener.

— Savez-vous qu'il existe, dans un pays reculé, quelques dizaines de tableaux inconnus de Claude Monet?

— Dans un pays reculé?

— En Azerbaïdjan, fit Vargas sur le ton de la confidence. Plus exactement, dans les greniers du palais Mouktarov de Bakou. Quand les bolcheviks ont pris le pouvoir en 1920, ils ont aussitôt balayé cet art qu'ils tenaient pour décadent et gratuit. La Révolution voulait des fresques à la gloire de l'homme de fer. Par ailleurs, cette zone de la Caspienne regorge de pétrole, un récent rapport fait état de réserves insoupçonnées.

— J'ai lu quelque chose à ce sujet, dit Damon en fronçant les sourcils comme s'il peinait à suivre son interlocuteur.

— Il manque aux Azeris les capitaux pour l'extraire. Mon ambition serait de prendre en gage les tableaux de Monet en contrepartie du financement de cet eldorado pétrolier. Je peux déjà vous dire qu'une société de prospection, la Dolphin Oil, a été chargée des premiers sondages. D'après des renseignements que je tiens d'un courtier londonien en qui j'ai toute confiance, une augmentation de son capital est prévue pour la fin de l'année. D'ici là, je suis certain qu'on en saura davantage sur le potentiel des gisements. Tout le monde ne sera pas servi. Il faut s'y préparer. Voilà un placement qui mérite réflexion. Pour ma part, j'y suis allé de mon écot. J'ai misé cinq millions de dollars en regrettant de ne pas pouvoir lâcher le double.

— Cinq millions de dollars ? répéta Neil Damon en considérant Vargas avec admiration et envie.

— D'après notre *Boston Daily News*, ce sont là des sommes qui ne vous font pas peur, lâcha Libertador.

— Détrompez-vous, cher monsieur. La méfiance est la clé de ma réussite. Je n'achète ni ne vends sur un caprice. J'agis sur dossier. L'intuition naît toujours d'une bonne connaissance. Au stade actuel, je ne peux diversifier mon portefeuille qu'en cédant les parts que mon fonds de placement détient dans telle ou telle firme de premier plan. Il faudrait pour cela qu'elle donne des signes de faiblesse. Or, Dieu merci, mes choix se sont révélés jusqu'ici plutôt judicieux.

— Bravo, j'admire votre jugement.

Quelques jours plus tôt, Vargas s'était fait communiquer la liste des sociétés sur lesquelles Neil Damon avait jeté son dévolu. Parmi ces firmes en vue figurait la multinationale semencière United Grains dont les patrons, Nelson et Bunker Fleet, s'étaient distingués dans les années 80 en lançant une formidable offensive sur le marché du soja. Après quelques remontrances des autorités de contrôle du Chicago Board of Trade qui les accusait de spéculer sur leur propre production, ils s'étaient assagis et ne défrayaient plus la chronique qu'à l'époque des courses de trot et des ventes de yearlings. Ils possédaient au Texas une poulinière exceptionnelle qui avait donné des pur-sang dont la moindre saillie pouvait se chiffrer à près d'un million de dollars.

Après plusieurs années de gestion sans histoire, les frères Fleet avaient de nouveau fait parler d'eux en se lançant de façon spectaculaire dans la mise au point d'organismes génétiquement modifiés. Les premiers, ils avaient développé des champs expérimentaux, donnant leur production à manger aux chevaux de course. Les performances de leurs cracks n'en avaient été que meilleures. Une telle percée dans les OGM ne s'était pas faite sans polémique. Après avoir subi la destruction de leurs parcelles pilotes de plein champ par des commandos d'Indiens et d'écologistes peinturlurés, ils avaient jugé plus prudent de cultiver ces plantes du futur sur la terrasse de la Fleet Tower de Chicago, le gratte-ciel qu'ils possédaient dans la cité d'Al Capone. « Comme ça, s'était amusé Nelson Fleet interviewé au journal télévisé, les vandales devront escalader soixante-deux étages contre des parois de verre s'ils veulent s'en prendre à nos plantes. Et puis là-haut, l'exposition à la lumière est parfaite. Nous avons recréé les jardins suspendus de Babylone. »

À l'heure où le Concorde amorçait sa descente sur Paris, Barco Herrera avait sûrement pris connaissance du message de Libertador avant son départ : chercher la faille des frères Fleet. Hugues de Janvry, lui, avait trouvé sa feuille de route dans un e-mail laissé par Vargas : regagner Paris après le retour de Panamá, approcher les milieux patronaux, tester Bercy sur les fonds de pension américains, recruter un homme de confiance à Bruxelles. « Enfin du travail ! » s'était exclamé le Français en découvrant les consignes. Quant à Cheng, il connaissait les détails du voyage de Libertador. Il savait qu'après Paris, celui-ci s'envolerait pour Londres afin d'établir un premier contact avec le jeune golden boy de la City. Quand la pompe serait amorcée, ce serait au Chinois de jouer auprès des autorités de Pékin.

Le Concorde se posa en douceur à Roissy. Neil

Damon proposa à Barnett Frieseke de le déposer dans Paris. Une auto l'attendait. Vargas déclina poliment.

— En réalité, je suis en transit. On m'attend dans un bar de Saint-Paul dans moins de deux heures. Et les Anglais aiment la ponctualité.

— Vous filez à la City? fit Damon surpris.

— Je vous l'ai dit, l'art et l'argent. Bon séjour à Paris, messieurs. Et faites-moi signe à ce numéro.

Vargas lui tendit sa carte accompagnée du numéro de l'Elyseum Palace. Les standardistes savaient que le sieur Diego Vargas servait de boîte aux lettres à un certain John Lee Seligman et, depuis peu, au nommé Barnett Frieseke, deux personnages dont nul n'avait jamais vu le visage ni entendu la voix à la réception. Mais Diego Vargas prenait scrupuleusement leurs messages et se montrait généreux en pourboires.

21

Isidore Sachs n'était pas du genre à s'embarrasser de manières. Physiquement, il ressemblait à un petit taureau court sur pattes, la tête enfoncée dans les épaules. Ses yeux, d'une incroyable mobilité, semblaient dévorer l'espace sur trois cent soixante degrés. Churchs noires aux pieds, vêtu d'un costume sombre de confection d'où jaillissait une pochette fantaisie de soie grenat, portant le melon comme un pilier du Quinze de la Rose son casque de cuir avant les poussées en mêlée, le sang chaud et la langue bien pendue, les oreilles ridiculement décollées, ainsi apparaissait Isidore Sachs, vingt-quatre ans, à qui ses supérieurs auraient tout pardonné tant qu'il leur ferait gagner trois cent mille dollars par jour entre la fermeture de Tokyo et l'ouverture de Wall Street. «Money Maker», c'était le surnom que le jeune homme s'était rapidement octroyé depuis ses prouesses sur les marchés des indices boursiers, des options à court terme et des devises asiatiques, son péché mignon. Jongleur adroit, nouant et dénouant des positions plus vite qu'il ne faut pour le dire, Sachs avait l'argent dans le sang, ou plutôt le jeu. Solitaire dans l'âme, mais assez cabotin pour s'attirer un public et le séduire, il amusait ses collègues du *front desk* en pariant sur tout ce qui donnait lieu à une compétition, les courses de chiens de Landspark, les grands prix hippiques ou les tournois de cricket. Depuis son arrivée à la banque Peregrine, nul ne l'avait jamais vu déjeuner dans un des restaurants de Saint-Paul. Il se faisait servir chaque jour à midi trente précis une pizza brûlante oignons-fromage-anchois dans laquelle il mordait bruyamment tout en suivant les premières cotations new-yorkaises. Non, ce n'étaient pas les manières qui l'étouffaient, et les femmes de ménage chargées le soir de son coin pestaient et juraient en s'escrimant sur les morceaux de pâte cuite tombés dans les interstices de son clavier, sans parler des taches de tomate dont son bureau était maculé.

Dès son arrivée à Londres, les dirigeants de la banque Peregrine avaient eu le sentiment d'avoir déniché l'oiseau rare. Diplômé en mathématiques et titulaire d'un Masters de Harvard, Isidore Sachs passait ses loisirs à construire des modèles compliqués censés lui donner des réponses infaillibles aux questions que se posait l'ensemble de la communauté financière. Les devises, les indices boursiers, les taux d'intérêt — le jeune homme ne laissait rien au hasard, se lançait dans de savants calculs de probabilité qui débouchaient généralement sur un ordre simple : acheter. Comme beaucoup de jeunes traders de sa génération, Isidore Sachs n'avait connu dans sa vie professionnelle que la hausse. Le krach de 1987 était à ses yeux de la préhistoire. La mondialisation forcée devait, selon lui, prouver au monde entier que l'univers boursier, à l'image de l'univers tout court, était condamné à une expansion sans limites.

— À long terme, nous serons tous morts, grinçaient les vieux caciques de la City.

— À long terme, je vous annonce le décuplement des avoirs financiers de la planète, rétorquait tranquillement Sachs en s'appuyant sur des calculs exponentiels dignes de la préparation d'un vol spatial sur Mars.

Le trader évitait de parler de la Chine sur laquelle il aurait misé tout l'argent du monde. La City n'avait pas encore cicatrisé les blessures de la Barings, et le nom de Nick Leeson comme ceux des marchés asiatiques, de Singapour à Taiwan, ressemblaient dans l'esprit des hommes en melon à la signature du diable. Dès son arrivée à Londres, on avait mis en garde Isidore Sachs contre les marchés à hauts risques. La direction de Peregrine lui avait déconseillé de jouer à découvert sur les devises. Il avait pour consigne de recourir aux procédures classiques d'arbitrage : s'il était court sur une place (c'est-à-dire vendeur), il devait être long sur une autre place (c'est-à-dire acheteur d'un montant équivalent). De manière à ne jouer que sur les différences entre Londres et New York, ou entre Londres et Tokyo. Mais la différence, Sachs le savait, ne pouvait venir que du taux de change. Et c'est cet écart de prix entre la même devise d'un marché à l'autre qui occupait toute son attention. Sachs avait noté que le dollar se négociait mieux à Hong-Kong qu'à Singapour, le deutschmark à Zurich qu'à Francfort, le yuan chinois à Singapour qu'à Kuala Lumpur — le marché malais qu'il appelait en français Kuala l'impur. D'une manière générale, le trader sentait bien que les meilleures affaires d'ici la fin du siècle se traiteraient sur les places du Far East, et il devait s'employer habilement à combattre la méfiance maladive de ses supérieurs, née du scandale de la Barings.

— Vous imaginez, cher Isidore, lui avait expliqué le patron des *future markets*. La Barings, c'était une perle de la Couronne. L'arrière-grand-mère de la défunte princesse de Galles était une Baring et Sa

Majesté en personne possédait un compte dans le prestigieux établissement. Dire qu'Elle en a été de sa poche pour quelque six millions de livres ! Nous ne pourrions supporter un deuxième cataclysme de ce genre. Autrefois, on disait que l'Europe comptait six grandes puissances : la France, l'Angleterre, l'Allemagne, les Pays-Bas, l'Italie et la Barings. Tout cela nous a beaucoup ébranlés. La City était devenue une vieille dame permissive, et voilà ce qui arrive quand on laisse un enfant terrible faire joujou avec le patrimoine national. Notez que chez nous, rien de tel n'aurait été possible. Leeson n'arbitrait pas ses positions. Le siège lui envoyait de l'argent sans compter, les yeux fermés. On a vu le résultat.

Isidore Sachs savait à quoi s'en tenir. C'est pourquoi il s'était contenté à ses débuts dans l'ancienne capitale de l'empire d'appliquer scrupuleusement les directives, ne jouant qu'à la marge sur des coups qu'il jugeait faciles, malgré leur apparente complexité aux yeux de ses collègues. Il tâta un peu du peso mexicain, du rand sud-africain, gagna beaucoup et vite. Le jeune homme ne tarda pas à s'imposer comme l'une des nouvelles coqueluches de la City. On avait vu sa photo dans la rubrique « success story » du *Financial Times*. L'ancien gamin des quartiers pauvres de l'East End racontait son père plâtrier, son goût pour les mathématiques, sa vexation de n'être pas entré à Yale et de n'avoir jamais pu appartenir au club de cricket de Cambridge. Désormais il vivait seul dans une superbe bâtisse de Fulham Road, en bon représentant des *dinks* (*Double Income, No Kids* : double revenu, pas d'enfants), les nouveaux riches de la City. Avec un salaire annuel de cent mille livres et autant de primes, Isidore Sachs pouvait prétendre être un homme heureux. Mais, au moment où Diego Vargas lui fit signe, le jeune homme s'ennuyait. C'est pourquoi il attendait avec impatience l'arrivée à Londres de cet aventurier dont le Pr James Bradlee parlait souvent avec dans la voix une émotion non feinte. Le rendez-vous avait été fixé dans un bar à vin de Queens Street. Sachs n'eut aucun mal à reconnaître celui qui voyageait en Europe sous le nom de John Lee Seligman. Aussitôt il fut comme aimanté par le regard de Vargas, cet œil noir insistant dans un visage cuivré qui trahissait sa naissance autant que les années passées sous les tropiques. L'homme commanda une bière et se lança :

— Comment sont les marchés en ce moment ?

— Calmes, un peu trop à mon goût, répondit Sachs. Je vois chaque jour des occasions, mais en Asie. Et, ici, l'Asie est devenue taboue.

— L'affaire Barings ?

— Hélas. Ils en sont tous traumatisés. Impossible d'acheter à découvert en pariant sur la hausse. S'ils me laissaient faire, je leur rapporterais plus d'un million de livres par séance, sans frais de compensation, sans arbitrage. Il y a des devises, je sais qu'elles vont monter. C'est plus fort que moi, je le sens.

— Que pensez-vous du yuan ?

— Il faut décrypter le double langage. Officiellement, les Chinois menacent tous les quatre matins de le dévaluer. Ils disent que leur monnaie est trop chère, que son taux élevé pénalise leurs exportations. Du coup, personne n'ose investir dans le yuan, de peur d'avaler une baisse terrible à tout moment. Moi, je connais les Chinois. C'est du bluff. Ils menacent de dévaluer pour convaincre les autorités du commerce mondial de leur accorder des préférences tarifaires en Europe et aux États-Unis. Au fond, ils ne bougeraient leur taux de change pour rien au monde. J'ai rencontré de jeunes financiers dans l'entourage de Yang Zemin. Leur ambition est à peine voilée. Quand on aura compris que le dollar est une peau de grenouille verte...

Un sourire traversa la figure de Vargas.

— D'où tenez-vous cette expression ?

— Du Pr Bradlee. Elle scandalisait les étudiants américains. Moi, je trouvais ça tellement drôle, et juste de surcroît.

— Continuez, fit Vargas.

— Je disais : quand le monde aura compris que le dollar est devenu une pauvre relique sans lien réel avec la richesse des nations, il faudra bien admettre la réalité. La puissance planétaire du XXIe siècle s'appelle la Chine. Sa monnaie va grimper au ciel. Mais il y aura des à-coups, des paliers, des négociations. On ne crée pas du jour au lendemain un nouveau système solaire.

Vargas ne disait rien. Il but une gorgée de bière.

— À votre avis, il est inconcevable que la Chine dévalue un jour ?

— Je n'ai pas dit ça. Pour l'instant, le yuan fort empêche les commerçants chinois de prendre des parts de marché à l'exportation et de rivaliser avec les autres pays d'Asie qui ont vu leurs taux de change s'effondrer. Le gouverneur de la banque centrale distille habilement des propos tantôt alarmistes tantôt rassurants sur le cours du yuan. Je pense qu'avec des réserves en devises de quinze milliards de dollars, l'empire du Milieu peut voir venir avant d'envisager de toucher à sa monnaie. Si ses réserves fondaient, on pourrait reconsidérer les choses, mais je n'en vois pas la raison.

— Et une dévaluation pour des motifs politiques ?

— C'est-à-dire ?

— La tentation de déstabiliser le système financier international en vue de préparer une nouvelle donne ?

Isidore Sachs considéra Libertador avec surprise. Il savait par James Bradlee qu'il ne parlait jamais en l'air, mais poursuivait un raisonnement logique en brûlant les étapes.

— Vous avez des informations dans ce sens ? s'étonna le trader.

— Pas précisément. Supposons que, pour le 1er octobre 1999, le cinquantième anniversaire de la Chine populaire, Pékin décide de fêter ça à sa manière. Cinquante ans de communisme, voilà qui peut lui donner envie de partager son modèle en inondant le monde avec les produits *made in China*. Vous savez comme moi qu'une monnaie affaiblie est un cheval de Troie terriblement efficace lorsque l'industrie d'exportation est performante.

— Oui, admit Sachs. À condition de croire en la théorie du chaos, de croire que la somme des déséquilibres crée un nouvel état d'équilibre. Mais je suis convaincu que les Chinois visent le leadership politique. Les monnaies sont l'expression d'une souveraineté nationale exacerbée. Regardez comme les Européens rechignent devant l'euro. Le yuan est plus qu'une monnaie nationale. C'est une devise nationaliste. On ne peut pas nourrir l'ambition d'une suprématie mondiale en acceptant de dévaluer ses propres armes. La force des Chinois, c'est le temps. Ils sont persuadés qu'ils finiront par nous imposer leurs produits et leurs prix. Vraiment, une dévaluation me paraît hors de leur schéma mental. Ce serait accepter une règle du jeu capitaliste. Et, vous l'avez dit, ils vont fêter cinquante ans de communisme.

— Vous seriez donc prêt à jouer le yuan à la hausse ?

— Si je le pouvais, les yeux fermés. Mais les ordres de Peregrine sont formels, pas de position short. Je fais seulement de l'argent sur les différentiels. Le yuan est plus cher à Singapour qu'à Kuala Lumpur. Alors j'achète Kuala et je vends Singapour, c'est simple. Si en fin de journée Londres est mieux placé, j'achète Londres et je déboucle le lendemain matin sur Singapour. Ça rapporte pas mal. Sur les échéances éloignées, le yuan coûte de plus en plus cher. C'est bien la preuve que, malgré les gesticulations et les mouvements de menton, les marchés ne croient pas fondamentalement à une chute de la monnaie chinoise.

Vargas prenait autant de plaisir à écouter le jeune trader qu'à regarder un trapéziste dans le ciel bleu nuit d'un chapiteau. Tout semblait clair comme de l'eau de roche, les marchés vivaient sur leurs certitudes et, comme le disait la *vox populi*, les marchés ont toujours raison. Vargas fixa Isidore Sachs dans les yeux et lui demanda brusquement :

— Si j'avais de grosses sommes liquides à placer rapidement sur le yuan en pariant sur la hausse ?

— De grosses sommes montant jusqu'à combien ?

— Disons pour commencer quelque chose comme un milliard de dollars.

— Ils sont à vous ? Je veux dire : vous pourriez en disposer sans conditions ?

— Oui.

Isidore Sachs regarda autour de lui pour s'assurer qu'aucune oreille indiscrète ne traînait. Ses yeux s'étaient agrandis et il sentait pour la première fois depuis son arrivée à Londres un frisson lui parcourir tout le corps de la tête aux pieds.

— Je vous écoute.

— D'ici un mois, je voudrais que vous vous chargiez de l'opération. Je vous ferais virer les sommes en cinq fois. Il faudrait prendre des positions à la hausse sur les principales places de cotation. Allez-y par petites touches afin de ne pas provoquer une flambée. Je voudrais que cette monnaie monte doucement mais sûrement. Pas de vague, pas d'éclat. De la régularité. Si la hausse dépasse 3 pour cent sur une séance, n'importe laquelle, vendez un peu afin de ramener les cotations dans une fourchette raisonnable. Il faut éviter que les autorités chinoises ne soient alertées par un mouvement spectaculaire.

Isidore Sachs réfléchissait.

— Évidemment, je vais devoir truquer mon ordinateur. Tous les soirs à la fermeture, les employés du *back office* vérifient chaque transaction réalisée pour le compte de Peregrine.

— Inutile de truquer quoi que ce soit. Vous ne gérez pas de portefeuille en direct ?

— D'autres le font, mais sur des sommes assez modestes. Rien à voir avec vos apports.

— Dans ce cas, protégez votre système. Vous allez gérer ma position sous le nom de Barnett Frieseke, courtier en œuvres d'art. Voici mon adresse e-mail. Donnez-moi la vôtre. Nous correspondrons seulement par cette voie. Savez-vous crypter une partie de vos programmes informatiques ?

— Oui, je le fais pour mes modèles mathématiques. Nul ne peut y accéder chez Peregrine. Et, surtout, nul n'y comprendrait rien.

— Parfait. Vous traiterez mon compte comme une simulation de vos hypothèses. Je vous avertirai quand je débloquerai la première tranche de deux cents millions de dollars. Je dois encore convaincre un gros investisseur.

Isidore Sachs commanda deux autres bières. Près d'eux, un téléviseur projetait en boucle les matchs de l'équipe d'Angleterre dans le dernier tournoi des Cinq Nations. Des cris accompagnaient chaque essai du Quinze de la Rose. Le jeune trader buvait le visage calme de Vargas en se disant qu'il avait encore à apprendre en matière de sang-froid. Libertador portait tranquillement son verre à ses lèvres en jetant de temps à autre un œil sur la partie de rugby. Ses pensées naviguaient à cet instant vers un hôpital de Bogotá d'où les nouvelles n'étaient guère réconfortantes. Le crâne de l'enfant s'était remis à saigner sans raison et le garçon avait perdu connaissance. À son réveil, même les photos des dauphins l'avaient laissé sans réaction.

— Vous permettez que je vous pose une question ?

Vargas acquiesça d'un signe de la tête.

— Vous savez que, pour espérer gagner beaucoup, il faut aussi accepter de perdre un peu. Je m'efforce de limiter les risques aux sommes que mon client peut concéder.

— Alors ?

— Alors je voulais savoir combien vous êtes prêt à risquer dans l'aventure ?

Un sourire illumina le visage de Libertador.

— Tout.

Isidore Sachs n'en crut pas ses oreilles, mais préféra ne rien ajouter. Il se souvenait des propos du Pr James Bradlee au sujet de Vargas : sachez qu'il va très vite. Quand vous croyez avoir compris où il veut en venir, d'autres idées ont déjà fusé de sa cervelle et vous vous épuiserez à vouloir les attraper. Mieux vaut s'en tenir à ce qu'il vous dit et attendre la suite, c'est le meilleur moyen de ne pas perdre le fil. Par exemple, le trader se demandait pourquoi Vargas s'était tellement plu à envisager une dévaluation de la monnaie chinoise pour aussitôt après placer des montants considérables sur la hausse. Comment pouvait-il comprendre que Libertador s'était lancé dans un « qui perd gagne » fantastique dont il était le seul à connaître la règle et l'enjeu ?

Le clocher de Saint-Paul sonnait les douze coups de minuit lorsque les deux hommes se séparèrent. Isidore Sachs roula une partie de la nuit dans sa BMW 750 JL rutilante, toutes vitres ouvertes et cravate au vent. Il longea les quais de la Tamise en poussant des cris de Sioux, heureux de pouvoir enfin secouer la torpeur de la City avec des chinoiseries. Il entendait encore la voix d'un *executive officer*, la veille :

— Isidore, nous resterez-vous fidèle lorsque vous aurez fait fortune ?

— Si vous voulez quelqu'un de fidèle, achetez-vous un cocker ! s'était esclaffé le jeune homme.

Son mot avait circulé dans les rangées de la salle de trading. Isidore en riait encore, le volant de son bolide bien en main. Le corsaire se sentait soudain une âme de pirate.

Pendant ce temps, Vargas avait regagné son hôtel derrière Hyde Park. Sitôt dans sa chambre, il consulta le courrier électronique de son portable. Barco Herrera avait glané de croustillantes informations sur les frères Fleet. Cheng et Janvry avaient obtenu le principe d'une souscription internationale pour la future société de gestion du canal de Panamá. Des milliers de titres seraient émis à travers le monde. Mais l'attention de Vargas se fixa sur un message envoyé une heure plus tôt par Neil Damon. « Je ne l'attendais pas déjà, se réjouit Libertador. Voyons ce qu'il veut. »

Le courrier tenait en quelques lignes précises : « Renseignements pris sur la Dolphin Oil, suis potentiellement acheteur. Un télex m'apprend que BP et Chevvron lorgnent sur la mer Caspienne. Urgent créer une nouvelle structure à risques pour les nouveaux placements. En seriez-vous ? Signé : Votre dévoué Neil Damon. » Une reproduction couleur d'*Impression, soleil levant* accompagnait le petit texte. Vargas poussa un soupir de soulagement. Une nouvelle structure à risques pour ne pas effrayer les vieux épargnants ? Libertador possédait une coquille vide prête à servir, le fonds Circle dont il avait déposé les statuts, une nuit au lac Powell. « Puisque Damon mord à Dolphin Oil, il ne pourra pas s'empêcher de remplir le fonds Circle. Quand je lui aurai fait miroiter le pétrole de Bakou, le platine et l'or d'Afrique du Sud, le canal de Panamá et les vignobles français, il n'aura plus que faire d'IBM et des blue chips. Si je détourne cet argent vers le yuan, une partie du monde aura déjà changé de mains. » Sur ces pensées de conquérant, il s'endormit.

Le lendemain matin, Isidore Sachs était devant son écran à 7 heures tapantes, comme d'habitude. Il regarda les cours des devises en clôture et prit quelques notes. Il trouva sur son bureau une invitation pour une soirée à Covent Garden, offerte par les consultants de chez Peter & Black. Depuis plusieurs semaines, les patrons de cette société de consulting spécialisée sur les valeurs à haute technologie tentaient de séduire Isidore — en vain. Chaque fois qu'ils étaient gratifiés d'une prime, ils demandaient au jeune prodige de la placer au mieux. Sachs refusait, leur conseillant de faire comme tout le monde : ouvrir un compte off shore avec 70 pour cent d'actions de grandes compagnies internationales et 30 pour cent de bons du Trésor. Pour le reste, il les orientait vers l'achat d'aquarelles françaises du XIXe siècle, vers des parts dans ces sociétés organisant des courses de karting ou dans un de ces restaurants branchés de Soho, connus pour les strip-teases de fin de soirée. S'ils insistaient pour lui confier leur argent « à placer à discrétion sur une ou plusieurs devises exotiques », Isidore Sachs déclinait poliment la proposition et, pour lutter contre la tentation, déchirait les invitations à l'Opéra. Cette fois-ci, il prit le carton et le glissa dans la poche intérieure de sa veste rayée, comme on exécute un ordre.

171

En écoutant le jeune trader s'enflammer pour les places asiatiques, Vargas avait mesuré le parti qu'il pourrait tirer de cet enthousiasme. Il savait que, tôt ou tard, Isidore Sachs franchirait la « ligne jaune », une expression qui le faisait sourire en pensant qu'elle devait s'appliquer à la devise chinoise. Dans un premier temps, il estimait plus sage de ne pas informer Sachs de son plan. Rares étaient les traders capables de bâtir des positions dans un seul sens, la hausse en l'occurrence, sans éprouver le besoin de se couvrir. C'était comme gravir une montagne sans corde de rappel, atteindre les sommets sans éprouver de vertige. Vargas connaissait cette ivresse qu'il devait à ses origines indiennes. Ne jamais avoir peur de s'élever, à la manière des Sioux et des Apaches qui lavaient les vitres sur les gratte-ciel de New York. « Je ne connais pas de seuil de tolérance à la douleur psychologique, avait confié Isidore Sachs à Libertador peu avant qu'ils se quittent. Je peux prendre une position et la tenir contre vents et marées, si je sens que c'est la bonne, et tant pis si on me traite de *wanker* [1]. » Le trader étouffait en compagnie de ces gestionnaires de fonds frileux qui ne pensaient qu'à assurer leur prime annuelle et à changer de Mercedes en fin d'année. Il en avait soupé de ces Anglais qui rêvaient du temps où la livre sterling dominait le monde. Lui ne vivait pas en 1914, mais à l'heure du troisième millénaire. Vargas avait apporté dans son existence un petit air de révolution. Le moment venu, il serait prêt à accompagner en cadence la Longue Marche dans le temple du capitalisme victorien.

22

Le jour se levait à peine sur Bakou. Une Volga noire attendait devant l'hôtel des Patriotes. Natig Aliev s'y engouffra et donna un ordre au chauffeur.

1. « Branleur », dans le langage des hooligans du football anglais.

L'auto traversa la ville endormie, longeant le front de mer sur plusieurs kilomètres. Natig reconnut l'emplacement de la vieille mosquée, jadis détruite par les hommes de Staline. Un édifice moderne aux formes cubiques l'avait remplacée. Les Azeris prétendaient que le pétrole ne coulait plus depuis qu'Allah n'était plus célébré en ces lieux. Natig avait cependant convaincu les nouveaux maîtres de Bakou. L'occupant soviétique avait surtout pompé les gisements de Sibérie. Il suffisait de réactiver les recherches sur les blocs occidentaux de la Caspienne pour que l'or noir jaillisse à nouveau. Sa société avait signé un protocole avec la firme d'État Socar pour exploiter les fonds, à dix mille mètres des côtes. Pour que l'illusion soit parfaite, il fallait d'abord se procurer des plates-formes de forage. Ensuite, elles seraient acheminées sur les zones d'impact avant que la mer ne soit prise dans les glaces de l'hiver. Une fois le décor planté, ce serait à Mourad de jouer son rôle en acheminant le pétrole depuis le désert irakien. La partie ne serait pas facile mais le jeu en valait la chandelle. Ce matin-là, Natig était bien décidé à récupérer les plates-formes en souffrance à proximité de Bakou. La veille, sa sœur l'avait informé de la présence du représentant de l'Oil & Gas Limited. Plusieurs compagnies américaines et britanniques avaient dépêché sur place quelques émissaires qui promenaient leur mine dubitative et suspicieuse dans tous les halls d'hôtel de la ville, épiant les allées et venues des autres Occidentaux, tout en essayant de suivre dans la presse nationale l'évolution des pourparlers entre la présidence et cette firme nouvellement venue sur le marché des pétroliers, la Dolphin Oil Company.

— Nous y sommes, fit le chauffeur de la Volga en stoppant au bord de la plage. Je ne peux pas avancer davantage. Le sol est jonché de bouts de ferraille. Prenez le môle tout droit. Les plates-formes sont tout au bout, enfin, ce qu'il en reste, parce que avec ce vent je ne sais pas trop ce que vous allez trouver. Bonne chance. Je vous attends là.

L'homme se plongea dans la lecture de son journal et ne s'occupa plus de son passager. Natig Aliev ouvrit la portière. Une bourrasque gifla son visage et lui coupa la respiration. Il boutonna son imperméable et se courba pour avancer pas à pas. Devant lui se dressaient quatre énormes structures de métal mangées par la rouille. Sur le môle, il fut rejoint par un contremaître des chantiers. À sa grande surprise, celui-ci était britannique.

— Nous découpons tout au chalumeau, cria l'Anglais. Ma société a passé six mois à rénover la moins pourrie des plates-formes, mais cela n'a servi à rien. Nous n'avons trouvé que des puits secs. Échec sur toute la ligne.

— Je sais, fit Natig. Vous n'avez sûrement pas foré au bon endroit.

— Si vous croyez que le bon endroit, c'est le Kazakhstan, je vous souhaite bien du plaisir, fit l'Anglais avec ironie.

— Qui vous parle du Kazakhstan ? À dix mille mètres d'ici, je vous garantis que le pétrole jaillira. À condition d'aller le chercher en profondeur, six cents mètres au moins.

— Et vous espérez taper à six cents mètres avec ces vieilleries ?

— Du matériel d'appoint va arriver d'ici quelques semaines. Des fibres de carbone, comme d'immenses pailles, pour aspirer à l'horizontale puis à pic.

— Bon courage, fit l'Anglais incrédule. Si ça vous amuse, deux plates-formes sont un peu moins délabrées que les autres... Mais si vous comptez vraiment les déplacer en pleine mer, vérifiez d'abord que les crémaillères fonctionnent. De toute façon, je doute que vous trouviez de sitôt des bateaux pour les remorquer.

— La Présidence m'a garanti le contraire.

— Et où trouve-t-elle le carburant pour alimenter les réservoirs ? Savez-vous que ces plates-formes pèsent chacune près de cent tonnes ?

Natig ne répondit pas. Il attendait d'un jour à

l'autre une ligne de crédit sur la banque Trust America. Libertador avait choisi cet établissement de Boston car il abritait aussi le fonds de pension de Neil Damon. Il suffirait d'un simple jeu d'écritures pour que les sommes en dépôt chez l'amoureux des nénuphars de Monet viennent servir de gage aux investissements préliminaires de la Dolphin Oil Company.

Natig jeta son dévolu sur les deux plates-formes déjà rafistolées par les Britanniques. Dans son souci de veiller surtout aux apparences, il s'assura les services d'une entreprise de peinture qui s'attela à la tâche — presque surhumaine — de rendre la couleur à ces fantômes flottants. Au bout d'une semaine, les vieilles machines avaient meilleure mine, et les badauds s'arrêtaient désormais au bord de la plage, interrogeant du regard ces momies de l'ère soviétique dont les grincements dans le vent n'annonçaient rien de bon.

Pendant ce temps, les choses bougeaient au *Boston Daily News*. Jefferson Macdorsey ne savait pas trop quoi penser des derniers événements. Chaque jour, s'accumulaient sur son bureau les lettres de lecteurs furieux de voir leur journal bien-aimé se transformer en torchon financier, en brûlot spéculatif. Qui donc avait pris la responsabilité d'y introduire les cours des actions et d'y consacrer des pages et des pages aux valeurs clés de la cote, pendant que la chronique du Boston mondain se réduisait désormais à l'activité caritative des personnalités en vue de la communauté financière ? Jefferson Macdorsey n'osait plus ouvrir ces missives rédigées d'une écriture sèche qui contenaient, outre de vertes réprimandes, un ordre écrit de désabonnement. Or, malgré ce mouvement de colère des lecteurs les plus fidèles, les ventes du journal se redressaient comme par enchantement, au point que la semaine écoulée avait vu les kiosquiers manquer d'exemplaires dans les gares et les stations d'autobus des quartiers populaires. Le summum avait été atteint le jeudi, lorsque l'édition américaine du *Wall Street Journal*, reprise en Europe par le *Herald Tribune*, avait largement cité un article du *Boston Daily News* consacré aux nouveaux enjeux énergétiques de la mer Caspienne. Le rapport de Natig Aliev y était commenté avec une bienveillante prudence. Le journaliste du quotidien boursier rappelait l'audace des pionniers du début de siècle. À l'époque, pas un seul investisseur n'aurait misé un cent sur les découvertes des frères Nobel et Rothschild. « Peut-être verrons-nous Bakou briller de mille feux jaillissant de la mer », écrivait l'analyste avec un brin de lyrisme, laissant entendre que les prix de l'immobilier dans la vieille ville commençaient à flamber.

Natig ne tarda pas à constater que le phénomène spéculatif était bel et bien lancé. Les compagnies pétrolières du monde entier s'intéressaient aux hôtels particuliers délabrés construits dans les années 1900 par les bienfaiteurs de Bakou. Inquiet de la tournure rapide des événements, le jeune Azeri avait envoyé un message crypté à Libertador : que ferons-nous si le pétrole n'arrive pas à temps d'Irak ? Vargas avait répondu aussitôt : pas d'inquiétude, le pétrole est invisible. L'important est de faire croire qu'il est là. Le moment venu, Mourad fera la jonction.

Le même jour, dans une aile du palais présidentiel, le ministre des Hydrocarbures de Saddam Hussein recevait un jeune ingénieur de retour d'exil, qui avait sollicité une audience de toute urgence. S'il n'avait pas donné d'explication sur le but de sa démarche, il s'était montré assez persuasif en évoquant à mots comptés une affaire d'intérêt national. Mourad connaissait bien l'homme chargé par son grand-père de l'accueillir. Il l'avait vu plusieurs fois chez lui, dans ses jeunes années. Il se souvenait que son père et lui avaient été amis. Mais il savait aussi que le ministre des Hydrocarbures Selim Azziz était monté dans l'estime de Saddam Hussein en révélant le nom de tous ceux qui profitaient de l'embargo pour détourner du pétrole à leur profit. Le régime reposait sur un système de délation où chacun se méfiait de chacun, y compris des membres de sa propre famille. Mourad comprit rapidement que la partie serait difficile. Se tenait face à lui le gardien du trésor, le grand organisateur de la pénurie dans le cadre du programme « Food for oil » : l'Irak vendait un quota limité de pétrole en échange de nourriture. Et les denrées alimentaires allaient aux plus dociles, aux plus serviles, à ceux qui ne contestaient pas la mainmise de Saddam. Tous les autres étaient privés de tickets. Seuls les Occidentaux pouvaient croire que l'embargo était une arme contre le maître de Bagdad. Celui-ci avait retourné cette arme contre son peuple en l'affamant de façon sélective et cruelle.

Selim Azziz tendit la main à Mourad et le pria de s'asseoir. Debout, en retrait, deux soldats en uniforme vert olive montaient la garde.

— Je vous écoute, fit le ministre.

— Connaissez-vous la mer Caspienne ? commença le jeune homme.

Pendant que le jeune Irakien exposait son plan, il vit les traits de Selim Azziz se détendre. Le ministre lui fit ajouter quelques précisions, ils suivirent ensemble sur une carte le tracé du pipeline à construire. En réalité, il suffirait d'ajouter une dérive au tuyau turc pour rejoindre la Caspienne. Mais il fallait contourner l'Iran. Ou bien enterrer complètement l'installation pirate avec la complicité de Kurdes iraniens intéressés aux bénéfices des transactions espérées.

— Nos relations réelles avec le parti démocratique du Kurdistan ne sont pas aussi mauvaises que les Américains veulent bien le laisser croire dans leur propagande, expliqua le ministre. Jusqu'à preuve du contraire, nos champs de Terbil et de Kirkouk n'ont pas été endommagés. Évidemment, les Kurdes refusent officiellement un accord avec nous, cela pour continuer à recevoir l'aide américaine. Mais ils ne veulent surtout pas d'ennuis avec Bagdad. Ils savent qu'ils s'exposeraient à l'installation d'un pouvoir favorable aux États-Unis et antikurde semblable à celui de la Turquie.

— Ce qui veut dire ? demanda Mourad.

— Il n'est pas impossible d'envisager le prolongement de l'oléoduc de Mossoul en direction de Ceyhan. De là, la Caspienne n'est plus très loin. Il existe sur place de vieilles installations qu'il suffirait de rapiécer. Les pipelines sont percés de tous côtés, et la guerre du Golfe a fini de les transformer en passoires.

— Combien de temps faudrait-il pour les remettre en état ?

Selim Azziz répondit par une autre question :

— Quand la Dolphin Oil doit-elle annoncer ses premières découvertes ?

— Dès janvier 1998.

— Cela nous laisse à peine trois mois. C'est court. Il faut être très prudent. Le pays est truffé d'agents des Nations unies qui vérifient que nous ne violons pas l'embargo. Je ne vois qu'un moyen pour être tranquilles, c'est de faire diversion.

— Diversion ?

— Il y a longtemps que nous n'avons pas provoqué les enragés chiites de Bassorah. Je trouve que la tête de certains est arrivée à maturité pour être tranchée ou explosée. Il suffirait d'une petite attaque aérienne qui détournerait l'attention.

— N'y a-t-il pas d'autre moyen ? s'inquiéta Mourad.

— Jeune homme, il faut savoir ce que nous voulons. Si je compte bien, il y a en jeu près d'un milliard de dollars par mois ?

— Et davantage si vous devenez actionnaires de la Dolphin Oil, renchérit Mourad. Nous serions très honorés que vous-même et le président Saddam Hussein en personne participiez activement à cette prospection. Pour une fois que le capitalisme des hydrocarbures échapperait à la toute-puissance américaine...

L'argument fit mouche dans l'esprit du responsable irakien. Mais de nouveau son visage se ferma lorsqu'il demanda :

— Qui nous paiera ce pétrole ?

Mourad resta sans voix une fraction de seconde. Il savait que les démarches de Libertador auprès de Neil Damon étaient en bonne voie, mais il n'était pas question de faire apparaître Vargas dans ce montage, présenté comme une association occulte entre la Dolphin Oil et le gouvernement irakien. Le mécanisme était simple : une fois le roi des fonds de pension convaincu de la présence de réserves record en Caspienne, il serait aisé de dériver une partie de ses placements les moins rentables sur la Dolphin Oil, et d'assurer le règlement de la facture pétrolière. En attendant, il fallait se montrer tout à la fois prudent et convaincant.

— D'ici le début des travaux de revampage des pipes, nous dégagerons des sommes représentant trois mois de livraison sur un compte rémunéré ouvert au nom de qui vous voudrez, soit le vôtre, soit celui d'un ou d'une de vos proches.

Le ministre plissa les yeux en signe de contentement.

— Ces sommes seront bloquées jusqu'à l'arrivée effective du brut à destination, car nous ne pouvons pas payer la marchandise avant de l'avoir prévendue puis réceptionnée.

— Logique, approuva le dignitaire irakien. Je verrai ce soir le Président. Rappelez-moi d'ici quarante-huit heures.

Mourad remarqua sur la veste du ministre une décoration violette à tête de lion, distinction réservée aux proches de Saddam Hussein, généralement gravée aux initiales de la personne distinguée. Il se rappela soudain que son père portait la même, autrefois. En approchant du ministre, il nota que les lettres dorées ne représentaient pas le S de Selim ni le A d'Azziz.

Le dignitaire du régime fit raccompagner Mourad jusqu'aux portes du palais. L'auto qui l'attendait était conduite par l'ancien professeur de géographie. Ils empruntèrent les voies rapides jusqu'au cœur de Bagdad. Le jeune homme vérifia qu'ils n'étaient pas suivis, puis il se rendit à l'endroit indiqué par sa mère, aux abords de la médina. Au moment de régler son chauffeur, il lui demanda si, le jour venu, il accepterait de le conduire une nuit sur la route d'Amman sans poser de question. L'ancien professeur acquiesça. Mourad ne pouvait chasser de son esprit les lettres gravées sur la médaille du ministre, un H et un K : comme Hassan Khalek, son père.

23

Avant de retrouver ses racines du Rio Grande do Sul, Barco Herrera avait tenu à revenir sur les lieux de ses exploits de jeunesse. Plusieurs dimanches de suite, il se rendit dans les stades les plus populaires du Brésil pour y respirer l'odeur endiablée du *futebol*. On le vit, à Maracana, applaudir indifféremment les maillots de Flamengo, de Botafogo, de Fluminense et de Vasco, avec un petit tiraillement au cœur lorsqu'il voyait évoluer, sur la pelouse, le jeune ailier gauche de son ancien club. Chaque fois, il se trouvait des supporters pour reconnaître ses mèches blondes et son regard bleu. Alors des milliers de mains se mettaient à battre et, dans les tribunes, montait comme une rumeur sourde et joyeuse le nom de Barco Herrera. S'il était chaviré par ces manifestations spontanées de sympathie, un autre spectacle jetait un voile de tristesse sur cette liesse. Les jours d'après match, ces mêmes hommes descendaient de plus en plus souvent dans la rue pour protester contre la violence quotidienne, les méfaits des brigades de la mort qui tuaient les enfants dans les favelas, les tortures dont se rendaient coupables les grands propriétaires sur leurs journaliers. Partout où il passait, Barco était fêté, adulé, félicité. On se battait pour lui toucher la main, effleurer sa chemise. Mais, sitôt qu'il avait disparu, il savait que ces visages, un instant rieurs et gais, se figeaient dans le masque du malheur. Et le jeune homme ressentait douloureusement son inutilité comme son impuissance, face à des maux si graves qu'ils semblaient dépasser toute volonté humaine de les combattre.

C'est à cette époque que Barco Herrera fit le voyage de Recife, et se rendit au chevet de dom Hélder Camara dans sa petite église d'Olinda. Le père allait bientôt rendre son âme à Dieu mais il avait gardé toute sa lucidité, assez pour dire à Barco : nous avons aboli l'esclavage il y a un siècle et, pourtant, je peux te montrer des villages où les hommes vivent comme des bêtes.

Contre l'avis de ses médecins, dom Hélder avait tenu à accompagner l'ancien champion dans la zone sucrière où les planteurs manifestaient, tous les matins, au risque de voir les carabiniers des latifundistes braquer le canon de leurs fusils sur eux et tirer. En un mois, plus d'une vingtaine de coupeurs de canne étaient restés à terre, une balle dans la tête ou dans le ventre. Ensemble, ils arpentèrent les campagnes, longeant les kilomètres de barbelés derrière lesquels avaient été parqués, faméliques et misérables, les paysans sans terre. Chemin faisant, dans un combi Volkswagen brinquebalant conduit par un jeune disciple de l'archevêque, les deux hommes avaient mesuré l'ampleur du désastre brésilien. Des hommes, qui reconnaissaient l'auto du prêtre, avançaient d'un pas sur la route pour le saluer. Il demandait au chauffeur de stopper, s'extirpait péniblement du véhicule et se livrait toujours au même cérémonial. *Um abraço* chaleureux, des tapes dans le dos et un flot de paroles apaisantes, puis l'écoute en silence mais le regard attentif, pénétré de toutes les plaintes et doléances des sans-terre. Puis, au moment de repartir, dom Hélder fouillait au fond de ses poches, en sortait une bourse, qui fondait à mesure que les haltes se répétaient. Il distribuait sans compter, mais toujours insatisfait d'avoir si peu de cet argent déposé le dimanche par ses paroissiens les plus aisés.

— Quand je donne de l'argent et un peu de nourriture aux pauvres, avait-il confié à Barco, on dit que je suis un saint. Si je demande pourquoi ils sont si démunis, on me traite de communiste. Mais regarde au bord de la route, ces champs de soja et de canne à perte de vue. Voilà qui réjouit les voyageurs américains. Ils prétendent que le capitalisme agraire se répand comme un incendie. Ils ont raison. Cette exploitation qui n'en finit plus fait trente-cinq mille hectares d'un seul tenant. Et ces pauvres bougres qui nous tendent la main n'ont rien à eux, pas même le carré de terre où ils posent leurs fesses, pardonne-moi cette trivialité.

Au moment de rentrer à Olinda, dom Hélder Camara avait recommandé à Barco de sillonner encore le Brésil, autant qu'il en aurait la force.

— Tu es jeune, toi, et tu représentes un espoir. C'est ce dont manque le plus notre pays.

— Mais je ne porte plus le maillot de l'équipe nationale, avait répondu Barco.

— Peu importe, Barco. Tu as le visage d'un ange et je suis sûr que tu en as la vertu, sauf peut-être en ce qui concerne les belles filles dont tu dois faire chavirer les cœurs. Mais, sérieusement, je voudrais te faire une proposition.

— Je vous écoute, père.

Le petit bonhomme aux yeux clairs cerclés de grands cernes mauves avait pris le ton de la confidence.

— Bientôt je quitterai ce monde. Mais je ne voudrais pas partir avant d'avoir trouvé un successeur digne de ce nom à la tête de mon mouvement des sans-terre. Il n'est pas question d'idéologie, de marxisme ou de théologie de la libération. Dans ce pays, huit millions d'hommes et de femmes, d'enfants et de vieillards vivent comme ceux que tu as vus sur le chemin. Le président de la République les craint, car ils se font entendre et sont vaillants comme de petits soldats qu'on envoie au massacre. Pour eux, ce n'est pas grave de mourir si là est la condition pour ouvrir la voie à leurs enfants. Mais ces masses anonymes doivent devenir un peuple. Les sans-voix ont besoin d'une voix. Il leur faut un fer de lance, un porte-parole populaire, capable de faire valoir leurs intérêts au plus haut niveau de l'État, de défendre leur droit à la légitime défense. C'est à toi que j'ai pensé. Ne me refuse pas.

Quand, plusieurs heures plus tard, Barco Herrera s'éloigna de la petite église d'Olinda, le sentiment de son inutilité l'avait quitté. Il avait dit « oui » à dom Hélder Camara. De Recife, il prit la transamazonienne pour un long voyage de 5 144 kilomètres, qu'il accomplit en deux mois pour atteindre la frontière du Pérou. Puis il refit la route en sens inverse, s'arrêtant là où il n'avait pas pu le faire à l'aller, pour revenir jusqu'à Recife. Sur son parcours, il rencontra le Brésil de l'ombre, des âmes errantes et des laissés-pour-compte.

Il sentait au fond de lui une force, qu'il entreprit patiemment de réveiller pour le jour, pas si lointain, où elle lui serait nécessaire.

24

Depuis son retour à Paris, aux premiers jours de novembre 1998, Hugues de Janvry n'avait pas chômé. Il avait retrouvé son appartement du quai d'Orléans, le spectacle des bateaux-mouches et des péniches sur la Seine, son horizon familier de la Montagne-Sainte-Geneviève où pointaient le dôme du Panthéon et l'affreuse barre amiantée de Jussieu qu'il rêvait de voir abattue par un orage. Les vieux arbres d'Amazonie lui manquaient, dont il gardait une nostalgie aiguë, à cause de sa proximité avec Libertador, au temps où ils refaisaient le monde à coups de sarbacane. Dans sa famille, on lui avait posé peu de questions sur son séjour latino-américain. Sa mère était repartie dans sa propriété de Grasse dès qu'il avait montré son nez dans la capi-

tale. Son frère Loïc et Florise, sa belle-sœur, semblaient le bouder plus que jamais depuis qu'ils
l'avaient croisé un soir, rue du Temple, au bras d'un
jeune homme en tee-shirt, aux muscles saillants et
au crâne lisse comme un œuf. Hugues choisissait
plutôt des hommes à la peau mate, qu'il emmenait
pour la nuit dans son repaire du quai d'Orléans. Là,
ils fumaient des cigares. Hugues préparait des cocktails à base de rhum et de jus de citron, montrait des
photos de ses années de maquis, n'omettait jamais
de glisser une photo de Diego Vargas qui provoquait
chez ses amants des cris d'admiration. Hugues continuait de se consumer pour ce héros qui aimait trop
les femmes mais qui le respectait pour ce qu'il était :
un homme sensible, fin et cultivé, qui méprisait
l'argent pour l'argent avec le panache de la naissance, sans ignorer les ressorts mis en œuvre par
l'esprit humain pour en acquérir toujours davantage.
   Fils de banquier, frère d'un inspecteur des
Finances sorti dans la botte de l'Ena, ami d'une jeunesse dorée qui squattait les cabinets des ministères
de droite comme ceux de gauche, courtisait les filles
à marier des deux cents familles et les oncles à héritage de l'avenue Pierre-Ier-de-Serbie, siège du vieux
CNPF, Hugues de Janvry appartenait à ce sérail où
seules comptent les apparences, car le nom que l'on
porte est déjà un plan de carrière. Nombre de ses
relations, amis ou cousins, s'étaient étonnés de le
voir filer pour la lointaine Amérique du Sud, son
DEA de finances à peine achevé à Dauphine. On
avait soupçonné l'influence d'un beau Latino. Nul ne
voulait croire aux convictions idéologiques du jeune
homme qui affichait ostensiblement, dans sa
chambre à coucher, le poster en pied du Che ainsi
que les écrits traduits du camarade Trotski, reliés
pleine peau, sous une couverture rouge qui rappelait
le Code civil. Dans ses années estudiantines, Hugues
de Janvry avait été le parfait archétype du dilettante
à tendance dilapidatrice, espèce très crainte dans les
familles à fortune indexée sur les cours de la Bourse,
la pierre de taille et l'once de métal fin. Sa mère

redoutait, à voix haute, de le voir finir comme le grand-père, ce qui n'était pas un compliment. Le bonhomme, après quelques années passées comme courtier dans une grosse charge de la rue Vivienne, avait fini, disait-on *mezza voce*, sur la paille, après avoir vidé la caisse pour une amazone de petite vertu et sans le sou. Le jour avec une jeune héritière connue dans un rallye, le soir toujours avec un mauvais garçon façon cuir et peau, Hugues donnait bien du souci aux gens sérieux de sa lignée. On le disait instable, indécis, quoique intelligent.

Dès son retour de l'étranger une chose apparut pourtant avec éclat : il semblait savoir ce qu'il voulait. À peine rentré, il avait loué trois cents mètres carrés de bureaux dans le quartier de la Bourse, derrière les Grands Boulevards, s'était inscrit au Registre du commerce comme consultant international et n'avait pas tardé à se faire installer un équipement informatique dernier cri, avec modem et Internet.

Au bout de quelques semaines, il convoquait la presse spécialisée pour présenter le premier journal financier électronique de la place, en édition française et anglaise : *Financial Watch*. Ses collaborateurs, il les avait recrutés parmi les jeunes diplômés de Dauphine et de l'école des journalistes de la rue du Louvre. Il avait tenu à composer une équipe complémentaire et soudée, spécialisée dans les valeurs les plus dynamiques, la haute technologie, le luxe et la pharmacie, ce que la presse commençait à appeler les « sciences de la vie ». Obéissant scrupuleusement aux recommandations de Diego Vargas, il avait constitué simultanément une société de courtiers en ligne, offrant des services, souples et encore inédits en France, d'achat et vente, d'actions et de produits financiers, selon la règle du *day trading*. Très vite, l'affaire s'était révélée florissante. Les ordres affluaient de la France entière : achat de valeurs à l'ouverture, revente avant clôture, prise de bénéfice immédiate. Bientôt tout le monde n'eut plus à l'esprit que ce jeu si simple, qui se révélait plus rentable que le Loto ou le PMU, à condition d'être bien conseillé. Et, en matière de conseil, *Financial Watch* était là pour répondre à toutes les questions des petits épargnants. La négociation directe de titres sur Internet, en divisant les frais d'ordre et de commission par quatre, voire par huit, plaça très vite la société d'Hugues de Janvry à la pointe du business français. Les marchés, jusqu'ici contrôlés par les seuls professionnels, étaient désormais à portée de main des particuliers, y compris les plus modestes. Cette ouverture de la finance au plus grand nombre donnait satisfaction à ce jeune héritier qui disait par provocation, dans les réunions de famille rasoir, qu'il aurait lui-même marché aux côtés des révolutionnaires pour réclamer l'abolition des privilèges.

C'est en consultant le site de *Financial Watch* que les traders français découvrirent la montée en puissance d'une firme américaine spécialisée dans la prospection pétrolière en mer Caspienne : la Dolphin Oil Company. Il suffisait de cliquer pour voir apparaître une carte détaillée de la Caspienne et la localisation exacte des plates-formes convoyées sur un bloc de six mille kilomètres carrés, devenu lieu de prospection exclusif de la société. D'un autre clic, on pouvait réserver des actions en vue de la prochaine émission de capital, prévue pour janvier 1999. Suivait un entretien en ligne du président de la société à Bakou, Natig Aliev, ainsi qu'un rappel historique sur l'aventure pétrolière des « adorateurs du feu », dans les années 1900. Une connexion fut rapidement établie entre *Financial Watch* et le nouveau service économique du *Boston Daily News*. Diego Vargas avait veillé en personne à l'installation sur le Net d'un site « Money is yours », « L'argent est à vous », alimenté par les rédacteurs financiers du vieux journal. Jefferson Macdorsey n'y avait rien trouvé à redire après avoir constaté que les plus jeunes lecteurs consultaient assidûment ce nouvel espace, moyennant des royalties représentant la moitié des recettes du journal en kiosque. C'est ainsi que le public français fut initié progressivement aux valeurs en pointe du Nasdaq, les Microsoft, Intel, Worldcom — valeurs qui avaient permis aux actionnaires de quintupler leur mise en quelques années. Les habitués du palais Brongniart s'étaient rendu compte que la plupart des titres cotés sur le réseau enregistraient des bénéfices supérieurs à cinq milliards de dollars, soit l'équivalent des profits accumulés par des firmes comme Elf, Saint-Gobain, la Société Générale, LVMH, Danone et L'Oréal. Dans cette messe silencieuse de l'argent — l'électronique avait définitivement remplacé la criée —, Hugues de Janvry n'oubliait pas la finalité poursuivie par Libertador.

C'est pourquoi il orienta peu à peu les investisseurs français vers le titre des frères Nelson et Bunker Fleet, de la United Grains. La consigne était, pour l'heure, de dresser le portrait le plus flatteur possible de ces magnats du capitalisme américain à l'ancienne, devenus les rois des OGM. Il suffisait, là encore, de cliquer sur le nom d'un des deux frères pour le voir apparaître en tenue de cow-boy dans son immense ranch, avec son physique de bœuf et ses gros yeux exorbités. Un article rédigé par l'équipe du *Boston Daily News* rappelait les faits d'armes de Bunker Fleet sur le marché du soja à Chicago. Suivaient quelques détails personnels qui allaient droit au portefeuille des boursicoteurs modestes comme à celui des financiers de haut vol à l'affût d'une aubaine. On apprenait ainsi que le bien nommé Bunker Fleet (son poids habituel avoisinait cent quinze kilos) gagnait un million de dollars par semaine, ce qui ne l'empêchait pas d'apporter chaque jour à son bureau son déjeuner dans un sac en papier. Il possédait une voiture de taille modeste qu'il laissait dans un parking gratuit, assez loin du centre ville, de façon à économiser les cinquante cents exigés pour le stationnement. Il ne dînait pas en ville, invitait peu chez lui, servant à ses rares convives des plats végétariens, et ne portait que des vêtements de confection. Après avoir fait fortune dans le pétrole du Texas, le bétail sur pied et les élevages de cochons (le titre du *Tribune* : « La carcasse de porc s'envole à Chicago », était encore dans toutes les mémoires), Bunker Fleet avait jeté son dévolu sur les produits *high tech* de l'agriculture, créant le premier laboratoire de plein champ pour la mise au point des fameux OGM. Grâce à ses recherches, il était évident que le maïs échapperait désormais à la sinistre pyrale, le papillon destructeur de récoltes. Cette prouesse du génie biologique avait valu au Texan une reconnaissance de la communauté scientifique internationale et une progression spectaculaire de l'action United Grains. Le *Boston Daily News* n'en finissait pas de « cultiver » cette valeur, avec des arrière-pensées que seuls Libertador et ses proches connaissaient. Hugues de Janvry, à Paris, proposait sur *Financial Watch* des conditions d'achat idéales et garanties sans risque à court et moyen terme.

C'est dans cette période qu'il reçut un appel de Gilles Duhamel, le conseiller du ministre des Finances à Bercy. Quelques semaines plus tôt, le jeune Français avait sollicité un entretien pour évoquer la question des retraites et le dossier délicat des fonds de pension américains qui grignotaient les entreprises de la cote. « Il s'agirait d'une discussion exploratoire », avait précisé Hugues de Janvry pour se montrer rassurant. Le collaborateur du ministre avait promis d'y réfléchir, mais les jours avaient passé sans qu'il donnât aucun signe favorable. On ne parlait plus dans les gazettes spécialisées que du succès de *Financial Watch*, lorsque Gilles Duhamel finit par décrocher son téléphone. Rendez-vous avait été pris au café de la grande cour du Louvre. Gilles Duhamel ne tenait visiblement pas à s'afficher au « palais des glaces » — ainsi nommait-on l'horreur qui tenait lieu de ministère de l'Économie et des Finances — en compagnie d'un héritier du grand patronat, reconverti dans la spéculation de haut vol et dont le visage avait déjà fait la une du cahier saumon du *Figaro*, ainsi qu'un écho flatteur dans les dernières pages de *Match* consacrées à la vie parisienne. Ce cabotinage médiatique avait d'ailleurs été réprouvé par Diego Vargas qui se méfiait toujours des photographies. Libertador avait cependant demandé à Hugues de Janvry qui était cette jeune femme à ses côtés, en robe noire et aux cheveux roux.

« On l'appelle Vierge-de-Platine, lui avait répondu son ami. Je travaille beaucoup avec elle à Zurich sur les métaux précieux. Elle était de passage à Paris ce soir-là. J'ai trouvé amusant de m'afficher en sa compagnie. »

Vargas avait longuement regardé ce visage régulier, le contour de ses lèvres.

« Attention, Diego, avait ajouté Hugues avec une pointe de jalousie. Cette fille est *workalcoolic*. Elle ne pense qu'au business. On ne lui a pas donné son surnom pour rien : Vierge-de-Platine, de quoi refroidir, non... ? »

Gilles Duhamel attendait depuis quelques minutes devant un café crème, lorsque le jeune patron de *Financial Watch* vint s'asseoir en face de lui. Il portait un costume sombre à fines rayures, arborait une longue écharpe blanche, très proustienne, et ne se départait pas d'un léger sourire en coin, que démentait son œil froid. Hugues de Janvry ne connaissait que trop ces énarques rabougris, aux cheveux pleins de pellicules, aux ongles gris et au visage chiffonné derrière des lunettes à monture trop épaisse, qui leur donnaient, avant l'âge, des airs de vieillards coliqueux. Duhamel était de ce genre, hésitant par nature, méfiant par devoir, mais curieux par obligation des choses nouvelles qui se tramaient dans les sphères de la finance internationale. Après quelques considérations gratuites sur la commodité de la pyramide du Louvre et le regret, exprimé par Duhamel, d'avoir dû quitter les ors de ces bâtisses, du temps de la glorieuse rue de Rivoli, pour la froideur de Bercy, ils en vinrent au cœur du sujet. C'est Janvry qui ouvrit le feu.

— Savez-vous de quoi parlent les grands de ce monde quand ils se rencontrent à Davos ?

— Les milliardaires ? Oui, bien sûr, ils parlent de

fric, de l'instabilité des monnaies, du bath thaïlandais, du peso mexicain, bientôt de l'euro...

— Pas seulement, coupa le jeune homme. Ils parlent d'abord des vieux. La génération inoxydable est devenue un âge de plomb. Vous voulez des chiffres ? Ouvrez grandes vos oreilles, monsieur le conseiller : dans les trente prochaines années, le quart du PIB des pays industrialisés servira au versement des retraites. Trente-cinq mille milliards de dollars ! Je continue. Si vous ajoutez les dépenses de santé, inhérentes au vieillissement des baby-boomers de l'après-guerre, entrés dans la félicité de la vie oisive, vous doublez la mise. Alors, question à soixante-dix mille milliards de dollars : allez-vous augmenter les impôts jusqu'à décourager l'esprit d'entreprise, allez-vous taxer les sociétés à la base, ou vous résoudre enfin à financer les retraites avec la seule source solvable et promise à l'expansion universelle : les marchés financiers ?

Le conseiller Gilles Duhamel n'aimait pas qu'on lui fît la leçon. Pourtant il avait pris consciencieusement des notes sur un coin de la nappe en papier, et son regard semblait aimanté par les chiffres qu'il venait d'inscrire.

— Trente-cinq mille milliards, vous en êtes sûr ?

— Absolument certain. Les experts qui ont réalisé ces calculs ne sont pas des amateurs. Vous trouverez les sources et les explications complémentaires sur notre site *Financial Watch*. Les personnes âgées constituent une bombe à retardement pour nos économies si les pouvoirs publics s'obstinent à vouloir sauvegarder le sacro-saint système de répartition. Elles seront au contraire une chance prodigieuse d'expansion si leurs retraites sont valorisées par les fonds de pension comme ceux qui se multiplient outre-Atlantique. Les actifs ne peuvent plus payer pour les cohortes de gens qui quittent le marché du travail. Il faut les soulager. La Bourse est là pour endosser ce risque.

— Mais si les gens perdent tout ? Regardez comment Maxwell a grugé ses employés qui avaient cotisé durant toute une vie de labeur...

190

— Vivons avec notre temps. Les organismes de contrôle devront être renforcés. Je reconnais bien là vos réflexes étatistes. Pourquoi n'apprend-on pas aux hauts fonctionnaires à innover autant qu'à administrer ? Je vous parle d'un instrument qui draine déjà des milliers de milliards de dollars et vous pensez déjà aux irrégularités...

— Nous sommes obligés, monsieur de Janvry. Le système actuel des retraites repose sur un contrat de confiance entre l'État, les entreprises et les salariés qui sont aussi des électeurs. Nul ne peut prendre le risque d'une gestion sauvage qui exposerait les citoyens les plus modestes aux errements des marchés.

— Vous vous préparez donc à annoncer des augmentations d'impôts considérables à partir de l'an 2000 ?

Gilles Duhamel ne répondit pas aussitôt. Il commanda un deuxième café. Hugues de Janvry tapotait avec impatience le coin de la table. Il regarda sa montre. On l'attendait dans moins d'une heure à Chatou, sur l'île des impressionnistes, où ce diable de Vargas lui avait signalé un peintre hors du commun, poète et faussaire, capable de trousser un Monet en quelques coups magiques de pinceau, à condition d'y mettre le prix et de l'approvisionner en sauternes d'Artem, « pour la couleur », se justifiait l'artiste.

— Que proposez-vous ? finit par demander le conseiller du ministre.

— Laissez s'installer les fonds de pension américains et confiez-en la gestion nationale à des opérateurs français. Je suis en contact avec le fonds Circle de Boston, qui est solide, sain, et investit dans les valeurs de croissance. Si vous voulez, testons ensemble quelques affaires. Vous savez comme moi de quoi souffrent nos sociétés. Elles sont sous-capitalisées à l'extrême. La vague des fusions-acquisitions ne les hissera pas pour autant au rang de géants mondiaux. Tout juste des entités de taille européenne. Le capitalisme sans capitaux, voilà ce dont souffre notre pays depuis les Wendel et le Front populaire. Si vous ouvrez la porte aux liquidités internationales des retraités, si vous regroupez celles des retraités français, nos firmes mettront la main sur des capitaux sûrs. Les fonds de pension ne sont pas des girouettes. Ils sont gérés par des analystes vigilants qui, en bons pères de famille, entendent placer l'argent sur la durée. Il suffit de gagner leur confiance pour qu'ils se montrent fidèles à des valeurs sur le long terme. Un effet boule de neige ne manquerait pas de se produire si l'épargne retraite européenne venait s'ajouter aux liquidités internationales sur nos *blue chips*. Imaginez la croissance de nos sociétés bâties autour du luxe, les parfums, la joaillerie, le vin, ce produit roi de la mondialisation qui coule aussi bien en Aquitaine qu'en Californie, en Afrique du Sud et même en Chine. Nous pourrions créer des instruments *ad hoc*, réservés aux fonds de pension, pour éviter de voir partir nos meilleurs châteaux dans les mains de riches Américains, d'émirs du pétrole ou de tycoons apatrides. Ces fonds répondraient à l'esprit même de la démocratie mondiale : un capitalisme populaire ouvert à tous sans distinction de race, de fortune, de sexe ou d'âge. Les vieux, considérés trop souvent comme des fardeaux, retrouveraient une utilité réelle en irriguant les forces vives de l'économie à travers les produits financiers inventés spécialement pour eux. L'État ne serait plus tenu d'intervenir comme il avait dû le faire lors de l'attaque nippone sur le romanée-conti.

Le jeune homme d'affaires parlait, parlait, son café refroidissait. Son visage s'animait, les mots lui venaient, faciles et clairs ; il remodelait le monde avec l'aisance d'un artiste. Il se disait que Libertador aurait été content de lui s'il avait assisté à l'entretien. Gilles Duhamel semblait fasciné par ce lyrisme communicatif. Il promit à Hugues de Janvry de rédiger une note circonstanciée au ministre en s'inspirant des données fournies par *Financial Watch*. La partie n'était pas gagnée. Mais, sans conteste, le compagnon de Vargas avait, par son éloquence, ébranlé le scepticisme du haut fonctionnaire.

Une fois dans la rue, il composa sur son téléphone portable le numéro du peintre de Chatou. Au bout de plusieurs sonneries, une voix agacée décrocha. Non, c'était trop tard pour une visite. La lumière n'était pas bonne pour faire des Monet, c'était novembre, après 3 heures de l'après-midi, il ne fallait pas y compter. Il n'avait qu'à repasser le lendemain vers midi, ils boiraient le coup ensemble. Surtout qu'il n'oublie pas l'artem. Non, Hugues de Janvry n'oublierait pas le précieux nectar. D'autant moins qu'il avait en tête le message matinal des financiers du *Boston Daily News*. Les investisseurs s'intéressaient de près aux grands crus français. C'était le moment d'anticiper sur l'ouverture inévitable de leur capital.

25

Pour Libertador, un mouvement inexorable était lancé dont l'issue ne faisait aucun doute. L'attrait de Neil Damon pour ses placements affriolants ne ferait qu'inciter d'autres gros poissons à venir mordre à ses lignes. Il attendait tranquillement qu'ils se manifestent. Contrairement à l'opinion populaire, l'argent a une odeur, Vargas le savait. L'argent sent le sang et la mort, mais ce n'est pas cela que les prédateurs reniflent en premier. D'abord vient le frisson du risque, le parfum entêtant du gain, l'ivresse d'aller plus loin, de miser davantage, d'avoir raison contre tout le monde. C'est cela, l'argent, l'impression d'être intelligent parce qu'on en gagne beaucoup. Combien étaient encore tapis dans l'ombre, attendant de savoir si ce Neil Damon allait se faire croquer ou ressortir vainqueur ? En ce cas il resterait des parts à prendre. L'or noir de Bakou, bientôt les mines sud-africaines bourrées de métaux précieux, l'ouverture inévitable des marchés européens, la réputation grandissante de *Financial Watch* et du fonds Eternity, tout ce frémissement agitait les gestionnaires de capitaux flottants prêts à se placer sur les meilleures occasions du marché. Le *Wall Street Journal* et le *Financial Times* ne manquaient plus désormais de reprendre les analyses financières du *Boston Daily News* sur les valeurs prometteuses encore mal connues du grand public. Ils répercutaient régulièrement l'éditorial des pages financières, un texte signé « La main invisible », clin d'œil lancé au père de l'économie libérale, Adam Smith. Un jeu, à Wall Street comme à la City, était de démasquer cette fameuse main invisible qui se fendait, une fois par semaine, d'une colonne pétillante, remplie d'humour et de bon sens, parfois provocatrice, sur les états d'âme du capitalisme en mutation, des élites « mondialistes et mondialisées ». Certains prétendaient que l'auteur n'en était autre que l'ancien sauveur de New York Felix Rohatyn, tenu désormais au devoir de réserve depuis sa nomination comme ambassadeur des États-Unis à Paris. D'autres croyaient déceler la marque des nouveaux penseurs à tendance monétariste de Chicago. Les attaques régulières contre l'or (un édito largement repris commençait par cette hypothèse : « Si on vendait Fort Knox ! ») faisait pencher pour une plume au service du FMI. L'institution monétaire, après avoir échoué dans sa volonté d'endiguer la crise mexicaine puis la secousse asiatique, envisageait en effet de céder ses réserves en métal jaune pour contribuer à financer les annulations de dettes des pays les plus pauvres, ce qui effrayait les possesseurs de lingots.

Mais nul à cette époque n'aurait pu imaginer que l'auteur de ces diatribes éclairées était connu de quelques proches sous le nom de John Lee Seligman, que Neil Damon, le roi des fonds, appelait M. Frieseke et son cercle d'intimes, Libertador. Celui-ci avait insisté auprès de Jefferson Macdorsey pour ne pas apparaître dans l'ours du journal, en dépit du poids croissant qu'il avait pris dans son orientation. Depuis son installation dans de vastes bureaux sur le *front ward* de Boston, sous la raison sociale de *fund manager*, Diego avait les coudées franches pour mûrir ses plans de bataille. Chaque matin avant l'ouverture des marchés, le rédacteur en chef financier du *Boston Daily News*, Jessy Brown, le consultait en tête à tête. Vargas lui indiquait les valeurs à suivre, les rumeurs à lancer en guise de test, les portraits à préparer, les dossiers à constituer sans les publier sur des personnalités connues des marchés financiers de New York ou du Square Mile de Londres. Là-bas, Isidore Sachs servait de source fiable. Pour Wall Street, Vargas ne laissait à personne d'autre le soin de se rendre compte sur place. Il avait noué des liens personnels avec plusieurs responsables de grandes maisons de courtage, se réjouissant chaque fois de leur manque d'imagination. Le Dow Jones montait jusqu'au ciel et, tant que la hausse durait, les boursiers la suivaient, comme des moutons, sans se poser de questions.

Chaque fois qu'il revenait à New York, Diego Vargas se rappelait les paroles de sa mère : ne crois pas que les Européens soient les seuls à pouvoir mordre dans la Grosse Pomme. Oublie les rues et les avenues qui quadrillent la ville comme la page appliquée d'un cahier d'écolier. Promène-toi plutôt sur Broadway, suis ses méandres et ses zigzags. Et même, n'hésite pas à la remonter les pieds nus, car tu es là-bas sur notre territoire. Si Broadway est la seule rue de New York en ligne brisée, c'est qu'elle épouse fidèlement le tracé de l'ancienne piste indienne.

Un soir qu'il marchait sur l'avenue des spectacles, face au French Theater, Libertador tomba nez à nez avec une immense affiche — au moins dix mètres sur douze. C'était une publicité géante pour le Crédit fiduciaire de Zurich. On y voyait une femme magnifique à la chevelure rousse, le corps admirablement moulé dans un tailleur noir, ses yeux vert émeraude plongés dans le regard des passants. Le slogan, provocateur à souhait, disait : « Si vous passiez une nuit avec La Vierge-de-Platine ? Elle ferait beaucoup

d'enfants à votre argent. Secret suisse garanti. »
C'était la nouvelle mode, dans les maisons réputées
jusqu'ici les plus discrètes, de mettre en avant leurs
brokers vedettes, qui grimpaient au hit-parade de la
célébrité aux côtés des *pop stars*, des présentateurs
télé et des joueurs de tennis. Quelques femmes aux
dents longues servaient ainsi d'appâts offerts sans
équivoque à l'œil ébahi et envieux des investisseurs
qui entretenaient avec l'argent un lien sensuel autant
que passionnel.

Vargas avait reconnu d'emblée le visage félin de la
jeune femme photographiée quelques semaines plus
tôt avec Hugues de Janvry. Il avait surtout senti son
cœur battre comme au soir d'un premier rendez-
vous. « Et dire qu'il m'a juré ses grands dieux qu'elle
ne s'intéressait qu'au business ! » De retour à Boston,
son premier geste fut d'adresser un e-mail pressant à
son ami français : « Organiser rencontre avec Vierge-
de-Platine à Zurich. » Hugues avait pris ombrage de
cette demande soudaine, lui qui souhaitait avant
tout informer Libertador du succès spectaculaire de
Financial Watch. C'était entendu. Ils se verraient en
janvier 1999 au symposium de Davos où Vargas
s'était fait inviter comme conseiller de Neil Damon.
D'ici là, il appartenait à Lancelot Palacy de dénicher
les meilleurs placements miniers d'Afrique du Sud et
d'évaluer les chances du métal blanc dans l'essor de
l'automobile propre à pot catalytique — *nouveau
débouché pour le platine du XXIe siècle.* Libertador
songea avec inquiétude qu'il n'avait plus de nouvelles de l'ancien protégé de Nelson Mandela depuis
plusieurs jours.

Et Cheng, que faisait Cheng ? Depuis plusieurs
semaines, Jack Tobbie préparait la délicate mise en
orbite du jeune Chinois dans son pays d'origine. Il
fallait du doigté, attendre le bon moment. Le pouvoir autoritaire de Pékin était toujours méfiant à
l'égard des ressortissants lâchés trop longtemps dans
les cuisines du capitalisme. Ils subissaient généralement à leur retour au bercail une décontamination

idéologique assortie parfois de peines d'isolement, qui pouvaient se terminer par une exécution pure et simple, sans autre forme de procès. Personne ne voulait courir ce risque, et pourtant le temps pressait. Maintenant que l'opération de la Caspienne était en marche, maintenant que des capitaux s'apprêtaient à affluer vers le fonds Circle et les portefeuilles spéculatifs gérés par Hugues de Janvry, maintenant aussi qu'Isidore Sachs guettait le signal pour spéculer à la hausse du yuan, il était urgent que Cheng s'approchât des manettes de commande de la monnaie chinoise pour provoquer, le moment venu, le cataclysme attendu.

Après mûre réflexion, Jack Tobbie avait suggéré à Libertador un plan satisfaisant. Une société américaine de courtage basée à Canton, la Pacific Company, avait investi dans plusieurs projets immobiliers de la province prospère du Guangdong. Depuis longtemps, les Occidentaux lorgnaient ces territoires de Chine du Sud laissés à la libre administration des autorités provinciales. De là, ils pouvaient surveiller l'essor du capitalisme balbutiant de Pékin, tout en saisissant les dernières occasions offertes par Hong-Kong avant son retour dans le giron communiste. Mais au cours des derniers mois, les faillites s'étaient multipliées dans la province, provoquant une chute de la rentabilité des placements étrangers du Guangdong. Les dirigeants de la firme américaine avaient sollicité la CIA, craignant d'être infiltrés par des agents chinois qu'ils soupçonnaient de recopier leur programmes informatiques de placements offshore.

Tobbie suggéra à la Pacific Company d'accueillir Cheng comme senior consultant. Le marché était simple : une fois sa mission de contrôle effectuée, il disposerait d'une entière liberté d'action tout en restant officiellement rattaché à la firme de courtage. Vargas savait cela. Mais Cheng, lui, demeurait silencieux à l'autre bout du monde.

Rivé à son écran, Libertador se sentit seul, soudain. Il n'avait plus le courage de prendre un vol pour Bogotá depuis que son petit garçon semblait avoir renoncé à la vie. Il s'endormit tard dans la nuit, hanté par le souvenir de Yoni. Mais c'est le visage de la « vierge », aperçu dans Broadway, qui peu à peu le gagna tout entier.

26

Hugues de Janvry s'était offert une petite folie. Une de ces grosses motos Goldwyn confortables et puissantes, avec baffles intégrés permettant d'écouter de la grande musique dans le ronflement du moteur. Il quitta le quai d'Orléans vers 11 heures, après avoir pris soin de loger dans les flancs de son engin trois bouteilles d'artem enveloppées dans leur écrin de paille. Il quitta Paris par l'Arc de triomphe et fonça en direction de Chatou. Une demi-heure plus tard, il était devant la petite maison de l'artiste, portant les bouteilles dans son casque intégral. Hugues de Janvry n'avait jamais approché de vrai faussaire. L'homme qui se tenait devant lui n'était pas seulement un inimitable « imitateur » de Monet, il avait pris son allure massive, sa barbe blanche de druide bien nourri, jusqu'à son considérable tour de taille moulé dans un tablier plastronné, à hauteur du cou, qu'il avait fort large, d'une corolle blanche semblable à la bavette d'un ténor du barreau.

— Vous m'apportez le soleil ? interrogea le bonhomme.

Hugues brandit ses bouteilles dorées.

— Parfait. Suivez-moi.

L'artiste avait poussé le mimétisme jusqu'à aménager dans son jardin un bassin rectangulaire qu'enjambait un minuscule pont japonais. De superbes nénuphars aux teintes opalescentes buvaient l'eau et la lumière. Sur un carré de pelouse, quatre chevalets portant chacun une toile attendaient la main du maître.

198

— Je respecte scrupuleusement les indications de Monet, murmura l'artiste. À ce point, ce n'est plus de l'imitation, c'est plutôt de la dévotion, ou une résurrection, appelez ça comme vous voudrez.

Hugues de Janvry s'approcha du chantier en cours.

— Monet s'était engagé à faire don de plusieurs panneaux à l'État, des Grandes Décorations, comme il disait, que son ami Clemenceau lui avait commandées. Mais ses carnets parlent formellement de tableaux plus petits, moins cosmiques, qui représentent des nymphéas en automne. Nul n'en a jamais retrouvé la trace. J'ignore comment ce M. Vargas a eu vent de leur existence. Ils seront prêts dans une semaine si la lumière du matin reste la même. C'est empoisonnant, vous savez, le caprice de la lumière.

— Si je vous parlais des marchés ?... rétorqua Janvry pensif.

— Ah oui ? Vous avez sûrement raison. Sur la toile, tout change à chaque minute. Je comprends pourquoi Monet était un maniaque de la météo. Impossible de tenir le même reflet plus de trente secondes. Après, il faut attendre le lendemain, pas forcément à la même heure. C'est une question d'œil et d'instinct.

— Vraiment ? Alors c'est comme les marchés, répéta Janvry.

Le peintre le considéra avec amusement.

— Vous avez l'argent ?

— Oui. Deux cents.

— Deux cent mille ?

— Exact.

— Pour chaque œuvre ?

— C'était convenu ainsi, non ?

— Oui, fit l'artiste. À ce prix, vous êtes tranquille. Je mets au défi n'importe quel expert de les désauthentifier. J'utilise de la peinture grattée sur de vieux tableaux minables peints à l'époque de Monet. Le mélange est parfait, la datation infaillible. Quant au coup de pinceau, jugez vous-même. Et croyez-moi si vous voulez, je dilue les jaunes vieux d'un siècle avec de l'artem, c'est pas beau ?

— Oh, que si! approuva Janvry, qui espérait tout de même trinquer à la santé de ces jeunes nymphéas plus vrais que nature.

Soudain le sosie de Monet suspendit son pinceau et scruta le ciel. Un nuage passait.

— C'est fini pour la journée, conclut-il. Passons aux choses sérieuses.

Il attrapa un tire-bouchon et remplit à moitié deux verres tulipes.

— Au château d'Artem, ils récoltent les grains de raisin pourris. Goûtez ce qu'ils en font. Un vrai miracle. Il faut dire qu'ils n'abusent pas le client. Si je vous dis 1972, 1974, 1992, que répondez-vous?

Le jeune homme haussa les épaules en signe d'ignorance.

— Des éclipses du soleil: il n'y a pas eu d'artem ces années-là. Le baron de Saluste avait jugé la récolte trop médiocre. Voilà des gestes de seigneur. Vous pouvez être certain que dans le flacon, il n'y a que du bon. Sinon, on jette. Et plus le raisin est pourri, cramé, champignonesque, plus le vin est doux, élégant, souple, divin...

Hugues de Janvry dégusta le vin comme un parfum d'été, en songeant à l'alliance éternelle de la pourriture et de la beauté. Il aurait tellement aimé soumettre le sujet à la réflexion de Vargas. Pouvait-on construire un nouveau monde, un monde juste à partir du cloaque des marchés financiers?

— Quand mon verre est plein, je le vide! Et quand mon verre est vide, je me plains! s'écria le peintre.

Janvry se mit à rire, légèrement grisé par ce nectar qui coulait, sucré, dans sa gorge. La livraison serait prête dans trois jours. Une toile partirait pour Boston à l'attention de M. Barnett Frieseke.

Un voile de tristesse, pourtant, envahit le jeune Français. Il avait encore dans l'oreille le soupir de satisfaction de Libertador, lorsqu'il lui avait assuré que La Vierge-de-Platine était prête à le rencontrer pour affaires.

200

27

L'homme attrapa une sauterelle vivante et la tendit à Cheng, qui la repoussa de la main.

— Alors, un scorpion séché, très bon pour le larynx des fumeurs de cigare, comme vous ?

— Non, non, je regarde.

C'était la foule des grands jours dans la ruelle couverte du marché Qingping de Canton. Le petit peuple se pressait dans les travées, bicyclette au côté, devant l'incroyable jardin des supplices où de vieux Chinois, armés de longs couteaux, découpaient à la demande des tranches de poissons vivants, de la chair de tortue, des renards gris, des serpents et des tatous. Les guérisseurs, qui avaient abandonné les vestes bleu mao pour de chatoyantes chemises de soie, vantaient la propriété des hippocampes à soigner les goitres ; d'autres tentaient de vendre à des jeunes femmes fardées de la corne de cerf et des champignons d'amadouvier, à grand renfort de gestes suggestifs... Les belles prenaient l'air offusqué, mais riaient sous leurs ombrelles écarlates en poussant de petits cris. Plus loin, des couturiers proposaient des sous-vêtements coquins, petites culottes de dentelle ajourée, soutiens-gorge avantageant les poitrines menues des filles du bord de mer.

Depuis son retour au pays, Cheng n'en finissait pas de contempler ce spectacle de la Chine nouvelle, cette Chine du Sud qui s'ouvrait au capitalisme et se donnait des airs de femme fatale, dans un mélange d'esprit animal traditionnel et de surenchère immobilière, avec ces gratte-ciel qui avaient surgi comme une génération spontanée, vouée à l'enrichissement individuel. Des voitures de luxe aux vitres fumées traversaient les grandes artères de Canton. Le delta de la rivière des Perles ressemblait désormais à une féerie multicolore de façades luxueuses où les banques étrangères côtoyaient les hôtels cinq étoiles ; discrètement s'y promenaient des filles de joie portant, en bandoulière, des mini-sacs à main de velours, qui auraient fait se pâmer les Occidentales à la mode.

Quelques jours plus tôt, à Shanghai, Cheng avait éprouvé son premier choc devant cette modernité enfin concédée par le pouvoir finissant de Deng. Il avait vu, sur les étals des antiquaires, quantité de statuettes de Mao bradées pour quelques yuan, ainsi que les figurines de porcelaine représentant les terribles gardes rouges. Dans le doux « Paris de l'Orient », puni jadis par Mao pour avoir aimé l'argent et le luxe avant l'heure, au début des années 20, Pékin laissait enfin régner un air de liberté. Derrière le coude du fleuve Huongpu, Cheng avait vu, avec étonnement, surgir un immense quartier d'affaires, hérissé lui aussi de tours géantes, de façades Arts déco et néo-classiques rénovées. La spéculation immobilière allait bon train dans toute la Chine du Sud à la veille du retour de Hong-Kong dans le giron continental. Le gouvernement privatisait à tour de bras. Les militaires devenaient propriétaires de karaoké. Chaque dignitaire du régime « protégeait » une pléiade de firmes en leur obtenant des marchés captifs juteux dans les travaux publics, des commandes de textiles, d'automobiles. Et si certains esprits confucéens se plaignaient de la corruption qui venait pervertir la sérénité des familles, les nouveaux dirigeants, favorables à cette montée permissive, rétorquaient qu'on ne pouvait ouvrir les fenêtres sans laisser entrer les microbes. Depuis plusieurs mois, toute une population avait sombré dans les délices et poisons de la spéculation. Certaines actions, dites A, étaient réservées aux citoyens chinois. En particulier, les valeurs émises par leurs propres entreprises, qu'ils étaient tenus d'acheter sous peine de sanctions.

Le jour de son arrivée à Canton, Cheng avait assisté à une scène édifiante. Une famille entière réunie devant les portes de l'usine où travaillait le père s'était empoisonnée sous les yeux de la direction en avalant une boisson fatale. Elle voulait ainsi protester contre l'obligation qui lui était faite de devenir actionnaire de la société. Le sacrifice financier lui semblait si énorme que ses membres avaient préféré mettre fin collectivement à leurs jours. Par bonheur, de tels actes restaient isolés. La majeure partie de la population souhaitait, au contraire, participer à la grande messe financière autorisée par Pékin. Le gouvernement maintenait certaines restrictions pour empêcher les ménages chinois de changer toutes leurs économies en dollars ou en valeurs libellées en devises étrangères, mais cet obstacle était sur le point de céder face aux pressions occidentales. Depuis l'installation de Coca-Cola, IBM, Danone et de quelques grandes multinationales dans les riches provinces chinoises, le rouge n'était plus de mise, sauf pour les *red chips*, ces actions de sociétés continentales cotées à la bourse de Hong-Kong, que s'arrachaient littéralement les jeunes Chinois aux dents longues. Les observateurs les plus avisés se rendaient compte des excès en cours. Bien des compagnies introduites en Bourse, sur les places de Canton et de Shenzen, étaient largement surévaluées, exposant les acheteurs à de sévères désillusions. Les bilans étaient gonflés, les pertes maquillées. Quelques Cassandre annonçaient un effondrement du jour où Hong-Kong reverrait flotter le drapeau de Pékin. Les Nations unies s'intéressaient d'un peu trop près aux conditions dans lesquelles les firmes occidentales employaient la main-d'œuvre locale. Des échos encore circonscrits sur le site Internet de *World Human Watch* faisaient état de violations évidentes des droits du travailleur, aussitôt démenties par les porte-parole officiels.

Au milieu de cette ébullition financière, Cheng se sentait comme un poisson dans l'eau. Il n'avait pas tardé à résoudre les difficultés de la Pacific Company en remaniant de fond en comble ses programmes informatiques selon un code de cryptage inviolable même par les détecteurs de la CIA. Cheng poursuivait désormais un objectif : devenir une voix écoutée des autorités de Pékin, une autorité en matière de politique monétaire à suivre dans les prochains mois, afin de préparer doucement l'opinion à une dévaluation massive du yuan. La partie n'était pas gagnée d'avance et il le savait. Après l'effondrement du bath thaïlandais, la baisse du dong vietnamien et du won sud-coréen, la devise chinoise restait un pôle de stabilité. Même les attaques récentes contre le yen, qui avaient encore aggravé la situation des échanges sino-nippons à l'avantage de Tokyo, n'avaient pas ébranlé le ministre de l'Économie chinois. Lors de son passage à Pékin, Bill Clinton avait félicité les dirigeants pour leur sang-froid et leur refus de dévaluer le yuan. Le président américain leur avait chaudement conseillé de poursuivre dans ce sens, trop heureux de ne pas aggraver le déficit commercial entre la Chine et les États-Unis. À Pékin, on avait aussi compris qu'une chute de la devise officielle provoquerait en cascade un repli sévère du dollar de Hong-Kong. Donc la fuite des capitaux étrangers placés dans l'ancienne colonie britannique. Chacun savait dans la Cité interdite qu'une hémorragie financière à Hong-Kong ruinerait derechef l'économie capitaliste encore fragile du continent. Cheng avait son idée pour parvenir à ses fins. Pendant qu'à Londres Isidore Sachs détournait discrètement sur le yuan des sommes toujours plus importantes du fonds de pension Eternity, géré par Neil Damon, les digues de la république populaire de Chine s'apprêtaient à vivre un séisme, à côté duquel le tremblement de terre de Kobé apparaîtrait comme une simple secousse.

Ce jour-là, le jeune homme marcha de longues heures au milieu des éventaires du marché Quingping, dévisageant toutes les jeunes femmes qui pouvaient avoir l'âge de Mai Li, ses cheveux courts coiffés à la garçonne, sa silhouette gracile aux longues jambes droites, sa bouche délicate qui ressemblait à une cerise quand elle appliquait son bâtonnet de rouge à lèvres avec une lenteur sensuelle qui n'appartenait qu'à elle. Mai Li... Hanté par cette ancienne apparition, Cheng s'était laissé porter par le flot humain jusqu'au bar de l'hôtel du Cygne blanc où il avait demandé un thé du Yunnan qu'il laissait maintenant tiédir dans sa tasse. Mai Li. Était-ce bien elle sur la photo de la *Sydney Financial Review*, qu'il tenait pliée dans la poche de sa veste, au côté de Bob Moloch, le magnat de la presse et des médias qui détenait le *Times* de Londres, le *Mirror*, le *Chicago Tribune*, et, ici, le *China Daily*, sans parler de la fameuse World TV, la plus grande chaîne privée payante d'Asie ?

Cheng revoyait, comme si c'était hier, ces heures de folie sur la place Tien an Men. Mai Li et lui s'aimaient follement. La nuit d'avant, sous une tente de fortune à portée des chars, ils avaient fait l'amour doucement, lentement, comme si leur étreinte devait durer une éternité. D'ailleurs, c'est ce qu'avait dit Mai Li : on va s'aimer tellement longtemps que ce sera comme si on s'aimait toute la vie, même s'ils nous tirent dessus. C'était la première fois. Sa peau sentait la fleur de lotus, il l'avait respirée jusqu'à l'étourdissement. Elle s'était dévêtue sans se presser, avait serré le jeune homme contre elle. Lui avait posé sa main sur la bouche pour étouffer ses gémissements. Dehors, les étudiants chantaient. Cheng avait eu la sensation de faire l'amour à une enfant. Sa peau satinée était fraîche et tendre. Il la désirait tant qu'il avait pleuré en caressant son ventre. Elle l'avait attiré si profondément en elle qu'il craignait de la faire souffrir, mais au contraire, ses yeux, mi-clos de plaisir, l'invitaient à l'étreindre plus fort encore. Au petit matin, les chants de leurs amis s'étaient arrêtés. Quelques feux éteints, sur la place, dégageaient une fumée grise. Cheng s'était rhabillé. Il avait dit à Mai Li : « Cette fois, grâce à toi, je me sens invincible. Je vais les chasser. » Avant même qu'elle ait pu le retenir, il était sorti de la tente et avait couru droit devant lui en direction de la Cité interdite. Mai Li lui avait crié de revenir, mais il n'écoutait plus. Il courait de plus en plus vite. Plus tard, un ami lui avait raconté la panique de Mai Li lorsqu'elle l'avait vu toréer le char puis grimper sur la tourelle et frapper à l'habitacle du tankiste.

Celui-là, Cheng ne l'oublierait jamais. C'était un jeune soldat, à peine plus vieux que lui. Leur échange avait duré quelques secondes, mais il reconnaîtrait, parmi un milliard de Chinois, ces yeux apeurés de pauvre tirailleur aux ordres d'un empire chahuté. Il se disait que ce type pourrait sûrement le reconnaître, lui aussi, parmi un milliard de Chinois. Quand il était revenu sur la place, on l'avait porté en triomphe. Les étudiants de son université l'avaient entouré, embrassé, félicité. Mai Li avait disparu.

Pendant toutes ces années d'exil, il ne s'était pas passé une journée, pas une nuit sans que Cheng ne pensât à Mai Li. Pendant son séjour à Boston, il s'était renseigné à l'office de l'immigration sur les arrivées de ressortissants chinois aux États-Unis. On lui avait fourni une liste, sur laquelle ne figurait pas le nom de Mai Li. Il n'avait rien trouvé non plus parmi les candidats à la *green card*. Puis il y avait eu ces articles dans la presse australienne, relayés par les tabloïds londoniens et les journaux à sensation de la côte Ouest : à soixante-huit ans sonnés, l'âge auquel son propre père était décédé, le vieux lion Bob Moloch, magnat de la presse mondiale, conjurait le sort en épousant une jeunesse de vingt-neuf ans. La photo avait été prise dans un yacht amarré sur l'Hudson, à un jet de pierre de la statue de la Liberté. À bord du *Glory Morning*, entourés de leurs prestigieux invités — figuraient quelques vedettes de Hollywood venues pour l'occasion, deux champions de tennis et le joueur phare de l'équipe américaine de base-ball, Jerry Morgan —, les nouveaux mariés regardaient l'objectif, lui exultant dans son habituel costume gris souris, elle arborant un sourire énigmatique devant l'ex-épouse de son mari et ses enfants médusés qui voyaient une rivale de leur âge, indifférente et hautaine, propulsée à la vice-présidence du groupe fondé par leur père.

Cheng ressortit, une fois encore, la coupure de l'*Australian Financial Review* qu'il s'était procurée sur le Web. Il scruta le document à s'en crever les yeux. La photo était un peu floue, et seule cette légère défaillance de la prise de vue lui laissait le mince espoir qu'il se trompait. La jeune mariée portait une robe de soie couleur crème rehaussée de dentelles et, au cou, un collier de perles. Ce n'était plus le jean et le T-shirt de l'étudiante au corps brûlant qu'il avait étreinte une nuit d'avant l'horreur, presque dix ans plus tôt. Mais ces yeux, cette flamme dans le regard, ces pommettes très hautes et rondes qui lui donnaient l'air d'une poupée. « Quel type de contrat de mariage Mai Li et Bob Moloch ont-ils signé ? » s'interrogeait directement le journal des antipodes, dont le patron, Shirley Clark, se posait en grand rival du tycoon mégalomane.

Il avait beau relire l'histoire supposée de cette ambitieuse aux desseins de Mata-Hari asiatique, Cheng n'en croyait toujours pas ses yeux. Malgré ses efforts, il ne parvenait pas à associer la fille idéaliste et sentimentale des nuits de Tien an Men avec cette redoutable aventurière, à laquelle la plume féroce du journaliste prêtait ce propos : « Que m'importe qu'un homme soit jeune ou vieux pourvu qu'il soit riche ? » L'itinéraire de Mai Li ressemblait à un conte de fées sponsorisé par une fondation de milliardaires. Tout commençait avec une fillette originaire de la province pauvre de Shandong, au nord-est de la Chine, venue vivre à Canton où son père possédait plusieurs usines de textile. Là, la petite avait appris la langue locale avant d'entamer, à vingt ans, une carrière de mannequin. Nulle mention n'était faite de ses études de sciences à Pékin, ni de sa participation au mouvement de Tien an Men. Cheng se demandait, en revanche, où et quand sa fleur de printemps, dont les longues jambes ne passaient certes pas inaperçues, aurait pu poser pour des magazines de mode. Ensuite, toutes les pistes se brouillaient. Mai Li se serait mariée en Californie avec un riche homme d'affaires qui l'avait installée dans une maison de Beverly Hills. Mais l'enquête du reporter révélait qu'elle avait, en réalité, vécu seule à cette adresse, et que le couple s'était rapidement séparé. Pas rancunier pour un sou, son amoureux mécène lui avait toutefois payé son inscription à la California State University de Los Angeles, puis à l'école de commerce de Yale, d'où elle était sortie avec en poche un Masters of business administration. À ce stade, le mystère s'épaississait encore. D'après des amies étudiantes de Mlle Mai, présentée alors comme une intrigante arriviste et dépourvue de scrupules, la jeune femme avait investi dans un billet de première classe Los Angeles-Hong-Kong. Pendant le vol, elle avait assidûment courtisé son voisin de siège, un nommé Tom Smith, beau gosse et content de lui, qui n'était autre que le patron de World TV. Mai Li avait obtenu un stage de six mois sur la chaîne leader du groupe Moloch en Asie. Les téléspectateurs s'étaient habitués à son charmant minois, à ses minauderies, à sa manière de garder toujours la bouche légèrement entrouverte et d'y passer subrepticement, de manière presque subliminale, le bout de sa langue humide. À cette époque, on vit souvent Mlle Mai avec le célèbre gymnaste Lê Ping, l'une des figures de la nomenklatura chinoise depuis ses succès aux jeux Olympiques de 1984. Lorsque le champion avait lancé sa ligne de vêtements de sport, c'est l'image de la petite fiancée de Cheng qui avait fait le tour de la Chine.

Quant à sa rencontre avec Bob Moloch, elle restait entourée d'un certain mystère. D'après les meilleurs observateurs, tout s'était noué lors d'un cocktail organisé, dans les locaux de World TV, par Tom Smith en l'honneur de son patron qui venait fêter le nouveau joyau de sa couronne en Asie : la chaîne d'informations financières en continu, baptisée en toute simplicité Money Channel. Passant parmi ses jeunes collaborateurs, le vieux briscard les avait questionnés comme il le faisait toujours, avec l'espoir de butiner çà ou là une idée ingénieuse, un bon mot ou un slogan efficace pour les campagnes de promotion. Généralement, ces apartés ne duraient pas, et Bob Moloch retournait rapidement auprès de son staff régler les affaires les plus pressantes. Mais, ce soir-là, il était resté près d'une heure à écouter la jeune Chinoise. Les quelques témoins de la scène se demandèrent ce qu'elle pouvait lui raconter pour le tenir ainsi en haleine, mais ils comprirent à l'expression de son visage qu'il se passait quelque chose de très exceptionnel, une sorte d'état de grâce. Il n'avait pas fallu longtemps pour que la belle Hong-Kongaise prenne la place de la Mme Moloch en titre, qui fut révoquée *sine die* en échange d'un chèque d'un milliard de dollars. Depuis lors, toutes les hypothèses étaient scrupuleusement étudiées, tant par la presse à scandale que par les feuilles financières les plus sérieuses, à l'exception des publications du groupe Moloch.

Un matin, Diego Vargas avait involontairement remué le couteau dans la plaie, tendant à Cheng la dernière édition du *Boston Daily News*.

— Jette un coup d'œil là-dessus, avait-il demandé.

Un article était entouré d'un coup de marqueur rouge. Il annonçait la nomination de la jeune femme à la vice-présidence mondiale du groupe.

— Pour le moment, aucune chance de les racheter. Trop cher, avait regretté Libertador. En revanche, réfléchis à une stratégie d'infiltration. Il faut trouver un moyen de pousser nos idées à travers leur réseau.

Cheng avait hoché la tête, comme résigné. Il avait compris que, cette fois, il ne pouvait plus retarder le moment de retourner en Chine. Et de se lancer à la recherche du bel amour de ses vingt ans.

Le thé du Yunnan était froid. Cheng vida sa tasse et régla. Il se souvenait des usines du père de Mai, dans le vieux Canton, à côté du temple de la Brillante Piété filiale. Il rassembla son courage et décida d'y aller à pied. En chassant une mouche sur sa joue, il s'aperçut qu'il pleurait. Comme il passait sur l'île de Shamian, un souvenir d'adolescence le cueillit net et il s'y abandonna sans résistance. Mai avait à peine dix-sept ans. Elle lui avait donné rendez-vous un après-midi dans les jardins anglais que gardaient, solennels et silencieux, de fiers guerriers sikhs. Ils s'étaient fondus dans la verdure et nul n'avait plus prêté attention à leur présence. Peut-être les avait-on oubliés. Ils étaient restés des heures à se regarder, n'échangeant que de rares mots pour se dire qu'ils étaient bien ensemble et qu'ils voudraient que cela puisse durer toute la vie. Elle avait lu des poèmes de Victor Segalen, assise sur un banc. Lui s'était allongé, la tête appuyée contre son ventre et les yeux levés sur son visage de porcelaine qu'il voyait à l'envers. Il avait remarqué que, dans cette position, l'ovale de sa figure était encore plus régulier.

Se rappelant ce détail, Cheng interrompit sa marche et sortit la photo floue de sa poche. Il la déplia fébrilement et la disposa à l'envers. Il frissonna. Cette fois, le doute n'était plus possible. Sa fiancée de Canton, sa fleur diaphane qui s'était laissé enfermer avec lui une nuit dans un jardin anglais, pendant que les gardes sikhs verrouillaient les ponts de l'île Shamian avec leurs gros cadenas, c'était bien cette femme d'argent qui épousait un vieux papivore et envisageait, avec un sourire carnassier, de lui donner un enfant. Une voyante de Hong-Kong venait même d'annoncer que la progéniture de Moloch et de Mai Li serait nombreuse, risquant le chiffre de quatre. Cheng maudit ce pays vendu au capitalisme, en imaginant sa douce et belle étudiante glissant son ventre soyeux contre la peau du roi Moloch. Sa décision était prise. Il retrouverait Mai Li coûte que coûte. Faute de lui ouvrir son lit, elle ne pourrait faire autrement que de lui ouvrir une tribune dans un de ses organes de presse pour nouveaux riches et happy few. Des mots qui feraient du bruit, c'était tout ce qu'il désirait d'elle, à présent. Elle lui devait bien ça, elle qui avait trahi les plus belles paroles échangées dans le jardin Shamian — amour toujours. Cheng pensa à la prédiction de Napoléon : quand la Chine s'éveillera, le monde tremblera. Il en avait maintenant la certitude : le monde allait trembler.

En marchant dans la direction des usines, Cheng se demandait s'il avait encore envie d'elle. Il essaya

x

210

de se la représenter, venant à sa rencontre, avec son corps de femme et son visage d'hier, un visage qui n'avait jamais vu l'argent. À son grand désespoir, il sentit qu'il l'aimait encore comme un fou.

28

Le coche d'eau amarré sur la Seine à proximité de Bercy attendait déjà le ministre de l'Économie et des Finances. Depuis sa nomination à la tête de la haute administration, Jean-Cyril de la Muse d'Andieu avait toujours mis un point d'honneur à circuler sur la vedette mise à sa disposition par le port autonome de Paris pour relier son ministère à Matignon, puis à l'Élysée pour le Conseil du mercredi. Mais ce jour-là, le ministre était en retard. Il était rentré dans la nuit d'un marathon bruxellois sur le financement des caisses de retraite de l'Union à l'horizon 2020, et ces perspectives l'avaient soudain projeté dans une méditation personnelle fréquente chez les grands de ce monde lorsqu'ils approchent la cinquantaine : que serai-je dans vingt ans, aurai-je été reconnu à ma juste valeur, aurai-je laissé une trace, une grande loi, une réputation ? Etc. Connu pour ses positions libéralo-centristes de gauche, Jean-Cyril de la Muse d'Andieu avait fidèlement épousé les vues du Trésor sur la plupart des dossiers économiques qu'il avait eu à traiter. Apôtre du franc fort et de la désinflation compétitive, peu enclin à accepter les annulations de dettes du tiers monde sans contrepartie au sein du Club de Paris, sourcilleux sur les prix des privatisations, hautain et donneur de leçons, mais avec la sobriété calme des gens qui se savent infaillibles, le ministre, bien qu'énarque de rang moyen, était devenu à l'usage un « trésorien » dans l'âme et le geste. Convaincu qu'on ne soulève pas les montagnes en doutant, il ne doutait de rien. Au contact des

« lames » de l'Inspection des finances qui occupaient les postes clés du Trésor, il était à bonne école. Sa confiance allait d'abord vers ces jeunes dandys arrogants qui étranglaient au lacet les initiatives malvenues encombrant inutilement, au moins à leurs yeux, le bureau du ministre.

Jean-Cyril de la Muse d'Andieu avait un faible pour le petit dernier, Denis Dupré, un énarque de vingt-cinq ans sorti major de la promotion Vauban, qui avait choisi l'administration du Trésor comme une religion, par dévotion pour Napoléon et pour « couper les couilles aux gauchistes qui vérolent l'État » — expression directe qui frappait les esprits lorsqu'il la prononçait calmement avec son visage poupin de premier communiant.

Justement, ce matin-là, Denis Dupré attendait le ministre dans l'immense lobby du sixième étage de Bercy.

— Plus tard, Denis, je suis presque en retard pour le Conseil.

— Monsieur le ministre, vous savez bien qu'ils ne peuvent jamais commencer sans nous, à l'Élysée.

Un air d'autosatisfaction éclaira le visage du grand argentier.

— J'ai lu la note de Gilles Duhamel.

— La note de Duhamel ?

— Son plaidoyer pour la mise sur pied de fonds de pension français, en partenariat avec les fonds de pension américains.

— Oui, et alors ?

— Avec le respect que je vous dois, monsieur le ministre, cette note est catastrophique. D'abord, elle est deux fois trop longue. Quatre feuillets ! On se demande où Duhamel a appris à rédiger... Vous connaissez la musique : plus on est long, moins on est sûr de ce qu'on a à dire...

— Donnez-moi ça, Dupré, fit le ministre avec un sourire faussement contrarié, je lirai ça dans le bateau.

— Vous permettez que je vous accompagne ?

Jean-Cyril de la Muse d'Andieu hésita une seconde, puis lui fit signe de la tête.

— Alors fissa. Quand je suis en retard, le Président m'interroge toujours sur les chiffres de la Sécu et je vous jure que ce n'est pas le moment.

De son bureau avec vue sur Notre-Dame, Gilles Duhamel fulminait en voyant Denis Dupré pendu aux basques du ministre.

— Ce morpion a dû me casser la baraque. Il est capable de retourner le boss en moins de deux avec son air chafouin et son sempiternel refrain sur l'intérêt supérieur de la nation.

Duhamel composa le numéro direct d'Hugues de Janvry dans son bureau de *Financial Watch*. Le jeune homme répondit aussitôt.

— Mauvaise nouvelle, lâcha Duhamel. Le dossier est dans les plus mauvaises mains qui soient, un trésorien à la con qui se prend pour Jeanne d'Arc.

— Intéressant, fit Janvry, songeur.

— Je ne plaisante pas. Il est pervers et terriblement doué pour mener La Muse d'Andieu là où il veut. Vous vous souvenez de cette période où Bercy préparait le transfert de pouvoir de la Banque de France à la Banque centrale européenne ? L'opération était pratiquement acquise. Juste avant le Conseil des ministres, le gamin s'est précipité dans la vedette et ils sont partis tous les deux. Au débarcadère, d'Andieu était déjà moins sûr de lui. L'autre ne le lâchait pas, le soûlait avec la souveraineté de la France, Clovis et Charlemagne, je ne sais quelles billevesées qui marchent encore chez ces serviteurs de l'État en culottes courtes. À l'Élysée, le Président a donné la parole au patron de Bercy pour l'annonce prévue. C'est là que d'Andieu a répondu devant un conseil interloqué que le dossier n'était pas complètement sûr d'un point de vue technique et qu'il fallait réévaluer les conséquences d'un tel choix.

— Mais ce drôle n'est pas seul à décider, s'agaça Hugues de Janvry.

— Vous ne comprenez pas. D'Andieu est fasciné par ces gars du Trésor qui savent toujours tout.

— Alors je ne sais pas, arrangez-vous pour monter vous aussi dans le coche d'eau du ministre !

— Impossible! protesta Duhamel.

— Et pourquoi donc?

— C'est-à-dire que je suis malade en bateau. La seule fois où j'ai accompagné d'Andieu pour une réunion d'arbitrage à Matignon, j'ai dégueulé sur ses dossiers. Vous imaginez. De toute façon, il ne m'a pas à la bonne et je sens mal cette affaire de fonds de pension.

Hugues de Janvry réfléchissait en tapotant nerveusement le coin de son bureau.

— Il est comment, votre Dupré, sexuellement?

— Comment? s'étrangla Duhamel en faisant mine de ne pas comprendre.

— Vous m'avez bien entendu. Il serait du genre « fils à sa maman cul serré » ou « trousseur de jupons »?

— Je ne peux pas vous répondre, fit Duhamel que cette conversation gênait de plus en plus. Et je ne vois pas le rapport avec l'affaire qui nous occupe.

— Écoutez, mon vieux, assez tourné autour du pot. Certains aiment le fric, on leur en donne. D'autres ont des goûts plus charnels, on peut aussi trouver à les satisfaire, y compris dans l'exotisme et le bizarre, si vous voyez ce que je veux dire. On ne va quand même pas se laisser emmerder par un blanc-bec de l'Ena. Vous ne m'avez pas dit qu'il était pervers?

— Dans le boulot, oui. Mais sur le sujet qui vous intéresse, je ne le perçois pas bien. Je dirais qu'il est neutre.

— Ça veut dire quoi, neutre?

— On le sent un peu torturé de ce côté-là. Il n'est pas à l'aise dans le contact avec les hommes. On voit bien qu'il aimerait nouer des liens de camaraderie mais quelque chose le retient. Il fait très attention à ses cravates, à ses costumes, au brillant de ses chaussures. De temps en temps il se laisse pousser une petite moustache ou un bouc, il nous demande si ça nous plaît. Deux jours plus tard, il est de nouveau glabre et n'adresse plus la parole à personne, comme s'il se reprochait des familiarités pourtant bien ordinaires.

— Et avec les dames ? demanda Janvry.

— De ce côté-là, c'est encore plus mystérieux. Il vouvoie ostensiblement Charlotte du Fenouil, la seule femme sous-directeur du Trésor, qui n'est pourtant son aînée que de dix-huit mois, d'après la notice du *Who's Who* de Bercy. Il semble préférer les femmes plus mûres, la cinquantaine épanouie, les mémères rubicondes qu'il complimente parfois pour leur parfum ou leurs robes fantaisie, non sans rougir, d'ailleurs, jusqu'au bout des oreilles.

— Drôle de zigue, ce Dupré. Je vous fiche mon billet qu'on va lui faire virer sa cuti.

— Un autre détail. Je sais qu'il quitte le sixième étage très tard le soir. Il participe à toutes les réunions du ministre. Un vrai pot de colle. Il est là le lundi matin au briefing des directeurs de cabinet. Il est convié au petit déjeuner hebdomadaire des conjoncturistes. Il est à Matignon le mardi soir à 18 h 30 pour la préparation du Conseil des ministres du lendemain et rentre chez lui à pied avec un gros parapheur. Il se vante de signer près de cent documents devant les « Guignols de l'info ». « C'est mon apéritif », a-t-il dit un jour, à l'occasion d'un séminaire de méthode.

— Une idée me vient, coupa Janvry. Vous connaissez son adresse personnelle ?

— Je peux la trouver. Ce soir je suis de permanence à Bercy, jusqu'à une heure du matin. Je tâcherai de vous rappeler.

— C'est ça.

— J'oubliais, ajouta Duhamel avant de raccrocher. Si, par chance, le dossier des fonds passait le cap, il vous resterait à convaincre les commissaires européens.

— Je sais, rétorqua Janvry, qui se souvint tout à coup que Libertador l'avait chargé aussi d'approcher un allié dans la place bruxelloise.

— À ce propos, se risqua Duhamel, je vous conseille de vous mettre en rapport avec le commissaire français Annepont.

— Il est favorable aux fonds de pension ?

— Je ne crois pas.

— Alors ?

— Il aime beaucoup l'argent.

— Je vois, acquiesça Janvry en souriant.

— Je vous rappelle sans faute pour vous donner l'adresse de Dupré. À ce soir.

Hugues de Janvry garda quelques secondes le combiné dans la main. Peut-être, pensait-il, si le jeune trésorien goûtait les transports fluviaux en compagnie de son ministre, apprécierait-il de faire un tour sur une moto Goldwyn. Il y avait toute la place pour loger un parapheur.

Pendant ce temps, à bord de la vedette de Bercy, Denis Dupré pérorait toujours. Le ministre Jean-Cyril de la Muse d'Andieu l'écoutait d'une oreille distraite. Seul l'intéressait à ce moment la rumeur savamment orchestrée par quelques amis politiques et deux éditorialistes de la place, selon laquelle il pourrait accéder à de plus hautes fonctions au lendemain des prochaines élections législatives. Évidemment, il devait se garder de tout faux pas avant le printemps. Son nom avait été applaudi à la Bourse de Paris. Il gardait le souvenir ému de la *standing ovation* que lui avaient réservée les hommes de marché au lendemain de ses positions farouchement gaulliennes, voire nationalistes, sur la future Banque centrale européenne. S'il n'était pas un adversaire par principe de l'euro, il entendait conserver à la France une prééminence dans la conduite des affaires monétaires. Le ministre était fier d'avoir pu garantir à son ancien directeur du Trésor le fauteuil de président de l'institution bancaire de l'Union à compter de l'an 2002. D'ici là, il serait peut-être Premier ministre et, qui sait, en lice dans la course à l'Élysée.

— Ces fonds de pension, continuait le jeune énarque, nous font déjà beaucoup de tort en achetant nos meilleures valeurs. Nos entreprises ne sont plus pleinement maîtresses de leurs choix stratégiques. Il faut déjà accepter que des analystes de

Londres, de New York ou de Boston dictent au patron de France Pétrole ce qu'il doit faire de ses salariés du Béarn. On ne va tout de même pas laisser l'épargne française passer sous la bannière étoilée sous prétexte qu'il faut payer les retraites des futurs vieux !

— Calmez-vous, Dupré, c'est juste une proposition.

— Très maladroite, monsieur le ministre, et de nature à accentuer la fracture sociale. Notre système actuel par répartition préserve une certaine égalité des citoyens. Si vous autorisez nos compatriotes à financer leurs vieux jours sur le gras des entreprises, les capitaux français vont foutre le camp, pardonnez-moi l'expression, vers les marchés les plus attractifs. Entre nous, si je voulais me la couler douce le restant de mes jours, je jouerais plus volontiers Wall Street et Singapour que Paris. Les fonds de pension chez nous, c'est à coup sûr le capitalisme à deux vitesses, l'inégalité devant la vieillesse, la nation atomisée, un Waterloo financier au profit des sociétés mondialisées et des...

— Assez, fit sèchement Jean-Cyril de la Muse d'Andieu. J'entends vos arguments et je saurai m'en souvenir. Mais, que diable, lâchez-moi avec ces fonds de pension. De toute façon, il faudra bien qu'on trouve une solution à ce casse-tête.

— Elle existe. Reculer l'âge de la retraite à soixante-dix ans et accroître les impôts des entreprises comme ceux des particuliers. On pourrait aussi bloquer l'argent des emprunts russes, deux cent trente-cinq milliards de francs au bas mot, pour créer un fonds de revalorisation des retraites les plus modestes.

À la seule évocation d'une hausse des impôts, le ministre avait levé les yeux au ciel. S'il avait assisté à la scène, Hugues de Janvry ne se serait pas empressé d'attirer vers lui le jeune conseiller du ministre. Mais, après tout, il n'avait jamais caressé les fesses d'un énarque aux dents de lait, et l'occasion s'offrait là de concilier l'intérêt supérieur de sa cause aux plaisirs de sa chair. Pourtant, s'il ne doutait pas de ses atouts pour détourner du droit chemin un jeune homme de bonne famille, même serviteur zélé de l'État, Hugues de Janvry n'aimait guère avoir un seul fer au feu. C'est pourquoi il décida d'accepter l'invitation à déjeuner que lui avait lancée la veille son oncle Marc-Antoine. À soixante et onze ans, ce briscard de la finance était à la tête d'une confortable fortune bâtie des deux côtés des Alpes, dans la banque, les assurances et le luxe. Associé gérant de la banque d'affaires Findest, il cachetonnait dans une vingtaine de conseils d'administration et assistait dans l'ombre les plus grands patrons français. On lui devait la mise au point amicale de plusieurs fusions-acquisitions dans l'industrie agro-alimentaire et l'aéronautique. En Italie, il s'était propulsé avec la finesse d'un pape du Grand Siècle à la direction du groupe Agostini dont le P-DG, le célèbre condottiere Felice Agostini, s'était donné la mort à la veille d'être confondu dans l'opération Mani pulite. Marc-Antoine Weil avait montré habileté et diplomatie envers le juge et les représentants des *carabinieri*, réservant son implacable cruauté aux plus proches collaborateurs du *padrone* qui avaient commis l'imprudence de mouiller leur chef dans de complexes financements occultes destinés aux leaders de la Démocratie chrétienne.

Sorti blanc comme neige de cette douloureuse affaire, l'oncle Marc-Antoine avait renforcé sa crédibilité dans la péninsule. Il disait à qui voulait l'entendre que l'âge de la retraite s'éloignait pour lui à chaque nouvelle année. Le crâne entièrement lisse et parfaitement huilé, le visage hâlé hiver comme été, où brûlaient des yeux d'un bleu cristallin, la dentition parfaite d'un acteur de Hollywood, le bonhomme cultivait avec appétit une éternelle jeunesse. Couvert de femmes, ne quittant que pour les honorer ses costumes trois pièces à plastron boutonné jusqu'au cou, Marc-Antoine régnait, tel un empereur romain, au dernier étage d'un immeuble du boulevard Haussmann, auquel on accédait par un minuscule ascenseur privé dont la porte s'ouvrait directement dans son bureau.

Hugues, le fils de sa sœur Blanche, n'était pas le préféré de ses neveux. Il le jugeait incapable de rapporter le moindre sou à la maison. Il avait avec curiosité regardé Hugues partir à Boston, persuadé que le gamin reviendrait hippie, pacifiste et fumeur d'herbe. La réussite du jeune homme dans le courtage et la presse financière en ligne l'avait un peu bluffé et il entendait voir de plus près ce qui ressemblait à une affaire bien prospère comme il les aimait. Lorsque son neveu téléphona, il lisait la presse du jour avec ses gants de crêpe, ses bottines Berlutti reposant ostensiblement sur l'angle de son bureau Directoire. Rendez-vous fut fixé à 13 heures à La Closerie des Lilas.

À peine avait-il raccroché que Hugues de Janvry envoya un message e-mail à Diego Vargas ainsi libellé : « Travaux d'approche du moine banquier en route (a ses entrées à Bercy). Tentative parallèle (et inavouable, *sorry*) pour fléchir La Muse d'Andieu. Amitié. »

L'oncle Marc-Antoine attendait depuis une dizaine de minutes lorsqu'une énorme moto vrombit au carrefour de Port-Royal. Autoritaire comme à son habitude, le banquier indiqua à son neveu qu'il avait commandé deux steaks tartares et une bouteille de volney.

— J'ai un renseignement de poids, commença Hugues.

Aussitôt les yeux azur du vieux lion se mirent à briller intensément.

— Dis voir.

L'oncle avait noué à son cou une serviette blanche et mélangeait à pleines mains le jaune d'œuf à la viande crue, sous l'œil impassible d'un garçon auquel il demanda un rince-doigts. Visiblement, il était aux anges.

— Je suis associé à un fonds de pension basé à Boston qui gère quelques milliers de millions de dollars. Nos analystes sont champions sur les *start up*, les valeurs montantes de la cote encore inconnues. Nous avons comme qui dirait des Marilyn Monroe quand elle s'appelait encore Norma Jean Baker, tu vois un peu ?

— Un peu.

— Ce serait tellement dommage de laisser les Américains s'approprier seuls de pareilles merveilles. Je vais te faire une confidence : en janvier à Davos, si tout va bien, nous annoncerons une découverte pétrolière sans précédent dans la mer Caspienne. Je connais parfaitement la société qui a l'exclusivité des forages. Dans moins d'un mois, elle va procéder à une augmentation de capital avec blocs réservés. Il y a des millions de dollars à gagner. Malheureusement, la France freine toute initiative de modification de l'épargne, et Bruxelles traîne des pieds. Il suffirait de convaincre Bercy pour faire sauter le verrou.

— Et que dit-on chez Jean-Cyril ?

— Rien. C'est un jeune du Trésor qui a le dossier en main. Je crains qu'il fasse obstruction.

— C'est sûr. Les trésoriens ont horreur des idées qui ne viennent pas de chez eux. Ils n'appellent d'ailleurs pas ça des idées mais des inepties. Je me souviens de mes bagarres sur le thème du TGV. D'après eux, seule la ligne Paris-Nice pouvait à la rigueur être rentable.

Marc-Antoine Weil marqua un silence, puis commanda une bouteille d'eau minérale plate, à température.

— Supposons, reprit-il, que je demande une audience au ministre. Il ne peut pas me la refuser : je l'ai pas mal aidé en sous-main dans la bataille des assurances, et aussi au moment des privatisations. La législation mettra du temps à venir, même si Bruxelles est aiguillonné par un peu d'intéressement...

— On m'a parlé du commissaire français Annepont.

— Oui, il mangera dans ta main. Essaie aussi le Belge et l'Allemand. Ils ont pas mal de besoins extramaritaux. Mais sois très prudent. L'Union européenne est un nid d'espions. Pas de traces écrites, pas de rendez-vous dans les bureaux de la rue de la Loi. Ce n'est jamais bon qu'un télégramme finisse dans les échos du *Canard* ou sur le bureau de la brigade financière.

— Entendu, mon oncle. Mais je t'ai coupé. Tu me disais, au début ?

— Ah oui. En tout état de cause, la législation sur les fonds de pension ne pourra être prête avant la session de printemps du Parlement. Je connais quelques amis qui auraient volontiers pris un acompte sur ces délices que tu m'annonces.

— En France ?

— Et aussi en Italie, en Allemagne, en Espagne. Tu connais ma fibre européenne.

Hugues de Janvry ne put s'empêcher de sourire. Libertador avait raison. L'argent appelle l'argent. Les poissons mordaient. Il considérait l'œil pétillant de Marc-Antoine, son air de félin reniflant l'aubaine, la chair fraîche, l'odeur du sang, sûrement. Plus une miette de viande crue ne restait au fond de l'assiette du fringant banquier. Il savait que son oncle ne saurait pas tenir sa langue. Dès le soir, des télex partiraient vers Milan, Rome, Francfort et Madrid. Marc-Antoine gonflerait les chiffres de la Caspienne, laisserait entendre que d'autres affaires allaient suivre. Et le mensonge relayé par sa voix d'homme qui dit vrai deviendrait une certitude. L'illusion se changerait en réalité sonnante et trébuchante. C'est ainsi qu'il avait toujours fait de l'argent. À soixante et onze ans, son neveu le prenait en flagrant délit, les doigts dans le pot de confiture.

— Rien de plus facile, répondit Hugues. Nous avons créé, avec mes associés, une coquille vide de droit panaméen pour recueillir les fonds d'horizons variés. Je me chargerai de t'ouvrir un compte et tu passeras tes ordres comme ici.

— Pas d'histoire de drogue ? s'inquiéta soudain Marc-Antoine Weil.

— Que du légal, rassure-toi. Du bon argent américain, de bons vieux dollars.

— J'aime mieux ça. Laisse-moi quelques jours. J'appellerai le ministre cet après-midi. Il n'est pas impossible qu'on se rencontre demain au bridge. Il est dans la catégorie petite série mineure, comme moi. Mais je suis plus fort que lui car, moi, je triche.

Le voiturier partit chercher la R 25 noire du banquier. Son chauffeur revint avec la première édition du *Monde*.

— Faites voir la manchette? demanda Marc-Antoine.

Le quotidien du soir titrait sur le déficit alarmant des comptes sociaux de la nation. Il sortit ses verres en demi-lune et son visage se plissa comme la figure d'un vieux singe.

— Personne ne devrait prendre sa retraite, glissat-il à son neveu en enfilant ses gants de crêpe. À la maison, Albert, cet après-midi je reçois une dame.

— Nul n'est parfait, ironisa Hugues.

Ils se saluèrent. Le jeune homme laissa éclater sa joie. Plus tard, il devait se féliciter d'avoir joué la carte familiale.

Vers 8 heures du soir, il alla chercher Denis Dupré à sa sortie de Bercy. Le fort en thème du Trésor l'avait vu venir. Son épais cartable à la main, il s'approcha de la Goldwyn frémissante et demanda à Hugues d'enlever son casque. Celui-ci s'exécuta avec une bonne volonté manifeste, sûr que son charme naturel agissait déjà. Dupré s'approcha de son oreille et lui dit en détachant bien chaque syllabe :

— Je t'encule à sec avec du gros sel, ma tante !

Il partit sans se retourner en direction du parc floral, sifflotant d'un air dégagé, et laissant Hugues de Janvry comme deux ronds de flan, son casque à la main, l'air abasourdi.

— Elle est belle, l'élite de la nation, se dit-il en chevauchant à toute allure sa moto.

Dans le rétroviseur, il aperçut distinctement l'énarque, avec sa mèche au vent et son visage d'angelot, levant vers le ciel le majeur de sa main droite, dans un geste sans équivoque.

29

La nuit tombait sur Shanghai. La nuque renversée, Cheng essayait d'imaginer Mme la présidente Mai Li au sommet de la tour de télévision, là-haut, dans la petite bulle de verre posée sur une interminable épingle d'acier de quatre cent soixante mètres, illuminée comme un arbre de Noël. Shanghai, la putain de l'Orient : ces mots claquaient dans la tête du jeune homme que les passants bousculaient au milieu de la rue de Nankin dévolue au commerce, sous la protection des milliers d'auréoles bleu et rouge dédiées à Pepsi-Cola. Comme il s'y attendait, on ne l'avait pas laissé entrer dans les usines textiles qui avaient jadis appartenu au père de la jeune femme. Un soldat avait grommelé qu'il était là dans une entreprise appartenant à l'État et que les visiteurs ne pouvaient circuler dans l'enceinte sans un badge spécial délivré par la mairie. Cheng avait rebroussé chemin et passé la soirée dans sa chambre de l'hôtel du Cygne blanc, à boire du thé en se connectant sur le site de la Dolphin Oil. Il avait aussi échangé quelques messages avec Boston. La toile d'araignée de Libertador ne cessait de s'étendre. Le *Boston Daily News* avait pris le contrôle d'une dizaine de publications financières de la côte Ouest, ainsi que de l'Agence financière de Paris, via la société filiale dirigée par Hugues de Janvry.

Vargas était désormais à la tête de nombreuses publications boursières qui proposaient de « valoriser » leurs informations par des achats et ventes de valeurs en ligne, quotidiens, hebdomadaires ou mensuels. L'ensemble de cette activité était compensée à Boston par Vargas lui-même, avec l'aide efficace et rapide de jeunes traders recommandés par le Pr Bradlee. Devant les résultats spectaculaires du fonds Circle, Neil Damon avait fini par liquider quelques positions de son fonds Eternity pour lui confier cet argent frais. Les sommes engagées représentaient déjà plusieurs centaines de milliards de dollars. Libertador s'était empressé d'en placer une première tranche de deux cents millions sur le compte secret d'Isidore Sachs à Londres, lequel était intervenu à la hausse sur le yuan à Singapour, Kuala Lumpur, Hong-Kong et Tokyo. Le trader britannique n'avait pas pris la peine de couvrir sa position. Il avait agi avec tant de doigté que les autorités chinoises n'avaient pas réagi devant la fermeté de leur devise. Aucun mouvement n'avait attiré l'attention et Pékin se félicitait de jouer son rôle de place solide en Asie, sans que la Banque centrale soit obligée d'intervenir par des ventes d'or ou de dollars. Le yuan semblait tenir tout seul. Les dirigeants chinois priaient chaque jour les dieux du capitalisme pour que « ça dure ». À Canton, Cheng avait ouvert une maison de courtage sur les valeurs étrangères cotées en Chine du Sud. L'activité s'était rapidement révélée florissante car le jeune homme savait inspirer confiance : avec une simplicité déconcertante, il expliquait à ses clients le détail de chaque opération. Ses avis étaient écoutés, et on ne tarda pas à le solliciter de Pékin sur l'opportunité d'introduire telle entreprise en Bourse ou d'acheter des titres de sociétés américaines, japonaises ou françaises. Mais ce bouche à oreille était insuffisant pour créer un mouvement de fond. Cheng se prenait à rêver d'être le Soros chinois, un de ces gourous visionnaires et médiatiques dont chaque parole vaut des millions de dollars. Pour cela, il devait entrer dans la citadelle, là devant lui, dont la flèche éventrait le quartier de Pudong et perçait le ciel de Shanghai.

La presse du jour annonçait dans ses gros titres le lancement par World TV d'une nouvelle station de télé-achat. Pour fêter l'événement, la présidente de la filiale chinoise, Mme Mai Li Moloch, de retour de sa lune de miel dans les Caraïbes, devait participer à une réception au bar irlandais O'Malley. Cheng consulta sa montre. Il avait encore une heure devant lui. Il remonta le Bund, passa devant les anciennes maisons de jeu et de plaisir construites au temps de la concession française, jeta un coup d'œil sur les alcôves et les boudoirs, où des hommes un peu louches caressaient des filles souriantes et dociles. L'une d'elles le héla, lui demanda du feu et voulut défaire le nœud de sa cravate. Il tourna les talons et se retrouva dans le Manhattan chinois. Il allait traverser le trottoir en direction du fleuve quand une Rolls bleu nuit manqua l'écraser. Les paroles du groom, le matin, lui revinrent à l'esprit : deux Rolls circulent à Shanghai, avait dit le garçon en livrée sombre. Une bleue et une rouge. La bleue appartient à Mme Moloch. Cheng se mit à courir le long de la rue de Nankin. Il n'avait pas eu le temps de voir le visage du chauffeur, ni si la passagère était seule sur le siège arrière. Les journaux indiquaient que Bob Moloch était resté à Londres pour deux journées de négociations avec les personnels de l'imprimerie et du routage. Mme Mai était donc à Shanghai en célibataire, et Cheng entendait bien lui prendre la main de gré ou de force.

On se bousculait dans l'immense lobby du bar O'Malley. La bière coulait à flots dans une ambiance bon enfant. Des hôtesses chinoises court-vêtues accueillaient les invités et vérifiaient leurs noms sur de longues listes. Cheng profita de l'arrivée d'un ministre et de sa suite pour se faufiler auprès de la jeune femme. En tendant le bras, il aurait pu la toucher. Les seins perçant sous un petit justaucorps rouge, elle avait l'allure provocante des filles qu'il avait vues tout à l'heure dans l'ancienne maison des plaisirs. À sa main gauche brillait une alliance que doublait une bague surmontée d'une améthyste. Une rivière de diamants scintillait à son cou. Elle accueillait avec un demi-sourire les compliments de ses invités, l'œil sur le qui-vive comme si elle attendait quelqu'un. C'est alors qu'elle tourna la tête en direction de Cheng. Et qu'elle le vit.

Le jeune homme resta paralysé, incapable de prononcer le moindre mot. D'ailleurs, c'eût été impossible. Les assoiffés se pressaient vers le bar tandis qu'un orchestre de jazz très années 30 jouait de bruyantes trompettes. On entendait dans une pièce voisine des arias d'opéra entrecoupées de chants sacrés diffusés par une sono hystérique. Un nuage de fumée s'agglutinait vers les lustres de fer forgé d'où tombait une faible lumière. Chacun semblait figé dans un halo vaporeux. Le sang de Cheng ne fit qu'un tour. Une main venait de saisir Mai Li à l'épaule, un Européen chuchotait à son oreille. Elle hocha la tête et aussitôt se noya dans la foule. Cheng eut beau la chercher partout, elle avait disparu. Comme autrefois, sur la place Tien an Men, lorsqu'il était venu la rejoindre le matin après son face à face avec le tankiste. Depuis cette minute, il attendait le moment où il pourrait de nouveau la serrer contre lui, retrouver, l'espace d'une seule seconde, cette éternité dont il s'était depuis senti dépossédé. Une sorte de panique le saisit. Il bouscula un serveur et son plateau couvert de chopes, et se fraya violemment un chemin vers la sortie. Il courut jusque dans la rue. La Rolls bleu nuit démarrait, deux silhouettes sombres à son bord.

En désespoir de cause, il rentra épuisé au Peace Hotel. Convaincu qu'il avait définitivement perdu la trace de Mai Li, il se rendit au restaurant panoramique de l'établissement et demanda la carte des whiskies. Le serveur lui proposa aussi des raviolis vapeur farcis à la viande et arrosés de bouillon. Il n'eut pas la force de refuser. Il mangea machinalement et but à l'excès des vieux malts qui dormaient, depuis l'avant-communisme, dans les caves de Shanghai. Puis il entreprit de parler à une jeune femme qu'il imaginait devant lui, prenant à témoin les piliers rouge sang et les dragons d'or qui peuplaient le décor. Lorsqu'il prit conscience, dans la brume de son ivresse, que l'apparition se tenait devant lui, silencieuse et souriante, dans une jupe noire qu'il ne lui avait jamais vue, avec un regard dur et pourtant vaguement brouillé, il se tut subitement.

Ils descendirent doucement les escaliers aux rampes d'acajou et la jeune femme poussa Cheng dans la Rolls. Elle prit elle-même le volant et fonça dans la nuit à travers les rues. Bientôt ils arrivèrent devant les grilles d'une grosse maison, semblable à ces cottages normands dont la perle de l'Orient s'enorgueillissait au début du siècle. Mai Li appuya sur une télécommande et des portes s'ouvrirent dans un grincement de métal. Il était 2 heures du matin. Tout était noir. Elle conduisit Cheng dans un pavillon de bois construit à côté d'un bassin que traversait un pont en zigzag, « pour perdre le mauvais esprit qui va toujours tout droit », souffla-t-elle. Cheng était complètement dégrisé. Dans l'obscurité, il cherchait à la dévisager, mais elle se tenait de profil et s'arrangeait pour qu'il ne la voie jamais de face. Dans la maison, elle alluma deux lampes de verre et un bâton d'encens. Cheng s'assit dans un énorme fauteuil damassé. Enfin, elle s'approcha de lui, s'agenouilla selon la coutume des femmes soumises de la Chine ancienne, et posa délicatement sa joue sur ses genoux en chantonnant à voix basse.

— Dis-moi ce qui est arrivé, murmura Cheng.

— Il n'y a rien à dire, rien du tout.

— Mais... Le jour des chars...

— Ne me parle pas de ça, jamais. J'ai cru mourir de peur et de chagrin.

— Où étais-tu passée ?

Mai Li laissa un silence les séparer.

— Où étais-tu ? s'emporta Cheng.

— J'étais désespérée. J'étais sûre qu'ils allaient te massacrer, te réduire en bouillie. Ce matin-là, quand tu es parti, j'étais encore endormie. Plus tard, je ne t'ai aperçu que très loin, devant moi. C'était comme si tu dansais devant un dragon prêt à t'engloutir. J'ai crié, j'ai voulu te rejoindre. Des bras m'en ont empêchée. Alors j'ai traversé la place dans l'autre sens, je hurlais pour ne pas entendre le canon rugir. J'ai couru jusqu'à la maison de ma tante. Là, des soldats m'attendaient. Ils m'ont emmenée, m'ont interrogée. Ils m'ont demandé ton nom. Je ne le leur ai pas dit, tu m'entends ? Ils n'ont jamais su. J'ai passé trois nuits à la prison de Jangsing. Quand ils m'ont libérée, le massacre avait eu lieu. Un de tes cousins m'a avoué qu'il ne t'avait pas vu revenir de la place Tien an Men. J'avais perdu tout espoir de te retrouver vivant.

— J'ai dû fuir aux États-Unis, lâcha Cheng.

— Moi je suis restée, dit-elle sur un ton de léger reproche. Ils ont envoyé mon père dans un camp de redressement de Mongolie-Intérieure. Ses usines ont été réquisitionnées, puis démantelées. L'armée populaire s'est emparée des plus beaux ateliers de Canton, les tissages de soie. Moi, ils m'ont humiliée, m'ont traitée de prostituée parce que je me fardais les lèvres et que je possédais deux jupes qui remontaient au-dessus des genoux. On a rasé mes cheveux et mon nom était cité chaque jour sur Radio Pékin comme symbole de la décadence occidentale.

Mai Li sanglotait. Cheng caressait ses cheveux et ses joues trempées. Il l'attira vers lui sur le fauteuil et ils se blottirent l'un contre l'autre comme pendant cette nuit de rêve dans les jardins de Shamian, cette nuit où elle lui avait appris deux vers de Segalen. Mais quand il voulut lui caresser un sein, elle se cabra en s'écriant :

— Tu es fou, je suis mariée !

— Mais pourquoi, pourquoi ? hurla Cheng.

— Pas si fort, je t'en prie.

— C'est vrai, ce que racontent les journaux sur toi ? Ton premier mariage en Californie, ta vie de mannequin, tes aventures avec ce gymnaste ?

— Nous ne lisons pas les mêmes journaux.

— Réponds-moi.

Mai Li se redressa et regarda Cheng. Les premières lueurs de l'aube entraient par les vantaux entrouverts. Un bruit de cascade parvenait du bassin.

— Ils m'ont tellement humiliée. J'ai voulu me venger. Tu as vu ce ministre qui s'inclinait devant moi. Il y a six ans, il était de ceux qui proposaient de diffuser ma photo dans toutes les éditions du *Daily China* comme l'image d'une vulgaire criminelle. Je savais bien qu'il existait, ailleurs dans le monde, autre chose que le marxisme-léninisme, *Le Petit Livre rouge* et les hymnes aux ouvriers méritants. Je me suis juré de m'en sortir. Je n'avais guère d'autre choix que d'apprendre les lois du capitalisme : l'offre et la demande.

— Tu t'es offerte ?

— Non. Je me suis vendue au plus offrant. Quand Moloch a mis la main sur les médias chinois, j'ai compris que j'avais mes chances, car il ne savait rien des désirs réels du peuple, de ses fantasmes, de ses attentes. J'ai lancé des jeux télévisés qui ont remporté un succès considérable. Mais je ne voulais pas risquer de tout perdre par la jalousie de ses enfants. Alors j'ai joué le grand jeu. Je l'ai séduit parce que je pensais aussi que j'étais capable de l'aimer.

Cheng se dressa d'un bond.

— Tu me dégoûtes. Dire que ce salaud peut te caresser, te faire l'amour. J'ai lu que tu allais lui donner des enfants...

— Mais où donc étais-tu durant toutes ces années, toi, pour me donner maintenant des leçons de vie ? Moi je me suis débrouillée toute seule et Moloch en vaut bien un autre, même plus jeune.

— Et moins riche...

— Parfaitement. Mais tu ne m'as pas dit ce que tu faisais aux États-Unis.

Cheng sourit.

— Le contraire de toi.

— C'est-à-dire ?

— La révolution.

— Je n'en ai pas entendu parler.

— Il n'y avait pas là-bas de journalistes de World TV, fit Cheng avec humeur. J'étais en Colombie avec des hommes remarquables, dans la jungle amazonienne. On a lutté contre les narcotrafiquants, contre une junte corrompue, contre une certaine Amérique, pas celle que j'aime, une Amérique violente et cynique où l'homme n'est plus au centre des choses.

— Et maintenant ?

— Maintenant je suis là.

Le jeune homme sentait le souffle de Mai Li sur son visage. Elle ferma les yeux et lui demanda de l'embrasser. Il approcha doucement ses lèvres et chercha ce petit bout de langue que des millions de téléspectateurs chinois connaissaient sans en avoir jamais éprouvé la délicieuse brûlure.

Soudain, Mai Li le secoua, s'écarta de lui.

— Il faut que tu partes. Les domestiques vont bientôt se lever. Prends ma carte avec ma ligne directe et appelle-moi ce matin au bureau, à 11 heures. Bob m'attend demain à Londres. Je suis enregistrée dans le vol de nuit de la Cathay.

Cheng lut la carte de visite : « Mai Li Moloch, présidente ».

— Je voudrais te parler d'un travail.

— Un travail pour moi ?

— Non, pour moi.

— Quel genre ?

— Dans ton genre, fit Cheng. Vous n'avez pas besoin d'un éditorialiste consultant, sur Money Channel ?

— Appelle-moi à 11 heures.

— Bien, madame la présidente.

Cheng passa une dernière fois sa main dans le cou de Mai Li et sortit. Il traversa le petit pont en ligne brisée pour être certain de ne pas rencontrer d'esprit malin. Les grilles s'ouvrirent comme par enchantement. Derrière le vantail de bois rouge, la jeune femme agitait un mouchoir de soie blanche qui lui restait de son enfance, avec ses initiales de jeune fille et les traces indélébiles du premier rouge à lèvres qu'elle avait délicatement passé sur sa bouche, le cœur battant, un soir, dans un jardin secret de Canton.

30

Le Thalys arriva à l'horaire prévu en gare de Bruxelles-Midi. Hugues de Janvry se dirigea vers la sortie « taxis » et acheta la dernière édition du *Soir*, pressé de connaître les ultimes rebondissements de l'affaire des faux arrachages de vignes en Italie du Sud. En effet, depuis plusieurs jours, la Commission européenne était agitée par cet énorme scandale qui portait, disait la presse, sur près de deux milliards de dollars. On soupçonnait la Mafia d'avoir détourné ces sommes par le biais de sociétés-écrans. Le nom d'un commissaire italien revenait dans les articles, associé à celui d'un parrain de Palerme et d'une officine de conseil basée en Irlande. Cet épisode était d'autant plus fâcheux que la visite récente du secrétaire américain au Commerce s'était soldée par un *modus vivendi* sur la réduction des subventions à l'agriculture de chaque côté de l'Atlantique. Or Washington venait d'apprendre, à l'occasion de cette malversation, que les Européens avaient les moyens de débloquer de telles sommes pour aider leurs paysans et introduire de nouvelles distorsions de concurrence avec l'Amérique des *farmers*. En trente ans, il est vrai que l'Europe et l'Oncle Sam n'en étaient pas à leur première brouille. Depuis la calamiteuse présidence Carter et la perte des marchés céréaliers d'Union soviétique, Washington s'épuisait en ristournes et ronds de jambe pour récupérer ses débouchés traditionnels, y compris en Égypte et au Maghreb. La partie était certes plus facile depuis la mort du « milliardaire rouge [1] », qui n'avait pas son pareil pour écouler du vieux beurre et de la poudre de lait au moment du Noël russe. Mais tout de même, les Européens exagéraient en allumant guerre sur guerre, prenant tour à tour en otage le poulet, le maïs, le soja, les produits de substitution aux céréales (les PSC), le bœuf aux hormones et désormais les OGM. L'affaire des arrachages de vignes éclatait dans un contexte de vive tension entre les deux puissances.

Hugues de Janvry constata avec soulagement que

1. Jean-Baptiste Doumeng, disparu en 1992, était un génie du troc avec Moscou et les pays de l'Est. Bruxelles utilisait ses relations privilégiées avec Gorbatchev (dont il se vantait d'avoir porté les valises) pour écouler ses excédents.

le nom du commissaire Annepont n'était pas cité. L'homme avait une réputation de négociateur prudent et madré. On disait dans les capitales européennes qu'il tenait les autres commissaires, jusqu'au président lui-même, par quelque service délicat, discrètement rendu. Ici, quelques emplois fictifs grassement rémunérés pour la maîtresse du représentant allemand et ses enfants. Là, la location, aux frais d'un lobby du fromage au lait cru, d'un luxueux appartement dans les beaux quartiers de Bruxelles pour la « relation » brésilienne d'un commissaire néerlandais. Bref, Jérôme Annepont, petit haut fonctionnaire mal sorti de l'Ena, simple administrateur civil dans un cabinet obscur du secrétariat d'État au budget, était devenu un des seigneurs de la vie bruxelloise, donnant de brillantes réceptions dans sa propriété bourgeoise de l'avenue Émile-Duray, au loyer faramineux de deux cent cinquante mille francs belges, soit quarante mille francs français. La cinquantaine décontractée, le cheveu frisé, le regard toujours protégé par une paire de lunettes à verres fumés, gourmette en or et Rolex au poignet, l'homme vivait des lobbies en tout genre — fabricants de parfums, représentants des laboratoires pharmaceutiques, marchands de fourrures et gros céréaliers beaucerons à la recherche de subventions pour convertir leur blé en éthanol.

L'appel d'Hugues de Janvry avait piqué sa curiosité. Comme tous les serviteurs de l'État soudain convertis aux facilités de l'argent, Jérôme Annepont ouvrait toujours une oreille complaisante pour ce qui pouvait ajouter quelques zéros à ses émoluments de fin de mois. Il s'était pris à aimer le fric à la folie. « Certains de mes amis deviennent fous de la queue à cinquante ans », avoua-t-il tout de go à Hugues de Janvry lorsqu'il le reçut dans son vaste bureau à la commission. « Moi, c'est l'argent qui me fait bander. » Il avait accompagné le mot « argent » d'un claquement sec des doigts. « Tenez, souffla-t-il à voix basse, mon collègue de la DG8, un type pas beau du tout mais désopilant : il a sauté tout l'étage, que des femmes mariées et des petites stagiaires à jupes ras le bonbon. L'autre fois, j'entre dans son bureau, je reconnais une de nos secrétaires danoises le cul à l'air, qui lui faisait une gâterie à la Monica Lewinsky. De ce point de vue, l'entrée du Danemark dans l'Union a du bon, en tout cas lui le pense. Mais trêve de grivoiserie. Dites-moi un peu votre histoire de fonds de pension. C'est pour la veuve et l'orphelin, votre machin ? »

Hugues de Janvry s'assura que leur conversation ne risquait pas d'être surprise. Annepont, par précaution, ferma la porte à clé et pria qu'on ne le dérangeât sous aucun prétexte. Quand son jeune compatriote lui eut expliqué de quoi il retournait, il vit s'épanouir la face rubiconde du commissaire.

— En somme, vous me proposez de faire plaisir aux Américains en les autorisant à implanter leurs fonds partout où on trouve des vieux en Europe ?

— On peut le dire de cette manière, approuva Hugues.

Comme il avait fait avec son oncle Marc-Antoine, il poussa son avantage en évoquant sans les citer des sociétés en plein essor, susceptibles de tripler, voire de quadrupler la mise initiale pour qui aurait l'occasion de placer, dans les meilleurs délais, des liquidités importantes.

— Comprenez-moi bien, précisa Hugues de Janvry. En drainant l'épargne populaire vers ces fonds de pension gérés jour et nuit de la façon la plus stricte, l'effet de levier sur des valeurs de croissance est considérable. Imaginez ce que peuvent représenter un ou deux milliards de dollars sur une firme de prospection pétrolière dont nous serions quelques-uns à savoir qu'elle est sur le point de découvrir des gisements sans précédent.

— En effet, ce serait mieux que de jeter cet argent dans les vignes du Mezzogiorno ! grimaça Annepont. Mais cette société dont vous parlez, elle existe vraiment ou c'est une hypothèse d'école ?

— À votre avis ? répondit Hugues avec un sourire entendu.

— Alors là, évidemment.

Le commissaire Annepont semblait soudain perplexe.

— À l'échelon de l'Europe, l'argent des retraites, ça va chercher dans les combien ?

— Mille milliards de dollars, si vous aimez les chiffres ronds.

— Et on laisserait tout ça entre les mains des ricains ?

— Pas du tout. On ouvrirait la concurrence. Si les fonds sont autorisés en Europe, des opérateurs français, allemands, anglais, danois même, s'empresseront d'en créer. Une saine émulation existera entre eux et les fonds déjà existants outre-Atlantique. Les épargnants iront vers les plus performants. Vous me suivez ?

— Très bien. Tout cela est excellent. Qu'en dit notre ministre des Finances à Bercy ?

— Pour le moment pas grand-chose. Les trésoriens veillent.

Annepont leva les yeux au ciel.

— La Muse d'Andieu vient la semaine prochaine à Bruxelles pour un conseil exceptionnel des grands argentiers de l'Union. Je tâcherai de lui donner quelques arguments massue comme seuls les hommes politiques savent les comprendre. Exemple : si vous tenez à rester aux affaires, je vous offre le moyen de ne pas augmenter les impôts pendant une législature entière, pas mal, non ?

— Excellent, se réjouit Hugues de Janvry.

— Et puis, réfléchit Annepont à haute voix, le moment est assez propice pour faire une fleur aux Américains. Ces histoires de subventions nous empoisonnent la vie. Si on continue nos conneries, ils seront capables de s'en prendre à notre cognac, à notre foie gras et même à notre camembert. Alors autant leur faire un petit plaisir. Entre nous, pour le business, c'est les meilleurs, les Yankees. Si je vous disais que l'Amérique vit à crédit et qu'ils réussissent encore à plier le monde entier devant le dollar, faut être fortiche, vous croyez pas ?

— Oui, fortiche, reprit Hugues en réprimant une envie de rire.

— Maintenant je vous emmène dîner. Une marmite de moules jumbos, des énormes, récoltées en Australie. Frites et bière à volonté. Ça vous dit?

— Je vous suis.

— À quel hôtel êtes-vous descendu?

— Au Conrad Hilton.

— Bon goût, jeune homme. Vous les préférez blondes ou brunes?

— Je ne fume que le cigare, fit Janvry d'un petit mouvement du menton.

— Je vous parle de filles, pas de cigarettes.

— C'est que...

— Ne faites pas le gêné, mon garçon. Donnez-moi votre numéro de chambre. N'oubliez pas que Bruxelles fut la capitale d'un empire d'Afrique. Si vous préférez une perle du Congo...

— Ce n'est pas ça. Mais je passe la nuit connecté sur le Net pour des transactions avec New York. Pas mal de positions à déboucler. Je joue aussi sur les devises...

— Alors là, je n'insiste pas, fit Annepont avec solennité. L'argent, c'est sérieux. Pour le gagner, il faut être seul. Mais si vous voulez le dépenser en belle compagnie, n'hésitez pas à m'appeler. Je vous donne mes numéros.

Dehors, un petit crachin noyait les trottoirs. La police était débordée par une manifestation de paysans venus envahir la rue de la Loi avec leurs vaches et d'énormes cochons grognons courant dans tous les sens, affolés par les cris et les klaxons des automobilistes excédés. En observant le visage tranquille du commissaire français Jérôme Annepont qui, indifférent à la pagaille, filait d'un pas décidé vers sa marmite de moules en salivant à la perspective de milliers de milliards destinés aux fonds de pension, Hugues de Janvry pensait qu'il n'était pas si difficile d'acheter la conscience d'un homme ainsi que l'honneur d'une communauté de nations.

31

Le roi accueillit Lancelot Palacy sans un mot dans son palais de teck niché sur les hauteurs du Magaliesberg, cent kilomètres au nord-ouest de Johannesburg. Un ciel de jade annonçait la nuit prochaine. Des cris d'aigle résonnaient dans les cirques avoisinants d'où affleurait une roche nue, comme les gencives à vif d'un Cyclope. Assis sur un gigantesque trône taillé dans la lave durcie d'une cheminée volcanique, le souverain des Bafokengs, trente-cinquième descendant de la lignée royale, se tenait face au jeune homme, serrant dans sa main droite un sceptre d'ivoire et refermant sa main gauche sur un minuscule morceau de métal blanc. Deux serviteurs armés de feuilles de palme fouettaient l'air lourd sous le regard de deux léopards empaillés aux crocs saillants. Aux pieds du monarque, on avait déversé une jarre pleine de terre blonde qu'il foulait avec volupté. Cette terre sablonneuse, c'était celle de son royaume confisqué par les conglomérats miniers. Chaque nuit, ses hommes effectuaient ce vol symbolique, quelques jarres de tourbe légère qu'ils dérobaient aux compagnies pour permettre au vieux roi de préserver la tradition : un roi bafokeng ne devait jamais fouler d'autre sol que celui de ses glorieux ancêtres. C'est pourquoi les couloirs de son palais étaient sans cesse parsemés de cet humus frais d'où montait le parfum évanoui d'une puissance ancienne. S'il tenait obstinément à cette survivance des traditions, le roi vivait résolument avec son temps. Un téléphone portable à la ceinture, un ordinateur donnant sans interruption les cours du Jo'burg Stock Exchange, il désespérait de voir un jour une société noire faire son entrée à la cote. Jusqu'à cet appel énigmatique de Lancelot Palacy, le jeune frère de son ami Hector, héros des soulèvements étudiants de 1976 — un appel qui avait duré à peine trente secondes mais qui avait tenu le roi éveillé deux nuits de suite.

Depuis son retour en Afrique du Sud, Lancelot Palacy avait en tête la recommandation de Diego Vargas : « Invente-moi une mine de platine. Invente la plus grande mine du monde. Fais monter la pression pendant trois mois. Attise les curiosités, vends du vent. Cheng et moi nous chargerons du reste. » Lancelot n'avait pas posé de questions, n'avait demandé aucune explication, même s'il ne comprenait pas bien le rôle que serait amené à jouer son ami chinois. Il le saurait bien assez tôt. Sa confiance en Libertador était telle qu'il lui aurait même inventé la lune si tel avait été son désir. En se posant à l'aéroport Jan-Smuts de Jo'burg, Lancelot avait senti son cœur battre avant l'ouverture des portes centrales de l'appareil. Par les hublots il avait aperçu l'Afrique, la savane, les grandes plaines, les déserts du Witwatersrand, l'immense trou creusé depuis un siècle par les chercheurs de diamants dans l'immédiate périphérie de la capitale. La porte avait coulissé, un parfum de terre humide et de cacahuète grillée avait envahi l'habitacle. Au loin montaient les fumées des centrales jumelles de Soweto, ces champignons inamovibles qui noircissaient les murs du township et déversaient dans les poumons une petite pluie de suie noire et grasse, mais n'envoyaient leur courant que dans les quartiers aisés de Johannesburg. Aussitôt lui était revenu un air du chanteur zoulou Johnny King, SO-WE-TO, South West Township. Et Lancelot ressentit ce malaise dont se faisaient l'écho les journaux du monde entier quand ils évoquaient la nation arc-en-ciel de Nelson Mandela. L'apartheid n'était pas mort. La bête remuait toujours.

Dans les quartiers nord, les Blancs riches s'étaient barricadés derrière de hauts murs hérissés de tessons de bouteille et de barbelés électrifiés. On entendait jour et nuit leurs chiens hargneux. Des panneaux rouge et jaune avaient fleuri de plus belle sur les portails des villas de Rosebank et de Randburg, avec ces mots de mort : Armed Response, Eagle Watch, Peacekeeper. Des vigiles gardaient l'entrée du ghetto doré de Craddoks Avenue où les Afrikaners terrés sur leurs tas d'or prenaient des cours de tir au Colt 45 en vidant des barriques de bière. Lancelot n'avait pas tardé à ressentir la violence qui affleurait, comme autrefois l'or et les gemmes, dans ce pays qui, hélas, pensait-il, était le sien. L'Afrique était un grand sac au fond duquel étaient tombées toutes les richesses, le diamant, les métaux précieux, le chrome, le radium et le palladium. Mais des veines de Val Reef aux vitrines de Van Cleef, l'or se refusait obstinément au Noir. Il fallait être blanc à peau rose, « cochon gratté » comme ces fils d'Afrikaners, parler l'anglais en roulant les « r » à la manière des Hollandais pour espérer transformer son existence en pépite rutilante. Scandale géologique, l'Afrique du Sud avait trop longtemps bouleversé son économie à coups de miracles et réglé ses disparités raciales à coups de catastrophes. Mandela était vieux et tant de choses restaient à faire pour que la majorité noire puisse espérer prendre un jour la maîtrise de son destin.

Le roi fit signe à Lancelot d'approcher.

— Voici toute la richesse de mon peuple. Une once de platine. Sais-tu son poids ?

Il déposa le morceau de métal dans la paume de Lancelot. Celui-ci le soupesa, réfléchit, fit sauter l'objet dérisoire dans sa main. Puis donna un chiffre.

— 25 grammes.

— Exactement 31,103 grammes. À ton avis, combien vaut une once de platine au London Exchange ?

— Autant que l'or, se risqua Lancelot.

Le roi secoua la tête.

— Deux fois plus que l'or. Une once peut se négocier jusqu'à cinq cents dollars. Tu as dans ta main le métal le plus précieux du monde. Le siècle qui s'ouvre sera placé sous le signe du platine.

— Comment pouvez-vous le savoir ? demanda Lancelot.

— Grâce aux automobiles. Dans moins de cinq ans, toutes seront équipées de pots catalytiques pour réduire la pollution dans les villes. Nul n'a encore trouvé mieux que le platine pour rendre les voitures propres. Et dire que nous ne profiterons pas de ce pactole !

Le monarque avait frappé le sol d'un coup de sceptre. Imperturbables, ses deux serviteurs continuaient d'agiter les larges feuilles de palme. La colère se lisait sur le visage scarifié du roi bafokeng.

— Lancelot, j'ai connu ton frère à l'université de Pretoria avant les émeutes de 1976. Ensemble, nous parlions souvent du jour où le plus vieux prisonnier du monde sortirait de son trou. Nous disions : la terre reviendra aux peuples traditionnels des Bantoustans. Nous abolirons les lois foncières des Boers qui nous ont spoliés. Nous demanderons des comptes aux héritiers des Oppenheimer, à ces arrogants de l'Anglo-American. Ton frère est tombé sous les balles des lâches. Moi-même j'ai payé dans ma chair quand deux sergents blancs m'ont soumis au supplice de l'hélicoptère.

— L'hélicoptère ? fit Lancelot intrigué.

— J'avais été pris avec deux étudiants de mon royaume. Ils nous ont ligotés avec des fils électriques, puis nous ont pendus par le cou et les chevilles au plafond d'une pièce déserte et obscure. Ils nous faisaient tourner comme des hélices. Les seules lueurs venaient des étincelles à nos poignets, sur nos poitrines.

Disant cela, le roi avait ouvert le haut de sa chemise. D'étranges traces de brûlures, comme des coups de griffe, lardaient sa peau.

— Ils nous ont laissés pour morts. Je crois d'ailleurs que nous étions morts. Mais les esprits de nos montagnes ont voulu nous donner une deuxième vie et, trois jours plus tard, nous étions de retour dans le Magaliesberg. Quand Mandela est devenu un homme libre, Lancelot, j'ai pensé à ton frère et j'ai pleuré. Un tel espoir nous soulevait le cœur, soudain. Pourtant, mon peuple n'a jamais pu remettre le pied sur la terre de nos ancêtres. Le groupe Impala Platinum a exercé de telles pressions sur le nouveau pouvoir que le droit minier est resté inchangé. Tu vois cette once de platine, notre sol natal en regorge. Mais ici, dans ces montagnes où l'aigle fait son nid, dans ces rocs tourmentés qui forment notre sanctuaire et seront notre tombeau, il n'y a pas la moindre trace de métal blanc. La seule richesse de Phokeng, notre capitale, est une modeste usine de briques et de pavés. Hormis l'envie de les envoyer sur la tête de nos exploiteurs, je ne sais pas comment nous pourrons un jour remettre la main sur ces trésors qui nous appartiennent.

Lancelot avait écouté la longue plainte du monarque. Il s'était accroupi à ses pieds comme le voulait la coutume, mais le roi le pria de se relever. Il prit place sur une chaise de bois noir au dossier sculpté d'une tête de lion et rassembla ses esprits.

— Majesté, j'ai passé ces dernières années dans la jungle d'Amérique du Sud et j'ai vu des Indiens pacifiques décimés par des trafiquants de drogue et des militaires corrompus, avec la bénédiction des pouvoirs légitimement élus à Washington comme à Bogotá. Ces Indiens ont perdu leurs territoires de chasse, leur tranquillité et sans doute le goût de vivre dans cette forêt qui les avait vus naître. Et tout ça, comme le dit mon ami Diego Vargas, pour de l'argent, ces dollars qu'il appelle peaux de grenouille verte.

— C'est une belle expression, fit le roi sans que son visage manifestât aucun signe de détente. Je ne connais pas ce Diego Vargas mais je crois qu'il a le sens du vrai.

— Je sais qu'il serait heureux de vous connaître, Majesté. Lui-même a dans les veines le sang d'un grand chef indien. C'est lui qui m'envoie et votre récit m'a donné une idée que je voudrais vous soumettre.

— Je t'écoute, Lancelot, fit le roi, qui trahissait son impatience en tapant nerveusement du pied dans l'amas de terre répandu devant son trône.

— Vous m'avez bien dit que ces montagnes du Magaliesberg sont votre sanctuaire ?

— Inviolable. On n'y a pas vu d'homme blanc

depuis la ruée vers l'or. Les Blancs craignent les éboulements. Ils savent aussi que nos guerriers sont invincibles dans leurs nids d'aigle.

— Voici mon plan. La semaine prochaine, je vais déposer les statuts d'une société minière au Registre du commerce de Johannesburg, la Bafokeng Mining Company. D'ici deux semaines, nous annoncerons une découverte historique. Disons trente millions d'onces de platine enfouies dans les gorges du Magaliesberg.

— Mais ce serait le plus grand gisement du monde !

— Justement. Il faut frapper les esprits. Qu'on ne parle plus que de ça. Que tous les businessmen de Jo'burg en rêvent la nuit.

— Tu es fou, Lancelot. Pour diffuser une information pareille, il faut avoir des preuves de ce qu'on avance.

— Nous produirons de faux échantillons. Il suffira de saler le minerai.

— Saler ?

— Nous ferons des prélèvements d'une roche quelconque qu'il faudra saupoudrer de paillettes de platine.

— Je connais le droit minier aussi bien que toi, Lancelot. Les carottages sont toujours analysés par des laboratoires géologiques indépendants des équipes de prospecteurs.

— C'est vrai, répondit le jeune homme. C'est pourquoi nous contacterons une officine indépendante. J'ai pensé à des Canadiens, ce sont les meilleurs. Ils jouissent d'une réputation de sérieux auprès de la communauté financière internationale. Nous leur fournirons de vrais carottages extraits de véritables mines de platine. Ils ne pourront que confirmer la présence de platinoïdes dans le Magaliesberg.

Le roi bafokeng paraissait de plus en plus perplexe.

— Et après ?

— Après, le cours des actions de Bafokeng Mining va monter. On introduira la société en Bourse autour de cinq dollars l'action. La presse du monde occidental relaiera la nouvelle de la découverte. L'industrie automobile renforcera ses programmes de pots catalytiques. Vous verrez que les plus grands opérateurs voudront des parts dans l'affaire. On peut tabler sur des cotations à cent, voire deux cents dollars le titre d'ici deux mois.

— Mais ces gens voudront se rendre compte sur place de la réalité du gisement, objecta le monarque.

— À ce moment-là, votre rôle sera essentiel, Majesté. Vous devrez prendre la parole pour interdire toute présence étrangère sur votre territoire. Vos montagnes doivent demeurer le sanctuaire inviolable de votre peuple. Les investisseurs devront se soumettre à vos conditions : vous accepterez d'écouler ce platine si aucun observateur tiers à la Bafokeng Mining ne pénètre sur ce territoire souverain. Dites-vous que l'appât du gain rend fous les hommes les plus sensés, diplômés et avertis. C'est plus fort qu'eux. Ils vont se ruer sur cette mine et prétendront, plus vite que vous ne l'imaginez, qu'elle renferme le double de ce qui aura été annoncé.

— Sans l'avoir vue ?

— Le capitalisme se nourrit aussi de mirages. Les Blancs afrikaners vous ont dépossédé. Cette fois, c'est vous qui allez les posséder. Ils ne pourront rien contre vous. Le jour venu, vous serez en situation de force pour réclamer et obtenir la restitution de vos biens miniers.

Pour la première fois depuis le début de leur rencontre, le roi bafokeng esquissa un léger sourire. Il demanda qu'on leur serve du thé vert et tendit la main à Lancelot.

— Ton frère aurait été fier de toi. Tu seras toujours le bienvenu dans le Magaliesberg, et si tu ne sais où dormir, tu es ici chez toi.

— Merci, fit Lancelot en gardant cette main usée qui serrait la sienne. Je dois regagner Soweto et joindre Diego Vargas.

— Alors va. Chez nous, on dit : quand ton fils a grandi, fais-en ton frère. J'aurais aimé t'avoir pour fils. Mais à partir de ce jour, je considère que tu es mon frère.

Lancelot but son thé, puis amorça prudemment la descente de l'étroit défilé rocheux au pied duquel l'attendait la Land Rover qu'il avait louée à l'aéroport. Là, une voix d'enfant le surprit.

— J'ai gardé le véhicule, man. C'est dix rands.

Lancelot fouilla ses poches. Il s'aperçut qu'il avait conservé l'once de platine.

— Tiens, petit, fit-il, c'est à toi.

L'enfant examina le morceau de métal et partit en courant, comme s'il avait mis la main sur un trésor interdit.

Plus tard, quand Lancelot interrogea Vargas sur les raisons qui l'avaient conduit à lancer l'offensive la plus folle jamais imaginée sur le platine, Libertador avait eu cette étrange réponse : parce qu'il est blanc. J'ai pensé que tu serais plus motivé encore si je te dressais contre le symbole le plus clair du continent noir.

Deux heures plus tard, Lancelot sillonnait les rues de Soweto. Il s'arrêta devant l'église Regina Mundi où, vingt ans plus tôt, le jeune Mgr Tutu avait célébré la messe à la mémoire de son frère Hector. Quelques fidèles priaient debout, les mains jointes et les yeux fermés. Une vieille femme qui revenait du chœur, une longue bougie à la main, dévisagea Lancelot et lui sourit.

— Je te reconnais, toi. Tu es Lancelot, le frère du héros Hector Palacy.

— C'est vrai, mais comment...

— Je n'ai pas oublié ce petit air d'antilope sauvage que tu avais ce jour-là. J'étais assise sur un banc près de votre famille. Tes parents ont été si courageux. Pendant des années on a vu des Blancs sillonner Soweto comme un parc animalier. Le tour operator les arrêtait devant Memorial Square. Les touristes mitraillaient la tombe de photos, bousculaient les gens d'ici venus se recueillir. Ils n'avaient aucun respect pour la souffrance silencieuse de ta mère qui passait ses après-midi là, attendant que ces malotrus repartent pour arranger les parterres de fleurs et relever les pots. Les touristes ne venaient pas pour ton frère. Ils voulaient être photographiés ici pour pouvoir dire, à leur retour chez les Blancs : je suis allé à Soweto, j'ai eu le cran de poser devant leur soi-disant martyr, et ils sont tellement lâches qu'ils ne m'ont rien fait. Tu vois, ils venaient pour ça, encore pour nous narguer.

La vieille accompagna Lancelot jusqu'au parvis de l'église. Elle lui raconta que, depuis la fin présumée de l'apartheid, les anciens membres de la police se tenaient tranquilles. « Ils ont peur des représailles. Le centre de Jo'burg est devenu un lieu de racket terrible. Les Noirs font aux Blancs ce que les Blancs leur faisaient. Malgré les efforts de Mandela pour imposer la réconciliation. Nos cœurs sont encore trop gonflés du sang de nos morts pour que nous puissions pardonner. Leur haine a nourri notre haine. Alors écoute mon conseil, Lancelot. Si tu te promènes dans les beaux quartiers de la capitale, sois prudent. Ton costume est un peu trop neuf, ta mine un peu trop resplendissante. Les nouveaux riches du *black business* sont devenus les cibles privilégiées des Sowetans. Sous couvert de prôner l'émancipation économique des Noirs, ils se préoccupent de leur propre enrichissement. Tiens, tu ne reconnaîtrais pas Trevor Jones. Il a troqué sa chemise à carreaux de syndicaliste pour un complet sombre à jaquette digne des Oppenheimer et de ces messieurs du Transvaal. Sais-tu qu'il est membre de plus de dix conseils d'administration ? Il pose dans les journaux avec sur son bureau des ouvrages savants que je le soupçonne de n'avoir jamais lus, comme *Calculez vos marges bénéficiaires* ou *Les Bienfaits de la spéculation*. »

La vieille était devenue intarissable. Lancelot la remercia pour ses conseils et reprit le volant de son auto. C'était donc vrai, ce qu'il avait lui aussi lu dans un reportage du *Wall Street Journal*. La montée de l'insécurité dans les quartiers d'affaires de Jo'burg depuis la réussite affichée des leaders noirs. Le Stock Exchange s'apprêtait à quitter Diagonal Street, dans downtown, pour la banlieue nord. Le Carlton venait de fermer, le Holiday Inn s'apprêtait aussi à mettre la clé sous la porte. Les automobilistes ne stoppaient plus aux feux rouges de peur de prendre une balle dans la tête. Des Noirs des townships dressaient des chiens-loups à agresser les Blancs. La vieille disait vrai : à la haine répondait la haine. Même les gamins et les SDF qui se proposaient de garder les voitures des riches devant les restaurants du quartier de Melville portaient des gilets pare-balles fluorescents loués cinq rands. La nouvelle Afrique du Sud naissait dans la douleur.

Lancelot se jura qu'une fois sa mission accomplie, il repartirait. Il ne savait pas où, mais il ne resterait pas dans cet univers hostile que la mort continuait de hanter comme une malédiction.

Il se réfugia dans la maison de ses parents, une bicoque modeste et proprette que sa mère avait passé toute une vie à arranger. De petits rideaux bonne femme égayaient la fenêtre de la cuisine. Des pots-pourris de fleurs d'hibiscus avaient été déposés dans chaque pièce, répandant une impérissable odeur de printemps. À la mort de ses parents, Lancelot Palacy avait tenu à garder les lieux en l'état. En son absence, une voisine avait logé ses plus grands enfants qui étudiaient l'économie et l'histoire à Johannesburg. À son retour, Lancelot avait tenu à ce qu'ils restent. Il avait repris sa chambre d'enfant. Sur la table cirée où il avait appris à lire, il avait branché l'ordinateur portable qui le reliait à ses amis solitaires, Vargas, Cheng, Janvry.

Ce soir-là, un mot de Cheng l'attendait sur sa messagerie cryptée. Le Chinois s'inquiétait du traitement qui lui avait été réservé dans son pays. « L'idéal, disait Cheng, serait de créer les conditions du krach mondial dans les derniers jours de 1999. Libertador a jeté la plupart de ses filets. Sa société de courtage est prospère et travaille en harmonie avec le grand fonds de pension Eternity de Boston. L'affaire Irak-Caspienne prend tournure, même s'il reste à régler des problèmes logistiques pour la pose souterraine du pipeline au sortir du territoire kurde. Janvry met sens dessus dessous le capitalisme français. Nous comptons sur toi pour la diversion sur le platine. »

Après quelques considérations générales, Cheng entrait dans le vif du sujet : « Je prépare doucement les dirigeants chinois à développer la bijouterie en métal blanc. Il suffit de regarder nos femmes pour comprendre que l'or sied mal à leur peau. Les bijoux de platine connaissent en revanche un engouement sans précédent. C'est ainsi : ce métal convient mieux à leur pigmentation. Même Alain-Dominique Perrier, le fringant P-DG français de Cartier, a songé à développer des lignes platine dans ses collections destinées au marché asiatique. Les Américains étudient sérieusement la possibilité d'écouler massivement en Chine du riz blanc. Leur calcul est simple : à la longue, sa consommation par 1,2 milliard d'êtres humains permettrait aux États-Unis de se débarrasser de leurs stocks. D'après les diététiciens au service de la Maison-Blanche, ce riz décortiqué façon Uncle Ben's aurait aussi pour effet d'éclaircir la peau de mes compatriotes, au point de leur faire de nouveau aimer l'or. (Washington ne sait plus que faire de son or et cherche la première occasion pour le bazarder.) Henry Kissinger a même déclaré l'autre jour sur CNN qu'il était de nouveau prêt à sillonner les capitales du monde pour négocier des transactions sur le riz à des tarifs imbattables. Mais nous n'en sommes pas là. Le platine a toutes les chances de sauter au cou de toutes les belles Chinoises du nouveau millénaire. Je prépare des spots télévisés avec des filles en blanc, robes blanches, socquettes et souliers blancs, ombrelles blanches et bijoux blancs. Vargas a introduit sur le site de Dolphin Oil des images subliminales de bijoux en platine, des colliers, des bagues, des bracelets de poignet, des boucles d'oreilles. Les images reviennent toutes les cent vingt secondes et restent affichées un quart de seconde. Celui qui consulte le site ne distingue pas ces brefs éclairs. Mais son inconscient se construit peu à peu autour d'une envie qui devient rapidement irrépressible : acheter des bijoux en platine. Alors, à toi de jouer pour faire croire que tout cela est vrai. Je t'embrasse. Prends soin de toi. Ton dévoué Cheng. »

— C'était donc ça, l'idée de Libertador, s'écria Lancelot.

Seul dans sa chambre, il s'allongea sur son lit et ferma les yeux. Dehors, des enfants reprenaient de lentes mélopées que chantaient déjà son père et ses frères au temps de l'apartheid. Il y était question d'un lac poissonneux de Soweto où seuls les Blancs pouvaient pêcher. Lancelot s'était toujours refusé à l'apprendre mais les paroles étaient entrées dans sa mémoire malgré lui, comme les reflets de platine dans l'œil des internautes du site de la Dolphin Oil. Le jeune Sud-Africain réfléchissait au plan de Vargas. Il faudrait jouer serré avec Trevor Jones et sa clique du Black Business Power. Allait-il les dissuader d'investir dans la Bafokeng Mining Company ? Mais, dans ce cas, quelle explication avancerait-il pour ne pas dévoiler ses batteries ? Après tout, pensa-t-il, les nouveaux riches des classes aisées noires se comportaient avec la même morgue que les colons blancs. S'ils étaient abusés, ce serait bien fait pour eux.

Lancelot s'endormit dans cette chambre qui avait abrité ses rêves de petit garçon à la peau sombre. Vargas avait mis en lui toute sa confiance pour mener à bien la mystification. Il n'allait pas s'embarrasser de scrupules pour des hommes qui ne valaient pas une once de platine. Les chants cessèrent dans la nuit brûlante de Soweto. Aux portes du sommeil, Lancelot Palacy songea qu'il fallait toujours protéger les enfants des adultes qu'ils allaient devenir. Puis il s'écroula jusqu'au lendemain.

32

— Qui m'a foutu ce bordel sous mes fenêtres ?

Le nez contre la vitre de son bureau, Jean-Cyril de la Muse d'Andieu ajusta rageusement le nœud de sa cravate lie-de-vin. La veille, il s'était taillé un joli succès au Conseil des ministres en révélant les nouvelles prévisions de croissance pour l'année 1999. À 3 pour cent, sans inflation ou presque, la France recollait au groupe des *happy few* sains et prospères de l'Union européenne, respectant les conditions draconiennes du désormais sacro-saint traité de Maastricht. Le Président en personne l'avait gratifié d'une tape amicale sur l'épaule qui n'avait échappé ni à ses collègues, ni au photographe de Gamma en embuscade à la sortie de la grande salle du Conseil de l'Élysée. Le ministre de l'Économie et des Finances s'apprêtait à déguster tranquillement la presse du matin (il avait su par son chauffeur que la fameuse photo faisait la une du *Figaro*) lorsqu'un huissier, la mine aussi sombre que son costume, ses chaînettes d'argent tremblant sur sa poitrine, était venu l'avertir de la mauvaise nouvelle. « Ils » étaient là.

« Ils » n'étaient pas moins de quatre cent mille personnes, créant sur les quais de Seine un embouteillage monstre, et criant comme un seul homme leur mot d'ordre : « Remboursez les emprunts russes et donnez-nous du Dolphin Oil ! » Furieux, le ministre fit appeler l'officier des Renseignements généraux attaché à Bercy. Un petit homme chauve d'une cinquantaine d'années au teint olivâtre se présenta plus mort que vif, son téléphone portable à la main.

— Je vous félicite, aboya d'Andieu. Vous n'aviez rien vu venir ?

— C'est-à-dire, monsieur le ministre... On suivait la campagne de presse lancée par *Financial Watch* sur les emprunts russes. Mais vos conseillers nous avaient affirmé que tout cela était en cours de règlement avec Moscou depuis les accords Juppé-Tchernomyrdine de 1996. On n'imaginait pas une seconde que...

— Je ne vous demande pas d'imaginer. Regardez-moi ces gens qui brandissent leurs vieilles reliques du temps des tsars ! Quelle publicité pour le gouvernement... Je n'ose pas penser à la presse de demain. Sans parler des journaux télévisés dès midi...

Le ministre replia avec regret *Le Figaro* et l'expédia tout droit au panier. Dans ce geste de dépit, la photo de une se froissa de telle sorte que son visage de papier, touché par la grâce présidentielle, prit soudain une forme douloureuse. Jean-Cyril de la Muse d'Andieu en tira une rapide conclusion sur le caractère éphémère et relatif de la gloire d'un jour. Depuis une semaine, il avait bien senti se profiler une menace, mais elle était demeurée sourde et diffuse, pleine d'allusions et de vagues sous-entendus. Son ennemi de toujours, Marc-Antoine Weil, s'était montré plus insistant qu'à l'accoutumée pour lui recommander d'intervenir assez vite en faveur de l'introduction en France des fonds de pension étrangers. Il avait même ajouté que les sommes en jeu étaient si considérables qu'elles permettraient, par exemple, d'effacer le mauvais souvenir de l'emprunt russe dans la mémoire infaillible, rancunière et héréditaire du petit épargnant floué. Un mal, précisait-il, qui se transmettait avec les générations. À Bruxelles, quelques jours plus tard, le commissaire Annepont l'avait attiré à l'écart dans un couloir glacé du siège de l'exécutif, lors d'une suspension de séance à 3 heures du matin. Lui aussi avait fait allusion aux spoliés de l'emprunt russe, comme s'ils s'étaient donné le mot avec Marc-Antoine Weil. « Je crois qu'une occasion unique se présente de sortir l'État de ce mauvais pas avec les honneurs », avait-il indiqué. À ce seul mot d'honneur, Jean-Cyril d'Andieu avait consenti un effort d'attention. « Une société pétrolière de la Caspienne est sur le point de faire des étincelles. Un fonds étranger de placement proposera bientôt des blocs d'actions bon marché. Il ne faudrait pas rater l'aubaine, si je puis me permettre, cher ami », avait susurré le commissaire tout en rondeur et en souriante insistance. Les discussions sur les réajustements monétaires entre l'Europe du Sud et celle du Nord s'étaient poursuivies jusqu'au petit matin. Le ministre d'Andieu avait regagné Paris, exténué, trouvant son seul motif d'excitation dans la perspective d'annoncer bientôt la révision à la hausse des chiffres de la croissance. Quant aux emprunts russes, à la campagne de *Financial Watch*, aux attraits présumés de la Dolphin Oil et aux lenteurs du Kremlin à honorer la dette dûment signée et garantie par les Romanov, il avait littéralement dormi dessus.

C'est pourquoi le réveil, ce matin-là, fut particulièrement brutal.

— La préfecture de police sur la ligne réservée, fit une secrétaire guillerette que la situation semblait exciter au plus haut point.

— D'Andieu, j'écoute.

— Monsieur le ministre, nous avons affaire à des enragés incontrôlables, commença la voix. Ils s'étaient déjà réunis en meetings spontanés ces derniers temps, à Bordeaux, à Lyon, à Dijon et à Lille. Cette fois, on dirait qu'ils ont visé au cœur...

— À ce propos, fit le ministre sur un ton courroucé, je vous signale qu'ils sont des dizaines de milliers devant nos bâtiments.

— Je sais, monsieur. C'est absolument incroyable. Aucune information n'a filtré. Sinon, vous pensez bien... Hier au soir, on a juste constaté un afflux inhabituel d'autobus dans le secteur de la gare de Lyon. Tous portaient des plaques immatriculées en province. Nous pensons que les manifestants s'étaient donné rendez-vous dans plusieurs quartiers de la capitale, les gares, devant la tour Eiffel, l'Arc de triomphe, pour ne pas attirer l'attention. Ils se sont mêlés aux touristes de la Toussaint.

— Je me fiche de vos explications ! explosa d'Andieu. Que comptez-vous faire ?

— C'est à vous que j'allais poser la question, répondit la voix sans paraître se troubler le moins du monde. Ils réclament une solution pour les emprunts russes. D'ailleurs, la grand-mère de ma femme...

— Ça suffit! Je ne vais pas céder à la pression de la rue. Qu'est-ce que j'y peux, moi, si nos papys se sont rués sur le 5 pour cent de la ville de Saint-Pétersbourg ou le 3,5 pour cent de la Compagnie des chemins de fer de la mer Noire? Chaque fois que nous allons à Moscou pour parler remboursement, Eltsine est rond comme la Pologne et son ministre des Finances nous annonce, avec une mine vaguement attristée, que le rouble s'est encore cassé la gueule. Alors, si vous le voulez bien, mettez un peu d'ordre dans vos services de renseignements et laissez Bercy s'occuper de ce qui peut être sauvé dans cette Berezina financière d'avant-guerre.

Le ministre raccrocha et mit la radio en marche. Au flash de France Info, le chroniqueur boursier, Jean-Paul Ménard, annonçait la suppression des cotations de l'emprunt russe pour la journée en attendant plus ample information. Avec ce que d'Andieu perçut comme un ton de persiflage (mais le bonhomme était devenu particulièrement susceptible), le journaliste rappelait que les titres de couleur verte, beige, rose ou violine (parfois noir comme des faire-part de deuil, ajoutait-il), bref, que ces antiquités d'un empire déchu s'échangeait à dix ou vingt francs pièce. Certains petits porteurs, désespérant de les voir un jour transformés en espèces sonnantes et trébuchantes, les avaient amoureusement fait encadrer comme une photo de famille, héritage désuet de la tante Jeanne ou de l'oncle Louis... Ainsi pouvaient-ils passer chaque jour, de la cuisine au salon, devant leurs eldorados décrits en alphabet cyrillique, Société des Aïmatts de Touchetoukan, Compagnie du Barrage de la Volga, Consortium du Chantier naval de Tsetsenkhan, emprunt de la Banque impériale de la noblesse, avec garantie d'État et indexation sur l'or. D'autres avaient cédé les parchemins au prix du papier. C'était ainsi : plusieurs classes d'aïeux y avaient passé les économies d'une vie, de jeunes époux imprudents la dot de la mariée, des rentiers leurs gains patiemment bâtis sur la pierre et les propriétés terriennes. Il avait fallu que ce Vladimir Ilitch prenne le pouvoir à Petrograd sous le nom de Lénine pour que tombe, en plein vol, l'aigle impérial à deux têtes, dont étaient estampillés les titres brandis par la foule sous les fenêtres de Bercy.

— Appelez Matignon, demanda le ministre à la secrétaire de plus en plus joyeuse, assurée de vivre un de ces moments où la République est en danger. Il y avait eu Mai 68, Mai 81, Mai 86 et ses grandes manifestations pour l'école privée. Il y aurait Novembre 1998 et l'affaire des emprunts russes.

« Entre 1880 et 1914, continuait le chroniqueur de France Info, notre pays était devenu le banquier du tsar. Les mines, les trains, les usines, tout était bon pour placer du franc-or, de l'argent frappé du coq gaulois et "franc comme l'or", insistait le journaliste avec lyrisme. Bismarck s'était méfié de ces titres, c'est pourquoi Nicolas II s'était lancé dans une entreprise de séduction envers Paris. Des entremets franco-russes aux grands travaux d'Ekaterinenbourg, c'était "Embrassons-nous, Folleville" entre le président Félix Faure et le tsar l'accueillant dans son palais rutilant d'ors et de cristaux, pendant que *Le Petit Journal* saluait l'"'alliance" entre les deux pays. »

— Matignon sur la ligne restreinte, gloussa la secrétaire.

D'Andieu prit son ton le plus dégagé pour parler au directeur de cabinet du Premier ministre, Étienne Rochebrune, qui s'étonnait devant la tournure prise par les événements.

— Avez-vous lu la dépêche de l'AFP de 9 h 50 ?

— Non, répondit d'Andieu, perdant un peu de sa fragile assurance.

— Le meneur, un certain Igor Raffalovitch, Russe blanc d'origine, menace de mettre le couteau sous la gorge du gouvernement. Ce sont ses mots ! Et le couteau, précise-t-il, c'est le bulletin de vote.

— J'avais compris, lâcha d'Andieu.

— Il faut agir vite. Ces gens sont organisés. Leur groupement est soutenu par deux cent quarante-six députés, toutes obédiences politiques confondues. On nous annonce des dizaines de questions orales à l'Assemblée lors des prochaines séances du mercredi. Ils ont dans leur manche des conseillers d'État, des chefs d'entreprise et des intellectuels. Même à l'université il y a des défenseurs des petits porteurs de titres russes! Vous saviez qu'ils étaient plus de quatre cent mille?

— Oui, mais je ne pensais pas qu'ils se donneraient tous rendez-vous un matin sur le quai de Bercy. Je n'en crois pas encore mes yeux. Ma parole, ils ont payé des figurants ou ils ont déterré les morts de 14?

— Je n'ai pas envie de rire, d'Andieu.

— Moi non plus, Rochebrune. J'essaie de comprendre, voilà tout. À mon avis, nous nous polarisons trop sur cette histoire d'emprunt. Vous avez entendu leur slogan?

— Mes fenêtres sont ouvertes mais leurs cris, Dieu merci, ne portent pas jusqu'à la rue de Varenne. C'est heureux que le Premier ministre n'ait pas à subir ces vociférations, grinça le collaborateur du deuxième personnage de l'État.

— Tant mieux pour vous, reprit d'Andieu avec aigreur. Si je comprends bien, ou plutôt si mes oreilles ne me trahissent pas, les porteurs d'emprunts russes demandent une sorte de troc. On oublie une fois pour toutes ces vieilleries et on les dédommage avec les titres d'une société étrangère, la Dolphin Oil.

— J'ai lu des choses sur cette firme. Elle cherche du pétrole dans la Caspienne, n'est-ce pas?

— Si j'en crois les analyses de *Financial Watch*, elle ne fait pas qu'en chercher. Elle serait sur un gisement considérable.

— Qu'est-ce qui bloque? s'impatienta l'homme de Matignon.

— Ce qui bloque? répéta, incrédule, le ministre de l'Économie. Au bas mot, le remboursement des emprunts russes à leur valeur faciale réévaluée, sans même tenir compte des intérêts, irait chercher dans les deux cent cinquante milliards de nos francs, voilà ce qui bloque, cher Rochebrune. Quant à la Dolphin

Oil, si vos sources recoupent les miennes, vous savez qu'elle n'est cotée pour l'heure sur aucune place financière. D'après quelques amis (intérieurement, il maudit les noms de Marc-Antoine Weil et du commissaire Annepont), les premiers blocs seront réservés à un fonds de pension de Boston. Aussi longtemps que ces organismes seront interdits par notre législation, la Dolphin Oil restera un mirage. J'ajoute pour finir qu'il vaut peut-être mieux qu'il en soit ainsi, car, sauf votre respect, les grandes steppes, depuis Napoléon jusqu'aux fameux emprunts, ne nous ont jamais réservé de lendemains très prospères.

Étienne Rochebrune jugea qu'il était temps de changer de registre. Il prit cette voix que comprennent les ministres lorsqu'ils parlent à un représentant direct de l'autorité suprême, une voix qui ne souffre plus la discussion mais exige l'obéissance aveugle, sans aucun égard pour l'amour-propre ni les états d'âme.

— Le Premier ministre est très irrité par ce désordre devant votre ministère, tout cela à quarante-huit heures de la réunion du G7 à la Grande Arche de la Défense. Notre standard est littéralement pris d'assaut et vos atermoiements sont du plus mauvais effet. Vous n'oubliez pas que le sommet accueillera, le dernier jour, Boris Eltsine pour un G8 informel. Le Premier ministre suggère donc — d'Andieu comprit : ordonne — que vous receviez ce Raffalovitch pour tenter de régler au mieux ce différend. Vous comprenez, monsieur le ministre, quatre cent mille petits porteurs d'emprunts russes, à quelques mois des législatives, c'est de la dynamite. Toute leur vie ils ont voté pour nous. Ce n'est pas le moment qu'ils passent à l'ennemi. Je compte sur vous, d'Andieu.

Il se reprit.

— Nous comptons sur vous.

Devant son écran de télévision, Hugues de Janvry jubilait. Il pensait à la tête de ce mal embouché de Denis Dupré quand la marée humaine avait encerclé la forteresse de l'économie française, Trésor compris. L'idée était venue de Vargas lui-même. « Il faut toucher les gens au portefeuille, identifier une minorité agissante au bord de l'exaspération et l'utiliser comme un bélier pour forcer la porte de Bercy », avait-il écrit à Hugues sur leur canal crypté. C'est ainsi que le jeune homme avait jeté son dévolu sur les possesseurs de titres russes en lisant un portrait de leur leader, Igor Raffalovitch, dans *La Tribune*. C'était sa dernière carte. Elle fut son joker. Raffalovitch était un géant à la barbe opulente, portant besicles et béret plat épinglé de pin's aux couleurs de l'écologie militante. Son grand-père, Arthur Raffalovitch, avait été ambassadeur du tsar dans le Paris de la Belle Époque. Il s'était fait l'agent de propagande de l'empire, plaçant ses emprunts comme un facteur son calendrier des Postes, clamant à qui voulait l'entendre que c'était toujours ça que les Allemands n'auraient pas.

Pour le petit-fils Igor, cette croisade relevait du cas de conscience. Marié à une Française dont la famille avait englouti ses économies dans les huileries et peausseries de Bakou, il avait mis un point d'honneur à réparer les méfaits du grand-père Arthur. Ainsi avait-il accueilli avec soulagement la perspective offerte aux petits porteurs de se « refaire » avec les pétroles de la Caspienne repérés par la Dolphin Oil. Analyses sismiques en main (Natig Aliev avait télétransmis son vrai-faux rapport sur le site de *Financial Watch*), Hugues de Janvry avait rapidement emporté la conviction du vieux Russe. Les deux hommes s'étaient rencontrés au Basile, un bar à vodka de Montparnasse, et leur colloque s'était prolongé jusqu'à une heure avancée de la nuit, sous le signe régénéré des amitiés franco-russes trempées à la Moskovskaya. Dans la vapeur cotonneuse de cette mémorable soirée, Raffalovitch avait raconté à Janvry une drôle d'histoire que le jeune patron de *Financial Watch*, une fois dégrisé, s'était empressé de rapporter à Libertador. Arthur Raffalovich n'était pas seulement un zélé propagateur des titres d'empire. C'était un authentique amoureux de l'art de son temps. Depuis son arrivée en France, il était tombé en extase devant les toiles de Monet, vouant à ses nénuphars solaires un véritable culte qui confinait à la dévotion. Plusieurs fois il avait rendu visite à l'artiste dans son jardin japonais de Giverny. Un jour, il y avait rencontré Clemenceau. La guerre n'allait pas tarder à éclater. Raffalovitch tentait encore, avec une conviction émoussée, de fourguer son 5 pour cent Saint-Pétersbourg. L'époque ne se prêtait plus aux rêves d'avenir, même indexés. Monet avait jeté sur les coupures de monsieur l'ambassadeur un œil dédaigneux, disant que ces parchemins, s'ils avaient de la valeur, ne la devaient pas à leur beauté. Ravalant l'humiliation, Raffalovitch avait sauté sur l'occasion, priant l'artiste d'illustrer les futurs bons d'État garantis par l'empire pour la prochaine souscription réservée au peuple français. Le Tigre avait tonné, rappelant à son ami ses engagements à l'égard de son pays : vingt-deux panneaux de nymphéas « et pas un de moins », livrables dans les meilleurs délais pour le patrimoine national. Prévoyant, celui qu'on n'appelait pas encore le Père la Victoire avait suggéré qu'en se procurant une liasse de titres russes, Monet assurerait sans doute ses vieux jours mieux qu'avec sa modeste pension. C'est ainsi que le peintre avait fait l'acquisition de cent obligations (de vingt-cinq coupons chacune) des pétroles de Bakou, en échange d'une fresque originale de nénuphars qui devait à présent moisir sous la poussière du palais Mouktarov.

Le 3 novembre 1998 fut une journée riche en rebondissements.

À 9 heures du matin, Igor Raffalovitch organisait un sit-in de quatre cent mille petits porteurs d'emprunts russes devant le ministère de l'Économie et des Finances à Bercy. Deux heures plus tard, il était reçu solennellement par le ministre Jean-Cyril d'Andieu qui écouta sans broncher chacune de ses conditions.

À 11 h 30, les photographes de presse et les équipes de télévision voyaient ressortir de l'enceinte officielle le ministre de l'Économie flanqué d'un géant à la barbe fleurie, coiffé d'un béret. Une bousculade eut lieu car chacun voulait le portrait du héros du jour, Igor Raffalovitch.

À 11 h 35, dans une certaine indifférence de la meute médiatique qu'il jugeait décidément bien versatile, le ministre d'Andieu embarquait à bord du coche d'eau où l'avait rejoint, se tenant l'estomac mais fier d'être de la partie, son conseiller Gilles Duhamel, l'apôtre des fonds de pension étrangers. Il le félicita pour sa note. Ce fut la première fois que Gilles Duhamel ne souffrit pas de nausée à bord de la vedette.

À 13 heures, Jean-Cyril d'Andieu, de retour de Matignon, annonçait que l'État français indemniserait les porteurs d'emprunts russes pour moitié de leur valeur faciale en échange d'actions à émettre de la société Dolphin Oil. Ce qui supposait l'autorisation de principe d'instituer des fonds de pension dans l'Hexagone.

À 15 heures, dans les bureaux en verre fumé de la Commission de Bruxelles, les Quinze rédigeaient en hâte, sous la houlette de Jérôme Annepont, un projet de texte portant accord de l'Union pour l'entrée des fonds de pension en Europe, accompagnée de la liberté de création d'instruments similaires et concurrents par les institutions financières agréées de tous les pays membres.

À 18 h 45, heure de Paris, Hugues de Janvry informait Diego Vargas de leur victoire. C'était le début d'après-midi à Boston, et Libertador revenait d'une promenade dans les rues de Beacon Hill, jonchées de feuilles mortes.

À 15 heures, heure de Boston, Vargas chargeait Natig Aliev d'enquêter sur un tableau de Monet, relégué par les bolcheviks dans les sous-sols d'un palais de Bakou, sûrement le palais Mouktarov.

À 18 h 40, heure de Bakou, Natig Aliev annonçait à Vargas l'accord du président azeri pour déclarer le champ, baptisé « Vivaldi [1] », zone de prospection exclusive de la compagnie Dolphin Oil, sous la protection permanente de trois navires de guerre chargés d'assurer la sécurité autour des plates-formes et d'éloigner des puits de forage les gêneurs, bateaux écologistes, pêcheurs, espions et curieux de tout poil.

Depuis quarante-huit heures, Mourad n'avait plus donné signe de vie sur le canal crypté.

33

Après six heures de route sous un soleil de plomb entre Bagdad et Mossoul, Mourad et son chauffeur atteignirent enfin un village de toile peuplé de Kurdes réconciliés depuis peu avec le régime de Bagdad. Tout au long de la journée, sans desserrer les mâchoires, Mourad avait regardé son pays dévasté. Il n'avait pas compté les silhouettes noires de femmes en *abbaya* [2] penchées au-dessus de la terre sèche et stérile qu'elles s'échinaient à cultiver pour récolter quelques maigres légumes. Le jeune homme s'était souvenu du Bagdad de son enfance quand il passait des après-midi entiers avec son père dans le jardin aux laitues, mâchant lentement de larges feuilles de salade sous l'ombre fraîche des sycomores. Le feu venu du ciel semblait avoir ôté à l'Irak sa protection divine qui s'étendait jadis sur les cultures et les champs. Le réseau d'irrigation, l'un des plus modernes du Moyen-Orient, avait été dévasté sous les bombes. Toute la propagande occidentale pour accréditer l'idée de guerre chirurgicale et de tirs limités aux cibles stratégiques était une

1. Le jeune ingénieur des pétroles considérait que le gisement, malgré les glaces de l'hiver, pourrait être exploité durant les quatre saisons de l'année.
2. Tissu sombre qui enveloppe le buste et protège le visage.

vaste foutaise. Les Américains avaient déstocké l'arsenal dont ils ne savaient plus que faire depuis la fin du conflit vietnamien. C'était bien des bombes aveugles, sans aucun moyen de téléguidage, qu'ils avaient déversées jour et nuit sur le pays des deux fleuves. Pendant que les peintres de l'Institut des arts exécutaient à tour de bras des tableaux monumentaux représentant un Saddam Hussein sans aucun cheveu blanc, qui avec des Ray-Ban, qui coiffé d'une chapka, qui avec sur le crâne le foulard à carreaux des combattants palestiniens, l'Irak du Nord, gorgé de pétrole, se mourait de soif et de faim. La terre n'en finissait plus de cracher ses pierres et ses mines qui explosaient au passage d'enfants insouciants ou de pêcheurs venus sur le Petit-Zab, l'un des affluents du Tigre, à la recherche de belles carpes ou de *mezgouf*, le poisson national qu'on servait, au temps révolu de la paix, avec des épices et des câpres, des cornichons granuleux à souhait et des oignons confits dans le vinaigre. Même dans les beaux quartiers de Bagdad, il était désormais impossible d'améliorer l'ordinaire qui se résumait au couple bien ordinaire tomate-concombre. Les confiseries avaient fermé les unes après les autres faute de sucre. On ne buvait pas de Coca-Cola car il était embouteillé en Israël, et les arrivages de Pepsi étaient irréguliers, mystérieusement enlevés par de gros camions filant, à peine arrivés par containers dans le port de Bassorah, vers le palais présidentiel. Les *mezzès*, ces délicieux hors-d'œuvre qui mettaient l'eau à la bouche avant d'entrer dans le vif du repas — la *koba*, mouton haché accompagné de blé pilé, ou le *mezgouf* cuit au bout d'une perche dans une flambée de tamaris —, les *mezzès* se résumaient à de maigres boulettes de viande sèche qui, murmurait-on, provenaient de chameaux ou de chiens abattus.

Mourad pensait à tout cela pendant l'interminable trajet. Mais c'était la silhouette de ces femmes en noir porteuses du deuil de tout un peuple qui hantait douloureusement le jeune homme. Comme s'il avait compris le sens de ses regards perdus et affolés, son chauffeur, l'ancien professeur de géographie qui avait accepté de le conduire si loin, s'était livré peu à peu. D'abord, il lui avait dit son vrai nom en signe de confiance : Zouba Yahia. Puis il avait ouvert son cœur.

— Ces femmes comme des corbeaux, elles ressemblent à mon épouse Suria. Nous avions deux fils, Selim et Eni. Selim est mort dans la guerre contre l'Iran. Eni, lui, a été tué pendant la « Tempête du désert ». Saddam nous a remis en main propre une liasse de billets de cent mille dinars, on aurait dit de faux billets ou des photocopies aux couleurs délavées. C'était au cours d'une cérémonie sur la place des Révolutions. Il avait fait applaudir par la foule le nom de Saladdin, puis le sien aussitôt après. Nous, on était rentrés dans notre maison vide et ma femme avait sorti d'un couffin ses habits noirs qu'elle n'a plus quittés.

La route de Mossoul était traversée de canaux éventrés, où flottait une mousse bleue, rouge ou verte.

— Tout a été pollué, expliquait Zouba. Comment veux-tu irriguer les champs quand l'eau est empoisonnée ?

Mourad comprenait mieux le plan conçu par le ministre des Hydrocarbures et son équipe. Le réseau hydraulique, qui arrosait la grande plaine entre Tigre et Euphrate, passait par le gisement pétrolifère de Kirkouk, piquait plus au nord jusqu'à la frontière turque. Les chefs kurdes avaient donné leur accord pour réparer le réseau et y faire passer le pétrole. Les travaux seraient effectués de nuit pour ne pas attirer l'attention des patrouilles envoyées par les Nations unies. Les Kurdes avaient négocié une partie des futures recettes tirées de ces exportations illégales vers la Caspienne. Ils avaient aussi obtenu que les prisonniers de leur minorité, qui croupissaient dans les geôles de Saddam, soient libérés pour venir prêter main-forte dans ces travaux de titans. Ces derniers avaient accepté avec soulagement, eux qui disaient à leurs rares visiteurs que dans les prisons de Bagdad on espérait la mort à chaque minute. C'est ainsi que des hommes jeunes du Kurdistan irakien, venus de Dohouk, d'Erbil et de Souleymanieh, se tenaient prêts à retrousser leurs manches pour effectuer les connexions nécessaires entre les pipelines dirigés vers le sud et la tuyauterie hydraulique s'élançant à l'opposé. Restait à régler le problème de la soudure. L'électricité était un bien rare dans ce pays livré dès le crépuscule à la nuit noire. Plus d'une fois Mourad avait frémi quand, sur la route, il n'avait aperçu qu'au dernier moment de gros camions-citernes, roulant tous feux éteints pour économiser leur batterie. Les lampadaires argentés, installés dans les années fastes de l'Irak, n'envoyaient plus depuis longtemps la moindre lueur, et c'est dans une obscurité quasi complète que Mourad et Zouba avaient traversé Mossoul, puis zigzagué sur un mauvais chemin pour atteindre l'ancien village martyr de Halhabja où la végétation pourtant rabougrie gardait encore les effluves vomitifs du gaz moutarde.

Ils furent accueillis par Soufik, l'un des chefs kurdes impliqués dans l'opération. Zouba fut conduit à l'écart dans une petite tente où l'attendaient quelques galettes de pain, un ragoût de légumes et une petite théière ronde remplie de thé sucré. En avançant dans le noir, Mourad faillit se trouver nez à nez avec une bufflonne trapue qui broutait les croûtes calcinées de fleurs de tournesol.

Soufik offrit un coussin à Mourad qui s'assit en tailleur aux côtés des principaux responsables kurdes chargés d'écouler le pétrole interdit en direction de la Caspienne. Tous étaient des hommes assez jeunes que les privations de chaque jour avaient prématurément marqués. Leurs joues creuses, leurs yeux agrandis par la faim et le manque de sommeil, par la peur aussi, tout indiquait la misère des peuples qui n'ont plus le souvenir d'avoir jamais vécu en paix sur leur terre.

Une vieille femme servit du café brûlant épaissi par du marc. Une conversation entrecoupée de longues aspirations commença à voix basse. Un homme aux lèvres épaisses se mit à parler d'Amman où il avait séjourné une semaine. Il raconta comment, en découvrant les quartiers tranquilles de la capitale jordanienne, il s'était surpris à sentir les larmes lui monter aux yeux, comme s'il avait vu l'image évanouie de Bagdad du temps où elle était belle. Il avait parlé d'une brise qui soufflait la nuit et rafraîchissait les maisons ; on entendait le sabot des chevaux tirant les calèches d'apparat qui se rendaient dans les mosquées paisibles aux minarets décorés de céramique bleue. On l'avait écouté en silence, avec des hochements de tête et des bruits de gorge. Nul n'avait eu le cœur à renchérir, de peur sûrement de s'attendrir. Face à Mourad se tenait Kader. Il arrivait d'une prison du Sud où il avait passé dix-huit mois. Ses genoux entaillés portaient la marque des supplices dont les gardiens du parti Baas [1] avaient le secret. Il était de ceux à qui on avait infligé le « parcours » : un terrain bétonné de cinquante mètres en plein soleil que les fortes têtes devaient traverser à quatre pattes au milieu de tessons de bouteille. Les blessures de Kader ne cicatrisaient jamais complètement et on manquait en territoire kurde de médicaments de première nécessité, que même les organisations humanitaires ne parvenaient pas à acheminer en suffisance. On opérait au Valium, les diabétiques n'avaient pas d'insuline et les pommades contre les brûlures étaient plus rares que l'or. Quant aux désinfectants, alcool, éther et mercurochrome, on avait même perdu le souvenir de leur existence. Jusqu'à l'eau potable qui manquait dramatiquement. Le fleuve était si pollué qu'il n'était pas question de boire une goutte puisée dans le Tigre. Il existait bien des usines de purification de l'eau, mais le comité des sanctions des Nations unies veillait à ce que soit respectée l'interdiction d'importer du chlore pour la traiter, craignant un usage

1. Parti au pouvoir en Irak dont Saddam Hussein est le chef incontesté.

dévoyé, par exemple la fabrication de nouvelles armes chimiques...

— Mourad a convaincu le pouvoir de Bagdad d'exporter notre pétrole vers la mer Caspienne, commença Soufik. Cette opération demande du doigté et de la discrétion. J'ai préparé une carte sur laquelle j'ai tracé l'itinéraire de la conduite d'eau qui servira de pipeline.

L'homme sortit de l'intérieur de sa veste un rouleau de papier. À sa grande surprise, Mourad découvrit que la carte en question avait été dessinée à la main par Soufik lui-même.

— Il n'existe plus de carte officielle de notre pays, expliqua le chef kurde en lisant l'étonnement sur le visage de Mourad. Avant la guerre, Saddam avait fait retirer du commerce toutes les anciennes cartes. De nouvelles cartes incluaient le Koweit comme onzième province du pays. Évidemment, elles n'ont pas quitté le palais. On dit que Saddam en a exposé une dans la grande salle du Conseil, malgré les réprimandes verbales de l'émissaire des Nations unies et du prince Saddrudine Aga Khan qui a menacé d'interrompre l'aide humanitaire si cette provocation ne cessait pas. Au bout du compte, on ne peut plus trouver dans ce pays de véritable carte. Nous vivons vraiment dans un monde irréel.

Les hommes se penchèrent sur les lignes manuscrites et entreprirent de mesurer l'ampleur de la tâche.

— Jusqu'à la frontière turque, c'est réalisable, lança Kader. Mais après? On ne pourra pas s'infiltrer de l'autre côté à l'insu de nos voisins.

— Le pipeline n'entrera pas en Turquie, dit calmement Soufik.

— Mais où passera-t-il alors? s'inquiéta Mourad.

— Ici, montra Soufik du bout des doigts.

— Mais...

— Oui, c'est l'Iran.

— Je ne comprends pas, fit Mourad. Les Iraniens dénonceront aussitôt la manœuvre au monde entier. Notre projet sera mort-né!

— Pas si nous obtenons des complicités. Or je m'en suis assuré. Nos frères kurdes iraniens sont prêts à prendre le relais jusqu'à la Caspienne. Pour eux, ce sera encore plus facile. Le réseau hydraulique est en parfait état et ils n'ont pas les observateurs de l'Onu sur le dos. Ils pourront manœuvrer en plein jour en prétextant une révision de routine des installations. Les ayatollahs n'ont pas seulement la tête près de Dieu. Ils ont bien les pieds sur terre et savent que le peuple ne doit pas manquer de nourriture. C'est pourquoi tout ce qui touche à l'agriculture est sacré.

Mourad opina, tout en manifestant ses réticences.

— Mais il suffirait d'un traître.

— Nous avons limité les risques, répondit Soufik pour le rassurer. Seuls trois responsables des peschmergas [1] iraniens sont dans le secret. Les autres auront vraiment la certitude qu'ils effectuent des travaux de maintenance. Une fois les jonctions établies, bien malin qui pourra dire si c'est de l'eau ou du pétrole qui coule dans les tuyaux enterrés.

— C'est juste, approuva Mourad, mais qui vous dit que les trois chefs ne joueront pas double jeu ?

— Nous les avons intéressés.

— C'est-à-dire ?

— Le ministre des Hydrocarbures nous a promis 25 pour cent sur le produit des ventes de brut irakien maquillé en pétrole de la Caspienne. Nous retrocéderons 10 pour cent des sommes payées en dollars à nos frères iraniens. Pour plus de sécurité, un document a été signé par les deux parties, en double exemplaire, avec les noms des chefs concernés. Il nous suffirait d'envoyer ce contrat secret à quelques agences de presse pour confondre nos partenaires qui sont aussi nos complices. Vous voyez : la bonne vieille stratégie de dissuasion.

— Je vois, fit Mourad. Dans ce cas, je n'ai plus d'objections.

La vieille femme reparut avec sa cafetière, suivie

1. Combattants kurdes.

d'une adolescente en tchador qui portait une lourde marmite remplie de riz blanc. Des assiettes passèrent de main en main, les hommes se turent et mangèrent lentement, sous le regard des deux femmes immobiles et debout derrière eux. En levant les yeux sur la petite, Mourad ne vit que son regard dans le petit rectangle de visage laissé libre par le tchador. Jamais il n'oublierait ce regard d'envie devant le riz qui fumait. Il demanda si ces femmes avaient mangé. Soufik répondit oui d'une voix qui ne souffrait aucune contestation. Quand Mourad regarda dans leur direction, elles avaient disparu.

Vers minuit, Soufik donna le signal. Tous se levèrent. La nuit était plus noire que jamais. Le ciel couvert masquait la lune et la lueur affaiblie des étoiles. C'était un ciel de novembre, un de ces ciels d'Orient qui avaient tant manqué à Mourad dans ces années d'études à Boston, et même dans la touffeur amazonienne, quand le ciel de la grande forêt se résumait à des lambeaux bleus assombris par la jungle inextricable. D'immenses silhouettes attendaient devant la tente. Mourad dut approcher à un mètre pour reconnaître des peschmergas juchés sur leurs chameaux. Tous prirent place sur les bêtes et filèrent droit vers le nord après avoir vérifié la puissance de leurs torches.

— C'est une nuit idéale pour avancer le travail, confia Soufik. Quand le ciel est voilé, les observateurs des Nations unies restent dans les hôtels. Certains jouent au casino. J'en connais qui sont devenus des spécialistes des séries égyptiennes ou des contes de Schéhérazade au roi Chahryar. Nous allons suivre la coulée verte au milieu du désert, là où suintent les canaux d'irrigation. Je bénis le Tigre et ses cinq affluents, le Rhabour, le Grand-Zab, le Petit-Zab, l'Azaïm et le Jalah qui vient de Turquie. Je bénis aussi l'Euphrate, notre frère d'Arménie turque. Maintenant, filons vers le Petit-Zab. C'est là que nous allons faire un miracle, le partage des eaux et du pétrole. Un sixième affluent du Tigre va naître, qui se jettera dans la Caspienne. Nous aurons fait ça !

Soufik parlait avec enthousiasme, heureux de participer à un projet qu'il croyait bon pour son peuple, même s'il savait que collaborer avec les hommes de Saddam ne pourrait effacer les horreurs du passé. Il se demandait bien qui était exactement Mourad. Il avait compris qu'il n'appartenait pas à l'entourage présidentiel. Son visage ne lui disait rien, mais il ne pouvait s'empêcher de penser qu'il s'agissait d'un personnage aussi important que mystérieux, une sorte d'envoyé céleste dont le destin marquerait le sort de l'Irak.

Le convoi progressait doucement dans la nuit. Parfois, une voix rompait le silence. Un des hommes du groupe invectivait une femme seule juchée sur un ânon qu'il avait manqué renverser. La femme répondait qu'elle pourrait être sa mère et qu'il lui devait le respect. Sur le chameau qui trottait à hauteur de Mourad se tenait le ténébreux Kader. Il récitait pour lui-même des poèmes d'Abdelwahab el-Bayati, des chants d'errance appris dans ses années de captivité, qu'il savait par cœur pour en avoir fait ses seuls compagnons de solitude, lorsque, après l'épreuve du parcours, on l'avait jeté au secret dans un cachot où il ne pouvait tenir ni tout à fait debout, ni tout à fait allongé. Il avait gardé sur lui quelques pages du recueil poétique *Tristesse de la violette* et lisait à haute voix ces quelques vers :

> *Est-ce ainsi que passent les ans ?*
> *Et que déchire la peine ?*
> *Nous, d'exil en exil, de porte en porte*
> *Nous nous fanons comme lis en terre*
> *Pauvres, nous mourrons, mon Pierrot,*
> *Et manquerons toujours le train.*

Cette fois, au contraire, Kader avait pris place dans le train de l'Histoire. Comme ses frères kurdes, il espérait enfin toucher les dividendes de leur sous-sol. Il espérait voir cesser la politique de Saddam qui avait consisté, jusqu'aux temps les plus récents, à regrouper les opposants kurdes pour les déplacer massivement dans des villages artificiels du Sud, des « hameaux stratégiques », disait la presse gouvernementale, loin de leurs racines et de leurs montagnes, pour leur faire passer l'envie d'être libres. Dans cette aventure de conversion de l'eau en pétrole, Kader rêvait aussi de transformer le joug de la servitude en destin d'indépendance.

Après deux heures de trajet, ils arrivèrent au bord d'une rivière encaissée, bordée de sycomores. Mourad mit rapidement pied à terre, heureux d'en finir avec le mouvement ondulatoire des chameaux qui, après le riz et le café, lui avaient donné le tournis. Deux gardes armés d'un fusil d'assaut Kalachnikov accueillirent le groupe.

— Tout est calme ? demanda Soufik.

— Inch Allah, répondit un des deux gardes. Les hommes ont bien avancé. À ce rythme, nous serons à la frontière dans moins de huit jours, ou plutôt moins de huit nuits.

Soufik attira Mourad vers lui.

— La grosse lueur, là-bas sur l'horizon, tout au loin, c'est le champ de Kirkouk. Des torchères qui brûlent le gaz. Quand tout sera en place, le pétrole arrivera jusqu'ici. Le pipeline et le réseau hydraulique se rejoignent exactement sous nos pieds. Le moment venu, il suffira de dériver l'eau d'irrigation sur le réseau de secours et d'ouvrir les vannes pour laisser passer le brut.

Mourad tendit l'oreille. Seul un léger murmure liquide était perceptible.

— Les hommes travaillent avec des gants. Tous portent au front des lampes de mineur réglées au minimum pour éclairer à un mètre. Il faut avoir les yeux dessus pour les voir.

En approchant du lit de la rivière, Mourad aperçut des dizaines de lueurs minuscules, comme ces flammes de briquet que le public allume dans les concerts de pop stars.

— Très bien, dit Mourad. C'est très bien.

— Nous arrêtons toujours les travaux avant

l'aube. Les tuyaux sont recouverts de terre et les outils jetés dans le fleuve à l'intérieur de sacs de plastique attachés à la rive par des fils de pêcheur au gros, solides et transparents. Même s'ils inspectaient le bord de l'eau, les enquêteurs n'y verraient que du feu, si on peut dire ça pour une histoire de flotte.

Mourad sourit. Il pensa que ce Soufik n'aurait pas déparé dans le tableau auprès de Libertador. Il eut soudain envie de lui parler de Diego Vargas, de lui dire que lui-même était le petit-fils de Saddam Hussein et que le plan dont ils étaient les exécutants provoquerait de tels bouleversements dans le monde que plus rien ne serait comme avant. Mais il se tut, conscient d'être un homme seul avec son secret, conscient qu'il y avait un temps pour chaque chose, un temps pour se taire et un temps pour parler. À cet instant, le silence était la seule garantie de la réussite de cet incroyable coup de poker.

De retour au village de toile, Mourad contempla le paysage que découvrait peu à peu la lumière encore timide du jour naissant. Il descendit de son chameau et les bosses de l'animal lui apparurent soudain comme les galbes rapprochés des montagnes qui se dessinaient dans le lointain. Ces montagnes qui constituaient le dernier rempart avant la plaine menant à Bakou.

Mourad rejoignit la tente où Zouba dormait profondément. À son réveil, il lui demanderait de le mener à la frontière de Jordanie. Mourad serrait dans sa main une coupure de l'organe de l'armée, *El Quadisieh*, pour lequel avait posé en grande tenue le général Malek, le ministre des Hydrocarbures. Pareil visage ne pouvait laisser indifférent quiconque l'avait vu une fois. Avait-il participé à la mascarade qui s'était terminée par l'exécution sommaire de son père ? Il en aurait le cœur net dès le lendemain. Le jeune homme eut du mal à trouver le sommeil. Malgré l'épuisement, ou bien à cause de cette fatigue, son esprit erra longtemps sur la plaine brûlée du Nord où dansaient encore, comme de sombres feux follets, les femmes en noir penchées sur leur malheur.

34

L'invitation arriva un matin chez Lancelot Palacy sous la forme d'un envoyé très spécial du patron du World Gold Council. Un homme de petite taille, très noir de peau et frisé, s'était garé devant la maison des Palacy à Soweto. Il portait un costume blanc, aux manches un peu trop longues, et un chapeau melon digne des Anglais distingués de la bonne société britannique de Johannesburg, de ceux qui avaient jadis chassé ces rustres de Boers des provinces du Cap et de Natal. Lancelot ouvrit la porte, et découvrit un drôle de spécimen qu'il reconnut aussitôt pour ce qu'il était malgré son déguisement ridicule : un bushman, représentant de ces premiers peuples de l'Afrique du Sud réputés à travers le monde pour leurs peintures rupestres et leurs fléchettes mortelles, à la pointe trempée dans un poison à base de larve de scarabée, connus surtout pour leur langue à clics à peu près incompréhensible. Lancelot remarqua qu'en dépit de son élégance outrée, l'homme marchait les pieds nus.

— Je viens de la part de M. Ogilvie, déclara le visiteur, dans un mélange d'anglais et de dialecte tribal assorti de claquements de langue venant ponctuer presque chaque syllabe. Mon patron serait honoré (clic) de vous (clic) recevoir (clic) à dîner (clic) chez lui ce soir (clic, clic).

Lancelot Palacy avait toujours nourri une profonde admiration pour les bushmen du Cap qui remontaient le désert du Kalahari jusqu'au Transvaal, transportant leur eau à l'intérieur de gros œufs d'autruche vidés. Lorsqu'il était à Boston, Lancelot avait ri comme la plupart des spectateurs aux images du film : *Les dieux sont tombés sur la tête*, mais son rire avait tourné à l'aigre quand il avait perçu le sentiment de supériorité que le public américain avait tiré de la scène de la bouteille de Coca-Cola atterrissant sur l'un de ces pauvres habitants de la forêt. En dévisageant son interlocuteur, dont le crâne disparaissait presque entièrement sous son chapeau melon, Lancelot Palacy songea que celui-ci n'était pas si ridicule qu'il en avait l'air et que, en tout cas, il était ainsi prémuni contre un éventuel projectile susceptible de tomber du ciel, y compris les regards de mépris que les Blancs continuaient de jeter sur les Noirs les plus primitifs du continent africain.

Sans un mot de plus, l'homme se contenta de tendre à Lancelot un carton blanc. M. Ogilvie y avait noté d'une écriture fine et ample son adresse dans le quartier ultrachic d'Elizabeth et l'heure prévue de la réception. Lancelot remercia et fit savoir au petit bushman qu'il y serait. En refermant la porte sur son visiteur insolite, après lui avoir proposé une tasse de thé que l'autre avait refusé d'un double clic, Lancelot resta un moment immobile, comme hébété. Beaucoup de choses tournaient dans sa tête. Si ses parents qui vivaient jadis dans ces lieux avaient été témoins de cette scène, si son frère mort en héros avait vu le petit dernier de la famille accepter une invitation à dîner lancée par un Blanc... Et pas n'importe quel Blanc ! Ogilvie descendait en ligne directe de la famille de Cecil Rhodes, ce jeune rosbeef tuberculeux qui avait bâti un empire avec tout l'or d'Afrique du Sud avant de renforcer son pouvoir en mettant la main sur le diamant, la fascinante kimberlite au gris sans pareil, trésor incomparable de la puissante société De Beers.

— Ils mordent, murmura pour lui seul Lancelot.

Ces dernières semaines, il avait agi avec méthode, créant sous son nom la Bafokeng Mining Company, puis rédigeant un bref mémoire sur la nature imaginaire mais vraisemblable du minerai prétendument extrait sur les hauteurs du Magaliesberg. Obéissant fidèlement aux consignes dictées par Vargas, Lancelot n'avait organisé aucune fuite en Afrique du Sud. Il avait directement transmis ses informations à Boston. De là, Libertador les avait habilement distillées dans les pages financières du *Boston Daily News*, tout en alertant par télégramme Neil Damon de cette nouvelle affaire qui se profilait dans l'ancien pays de l'apartheid. Comme c'était prévisible, le *Wall Street Journal* avait aussitôt emboîté le pas en citant de larges extraits du quotidien de Boston annonçant la découverte d'un gisement de platine de premier ordre. L'article était assorti d'un commentaire pertinent rédigé par le spécialiste maison des métaux précieux, sous le titre « Le métal blanc : mieux que le métal jaune ». Très en pointe sur les questions de pollution automobile, le *Financial Times* avait applaudi à la perspective de voir s'ouvrir prochainement une source abondante de platine utilisable pour la fabrication de pots catalytiques (suivait une iconographie compliquée, soulignant le rôle du fameux métal dans la catalyse). Enfin, le *Financial Watch*, piloté par Hugues de Janvry, n'avait pas tardé à répercuter la bonne nouvelle dans les milieux boursiers français et francophones.

Les experts d'un laboratoire canadien de Calgary s'étaient précipités à Johannesburg afin de procéder aux analyses des échantillons extraits dans le Magaliesberg. Lancelot Palacy s'était au préalable assuré qu'une mine du Transvaal, contrôlée par des intérêts noirs depuis la prise de pouvoir de Nelson Mandela, pouvait lui fournir des carottages témoins convaincants. La terre originelle du Magaliesberg avait ainsi été « salée » avec une poudre de perlimpinpin riche en platine. Les géologues canadiens n'y avaient rien trouvé à redire, estimant même que la densité de métal était exceptionnellement élevée. Et pour cause : Palacy avait eu la main lourde sur les carottages enrichis au platine : un véritable séisme économique se préparait dans les montagnes du roi bafokeng. Les experts ne s'étaient pas montrés trop désireux de se rendre sur place. Lancelot Palacy avait expliqué que le vieux monarque avait trop souffert des Blancs pour leur ouvrir ce qui lui restait de territoire souverain. S'ils le voulaient bien, Lancelot serait l'intermédiaire entre la grande industrie et le petit royaume. Il en fut ainsi.

Le jeune homme relut une nouvelle fois l'invitation et effleura avec le bout des doigts le nom imprimé en relief de Charles J. Ogilvie. Il se demanda qui ce vieux renard avait convié à sa soirée dont Lancelot pressentait qu'il serait la coqueluche en même temps que la proie de tous les regards, de toutes les convoitises et interrogations. Il fila vers l'armoire de sa chambre pour y choisir sa tenue. En faisant glisser les portemanteaux le long de la tringle intérieure, il tomba sur un costume bleu nuit à très fines rayures blanches. Une légère transpiration monta à son front. C'était le complet que portait son frère aîné peu avant son assassinat. Une housse en plastique le protégeait. Dès qu'il l'ôta, une forte odeur de naphtaline lui monta à la tête. Lancelot jugea plus prudent de remettre le vêtement à sa place, pensant à la réaction de son frère s'il l'avait vu ainsi accoutré pour un rendez-vous chez les riches racistes de Jo'burg. Il opta pour l'habit strict qu'il portait à Harvard les jours d'examens oraux et pour les cérémonies de remise des diplômes. Après tout, n'allait-il pas passer un examen ?

À 8 heures du soir, Lancelot s'apprêtait à sortir quand une auto klaxonna. Par la fenêtre de la cuisine, il aperçut un cabriolet blanc d'où descendit son visiteur du matin. Il portait cette fois une livrée claire assortie à la couleur de l'auto et une casquette de chauffeur noire à visière rutilante comme en ont les voituriers des grands hôtels.

— Mon patron a pensé que ce serait plus simple d'aller vous chercher, cliqua le bushman. La route n'est pas bien indiquée pour se rendre chez M. Ogilvie.

Lancelot hésita une seconde, puis décida de jouer le jeu. Il prit place à l'arrière du cabriolet qui démarra dans un grincement de pneus. Dans le rétroviseur, son chauffeur le dévisageait avec un grand sourire qu'il lui rendit. Ils traversèrent Soweto. L'obscurité était si épaisse que les phares de l'auto semblaient aveugler un monde d'insectes habitués à une éternelle nuit. Le centre de Jo'burg était presque désert. Fidèle aux recommandations de son patron, le bushman grilla consciencieusement tous les feux rouges en ayant pris soin de verrouiller les portières de l'intérieur.

— Jo'burg (clic) est devenu (clic) un coupe-gorge (clic clic), expliqua le chauffeur, soudain très grave.

Chaque jour, la presse se faisait l'écho d'agressions sanglantes perpétrées par des bandes de jeunes Noirs enivrés et drogués, qui tiraient sur les automobilistes à bout portant, les jetaient hors de leur véhicule et s'enfuyaient à tombeau ouvert. Depuis peu, les Noirs aisés du nouveau black business étaient aussi la cible de ces tueurs. « Kom a kom », « Plus vite, plus vite », lançaient-ils à leurs chauffeurs, reprenant le cri des contremaîtres contre les mineurs noirs, dans les galeries profondes où l'on continuait de racler le filon aurifère.

Quand ils approchèrent du quartier Elizabeth, Lancelot comprit immédiatement pourquoi on l'avait fait chercher. Seul, il n'aurait sans doute pas franchi le barrage de vigiles et de chiens qui se dressait devant eux. Les lampadaires plantés tous les cinq mètres crachaient une violente lumière halogène. Le jeune homme put distinguer un véritable mur d'enceinte dressé autour du quartier. Des éclats de verre brillaient au sommet. Pour accéder à l'intérieur, dans les petites rues, il fallait montrer patte et tête blanches aux vigiles qui se relayaient jour et nuit dans ce white ghetto. Des hommes armés de fusils à pompe et de gros colts pendus à leur ceinture s'approchèrent du cabriolet. Le bushman s'empressa de sortir ses papiers. Même s'ils l'avaient déjà vu mille fois, les gardes s'amusaient toujours à l'effrayer en faisant d'abord mine de ne pas le reconnaître. Sans doute se délectaient-ils de voir le léger tremblement qui agitait ses mains quand il tendait la carte de résident de Charles J. Ogilvie. Parfois, dans son affolement, il ne la retrouvait pas tout de suite. Selon leur humeur, les vigiles le faisaient sortir de la voiture, l'insultaient à voix basse sur un ton d'extrême politesse : « Alors, négro, on a pris la voiture du patron pour aller niquer dans les boxons de Jo'burg et on a perdu son laissez-passer ? » Ou bien ils le fouillaient brutalement et feignaient ne pas entendre que oui, il se souvenait, les papiers étaient sous le pare-soleil... Mais ce soir-là, le cordon de gros bras avait dû recevoir des consignes expresses de Charles J. Ogilvie en personne. Dès qu'ils aperçurent le cabriolet blanc, les terreurs et leurs molosses s'écartèrent du milieu de la chaussée sans rien réclamer au bushman. Celui-ci les toisa avec un petit sourire qu'il paierait sûrement un jour prochain, mais tant pis, c'était son plaisir de l'instant, un plaisir qui n'avait pas de prix.

Un immense portail électrifié s'ouvrit après que l'œil d'une caméra eut déchiffré l'immatriculation du cabriolet. Lancelot eut le temps de lire un panneau jaune sur lequel était représentée la silhouette d'un homme à terre au pied d'un mur, sous l'avertissement « Armed Response ». La voiture emprunta une allée de graviers blancs qui débouchait sur une immense gentilhommière au toit pentu, une sorte de pâtisserie suisse que précédait une fontaine posée au centre d'une pelouse. Une tente à rayures avait été dressée dans l'herbe et des serviteurs noirs se pressaient d'apporter des plateaux d'amuse-gueules, de saumon frais et de canapés. Une dizaine de personnes bavardaient tranquillement, hommes en pantalon clair et chemisette ouverte, femmes en petit tailleur, jambes nues et poitrines scintillant d'or et de diamants. Au milieu du buffet, dominant le groupe de sa taille imposante, chevelure blanche impeccablement coiffée en arrière et favoris frisottant jusqu'au bas des joues, Charles J. Ogilvie souriait de toutes ses dents, blanches évidemment. À l'arrivée du cabriolet, toutes les conversations s'interrompirent. Comme il s'y attendait, Lancelot Palacy serait, avec les domestiques, le seul homme de couleur de la soirée.

— Monsieur, fit son hôte en approchant de la portière, c'est pour nous tous une joie immense d'accueillir un fils prodigue de la nouvelle Afrique du Sud qui, sitôt rentré dans son pays, tel un Midas noir, change la vile terre en métal précieux, blanc de surcroît.

La petite assemblée applaudit à tout rompre cette brillante entrée en matière, que Lancelot accueillit par une réponse des plus subtile.

— Monsieur, fit le jeune homme, tant de pionniers courageux et intuitifs ont ouvert la voie qu'il me suffisait de suivre l'exemple. Après tout, la géologie vient au secours des peuples quand ces peuples ont choisi de se respecter. Sur la terre comme sur le clavier du piano, le blanc est la suite immédiate du noir, à moins que ce ne soit l'inverse...

Un « oh » admiratif souligna l'habile formule de Lancelot Palacy qui n'eut pas le temps de serrer les mains que déjà il tenait une coupe de champagne et un toast charbonneux au caviar.

— Permettez-moi de vous présenter mon ami Julius Oolborn, de la Platinum and Rhodium Company, fit Charles J. Ogilvie en tenant par l'épaule un homme blond de trente-cinq ans à peine, à la peau soufflée par l'alcool. Chacun de ses pores dilatés trahissait une vie d'excès. Lancelot serra une main molle et moite, et ne répondit qu'à peine au sourire faux de ce Boer.

— Quand pensez-vous entamer l'exploitation du gisement ? demanda-t-il en regardant ostensiblement les fesses nues sous sa robe transparente de l'épouse d'un banquier.

— Début 1999, répondit Lancelot qui s'était tourné en direction de la blonde provocante.

— John Dig, murmura Ogilvie comme approchait un petit homme rougeaud en costume croisé vert pomme, de la banque Morgan, l'heureux mari de notre Samantha.

— Enchanté, fit Lancelot sans pouvoir détacher à son tour son regard du derrière de la prénommée Samantha.

— Un de mes grands-pères a chassé autrefois dans les collines du Magaliesberg, reprit d'une voix détachée Julius Oolborn. Il m'a dit que cet endroit n'était qu'un tas de cailloux truffé d'abris mortuaires creusés par les Bafokengs.

— Cette observation est valable pour la majeure

partie du massif, rétorqua Lancelot sans se démonter. Le gisement se situe dans la partie la plus reculée du Magaliesberg, une sorte de cimetière des éléphants qu'aucun homme blanc n'a jamais pénétré.

Lancelot observa la réaction de l'industriel et poursuivit son mensonge.

— Le roi bafokeng refusait qu'on aille fouailler dans cette zone, car là-bas se trouvent les plus anciennes sépultures de ses ancêtres, du temps où le royaume rivalisait en richesse avec ceux du Mali et des princes de Tombouctou. Chaque défunt était rendu à son sol natal dans une parure de platine, confectionnée sur place par des femmes joaillières. Il suffisait de se pencher pour voir affleurer le métal brut. Des foyers permettaient de le chauffer à haute température et d'en extraire des lambeaux de platine gris perle qui, une fois refroidis, étaient accrochés aux chevilles des morts, à leurs poignets, à leur cou et à leurs narines. Cette protection inaltérable leur conférait l'éternité.

Les convives s'étaient rassemblés autour de Lancelot, suspendus à ses lèvres, tandis qu'il racontait cette légende sortie tout droit de son imagination.

— C'est formidable, s'émerveilla la belle Samantha. Chéri, j'aurais tellement aimé te couvrir de platine ! dit-elle en faisant rougir davantage, si possible, son mari en vert pomme.

— Comment avez-vous pu convaincre le monarque de laisser violer ce territoire ? demanda Ogilvie intrigué qui, tout en assumant à la perfection son rôle d'hôte, n'avait pas perdu une miette du récit du jeune Sud-Africain.

— Précisément, enchaîna Lancelot. Il n'est pas question de porter atteinte à l'intégrité des lieux. Ma société maîtrise des techniques de pointe non invasives expérimentées dans les monts glacés du Canada. Il s'agit en quelque sorte de sondes très fines que l'on introduit dans la roche et qui « piquent » le minerai comme on embroche un poisson dans les lacs gelés du Grand Nord.

— Très intéressant, dit Julius Oolborn songeur.

— À propos de broche, c'est à toi de travailler, Julius, s'exclama Charles J. Ogilvie en lui tendant un fusil et deux longues balles.

Lancelot frémit. Il n'avait pas encore remarqué l'enclos situé derrière la tente rayée, où s'ébattaient deux jeunes impalas. Les femmes gloussèrent d'excitation cependant que le Boer logeait un premier projectile dans le canon de son arme. En le regardant accomplir ce geste, Lancelot reconnut dans les yeux de l'industriel adipeux et suant l'expression de plaisir et de haine mêlés qu'ont ces brutes quand ils tiennent un fusil. C'était cette expression qui l'avait tant de fois épouvanté, dans son enfance, lorsque des policiers rouquins et bedonnants s'amusaient à prendre dans leur mire les enfants noirs revenant de l'école, et à tirer. Ils n'étaient jamais punis, jamais inquiétés, continuaient de marcher la tête haute dans les rues du ghetto, panse rebondie et pistolet ballottant sur les hanches, avec leur démarche nonchalante de cow-boys tout à la fois représentants de la loi et hors-la-loi.

Le petit groupe s'était massé devant l'enclos.

— Reculez, fit Julius Oolborn en épaulant son fusil.

Tous firent un pas en arrière.

— Approche, toi, lança-t-il à la plus fine des deux antilopes. Oui, tu as de belles cuisses. Maintenant, fais-moi voir ta tête. Oui, comme ça. Tu as de la chance, c'est toi qui vas faire la balle.

Lancelot dut se retenir pour ne pas saisir l'arme et en enfoncer le canon dans la grosse bouche du Boer avant d'appuyer sur la détente. Un corps de femme s'approcha doucement de lui. Un corps plutôt qu'une personne. Un corps qu'il sentit chaud et disponible.

— J'ai horreur de ces exécutions, glissa Samantha. De toute façon, j'ai déjà assez mangé. Je ne veux pas grossir...

— Je partage votre avis, répondit Lancelot troublé, c'est cruel et gratuit. Sans compter qu'il va falloir attendre encore un moment avant de passer à table, le temps de vider le sang et de découper la bête.

— C'est dommage, toutes ces heures perdues, ajouta, encore plus bas, la jeune blonde en prenant la main de Lancelot. Je ne me suis jamais fait baiser par un homme noir. Quand je vous sens près de moi, j'en meurs d'envie.

— Taisez-vous! articula Lancelot. Je vous en prie...

— Une amie à moi, l'épouse du président de la Continental Trust, s'est fait sauter par un jeune sauvage du Transkei, pas plus tard que jeudi dernier, pendant que son mari passait sa soirée au bureau à *make money*, comme ils disent tous. Elle, elle a *make* autre chose, croyez-moi. Elle m'a avoué qu'elle n'avait jamais autant joui de sa vie, et tellement fort. Le gamin n'a pas débandé de la nuit. À la fin, elle demandait grâce! Comme je l'envie! Je suis sûr qu'on s'enverrait en l'air à en mourir, vous et moi.

— Taisez-vous, je vous dis, répéta Lancelot. Si on vous entendait...

Samantha s'écarta de lui en haussant les épaules et partit, boudeuse, rejoindre son mari qui se délectait du spectacle. Julius Oolborn venait de mettre en joue. Le coup partit. L'antilope s'affala dans l'herbe pendant que son compagnon survivant bondissait comme un fou dans tous les coins de l'enclos sous les rires et les vivats des invités. En cherchant son mouchoir au fond de sa poche, Lancelot effleura un morceau de papier. Samantha y avait inscrit un numéro de téléphone et une adresse secrète dans Jo'burg « to have sex with you », avait-elle écrit sans détour. Il entendit sa voix, snob et dégagée, un rien vulgaire, comme si elle venait de prononcer elle-même ces mots.

La soirée traînait en longueur. Pour patienter en attendant le service de la viande, Charles J. Ogilvie proposa un jeu amusant. Il entraîna ses amis sur une aile de sa vaste propriété, où se tenaient trois autruches clignant les yeux, avec des airs d'étourdies arrivées en retard.

— Qui est déjà monté là-dessus? interrogea Ogilvie manifestement ravi de son initiative qui rehaussait soudain la fête.

— Moi! triompha le petit bonhomme en vert pomme sous l'œil faussement amoureux de Samantha.

— Allez-y, John, je vous en prie.

Le banquier s'approcha de la plus sotte des autruches qui fit un pas de côté en regardant son assaillant. Celui-ci la saisit au cou et, avec une souplesse de jeune homme, se hissa sur le dos de l'animal qui se mit à pousser des cris et secoua vigoureusement son plumage. En moins de deux secondes, le malheureux John Dig se retrouva sur son postérieur, salué par un éclat de rire général. Personne d'autre n'osa tenter l'épreuve. On se tourna vers Lancelot qui fit mine d'étudier assez attentivement l'extrémité de ses souliers. C'est alors que, dans un superbe élan, Charles J. Ogilvie en personne enfourcha une de ces demoiselles et effectua, triomphant, un tour d'honneur autour de la tente rayée. Devant ce spectacle, Lancelot Palacy se demanda si le vieux Cecil Rhodes aurait goûté les facéties de son petit-fils ou s'il aurait discrètement versé une larme sur la décadence d'un empire en voie d'extinction.

Enfin la viande arriva. On mangea de bon appétit. Samantha ouvrait grande la bouche et fixait Lancelot en engloutissant avec volupté des morceaux de viande rouge. Charles J. Ogilvie avait pris place auprès du jeune homme. Manifestement, il avait décidé d'aborder les choses sérieuses.

— Vous êtes précédé d'une réputation flatteuse, commença l'homme le plus puissant d'Afrique du Sud. Votre frère est un des héros de notre histoire violente. Vous avez accompli à Boston, à ce qu'on m'a dit, un parcours sans faute. Et vous venez de dénicher ce qui sera sûrement le dernier joyau de la couronne. Maintenant, laissez-moi vous parler d'homme à homme. Je vis dans ce pays depuis presque soixante-dix ans. J'ai connu les duretés de l'apartheid et j'ai veillé dans mon groupe minier à respecter les droits les plus élémentaires des travailleurs, au risque parfois d'être rappelé à l'ordre par notre chambre patronale. Mandela a gagné, nous l'avons aidé à s'imposer. Nous autres Afrikaners, nous sommes ici chez nous. L'histoire l'a voulu. Mais il n'est plus question que cinq millions de Blancs privilégiés prospèrent sur le dos de trente millions de Noirs sacrifiés à la prospérité. Voici pour le discours. Cependant, une autre réalité s'est imposée. Les sanctions économiques à l'encontre de l'Afrique du Sud ont rendu notre appareil industriel obsolète. Si je vous dis qu'on a obtenu du pétrole en secret de certains pays arabes pour le stocker dans nos mines d'or désaffectées, vous comprendrez que nous avons payé le carburant au prix fort. La ségrégation raciale nous a coûté cher, trop cher, comme j'ai souvent eu l'occasion et le courage, j'insiste, le courage de le dire aux plus hautes autorités blanches de Pretoria, Frederik De Klerk s'en souvient. Une donnée clé a disparu, et cette disparition remet tout en cause.

— Que voulez-vous dire? coupa Lancelot Palacy en arrachant avec les doigts un lambeau de chair d'antilope.

— L'or, c'est fini, monsieur Palacy. À force de creuser, de racler, d'aspirer, le filon est mort. Je me souviens encore de mes descentes dans les puits géants du Witwatersrand quand j'avais vingt ans. L'ascenseur tombait comme une pierre à trois mille mètres, quatre mille mètres. Il faisait une chaleur, là-dessous! Mais dans la veine obscure courait à hauteur d'homme une ligne orangée. Que n'aurions-nous pas fait pour revivre cette seconde de magie où l'or s'offrait, généreux, lumineux, roi des ténèbres? Mais aujourd'hui, il faut descendre de plus en plus profond pour découvrir des filons minables. La teneur du minerai s'est appauvrie alors que les coûts d'extraction explosaient. Il a fallu mieux rémunérer les mineurs noirs, passe encore. Mais les cours mondiaux se sont effondrés sur le Bullion Exchange de Londres. Les pays industrialisés se sont mis à vendre à tour de bras leurs réserves d'or. Nous sommes sous la menace de voir le Fonds monétaire international liquider son métal fin pour tenter de recoller les pots cassés en Asie et en Afrique. L'or est devenu un pansement, une rustine. L'or, vous vous rendez compte !

Lancelot perçut comme un sanglot de rage dans la voix soudain chevrotante de Charles J. Ogilvie.

— Alors évidemment, le platine ! se reprit aussitôt l'industriel. Les perspectives sont si incroyables. On disait les réserves épuisées, voilà que vous nous en offrez sur un plateau pour un siècle.

— Quelques analyses restent à effectuer, observa malicieusement Lancelot.

— Votre prudence vous honore. Mais j'ai lu les journaux de New York et de Londres. J'y crois, moi, à cette montagne de platine. Et, après tout, ce serait justice que votre peuple en profite. Mais dites-moi, quand les actions seront-elles émises ?

— Le dossier est en préparation, répondit le jeune homme.

— Dans ce cas, faites le nécessaire pour que je sois servi au mieux dès le début de la souscription, je ferai acquérir des titres par notre filiale britannique.

— J'en prends note, monsieur Ogilvie, dit Lancelot en souriant. Si vous passez vos ordres par Londres, je vous mettrai en contact avec Isidore Sachs, notre trader associé. Il saura parfaitement faire fructifier vos placements sur le platine du Magaliesberg.

Lancelot avait parlé sans ciller, les yeux plantés dans ceux de Charles J. Ogilvie. Il se faisait tard. Quelques couples repartirent. Samantha s'attardait. Lancelot continuait de l'ignorer.

— Mon chauffeur va vous raccompagner, fit le vieil Ogilvie quand son jeune invité manifesta l'envie de se retirer.

Le cabriolet blanc roula doucement devant le perron de la grande maison. Lancelot s'y engouffra et salua son hôte avec entrain. Lorsque l'auto arriva devant la barrière des vigiles, il pria le chauffeur de s'arrêter.

— Mais c'est inutile, s'écria le bushman avec un peu d'appréhension, tout est en règle.

— Je vous demande de stopper, insista Lancelot.

À hauteur d'un gros vigile, le plus laid, au ventre énorme, il baissa la vitre et sortit de sa poche le billet de Samantha. Il le relut une dernière fois puis le tendit au gorille en faction.

— Maintenant, on rentre à la maison, fit Lancelot.

35

À mesure que l'auto se rapprochait du poste-frontière de Terbil qui annonçait la Jordanie voisine, Mourad sentait son cœur se serrer. Zouba n'avait posé aucune question lorsque tôt le matin, à peine avalé une tasse de café et une galette plate de blé cuit, Mourad lui avait demandé s'il voulait bien, au lieu de rentrer directement à Bagdad, l'emmener à Terbil.

— De toute façon, avait répondu Zouba, personne ne m'attend plus à Bagdad. Ma pauvre femme continue d'espérer le retour de ses fils, bien qu'elle les ait tenus morts et sanglants entre ses mains. C'est moi quelquefois qui voudrais ne plus être de ce monde. Ma femme, je l'ai tellement aimée, avant...

Ce fut tout. Zouba s'était mis au volant et ils avaient avalé les kilomètres sous un soleil assassin qui leur enlevait même jusqu'à la force de respirer. Sur de larges routes à six voies qui s'élargissaient parfois en tronçons à huit voies, ils avaient traversé un immense désert pelé rarement hérissé de palmiers squelettiques. Le spectacle monotone offrait la vision répétitive d'ânons chargés de sacs en peau et de silhouettes noires de femmes égarées entre la vie et la mort. Ils doublèrent des files de camions-citernes filant vers Amman, remplis de mystérieuses cargaisons. Zouba prétendait qu'il s'agissait de pétrole mais il n'en avait pas la preuve absolue. Quand la route se réduisait à deux voies, ils étaient arrêtés çà et là par de jeunes femmes qui proposaient du poisson. Intrigué, Mourad demanda à son chauffeur où elles pouvaient trouver du poisson par ici. Il répondit avec un sourire gêné qu'il ne s'agissait pas du tout de poisson. C'était un code signifiant aux hommes qu'elles se prostituaient.

La frontière s'annonça tout à coup par une présence renforcée de militaires qui ne paraissaient guère s'intéresser au trafic en provenance d'Irak. Leur attention se concentrait sur de magnifiques voitures flambant neuves, arrivant de Jordanie, comme on n'en voyait plus au royaume de Saddam Hussein depuis la guerre contre l'Iran, sauf chez les dignitaires du régime ou dans la famille du dictateur. Zouba coupa le moteur à cent mètres des guérites principales séparant les deux pays.

— Viens avec moi, demanda Mourad.

Zouba chercha un coin d'ombre. Partout autour d'eux régnait la lumière brûlante de l'Orient. Faute de mieux, il abaissa les pare-soleil et ouvrit les vitres. Mourad s'assura qu'il avait bien toujours dans sa poche intérieure la photo du ministre des Hydrocarbures et se dirigea vers une petite baraque de torchis qu'il avait repérée pendant que Zouba manœuvrait. Ils passèrent devant de véritables monticules formés par les plaques d'immatriculation jordaniennes dévissées et abandonnées là. Le poste de Terbil était le lieu d'un trafic incessant d'automobilistes irakiens profiteurs de guerre qui trouvaient assez d'argent pour aller à Amman acheter un modèle neuf et rentrer au pays. À la frontière, ils intervertissaient les plaques, avec la complicité des militaires, moyennant rétribution en nature — bijoux, or, argenterie — ou liasses de dinars tout neufs sortis d'on ne savait quelle caverne d'Ali Baba. Des hommes en uniforme s'affairaient aussi à démonter des joints de culasse et des batteries sur des véhicules usagés acheminés jusqu'ici pour servir de magasins de pièces détachées. Les butins arrachés à ces carcasses ambulantes entièrement désossées étaient ensuite rassemblés dans l'une de ces baraques de torchis vers lesquelles Mourad et Zouba se dirigeaient maintenant. Les lieux ressemblaient au repaire d'un voleur. Les différents organes vitaux d'une automobile étaient soigneusement classés, disques de freins, delcos, carburateurs, pots d'échappement, pneus encore bons. Le bâtiment construit tout en longueur était plus grand et plus profond qu'il ne paraissait vu de l'extérieur. Trois ventilateurs aux pales de sycomore, donnant l'impression de ramer contre l'air compact, étaient branchés à des batteries d'auto qui vivaient là leurs dernières heures. Vers le fond de la salle d'exposition des pièces, un vieil homme coiffé d'un chèche sirotait une tasse de thé sous un portrait de Saddam Hussein, celui qui le représentait en Américain souriant à pleines dents, les yeux cachés par des lunettes de soleil.

— Un beau tableau, fit Mourad sur un ton neutre pour vérifier la réaction du bonhomme.

Celui-ci ne répondit pas, se contentant d'un mouvement d'épaules.

— D'où vient-il ? Je ne le connais pas, continua Mourad. C'est une peinture officielle de Bagdad ?

Cette fois, le vieux chercha son regard et montra un petit groupe de soldats affairés devant un arbre à came.

— Ce sont eux qui m'ont imposé d'accrocher ce chef-d'œuvre chez moi, fit-il en pestant. Avant, j'étais bien tranquille ici. Je faisais de l'alimentation, un peu d'entretien de voitures. J'avais deux pompes à essence. Mais depuis ce fichu embargo, plus rien. Ni légumes ni carburant, plus rien. Je loue les murs à ces malappris de soldats qui ne pensent qu'à la débauche et au fric.

Par prudence, il s'était mis à parler très bas, si bien que Mourad avait dû se pencher vers lui.

— Ils vous ont aussi donné le portrait du Président ?

— Vous voulez rire. Ces gens-là ne donnent rien. Ils prennent ou ils vendent. Ils m'ont forcé à acheter cette horreur en prétextant que c'était obligatoire chez chaque commerçant. Mais justement, je ne suis plus commerçant, car mon stock a fondu.

Mourad et Zouba prirent chacun une chaise et s'installèrent devant lui, dos à l'agitation. Les soldats parlaient fort et riaient sans s'occuper du trio. Une énorme Mercedes venait d'arriver d'Amman et l'excitation monta à son comble lorsque deux jeunes femmes en sortirent.

— Vous étiez là quand le gendre de Saddam est tombé dans l'embuscade ?

Le vieux regarda soudain ses interlocuteurs avec méfiance.

— Rassurez-vous, ajouta aussitôt Mourad. Nous ne sommes ni des flics ni des agents du renseignement. Seulement des citoyens qui tentent de constituer un dossier à charge contre le dictateur.

— Vous ne m'avez pas l'air bien méchants, concéda l'homme. Mais dans ce pays, on a vu les enfants dénoncer leurs parents. En tout cas, je vous souhaite bonne chance car Saddam est champion pour effacer ses traces et obtenir l'accord de tous, même celui de ses victimes. Je me souviens des informations à la télévision le soir où l'on a appris l'exécution du « traître » Hassan. Deux heures plus tôt, sa femme était apparue devant les caméras pour lire une déclaration solennelle où elle disait avoir demandé et obtenu le divorce de son mari considéré comme général félon. La pauvre femme ne levait pas les yeux dont le contour était noir de khôl. Je mettrais ma main à couper qu'elle avait été traînée là de force. Ce sont de drôles de gens, ceux du clan de Takrit. Vous vous souvenez de 1979 ? Non, vous êtes trop jeune. Mais vous, monsieur ? dit le vieux en direction de Zouba.

— Je me souviens parfaitement, opina le chauffeur.

— De quoi parlez-vous ? demanda Mourad.

— En juillet 1979, expliqua Zouba, Saddam a fait exécuter vingt-deux cadres du parti Baas, qu'il soupçonnait de conspiration en faveur de la Syrie. Il avait profité de l'occasion pour déclarer que l'Irak ne connaîtrait jamais les méthodes staliniennes, ni goulag, ni exil, ni travaux forcés. À la place, la méthode baasiste : fer et plomb tout de suite. On élimine les récalcitrants. C'est ce qui est arrivé au général Hassan.

— Il l'avait cherché, reprit le vieux. On ne peut pas dire qu'il ait fait preuve de jugeote en croyant que son beau-père lui avait accordé son pardon. Quand je les ai vus arriver ce matin-là, j'ai immédiatement compris qu'il y avait un bain de sang dans l'air.

— Qui était là pour attendre...

Mourad eut une seconde de flottement. Il avait failli dire : « mon père ». Il resta comme interdit, abasourdi par son propre silence. Ce mot, il ne pouvait pas, il ne devait pas le prononcer.

— Pour attendre le général Hassan ? demanda l'homme.

— Oui.

Zouba, qui avait noté le trouble sur le visage de son jeune ami, se garda bien de réagir.

— Je crois qu'il y avait deux automitrailleuses. L'une a emporté l'entourage d'Hassan. Elle était conduite par un jeune capitaine que je n'avais jamais vu. L'autre, c'était plus sérieux. Ouda en personne s'était déplacé — le fils du dictateur, son bras armé. Son pistolet à la ceinture n'annonçait rien de bon.

— Il était seul ?

— Non, un autre militaire l'accompagnait, un général, d'après ses étoiles. Grosse tête, cheveux ras, une vilaine balafre sur la joue. Lui non plus, je ne le connaissais pas. J'ai seulement pensé qu'avec ces deux-là, Hassan allait passer un sale quart d'heure. Quand la télévision a annoncé l'attentat dont il aurait été victime, j'ai compris. Je n'ai pas cru une seconde la fable officielle. La présentatrice ânonnait un communiqué de la Présidence, aux termes duquel le général Hassan avait été assassiné par des membres de sa tribu des El Majid qui lui reprochaient d'avoir renoué avec le dictateur. Personne n'a été dupe. Mais cette affaire est assez récente. Vous n'étiez donc pas en Irak ?

— J'étudiais aux États-Unis, lâcha Mourad, le visage fermé.

Le vieux leur proposa du café, qu'ils acceptèrent volontiers.

— Le militaire qui accompagnait Ouda, reprit Mourad, il ne ressemblait pas à ce type ?

Le jeune homme avait sorti la coupure du journal militaire et dépliait la photo sous les yeux du vieux.

— Ah, ma pauvre vue ! gémit-il.

Zouba sentit que la réponse était capitale pour son ami.

— Faites un effort, dit-il en rapprochant le morceau de papier de ses yeux. Allons près de la fenêtre.

Ils se levèrent. L'homme posa lentement ses yeux usés dans la lueur intense du contre-jour et resta silencieux un instant. Puis il se tourna vers Mourad.

— Sans aucun doute, c'est exactement cette tête de lard.

— Merci, monsieur, fit Mourad, qui venait mentalement d'assassiner le ministre des Hydrocarbures.

36

Des fidèles de Libertador, Barco Herrera était le seul à tout ignorer des subtilités de la finance. Mais sur un terrain de football, l'ancien champion du club de Botafogo avait été un maître, comme avant lui Zico ou le roi Pelé. Ce beau gosse aux boucles blondes était une force de la nature à la souplesse de chat, tout en muscles et pur instinct. Originaire du Rio Grande do Sul, il avait grandi dans la pampa parmi les milliers de vaches et de buffles que possédait son père. La presse populaire l'avait bien des fois photographié en gaucho, habillé d'un poncho bigarré et de la traditionnelle *bombacha*, le pantalon bouffant des cow-boys de la grande plaine.

Pour Libertador, Barco constituait un atout précieux dans son jeu. Sa popularité au Brésil le plaçait en position idéale pour amorcer le jour venu une descente foudroyante dans l'arène politique. De son côté, Barco se préparait mentalement à ce genre de combat, et il rappelait volontiers qu'il avait remporté dans son adolescence bien des concours de lasso. Cette fois, il s'agissait de ficeler des adversaires sans cornes (quoique...), mais à la peau aussi dure que celle des bœufs.

Par le passé, le Sud avait déjà donné plusieurs présidents au Brésil, de Getulio Vargas à João Goulart. Barco savait, sentait (son fameux instinct) que, malgré les embûches, la voie vers le but s'ouvrirait bientôt pour lui aussi sûrement que dans le stade de Maracana, du temps de sa splendeur d'ailier gauche, d'ange volant. Il vivait à Porto Alegre dans une immense hacienda payée peu à peu au cours de sa carrière de champion. Porto Alegre, c'était son lac Powell, son lieu de retraite et de réflexion. C'est de là qu'il avait entamé un incroyable parcours servant les desseins de Libertador. En cette fin d'année 1998, il allait offrir à Vargas le cadeau que celui-ci n'espérait plus : la tête des frères Fleet, les magnats du soja transgénique. Cette affaire, qui resterait comme un des plus gros scandales agricoles de la fin du xxe siècle, avait pris sa source dans le Rio Grande do Sul, à quelques journées de cheval de l'hacienda de Barco Herrera.

Tout commença à Boston par une discussion entre Libertador et l'ancien footballeur prodige.

— Je vais t'expliquer, dit Diego en le prenant à part.

— Moi, l'économie..., protesta Barco.

— Tu vas comprendre, c'est enfantin. Bien plus facile que de lober un gardien de but comme tu sais si bien faire.

Le jeune homme sourit mais n'en demeura pas moins inquiet. Libertador allait si vite quand il exposait ses plans. Il fallait suivre sans poser de questions. Libertador aimait les gens rapides. Il savait que Barco, dans son genre, était imbattable, question vitesse.

— Voilà, reprit Vargas. Mon plan suppose le contrôle d'une masse cyclopéenne de capitaux. Un homme les possède, Neil Damon, le patron du grand fonds de pension Eternity de Boston.

— Jusqu'ici, je suis.

— Bien. En gestionnaire avisé, Damon a placé pas mal d'argent sur des valeurs sûres, en particulier dans l'agro-business. Son fonds est actionnaire des plus importantes firmes alimentaires, General Food, Nestlé, Cargill, Conti, mais surtout United Grains, la boîte des frères Fleet. Depuis deux ans, elle a le vent en poupe avec le développement des organismes génétiquement modifiés. Plus des trois quarts des cultures américaines sont maintenant des OGM.

— Késako, les OGM ?

— C'est l'avenir de l'agriculture mondiale. Un marché de vingt milliards de dollars d'ici deux ans. On apporte aux plantes leurs propres défenses contre les prédateurs, les insectes et les bactéries, en leur inoculant les gènes d'autres plantes capables de résister naturellement à ces ennemis des cultures.

— Par exemple ?

— Le maïs, le nain jaune, ça te dit quelque chose, toi le Latino.

— Évidemment.

— Le maïs « normal » est menacé par un papillon, la pyrale. Si tu crées un maïs transgénique en greffant dans son patrimoine une toxine fatale à la pyrale, tu lui permets de se développer plus vite, tout en économisant les insecticides polluants et ruineux. Vu ?

— Vu.

— Et les frères Fleet sont devenus les plus gros fabricants mondiaux de semences transgéniques. Ils proposent du super-soja, du maïs indestructible, du coton naturellement bleu pour les fabricants de jeans du Texas, qui permettra de ne plus utiliser de colorants ! Ils nous promettent pour bientôt des patates qui ne seront plus des éponges à huile, du café dépourvu de caféine, des pommes de terre résistantes aux doryphores et encore un nouveau maïs sécrétant des anticorps contre le cancer. Tout serait merveilleux si les risques de contamination n'étaient pas aussi considérables.

— Quelle contamination ?

— Imagine que les parcelles de cultures transgéniques voisinent avec des régions de plantes sauvages. Qui te dit que les insectes et le vent ne transporteront pas les gènes des unes aux autres ? On n'aurait plus aucune maîtrise de la pollinisation. Tous les équilibres naturels s'en trouveraient modifiés. Des cultures nocives devenues soudain résistantes aux prédateurs pousseraient comme du chiendent. L'inquiétude monte dans les rangs des consommateurs. Rien ne garantit que les « transgéniques » ne se révéleront pas toxiques pour l'homme. C'est cette inquiétude qu'il faut exploiter contre les frères Fleet. Je sais qu'ils n'hésiteront pas à inonder la terre entière de cette « nourriture Frankenstein » pour augmenter toujours davantage leur fortune. Si nous prouvons qu'ils jouent avec la santé des gens, Neil Damon réagira en retirant ses énormes placements sur United Grains. Ce sera à moi de le convaincre qu'il peut me les confier. J'ai déjà pas mal d'options à lui proposer...

Barco Herrera sourit en écoutant le raisonnement de Libertador, étourdi et grisé devant cette étonnante machine d'intelligence qui anticipait les coups mieux qu'un supercomputer et semblait conduire le destin des autres selon son bon vouloir.

Les fêtes de fin d'année approchaient dans le Rio Grande do Sul. Barco avait repris les habitudes de son enfance : il partait chevaucher avec ses copains, tous fils et filles de gauchos, à travers la plaine qui s'étendait devant eux à perte de vue. Le soir, ils allumaient un feu et se régalaient de *churrasco*, une viande grillée parfumée de toutes les herbes du Sud. C'est là qu'ils avaient vu apparaître les premières vignes du Brésil, donnant un vin solide gorgé comme un fruit trop mûr de tout le soleil des tropiques. Ils attendaient pour le boire qu'il fasse bien frais, n'hésitant pas à le transporter dans de petits bacs à glace sanglés contre les flancs de leurs montures.

Terre d'immigration, le Rio Grande do Sul était un mélange d'Allemands, d'Italiens et d'autochtones, un brassage humain qui avait donné les plus beaux spécimens d'Amérique du Sud, en particulier de ces métisses peu farouches et au sang chaud que Barco consommait sans modération depuis l'âge de quatorze ans.

Au fil des années, les paysages avaient changé. Aux immenses prairies dévolues aux bêtes à cornes s'étaient substituées, sur des surfaces considérables, les nouvelles cultures du Brésil, surtout le soja et le maïs. Quelques jours après son retour au pays, Barco avait été attiré par l'annonce dans le journal de Porto Alegre d'un important congrès international d'opposants aux plantes transgéniques. Officiellement, le Rio Grande do Sul, gouverné par des dirigeants d'obédience trotskiste du Parti des travailleurs, s'était déclaré solennellement « terre interdite aux OGM ». Les fermiers de l'État, peu initiés aux théories politiques, ne voyaient dans cette position aucun *a priori* idéologique. Seulement, ces gauchos indépendants, habitués aux grands espaces et à la liberté de décider où et quoi planter sur le sol, voyaient d'un mauvais œil les tentatives de United Grains pour s'infiltrer dans la région. D'autant que le soja « naturel » qu'ils levaient sous le soleil du Sud était très prisé des élevages européens et asiatiques. Pour préserver une agriculture traditionnelle, ces pays étaient prêts à surpayer leurs importations plutôt qu'à succomber aux transgéniques qui « cassaient » les prix. Dans ce grenier du Brésil où l'idée de nature primait sur l'obsession du rendement et de l'argent, les apprentis sorciers du progrès, genre Larry et Bunker Fleet, n'avaient pas la partie belle. Pour eux les mauvaises nouvelles affluaient en provenance de la vieille Europe. Gerber, le fabricant de petits pots pour bébés, venait de déclarer dans un communiqué de presse qu'il ne recourrait plus aux OGM à compter de juillet 1999, imité par Nestlé et Unilever. Les grands distributeurs commençaient à ne plus accepter ces produits sur leurs étals, décision que le lobby des transgéniques attribuait à l'obscurantisme habituel face au progrès sous toutes ses formes. Non seulement les transgéniques gagnaient du terrain aux États-Unis, mais ils se développaient à toute vitesse en Chine et couvraient désormais plus d'un million et demi d'hectares en Argentine.

En refermant son journal, Barco Herrera décida d'assister au colloque des pourfendeurs d'OGM. Comédien et cabotin dans l'âme, il se rendit à Porto Alegre sur son cheval, ayant pris soin de remplir ses poches de soja et de maïs naturels qui poussaient dans son hacienda. Il parcourut tranquillement les avenues longeant le port et la lagune, malgré les klaxons des grosses limousines qui filaient, pressées, vers les gratte-ciel des quartiers d'affaires. Quelques filles, le reconnaissant, lui adressèrent des signes enthousiastes. Certaines lui crièrent des prénoms et des numéros de téléphone. « Tu appelleras, promis, Barco ? » Le jeune homme aimait ces incursions improvisées au milieu des petites gens. Il y mesurait son incroyable popularité et vérifiait que oui, les filles du Rio Grande do Sul étaient vraiment belles à croquer.

C'est vêtu d'un poncho sombre qui mettait en valeur son épaisse tignasse blonde qu'il pénétra dans l'enceinte des débats. Le congrès se tenait dans une grande salle de conférences de l'hôtel Plaza, dans la rua Senhor dos Passos. Un voiturier accepta de s'occuper de son cheval, qu'il mena sous un petit préau où l'animal disposa d'un abreuvoir et d'herbe fraîche. Quant à Barco, avec ses bottes de cavalier, sa haute taille et sa cape de Zorro, il commença par se faire remarquer en distribuant dans les mains qui se tendaient naturellement sur son passage ses magnifiques grains de maïs. « Voici des pièces d'or ! » répétait-il en se dirigeant vers la tribune où le président de séance ne se fit pas prier pour lui offrir une place, honoré qu'un champion si prestigieux vienne illuminer de sa présence leurs difficiles discussions. Au moment où Barco faisait sa triomphale apparition, c'est précisément un représentant de United Grains des frères Fleet, envoyé dans la gueule du loup, qui tentait non sans peine de démontrer l'absence de danger à consommer des plantes génétiquement modifiées. L'homme, un chercheur nommé Everett Young, martelait catégoriquement :

— Le soja n'a pas de parents sylvestres dans tout le Brésil. Il n'y a aucun risque pour l'environnement même si des pollens se diffusent.

— Qu'entendez-vous par « parents sylvestres » ? coupa Herrera, qu'une rumeur approbatrice venue de la salle conforta dans son objection.

— Disons par exemple que du soja mutant qui « contaminerait » une plante voisine, bien que le terme « contaminer » soit impropre...

— Mais il vous est venu « naturellement » à l'esprit, persifla le champion, déclenchant l'hilarité générale.

— Non, enfin oui... Je disais que le soja transgénique n'est susceptible de modifier aucune autre espèce du Brésil, car pas une ne lui est semblable du point de vue du génome.

— C'est un peu plus clair, observa Barco Herrera, pendant que le représentant de United Grains s'épongeait le front.

Dans la salle, un fermier s'enhardit à prendre la parole.

— Monsieur Courgette...

— Everett, s'il vous plaît.

— Pardon, Everett...

La réunion prenait un tour potache qui déconcertait l'Américain. À la tribune, les responsables du Parti des travailleurs l'observaient en souriant, les yeux froids, de même que Barco. Leurs rires évoquaient une menace déguisée, un feu qui couvait.

— Monsieur Everett, le gouvernement de Brasilia et celui de Porto Alegre — dont je salue les membres présents qui nous font l'honneur de s'intéresser à nos problèmes de paysans...

— Votre question, s'impatienta le président de séance.

La main de l'homme se mit à tracer dans l'air des arabesques à mesure qu'il s'enflammait pour son sujet.

— Le micro près de votre bouche, monsieur, reprit le président.

— Voilà, j'y suis. Notre gouvernement a décrété l'interdiction des plantes modifiées par le génie génétique dans notre grand pays, en particulier dans le Rio Grande do Sul.

— C'est exact, interrompit l'Américain, et je trouve cette décision regrettable.

— Je continue si vous le permettez, riposta le fermier. Comment expliquez-vous alors que votre maïs et votre soja transgéniques poussent à l'air libre, à cinquante kilomètres d'ici, au risque de perturber nos cultures propres ?

— Je ne peux pas vous laisser dire ça ! s'emporta Everett Young. C'est de la calomnie et de la diffamation. Si vous le répétez encore une fois, nous vous attaquerons en justice.

— Pas de menace, s'interposa le président de séance. Vous avez des preuves de ce que vous avancez ?

— Des preuves ? Il suffit d'aller voir. Les semences arrivent d'Argentine en contrebande. Analysez le soja de là-bas, vous verrez bien.

Un brouhaha couvrit sa voix. Le représentant de United Grains tenta d'argumenter : rien ne prouvait, s'il y avait eu acte de contrebande, que les graines provenaient de sa société.

— Pensez aux bienfaits de nos découvertes, s'égosillait-il. Le tiers monde sera sauvé, le défi alimentaire relevé : on pourra supporter les neuf milliards d'habitants de notre planète au prochain siècle ! Nous allons protéger le manioc des virus, le riz sera d'une robustesse sans précédent, et aussi la patate douce, le piment rouge, l'igname, le sorgho...

L'heure avait passé. Trois orateurs étaient encore inscrits au programme de l'après-midi, et il était déjà plus de 18 heures. Une fois rentré chez lui, la tête farcie de gènes, de toxines, de risques alimentaires et d'allergies potentielles, Barco attendit le journal télévisé du soir où paraîtrait le compte rendu du colloque. Il eut la satisfaction de se voir arriver dans la salle des conférences et apostropher son malheureux souffre-douleur de United Grains. Mais, à sa grande surprise, aucune image n'avait été gardée du fermier évoquant la présence d'OGM dans le Rio Grande do Sul. Était-ce en raison de son fort accent qui rendait ses propos peu compréhensibles ? Ou bien une main, mais quelle main, avait-elle censuré ce passage, par crainte des représailles de la société américaine ? Son étonnement s'accentua le lendemain quand il découvrit dans le quotidien de Porto Alegre que pas une ligne n'était consacrée à l'incident, pourtant notable, entre Everett Young et le fermier. Il fut tenté de téléphoner au journaliste auteur de l'article, un certain Fernando Salza, qui avait obtenu toute une page de son journal pour donner de larges extraits des propos tenus. Mais, guidé par son instinct, il n'en fit rien. Il relut plusieurs fois l'article à la recherche du nom du fermier provocateur, mais décidément rien n'avait transpiré de son intervention.

Barco consulta sa montre. La matinée était déjà bien entamée. Il prit le risque de réveiller Libertador en l'appelant sur sa ligne secrète. De toute façon, il savait que de toute la nuit et jusqu'à l'aube, son compagnon semblait n'avoir jamais le temps de dormir. Quand il entendit sa voix à l'autre bout de la ligne, il sentit qu'il avait bien fait de composer son numéro.

— Alors, champion, du nouveau ?

— Je crois.

Barco raconta à Libertador l'épisode du colloque et le silence des journaux. Diego ne disait rien. Barco essaya de deviner le visage de son ami à cet instant, ce regard intense et réfléchi, la ride qui depuis peu creusait chacune de ses joues comme deux blessures de l'âme remontées à la surface de sa peau.

— Si je te donnais les éléments d'un reportage pour le *Boston Daily News* ? demanda Barco.

— Je vois que tu as acquis les bons réflexes, fit Vargas. Mais on ne peut rien publier à partir d'une rumeur. Il faut que tu retrouves ton fermier et qu'il te briefe. Il sait sûrement des choses qu'il n'a pas dites au colloque.

— J'espère qu'on ne va pas le retrouver trucidé dans son champ, s'inquiéta Barco.

— Ce n'est pas impossible. Mais ce serait gros. En tout cas, ne perds pas de temps. Et sois discret. Je n'aime pas cette histoire de journaux qui ne font pas leur boulot.

— Compte sur moi. Nous, on va le faire, le boulot.

37

Depuis leur élection dans le Rio Grande do Sul, les dirigeants trotskistes du Parti des travailleurs avaient toujours suscité la méfiance de Barco Herrera. Leur vulgate résolument modeste et altruiste l'agaçait, comme leur tendance affichée à vouloir absolument faire le bonheur des autres, même à leur corps défendant. Le jeune homme se demandait comment on pouvait encore se réclamer d'un homme dont les idées avaient contribué à l'une des plus grandes catastrophes politiques du siècle. Il se disait que c'était forcément l'ignorance qui avait porté les solides fermiers de la pampa à donner leurs suffrages à ce groupuscule autoritaire et cassant, dont le comportement hautain semblait démentir le discours généreux annonçant des lendemains enchantés. Il n'avait pas fallu longtemps à Barco pour relever, chez les cadres du Parti, l'absence totale d'humour et d'authentique humilité. Ces hommes, toujours habillés lugubrement dans ce pays chatoyant — jusque dans les chevelures des femmes —, jouaient aux pères-la-vertu avec une rigueur qui confinait à l'obsession, tout en nouant de honteuses relations ancillaires avec quelques filles à leur service dont ils obtenaient le silence par une forme de terreur. Julio, un ami de Barco qui avait suivi des études d'histoire à l'université de Brasilia, avait son idée sur la question. D'après lui, les trotskistes souffraient, à la différence des staliniens, de n'avoir jamais siégé au sein des tribunaux populaires. Cette frustration, causée par un coup de feu donné sur un banc de Coyoacán, au Mexique [1], avait fait naître chez les tenants de la « révolution permanente » un goût exagéré pour la pureté des sentiments assortie d'un messianisme douteux qui passait par le rejet de toute forme de capitalisme. C'est pourquoi le silence des dirigeants du Rio Grande do Sul à propos de la contrebande des semences transgéniques était déjà une forme de discrédit qui soulignait la trahison de leurs idéaux frelatés par les petits-enfants de Trotski.

Barco Herrera avait encore à l'oreille les propos de Libertador lorsque, dans cette terrible nuit qui avait suivi l'attaque des Apache, en Amazonie, leur compagnon, accablé par la mort de sa femme et l'anéantissement de son garçon, les avait exhortés à porter la révolution sur les marchés, là où battait le cœur malade du monde, dans les temples de l'argent. Barco savait que ces millions de dollars qui leur passeraient entre les doigts, aucun d'entre eux ne devrait s'y attacher, même s'ils devaient, à l'imitation d'Ulysse, se boucher les oreilles et se lier les mains afin de résister au chant des sirènes. Soudain, l'ancien champion éprouva un sentiment de fierté à l'idée d'avoir choisi la bonne révolution, celle d'une pureté à visage humain, saine et désintéressée — la révolution que menait dans l'ombre Diego Vargas.

Dans les jours qui suivirent le congrès de Porto Alegre, il se garda de toute manifestation auprès des hommes au pouvoir. Il ne voulait surtout pas attirer

---

1. Le fondateur de l'Armée rouge et de la IVᵉ Internationale fut assassiné en 1940 au Mexique sur ordre de Staline.

l'attention et resta enfermé dans son hacienda, réfléchissant à la meilleure manière de retrouver le paysan contestataire. Comme souvent dans sa vie, depuis qu'il était enfant, la solution lui fut offerte par une femme. Le soir tombait lentement sur la plaine. Un soleil orange éclaboussait l'espace infini quand Barco, par sa fenêtre, vit au loin une minuscule tache sombre qui doucement se rapprochait. Bientôt, il perçut le galop d'un cheval. La cavalière était une belle Suissesse dont la famille s'était établie au début du siècle dans le Sud brésilien. Vêtue d'un jean de toile écrue et d'une chemise à carreaux largement échancrée qui laissait voir de magnifiques seins clairs, sa longue natte blonde sautillant autour de son visage au rythme de sa monture, la jeune femme piquait droit vers la demeure de Barco. Celui-ci sortit accueillir sa visiteuse. Quand elle ne fut plus qu'à quelques mètres, il reconnut Carla. Son père était un des plus gros propriétaires terriens du Rio Grande do Sul. Il disait en riant qu'il ne savait pas combien il possédait d'hectares, mais qu'il se sentait plus au large, lorsqu'il arpentait ses propriétés, que dans la Suisse tout entière. Ferdi Zug avait fait fortune avec son bétail sur pied, des milliers de vaches laitières et de bêtes à viande qui broutaient paisiblement l'herbe verte, comme dans une publicité pour un fromage helvète. Ces dernières années, le bonhomme s'était aussi lancé dans la culture de céréales et d'oléagineux qu'il donnait en rations alimentaires à son bétail. Les premiers temps, il avait connu de grosses difficultés. Le blé n'avait pas levé comme prévu. Le maïs avait été attaqué par des pyrales d'une gourmandise effrénée. Quant aux rendements de soja, ils s'étaient révélés nettement inférieurs à ce que promettaient les marchands de semences. Ferdi Zug avait dû se résoudre à acheter au prix fort de l'aliment auprès des coopératives pour nourrir ses quelque trente mille têtes. Au bout de trois années à ce régime, il était sur le point de mettre la clé sous la porte, parlant même de tenter sa chance en Argentine ou de revenir dans le canton de Vaud d'où étaient partis ses ancêtres en 1904.

Dans le groupe d'amis qui participaient aux randonnées équestres de Barco, se glissait souvent Carla. C'était une jeune femme discrète, un éternel sourire accroché à ses lèvres. Elle se livrait peu et nourrissait en secret un amour de feu pour le beau footballeur. Avec son physique de princesse, sa blondeur éclatante et ses yeux graves, elle aurait fait le délice des magazines à papier glacé traquant les minois les plus gracieux. Son corps ferme de sportive, ses rondeurs où se portaient les regards concupiscents des hommes, tout concourait à faire remarquer la jeune femme qui ne semblait savoir que faire de cette grâce hors du commun. C'est pourquoi elle affectionnait de s'habiller en garçon, portant rarement des robes, leur préférant le jean épais et la chemise de cow-boy, cachant plus que nécessaire son visage derrière un foulard de soie rouge qu'elle négligeait d'abaisser même quand son cheval était au pas.

— Quel bon vent t'amène ? lui demanda Barco.

Carla sauta lestement de sa monture qu'elle accrocha à l'un des anneaux pris dans la façade de la maison. Elle détacha comme à regret son foulard et posa ses yeux noisette sur Barco.

— Je voulais m'excuser pour hier. Tu as dû m'attendre. Mais je n'ai pas pu quitter la maison. C'était l'enfer.

La veille, Barco et ses amis avaient prévu une grande balade à cheval à travers la pampa. Ils avaient attendu la jeune femme puis s'étaient mis en route, pensant qu'elle était souffrante. Quelques jours plus tôt, ils l'avaient déjà trouvée pâle et plus silencieuse encore qu'à l'ordinaire.

— Ça n'a aucune importance, Carla, répondit Barco. Mais tu as l'air toute chavirée. Entre, viens t'asseoir. Je vais te préparer un maté très chaud.

La jeune fille ne se fit pas prier. Elle passa devant lui, tête baissée. À peine s'était-elle installée dans le gros fauteuil de cuir flammé près de la cheminée, qu'elle prit son visage dans ses deux mains et fondit en larmes.

Barco s'approcha d'elle et tenta d'écarter ses mains

en lui parlant à voix basse. Mais Carla résistait tandis que ses sanglots emplissaient toute la pièce. Enfin, elle se laissa faire. Barco lui tendit une tasse de maté et un mouchoir parfumé dans lequel elle se moucha bruyamment. Il nota que même les yeux et le bout du nez rougis, elle était d'une exceptionnelle beauté. Il se demanda si quelqu'un le lui avait jamais dit. Il se retint, sentant bien que le moment serait mal choisi.

— Que s'est-il passé ? demanda-t-il sur un ton caressant.

— C'est mon père, finit par lâcher Carla. Avec Tulio, son métayer... ils se sont disputés, j'ai cru qu'il allait le tuer.

— Qui allait tuer qui ?

— Mon père avait pris sa fourche et il menaçait Tulio de le transpercer. L'autre ne bougeait pas. Même, il avançait en criant plus fort que mon père. Il lui disait que c'était une honte, qu'il avait trahi à jamais sa confiance.

— Tu as su pourquoi ils se disputaient ?

— Au début, je ne comprenais rien, dit Carla en reniflant. Tout a commencé le 19 décembre. Tulio avait pris sa journée pour se rendre à Porto Alegre. Il avait expliqué à papa qu'il devait passer chez John Deere chercher des pièces détachées pour le nouveau tracteur. Le soir, il n'est pas rentré. Tulio, ça fait trente ans qu'il travaille pour nous, je l'ai toujours connu. Quand je suis née, il était déjà là. Petite, je me demandais si je n'avais pas deux pères, car il me gâtait, me prenait sur ses épaules, tu vois.

Barco hocha la tête. De temps en temps, il portait le verre brûlant de maté aux lèvres de Carla. Elle aspirait délicatement, avalait, puis reprenait son récit entrecoupé de légers hoquets.

— Ce soir-là, donc, il n'est pas revenu à la maison. Mais à partir de 7 heures du soir, le téléphone n'a pas cessé de sonner. Mon père s'était enfermé dans son fumoir et n'en sortait plus. J'entendais des éclats de voix. Quand j'ai voulu entrer pour savoir ce qui lui arrivait, il m'a fait signe de m'en aller. Son visage était tout rouge et ses yeux comme fous. Un épais nuage de fumée noyait la pièce. J'ai avancé de deux pas pour aller ouvrir la fenêtre. Il a plaqué sa paume contre le combiné du téléphone et m'a crié : « Sors d'ici ! » J'ai filé dans ma chambre et je me suis couchée tout habillée sur mon lit en me bouchant les oreilles. Tard dans la soirée, il m'a semblé entendre encore la voix de mon père. Il parlait plus calmement, mais sa voix était celle d'un homme affolé, aux abois. J'ai fait des dizaines de cauchemars et quand je me suis réveillée en sursaut vers 6 heures du matin, je suis allée directement au fumoir. Mon père était effondré dans le canapé. Un instant j'ai cru qu'il était mort ou qu'il avait mis fin à ses jours, d'autant que le tiroir de la table de bridge, où il range un petit pistolet, était ouvert. J'ai couru vers lui, le cœur en capilotade. Ah, ces trois mètres qui nous séparaient ! C'était comme si mon sang s'était vidé d'un coup. Je l'ai secoué, il s'est réveillé aussitôt. Le jour se levait à peine. Il m'a serrée contre lui et a murmuré : « Cette fois, ma petite fille, c'est bien fini. »

— De quoi parlait-il ? demanda Barco de plus en plus intrigué.

— Au début, il ne voulait pas me le dire. Comme j'insistais, il a fini par tout me raconter. La veille, Tulio était bien allé à Porto Alegre, mais on ne l'avait pas vu chez le concessionnaire John Deere. En revanche, il s'était fait remarquer au congrès des opposants aux plantes transgéniques.

À ces mots, Barco se dressa sur ses jambes.

— C'était lui ? Le type qui a accusé le chercheur de United Grains d'écouler des semences manipulées dans le Rio Grande do Sul ?

Carla baissa la tête et se remit à pleurer.

— Alors, toi aussi tu es au courant..., articula-t-elle péniblement.

Barco prit la tête de la jeune femme entre ses mains et l'approcha de sa poitrine.

— Ne pleure pas, tout va s'arranger. Tulio n'a pas prononcé le nom de ton père et nul n'a relevé son propos. D'ailleurs, c'est à peine si on le comprenait.

— Certains ont très bien compris, fit Carla. Ces coups de fil, le soir, c'étaient les responsables du Parti des travailleurs qui insultaient mon père pour avoir laissé parler son employé. Tu comprends, ces gars-là sont de mèche avec la société américaine, United je sais pas quoi.

— Tu es sûre de ce que tu avances ?

— Malheureusement, oui. Et Tulio le savait. C'est pourquoi il est venu faire de la provocation au congrès.

— Mais quel intérêt avait-il à faire sensation en public alors qu'il travaille pour vous ?

Carla haussa les épaules et s'enferma de nouveau dans son silence. Barco réfléchissait. Il comprenait maintenant pourquoi la télévision et le journal avaient scrupuleusement éliminé l'intervention explosive du bonhomme. Si les trostkistes touchaient, si les frères Fleet corrompaient, il y avait là de quoi faire éclater un scandale retentissant bien au-delà des frontières du Sud. L'onde de choc ébranlerait le Brésil et pourrait même se propager jusqu'aux États-Unis, au siège de United je ne sais pas quoi, comme avait dit la jeune femme.

Barco ne mesura pas aussitôt toutes les conséquences d'une telle information. Quand il raconterait plus tard à Libertador les détails de la manipulation, celui-ci comprendrait à la seconde que le footballeur venait de faire d'une pierre deux coups : ébranler la confiance de Neil Damon dans la firme agro-alimentaire des frères Fleet, et avancer de manière décisive dans sa course, encore non déclarée, vers la présidence du Brésil.

Comme Barco la pressait de continuer, Carla posa sur lui ses yeux rougis et lui demanda de promettre de ne jamais répéter ce qu'elle allait lui révéler. Il promit, lui assurant qu'il ferait tout pour que sa famille soit tenue à l'écart de cette histoire.

— Tulio, reprit-elle.

Elle s'arrêta de nouveau.

— Vas-y, Carla, je ne dirai rien.

— Tulio est fou amoureux de moi. À sa manière

gauche et un peu rustre, c'est un homme plein de cœur et de délicatesse. Malgré notre différence d'âge, il a toujours voulu m'épouser depuis que j'ai dix-huit ans. Au début, mon père prenait ça à la rigolade. Il charriait même Tulio, il l'appelait « mon futur gendre ». Notre métayer est un homme à l'esprit simple. S'il entend un mot dans la bouche de quelqu'un qu'il respecte, il le croit sur parole. Lorsque mon père s'est aperçu que Tulio prenait tout cela au sérieux, il a trouvé des échappatoires. « Carla est trop jeune », répétait-il, ou encore : « Elle doit d'abord finir ses études », espérant que je trouverais en ville un parti intéressant qui me projetterait à jamais loin de l'hacienda. Il avait tort en croyant que Tulio finirait par se faire une raison. Je suis rentrée de l'université, j'ai eu vingt-cinq ans, et notre méta-yer se faisait de plus en plus pressant. La veille de ce fameux congrès, ils ont eu une très vive altercation. Mon père lui a dit brutalement qu'il devait me laisser tranquille et qu'il n'avait jamais eu l'intention de donner sa fille à un domestique. Ses paroles ont dépassé ses pensées, il s'est excusé dans l'instant, mais Tulio était piqué au vif. Le lendemain, il a cra-ché le morceau.

Barco avait écouté la jeune femme attentivement. Il avait envie de lui demander pourquoi elle ne s'était pas mariée, si elle avait un fiancé. Mais pour l'heure, il devait se concentrer sur son sujet : les frères Fleet. Carla ne pleurait plus. Elle avait saisi le verre de maté qu'elle serrait dans ses mains. Barco Herrera se leva et partit chercher un document sur une table de chêne noire où se trouvait un ordinateur branché sur le Net. Puis il se retourna et fit signe à Carla d'appro-cher. Lui qui savait tomber les filles sans jamais déployer la moindre stratégie, se contentant de paraître pour séduire, il éprouvait soudain comme une retenue, la peur de ne pas dire les bons mots, de ne pas accomplir les bons gestes. Il ignorait encore que, pour la première fois de sa vie, l'amour venait de frapper à sa porte.

— Tu connais ces hommes ?

Carla les examina en silence et fit non de la tête.

— Qui sont-ils ?

— Les patrons du groupe United Grains. Les rois des OGM.

La jeune femme pâlit.

— Barco, fit-elle après une hésitation, il ne faut pas juger mon père. Il a été abusé de bonne foi. L'an passé, à la même époque, il avait le Banco do Brasil sur le dos. Il n'était pas le seul dans le Rio Grande do Sul. Pas mal de propriétaires s'étaient lourdement endettés pour défricher, préparer la terre aux céréales et au soja. La culture, ce n'est pas comme l'élevage. Il faut un équipement lourd et coûteux. Et les gens du coin n'ont pas l'entraide chevillée à l'âme. Chacun son gros tracteur, chacun sa moissonneuse. Mon père tablait sur des rendements élevés pour rembourser ses échéances. Mais après deux campagnes médiocres et une troisième catastrophique, il ne savait plus à quel saint se vouer.

— C'est à ce moment qu'il a cédé aux pressions des Américains ?

— Les choses ne se sont pas passées de cette façon. S'il avait compris que ses interlocuteurs étaient des marchands de semences transgéniques, il les aurait fichus dehors à coups de fusil, tu peux me croire.

— Mais alors ?

— Un matin, à 8 heures, il a reçu un appel de la banque. Tu ne le sais peut-être pas, mais un représentant du Parti des travailleurs appartient au conseil d'administration de la succursale fédérale de Porto Alegre. Un certain Fonseca Diaz. C'était lui qui téléphonait. Il a demandé à mon père s'il pouvait passer le voir dans la matinée. Mon père s'est rasé, a mis son costume de ville, puis est parti en sifflotant. Je ne sais pas ce qu'ils s'étaient dit, mais il semblait soulagé d'un poids. Quand il est rentré, il a demandé à notre servante de préparer un *churrasco* du diable pour dix convives affamés. Plus tard, j'ai compris que la banque avait mis dans le coup les fermiers les plus endettés de la pampa, ceux qui n'avaient plus d'autre choix que d'obéir à ses *desiderata*.

— Tu veux dire que les trotskos sont main dans la main avec les sbires de United Grains ?

— J'en suis sûre. Je sais même qu'il y a deux mois, la femme du procureur de Porto Alegre, que je connais très bien, a quitté la banque, offusquée. Elle avait demandé à descendre dans la salle des coffres pour y déposer une chaînette en or qu'elle tenait de sa mère, avant de partir pour un voyage d'un mois en Europe. Quand elle a pénétré dans la pièce confinée, elle a dû se faufiler au milieu de sacs bleu et blanc en polystyrène qui portaient l'étiquette United Grains. Quand elle s'est plainte auprès de l'employé, celui-ci lui a répondu en blaguant que le Banco do Brasil était aussi la maison des paysans. Mon père et ses collègues ont reçu la visite d'un expert agricole américain. Il n'a pas dit un mot sur les semences transgéniques. Il leur a simplement garanti qu'avec ces grains hautement sélectionnés, les problèmes de maladies et de rendements disparaîtraient comme par enchantement. Et quand les fermiers ont voulu savoir combien il leur en coûterait de se les procurer, la réponse les a laissés abasourdis.

— Pourquoi ? la pressa Barco.

— C'était gratuit ! Ils n'avaient jamais entendu ce mot : gratuit !

Barco se passa pensivement la main sur le menton.

— Une méthode de dealer, dit-il. D'abord on donne, puis une fois l'accoutumance obtenue, ont fait payer cher, très cher.

— C'est en lisant les débats dans la presse que mon père a compris qu'ils avaient servi de cheval de Troie aux plantes transgéniques. Lui et ses amis n'avaient qu'une idée en tête, c'était de rétablir l'équilibre de leurs comptes d'exploitation, pas de s'enrichir en faisant courir des risques aux consommateurs.

De nouveau, Carla s'emportait.

— J'en suis sûr, assura Barco en avançant une main vers les cheveux de la jeune femme.

Doucement il dénoua sa tresse sous son regard

interdit et ce fut tout d'un coup comme une gerbe de paille blonde déployée sur ses épaules. Carla se laissa faire. Il lui prit la main et l'allongea sur l'épaisse peau de buffle déroulée devant la cheminée.

— Non, murmura-t-elle en enroulant ses bras autour de son cou.

Il découvrit, le cœur battant à rompre, la peau laiteuse de la jeune cavalière. Elle guida ses mains vers les endroits qui consolent des chagrins. Ils s'endormirent dans les bras l'un de l'autre sans qu'aucun cauchemar vienne interrompre le sommeil délivré de Carla.

Dès le lendemain, tout s'enchaîna très vite.

Revenu à des sentiments meilleurs, Tulio accepta de confier à Barco plusieurs sachets estampillés « United Grains » remplis de graines transgéniques, sous réserve que son patron ne soit jamais inquiété. Le jeune homme n'eut pas besoin de se forcer pour promettre. Le soir même, il envoyait sur le site crypté de Diego Vargas toutes les preuves factuelles de la fraude, ainsi qu'un document photographique, télétransmis par e-mail, montrant les sacs fatidiques accompagnés de l'étiquette « Rio Grande do Sul » et du logo bleu et blanc de la célèbre firme des frères Fleet. Quand il eut reçu toutes les pièces à conviction, Libertador convoqua dans ses bureaux de Boston le rédacteur en chef financier du *Boston Daily News*, Jessy Brown.

— J'ai un fameux scoop pour vous.

À mesure que Libertador racontait l'affaire des OGM frauduleusement introduits dans l'État trotskiste du Sud brésilien, Jessy Brown laissait éclater son enthousiasme.

— Nous partons sur cinq colonnes à la une ? demanda-t-il dans un état d'excitation avancé.

— Et comment, renchérit Vargas. Pensez à alerter Macdorsey, qu'il prévienne la régie publicitaire. Je veux, dès demain 7 heures, des affichettes dans tous les kiosques de Boston, et trois messages radio. Appelez aussi votre ami, aux informations télévisées, quitte à lui faxer votre papier dès qu'il est prêt. Faites la même chose avec Gordon Miller, du *Wall Street Journal*, on gagnera du temps. Il faut que la nouvelle assomme le marché dès les premières cotations.

— Bien, acquiesça Jessy Brown. Je file au journal.

Le journaliste était déjà devant les ascenseurs. Libertador courut derrière lui.

— J'oubliais : demain, on double le tirage.

— On double ? Vous ne croyez pas que... ?

— Faites ce que je vous dis, insista Vargas avec une telle assurance qu'il eût été difficile de refuser.

Comme prévu, l'action United Grains s'effondra dès le lendemain matin. La chute fut si spectaculaire qu'après sept minutes de séance, les autorités du Stock Exchange de New York décidèrent de suspendre les cotations. Les ordres de vente avaient afflué de tous les États-Unis, et même d'Europe, les boursiers les plus accros ayant eu connaissance du scandale brésilien en se connectant sur les *leads* de dernière heure du *Financial Watch,* dûment informé par une « source » américaine d'Hugues de Janvry. En quatre cent vingt petites secondes, l'action United Grains avait perdu 30 pour cent de sa valeur, passant de cent vingt dollars à quatre-vingt-six. Un communiqué laconique en forme de démenti était certes venu du siège texan de United Grains, mais les frères Fleet avaient décliné toutes les demandes d'interview, préférant se murer dans leur gratte-ciel et envoyer au casse-pipe leurs équipes d'avocats, lesquels ne savaient que menacer le *Boston Daily News* pour propagation de fausses informations et atteinte à l'emploi d'une entreprise honorable.

Mais les reporters de la grande presse financière mondiale ne pouvaient se contenter d'une pareille langue de bois. Poussés par leurs directions respectives, certains partirent dans l'État du Rio Grande do Sul. C'est ainsi que Libertador découvrit dans l'édition du surlendemain du *Financial Times* une enquête très documentée qui confirmait la fraude et révélait sa véritable ampleur : elle semblait en effet s'étendre sur l'ensemble du territoire agricole brésilien, avec la complicité des plus hautes instances de l'État. Le père de Carla et son métayer Tulio expliquaient, dans une longue interview, comment ils avaient été victimes d'un chantage de la part de la firme américaine, téléguidée par le gouvernement trotskiste du Rio Grande do Sul. L'entretien avait paru sous le titre « Deux hommes à terre se relèvent ». Vingt-quatre heures plus tard, l'action United Grains, que les autorités de Wall Street avaient décidé de recoter, perdit aussitôt encore 30 pour cent de sa valeur et fut de nouveau suspendue.

Ce jour-là, Neil Damon composa le numéro de téléphone de Barnett Frieseke, investisseur et courtier d'art à Boston.

38

Libertador attendait d'une minute à l'autre l'arrivée du patron du fonds Eternity, l'organisme d'épargne-retraite le plus riche du monde. Depuis le début de son entreprise, il avait su pousser ses pions un à un et garder la tête froide devant la puissance financière et médiatique qu'il s'était acquise. Sa force était là : ne jamais perdre de vue l'objectif final, ne jamais chasser de son esprit — mais comment l'aurait-il pu ? — les images de leur éden saccagé, de Yoni gisant au sol et de son petit Ernesto qui ne le reconnaissait plus. Vargas avait payé le prix fort, un prix qu'aucune somme d'argent ne pourrait jamais rembourser. Au contraire, il espérait le moment où, libéré de ses plans machiavéliques, il retrouverait enfin le dépouillement auquel il aspirait.

Dans ses bureaux de la Glass Tower, qui jouxtait l'Elyseum Palace, Libertador avait particulièrement veillé à la décoration. De grands murs blancs hauts de plafond permettaient l'accrochage de tableaux monumentaux, choisis parmi les artistes en vogue du modern art ou quelques figuratifs du XIXe siècle. Des petits maîtres flamands avaient aussi trouvé leur place dans ce bureau-musée dont Vargas savait qu'il éveillerait la curiosité de Neil Damon.

— J'ai besoin de vous voir très vite, avait dit celui-ci au téléphone.

— J'attendais votre appel, avait répondu Libertador, provoquant l'étonnement de son interlocuteur. J'ai un cadeau pour vous, avait-il ajouté en regardant le tableau, soigneusement enveloppé de papier cristal, expédié par Hugues de Janvry quelques semaines plus tôt.

— Un cadeau ? De quoi s'agit-il ?

— Surprise ! Je vous attends !

Avant l'arrivée de Neil Damon, Vargas vérifia que tout était en place. Amateur de théâtre — il avait même joué Shakespeare pour les fêtes de fin d'année à Harvard —, il tenait beaucoup à la précision des mises en scène. De ce point de vue, la sienne était parfaite. Sur son bureau se dressait l'imposante maquette en aluminium d'une plate-forme pétrolière offshore, avec son rig de forage, les pipelines d'évacuation et même deux mouettes miniatures censées dormir sur les passerelles métalliques les nuits de grand vent. Au sommet de l'édifice flottait un mini-fanion aux couleurs ambrées de la Dolphin Oil. Sur un présentoir posé au milieu d'une table basse, Libertador avait disposé quelques bijoux de platine ainsi qu'un lingot gris perle qu'un rayon miellé de soleil d'hiver faisait rutiler comme du caramel. Négligemment — ou plutôt avec le plus grand soin —, il avait placé à plat sur un rayonnage de sa bibliothèque plusieurs beaux livres, en particulier le luxueux catalogue publié par la Réunion des Musées nationaux français sur l'exposition Monet du Grand Palais. Hugues de Janvry avait pris soin de le lui adresser par courrier séparé, en même temps que l'envoi du faux réalisé par l'artiste de Chatou. Bien en évidence, Libertador avait enfin empilé une collection de journaux financiers ouverts aux pages les plus douloureuses pour Neil Damon, celles qui racontaient l'effondrement de la maison Fleet.

À 15 heures précises, le patron du fonds Eternity se présenta dans les bureaux de Vargas.

— Monsieur Frieseke, je suis très heureux de vous revoir.

Neil Damon prit place dans un profond fauteuil de cuir noir et trouva dans son champ visuel immédiat, ainsi que Libertador l'avait voulu, la maquette de la plate-forme pétrolière.

— Je dois vous dire que jusqu'ici ce placement s'est révélé fructueux. L'action Dolphin Oil reste rare sur le marché, mais elle progresse régulièrement.

— Je sais, répondit Vargas sur un ton détaché. Si vous suivez, je pourrai vous obtenir plusieurs gros blocs d'actions dès la prochaine augmentation de capital, en février.

— Non seulement je suis, mais j'augmente la mise.

— Jusqu'à quelle hauteur ?

Libertador affectait une tranquillité de marbre. C'était une grosse partie qui se jouait dans ce bureau de Boston. Il regardait la maquette de sa plate-forme, les bijoux de platine et le faux Monet, en essayant de chasser l'idée que tout cela n'était que du vent et qu'un type de la trempe de Neil Damon allait forcément s'en apercevoir. Mais pour l'heure, Neil Damon était au contraire dans les meilleures dispositions, et le calme affiché par Vargas le rassurait. C'était le moment de nouer de nouvelles relations d'intérêt. Libertador attendait un chiffre. Il n'eut pas à patienter longtemps.

— Un tiers de mes avoirs était placé sur les valeurs clés de l'agro-alimentaire, des biotechnologies et de la pharmacie, commença Damon. Le fonds Eternity avait pas mal investi dans United Grains et je me suis dégagé à temps, suivant les conseils de vente donnés dans la première édition du *Boston Daily News*, l'autre matin.

Libertador ne releva pas l'allusion aux pages financières du vieux journal. Damon était loin de se douter qu'il avait en face de lui l'homme qui avait révolutionné la presse de la célèbre ville puritaine en lui donnant le goût de l'argent, des chiffres et des taux d'intérêt. À l'instar des journalistes de *The Economist* qui ne signaient jamais leurs articles pour mieux se couler dans une ligne éditoriale, Libertador avait tenu à ne voir aucun nom émerger dans les pages financières, de manière que seul soit prononcé le nom du *Boston Daily News*. « En personnalisant, disait-il, on affaiblit. Il suffit du manquement d'un seul pour démolir toute l'image. » Ses journalistes, même les plus réputés, l'avaient suivi dans cette option d'anonymat, recevant en contrepartie un copieux salaire et un intéressement substantiel aux ventes. Et lorsqu'un membre de la rédaction financière se présentait à un interlocuteur, la bannière du *Boston Daily News*, section financière, était un sésame bien plus efficace qu'aucune autre signature. Le mystère entretenu flattait les ego. Quand, dans un dîner en ville, on murmurait doucement au passage, à propos d'une jeune plume du journal, « je crois qu'il est du *Boston* », c'était le succès assuré : tous les regards, même les plus blasés, se concentraient sur le jeune journaliste qui devait répondre, s'il le désirait bien sûr, aux questions que se posaient les lecteurs : qui sont ces gens si bien informés, quelles sont leurs sources, que pensent-ils de la *new economy* ou du plein emploi, est-ce vrai que la Bourse monte quand les jupes des dames raccourcissent, et vice versa?... C'est pourquoi les journalistes embauchés par Vargas étaient fiers d'appartenir à cette rédaction. Lui-même avait justifié l'absence de son nom dans l'ours par solidarité avec son équipe : « Si votre nom ne figure pas, il n'y a aucune raison pour imprimer le mien. » Cette modestie affichée avait plu au sein de la rédaction, sans que nul ait perçu l'intérêt essentiel qu'avait Libertador à se dissimuler.

— J'ai liquidé dès 9 heures et une minute, expliqua Neil Damon, ce qui m'a permis de limiter les pertes à très peu de chose. Mais la mésaventure me servira de leçon. Les avis que j'avais recueillis sur ces OGM étaient vraiment d'un optimisme à toute épreuve.

— Les marchés n'aiment pas les épreuves, coupa Vargas, surtout celles qui se terminent par des gros titres dans la presse, des enquêtes et des déballages.

— Vous avez raison.

Libertador attendait toujours le feu vert de Neil Damon pour placer à sa guise les fonds qui lui étaient confiés. Le financier le sentit, qui déclara tout de go :

— Vous recevrez sous quarante-huit heures un avis de virement sur votre fonds Circle. Il nous faut régler quelques détails du transfert car, vous comprenez, les banquiers ne voient pas tous les jours passer cent milliards de dollars.

Vargas enregistra le chiffre sans un battement de paupières. Si le vieux James Bradlee avait assisté à la scène, Libertador lui serait sûrement apparu comme un de ces animaux à sang froid qu'aucun événement extérieur ne semble atteindre.

Intérieurement, il sentit ses nerfs se relâcher doucement. Déjà ce n'était plus Neil Damon qui se tenait devant lui : il déroulait mentalement, à une allure folle, les connexions auxquelles il avait réfléchi des jours et des nuits. La boule de neige financière qu'il dirigerait sur Bakou et l'Afrique du Sud, téléguidée par lui et Janvry, la guerre des monnaies qu'Isidore Sachs lancerait à bas bruit sur les marchés asiatiques, jusqu'au jour où Barco Herrera et Cheng, l'un à Brasilia, l'autre à Pékin, sonneraient l'hallali. Tout n'était pas encore réglé dans le moindre détail. Il faudrait que le pétrole d'Irak passe les frontières, que la communauté financière se laisse séduire par le platine. À propos de platine, Libertador fut traversé par une de ces intuitions capitales, susceptibles de bouleverser des destins. Il songea qu'une fois Neil Damon sorti, il ferait expédier à Cheng une magnifique parure de platine, avec l'espoir qu'elle apparaîtrait bientôt sur tous les écrans de télévision chinois au cou d'une certaine Mai Li Moloch.

— Et ce cadeau ? entendit Vargas, revenant dans la réalité. Pardonnez-moi, je suis très impoli. Mais j'ai une excuse : vous m'avez presque fait mourir d'impatience !

Neil Damon s'agitait dans son fauteuil.

— Juste à côté de vous.

— Ce livre magnifique sur Monet?

— S'il vous plaît, il est à vous, répondit négligemment Vargas. Mais regardez un peu plus loin à droite.

Le financier repéra le tableau emballé, se leva d'un bond et s'agenouilla auprès de l'œuvre.

— Je peux? fit-il en posant ses mains sur le cadre encore protégé.

— Je vous en prie. Vous avez un coupe-papier sur la tablette.

Neil Damon fit tomber fébrilement les feuilles de papier cristal et s'immobilisa devant la merveille. Il ne put retenir un « *My God!* » d'admiration, puis consacra encore quelques minutes à boire des yeux les nymphéas que l'artiste lui-même, s'il les avait vus, n'aurait peut-être pas reniés, tant la ressemblance du trait, l'ambiance aquatique et fluide du tableau semblaient plus vraies que nature.

— Comment vous remercier?

— Voilà qui scelle notre collaboration. Si vous me permettez de placer une partie de vos apports dans la Dolphin Oil, ces fleurs seront le bouquet de notre lien affermi. Mais je vous préviens. Je sais qu'un autre Monet, monumental celui-là, dort dans une cave du palais Mouktarov de Bakou. Si nous mettons la main dessus, nos investissements initiaux seront pour partie gagée.

— Vous me mettez l'eau à la bouche avant d'y faire couler le pétrole, plaisanta Neil Damon. Nous pourrions l'acquérir pour le projet dont vous m'aviez parlé lors de notre rencontre dans le Concorde?

— J'y compte bien, assura Vargas, notant le sourire béat du financier.

— Dans quel secteur voulez-vous encore investir? fit Damon en reprenant son visage d'homme d'affaires préoccupé. Ce scandale de United Grains a été mauvais pour notre image. D'autant que nous fonctionnons en réseau, et nous sommes par la force des choses leader de ce réseau.

— Quel réseau ? s'inquiéta Vargas.

— Vous imaginez bien que, comme toutes les bonnes recettes, nous sommes copiés. Aussi laissons-nous faire, à condition d'être rémunérés. Je m'explique : quantité de fonds de pension ne disposent pas des connaissances nécessaires pour identifier les niches de profit. Ils s'en réfèrent à nous et, moyennant un pourcentage sur leurs transactions, ils nous suivent dans nos placements. L'effet de levier est plus fort dans un sens comme dans un autre. Je crois qu'en réalité la plupart des gros fonds de pension américains, ceux de Boston, de Chicago, de Detroit ou de Rapid City, sont branchés sur pilote automatique : nos choix sont les leurs et ils suivent les yeux fermés.

Libertador réfléchissait.

— Cela veut dire concrètement..., commença-t-il.

— Que nous gérons des sommes indirectes au moins dix fois plus élevées que nos capitaux propres.

— Et si je vous conseille d'aller sur la Dolphin Oil ainsi que sur une valeur booming de la côte sud-africaine ?

— Tout le monde suivra, automatiquement. Notre image n'a pas été atteinte. Je crois seulement que nos déposants espèrent rapidement un signe de nous qui les réconforte.

— Rassurez-vous, fit Libertador, nous allons sans tarder leur envoyer ce signe.

En moins de cinq minutes, il fit à Neil Damon le tableau idyllique d'une économie recomposée autour des marchés chinois, du pétrole de l'Azerbaïdjan et du platine de la nouvelle Afrique du Sud, tous ces pays émergents qu'il fallait avoir le cran d'accompagner dans leur irrésistible ascension vers la modernité. Il testa sur le financier l'idée qui avait germé quelques minutes plus tôt dans son esprit.

— Que diriez-vous, demanda-t-il, si cinq cents millions de femmes chinoises décidaient que les bijoux en or sont des pléonasmes sur leur peau satinée ?

Son interlocuteur resta muet d'étonnement : comment une telle préoccupation venait-elle à l'esprit de ce jeune homme sérieux?

— C'est bien simple, reprit Libertador. Devant une telle revendication de l'espèce féminine qu'il faut à toute heure du jour et de la nuit savoir honorer, nous inonderions la Chine de bijoux en platine. La voiture et la femme, voilà l'usage du métal de demain, cher ami.

Neil Damon, interloqué, balbutia quelques mots, serra chaleureusement la main de Diego Vargas et s'empara de son trésor tout en jetant un long regard sur le lingot de métal blanc qui brillait dans le présentoir.

— Cinq cents millions de Chinoises..., répéta-t-il d'un air qui en disait long sur les calculs qu'il venait d'entreprendre. Et l'once serait deux fois plus chère que l'or?

Vargas savourait son triomphe de maquignon.

À cet instant précis, rien ne semblait devoir s'opposer à la réussite totale de son entreprise. Du moins, c'est ce qu'il croyait.

39

Pour Hugues de Janvry, l'année 1999 débuta en fanfare. Son site *Financial Watch* enregistra son quatre cent millième abonné. De plus, le haut conseil de la Bourse de Paris, cette instance d'observateurs avertis qui se réunissait quatre fois l'an dans la salle des colonnes du palais Brongniart afin de détermi-ner la meilleure liste des quarante entreprises éli-gibles au fameux indice CAC 40, désigna le jeune entrepreneur comme le financier vedette de l'année écoulée. Se référant aux conseils de placements qu'il avait donnés pour chaque jour de cotation tant à Paris que sur l'ensemble des marchés européens, ces maîtres de la modélisation mathématique avaient été bluffés par la virtuosité avec laquelle Janvry avait prévu le redressement des valeurs pétrolières, malgré le cours déprimé du baril, l'envol des sociétés technologiques et la substitution progressive du platine à l'or — malgré la folie française, qui ne datait pourtant pas d'hier, pour le lingot et le napoléon. Comble de réussite, lors de la traditionnelle cérémonie des vœux à ses chers compatriotes, le président de la République, Jacques Chirac, avait solennellement plaidé en faveur des fonds de pension tricolores : « Il faut que la France se dote de son propre système de fonds de pension afin que les travailleurs français puissent retrouver la propriété de leurs entreprises », avait calmement déclaré le chef de l'État, avec cette fermeté qu'on lui connaissait lorsque, émettant un souhait, il dictait un ordre.

Le Président, tout en soulignant le profond respect qu'il portait aux retraités du chemin de fer californien, aux ouvriers de l'Arkansas (qu'il avait d'ailleurs fréquentés dans sa jeunesse) ou encore aux veuves écossaises, s'était dit éberlué d'apprendre que la moitié du capital de nos plus belles sociétés — il avait cité Beghin-Say, Totalfina, Rhône-Poulenc, Vivendi, Alcatel et la Générale — était détenue par des investisseurs étrangers représentés par l'intermédiaire des grands fonds de pension comme Eternity, Circle, Tempelton, Fidelity, Mercury ou Calpers. « Comme vous pourrez le constater, mes chers compatriotes, avait souligné un Chirac plus gaullien que jamais dans sa défense du prestige de la France, ces noms sonnent plutôt anglo-saxons. » Le Président s'était pris à rêver d'organismes nationaux, européens à la rigueur, sans pour autant rejeter ces fonds venus d'outre-Atlantique et d'outre-Manche, qui avaient montré la voie, reconnaissait-il, d'une réelle modernité financière réconciliant les intérêts du capital avec ceux de la démocratie. « Nous ne sommes pas loin de la philosophie du général de Gaulle sur la participation des salariés aux fruits de la croissance », avait conclu le Président, invitant les autorités économiques du pays à moins de circonspection et de préjugés. Ainsi, le trafic d'influence orchestré par Janvry avait-il porté ses fruits au-delà de ses espérances, et lorsque Libertador avait annoncé la bonne nouvelle à Neil Damon, celui-ci n'avait pu que se sentir confirmé dans son sentiment de reconnaissance pour l'homme qu'il tenait, malgré son jeune âge, pour une sorte de génie.

Dès janvier, Hugues de Janvry avait profité de l'élan donné par les propos présidentiels pour lancer deux fonds de pension ultra-français (bien que renforcés pour une part non négligeable avec des capitaux affluant de Boston), l'un sur les grands crus de Bordeaux et de Bourgogne, l'autre sur les produits de luxe dans le domaine du cuir, de la maroquinerie, de la chaussure et des parfums. Profitant des querelles familiales qui ensanglantaient littéralement le vignoble bordelais, le patron de *Financial Watch* s'était précipité en Aquitaine comme un chevalier blanc au secours des propriétaires en voie d'être trahis par leurs propres frères, neveux ou cousins qui s'apprêtaient à vendre leur âme à quelques capitalistes de fraîche cuvée pressés de s'offrir une « danseuse aux pieds de vigne ». Artem, Petrus, Château-Giscours ou Cheval-Blanc, ces noms constituaient des proies faciles aux yeux des grandes compagnies d'assurances qui tablaient sur l'impossibilité pour les familles d'acquitter les droits de succession colossaux attachés à ces propriétés, dont la valeur avait explosé en l'espace d'une génération. En s'entendant proposer de l'argent frais détenu par des millions d'investisseurs potentiels regroupés à l'intérieur d'un fonds de pension qui n'avait d'autre ambition que de contribuer aux bénéfices des exploitations, les châtelains avaient tendu une oreille attentive.

De même en Bourgogne, le fonds baptisé Bacchus (un patronyme qui avait eu l'heur de plaire à l'hôte de l'Élysée) s'était victorieusement opposé à une offensive japonaise de grande envergure sur le romanée-conti et les côtes-de-nuits. Jouant de la rivalité historique entre les bordeaux et les bourgognes — les seconds prétendant que les vins des premiers étaient bons pour les malades, les premiers considérant l'unique cépage pinot noir d'une lassante monotonie —, Janvry avait convaincu les dirigeants du romanée-conti de faire confiance à son fonds très diversifié plutôt qu'au quasi-monopole du groupe Fukayamata. Sensibles au fait que les autres grands crus, montrachet mais aussi richebourg, échezeaux et grand-échezeaux, risquaient de passer à l'étranger dans cette bataille qui préfigurait une plus grande offensive sur les gevrey-chambertin, le volnay et le meursault, les Bourguignons avaient renoncé aux sirènes nippones, leur préférant au final, sous l'influence de Janvry, les investisseurs anonymes et invisibles du fonds Circle. Le compagnon de Libertador avait su au passage édulcorer le scandale des Hospices de Beaune : vins trop sucrés, puis exagérément acidifiés. On lui en avait été reconnaissant, d'autant qu'il avait manifesté pour l'occasion des connaissances dignes d'un amateur éclairé. Afin de ne pas paraître idiot, lui qui ne buvait que de l'eau ou des alcools forts à base de canne ou de malt, dans les inévitables visites de chai, Hugues de Janvry s'était en effet initié à l'abc de l'œnologie, en commençant par les vins d'Aquitaine, les trois cépages rois, le sauvignon, le cabernet et le merlot, les terroirs de graves, les bienfaits de la Garonne, ce Nil du Sud-Ouest qui désaltérait le raisin par le pied sans lui faire perdre la tête plus que de raison. Il avait assimilé la légèreté des saint-estèphe, le charme des médocs, la rondeur des pomerols, apprenant à détecter les vins trop boisés dans la barrique desquels les éleveurs avaient rajouté des copeaux, histoire de les parfumer.

Son cœur avait très vite penché pour les sauternes, en particulier pour le brûlant artem que le faussaire de Chatou lui avait fait déguster en vrai connaisseur qu'il était. (On ne peut pas aimer que le faux, lui avait-il murmuré devant l'artem 1961 qu'ils avaient ouvert ensemble.) Sur les croupes graveleuses de Sauternes, Hugues de Janvry avait cru apercevoir un paradis terrestre. Faute de pouvoir l'acheter pour lui, il l'avait vendu à la multitude à l'issue d'une incroyable bataille juridique et boursière, offrant au fonds Bacchus un empire inespéré de perles dorées, noires ou vermeilles, dont le nom ne tarda pas à circuler dans les milieux les plus hétéroclites, retraités du club bouliste de Montélimar, amicale du troisième âge des anciens sapeurs-pompiers de Carpentras, Club des dames de valeur du 6ᵉ arrondissement de Paris, etc.

C'est sans nul doute dans la désormais célèbre affaire du grand cru artem que le jeune financier avait démontré de manière éclatante son talent d'entremetteur. Depuis plusieurs générations, le Château d'Artem régalait les grands de ce monde sous la houlette de la famille de Saluste dont le dernier digne représentant, le comte Grégoire, avait maintenu la tradition multiséculaire. Comme d'autres crèvent les yeux des oiseaux pour obtenir un plus beau chant, lui faisait souffrir sa vigne afin qu'elle pleure son meilleur vin, des lacrima-christi arrachées à des grains fripés, desséchés et pourris, attaqués du dehors par un vent sec, et de l'intérieur par un champignon nommé *botritis cinerea*, à qui le comte Grégoire avait décerné ses quartiers de noblesse en baptisant « pourriture noble » ses méfaits miraculeux sur la vigne. Hélas, son frère aîné, le comte Guillaume, actionnaire majoritaire du domaine d'Artem, s'était aigri sur ses vieux jours devant les succès de son frère cadet qui avait rendu à leur joyau son éclat d'antan — traversant avec bonheur les crises successives du Bordelais, le scandale des abus de barriques neuves et brûlées, les flambées indues des étiquettes tandis que la qualité ne cessait de décroître. Devant l'envolée vertigineuse des prix du terroir, les investisseurs de tout poil s'étaient présentés aux grilles du château classé, construit au XVᵉ siècle.

— Vu les prix, il faut être fou pour ne pas vendre ! s'exclamaient-ils.

— Mais je suis fou, rétorquait sans rire le comte Grégoire.

Jusqu'au jour où, fort de ses 52 pour cent de parts dans le capital d'Artem, son frère Guillaume avait profité d'un voyage de Grégoire dans la lointaine Asie pour porter son bien au raider français Jean-Dominique Bicorne, connu pour ne boire que du lait dans les cocktails et se nourrir de produits allégés. Une avalanche de soutiens était venue de toute la France pour exorter le comte Grégoire à riposter dès son retour de voyage. « N'oubliez pas l'enseignement de notre bon Jean-Jacques Rousseau, lui disait un professeur de Bordeaux. "Les gens faux sont sobres" (*La Nouvelle Héloïse*). » Un chef de chai de la Veuve Cliquot, qui s'y connaissait en trahisons, apostrophait directement Grégoire. « Battez-vous, monsieur le comte, contre l'envahisseur BA, bifidus actif. » Mais c'est un caviste de l'Aveyron qui donna l'étincelle au malheureux patron d'Artem, lequel détenait seulement 6 pour cent du capital de son domaine. « Levez une souscription mondiale pour racheter les parts de votre château qui est aussi le nôtre dans le cœur, afin qu'il ne tombe pas dans les pattes des rats de la finance. » Lever des capitaux, comme ses ancêtres une armée au service du roi, c'était un langage que comprenait le dernier des Saluste. À ce moment précis était entré en scène Hugues de Janvry, preux chevalier blanc capable de garantir au comte que la majorité des actions serait détenue par des porteurs français, afin de conserver ce patrimoine unique dans les mains de la nation de Rabelais. Le reste serait pourvu par des investisseurs de la grande Amérique, la deuxième patrie de l'artem. L'ambassadeur des États-Unis à la cour de Versailles Thomas Jefferson, dans une missive parvenue au château le 6 septembre 1790, n'avait-il pas commandé trente douzaines de flacons pour lui et son Président, George Washington ? Hugues de Janvry sut faire valoir cet argument pour inciter les porteurs du fonds Circle à investir dans le vignoble bordelais, coupant l'herbe sous le pied du raider buveur de lait. Il réussit au passage à donner du comte Grégoire une image d'homme bon et généreux, distribuant lui-même le traditionnel chou à la crème du dimanche à ses vendangeurs coupant au ciseau le raisin grain à grain, comme des petites mains de la haute couture. Ou encore leur offrant une rareté d'Artem, un petit vin rouge élevé sur une poignée d'hectares que seuls les employés du domaine pouvaient obtenir à l'ancien économat du château en échange d'un franc bien symbolique pour chaque litre emporté...

Quant à l'autre fonds, baptisé « Fiat Lux », il s'était largement développé dans les milieux de la mode, de la haute couture en particulier, des sacs à main et des chaussures d'inspiration transalpine. En se retrouvant actionnaires de Chanel, Dior ou Guerlain, les retraités des postes et du train respiraient, sur leurs vieux jours, le parfum aventureux du luxe, avec la certitude, habilement martelée par Hugues de Janvry, que le beau est indémodable.

À la veille du symposium de Davos, qui devait réunir dix chefs d'État et de gouvernement, trois cents économistes de premier ordre, une centaine de milliardaires venus du monde entier, des spéculateurs chevronnés, des prévisionnistes agréés par les apôtres du mondialisme ainsi qu'un demi-millier de journalistes spécialisés, le jeune businessman avait collecté près d'un milliard de francs sur chacun des deux fonds, Bacchus dépassant Fiat Lux de quelques centaines de milliers de francs. Jouant sur l'image franco-française de ces instruments, tout en faisant la promotion du fonds Circle de Boston, il touchait à la quadrature du cercle, dans une sorte d'état de grâce qui semblait devoir durer aussi longtemps qu'il le voudrait.

Cependant, Hugues de Janvry était inquiet. Ce n'était pas ce sentiment aigu qui donne mal au cœur et provoque des sueurs froides. Plutôt un malaise diffus, créé par une situation où tout va si bien que la vigilance peut s'altérer, au risque de laisser entrer le danger dans la maison assoupie. Le danger, Hugues de Janvry le connaissait. Il aurait même pu dire son nom : Premilla Stoltz, connue sur la Bahnhofstrasse de Zurich sous le mystérieux sobriquet de Vierge-de-Platine. Quarante-huit heures plus tôt, elle avait téléphoné au bureau de *Financial Watch* et demandé à parler à Hugues. « Je suis à Paris, avait-elle simplement dit. Je serai dans l'Orient-Express affrété spécialement par Klaus Schwab [1] pour le symposium de Davos. Ma place est réservée dans la voiture-restaurant Anatolie. Si Diego Vargas est du voyage, nous pourrons parler affaires. Je compte sur vous pour le prévenir. » Elle avait raccroché sans rien ajouter. Hugues avait seulement noté qu'elle avait laissé un silence entre les mots « parler » et « affaires ». Cette hésitation avait éveillé la méfiance d'Hugues. Non que l'attrait de Diego pour cette femme de tête fût pour Hugues la raison d'un dépit amoureux. Après tout, il savait que Libertador serait à jamais l'homme d'une femme, et que cette femme avait cessé de vivre par un jour d'épouvante dans la jungle amazonienne. Mais il connaissait la réputation de Premilla Stoltz. Ceux qui s'étaient frottés à son corps et à son regard caressant s'y étaient brûlés. La Vierge-de-Platine était une belle plante vénéneuse qui savait jouer le jeu de l'amour pour faire oublier qu'elle ne pensait qu'à l'argent. « L'art est de cacher l'art », aimait-elle à répéter dans les interviews qu'elle donnait en de rares occasions aux magazines féminins. Depuis que son visage de pasionaria s'affichait en grand sur les murs des capitales financières, avec ses yeux noirs fendus et sa chevelure vibrant de lumière blonde aux reflets roux, tous les fantasmes s'étaient déchaînés sur cette créature dont il fallait être le client particulier pour la connaître en vrai. Une page entière lui avait été consacrée dans le deuxième cahier du *Financial Times*. On y apprenait qu'elle avait remporté plusieurs années de suite le fameux prix Reuters couronnant en Europe le champion des placements financiers, une sorte d'oscar pour golden boys ou women. Photographiée dans

---

1. Citoyen suisse diplômé de Harvard, fondateur du World Economic Forum de Davos.

une robe noire largement décolletée, relevée au-dessus des genoux, dans un intérieur glacé avec vue sur le bâtiment colossal de l'Union des banques suisses à Zurich, elle racontait qu'elle s'y connaissait en tours de magie et en arrangement floral japonais. Elle n'avait pas démenti lorsqu'on lui avait demandé si elle était bien l'auteur du polar *La Sirène de la Limat*, un roman qu'on s'était arraché en Suisse alémanique, l'année précédente, mettant en scène une diablesse lubrique, nymphomane et criminelle, qui s'en prenait aux plus grosses fortunes de la planète pour les vampiriser. L'héroïne, qui avait plus d'un maléfice dans son sac, était une sorte de Jekyll et Hyde en jupons. Le soir, épouse modèle élevant ses cinq enfants dans un hôtel particulier du quartier chic de Kensington, à Londres, elle extorquait, dans la journée, les données informatiques des *fund managers* concurrents de sa propre firme, n'hésitant jamais, pour parvenir à ses fins, à provoquer les hommes dans leur bureau ou dans leur voiture, offrant son ventre et sa croupe avec fougue pour mieux tendre ses pièges... Mais ce n'est pas tant son absence de morale qui avait frappé les lecteurs, que son ingéniosité dans les montages financiers illicites. En lisant l'ouvrage dans l'édition allemande originale, Hugues de Janvry avait mesuré à quel point l'auteur d'une telle fiction était familiarisé avec les embrouilles les plus subtiles. Ainsi *La Sirène de la Limat* savait-elle mieux que personne nager dans les eaux troubles des sociétés fictives. Profitant des informations volées chez ses concurrents, elle détenait à elle seule plus de 30 pour cent des avoirs de petites sociétés scandinaves ou américaines encore inconnues à Londres, mais promises à un essor considérable. Pour ne pas tomber sous le coup de la loi, qui limitait à 10 pour cent les avoirs d'une seule personne physique sur un titre, elle avait créé, à l'insu de sa propre direction, une société holding luxembourgeoise qui chapeautait une vingtaine de firmes fantômes censées posséder les prises de participation au-delà du fameux plafond de 10 pour cent. L'auteur du polar financier avait même imaginé de créer au Nouveau-Mexique une entreprise évidemment inexistante, détenant un brevet imaginaire d'extraction du pétrole à partir de résidus de goudron. Une autre de ces coquilles vides était une firme récupérant les particules de platine dans l'air en vue de recomposer le métal à des fins industrielles. Tant d'ingéniosité dans le scénario avait laissé pantois le compagnon de Libertador. Il se disait que, dans l'hypothèse où Premilla Stoltz se cachait vraiment derrière Ute Frauman, le pseudo-nyme de l'écrivain qui avait signé l'ouvrage, elle serait capable de repérer le plus minuscule indice pour subodorer les plans de Libertador et, qui sait, les déjouer. Devant tant de menaces voilées, encore aggravées par l'analyse dithyrambique du sérieux quotidien de la City (La Vierge-de-Platine apparaissait véritablement comme un gourou doté d'un sixième sens), Janvry s'était renseigné auprès d'Isidore Sachs. Les tuyaux que lui avait donnés le cambiste de la City n'avaient fait que confirmer ses craintes. Elle était redoutable.

— C'est comme une drogue dure, avait confié Isidore. Quand on l'a respirée, on a du mal à s'en passer.

— Et en affaires ? avait demandé Janvry sans dissimuler son inquiétude.

Isidore Sachs n'avait pas répondu tout de suite. Puis sa sentence était tombée :

— C'est une tueuse. Une charmante et impitoyable tueuse.

40

Depuis son diplôme de finances appliquées à Harvard, Hugues de Janvry n'avait plus assisté à aucune leçon de ce genre. Cette fois, le professeur s'appelait Diego Vargas. Il parlait vite, appuyait ses propos de chiffres et de flèches, qu'il traçait au crayon de papier sur une feuille à en-tête du Royal-Monceau où il était descendu. Assis autour d'un guéridon de marbre, les deux hommes avaient entamé un colloque singulier, sans se préoccuper du va-et-vient des clients.

Hugues de Janvry déplaça sa tasse de café pour mieux suivre les explications qui lui étaient assenées en rafale.

— Va doucement, Diego ! supplia-t-il. Il y a longtemps que je n'ai plus *spielé* sur les *futures* [1] !

— C'est pourtant simple, un vrai jeu d'enfant, s'esclaffa Vargas.

— Justement, je ne suis plus un enfant.

— Hugues, souviens-toi qu'un marché à terme, c'est d'abord du papier que tu achètes ou que tu vends sur des échéances plus ou moins éloignées, avec pour règle d'or de te débarrasser de tes positions avant la date officielle de débouclage. Les contrats ne sont pas faits pour être exécutés. Si tu achètes cinquante tonnes de sucre à trois mois, tu n'imagines tout de même pas qu'on livrera la marchandise à ton domicile !

— Bien sûr que non ! s'exclama Janvry.

— Bon. Alors, suis-moi. Je recommence. Quand tu tables sur la hausse d'un bien ou d'une monnaie, tu l'achètes sur une échéance de trois, six ou neuf mois, plus loin encore si tu veux. Ces marchés ne coûtent pas cher aux spéculateurs qui sont dans le bon sens. Il suffit d'avancer un dépôt qui représente 10 pour cent de la valeur totale du contrat. L'effet de levier est formidable. Démonstration.

— Attends, je note.

Janvry sortit de sa poche un petit carnet et un stylo à mine.

— Démonstration, reprit Libertador. Supposons que la monnaie chinoise s'échange un yuan pour un dollar.

— Tu y vas déjà fort ! sourit le Français.

1. Spéculer sur les marchés à terme.

— Pas sûr. Un yuan pour un dollar. Mais tu espères un quintuplement, voire un décuplement, du yuan. Tu vas acheter maintenant pour cent millions de yuan sur l'échéance à trois mois.

— En ne versant que l'équivalent de dix millions de dollars, coupa Janvry.

— Exact. Et comme tu n'as pas envie de posséder de la devise jaune, tu dénonceras le contrat quelques jours avant la date de livraison. Si le yuan a fait la cabriole, à toi le bénéfice.

Hugues de Janvry hocha la tête.

— Mais qui aura perdu dans cette affaire?

— Les spéculateurs mal informés qui auront misé sur la baisse du yuan, répondit tout de go Vargas. C'est un jeu à somme nulle. Ce qui est gagné ici est forcément perdu là. À toi d'être du bon côté. Compris?

— Je crois que oui, fit le jeune Français, songeur.

Pendant que Libertador rassemblait ses esprits pour tenter de faire partager sa connaissance la plus sophistiquée des marchés, Janvry ne pouvait s'empêcher de penser à cette route qu'ils avaient parcourue ensemble, de Harvard à l'Amazonie, et de la jungle de l'enfer vert à celle du capitalisme débridé qui dictait sa loi à la planète entière, depuis la chute du communisme et le triomphe de la pensée unique à fausse coloration libérale. Janvry admirait la souplesse intellectuelle de son ami qui avait, du jour au lendemain, renoncé à l'existence du bon sauvage jaloux de sa liberté pour la vie contrainte de dynamiteur occulte des grandes places financières.

— Passons à l'étape suivante, continua Vargas. Sois attentif car nous entrons dans un scénario subtil dont le dernier acte sera déterminant.

— Je t'écoute, fit Janvry en demandant une seconde tasse de café et un pot de lait froid.

Comme toujours, lorsque Libertador se sentait à son affaire et porté par son génie, ses yeux jetaient de vifs éclats anthracite qui donnaient l'impression à qui se trouvait dans son champ de vision d'être en face d'un être surnaturel, envoûtant, presque inquiétant.

— Sans qu'il en soit averti, au moins dans un premier temps, tu prendras des positions sur le yuan exactement opposées à celles d'Isidore Sachs à Londres.

— Quoi ? Mais...

— Pas d'affolement. Si tu respectes à la lettre mes directives, tu ne courras aucun danger, au contraire. Dis-toi bien que je compte sur tes positions pour devenir le moment venu le maître du jeu. Quand viendra le moment de vérité, c'est nous qui raflerons la mise.

Janvry garda quelques instants le silence.

— Je crois que j'ai besoin d'un nouveau cycle de formation accélérée, finit-il par lâcher, mi-figue mi-raisin, en faisant signe au serveur. Cette fois, il commanda un whisky on the rocks. Vargas sortit d'une chemise une nouvelle feuille à en-tête du Royal-Monceau qu'il sépara d'un trait vertical en deux parties égales. À gauche il inscrivit le nom de Sachs, et à droite celui du Français.

— Le boulot d'Isidore est le suivant. Lorsque Neil Damon m'aura confié la gestion de son fonds, j'effectuerai le transfert d'une partie des sommes sur le compte spécial de notre ami trader à Londres. À partir de là, il pourra commencer à soutenir discrètement le yuan. Je lui ai demandé d'être prudent pour ne pas attirer l'attention. Il devra répartir ses placements sur le maximum d'échéances et de places géographiques ; de ce fait, la position acheteuse se bâtira solidement mais sans mouvement spectaculaire. Le yuan sera ferme mais assez calme, du moins au début.

— Mais comment serai-je informé des positions de Sachs ?

— C'est lui-même qui te les communiquera en temps réel. Voilà pourquoi je ferai transiter sur ton compte professionnel une bonne partie des fonds de Neil Damon, à charge pour toi de prendre des positions à la baisse du yuan, équivalentes à celles d'Isi-

dore à la hausse. Il te suffira d'acquérir des contrats
« vendeurs ».

— Quesako ? lança Janvry amusé.

— L'inverse des contrats acheteurs... Supposons
qu'un yuan vaut un dollar.

— Oui.

— Toi, tu paries sur la baisse de la monnaie
chinoise, à 0,5 dollar pour 1 yuan. Tu vends maintenant du yuan à 1 dollar que tu rachèteras un demi-
dollar dans trois mois au moment du débouclage.

Janvry parut se livrer à un terrible calcul mental.

— Tu veux dire que je vends ce que je ne possède
pas pour le racheter ultérieurement à un prix plus
intéressant ?

Vargas arbora cette fois un large sourire.

— Tu vois bien, en faisant un petit effort...

— Pourtant, une chose me tracasse.

— Vas-y.

— Tu as bien dit que le yuan allait grimper.

— Oui.

— Si je prends des positions opposées, ça va me
coûter cher en appels de marge [1].

— C'est prévu. Les sommes que tu recevras de
Neil Damon te permettront de les honorer. Sachs
n'aura besoin que de 10 pour cent des montants
engagés, car la hausse ne se démentira pas jusqu'au
bout.

— Et ensuite ?

Vargas planta son regard bien droit dans celui de
Janvry. Il y avait du défi dans ses yeux, de la tristesse
aussi, car rien ne pourrait jamais plus avoir le goût
du bonheur, et surtout pas l'argent.

— Ensuite, il n'y aura pas plus riches que nous.

— Vraiment ?

— Vraiment. À condition que Cheng réussisse la
manœuvre finale. Mais il réussira.

1. Somme que réclament les autorités des marchés à terme
aux spéculateurs engagés dans le mauvais sens, afin de s'assurer de leur solvabilité.

41

Dans sa livrée bleu nuit surmontée d'une bande crème, l'Orient-Express filait en douceur vers la Suisse. Les organisateurs du forum avaient mis les petits plats dans les grands, offrant à deux cent cinquante invités de marque le privilège de voyager à bord du train mythique pour rejoindre la célèbre station de ski des Grisons. Libertador avait encore à l'esprit les paroles d'Hugues de Janvry : « Ne t'intéresse pas à cette Premilla Stoltz, elle te dévorera comme les autres. » Le Français avait hésité à informer Libertador de l'appel téléphonique de la femme, mais il s'était dit qu'il serait encore plus ridicule de lui cacher que Vierge-de-Platine serait dans l'Orient-Express. Vargas ne l'avait-il pas chargé personnellement d'organiser une rencontre ? Son approche serait purement professionnelle. Il savait quelle position clé cette papesse des devises détenait sur le marché des changes en Europe. Il pensait qu'il valait mieux l'avoir avec soi que contre soi, dans la perspective d'un énorme déplacement de capitaux sur le yuan. Bien sûr, il y avait eu cette affiche géante aperçue dans la nuit de New York, l'allure provocante de Premilla Stoltz qui n'en voulait qu'à l'argent de ses clients, mais semblait ce soir-là demander autre chose à Libertador.

Diego Vargas ne se rendit pas immédiatement dans le wagon Anatolie. Il resta un moment à admirer les salons de la voiture Flèche-d'or. Sur les parois lambrissées en bois rouge de Cuba dansaient les naïades en pâte de verre modelées jadis par René Lalique. De gros fauteuils à larges oreilles, en tissu de damas, abritaient de secrets conciliabules entre hommes d'affaires insensibles aux paysages de France qui défilaient à vitesse modérée. L'argent était l'unique préoccupation de ces fâcheux.

Pour son deuxième séjour en Europe, Libertador voyageait sous l'identité de Barnett Frieseke. C'est ce nom que connaissait Neil Damon. Vierge-de-Platine, elle, avait entendu parler de Diego Vargas. Hugues de Janvry avait prévenu son ami du quiproquo possible. Mais Diego avait écarté ses craintes d'un revers de main. Damon devait arriver à Davos le lendemain à bord de son avion personnel. Et Premilla Stoltz, d'après ce qu'elle avait dit à Hugues, avait prévu de quitter l'Orient-Express à la Hauptbahnhof de Zurich, préférant retrouver ses écrans allumés sur les Bourses du monde entier plutôt que de monter sur les cimes écouter les riches et les puissants s'autocongratuler sur les bienfaits illimités de la mondialisation.

Libertador avait trois raisons d'affronter les regards de ce jet set qu'il méprisait pour ses rêves prosaïques et cupides. D'abord, il viendrait porter la bonne nouvelle de la Caspienne. Au moment où les prix du baril manifestaient un léger mieux sur le marché libre de Rotterdam, il serait en mesure d'annoncer la première production du champ de la Dolphin Oil, à raison de cent mille barils/jour, avec une perspective de cinq cent mille barils d'ici le début de l'an 2000. Ensuite, le même Barnett Frieseke devait exposer la nouvelle carte minière d'Afrique du Sud au lendemain de la découverte avérée du plus gros gisement de platine de ces cinquante dernières années. Un cabinet d'analyses canadien avait authentifié le minerai comme l'un des plus riches du globe, sinon le plus riche. La mine des Bafokengs, située au milieu d'un sanctuaire nécessitant la plus grande discrétion dans l'approche industrielle, serait en activité dès l'été 1999, au plus tard à l'automne. Enfin, Libertador s'était fixé un objectif secret. Cheng l'avait averti de la présence à Davos de Chou Wang Pu, le jeune ministre chinois des Finances. Formé à Columbia et à New York, ancien courtier de la Barings à Hong-Kong, cette étoile montante de l'après-communisme était, aux yeux de Cheng, le maillon faible du dispositif officiel anti-dévaluation du yuan. Depuis que Cheng avait obtenu de Mai Li Moloch une rubrique hebdomadaire sur la chaîne Money, doublée d'une tribune régulière dans les pages économiques du *China Daily*, il avait subtilement commencé à préparer l'opinion et la classe dirigeante de Pékin. Non en prenant de front son public. Jamais il ne s'était laissé allé à prononcer ou à écrire le mot « dévaluation ». En revanche, il ne laissait pas une semaine s'écouler sans vanter les bienfaits en devises du *made in China* qui déferlait sur l'Occident. L'empire du Milieu, disait-il, se faisait ainsi beaucoup d'amis. Il insistait sur la nécessité de voir ce courant d'échanges se perpétuer comme une main tendue au-dessus de la Grande Muraille. Rien ne devait menacer cette libre circulation des biens, et surtout pas un taux de change excessif qui traduirait un fâcheux regain d'orgueil de la nation milliardaire... en nombre d'habitants. Ce dogme du *made in China*, entretenu avec tact et doigté, fournirait le jour venu un argument de poids aux partisans de la dévaluation qui se comptaient encore en très petit nombre. Pour Vargas, la stratégie était claire : il s'agissait d'instiller dans l'esprit du ministre chinois des Finances l'idée subversive que la puissance d'une grande nation se mesure aussi à sa capacité à lâcher du lest sur sa monnaie, le temps d'évincer des adversaires handicapés dans leurs offensives commerciales par un taux de change prohibitif. Son argument était prêt. Il l'avait peaufiné, simplifié, testé sur Hugues de Janvry, à Paris, avant que le bagagiste de l'Orient-Express vienne frapper à sa porte pour enlever ses valises.

— Je vais l'accrocher, le Chinois, avec la stratégie saoudienne d'éviction, avait annoncé Vargas sous l'œil écarquillé et invariablement admiratif, malgré ses inquiétudes, du Français.

— C'est-à-dire ? avait demandé Hugues.

— Quand l'Opep n'a plus respecté aucune discipline de production, les cours du brut se sont effondrés. L'Arabie Saoudite n'a rien fait pour freiner la chute des prix. Au contraire, elle l'a encouragée. C'était logique : ses coûts d'extraction du pétrole étaient les plus bas du monde, moins de cinq dollars le baril. Mais à ce prix-là, la plupart de ses concurrents étaient dans le rouge depuis longtemps. Elle a maintenu les cotations à ce niveau jusqu'à éliminer ses adversaires. En faisant ce sacrifice le temps qu'il fallait, elle savait qu'elle rattraperait ensuite des parts de marché par le rachat de pétroliers en banqueroute. C'est exactement ce qui s'est passé. Quand les plus faibles ont été lessivés, elle a récupéré leurs installations puis a fait doucement remonter les cours en réduisant de nouveau la production. C'est ce qu'on appelle du darwinisme économique. Avec le yuan, je vais suggérer au ministre chinois de pratiquer le darwinisme monétaire. Abaisser sa monnaie pour augmenter de plus belle son flux commercial, en lui laissant la perspective de remonter plus tard son taux de change lorsque le yuan sera devenu une monnaie mondiale, en lieu et place du dollar.

— Crois-tu que les Chinois connaissent Darwin? avait demandé ironiquement Hugues de Janvry.

— En tout cas, ils savent compter avec beaucoup de zéros, avait rétorqué Libertador dans un sourire.

Rien ne manquait à la voiture-restaurant Anatolie, exhibant le faste cossu de la grande époque des express, où l'on traversait les frontières de l'Europe jusqu'au Bosphore, la panse pleine et la tête rêveuse, sans halte ni perte de temps. Une batterie de casseroles en cuivre brinquebalait au rythme assuré des boogies, les tables recouvertes de nappes blanches brillaient de mille ustensiles, saucières et théières réargentées, assiettes de porcelaine et couverts d'argent poinçonné. Aux cuisines, le gros four à charbon ronronnait tandis que des sardines à la diable finissaient de griller pour la plus grande joie des convives. Certains admiraient la marqueterie en bois de rose et de violette en songeant aux temps plus incertains des premiers express, à l'époque où les hommes montaient à bord sans se séparer de leurs revolvers, craignant quelque aigrefin ou une madone des sleepings aux bagues serties de poison émeraude.

En franchissant la porte à soufflet qui menait au bar, Libertador n'eut aucune peine à reconnaître la femme qui le hantait depuis la fameuse vision nocturne de New York. Encore qu'en s'approchant, il vît d'un coup d'œil que la photo agrandie pour les besoins d'une affiche avait accentué l'allure de panthère de La Vierge-de-Platine. Il n'en fut que plus assuré pour l'aborder, oubliant les dangers de l'eau qui semble endormie. Premilla Stoltz avait sacrifié à l'esprit des lieux. Elle portait une robe garnie de dentelles, la tête couronnée d'un chapeau mou de velours sur le rebord duquel pendait une mantille sombre comme on en voit encore quelquefois en Espagne, les jours de corrida, du côté ombre où se pressent les riches aficionados. Seule à une table, le regard tourné vers le dehors, sous la lumière pâle des lampes à huile de colza remises en service pour l'occasion, elle était assise devant une coupe de champagne dont l'ombre chinoise se découpait contre la cloison d'acacia. Pour y tremper les lèvres, elle soulevait avec soin la voilette de sa main gauche. C'est dans cette attitude, toute de grâce légère, que Vargas la découvrit pour la première fois. Les yeux qu'elle posa sur lui furent ceux d'une femme qui veut un homme et se sait prête à tout pour le conquérir, y compris à le faire souffrir.

— Ainsi, vous voilà enfin! fit-elle d'une voix presque fluette qui semblait démentir d'emblée l'image qu'elle donnait d'elle, malgré les efforts qu'elle faisait pour paraître aimable. Asseyez-vous et trinquez avec moi.

Elle commanda une autre coupe que le maître d'hôtel en personne se donna la peine de servir.

— Dînerez-vous ensuite? demanda l'employé des wagons-lits.

Premilla Stoltz considéra Vargas dont le silence valait approbation, au moins le voulut-elle ainsi. Lui qui n'avait guère l'habitude qu'on décidât pour lui, y compris l'heure de ses repas, se laissa porter par les événements. Il en fut de même lorsqu'elle commanda un sauté de bœuf pour deux et une bouteille de chasse-spleen, « à cause du nom », glissat-elle.

— Les hommes ont cette habitude bizarre de comparer les vins qu'ils boivent aux femmes qu'ils aimeraient avoir dans leur lit. J'ai entendu des goujats comparer un saint-émilion à une fille racoleuse, ou un pomerol à une pulpeuse en bikini, un médoc à une distinguée en tailleur Chanel et un graves à une belle femme en robe du soir, vive et cultivée. À tout prendre, je me reconnais assez dans les graves, sauf que je suis d'un naturel plutôt gai.

Contrairement à ce qu'il attendait, La Vierge-de-Platine était du genre assez expansif, d'un abord plutôt facile et, malgré les apparences de sa tenue, peu sophistiquée. La chaleur qu'elle dégageait spontanément le mit en confiance, même s'il n'était pas dupe de cet œil enjôleur qui, lorsqu'il se détournait de lui pour demander du feu ou accélérer le service, savait se faire obéir avec une rare froideur.

— Vous avez à Londres un admirateur inconditionnel, fit-elle avec dans la voix une pointe de jalousie feinte. Isidore Sachs ne jure que par vous.

— Il est très jeune, observa Vargas pour minimiser l'hommage indirect.

— Très lucide aussi.

— Je sais qu'il vous respecte aussi pour votre compétence dans votre business.

La Vierge-de-Platine souffla la fumée de cigarette vers le plafond en ronce d'acajou, et haussa négligemment les épaules.

— Je n'ai aucun mérite. Je suis tombée dedans quand j'étais petite. Mon père était un champion de la spec dès 1938. Il parlait à la fois allemand et yiddish, ça ouvrait des perspectives.

— Il était cambiste ?

Elle éclata de rire.

— Papa, cambiste ? C'est trop drôle ! J'aimerais qu'il vous entende. Non, papa était un modeste chapelier des Sudètes. Quand il a entendu les bruits de bottes, il n'a pas hésité sur la destination. Nous avons atterri à Zurich, lui, ma mère et moi. Il savait

334

que Zurich était la première place mondiale pour le négoce de l'or.

— Et alors?

— Il savait que l'or va de pair avec le silence. Il avait raison. Il s'est placé aussitôt sous la protection des plus grandes banques de la place. Au début, il était un peu dépaysé. Ça lui faisait drôle de voir le Crédit suisse s'appeler Schweizerische Kreditanstalt, lui qui fuyait les nazis. Mais il a vite compris qu'à Zurich, on était chez soi quand on savait transformer n'importe quoi en argent ou en or. C'était son cas. Pendant la guerre, il a convaincu pas mal de familles juives de lui confier leurs valeurs. À la Libération, la plupart ne sont pas rentrées des camps. Il s'est trouvé à la tête d'une véritable fortune car bien des gens qu'il avait aidés l'avaient désigné comme légataire au cas où il leur arriverait malheur. Et, comme vous savez, le malheur n'a pas été chiche... Dès 1945 et l'explosion de la bombe atomique sur Hiroshima, il a décidé de venir en aide aux dernières victimes de cette guerre, qu'il tenait déjà pour les futurs maîtres de l'économie mondiale : les Japonais. Dans les années 60, j'étais une fillette, je crois que j'ai d'abord appris à lire en déchiffrant le nom des monnaies sur le tableau qu'il affichait dans notre salle à manger : le yen, le bath, le wong, la roupie.

— Et le yuan? demanda candidement Libertador.

— Non, il ne croyait pas à la monnaie chinoise depuis le coup de force de Mao et de ses gardes rouges. Chaque jour il se livrait à une gymnastique monétaire époustouflante, vendait Zurich contre Tokyo, Francfort contre Londres. Il savait capter les différentiels comme un chien sent un os à cent mètres à la ronde. Mon père avait un flair anormalement développé. J'en ai probablement hérité.

— Vous êtes aussi sur les monnaies asiatiques, d'après ce que m'a dit Isidore.

— Je suis sur tout ce qui monte, corrigea Premilla Stoltz. Mon état d'esprit n'est pas celui qui animait mon père. Puis il a mal vieilli. Dans les années 70, il ne pensait plus qu'à gagner du fric au mépris de la situation économique et sociale des pays contre lesquels il bâtissait ses stratégies de spéculateur obsédé par l'idée de faire un coup. Il a pris beaucoup de marge sur des mouvements erratiques menés de façon sauvage contre la livre, contre le bath thaïlandais, contre le yen — et aussi contre le franc, dans les premiers mois de l'après-mai-1981. Il était devenu hargneux et agressif contre les anciens pays alliés qu'il accusait d'avoir laissé l'Allemagne nazie ravager ce qu'il y avait de plus beau en Europe centrale. C'était devenu son obsession : leur faire payer la capitulation du début, les camps, l'ordre moral de Vichy. Je crois qu'il s'est pas mal vengé. Moi, j'ai bénéficié de son savoir-faire, ajouté à l'instinct qui est sûrement dans nos gènes. Pour le reste, je ne mène aucun combat éthique en bazardant des milliards de marks pour renforcer le dollar ou le franc. Mes choix sont dictés par une froide analyse des marchés. Au fait, pourquoi me parliez-vous du yuan ?

Libertador fut pris au dépourvu par cette question posée sans crier gare dans le fil du monologue. Il se surprit à bafouiller trois mots avant de se ressaisir. Son opinion n'était pas encore faite. Devait-il intégrer Vierge-de-Platine à son plan de spéculation mondiale — à son insu —, comme l'aurait voulu la logique suivant laquelle Premilla Stoltz disposait d'un levier financier considérable ? Avait-il au contraire intérêt à se passer d'elle au cas où elle se douterait de quelque manipulation ? D'abord enthousiaste à l'idée de compter Premilla parmi ses partenaires, Isidore Sachs s'était montré ensuite plus évasif, laissant entendre à Vargas qu'elle était un peu trop maligne pour servir d'instrument à quelque manœuvre que ce soit. Le gamin de la City avait deviné qu'elle ne jouait qu'à condition de gagner. Or, si on l'orientait à tort vers une hausse de la monnaie chinoise, le retour de bâton serait terrible dans le cas où elle s'apercevrait du coup fourré, avant le dénouement prévu pour les derniers jours de l'année 1999.

— Le yuan est une monnaie intéressante car

encore mal connue, reprit Libertador sans se risquer au moindre commentaire plus précis.

La Vierge-de-Platine ne répondit rien. Elle venait de planter sa fourchette dans une épaisse tranche de bœuf d'où s'écoulait un jus rouge carmin qui, manifestement, la réjouissait.

— Qu'allez-vous faire à Davos? demanda-t-elle sans aucune allusion à la monnaie chinoise.

Vargas soupira de soulagement. Il fit glisser le nœud de sa cravate qui le serrait un peu, sans s'expliquer la raison de son malaise. Il craignit qu'une crise d'asthme vienne le terrasser au beau milieu du repas, mais il lui suffit d'entrouvrir la vitre pour se sentir aussitôt beaucoup mieux.

— Je n'étais pas certain de me rendre à Davos, lança-t-il. En réalité, je dois présenter les résultats exceptionnels du fonds de pension Circle qui ont été boostés par le pétrole de la Caspienne et le platine attendu en Afrique du Sud.

— Vous qui avez l'habitude de calculer vos risques, fit-elle en minaudant juste ce qu'il fallait pour endormir sa vigilance, vous me conseillez ces valeurs à terme?

— Qu'entendez-vous, par « à terme » ?

— Disons : pour mettre au chaud une épargne jusque dans les premiers mois du prochain millénaire.

— Alors là, pas de danger, j'irais les yeux fermés, répondit Vargas enthousiaste, comme s'il venait de se tirer d'un examen difficile avec une question qu'il n'aurait pas espérée si simple.

— Cela signifie que le danger surviendra au-delà de cette période? continua Premilla Stoltz sur le même ton.

— Quel danger? riposta Libertador un peu décontenancé.

— Je l'ignore. C'est vous qui savez ces choses-là. Vous avez acquiescé lorsque je vous ai suggéré un laps de temps limité. Comme si quelque chose de grave devait arriver dès le tournant du siècle. Seriez-vous millénariste?

— Pas le moins du monde. Ma réponse était une simple affaire de bon sens. Les découvertes minières et pétrolières portent un marché pendant une petite année. Après, les opérateurs intègrent à l'avance les bonnes nouvelles et, lorsque les données positives sont rendues publiques, les cours ne bougent pas car la progression a eu lieu avant.

— Exact, approuva Premilla Stoltz. Isidore Sachs ne m'avait pas menti. Vous êtes du genre rapide, vous aussi. Essayez-vous de m'imiter?

— Quand un lion imite un lion, il n'est qu'un singe, répondit Vargas en bon lecteur de Victor Hugo.

— Je ne voulais pas vous froisser...

Elle avait prononcé ces paroles sur un ton de si grand désarroi que Libertador n'avait trouvé d'autre attitude que de lui prendre la main. Geste qu'elle esquiva d'un mouvement discret mais ferme.

— Excusez-moi, fit-il comme un enfant pris en flagrant délit de chapardage.

Hugues de Janvry aurait été témoin de cette scène, somme toute banale entre un homme et une femme, il aurait tremblé devant l'art consommé de Vierge-de-Platine à souffler le chaud et le froid dans le cœur de celui qu'elle tenait pour sa prochaine victime. Vargas dévorait des yeux la sensuelle créature qui ne cachait rien de ses appas, tout en faisant mine de les négliger. Pendant à peine l'heure et demie qu'avait duré leur déjeuner, elle s'était arrangée pour lui laisser deviner le galbe de ses seins. Elle avait écarté le col de sa robe blanche et dévoilé, sur son cou gracile, un double grain de beauté. Elle s'était absentée quelques minutes, exhibant ses jambes parfaites. En regagnant sa place, elle avait évité un obstacle imaginaire, se forçant à laisser apparaître dans l'échancrure de sa jupe le haut de ses cuisses et un peu plus. Assez pour que Libertador soit frappé par ses bas de soie que tenaient de discrets porte-jarretelles. Le reste, elle lui laissait le loisir d'y songer quand elle serait descendue à l'arrêt de Zurich. Peu avant d'arriver à sa destination, elle s'était appliquée à parfaire le pourtour de ses lèvres avec un rouge discret mais suggestif qui avait fait naître une sourde pulsion en Diego. Lorsqu'elle prit congé, elle le pria de lui rendre une petite visite, dès qu'il le pourrait, dans sa maison sur le lac.

— Si vous n'avez pas mieux à faire quand vous serez à Zurich, fit-elle avec malice. Le temps file si vite, comme l'argent...

C'est à l'instant où elle allait s'éloigner que se produisit l'incident. Elle avait déjà passé sa veste de fourrure et enfilait délicatement ses gants de peau. Un serveur s'approcha, tenant dans sa main un petit plateau d'argent.

— Monsieur Frieseke ?

Vargas resta de marbre, s'efforçant de graver la dernière image qu'il emporterait de Premilla avant de filer sur Davos.

— Monsieur Frieseke ? insista le serveur.

Sortant de son ébahissement, Libertador tressaillit en entendant prononcer ce nom étranger qui était le sien.

— C'est une erreur, je suis le señor Vargas.

L'homme fronça les sourcils et dévisagea Diego avec une attention redoublée.

— Vous occupez bien la cabine 22 ?

— En effet, fit-il.

Puis, se ravisant :

— Non, c'est idiot. J'y pense maintenant. Je l'ai cédée à un voyageur qui n'aimait pas ce chiffre, pour une raison que j'ignore. Il s'agit sûrement de ce monsieur, comment dites-vous ?

— Frieseke, répéta le serveur avec une légère irritation. Je vais me renseigner.

La jeune femme n'avait pas perdu une miette de l'échange. Indifférente à l'employé des wagons-lits, elle concentrait son regard sur le visage de Vargas qu'elle n'avait encore jamais vu dans un tel embarras.

— Je ne vous dis pas « au revoir, monsieur Frieseke », glissa-t-elle en s'éloignant.

Libertador demeura sans voix, ce qui révélait l'ampleur de son trouble.

42

Un soleil resplendissant faisait briller les sommets blancs de la station des Grisons, reconvertie en plateau pour superproduction où se croisaient en se toisant les stars du capitalisme devenues, pour quelques jours, le gouvernement de la planète. L'organisateur genevois Klaus Schwab, qui ne cachait pas son désir d'être honoré un jour prochain du prix Nobel de la paix, s'activait, comme un poisson dans l'eau, au beau milieu de ces puissants auxquels il délivrait avec délice le badge blanc tant recherché. Seuls le recevaient les représentants des cent premières entreprises mondiales, les ministres et membres de cabinet des sept plus grandes nations du monde ainsi que les journalistes appartenant aux leaders mondiaux de l'information. Les milliardaires en dollars portaient en outre une rosette incarnate, signe de reconnaissance pour leur dîner annuel au cours duquel ils évoquaient, disait-on, leurs actions respectives de bienfaisance. Klaus Schwab, toujours soucieux de séduire l'académie de Stockholm, leur demandait de se faire les hérauts d'une conscience sociale globale.

Dûment badgé de blanc, Libertador, sitôt descendu de l'Orient-Express, rejoignit sa suite de l'hôtel Seehof, au pied des pistes de ski. À peine Premilla Stoltz avait-elle quitté le train à Zurich, Diego s'était précipité auprès du serveur pour réclamer le mot destiné à M. Frieseke. Sur le ton de plaisanterie et de la confidence, il lui expliqua qu'en fait, il savait où le trouver. Le garçon lui avait tendu la missive sans broncher mais le sourcil perplexe, étonné que des personnalités de cette envergure se livrent à des jeux d'une telle puérilité. C'était un message de Neil Damon. Celui-ci invoquait des affaires urgentes pour renoncer à sa présence à Davos. Il chargeait son ami de le représenter aux cocktails et autres colloques où sa présence était souhaitée.

Au Seehof, Vargas croisa bientôt une nuée

d'hommes en costume gris fraîchement débarqués d'un hélicoptère. À leur accent, il reconnut des Américains. L'équipe des économistes de Clinton au grand complet avait fait le déplacement de Davos. En dépit de rumeurs évoquant les relations sexuelles entre le président de la première puissance mondiale et une stagiaire de la Maison-Blanche aux lèvres pulpeuses, ces conseillers affichaient un sérieux et une morgue à toute épreuve, calquant leur attitude sur celle de Hillary dont la présence était annoncée pour le soir même. Le salon de la première dame d'Amérique était resté vide dans l'Orient-Express, mais Klaus Schwab affichait la mine sereine et l'air supérieur de celui qui sait : Hillary serait bien à Davos avant la nuit. Devant l'attitude cassante de ces êtres si contents d'eux, aux mallettes débordant de certitudes et de leçons à administrer à la face du monde, Libertador sentit brûler son désir de mettre ses projets à exécution, sans états d'âme ni pitié aucune. Ces champions de Columbia et du MIT tenaient un discours d'une incroyable arrogance. Certes, l'Amérique était touchée par la grâce de la croissance pour la neuvième année consécutive et pouvait se targuer d'avoir créé dix-huit millions d'emplois, avec une inflation réduite au minimum et un taux de chômage au plus bas depuis les années Kennedy. La présence voyante de Ted Turner et de Bill Gates montrait combien les États-Unis dominaient la planète grâce aux réseaux de l'information et de l'informatique : CNN et Microsoft apparaissaient comme un couple princier aux pieds duquel le monde n'avait qu'à se prosterner. Vargas bouillait de colère. Il n'était pas le seul.

Le forum inaugural se déroula comme prévu au palais des Congrès de Davos, en présence de Hillary Clinton. Impeccablement coiffée et maquillée, elle prononça un discours d'une brutalité inouïe, rappelant que les États-Unis avaient pris plus que leur part dans la croissance mondiale et qu'il était temps que d'autres partenaires ouvrent leurs marchés, à commencer par le Japon et la Chine. Écoutant ces propos de cheftaine, Libertador songeait aux paroles assassines du président français fustigeant Davos et « cette sorte de pensée unique érigée à la gloire de la flexibilité et de la mondialisation ». Certains participants avaient beau comparer les lèvres de la first Lady avec celles, bien plus suggestives, disaient-ils, de Mlle Lewinsky, le ton était donné : l'Amérique se voulait une nouvelle fois triomphante. Un tonnerre d'applaudissements accueillit la proposition de Hillary Clinton d'entamer dès décembre 1999 un nouveau round de négociations — qu'elle appelait en toute modestie le « Clinton Round » — afin de définir les règles ultralibérales du commerce mondial pour le troisième millénaire. Libertador nota les visages impassibles des représentants de la Chine et du pays du Soleil levant. Nul doute cependant que des mouvements de fonds se préparaient. *La Tribune de Genève*, gracieusement offerte aux congressistes, faisait ses gros titres du matin sur le mystérieux chantier ouvert quelques semaines plus tôt sur les bords du Léman, face à l'immeuble de l'Organisation mondiale du commerce. Le terrain, d'environ deux mille mètres carrés, l'une des dernières zones constructibles de ce secteur hors de prix, avait été sitôt la transaction conclue par un cabinet immobilier international, dissimulé derrière d'imposantes palissades. À force de recoupements et grâce à une indiscrétion rémunérée due à un employé du cadastre, les limiers du journal genevois avaient identifié l'acquéreur comme étant la république populaire de Chine. Assailli de questions par les représentants des médias, le ministre des Finances de Pékin n'avait fourni que des réponses évasives. M. Chou Wang Pu avait expliqué que seul son confrère du ministère du Commerce extérieur était compétent en la matière, lui n'étant chargé que des dossiers monétaires. Si l'information de *La Tribune de Genève* était vraie, cela signifiait clairement que Pékin entendait pousser les pions du *made in China* sur l'échiquier mondial. Seul Vargas n'était pas surpris. C'est lui-même qui, trois mois plus tôt, avait pressé Cheng de convertir les autorités de son pays aux vertus du lobbying. L'action de son ami avait porté ses fruits plus rapidement que prévu. En mordant à l'hameçon de la libéralisation du commerce, Pékin se préparait doucement à une nouvelle révolution culturelle qui se terminerait tôt ou tard par l'utilisation de l'arme fatale en la matière : le taux de change.

La prestation du patron du FMI Michel Camdessus fut décevante à souhait. « Monsieur petites mains », comme l'appelaient les hommes de la Maison-Blanche en raison de sa manie permanente de se frotter les menottes à la manière d'un prélat, n'eut guère de succès en annonçant que, cette fois, la crise mondiale était passée. Quelques voix s'élevèrent pour lui demander pourquoi ses services n'avaient prévu ni la crise asiatique de 1997, ni l'effondrement du rouble, ni le flottement du real brésilien. Un journaliste sud-africain, le seul homme de couleur présent à Davos, l'interrogea sur le montant exact des avoirs en or de son organisation, question que l'intéressé éluda en disant qu'un riche n'a pas à étaler ses richesses. Le journaliste répondit du tac au tac qu'il en allait de même pour le pauvre et sa pauvreté, insinuant que les interventions lourdes et coûteuses du FMI en Malaisie, en Thaïlande et au Mexique avaient probablement vidé ses caisses au-delà du raisonnable. Quand le patron du fonds se fit l'avocat du *downsizing*, c'est-à-dire des licenciements massifs annonçant la productivité à deux chiffres, créatrice à terme d'emplois plus stables, il s'attira une volée de bois vert de la part des dirigeants malais qui critiquèrent, au passage, le fléau des spéculateurs juifs contre leur monnaie nationale, le ringgit, dénonçant avec véhémence le boursicoteur hongrois George Soros. Une attaque infâme à connotation raciste. Mais il ne s'agissait là que de théâtre et de jeux de rôle : l'édition du *Financial Times* du lendemain annonçait que le même Soros venait d'être embauché comme conseiller financier par le gouvernement de Kuala Lumpur. Le week-end promettait de chaudes heures avec rebondissements en cascade. Klaus Schwab promenait un air toujours plus imbu, décalqué sur la physionomie de ses hôtes.

En regagnant dans la nuit l'hôtel Seehof, Diego Vargas ressentit une vive émotion : un petit homme coiffé d'un foulard à carreaux, les mains légèrement tremblantes mais la voix ferme, parlait dans un anglais précis avec deux « premiers de la classe » américains. Assis dans un canapé de cuir du lobby, Yasser Arafat tentait de convaincre les hommes de la Maison-Blanche de l'urgence à financer l'embryon d'État palestinien. « Un casino a ouvert ses portes à Jéricho, se plaignait l'ancien chef de l'OLP. Il faut sortir au plus vite de cette économie du hasard. » Les hommes en gris l'écoutaient poliment en hochant la tête, prenaient des notes. Spectacle pitoyable, pensa Vargas. Comment un combattant de la trempe d'Arafat pouvait-il s'en remettre à ces blancs-becs gorgés jusqu'à la gueule de théories libérales et de courbes d'indifférence ? Il prit l'ascenseur en même temps que le patron de la Bundesbank, Hans Tietmeyer, qui, indifférent au monde, priait les yeux fermés. La veille, cet ancien théologien, apôtre du mark fort, avait tenu des propos peu charitables sur l'euro, qu'il soupçonnait de faire la part trop belle aux monnaies faibles d'Italie et d'Espagne. Le devoir de venir en aide aux plus déséhérités se heurtait à son credo de banquier intransigeant et antieuropéen.

Ce soir-là, Libertador ne trouva pas facilement le sommeil. Lui vint à l'esprit la réflexion de Jacques Chirac, rappelant un propos du général de Gaulle : au club des nations, j'ai rencontré autant d'égoïsmes que de membres inscrits. Vraiment, le chef de l'État français avait bien fait de ne pas venir se compromettre avec les argentiers de la planète qui, derrière leurs œillères, parlaient tous le même volapük financier, un salmigondis de taux d'intérêt, de retour d'investissements, de pourcentages et de *price earning ratio*. Où donc étaient les gens en chair et en os, avec leurs souffrances et leurs joies, leurs espoirs et leurs destins — si lointains vus des sommets de Davos —, de fourmis humaines, capables d'amour et de générosité ? Vargas se remémora les propos de Hillary Clinton et de ses sbires triomphants d'orgueil devant l'inflation terrassée. Il revit la condescendance des puissants, le regard attristé d'Arafat. Soudain, au milieu de ces visages de cauchemar, surgit celui d'une femme portant à ses lèvres une coupe de champagne dans la voiture-restaurant Anatolie de l'Orient-Express, et lui murmurant : « Si on trinquait ? »

Les grands de ce monde ayant appris à exhiber, en quelques rares occasions, des goûts simples susceptibles de les rapprocher du peuple, les hôtes de marque du forum se retrouvaient à déjeuner comme pour dîner autour des tables rustiques, avec nappes à fleurs et serviettes à carreaux, de la pizzeria Del Monte, devant une copieuse assiette de pâtes qu'accompagnaient quelques fines tranches de viande des Grisons. Libertador repéra rapidement l'emplacement de la délégation chinoise. Le matin, au petit déjeuner, il avait fait savoir à l'attaché du ministre des Finances son désir de parler à celui-ci quelques minutes. Il s'était recommandé de son ami Cheng, dont le nom avait immédiatement fait naître sur le visage enfantin du conseiller un sourire de confiance. Il n'avait pas tardé à fixer un rendez-vous à 14 heures, pour le café, après l'entretien que le ministre aurait accordé au patron français des chemins de fer. Chou Wang Pu appartenait à cette génération d'hommes politiques de l'après-Deng, élevés dans l'idée que la Chine de Hong-Kong n'était pas nécessairement un virus, mais qu'il fallait au contraire répandre ce capitalisme de marchands à travers toute la Chine continentale, à condition de tenir cet incendie à portée de jet d'eau du gouvernement de Pékin. L'entretien dura à peine quinze minutes, qui suffirent à Libertador pour faire passer un message dont il espérait qu'il laisserait des traces dans l'esprit du jeune ministre. Chou Wang Pu l'avait écouté avec intérêt exposer la stratégie saoudienne d'élimination des concurrents, répondant que son pays n'entendait éliminer personne et ne se sentait pas l'âme d'un guerrier de l'économie. Vargas l'avait aussitôt mis en garde contre les bons sentiments qui, en affaires, font rarement bon ménage avec l'intérêt supérieur des nations. Le Chinois avait approuvé sans un mot. Libertador l'avait félicité pour l'initiative de son gouvernement — la construction d'un bureau de représentation à côté du siège de l'OMC à Genève. Chou Wang Pu avait baissé les yeux, heureux de trouver enfin un interlocuteur qui comprenne la stratégie de Pékin. Vargas rappela enfin que toutes les nations de premier ordre avaient au moins une fois dévalué leur monnaie pour donner à leur économie un ballon d'oxygène, une fois leur appareil industriel et leur force de frappe commerciale devenus performants.

— Il existe une règle d'or en la matière, souligna Vargas.

— Laquelle ? fit le ministre soudain plus attentif.

— Ne laisser aucune prise aux rumeurs. Garder le secret complet jusqu'à l'instant T. Sinon, les marchés anticipent et vous ne maîtrisez rien. Le secret de la dévaluation, c'est le secret. Les Américains ont une formule pour ça : *keep your secret secret*.

Chou Wang Pu sourit.

— De ce point de vue, vous pouvez compter sur nous. Voilà cinquante ans que nous avons appris à donner le change, observa le ministre.

À son tour Vargas se détendit. En son for intérieur, il savait que le jour viendrait où seul Cheng connaîtrait le moment fatidique de l'effondrement préparé du yuan.

Comme prévu, le forum de Davos permit à de nombreux investisseurs du monde entier de nouer des liens plus ou moins solides pour construire un avenir prospère dans les zones cibles du marché mondial, les pays émergents d'Europe de l'Est et d'Amérique du Sud effaçant les anciens dragons asiatiques brûlés par leurs propres flammes. Invoquant une soudaine extinction de voix, Libertador se fit excuser aux deux colloques où figurait, sur la liste des intervenants, le nom de Neil Damon. Il reçut en revanche, en petit comité, des *fund managers* canadiens, russes et thaïlandais, avant de rédiger un communiqué de presse à l'intention des agences financières présentes à Davos. La primeur de l'information échut au journaliste accrédité de *Financial Watch* et à son confrère du *Boston Daily News*. Mais très vite l'annonce des résultats spectaculaires du fonds Circle pour l'exercice 1998 circula comme une traînée de poudre, de même que les prévisions de bénéfices records pour 1999, grâce aux pétroles de la Caspienne et au platine sud-africain. Vargas n'avait pas résisté à la tentation d'assortir son texte d'un avertissement à peine voilé à l'adresse des conjoncturistes tombés raides amoureux du taux de croissance américain. « Il ne faut pas surestimer l'enrichissement des ménages, enregistré outre-Atlantique, qui tient moins à un essor de l'économie réelle qu'au gonflement spectaculaire de la bulle financière. La prospérité des particuliers est le fruit de la hausse sans précédent de Wall Street. Que le Dow Jones flanche et ce bel ordonnancement se changerait en tristes cotillons des lendemains de fête, comme le carrosse de Cendrillon redevenu citrouille. »

Lorsque l'équipe de CNN s'enquit auprès de Klaus Schwab du numéro de chambre de Barnett Frieseke, le grand organisateur ne put que leur offrir ses excuses et son visage contrit : M. Frieseke avait déposé son badge blanc à la réception une heure plus tôt.

En un mot, il n'était plus à Davos.

43

Le train des lignes régulières helvètes entra sous le hall monumental de la Hauptbahnhof de Zurich. Il était 10 heures du soir et Libertador n'avait pas dîné.

Il considéra le mikado formé par les voies, et pensa, à voir ce lacis inextricable et dense, que la ville de l'argent roi se prenait pour le centre du monde. Il se répéta les paroles de Premilla Stoltz : « Si un jour vous venez me voir, prenez le tram devant la gare, descendez la rue principale et arrêtez-vous sur Paradeplatz. Vous ne pourrez pas manquer la façade grise de la banque Julius Warms. Si vous voyez de la lumière au-dessus du premier U de Julius, c'est que je serai chez moi. »

En marchant dans la direction du tramway, Vargas aperçut une inscription griffonnée sur le mur aveugle d'un débit de boissons. Il s'approcha et déchiffra le message laissé par une main anonyme : « Zu rich = Too rich. » La cloche aigrelette du tram retentit dans la nuit. Libertador y prit place et se laissa porter jusqu'à Paradeplatz. Quelque chose au fond de lui désirait absolument que La Vierge-de-Platine fût dans sa maison. Une voix intérieure très lointaine, qui semblait avoir traversé les âges, lui murmurait au contraire de passer son chemin. Mais quand le bus électrique le jeta au milieu de la place et qu'il vit la lumière briller au-dessus du premier U de l'enseigne de la banque Julius Warms, il se sentit à la fois soulagé et fébrile, sauvagement amoureux, guidé par un instinct animal, une pulsion qu'il devait à tout prix assouvir sous peine de devenir fou. Le nez levé, il buvait la lueur de cette fenêtre encore fermée sur son désir. Il consulta sa montre : presque 10 heures et demie. Les rues étaient vides. Il respira l'air vif de janvier.

En promenant un regard circulaire sur la place, il sursauta : derrière une rangée de tilleuls, sur la façade de la banque d'affaires Leuz, une immense affiche montrait une femme blond platine, un combiné à la main collé contre son oreille, à l'écoute de sa clientèle 24 heures sur 24. C'est ce que disait le message en lettres fluo, suivi d'un numéro de téléphone, à composer à tout moment : 01 219 24 17. La ville pouvait dormir tranquille. Premilla veillait au grain.

À Zurich, il y avait toujours quelqu'un en alerte pour surveiller l'argent et l'empêcher de dormir. C'était comme un service public, une entraide gracieuse apportée à tous les riches de la terre, depuis l'arrivée des protestants persécutés au début du XVIᵉ siècle, puis après la révocation de l'édit de Nantes. Le monde entier avait profité des largesses de Zurich la discrète, la modeste, la repliée sur soi, méprisant Bâle et Genève, tournée vers son propre bonheur, comme une jolie fille bornant son horizon à un miroir. Comme elle était douce aux dictateurs africains, philippins, haïtiens, roumains ou boliviens, aux narcotrafiquants et aux bons bourgeois de la ville à col blanc et chalet sur les alpages. La ville aimait les sociétés fiduciaires, les cabinets de gestion à plaques de cuivre frottées matin et soir. Elle faisait la vie belle aux espions qui la mettaient sur écoute, à condition qu'ils restassent muets sur ses transactions ancestrales, sur le « bullion » car, comme le disaient les vieux habitués des cafés du bord de la Limat, où l'on avait vu s'enivrer Joyce, Brecht, Robert Musil et le Thomas Mann de *La Montagne magique*, il n'y avait pas que l'argent dans la vie : il y avait l'or, aussi. On avait le dévouement facile, à Zurich, c'était une question de politesse et d'éducation. Secret, prospérité, la devise tenait debout en signe de bonne santé.

C'est ainsi que les biens juifs y avaient trouvé asile, et aussi le trésor du FLN. Que leurs propriétaires ne les aient pas récupérés, c'était la faute au droit qui était trop sourcilleux, mais aussi un gage de sécurité pour les épargnants n'ayant rien à se reprocher : on ne payait pas le premier venu sur sa bonne ou mauvaise mine. Les survivants de l'Holocauste étaient-ils les véritables déposants d'hier ? C'est grâce à ce genre de questions, et en n'y répondant pas trop vite par l'affirmative — histoire que les générations s'éteignent de mort naturelle —, qu'on devenait une ville riche, donc sérieuse, car patiente et procédurière. Ceux qui prétendaient que le secret suisse était troué comme une tranche de gruyère n'étaient que mauvaises langues. Ici, on ne dénonçait que les honnêtes gens, c'est-à-dire les pauvres gens. Voltaire avait raison : pas de sous, pas de Suisses.

Depuis son arrivée au pays de l'emmental, du lait Nestlé et du couteau multifonction à manche rouge, Libertador n'en pouvait plus de cette bonne conscience faussement candide et irrespirable. Chaque brochure consacrée au pays de Guillaume Tell rappelait qu'ici les citoyens votaient par référendum la moindre augmentation d'impôts et que la dernière guerre avec l'étranger s'était déroulée au xve siècle. Il était souligné en toutes lettres que l'argent déposé était à l'abri des aléas politiques et des communistes, même si on ne gardait pas à Zurich un si mauvais souvenir de Lénine, avant qu'il ne tourne casaque. On pouvait sans difficulté ouvrir un compte le dimanche matin en allant chercher son pain aux noix, et les banquiers fauteurs de la moindre indiscrétion étaient jetés en prison sans ménagement, sauf preuves préalables généralement impossibles à produire avant des décennies, que le client était une crapule. La loi était stricte et strictement appliquée, pour le plus grand plaisir de nombreux chefs d'État du tiers monde, dont les virements sur comptes numérotés relevaient désormais d'un exercice banal du pouvoir. On ne comptait plus les vols réguliers en provenance d'Afrique noire qui sacrifiaient à une escale imprévue pour laisser un roi nègre de la pire espèce aller déposer son or, toutes sirènes hurlantes, dans les caves d'un établissement de la Bahnhofstrasse, avant de repartir dans la direction opposée pour regagner le Boeing en attente.

Le sourire hiératique de La Vierge-de-Platine éclairait la nuit zurichoise. Croyant à peine ses yeux, Libertador se dirigea vers une cabine téléphonique. Au lieu de composer le numéro personnel de la jeune femme, il forma d'abord les chiffres inscrits sur le panneau publicitaire. Une voix enregistrée lui répondit : « Bienvenue sur le réseau de la banque Leuz. Il est actuellement 22 h 34, heure de Zurich, 16 h 34 à New York. Wall Street est en hausse de 2,6 pour cent. Hier soir, le Kabuto Cho de Tokyo a clôturé en légère baisse. Si vous souhaitez accéder au service personnalisé des marchés, tapez dièse ou appelez nos bureaux, dès demain matin, 9 heures. » Vargas raccrocha et appuya sur la touche bis. C'était bien elle : il avait parfaitement reconnu la voix de Premilla Stoltz, sa manière de prononcer les r à l'américaine. Pendant que la bande défilait, il fixa le visage sur l'affiche géante. Son expression rassurante semblait dire au client : dormez tranquille, je veille et j'agis dans votre intérêt.

Libertador sortit de la cabine et respira de nouveau l'air à pleine poitrine. Il n'était pas vraiment habillé pour l'hiver. Il releva le col de sa veste. La fenêtre, au-dessus du premier U, venait de s'éteindre. Comme pris de panique, il courut vers la porte de l'immeuble et lut la liste des habitants sous l'interphone. Son cœur battait à rompre lorsque, d'un doigt fébrile, il appuya sur le petit bouton noir en face du nom de Premilla Stoltz.

— Entrez. Sixième étage, fit la même voix que la bande enregistrée qu'il venait d'écouter.

— Droite ou gauche ? demanda Vargas, déconcerté qu'elle ne lui demandât pas son identité.

— Au sixième, il n'y a que mon appartement, répondit-elle brièvement. Venez vite.

Le temps d'attendre l'ascenseur et de monter jusqu'au sixième, Vargas fut tenté de redescendre et de partir en courant, comme s'il craignait de se jeter dans la gueule du loup. Il n'avait pas oublié les mises en garde de Janvry, ni la tiédeur d'Isidore Sachs quand il s'était ouvert à lui de son projet de mettre Vierge-de-Platine « dans le coup », au moins en partie. Mais au sixième étage, oubliant ses fragiles résolutions de méfiance, il pénétra d'un pas volontaire dans l'appartement où l'attendait Premilla Stoltz. La jeune femme avait pris un bain et portait un peignoir sombre tenu par une ceinture en éponge. À son cou brillait une fine chaînette en or. Quelques gouttes d'eau glissaient encore dans son cou et au creux de sa poitrine.

— Je vous ai vu dans la cabine. Je croyais que vous étiez en train de m'appeler. J'ai guetté la sonnerie du téléphone, mais rien n'est venu.

— Moi, je vous vois partout, fit Libertador d'une voix blanche. J'ai essayé de vous joindre sur l'autre numéro.

— L'autre numéro?

— Celui où vous dites l'heure avant de proposer l'ouverture d'un compte.

Premilla s'esclaffa. Dans l'Orient-Express, elle n'avait pas eu le loisir de bien regarder Vargas. Pour la première fois, elle prit conscience de sa haute taille, de son allure sportive, de sa jeunesse aussi. Et de ce regard auquel rien ne semblait devoir résister, un regard comme elle les aimait, surtout quand elle parvenait à les faire baisser. Elle proposa un verre de whisky. Il déclina l'offre. Sur la table du salon trônait un livre épais sur l'or nazi, les banques suisses et les Juifs, d'un certain Tom Bower.

— Dedans, il y a le nom de mon père, lâcha Premilla.

— De quel côté? Des bons ou des méchants?

— À votre avis? rétorqua La Vierge-de-Platine.

— À voir votre visage, il n'est pas du côté que vous auriez aimé.

— Gagné, monsieur le justicier du capitalisme mondial.

Elle avait prononcé cette phrase de manière théâtrale en la ponctuant d'un drôle de rire, comme les artistes de théâtre qui prolongent leurs effets pour qu'on les entende jusque dans les derniers rangs. Puis, brusquement, elle se mit à sangloter, assise sur un pouf, son verre de scotch entre les mains, les yeux figés sur ses escarpins, défaite et faible soudain, étrangère à son image qui illuminait la façade de la banque Leuz, de l'autre côté de la place exactement.

Vargas avança vers elle et la débarrassa de son verre. Puis, avec un peu de maladresse, il lui prit la main. Cette fois, elle ne le repoussa pas mais ses pleurs redoublèrent, entrecoupés de mots incompréhensibles. Elle semblait en proie à un véritable et profond désespoir. Libertador n'eut pas la présence d'esprit de s'interroger sur les motifs qui lui avaient valu de la part de Premilla le surnom de « justicier du capitalisme mondial ». Il songea simplement qu'Isidore Sachs avait sans doute un peu forcé sur son sens de l'éthique ; pour l'instant, le jeune homme ne voyait en face de lui qu'une femme à bout de nerfs, qui avait peut-être découvert une terrible réalité dans l'ouvrage de ce journaliste britannique, informé aux meilleures sources des documents secrets déclassifiés de l'OSS, l'organisation américaine de renseignements ancêtre de la CIA.

— Ce n'est pas facile tous les jours d'être la fille d'un collaborateur des nazis, et juif de surcroît, murmura Premilla. Ce livre ne m'a rien appris, mais il a rouvert une plaie douloureuse. J'ai très vite su que mon père avait révélé aux banquiers de Zurich toutes sortes de stratagèmes juridiques pour bloquer les procédures de recherches des fonds en déshérence qui ne manqueraient pas d'être initiées, après la guerre, par les familles des victimes. Je vous l'ai dit, il avait gagné la confiance des riches Ashkénazes d'Europe de l'Est. Il parlait la même langue qu'eux et savait les comprendre sans même avoir besoin de parler. Sous prétexte de protéger leur or et leurs bijoux contre les convoitises des nazis, il a conçu en réalité, des mécanismes imperméables qui ne permettaient plus d'identifier l'origine de ces biens. Quand les héritiers se sont présentés, il a été facile aux banquiers helvètes de prétendre que ces lingots, ces diamants, ces bagues, tout cela appartenait à des particuliers de vieille souche suisse.

— Pourquoi votre père a-t-il agi ainsi, contre son peuple, contre son sang ? demanda Vargas.

— Je me suis souvent posé cette question. Dans son enfance il avait manqué de tout. La guerre a été pour lui l'occasion d'accéder à la richesse et au respect des nouveaux puissants, les banquiers. Je crois aussi que c'est la peur qui l'a poussé à une si incroyable trahison.

— La peur ?

— Oui. Il était lâche et se sentait très vulnérable, y compris physiquement. Il disait toujours que, sous la torture, il parlerait à la première douleur.

— Que s'est-il passé exactement ? reprit Vargas.

La jeune femme parut hésiter. Puis elle leva les yeux sur Libertador.

— Mon père s'était lié avec un banquier de l'Union du crédit suisse. Celui-ci s'était ouvert de ses préoccupations à propos de tout cet or qui affluait vers ses coffres. Il se demandait comment les officiers du Reich prendraient la chose s'ils apprenaient que leurs dépôts voisinaient avec les fortunes parfois considérables appartenant à ceux qu'ils envoyaient à Auschwitz. Ce banquier prétendait qu'à ses yeux la neutralité consistait à ne refuser personne, mais il craignait que tout cela ne restât pas complètement étanche, et il tenait à la réputation de secret inviolable attaché à son établissement.

— Et votre père a proposé ses services ?

— Oui. Il a montré au banquier comment maquiller les provenances. Il a tout simplement établi de faux récépissés antidatés, au nom de citoyens suisses anonymes, décédés dans l'année ayant précédé la déclaration de guerre et dont les comptes à l'Union du crédit suisse avaient été fermés au bout d'un an, signe qu'ils n'avaient pas de descendance. Dès que plusieurs familles juives avaient effectué un dépôt, il suffisait de mélanger les biens des unes avec ceux des autres, de composer de nouveaux lots avec les faux récépissés et personne ne pouvait plus s'y retrouver. Je me souviens d'une vieille Polonaise, au début des années 80. Elle était venue présenter au guichet de la banque le papier officiel délivré à l'époque par mon père, qui avait été nommé encaisseur général des biens et espèces d'origine juive. La femme avait exhibé la liste détaillée des bijoux laissés près de quarante ans plus tôt par sa propre mère. Évidemment, il ne restait aucune trace de ce lot dans les coffres. L'employé de la banque lui avait répondu qu'il s'agissait sûrement d'un faux car le registre ne portait pas mention de son nom, ni de tels objets. La femme savait bien qu'il s'agissait d'un document original que sa mère lui avait glissé, roulé en boule, dans sa menotte de fillette, avant d'être emportée vers les camps de la mort. Longtemps, j'ai fait un terrible cauchemar. C'était moi la fillette, et le guichetier était mon père. Il ne me reconnaissait pas, je lui tendais le papier froissé. Il faisait mine de ne pas comprendre et regardait le client suivant. Quand j'ai atteint l'âge adulte, je me suis construite sur ce terrible secret. Je n'ai jamais eu l'occasion de me racheter par une action quelconque. Je n'ai jamais su rien faire d'autre que de l'argent pour les riches. C'est comme une malédiction que ce livre est venu me rappeler.

À la Theater Schule de Zurich, où Premilla Stoltz avait pris, des années durant, des leçons d'art dramatique, apprenant à poser sa voix, à la timbrer et à maîtriser son souffle, son professeur Hans Mayer aurait été fier de son élève. Sur une partition largement improvisée depuis qu'elle avait quitté la voiture-restaurant Anatolie, La Vierge-de-Platine avait joué son rôle à merveille, frappant son public à l'endroit qu'il avait le plus vulnérable : le cœur.

Après ces aveux puisés dans le fonds le plus riche du malheur suisse — la trahison, la faute, l'amour contrarié d'une fille pour son père, l'impossible réparation —, elle n'eut aucune réticence à s'abandonner les yeux fermés aux caresses de Libertador. Elle le guida sans hâte vers son lit, près duquel brûlait une bougie parfumée. Elle se laissa déshabiller et parut devant lui dans sa magnifique nudité. Vargas, à cet instant, ignorait que ce corps était celui d'une Milady.

— Viens.

Un seul mot, comme un sésame inaugura une longue nuit d'amour. Premilla avait laissé la bougie allumée, offrant à Libertador le visage comblé d'une femme ardente.

Après de longues heures, qui leur parurent un bref éclair, ils restèrent immobiles, enlacés, contemplant le plafond où dansaient les clignotements des lettres géantes en néon sur la façade de la banque Julius Warms.

— J'aurais tellement voulu te connaître avant, murmura-t-elle.

— Avant quoi ? fit Diego en joignant ses mains sous ses reins brûlants.

— Quand j'ai connu Isidore Sachs, il ne parlait que de toi. C'en était même gênant. Il répétait qu'avec toi, il allait enfin réaliser de grandes choses. C'est lui qui t'a présenté comme le justicier du capitalisme mondial. J'ai compris qu'il était tenu au plus grand secret mais j'ai deviné qu'il s'agissait d'une opération monétaire d'envergure internationale. Il m'a posé de nombreuses questions sur le comportement des marchés des changes asiatiques aux échéances variées, à trois mois, six mois, neuf mois, jusqu'à dix-huit mois. Manifestement, le *spot* ne semblait guère l'intéresser. Il voulait vérifier ses intuitions, l'avantage de Kuala Lumpur sur Bangkok, les irrégularités du yen en une seule séance. Il m'a aussi demandé mon avis sur les chances de voir le yuan bénéficier d'une convertibilité totale sur les places internationales. De ce point de vue, il a eu la réponse à sa question. J'ai appris hier, par Reuter, que Pékin avait finalement levé les derniers obstacles à la libre circulation de sa monnaie. Enfin une bonne chose venant de la Chine communiste.

Vargas se redressa et regarda l'heure à la pendulette phosphorescente posée sur la table de nuit. À 4 h 25 du matin, après une nuit de caresses et d'étreintes comme il n'en avait plus connu depuis la mort de Yoni, dans cette chambre dominant Zurich, il se sentait un autre homme, prêt à confondre l'amour avec les jeux de l'amour, la confiance avec une parodie de connivence. Il avait écouté attentivement le récit de la jeune femme et enregistré avec plaisir la nouvelle venue de Pékin, dont il s'étonnait de ne pas l'avoir vue mentionnée sur son ordinateur de poche.

Comme il ne répondait rien, Premilla enfonça sa tête dans l'oreiller en lui tournant le dos. Bientôt, il

sentit que ce corps devenu sien tressaillait et frisson-
nait. Il se rendit compte que des larmes chaudes cou-
laient et noyaient le visage de Premilla.

— Jamais je ne pourrai me racheter, articula-t-elle
péniblement, un sanglot au bout des lèvres. Tu n'as
pas confiance en moi.

Ému, électrisé par ses larmes, Libertador la
retourna et s'allongea sur elle. Il sentit les talons de
Premilla s'enfoncer au bas de son dos pendant
qu'elle l'exhortait à venir plus profondément en elle.
Ils firent l'amour dans un même souffle et le frisson
qui le traversa lui parut durer jusqu'au matin. Cette
chair délicate et soyeuse qu'il tenait dans ses mains
le ressuscitait. D'Artagnan avait-il eu autant de plaisir lorsque, déguisé en Aramis, il avait succombé au
charme venimeux de la femme blonde à l'épaule
fleurdelisée ?

Les premiers éclats du jour atteignirent la façade
de la banque Julius Warms. Les deux amants
s'étaient rendormis. Libertador ouvrit un œil et
découvrit Premilla blottie contre lui, le dos tourné.
Vargas prit alors son visage entre ses mains et approcha sa bouche de la sienne. Il appuyait si fort sa
paume contre ses oreilles qu'elle n'entendait pas les
mots qu'il prononçait.

— Enlève tes mains, je ne sais pas encore lire sur
tes lèvres, fit-elle en souriant.

Il glissa sur les seins gonflés de Premilla.

— Je disais : si tu veux te racheter, alors achète
des yuan, tous les yuan que tu peux. Ma révolution
est en marche, une longue marche qui viendra de
Chine.

S'il avait intercepté le regard de La Vierge-de-Platine à cet instant précis, Libertador aurait aussitôt
regretté ses paroles, anodines pour le commun des
mortels. Mais, précisément, Premilla Stoltz n'appartenait pas au commun des mortels. Elle était de cette
engeance, femelle en diable, la tête près du bonnet,
capable de transformer une intuition en tremblement de terre, pour peu qu'on livrât à sa sagacité
quelques éléments, même épars. Ainsi donc, elle en

avait cette fois la certitude, quelque chose d'important se préparait sur les marchés monétaires côté chinois, à une échéance qu'elle estimait désormais à moins d'un an, si elle se souvenait de l'insistance avec laquelle Isidore Sachs l'avait questionnée sur le terme échu à douze mois. Mais que signifiait une spéculation à la hausse du yuan ? Elle tablait sur une nouvelle nuit d'amour pour en savoir davantage.

Vargas se leva à 8 heures, but un café sans sucre et réserva par téléphone une place dans le prochain avion pour Boston. Premilla proposa de l'accompagner à l'aéroport. Après une longue séance dans sa salle de bains, la jeune femme était réapparue en tailleur strict, le visage fardé et les yeux plus froids qu'au petit matin lorsqu'elle murmurait : « Encore... » Comme dans les films de James Bond où la séance de douche sert de diversion au héros, Premilla reprenait cette vieille ruse des scénaristes pour allumer l'écran informatique de son cabinet de toilette et consulter les dernières transactions monétaires. Pendant que Vargas déjeunait en sifflotant, il ne se doutait pas que la trader interrogeait la banque de données du Crédit suisse, pour connaître l'évolution du yuan depuis six mois et les arbitrages sur la place de Londres. Quand Diego l'appela pour la deuxième fois, elle savait ce qu'elle voulait savoir. Il lui restait à percer la finalité de tout cela.

Ils se quittèrent, sans effusions, devant la station de tramway. Les embouteillages étaient monstrueux et Libertador voulut épargner à la jeune femme l'énervement et les pertes de temps liés au trafic. Assis dans son petit bus électrique, il traversa, pensif, le parc du Letten et la Langstrasse, où des centaines de jeunes se shootaient à l'héroïne sous les yeux des passants pressés qui se dirigeaient, indifférents, vers le quartier des banques. Il resta perplexe devant ces gamins d'à peine vingt ans, qui s'envoyaient du « sucre » dans les veines pendant que leurs parents s'enfermaient du matin au soir dans les établissements respectables de la grande place financière, fabriquant de l'argent avec de l'argent, avant de le dépenser le week-end sur une autre poudre blanche, skis aux pieds et soucis en tête. Pendant ce temps, leurs enfants planaient, et le 5e arrondissement de Zurich — celui du Letten — s'emplissait de centres d'injection où des médecins bénévoles aidaient les toxicos à se piquer proprement, en espérant développer, dès qu'ils le pourraient, des programmes de méthadone. Devant le dernier arrêt de la Langstrasse, un adolescent hirsute voulut monter sans payer, mais le chauffeur le repoussa d'un bras ferme. « Sugar! Sugar! » criait le gamin assis sur le trottoir et la main tendue à qui lui fournirait sa dose.

— Quel malheur! chuchota un voisin de Vargas. Évidemment, l'héroïne que l'on vend à Zurich est la moins chère de Suisse et peut-être même de toute l'Europe, pays scandinaves compris. Alors c'est normal, ils viennent s'approvisionner ici. Quand ils découvrent ce luxe qui ruisselle partout, ils croient que la poudre est gratuite. Mais ils comprennent vite que pour consommer leur fixe, il faut sortir de l'argent. Parfois, ça les rend méchants.

Vargas ne broncha pas. À l'aéroport, il acheta la presse du matin et chercha en vain la nouvelle de la convertibilité générale du yuan chinois. Il décida d'envoyer un message à Cheng, puis consulta le répondeur de son téléphone portable, qu'il avait volontairement débranché depuis son départ en catimini de Davos. Il apprit ainsi par Natig Aliev que le panneau des nymphéas offert au régime tsariste avait été retrouvé dans une cave infestée de rats du palais Mouktarov de Bakou. Par bonheur, la toile était restée protégée de l'humidité et des rongeurs par deux planches de bois clouées sur les rebords du cadre. Il avait fallu mille précautions pour ôter les pointes rouillées, mais l'œuvre était sauvée.

Une hôtesse venait d'appeler les derniers passagers pour le vol de Boston à se présenter à l'enregistrement, quand un « bip » sur le portable de Libertador lui signala l'arrivée d'un message écrit. Il alluma le petit écran carré de son téléphone et lut ces quelques mots : « Convertibilité totale yuan en bonne voie, mais pas acquise avant un mois. Amitié. Cheng. »

Sur le coup, Vargas eut la tentation de revenir sur ses pas pour demander des explications à Premilla. Avait-elle bluffé, savait-elle autre chose des intentions pékinoises ?

— Dépêchons, monsieur, dit l'hôtesse d'un ton ferme à l'adresse de Libertador qui s'était planté devant elle et n'avançait plus d'un pouce.

Il s'exécuta comme un automate, l'œil rivé sur le message de son portable. Pendant toute la durée du vol jusqu'à Boston, il revécut cette nuit d'amour, cette folie si délicieuse. Il essaya aussi de se remémorer exactement les propos de la jeune femme à propos du yuan. Il songea que, peut-être, Janvry et Sachs avaient eu raison de se méfier d'elle. Mais l'idée de ne plus respirer sa bouche et son sexe le jeta hors de son siège. Il fallut qu'un steward le forçât à se rasseoir.

Vargas était en manque. Il n'était pas seulement amoureux. La Vierge-de-Platine l'avait envoûté.

44

Depuis son retour en Afrique du Sud, Lancelot Palacy n'avait jamais été approché par les collaborateurs de Nelson Mandela. Quand avait été annoncée la découverte du gisement de platine dans la montagne sacrée des Bafokengs, le Président était dans sa résidence de Cape Town, occupé à soigner ses roses rouges. On disait déjà qu'il avait renoncé à l'exercice du pouvoir, même si son dernier mandat devait seulement prendre fin au cours de l'été. Aux visiteurs qu'il recevait dans le salon Éléphant de sa villa, portant l'une de ses inusables chemises en soie satinée, il disait vouloir s'occuper de ses petits-enfants et de ses arrière-petits-enfants. Ses interlocuteurs lui trouvaient toujours cet air juvénile, qui avait tant frappé le monde entier le jour de sa sortie des geôles de Robben Island, vingt-sept ans et cent quatre-vingt-dix jours après son arrestation. Hormis son appareil acoustique, sa légère raideur dans la démarche et l'évidente usure de ses yeux brûlés par le soleil de ses années de détention, alors qu'il n'avait pas eu le droit de porter de lunettes teintées, Mandela restait un père solide de la nation. Nelson, comme l'amiral anglais vainqueur de la célèbre bataille sur mer de Trafalgar, et Rolihlahla, « celui qui cherche les ennuis », en dialecte xhosa, l'ethnie royale dont il était l'un des derniers princes encore en vie. Entre les Xhosas et les Bafokengs, existait une sorte de cousinage par-delà les montagnes et les savanes du veld. C'est pourquoi, dès l'existence connue du fabuleux gisement de platine, Nelson Rolihlahla Mandela s'était empressé d'envoyer un message de joie et de félicitations au roi coutumier, qui avait répondu en lui souhaitant la longévité des étoiles.

Depuis les premiers jours du printemps, Lancelot Palacy s'était fait aménager un campement sur une terrasse naturelle au flanc du Magaliesberg. Le site présumé contenir le platine avait été soigneusement entouré de barbelés. Quelques camions prétextes tournaient jour et nuit. On entendait parfois des explosions dans la montagne, les charges de dynamite servant en réalité à dégager de gros blocs de granit, bienvenus pour la construction de maisons plus solides dans la capitale des Bafokengs. Le seul chemin accessible au « gisement » avait été fermé par un portail gardé en permanence par trois hommes en faction.

Les rumeurs autour de la mine de platine commencèrent peu de temps après l'annonce officielle du début des travaux. Une équipe de dirigeants de l'ANC, accompagnée de trois leaders syndicaux, s'était présentée un matin devant le portail d'accès, invoquant leur droit à examiner les conditions dans lesquelles travaillaient les mineurs. Il leur fut répondu que l'accès au site était rigoureusement interdit sans autorisation expresse et conjointe de la direction et du monarque. Les responsables de la délégation eurent beau parlementer, menacer, ils durent faire demi-tour sans avoir eu gain de cause. Le militant de l'ANC rédigea aussitôt un rapport détaillé dont un exemplaire fut envoyé au nouveau roi du black business, Trevor Jones. Un autre arriva directement au palais présidentiel, accompagné d'un mot manuscrit à l'intention de Nelson Mandela.

Lancelot Palacy avait été averti de cet incident, mais il ignorait que les plus hautes instances de l'État s'interrogeaient désormais sur les activités réelles de la Bafokeng Mining. Les rumeurs les plus folles commençaient à circuler. On disait que des Noirs exploitaient d'autres Noirs comme aux pires temps de l'apartheid. Le bruit courait que les Bafokengs abritaient en réalité des unités de combat zouloues, en leur offrant des terrains d'entraînement et d'expérimentation d'armes explosives. Parmi ces suppositions, le plus souvent farfelues, il n'était cependant venu à l'idée de personne que le gisement pouvait être imaginaire. Et pour cause : les Blancs s'étaient rués sur les actions dès l'introduction de la Bafokeng Mining au Stock Exchange de Jo'burg. Les Sud-Africains connaissaient trop les Afrikaners pour croire qu'ils avaient pu se laisser berner. Mais la curiosité exacerbée des élites noires à propos de cette mine n'augurait rien de bon pour la suite des opérations, d'autant que, depuis plus de cinquante jours, Lancelot Palacy avait beau laisser message sur message à travers le réseau crypté, Libertador ne répondait plus. Il avait comme disparu.

Ce matin-là, Lancelot avait rendez-vous avec un banquier afrikaner dans l'un de ces centres commerciaux de Johannesburg où les Blancs se sentent encore chez eux en Afrique du Sud. En passant devant les luxueuses vitrines des magasins de mode et de bijoux à Sandton City, le jeune homme se disait que les siens avaient encore du chemin à parcourir avant d'être les véritables propriétaires des richesses de leur pays. Il se présenta au bar du Michelangelo et commanda un café, dans un décor irréel de colonnes, de frontons antiques, de pilastres et de lions de pierre flambant neufs. Lancelot n'avait encore jamais rencontré le banquier qu'il attendait. Il connaissait seulement sa voix au téléphone. C'est pourquoi il n'eut aucune réaction lorsqu'un Noir d'une quarantaine d'années se dirigea droit vers lui et s'excusa de son retard. Il le dévisagea sans comprendre. L'homme se présenta.

— Tambo Mankahlana, je suis le représentant du président pour le secteur minier. C'est lui qui m'envoie.

— Mais, balbutia Palacy. J'ai déjà rendez-vous ici avec...

— Avec moi, coupa son interlocuteur. Je voulais être sûr que vous viendriez sans vous méfier. Je me suis permis d'inventer ce petit stratagème. Il me semble que vous fréquentez plus volontiers les Blancs, ces temps-ci.

— Que voulez-vous dire ? fit Lancelot, piqué au vif.

— Ne vous fâchez pas, et excusez cette manœuvre dont je ne suis pas très fier. Mais quand on veut vous voir sur le chantier, on est fermement rembarré.

— Mes hommes ont des consignes.

— Qu'ils respectent à la lettre, en effet. Mais assez perdu de temps. Le président Mandela souhaite s'entretenir avec vous.

À ces mots, le sang de Lancelot se figea. Nelson Mandela en personne ! Des sensations contradictoires le traversèrent, de joie et d'inquiétude mêlées.

— Mais que veut-il ? demanda Lancelot.

— Il vous le dira lui-même. Rendez-vous demain à la résidence du chef de l'État.

— À Pretoria ?

— Oui. Au palais des anciens présidents nationalistes blancs. Il travaille là-bas, en ce moment.

— Bien, fit Lancelot. J'y serai.

— Le rendez-vous a été fixé à 6 h 30, précisa l'envoyé de Mandela.

— Le soir ? s'inquiéta Lancelot.

— Mais non, le matin. Le président se lève chaque jour à 4 heures, expliqua Tambo Mankhalana. Il prend son petit déjeuner vers 6 h 30. Il le partagera avec vous.

— Parfait. Dites-lui qu'il peut compter sur moi. Je serai à l'heure.

L'homme parut satisfait. Il régla les consommations et partit d'un pas rapide. Lancelot resta assis quelques minutes sans bouger, comme groggy. Il se rendit compte qu'il était le seul Noir dans ce trou à rats pour Blancs. Il demanda un demi, le but d'un trait, puis sortit à l'air libre. Il tenta une nouvelle fois de joindre Libertador. En vain.

Cette nuit-là, le jeune ingénieur des mines la passa sans dormir. Il était revenu dans sa petite maison de Soweto et, malgré le calme de sa chambre d'enfant, le sommeil s'était refusé à lui jusqu'à l'aube. Le silence de Vargas survenait au pire moment. Lancelot serait dans quelques heures face au père de la nation arc-en-ciel, l'homme qui n'avait qu'un mot aux lèvres : réconciliation. Et Lancelot Palacy, le frère d'un héros martyr des événements de 1976, s'amusait à tendre des pièges aux investisseurs blancs, au moment même où le chef de l'État vieillissant appelait à une cohabitation pacifique et fraternelle. Une partie de la nuit, Lancelot essaya d'imaginer ce que son frère aurait pensé de son action. Il se demanda s'il n'était pas temps de renoncer à cet énorme mensonge dont il ne mesurait pas encore bien les conséquences, tout en sachant qu'il produirait un séisme dans l'économie minière. C'est dans cet état d'esprit qu'il regarda le jour se lever par la fenêtre de sa chambre. Il était debout devant l'armoire à glace familiale quand le réveil sonna 5 heures moins le quart.

Les costumes d'Hector Palacy attendaient qu'une main les décroche un jour. Lancelot décida que le moment était venu. Il se saisit du plus sombre et referma, dans un grincement, la porte de l'armoire, enfila le pantalon, passa la veste sur sa chemise, sans en rentrer les pans, puis se découvrit dans la glace. Jamais il n'avait autant remarqué sa ressemblance avec Hector : cette raie au côté droit, nettement prononcée dans ses cheveux ras, sa fine moustache qui ourlait une lèvre supérieure très dessinée. Cette ironie dans le regard. Mais, en baissant les yeux, il s'aperçut avec surprise que le pantalon était trop court d'environ dix centimètres, laissant apparaître ses chaussettes claires et la naissance de ses mollets. Dans une autre circonstance, il aurait souri. Mais il n'avait pas envie de s'amuser. Il dut accepter ce qu'il n'aurait pas été capable d'imaginer : ayant atteint l'âge adulte, il était plus grand que son frère défunt. Si Hector avait vécu, il aurait dû lever la tête et le menton pour pouvoir dévisager Lancelot. Cette révélation le fit chanceler. Lui qui n'était pas l'aîné était le plus grand. Il s'assit lourdement sur son lit et se prit le visage dans les mains.

Lancelot Palacy n'avait jamais aimé Pretoria. Il se demandait encore pourquoi Nelson Mandela n'avait pas transféré la capitale de l'Afrique du Sud lors de son accession au pouvoir. Pretoria, la ville boer, la ville des Blancs. Sans doute Mandela avait-il inauguré ici sa politique de réconciliation, en conservant la cité phare du Transvaal comme cœur politique du pays où coexistaient les deux races si longtemps opposées. Il traversa en auto les longues avenues plantées de jacarandas. À cette heure-ci, elles étaient désertes. Seuls les braseros de quelques marchands ambulants, ayant traversé les velds pendant la nuit, brillaient de part et d'autre de la chaussée. Des femmes noires et métisses cousaient de longues pièces d'étoffe, à même le sol, un verre de thé à portée de main, pendant que les hommes, épuisés par leur marche nocturne, dormaient allongés sur des sacs remplis de blé ou de tissus. L'air sentait le bois brûlé. Lancelot entrouvrit la vitre de sa portière et respira goulûment le petit matin.

À 6 h 25, il se présenta devant les grilles, aux barreaux feuilletés d'or, du palais. Un garde, qui paraissait vingt ans à peine, s'approcha de lui, une lampe de poche à la main. Il plaça le faisceau de lumière dans les yeux de Lancelot. Ce geste rappela au jeune homme les mauvais souvenirs du temps de l'apartheid, quand la police boer terrorisait les nègres à cœur joie. Mais le garde n'insista pas et fit signe à Lancelot d'avancer son véhicule dans la cour d'honneur gravillonnée. Il s'exécuta aussitôt et se retrouva devant un immense perron blanc. Tambo Mankahlana l'attendait. Il lui serra la main d'un geste bref et le poussa à l'intérieur. Assis au fond d'un fauteuil, une tasse de thé à la main, le Président semblait perdu dans une rêverie, écoutant un concerto de Bach que diffusait, en musique de fond, une petite chaîne hi-fi. Lorsqu'il aperçut le jeune homme, il posa sa tasse et se leva prestement.

D'abord, Lancelot vit ce sourire, très large, étincelant, magnifique, le sourire d'un père à son fils. Puis il y eut les yeux. Un regard blessé d'avoir trop longtemps affronté la lumière violente qui ruisselait sur les pierres de Robben Island, quand le prisonnier au matricule 466-64 passait ses journées, sous le soleil, à casser des cailloux. Un regard profondément humain, trempé, malgré l'usure, d'une éternelle jeunesse. Nelson Mandela portait toujours une chemise de soie. Il avait choisi une couleur vert forêt. Sur la table basse, où avait été apporté le petit déjeuner, trônait un immense vase, rempli de roses écarlates venues directement de sa propriété du Transkei. Ici, il n'était jamais que de passage.

— Lancelot, commença le Président, j'étais déjà un vieux prisonnier quand ton frère Hector est tombé sous les balles des policiers blancs. Ce jour-là, j'ai incité tous mes camarades à se mettre en grève. Nous sommes restés à cuire au soleil devant nos tas de cailloux. Ceux qui étaient affectés à la couture des sacs postaux ont aussi cessé le travail. Nous étions bouleversés par ce qui venait d'arriver à la jeunesse de Soweto. Pour nous infantiliser, les gardiens nous avaient distribué des bermudas anglais à la place de nos pantalons de toile. Des jours durant, nous avons refusé de les porter. Nous murmurions tous ensemble le nom d'Hector Palacy, en signe de résistance. Nos voix unies dans l'écho des cellules formaient une sorte de gospel. Au bout de trois jours, on a fini par nous rendre nos pantalons. On les a baptisés « Palacy », ils signifiaient notre victoire — petite victoire, je le concède. Ils signifiaient aussi que nous ne pourrions pas oublier nos morts et que les Blancs étaient comptables des victimes noires.

Lancelot ne disait rien. Profondément ému d'entendre le mythe vivant de l'Afrique évoquer la mémoire de son propre frère, il se tenait raide, n'osant même pas saisir la tasse de café fumant qui lui avait été servie, encore moins croquer dans un biscuit, de peur de paraître impoli. Comme l'aurait fait n'importe qui devant un personnage de l'Histoire, il se contentait d'écouter, les yeux grands ouverts, la voix de son peuple.

— Après les émeutes de 1976, poursuivit Mandela, j'ai demandé à pouvoir m'occuper d'un bout de jardin. D'abord, on me l'a refusé sans raison précise. Puis un beau jour, mon gardien s'est amené avec un râteau et une pelle. Il a ouvert ma cellule sans un mot et m'a conduit près d'un petit carré de terre légère, couverte de caillasse. « Si tu veux cultiver, installe-toi ici », a-t-il fini par lâcher. Le bonhomme ricanait car il s'imaginait que je ne tirerais rien d'un endroit pareil. Je me suis mis aussitôt au travail. Quelques semaines plus tard, mes premiers pieds de tomates sont sortis de terre, puis des oignons. Les récoltes du début ne furent pas fameuses, mais, de saison en saison, ma production s'est améliorée. Pour l'homme privé de liberté que j'étais, suivre jusqu'au bout cette poussée de la nature était d'un réconfort insoupçonné. À mon tour, j'avais l'impression de retremper mes racines dans le sol natal, et ces plantes, pourtant bien fragiles, m'ont redonné une vigueur que je croyais à jamais envolée.

Mandela but une gorgée de thé, puis fixa Lancelot dans les yeux.

— C'est pourquoi je sais que d'une terre considérée comme stérile, on peut extraire les plus beaux fruits.

Le jeune homme saisit à demi l'allusion, mais ne se sentit pas en mesure d'y donner suite. C'est donc le Président qui l'entraîna plus avant.

— Dans mon enfance, il m'est arrivé de rendre visite au roi des Bafokengs. Ce peuple a reçu des blessures indélébiles, après les spoliations dont il fut victime durant les années de plomb, lorsque les consortiums miniers dévoraient tout sur leur passage et contournaient sans vergogne le droit ancestral à la propriété du sous-sol. Les grandes plaines du territoire bafokeng connurent ainsi le même sort que les vallées alluvionnaires du Transkei, pleines d'or et de diamant. Elles furent réquisitionnées par la force, leurs habitants repoussés dans les montagnes incultes, sur les parois desséchées du Magaliesberg.

Devant l'air étonné de Lancelot, le Président précisa :

— J'étais en prison mais, depuis 1967, on m'avait accordé le droit de recevoir le *Sunday Independent* de Johannesburg. Cette histoire y fut narrée en long et en large. C'est pourquoi je sais ce qu'il en est précisément de ces massifs montagneux. Ils ne renferment pas plus de platine que le Big Hole de Kimberley n'a conservé la moindre gemme.

Lancelot n'osa pas protester. La veille, il s'était mille fois imaginé la scène qui se jouait à présent. Il s'était dit : je mentirai, je lui démontrerai à lui aussi qu'il existe bien des réserves considérables de métal. Bien sûr, la perspective de mentir à Madiba [1] le contrariait, l'effrayait même. Que pouvait-il dire pour ne pas alimenter encore la rumeur sur ce gisement décidément très discuté ? La donne était brusquement changée. Mandela ne lui posait aucune question. C'était pire : il lui affirmait tranquillement qu'aucune trace de platine n'avait pu affleurer dans le territoire bafokeng, limité à une crête osseuse de montagnes.

— Mes amis de l'ANC m'ont prévenu des difficultés à pénétrer sur le site minier, précisa Mandela.

1. « Père », en langue xhosa.

Trevor Jones s'était, lui aussi, inquiété de cette affaire auprès du Président, craignant que les investisseurs noirs, tentés par cette nouvelle sirène, ne se retrouvent impliqués très vite dans un retentissant scandale, doublé d'une cuisante faillite. Les experts miniers de l'ANC avaient planché jour et nuit sur les plans copiés dans les fichiers de l'Anglo-American. Ils avaient constaté qu'aucun affleurement significatif n'avait jamais été signalé dans la Magaliesberg. Restait une zone, vierge de toute recherche, considérée comme un sanctuaire. Mais il paraissait saugrenu d'imaginer qu'une génération spontanée de platine avait surgi en cet endroit précis. Les Blancs voulaient le croire. Les hommes d'affaires noirs, plus prudents car moins fortunés, ne voulaient pas payer pour voir. Ils entendaient d'abord se rendre compte, quitte à s'engager massivement après. La garantie de bonne fin des investissements leur manquait. Ils avaient chargé Mandela de jouer les arbitres. Celui-ci s'acquittait parfaitement de son rôle, en rappelant à Lancelot sa parabole du jardin stérile.

Le jeune homme était abasourdi. Intérieurement, il en voulut à Libertador de l'avoir laissé désarmé devant cette hypothèse imprévue. Pouvait-il deviner que le président sud-africain en personne se mêlerait de cette affaire de platine, il est vrai terriblement stratégique depuis le boom mondial du pot catalytique dans l'industrie automobile convertie à la propreté ? Comme il demeurait muet, Mandela se leva et marcha lentement à travers l'immense salon, ne perdant pas de vue son bouquet de roses au rouge violent.

— Lancelot, continua Mandela, la vengeance est un plat qui ne se mange pas, même froid. Je sais, aussi bien que toi, quelle est la réalité de notre pays. Malgré les changements profonds intervenus depuis ma libération, les Noirs restent méprisés. C'est un sentiment aussi profondément enraciné que les filons d'or du Transvaal, et je vivrais le double de mon âge que je n'y pourrais rien changer.

Lancelot sortit enfin de sa torpeur.

— Madiba, fit-il, confondu de respect, c'est une bonne raison pour donner une leçon à ces hommes qui continuent de nous considérer comme leurs esclaves. Je peux accepter qu'il existe des Sud-Africains blancs dont le sol natal est le même que le nôtre. Il ne s'agit plus de Hollandais ni de Britanniques, mais de nos compatriotes. Pour autant, notre écrasante majorité numérique ne se traduit par aucune reconnaissance réelle dans le tissu économique.

— Tu oublies tes frères impliqués dans les banques nouvelles, dans les sociétés d'assurances, de courtage, dans l'immobilier et le tourisme, lui opposa Mandela.

— Avec votre respect, monsieur le président, ce sont des nègres blancs. J'ai bien connu Trevor Jones et sa clique avant mon exil doré à Boston. On m'a éloigné car j'étais resté viscéralement un militant antiapartheid. Vous sembliez préférer des Noirs plus policés, capables de se fondre dans le monde feutré des affaires. Trevor Jones est un nègre blanc, noir de peau mais blanc dans sa tête, un Anglais de couleur. Tant pis s'il croit au mirage de la Bafokeng Mining. Le monde qui sortira de ce chaos sera meilleur. Il faut savoir consentir des sacrifices pour y parvenir.

Tambo Mankahlana entra dans la pièce et s'approcha discrètement de Mandela pour lui glisser quelques mots à l'oreille. Le Président consulta sa montre ; cela faisait près d'une heure qu'ils étaient ensemble. Déjà un autre rendez-vous était annoncé.

— Qu'ils patientent un moment, fit le Président en regardant s'éloigner son collaborateur.

Lancelot s'apprêtait à prendre congé. Mandela le pria de se rasseoir.

— Ces rappels à l'ordre de l'emploi du temps, cela me rappelle ma captivité. Au parloir, Winnie s'asseyait. On commençait à parler. Tout à coup, une voix criait dans mon dos : « *Time up! Time up!* » L'impression d'être sans cesse rattrapé... Lancelot, écoute-moi bien. Dans quelques mois, je ne serai plus là pour garantir la paix de notre grand pays. La presse internationale est remplie de sombres augures sur l'évolution de l'Afrique du Sud après mon départ. Pas une semaine ne passe sans que je découvre un éditorial catastrophiste sur l'après-Mandela. J'ai lu des statistiques incroyables, je me demande bien qui les établit. Il paraît qu'à Jo'burg, on assassine toutes les demi-heures, on viole ou on braque à main armée toutes les trois minutes. Certains agitent la menace zouloue, d'autres trahissent, à mots à peine couverts, leur désir de voir les Blancs reprendre le pouvoir en remettant les Noirs « à leur place ». Qu'arrivera-t-il quand on apprendra que cette mine de platine est une supercherie ?

— Madiba, répondit Lancelot soudain renforcé dans sa détermination, avez-vous confiance en moi ?

— Si tel n'était pas le cas, nous ne serions pas ici ensemble à parler aussi librement.

— Je peux vous dire que ma stratégie appartient à un plan beaucoup plus vaste de retour aux vraies valeurs de l'humanité, une sorte de purge économique destinée à remettre la planète financière à sa place, c'est-à-dire à nos pieds et non au-dessus de nos têtes.

— Une révolution ? fit le chef de l'État avec intérêt.

— Les mots sont usés, monsieur le président. Il serait prétentieux de vouloir créer un nouveau monde, c'est pourtant ce qui va arriver. Je suis loin, pourtant, de me prendre pour un messie.

Mandela joignit ses deux mains à plat sur la table basse et ferma les yeux. Le jeune homme osa scruter son visage aux traits fins et réguliers, si peu marqué par le temps. Il comprit pourquoi cet octogénaire recevait chaque jour du monde entier, en particulier des États-Unis, un véritable courrier du cœur. Ne l'avait-on pas classé outre-Atlantique « l'homme le plus sexy de l'année » ?

Quelques minutes passèrent, qui semblèrent une éternité. Lorsque Mandela rouvrit les yeux, il les dirigea droit sur Lancelot.

— Ce que tu m'as dit est la preuve de ta loyauté. Je

ne le répéterai pas et je ne ferai rien qui puisse s'opposer à ton dessein. Je te demande seulement une chose.

— Je vous écoute, Madiba, répondit Lancelot, soulagé.

— Promets-moi de rencontrer, dès demain, Trevor Jones et de lui dire la vérité.

— J'imagine qu'il la connaît déjà, souffla le jeune homme, pour qui cette perspective menaçait la suite de son opération.

— Sans doute, mais la vérité n'existe que si elle vient de la bouche qui a menti...

Lancelot hocha la tête. En se levant, il serra la main du vieil homme.

— Je l'appellerai dès ce matin.

— Tu as raison, fils. N'entraîne pas tes frères dans cette aventure. Nous avons assez payé. Et ne juge pas trop durement Trevor et ses amis. Ils ont été tellement humiliés par l'argent. Ils croient que le posséder les rendra plus dignes.

— Comme ils se trompent...

Mandela le regarda avec insistance.

— Ils n'ont pas ta maturité. Tu es si jeune, pourtant. Tu es bien le frère d'Hector. Je reconnais cette intransigeance, ce désintéressement. File, je suis en retard.

Comme Lancelot allait franchir le seuil du palais, Mandela l'appela une dernière fois.

— Dis-moi si je serai encore président quand tu lanceras ta bombe.

Le jeune homme réfléchit.

— Avez-vous toujours l'intention de vous retirer en juillet prochain ?

— Ma décision est irrévocable. Ce sera à Tabho de jouer. Moi, j'irai voir mes fleurs pousser. De mon jardin, à la jumelle, je pourrai même apercevoir Robben Island.

— Dans ce cas, conclut Lancelot Palacy, vous n'aurez pas à intervenir officiellement. Le coup partira, comme un feu d'artifice, pour fêter le nouveau siècle.

— Espérons que ton orage apportera de la lumière.

Ils se quittèrent sur ces paroles. Dès qu'il fut dans sa voiture, Lancelot composa, sur son portable, le numéro privé de Trevor Jones. Il ne lui avait plus parlé depuis presque six ans.

45

La barque à fond plat, équipée d'un moteur silencieux, fendait doucement les vagues tranquilles de la Caspienne, cap au sud. À bord, trois hommes regardaient s'éloigner les dernières lumières de Bakou. Ils seraient à pied d'œuvre dans moins de deux heures si aucun vent contraire ne se levait. Tony Absheron vérifia le cadran de sa montre de plongée. À tout juste minuit, l'obscurité était totale. De gros nuages cachaient la lune — temps idéal pour une mission de repérage.

Depuis la subite remontée des cours du baril à la veille de l'été, les esprits s'étaient de nouveau échauffés dans la Caspienne. Plusieurs compagnies européennes et américaines, entre deux mégafusions destinées à créer des synergies géographiques et opérationnelles, avaient loué à prix d'or les vieux hôtels décrépits de la capitale azeri, entamant de coûteuses restaurations qu'elles espéraient amortir quand le pétrole, comme elles le croyaient maintenant, coulerait à flots. La semaine précédente, le 31 août 1999, le président du petit État de la Caspienne, Aygun Heidar, et le patron de la Dolphin Oil, Natig Aliev, étaient apparus en public sur la grand-place des ouvriers du pétrole afin d'annoncer officiellement la bonne nouvelle : le bloc N 319 concédé à la firme américaine venait d'extraire les cent mille premiers barils de brut des profondeurs de la Caspienne. Pour l'occasion, le président Heidar avait accompli le geste symbolique attendu par tous les Bakinais présents ainsi que par les compagnies étrangères fraîchement installées : il avait trempé sa main dans un récipient de pétrole nouveau et l'avait étalée sur sa joue dans une douce et prometteuse caresse. Les vivats de la foule avaient accueilli ce geste qui signifiait la résurrection de Bakou. Nul ne voulait voir les menaces qui compromettaient l'évacuation de ce pétrole miraculeux vers l'Europe. La route du Nord semblait en effet périlleuse depuis l'éclatement soudain de la guerre au Daghestan. En proclamant une « république islamique », le « pays des montagnes » venait de porter un coup sévère à l'oléoduc qui reliait Bakou à la Russie par Grozny. Or ce n'était un secret pour personne que la voie ouest, par Tbilissi, jusqu'au port de Soupsa en mer Noire, était presque hors d'usage en raison des dérivations sauvages du pipe effectuées sur tout le territoire géorgien. Restait l'hypothèse toujours reprise de l'oléoduc orienté vers la Turquie. Mais le terrible tremblement de terre qui venait de secouer le pays requérait toutes les énergies : il fallait d'abord sauver des vies et reconstruire les milliers de logements effondrés. Le pétrole de la Caspienne attendrait.

En dépit de ces obstacles majeurs, les Azeris ne cachaient pas leur joie devant les prouesses techniques de la Dolphin Oil. Avec de vieilles plates-formes qu'on croyait promises à la rouille éternelle dans le cimetière à bateaux de Bakou, la firme de Natig Aliev avait fait jaillir de l'or noir. Soucieux de garantir la bonne marche des installations, le président Heydar avait accepté de renforcer la surveillance du site avec trois navires de guerre supplémentaires tournant jour et nuit dans un rayon de cinq milles autour de la plate-forme. Interdiction absolue avait été faite aux hélicoptères privés de survoler le bloc de la Dolphin Oil : on ne pouvait pas courir le risque qu'un appareil s'écrase sur cette bombe flottante qui pompait désormais sans arrêt au fond de la mer, puis pulsait le brut jusqu'au terminal de Bakou par un lacis de pipes sous-marins.

Malgré son insistance à rencontrer le Président, Tony Absheron n'avait pas reçu de réponse précise. On ne lui disait jamais « non », mais quand il voulait obtenir une date, le secrétariat restait évasif et arguait de l'emploi du temps très chargé d'Aygun Heidar pour ne pas fixer de rendez-vous dans l'immédiat. À Londres, les dirigeants de l'Oil & Gas Limited commençaient à s'impatienter et bombardaient leur collaborateur de télex pressants pour obtenir au plus vite les meilleurs emplacements encore disponibles dans la Caspienne.

Mais le jeune ingénieur demeurait perplexe. Le jaillissement subit de pétrole l'avait laissé pantois. Avec le renchérissement des prix du baril, l'affaire devenait très rentable. Natig Aliev avait annoncé des coûts d'extraction inférieurs à dix dollars pendant que les cotations sur le marché *spot* de Rotterdam étaient remontées à plus de quinze dollars le baril. Le jour de la cérémonie officielle, observant le président Heidar se tartiner la joue droite de pétrole, Tony Absheron avait décidé d'en avoir le cœur net. Dès le lendemain, à l'aube, il s'était rendu sur une carcasse de plate-forme russe des environs de Bakou. Là, il avait recruté deux anciens manœuvres qui vivaient sur place, au-delà du dénuement. Ces hommes durs au mal connaissaient parfaitement la Caspienne. Ils y avaient accompli des exploits physiques hiver comme été, déplaçant des barges énormes, enroulant et déroulant des filins d'acier larges comme les cuisses d'un sumo, cassant la glace à coups de masse quand les installations d'acier menaçaient d'être bloquées à mi-chemin entre les têtes de puits et la côte. L'effondrement de l'Empire soviétique les avait laissés là en cale sèche, loin de leur sol natal. Tony Absheron avait entendu parler de ces pauvres bougres qui ne parlaient pas un mot d'azeri et concentraient sur leurs personnes la haine des autochtones pour l'ancienne puissance d'occupation. Oubliés par Moscou, ils avaient fini par se terrer dans leurs citadelles rouillées ouvertes à tous les vents, chapardant ici et là de quoi se nourrir, tendant des fils de pêche pour attraper quelques poissons et s'enivrant de petits vins de soif que leur apportaient quelques voisines compréhensives, en échange de menus travaux de jardinage et de maçonnerie.

C'étaient ces déclassés que Tony Absheron était allé trouver à l'aube. Le marché avait été vite conclu. Contre mille dollars chacun — largement de quoi rentrer dans leur pays après huit ans d'exil —, il leur avait demandé de l'accompagner sur le bloc de la Dolphin Oil. Les deux Russes n'avaient pas hésité une seconde. Ils avaient chaudement remercié le Britannique. Absheron s'était chargé de se procurer la barque à fond plat, indétectable par les radars installés sur les navires mouchards surveillant le bloc N 319. Les Russes avaient potassé la carte marine afin de repérer les meilleurs courants et de naviguer jusqu'à la lisière de la zone interdite. Ensuite, il leur resterait à plonger avec des torches à lumière halogène et des masques à vitrage infrarouge pour se rendre compte de la réalité des installations immergées.

La barque poursuivait sa progression dans la nuit. Le ciel sombre fournissait une couverture parfaite à l'embarcation qui tenait son cap au sud. Soudain, au sortir d'un creux de vague plus prononcé, l'obscurité parut s'épaissir davantage. L'un des Russes coupa le moteur, l'autre attrapa Tony Absheron à l'épaule. Les deux hommes avaient souvent loué leurs bras à des compagnies américaines. Ils parlaient un anglais basique avec un accent à couper au couteau, mais compréhensible pour qui avait bourlingué par le monde comme le jeune ingénieur.

— Le navire militaire à cent mètres devant. Il faut s'allonger dans la barque pour plus de sécurité. Mon copain jette l'ancre.

Absheron acquiesça de la tête. Il s'allongea sur le dos et termina de passer sa combinaison de plongée. Il n'était pas encore 2 heures du matin. Par un ami officier, il avait su qu'à cette heure-là, la surveillance à bord des bâtiments de guerre était plutôt relâchée.

Les hommes de quart avaient entamé d'interminables parties de cartes et n'étaient pas à leur premier verre de vodka. La plupart étaient endormis ou assommés. Seuls les trois perdants de la veille, désignés d'office pour assurer la veille, risquaient parfois un œil morne dans l'infinité noire de la Caspienne, restant rarement plus d'une minute à observer les alentours de la plate-forme tant le vent, même en plein été, soufflait froid.

Quand Absheron et ses acolytes furent fin prêts, ils s'aidèrent mutuellement à charger les bouteilles d'oxygène. Le Britannique, comme la plupart des ingénieurs des pétroles ayant travaillé offshore, avait suivi une difficile formation de plongée dans les eaux peu avenantes de la mer du Nord. On lui avait même fait subir l'épreuve du caisson sous gaz neutre plongé par cent mètres de fond afin d'éradiquer chez lui les tendances claustrophobes. Il s'en était plutôt bien tiré, au point de plonger pour son plaisir partout où il avait été envoyé en mission. Il gardait le souvenir émerveillé des fonds du golfe de Guinée avec ses poissons multicolores et ses éléphants de mer. Une fois, il avait exploré la Caspienne sousmarine, dans le bassin de la Volga, où il s'était trouvé nez à nez avec un banc d'esturgeons.

Mais cette fois-ci, il n'était pas question de safari aquatique. Avant de se renverser sur le dos, Tony Absheron vérifia que son téléobjectif était bien vissé à l'appareil photo. Il s'assura aussi de l'étanchéité du viseur. Il ne savait pas jusqu'à quel point il pourrait approcher du lieu d'impact pour « tirer » ses clichés.

La nuit était encore plus noire sous la mer qu'audessus. Les trois hommes nagèrent en file indienne, le Britannique entre les deux Russes. En portant son regard en profondeur, Tony Absheron distingua des formes ovales immobiles, sans pouvoir mettre un nom sur ces poissons que le faisceau de sa torche réveillait brusquement. Au bout de dix minutes, un cognement sourd et régulier envahit ses oreilles. Il fut pris d'un bref accès d'inquiétude.

« Et si tout cela était vrai ? pensa-t-il. S'ils forent

vraiment avec ce matériel hors d'usage ? Je suis bon pour un recyclage accéléré... »

Lorsqu'ils furent à quelques mètres de la jupe de la plate-forme, les cognements s'intensifièrent. Mais à leur grande surprise, ils ne virent aucun trépan, même très fin, sortir de la chape d'acier. Le dessous de l'installation était lisse comme la main, exception faite du pied de métal qui maintenait le chapeau de l'installation à la manière d'un champignon. Absheron indiqua aux deux Russes qu'il voulait remonter à la surface pour comprendre d'où venait ce bruit de forge qui imitait à merveille les trépidations d'un puits de forage. L'un des deux hommes le retint et lui fit signe de le suivre. Ils nagèrent encore près de deux cents mètres et rejoignirent l'autre extrémité de la plate-forme. Là, ses compagnons lui indiquèrent qu'il pouvait se laisser remonter.

Quand il mit la tête hors de l'eau, il comprit pourquoi les Russes l'avaient éloigné du point où il comptait d'abord risquer un œil : le puits était constellé de projecteurs braqués sur la mer. Mais depuis deux jours, trois d'entre eux avaient grillé. Les Russes s'en étaient aperçus quand ils avaient jeté l'ancre de la barque. Dans cet angle mort, il était possible d'observer la plate-forme sans que le caoutchouc mouillé des combinaisons se mette à briller dans la lueur blanche et brutale des soleils artificiels.

Dans ses jeunes années, Tony Absheron avait assisté à de nombreux concerts de rock. Il avait vu l'un des derniers shows des Beatles à Liverpool, avait applaudi à tout rompre les Stones chaque fois qu'ils se produisaient au Crystal Palace ou sur la pelouse de Wembley. C'était un fou d'acoustique et il possédait des enregistrements très variés des mêmes morceaux, qu'il était capable de reconnaître avec une assurance qui confondait ses amis. C'est pourquoi il fut absolument médusé lorsque, scrutant avec son appareillage à infrarouge la surface de la plate-forme, il aperçut quatre énormes baffles envoyant dans la Caspienne les décibels enregistrés d'un véritable trépan. Lui qui avait assisté à bien des récitals n'avait encore jamais entendu de concert dont l'unique instrument était une tige de forage virtuelle. Son étonnement était si grand qu'il n'eut pas aussitôt le réflexe de photographier. Sans le geste d'un des deux Russes lui demandant de « shooter » avec son téléobjectif, peut-être même aurait-il oublié, tant il demeurait interdit devant tant d'ingéniosité.

— Quelle folie! murmura-t-il pour lui-même.

Il prit plusieurs clichés des masses noires « jouant » la fausse partition du pétrole, puis replongea sous la plate-forme pour s'assurer une nouvelle fois qu'aucun trépan ne transperçait les fonds marins. Alors il fit signe à ses compagnons qu'ils pouvaient revenir à la barque. Il avait ce qu'il voulait.

« Mais vraiment, ne cessait-il de penser, quel culot! »

De retour à Bakou, il demanda aux Russes de patienter encore quelque temps avant de regagner leur pays. Il leur versa la moitié de la somme promise en échange de leur silence sur ce qu'ils avaient vu. Il leur donnerait les cinq cents dollars restants une fois que le scandale aurait éclaté au grand jour. En attendant, il devait réfléchir à la stratégie à suivre, aviser sa compagnie et tenter une nouvelle fois d'obtenir un entretien avec le Président. Mais, d'abord, il lui fallait développer au plus vite ses pellicules. Il songeait que faute de pouvoir ébranler le chef de l'État et ses supérieurs, il pourrait intéresser quelques journaux à son étrange découverte. Quand il rentra dans sa chambre de l'hôtel des Fontaines, il prit une douche brûlante et s'allongea sans même remarquer le message que lui avait fait transmettre Minaï. De toute manière, il était beaucoup trop fourbu ce soir-là et avait la tête ailleurs.

46

Depuis plusieurs jours, Diego Vargas ne donnait plus signe de vie à personne. Comme il ne répondait plus à ses messages, Premilla Stoltz s'était attelée à déjouer le plan de Libertador sur le yuan. En consultant les statistiques d'évolution de la monnaie chinoise au cours des six derniers mois, elle avait bien noté des mouvements réguliers à l'achat en provenance de plusieurs places européennes, de Londres en premier lieu, mais aussi de New York et de Chicago. Comme elle l'avait prévu, le ministre des Finances Wang Pu avait annoncé la libre convertibilité totale du yuan, ce qui avait provoqué un afflux d'ordres des investisseurs soucieux de diversifier leurs portefeuilles et de courir quelques risques exotiques en jouant chinois. Mais si Libertador était derrière ce mouvement, encore contenu, qui se soldait début août à une hausse de près de 25 pour cent, que ferait-il ensuite de tous ces yuan ? Était-il en train d'installer cette nouvelle monnaie à la tête du système monétaire mondial en l'appuyant dans son bras de fer face au dollar ? Voulait-il déstabiliser la riche Europe, encore tout ébaubie devant sa monnaie unique et ne comprenant pas bien comment elle avait pu déjà perdre tant de valeur sur les marchés ? Prudemment, La Vierge-de-Platine décida d'orienter une partie de sa clientèle aisée sur des placements en yuan, en assortissant les achats fermes d'options de vente si les prix dégringolaient soudain de plus de 5 pour cent. C'était pour elle une manière de se prémunir contre un coup de torchon sur des marchés encore mal connus et volatils. Elle aurait bien joué la hausse les yeux fermés, mais il lui manquait un chaînon du raisonnement que seul devait détenir Libertador.

Et Libertador demeurait insaisissable.

Comme la plupart des Européens situés à proximité de la bande de totalité de l'éclipse solaire, Premilla Stoltz avait fait l'acquisition de lunettes protectrices dans la perspective de l'événement du 11 août 1999. Ce matin-là, le ciel était dégagé sur Zurich, et il régnait sur Paradeplatz l'ambiance primesautière et joyeuse des jours de carnaval, seuls jours où les adultes ont le droit de se déguiser et de sortir masqués dans les rues. Debout très tôt, Premilla essaya plusieurs fois ses binocles noirs, d'abord de son balcon au-dessus du premier U de Julius, puis dehors, sur la Bahnhofstrasse, et même au bureau, devant son écran. Elle plaisanta avec ses collègues du *front desk*, leur suggérant d'accomplir désormais leurs transactions avec ces lunettes au travers desquelles on ne voyait strictement rien.

— Peut-être nos résultats seraient-ils meilleurs, avait plaisanté un spécialiste des options.

— Qui sait ? avait répondu la jeune femme sur un ton de défi.

À 12 h 10, elle rejoignit les millions de gens qui levèrent le nez au ciel pour contempler la brève étreinte de la lune et du soleil. Pour mieux apprécier la rareté du moment, les bureaux avaient éteint leurs lumières pendant les deux minutes de l'éclipse, faisant régner un simulacre de nuit dans les salles de marché où les écrans avaient momentanément été placés en veille. Au même instant, à la City, un jeune courtier de vingt-trois ans guettait le signal céleste. Isidore Sachs ne manqua pas sa cible. À 11 h 10 précises, heure de la Grande-Bretagne, il transféra pas moins de cent milliards de dollars sur les huit places d'Asie où l'on cotait le yuan. Ce mouvement massif de capitaux passa inaperçu sur la plupart des marchés, en particulier à Singapour, à Taipei, à Hong-Kong et à Tokyo. Bangkok réagit de façon plus visible, mais les cambistes mirent la légère flambée du yuan sur le compte de la détente entre Pékin et les autorités thaïlandaises. C'est en Malaisie que la variation du yuan fut le plus spectaculaire. Mais depuis la spéculation sauvage de George Soros sur le ringgitt malais, les autorités malaises avaient fermé leurs transactions à la place de Zurich d'où le businessman d'origine hongroise avait lancé son raid contre leur devise. C'est pourquoi, malgré la réconciliation intervenue depuis entre les deux parties, Zurich restait une place boycottée et ne recevait que par bribes les données de la cotation de Malaisie, au point que la plupart des gestionnaires de fonds s'en étaient désintéressés, préférant intervenir dans des conditions de parfaite transparence à Hong-Kong ou Tokyo. Pour amortir l'effet de son opération sans précédent, Isidore Sachs avait eu soin de répartir ses prises de position sur toutes les échéances à terme, s'engageant sur des contrats d'achats de cinq cent mille yuan à trois mois, six mois et neuf mois, sur une échelle allant jusqu'à la livraison et le débouclage desdits contrats à dix-huit mois. Le yuan avait ainsi grimpé de façon bien plus modérée que si le jeune homme avait jeté son dévolu sur une seule échéance et une seule place. En multipliant les entrées, il s'était comporté en parieur avisé, ne plaçant pas tous ses œufs dans le même panier. L'important était pour lui d'acheter toujours la même monnaie, le yuan, désormais accessible partout. Simultanément, Hugues de Janvry avait passé des ordres de vente sur le yuan pour des montants équivalents, posant, comme disaient les connaisseurs, un « couvercle » sur la hausse.

L'après-midi du 11 août, Premilla Stoltz fut prise de violents maux de tête. Les cachets d'aspirine ne lui faisant aucun effet, elle quitta très tôt son travail pour se rendre chez son médecin dans le quartier de Löwenstrasse où elle tomba, comme toujours, en arrêt devant les énormes tablettes de chocolat du confiseur Migros. Le praticien examina ses yeux et l'informa qu'elle s'était très légèrement brûlé la rétine en regardant l'éclipse. Elle sortit de son sac les lunettes qu'elle avait utilisées, faisant part de son étonnement. Le médecin s'aperçut qu'il s'agissait de contrefaçons *made in China* et lui prescrivit un bain d'yeux.

— Preuve que ces Chinetoques ne sont pas dignes de confiance. Allez, dans trois jours ce sera oublié, mais reposez-vous et surtout pas d'écran.

La Vierge-de-Platine accueillit le diagnostic avec rage, mais fit contre mauvaise fortune bon cœur. Quand elle reparut dans la salle des cambistes après trois journées de soins et d'obscurité, ce fut pour découvrir que les cotations du yuan avaient été suspendues six heures durant sur toutes les places asiatiques, à la suite d'une poussée de fièvre. Aucune explication rationnelle n'expliquait cette hausse soudaine. Les analystes de Wall Street avaient seulement noté que dans les séances précédentes, la Bourse américaine avait perdu près de 5 pour cent. Mais le phénomène était passé quasiment inaperçu car les cours avaient très vite retrouvé leur niveau antérieur, puis l'avaient même dépassé. Ce hoquet de Wall Street avait été interprété comme des prises de bénéfices des fonds de pension et des réajustements de portefeuille à l'approche de la nouvelle campagne présidentielle américaine. Isidore Sachs, lui, savait que Neil Damon avait tenu parole : l'essentiel des sommes épargnées par le fonds Eternity avaient été mis à sa disposition avec l'ordre d'acheter « au mieux » toutes les autres valeurs tenues pour *booming*. Sachs n'avait pas eu besoin d'obtenir la moindre confirmation de Libertador, qu'il ne pouvait joindre, de toute façon. Il savait ce qu'il devait faire et comment.

Lorsque Premilla Stoltz comprit qu'un coup était parti sans elle, son premier réflexe fut de s'envoler pour Boston afin de reconquérir Diego Vargas et de lui faire cracher le morceau d'information qu'il tenait encore entre ses mâchoires serrées. Mais elle eut une meilleure idée. Elle songea qu'Isidore Sachs était forcément le bras armé de cette révolution monétaire. En formant son numéro, elle se dit qu'elle n'avait encore jamais fait succomber un gamin de vingt-trois ans. Elle était prête à lui jouer le grand jeu pour obtenir ses aveux. Elle avait remarqué que, lors de leur première entrevue, quelques mois auparavant, il avait souvent laissé traîner son regard pétillant sur ses seins qu'elle avait volontairement mis en valeur dans un soutien-gorge Wonderbra. Elle n'avait pas lésiné sur les croisements et décroisements de jambes, et lorsqu'elle avait laissé tomber son briquet à ses pieds, le jeune homme s'était précipité pour le ramasser, ne se redressant qu'après avoir pu détailler la perfection de ses jambes nues, la chair frissonnante de ses cuisses qui semblaient se prolonger à l'infini sous une jupe de daim négligemment ouverte.

Un homme décrocha. Ce n'était pas la voix d'Isidore Sachs. Premilla demanda à lui parler. Il y eut un silence au bout du fil. La voix revint et demanda s'il s'agissait d'un appel personnel.

— Professionnel et personnel, répondit La Vierge-de-Platine qui commençait à s'impatienter.

— Dans ce cas, attendez une minute, je vous passe le boss du trading.

Deux minutes s'écoulèrent, puis une autre voix grésilla dans l'appareil.

— Sachs n'est plus à Londres. Il a pris un poste en Asie. Excusez-moi, un appel sur une autre ligne.

Premilla raccrocha en jurant par tous les diables.

47

Trevor Jones se rendit au volant de sa BMW au rendez-vous que lui avait donné Lancelot Palacy. Volontairement, Lancelot avait insisté pour que l'ancien chef des mineurs, devenu P-DG du plus grand trust sud-africain noir, vienne dans sa maison de Soweto. Pour rien au monde il n'aurait voulu rencontrer Trevor dans son building étincelant de la banlieue nord de Jo'burg. Si l'homme fort du Black Power se targuait de se passer de chauffeur et de conduire lui-même sa luxueuse voiture, s'il s'affichait volontiers dans la presse avec le *Sowetan* grand ouvert sur son bureau, il portait des costumes Cerruti et des chaussures de chez Ferragamo, aussi voyantes que les bottines Berluti du président du Conseil constitutionnel français. Trevor Jones, il est vrai, avait présidé l'Assemblée constituante d'Afrique du Sud au printemps 1994, veillant à la rédaction d'un nouveau texte suprême pour l'après-apartheid. À la tête de son groupe NAIL — New Africa Investments Ltd —, il contrôlait de multiples intérêts tant dans la banque que dans l'immobilier, la presse et l'alimentation, l'or, les boissons gazeuses et l'hôtellerie, et possédait une capitalisation boursière dépassant les dix milliards de rands.

Lorsque Lancelot vit sa silhouette massive s'encadrer dans la porte de sa petite maison, il se dit que les temps avaient bien changé depuis la détention de Trevor Jones à la prison John-Vorster. Sa grève de la faim l'avait tant affaibli qu'il était ressorti maigre comme un fakir, une barbe fournie allongeant encore son visage christique. L'homme qui venait de tirer la sonnette n'avait que quarante-quatre ans, mais il en paraissait cinq ou six de plus, avec sa bedaine dépassant d'un gilet à boutons de nacre et son souffle saccadé après à peine trente mètres de marche. À l'époque où Lancelot avait quitté l'Afrique du Sud, il s'était effacé devant Trevor Jones parce que celui-ci était son aîné et que ses combats à la tête du syndicat des mineurs contre les patrons de l'Anglo-American lui avaient conféré une légitimité à part au sein du mouvement de Mandela. C'est sur un téléviseur du campus de Boston que le jeune ingénieur avait suivi en direct la libération historique du père de la nation. Sur les images, il avait rapidement reconnu la silhouette alors élancée de Trevor, ses cheveux mal disciplinés et ce sourire de fer qui avait fait plier bien des patrons blancs au terme d'harassantes négociations sur le salaire des ouvriers, leurs conditions de repos ou les cadences inhumaines au fond des mines où régnait l'ordre martial des contremaîtres. À ce moment-là, Lancelot avait ressenti un pincement au cœur de n'être pas aux côtés de Madiba. Mais il s'était fait une raison car il admirait Trevor et se souvenait de tout le bien qu'en disait jadis son frère Hector. Lancelot lui voyait un destin national, le jour où Mandela passerait la main. L'heure avait sonné et l'homme qui s'installait maintenant, silencieux, dans un fauteuil, le regard méfiant et l'œil sur sa montre, était ce même Trevor, obsédé par l'idée qu'il pourrait voir sa fortune s'effondrer au cas où cette affaire de mine de platine serait pure imagination. Création d'un esprit pervers, évidemment. Il n'y eut pas de préalable, de ces mots de retrouvailles qu'on échange avant d'entrer dans le vif du sujet.

— J'attends tes explications, fit tout de go Trevor Jones, le visage fermé.

— Cette affaire-là n'est pas ton affaire, commença Lancelot d'un ton abrupt.

— Tu te trompes. Elle me concerne comme elle concerne tous les investisseurs susceptibles de mettre un milliard de dollars sur la table.

— Tant que ça ? persifla Lancelot. On ne m'a pas menti. Le business va bien, ou plutôt, il te va bien.

— Et alors ? se défendit Trevor Jones. J'ai toujours recours à des cabinets extérieurs noirs, ou disons mixtes, car les compétences des nôtres en matière de finance ne sont pas tout à fait à la hauteur. Je pratique la discrimination positive en faveur de nos frères...

— Parfait, coupa Lancelot. Je ne te demande pas de comptes, j'ai horreur qu'on se justifie devant moi. Maintenant écoute : si j'ai accepté de te voir, c'est parce que Madiba me l'a expressément demandé. Tu veux savoir si le gisement de la Bafokeng Mining existe ? La réponse est non. Tu t'inquiètes des sommes qu'il y a à gagner dans l'opération ? Il n'y a que de l'argent à perdre. Si le Président n'avait pas insisté, j'aurais laissé mon piège se refermer sur les gens de ton acabit sans plus de scrupule que vis-à-vis des Blancs qui tomberont dans mes filets. Si ton groupe et ceux que tu protèges dans ton système féodal de financiers black possèdent des blocs d'actions de la Dolphin Oil, je ne donne pas cher de votre fortune, à moins que vous ne les liquidiez avant la fin de l'année. La marge de progression est maintenant assez faible.

— Tu me conseilles donc de...

— Je n'ai pas fini. Mon conseil est mieux qu'une garantie or. Il est marqué du sceau de la confiance que me porte personnellement Nelson Mandela. Tu sais comme moi que le règne de son successeur Thabo Mbeki sera une transition avant l'installation au pouvoir de ta génération, ou peut-être de la mienne, qui sait. Si tu veux préserver tes chances de postuler demain à la fonction suprême, je te recommande le silence. À tes amis blancs qui solliciteront ton avis, réponds que tu n'es pas un expert du platine et garde le secret sur tes propres positions. En échange de ma loyauté à ton égard, Mandela lui aussi m'a donné une garantie or. Que tu t'amuses à vendre la mèche, et tu pourras faire ton deuil du moindre poste électif jusqu'à la fin de tes jours.

— Chantage ? s'écria Trevor Jones en sursautant.

— Aucun chantage. Dissuasion. Si tu me tues, je te tue. Plutôt loyal, non ?

— Mais j'appartiens au comité directeur de la Bourse de Jo'burg ! rappela l'ancien syndicaliste. Je suis tenu par les statuts de signaler toute anomalie sur les entreprises cotées.

— Rien ne t'empêchera de respecter ton engagement, répliqua Lancelot. Mais je te demande de patienter jusqu'aux derniers jours de l'année. Tu n'entreras pas dans le XXIe siècle avec cette arête dans la gorge, sois tranquille.

— Et en attendant ?

— Mets-toi en disponibilité. N'apparais plus sur la scène économique. Laisse les Blancs venir sur le devant du Guignol. Ils connaîtront la rudesse des coups de bâton... Le mieux est de te tenir en dehors de tout ça. Après, tu interviendras comme celui qui dénonce le scandale. Quel meilleur rôle pour espérer plus tard un soutien des deux communautés ?

Tassé au fond de son fauteuil, Trevor Jones semblait abasourdi. S'était-il personnellement engagé sur les actions de la Bafokeng Mining ? Si tel était le cas, il avait encore beaucoup à apprendre des mirages économiques.

— Je vais réfléchir, finit-il par articuler.

À sa mine, Lancelot comprit qu'il avait convaincu Trevor Jones. Mais l'homme n'avait pas le cœur à se l'avouer. Car, avant d'être convaincu, il avait d'abord été vaincu par ce jeune stratège protégé du Capitole.

Les deux anciens compagnons se donnèrent une rapide poignée de main et le patron du black business sud-africain démarra en trombe à bord de sa BMW, sans un regard pour ce qui avait été la demeure de Mandela.

48

Natig Aliev et sa sœur Minaï avaient pris l'habitude de se retrouver chaque soir sous la rotonde des adorateurs du feu, à quelques kilomètres de Bakou. Là, ils se fondaient parmi les pèlerins et les caravanes chamelières venues du désert vendre leurs plaques de sel et admirer ce feu natif du sol qui semblait ne jamais devoir s'éteindre. Le matin, Minaï avait appelé Natig d'une voix mal assurée, craignant d'être sur écoute. Elle lui avait demandé d'avancer exceptionnellement leur rencontre car elle avait des choses très graves à lui dire. Natig ne s'était pas inquiété outre mesure car il savait combien Minaï, depuis la mort de leurs parents, était devenue craintive et facilement impressionnable, malgré son physique de conquérante qui éveillait le désir des hommes sitôt qu'elle s'offrait à leurs regards. Natig avait toujours évité de parler à sa sœur de son activité dans les hôtels pour riches étrangers. Il se refusait à lui poser la moindre question sur l'appartement somptueux qu'elle avait acquis dans le centre de Bakou. Il la laissait s'émerveiller de ce pied de vigne qui montait jusqu'au balcon de bois sculpté, de ces bow-windows décorés de verre cathédrale qui leur rappelait, mais de très loin, les fastes de leurs grands-parents, à l'époque où Bakou n'était pas dans les mains des bolcheviks.

Minaï arriva la première sous la rotonde. Elle vérifia qu'elle n'avait pas été suivie et alluma nerveusement une cigarette parfumée au clou de girofle. Un voyageur indonésien lui en avait laissé un paquet. Afin de ne pas attirer l'attention, elle était vêtue d'une robe noire et informe de paysanne. Elle portait un fichu sombre sur la tête et avait pris soin de nouer ses longs cheveux blonds en chignon disgracieux. Natig hésita un instant avant de diriger ses pas vers cette babouchka qui agitait la main dans sa direction. Ayant reconnu Minaï, il ne put s'empêcher de sourire.

— Ce n'est vraiment pas le moment de te moquer, grommela la jeune femme.

— Que se passe-t-il, Minaï ?

— L'homme que tu m'avais demandé de... surveiller...

— Absheron, l'Anglais ?

— Oui.

— J'étais avec lui hier soir.

Elle avait baissé les yeux, car elle ressentait toujours une gêne à évoquer ses activités en présence de son frère. Mais, cette fois, elle le devait.

— Eh bien, vas-y, parle !

— C'est un homme bien élevé, très gentil. Il passe son temps à compulser des documents compliqués où il y a plus de chiffres et de croquis que de texte. Et les textes, mon Dieu, je n'ai pas besoin de me forcer pour faire mine de ne rien y comprendre.

— J'imagine, fit Natig en s'esclaffant.

— Pourtant j'ai tout compris, en réalité.

— Compris quoi ?

— Le mois dernier déjà, il avait balancé ton rapport sur les premières extractions de pétrole, en fulminant. Il s'énervait tout seul, disait que c'était de la blague, de la fumisterie, qu'il le prouverait.

— Et après ?

— Pendant quelque temps il n'en a plus parlé. J'ai pensé qu'il était passé à autre chose. Hier soir, quand j'ai rejoint sa chambre, il n'était pas là. Sur sa commode, j'ai trouvé une notice pour tout un équipement de plongée et les boîtes vides de pellicules de photos.

— Tu as regardé la marque ?

— La marque ne me disait rien, mais j'ai compris qu'il s'agissait de films spéciaux pour des appareils que l'on utilise sous l'eau.

Natig Aliev avait pris un air soucieux.

— Continue.

— Quand il est rentré, je dormais depuis un bon moment. Il m'a réveillée et je l'ai entendu se faire couler un bain.

— Il ne t'a rien dit ? s'inquiéta Natig.

— Si, justement. Pourquoi crois-tu que je t'ai appelé ce matin pendant qu'il se rasait ? Il était de très bonne humeur et sifflotait gaiement. Comme je lui demandais la raison de ce réveil joyeux, il m'a répondu qu'il avait enfin la preuve que cette Dolphin Oil Company était une baudruche qu'il allait bien vite faire éclater.

— C'est tout ?

— Je ne sais pas ce qu'il te faut de plus.

— Rien, Minaï. Je veux simplement savoir s'il ne t'a pas donné de détails supplémentaires.

— Aucun. C'est grave, Natig ?

Le jeune homme prit une cigarette à sa sœur.

— Ça peut le devenir. Quand le revois-tu ?

— Ce soir... enfin, cette nuit.

— Bien. Tu m'as dit que ce Tony Absheron était marié et père de famille, non ?

— Oui. Il me parle souvent de sa femme et de ses enfants. Il en est fou. Je crois qu'ils lui manquent, que son mariage représente beaucoup pour lui. Il est d'origine assez modeste et il a épousé la fille du vice-président de la Oil & Gas Limited. Tu te rends compte d'une ascension sociale ! dit Minaï, rêveuse.

— Tu parles, oui, répondit Natig avec un éclair dans les yeux. Alors voilà ce que tu vas faire.

Le frère expliqua son plan par le détail. Puis il quitta la rotonde et se rendit chez un photographe de Bakou spécialiste des prises de vues en ambiances sombres. L'homme le renseigna au-delà de ce qu'il voulait. Il repartit avec un appareil miniature doté d'une pellicule ultrasensible capable de photographier sans flash dans une lumière de veilleuse. Le procédé lui déplaisait, mais il se dit qu'à quelques semaines de l'opération finale, ce serait trop idiot de rater le but. Et Libertador n'était pas là pour lui conseiller une meilleure stratégie. Eût-il été présent qu'il n'aurait peut-être trouvé aucune parade de rechange. Dans sa grande pudeur, Minaï fit promettre à son frère qu'on ne verrait pas son visage sur les clichés compromettants. Natig promit. Seule l'intéressait l'expression de Tony Absheron lorsque la jeune femme l'amènerait au plaisir.

Vers 2 heures du matin, heure à laquelle l'ingénieur britannique avait pris les vues de la plateforme truquée, Natig Aliev tenait sa revanche. Minaï s'était surpassée pour satisfaire et son amant et son frère, tournant scrupuleusement le dos à l'objectif mais exposant abondamment ses fesses en mouvement sur le membre bandé de l'Anglais mystifié.

49

Comme chaque lundi depuis six mois, Cheng arriva à 7 heures du matin dans les studios de la station Money, au cinquante-huitième étage de la grande tour Moloch de Shanghai. Avant de partir rejoindre son mari à Londres, puis en mission de prospection en Australie, Mai Li avait tenu parole. Cheng avait obtenu sans difficulté une place d'éditorialiste sur les ondes de Money. Présent en direct sur la tranche d'informations de 7 h 30, une fois par semaine, il lisait le texte de sa chronique d'un débit clair et rythmé. Très vite, son intervention hebdomadaire était devenue la plus écoutée, devant les conseils de plantation des légumes et la météo. La direction lui avait même proposé de s'adresser quotidiennement aux auditeurs, mais il avait décliné l'offre, estimant que, pour remplir ses desseins, il devait tirer ses cartouches avec parcimonie. Chaque lundi, il faisait donc l'apologie de produits *made in China*, soulignait la réussite d'entreprises nationales auxquelles il prédisait une réussite spectaculaire sur les marchés internationaux, à condition que le yuan ne s'apprécie pas trop. À sa chronique parlée, il ajoutait un billet d'analyse économique qui paraissait en tête du cahier financier du *China Daily*.

Ces deux activités d'éditorialiste se complétaient à merveille. La première touchait un vaste public, jusqu'aux plus petites fermes du Nord équipées d'un poste de radio. Il initiait ainsi à l'économie une frange très populaire de la nation chinoise, tout en semant ses idées à l'heure du petit déjeuner dans le salon ou la salle de bains des hauts cadres du parti communiste. Dans le *China Daily*, il visait une population avertie, déjà rompue aux subtilités du capitalisme et à la mécanique des marchés. Ses lecteurs connaissaient l'effet sur la consommation de taux d'intérêt trop élevés, ils savaient situer le yuan contre yen ou contre dollar.

C'est dans cette chronique pour *happy few* qu'il lança ses premiers ballons d'essai, courant août, sur les bienfaits d'un ajustement des taux de change, se gardant bien, une fois encore, d'écrire le mot dévaluation. Avec des réserves de change de cent cinquante milliards de dollars dans ses coffres, la Chine avait le temps de voir venir. Mais Cheng notait que le commerce extérieur de Pékin, quoique bien portant en juillet, avait diminué de près de 3 pour cent durant les sept premiers mois de 1999. Et l'analyste de se demander, dans l'hypothèse où la balance continuerait de se déséquilibrer, si tout un pan de l'industrie nationale, tourné vers les marchés extérieurs, ne risquait pas de souffrir, à la veille de l'an 2000.

Mais ces propos étaient dits, ou plutôt écrits, avec tant de modération que même les esprits aiguisés, familiers des batailles de coulisse qui précèdent les grandes décisions monétaires, n'auraient pu se douter qu'une entreprise de titan était à l'œuvre. D'autant que Cheng savait s'y prendre pour varier les thèmes et mystifier son public. Certaines semaines, il s'enthousiasmait subitement pour le pétrole de la mer Caspienne sans qu'aucune information nouvelle n'ait été divulguée à propos des découvertes de la Dolphin Oil. Dans les premiers jours de septembre, il vanta les vertus esthétiques du platine sur la peau des Chinoises avec un tel enthousiasme que des milliers de ménages, jusqu'aux endroits les plus reculés du Shu Shuan, se renseignèrent discrètement mais en masse sur la joaillerie à base de métal blanc.

Cheng était aux anges. La veille de sa chronique enthousiaste sur cette précieuse matière première que, comme un puzzle à deux pièces, l'on ne trouvait qu'en Russie et surtout en Afrique du Sud, il avait offert à Mai Li, de passage à Shanghai pour quelques jours, un superbe collier de platine accompagné de petites plaques grises rutilantes. Dès le lendemain, la jeune femme s'était fait photographier, souriante, avec cette parure, et le cliché avait aussitôt fait le tour du monde, relayé par les grands *networks* européens et américains. La fièvre pour le métal blanc avait aussitôt connu une recrudescence liée à un snobisme planétaire. Bourgeoises ou travailleuses, toutes les femmes voulaient qui sa bague, qui son bracelet, qui son collier de platine. Ce marché fabuleux fit littéralement exploser le cours de l'action Bakofeng Mining.

Mais, dans cet été finissant, Cheng construisait patiemment son plan économique en accréditant doucement l'idée que rien n'est éternel dans l'empire du Milieu, pas même le rempart contre la pauvreté chinoise, ce yuan qui avait fait l'admiration de tous les financiers de la planète en résistant vaillamment, aux pires moments de la crise asiatique qui avait terrassé plus d'un fier dragon.

Dans le cœur du jeune Chinois s'élevaient deux vastes espérances qu'il avait décidé, ce matin-là, de transmettre à leurs destinataires. L'une était pour Mai Li. Sa fiancée de Tien an Men s'était montrée si douce à l'occasion de leur dernière rencontre, qu'il ne pouvait s'empêcher de penser qu'un jour ils se retrouveraient pour vivre ensemble leur amour déchiqueté par un char qui n'avait pas tiré. Un char qui avait fait planer l'ombre insupportable de la mort sur des âmes de vingt ans. C'est pourquoi, dans sa chronique du lundi 3 septembre, après avoir caressé les dirigeants de Pékin dans le sens du poil en leur décernant un *satisfecit* de bonne gestion des finances publiques, il avait osé dire à ses auditeurs que chacun, là où il se trouvait, devait conserver l'esprit de Tien an Men. Car, malgré la nuit sanglante qui avait endeuillé Pékin, des étudiants étaient devenus des entrepreneurs dont la Chine pouvait être fière, des sentiments forts avaient résisté à la violence et lui, Cheng, savait par exemple qu'un jeune homme n'avait jamais renoncé à l'amour pour sa fiancée qu'il avait perdue dans la foule sans pouvoir la retrouver. Il concluait en lançant une forme d'appel humoristique : si cette personne, qui portait une boucle d'oreille en or en forme de cœur, entend ce message, qu'elle me contacte sur Money, elle recevra un collier garanti pur platine.

L'autre espoir de Cheng concernait Diego Vargas. Il était le seul, avec Hugues de Janvry et sûrement Jack Tobbie, à connaître les inquiétudes actuelles de Libertador. Chaque semaine, il lui télétransmettait le texte de sa chronique. Vargas répondait par un simple mot — « reçu » — sur sa messagerie électronique. Ce seul mot soulageait Cheng qui y voyait le signe que son chef tant aimé ne renonçait en rien à sa lutte. C'est pourquoi, dans sa chronique du 10 septembre qu'il consacra aux cycles économiques — dont la courbe ressemblait à un vol d'oies sauvages —, le Chinois avait évoqué ces oiseaux migrateurs qui vont se réfugier dans des espaces connus d'eux seuls pour réparer leur plumage, donner naissance à leurs petits et retrouver leurs sources avant de repartir à la conquête du monde. Le message était pour Libertador.

Ce matin de la mi-septembre, quelques minutes

avant que Cheng prenne l'antenne, un coup de téléphone arriva dans les studios de Money. C'était une
voix de femme, qui demandait Cheng. Celui-ci fit
signe qu'il ne pouvait pas la prendre dans l'instant,
mais l'auditrice — qui, sinon une auditrice ? — insistait, disant que c'était de la plus haute importance. Il
s'approcha en hâte du combiné et écouta.

— Monsieur Cheng ?

— C'est moi.

— C'est bien toi ?

— Mais oui, fit-il intrigué, inquiet de voir l'hor-
loge qui indiquait déjà 7 h 27 : dans trois minutes, ce
serait à lui.

— C'est moi, poursuivit la voix.

— Qui, moi ? — Il commençait à s'impatienter.

— La jeune fille à la boucle d'oreille en or. Je possède déjà un collier de platine, mais je suis intéressée
par autre chose.

Cheng n'était pas seul dans le studio. Aussi fit-il
l'effort de conserver son calme. Mais quand Mai Li
lui demanda de se présenter le lundi suivant à sa
villa, il poussa un cri de joie que des millions d'auditeurs purent entendre distinctement. Une fois rentré
chez lui, il interrogea sa messagerie pour vérifier que
Vargas avait bien accusé réception de sa chronique.
Mais, contrairement à l'habitude qui s'était instaurée
entre eux, Vargas n'avait pas répondu aussitôt par
son laconique « reçu ». Deux jours durant, il n'y eut
aucun signe de lui. Cheng commençait à se faire du
mauvais sang lorsque, un matin, par le canal crypté
du lac Powell, il put lire un mot, ce simple mot :
« Merci. »

50

Depuis plus de cent jours, Vargas luttait. Seul.
Depuis plus de cent jours, son plan s'était parfaitement réalisé jusqu'au moindre détail. Mais il ne par-

ticipait plus aux opérations, sauf par des messages laconiques adressés aux uns et aux autres.

Libertador s'était rencogné dans une solitude de pierre. Des nuits entières il avait lutté contre le sommeil, afin d'empêcher Premilla Stoltz de venir hanter ses rêves avec son corps diabolique, sa voix caressante, son allure langoureuse et abandonnée dans l'amour. C'est pourquoi il avait marché et marché sous le soleil, pieds nus sur le sol brûlant, regagnant sa maison à la nuit tombée, réussissant, avec le peu de force qu'il lui restait, à s'assurer que ses hommes, là où ils étaient, gardaient le cap. Plus de cent jours durant, il n'avait donné aucune nouvelle à personne, envoyant seulement un message générique qui disait « épuisement », « repos », « continuez ». Puis plus rien.

Au milieu du printemps il avait enfin adressé un signe à Hugues de Janvry en forme de SOS : comment va Premilla ? Hugues avait jugé prudent de ne pas répondre. De sa propre initiative, il avait pressé Isidore Sachs de quitter Londres pour une place asiatique, où le financier de la City échapperait aux pressions de Vargas ou de La Vierge-de-Platine. Le Français avait eu du flair. Car, s'il savait peu de chose des passions mortelles qui naissent entre un homme et une femme, il avait cependant deviné que celle-ci était si intense qu'elle risquait d'entraîner à leur perte tous ceux qui, de près ou de loin, étaient les témoins de ce mariage de l'eau et du feu.

Vargas avait guetté le canal crypté de *Financial Watch* pendant une dizaine de jours, s'impatientant devant le silence de Janvry. Puis, ne voyant rien venir, il avait fini par renoncer. Dans le trou noir au fond duquel il était tombé, Vargas avait pensé mourir, en finir une bonne fois, rejoindre Yoni qui avait cessé de vivre, et effacer l'image de son fils Ernesto qui vivait si peu. Avant de quitter Boston, il avait encore appelé l'hôpital pour enfants de Bogotá, comme il le faisait chaque soir depuis le drame. L'infirmière lui avait fait comprendre que sa présence n'était pas désirée, car le petit avait retrouvé un certain calme. Sa venue pourrait le perturber inutilement, les chances qu'il le reconnaisse étant quasi nulles au fur et à mesure que le temps passait.

Un soir que pesait en lui toute la douleur d'un père oublié de son fils, il s'approcha du lit où il dormait quand il avait l'âge d'Ernesto. Il n'avait pas allumé la lumière électrique, mais les flammes d'un feu de cheminée dans la pièce voisine venaient éclairer par intermittence ce lit taillé dans le fût d'un peuplier. Là commença sa remontée des profondeurs. Il s'était accroupi et regardait fixement un anneau accroché à un barreau. Il le saisit. C'était une petite pièce ronde en bois plein, d'où pendait un très mince filet accroché par des nœuds minuscules. L'ensemble ressemblait à un panier de basket miniature. Vargas se leva et alla l'examiner à la lumière. Soudain, il se souvint du geste de sa mère quand elle avait mis cette amulette indienne sous son oreiller.

« C'est un attrape-rêve, lui avait-elle expliqué. Il garde tous tes songes depuis que tu es né. Il les conservera intacts jusqu'au jour où un ancien viendra te les expliquer. À partir de ce jour-là, tu seras un homme. »

Vargas entendait sa mère comme si elle était penchée sur son épaule. Il retourna vers son lit et, gagné par une subite excitation, souleva son oreiller. Là, il retrouva les petites poupées-soucis qu'il glissait en cachette les soirs où des tracas d'enfant l'empêchaient de trouver le sommeil. Un problème de mathématiques, la bouderie d'une petite amoureuse, les disputes entre ses parents à propos des dauphins qui faisaient tourner la tête de son père. Il choisissait une ou deux poupées, davantage s'il était très inquiet, et elles se chargeaient de manger les soucis pendant la nuit. Diego les plaçait là à l'insu des grands, car sa famille indienne n'aimait guère ces gris-gris concurrents de l'attrape-rêve. Les poupées conservaient trop longtemps les petits dans l'enfance. L'anneau de bois, lui, avec son filet, annonçait une vie adulte pleine et riche, car il ne livrait sa vérité qu'au prix d'une épreuve d'homme courageux capable d'affronter ses propres ténèbres.

Vargas considéra l'objet fétiche qui avait accompagné l'existence de ses ancêtres maternels, avant et après Geronimo, de ses oncles et de ses cousins. Sa grand-mère lui avait expliqué un jour que, s'il voulait recourir à l'attrape-rêve après l'âge de vingt ans, alors il devrait retrouver au préalable sa pureté d'enfant. Pour cela, il devait repasser, en songe, par tous les stades de la création, être successivement serpent, ours, cheval et grand aigle, puis petit homme. S'il réussissait à retrouver ces états naturels, il serait averti par l'oiseau-tonnerre, porteur de la lumière céleste, que le temps était enfin venu pour lui de connaître la direction où le portaient ses rêves de grande personne. C'est ainsi que ce matin-là, dans la torpeur virginale du lac, cent matins après avoir sombré dans l'immobilité du lac Powell, Diego Vargas sut ce qu'il lui restait à accomplir pour retrouver son chemin d'homme libre.

À peine l'oiseau-tonnerre dont le battement d'aile annonçait l'orage s'était-il envolé de son esprit, qu'il se mit en route vers l'ouest. Trois jours et trois nuits de marche à pied l'attendaient avant de rejoindre le lieu élu par ses ancêtres pour élucider les visions des songes. Il emporta une outre vide car il devait la remplir, chemin faisant, aux sources claires qui ravinent les montagnes. Quand il fut en vue du cirque du Lion, un immense rocher creusé de l'intérieur comme une conque de mica et de quartz, il comprit qu'il était arrivé. Depuis deux milliards d'années, les plaques de ce socle granitique s'étaient télescopées à la vitesse de la lente éternité, formant des plis et des replis, des arches de grès orange, des promontoires sombres marbrés de rouge feu, évoquant le sang pétrifié de tous les Indiens morts sur cette terre, dans la longue chaîne de vie qui menait à Diego Vargas. Le spectacle était époustouflant, émouvant à tirer des larmes au plus dur des hommes, aux cœurs de roc. Le paysage s'était fixé une fois pour toutes, comme si la nature modelée par des mains divines avait trouvé naissance dans cette roche mère. Conformément aux usages indiens, Vargas rampa sur le ventre pour repérer la fosse de voyance, imitant la reptation du serpent. Il ôta tous ses vêtements, les déposa à proximité de son nouveau refuge et se déplaça lentement en veillant à ne pas s'écorcher. La fosse de voyance était un trou rond, aux parois rugueuses taillées à même la masse montagneuse, qui pouvait abriter un homme roulé en boule. Il fallait que l'obscurité y soit complète pour que puissent se projeter, dans l'âme de l'homme redevenu enfant, les images de sa vie future et les chemins de sagesse. Libertador s'était muni de feuillages épais qu'il disposa au-dessus de sa tête après avoir sauté dans la fosse. Il perçut une odeur minérale. La pierre vivait. La pierre vibrait. Lové dans ce cercle ancestral comme au creux du ventre maternel, il entra dans un état de veille et d'innocence retrouvée.

Là, il attendit la nuit.

Au bout de plusieurs heures, se produisit le phénomène bien connu des anciens. La roche gorgée de tout le soleil de la journée, cuite et recuite à plus de cinquante degrés, se mit à libérer peu à peu sa chaleur patiemment emmagasinée, avec l'obstination des très vieux cailloux qui sont là depuis mille fois mille ans. Le trou de voyance se transforma en étuve. Libertador se mit à transpirer à grosses gouttes, évacuant les toxines et les mauvais génies que son corps et son esprit tourmentés avaient fabriqués depuis tous ces mois. La chaleur devint si étouffante que la tête finit par lui tourner et il perdit connaissance. Commença le long voyage dans sa vie. Son père lui apparut dans les vagues de San Diego, puis la première famille de dauphins qu'ils avaient repérée ensemble derrière la crête des hautes vagues. Il crut entendre distinctement les premiers morceaux du *Concerto italien* de Bach que son père avait appris aux cétacés, et que la plupart reconnaissaient dès que le petit Diego le sifflait. Il revit le visage de sa mère, si fier le jour où il avait réussi la grande épreuve indienne de la course sous le soleil, la bouche remplie d'eau, sans avaler ni perdre une goutte de son précieux et fragile contenu. Puis défilèrent les images noires de son existence qui lui arrachèrent des souffrances aiguës. Quiconque se serait tenu à proximité de la fosse de voyance à cet instant aurait été terrifié par ces hurlements montant du sol, comme poussés par un mort vivant. Mais seul un ours passait par là, et les ours, au même titre que les élans, sont les amis des Indiens lancés sur la piste de leur destin.

Une nouvelle fois son père succomba sous ses yeux, le corps entraîné par la masse inerte d'un anaconda. Puis sifflèrent dans ses oreilles les balles tirées par le fusil à double canon du soldat en treillis que Libertador reconnut plus tard sous les traits épais et boursouflés de Manrique. La remontée du cours de sa vie ne lui épargna rien, pas même l'atroce vision de Yoni, la figure dans la terre pourrie d'Amazonie, une seringue plantée dans la poitrine et un trou rouge dans la nuque, remuant douloureusement ses lèvres pour dire à Diego, dans un dernier souffle, qu'elle avait été la plus heureuse des femmes à ses côtés. Son cœur cogna si fort qu'il eut l'impression très nette, dans son inconscience, qu'il allait exploser. Dans la chaleur torride de l'étuve, la cervelle à vif, Vargas continuait de suivre la ligne de son existence. Sa conscience nébuleuse le confronta à la petite figure d'Ernesto et, de nouveau, son cœur rompit ses amarres, bondissant et galopant comme un pois sauteur géant. Le calme revint lorsque s'insinuèrent tour à tour les visages sereins de ses compagnons de la jungle. Il reconnut Cheng, Mourad avant son opération qui, tout d'un coup, enlevait sa peau comme un masque et offrait en souriant sa nouvelle physionomie où seul le regard n'avait pas changé, car Mourad avait gardé son âme. La fosse de voyance rapprochait lentement Diego Vargas des temps présents. Hugues de Janvry lui apparut marchant dans les rues de Paris; Barco Herrera chevauchait à travers la pampa; Natig Aliev passait sur sa joue une main trempée dans le *first oil* de Bakou; Cheng se présentait avec un casque de radio sur les oreilles, attendant le retour du son avant qu'une lumière rouge s'allume devant son micro : il lisait en direct sa chronique financière consacrée ce jour-là aux courbes économiques en forme de vol d'oies sauvages, et adressait, à travers l'espace et le temps, un clin d'œil complice à Vargas qui, du fond de son trou noir, le remerciait ; quant à Lancelot Palacy, plus fringant que jamais, il montrait fièrement à Libertador la plaque cuivrée de sa société la Bafokeng Mining Company, étrangement située dans une rue de Soweto.

Toujours inconscient, Diego Vargas se mit à revivre ses voyages. Il se retrouva dans le Concorde au côté d'un personnage terne et barbichu lui répétant qu'il s'appelait Neil Damon et qu'il était sans nul doute l'un des hommes les plus riches du monde. À Boston, il croisa le fantôme d'une jeune femme qu'il avait connue presque dix années plus tôt et qui s'appelait Yoni. Elle était accompagnée d'un vieux professeur de Harvard, ce cher James Bradlee et ses inusables nœuds papillons. À Londres, un jeune homme lui serra la main avec empressement et se déclara prêt à le suivre dans toutes ses initiatives à condition qu'il y ait du risque et du suspense. Pour tous ces personnages de sa vie, Libertador avait éprouvé successivement plaisir ou douleur à les retrouver dans les limbes de ces songes fugaces.

Vint le voyage à Zurich. Une femme blond platine l'y attendait. Lui ouvrait les bras. Lui ouvrait son lit. Il ne ressentait rien. Son cœur battait si lentement qu'il pouvait craindre que la mort l'eût arrêté. Il battait bien, pourtant. Mais plus pour Premilla Stoltz. L'étuve l'avait désenvoûté. Il était libre d'aller chercher demain.

Quand Libertador revint à lui, tous ses muscles étaient courbatus. Il dégagea les rameaux de peuplier au-dessus de sa tête et se déplia lentement. Revenu à l'air libre, il eut le sentiment d'avoir dormi plus de mille ans tant il se sentait reposé, serein et fort. De ce qu'il venait de vivre, il ne lui restait aucune image, seulement la voix d'un très vieil Indien qui avait joué au guide dans le labyrinthe de sa rêverie hallucinée. Cette voix était faible mais assurée, elle avait accompagné Vargas dans ses souffrances, l'aidant chaque fois à les surmonter pour repartir vers la vie qui l'attendait.

L'aube avait déposé sur ses vêtements une légère rosée qui, au contact de sa peau, le rafraîchit agréablement. Il regarda le ciel pur se fondant au loin avec l'immensité du lac Powell. Les poumons remplis d'air vif, il entreprit sa descente vers sa maison d'un pas soutenu. Il traversa des sentiers de pierres violettes, franchit des failles roses comme la peau des anges, courut à perdre haleine dans l'eau fraîche des cascades qui se jetaient en contrebas dans d'immenses gorges cristallines.

En retrouvant la maison de sa mère, Libertador raccrocha son attrape-rêve au lit d'enfant de sa chambre. Il salua le buste pétrifié de Geronimo, l'air à la fois reconnaissant et perplexe. Puis il se connecta au monde.

C'est ainsi qu'il apprit le départ d'Isidore Sachs pour Kuala Lumpur.

Sur le site des informations en ligne consacrées au continent latino-américain, il découvrit avec un plaisir extrême que l'ancien champion de football Barco Herrera était le candidat le mieux placé pour remporter les prochaines élections présidentielles de novembre au Brésil.

Vargas consulta son calendrier électronique. On était au vingt-sixième jour de septembre. Un bref message lui suffit pour reprendre les opérations en main. « Tout va bien. Je suis là. Bravo à tous. Nous sommes à J –90. Tenez-vous prêts. »

51

Avant de revenir à Boston, Vargas effectua un court séjour à Bogotá. Il prit sur lui de ne pas se rendre au Children Hospital. L'équipe médicale qui prodiguait des soins intensifs à Ernesto lui avait fait savoir qu'aucune amélioration tangible n'avait été observée. Il fallait donc attendre. « Le voir sans qu'il vous reconnaisse risque de vous faire perdre l'espoir qu'il redevienne un jour votre enfant, avait dit le Dr Clark à Vargas. Soyez patient. Je suis sûr qu'il finira par se passer quelque chose, mais c'est encore trop tôt. »

Depuis la mort de Manrique, Libertador avait perdu la trace de la belle guérillera. C'était elle qu'il recherchait quand il se rendit un matin à la rédaction de l'*Espectador*. Dans sa retraite forcée du lac Powell, il avait régulièrement consulté le site Internet du grand quotidien de Colombie. Au cours des derniers mois, plusieurs attentats meurtriers contre les généraux impliqués dans le trafic de drogue et le recyclage des narco-dollars, avaient défrayé la chronique. Si les auteurs de ces actes n'apparaissaient jamais sous leur nom dans les colonnes du journal, Vargas avait aussitôt repéré la « signature » de Catalina. Surtout lorsqu'un commando de trafiquants et de colonels véreux avaient trouvé la mort en pleine Amazonie, la gorge transpercée par des fléchettes en bois dur incrustées de dauphins. Libertador se souvenait qu'avant de se séparer devant le cadavre de Manrique, la guérillera lui avait demandé si elle pouvait poursuivre son œuvre avec les sarbacanes et les fameuses fléchettes qu'il employait lui-même.

« Comme ça, avait-elle dit, tu me suivras à la trace. Et il n'y a pas de raison que seuls les mauvais soient remplacés. Les justiciers aussi doivent trouver leurs doubles quand ils se retirent de la scène. »

Les propos de la jeune femme avaient troublé Libertador. C'était comme si elle avait deviné qu'il allait cesser son action dans la jungle, alors qu'il n'avait pas encore pris sa décision et que ses hommes ignoraient tout de ses doutes profonds.

À l'*Espectador*, Vargas ne voulut rencontrer personne en particulier. Il entendait seulement consulter les numéros les plus récents pour repérer l'endroit où pouvait se trouver la jeune femme et ses hommes souffleurs de fléchettes. Conscients qu'ils « couvraient » une ancienne consœur, les journalistes de l'*Espectador*, qui rendaient compte de son action présumée, se montraient toujours très vagues quand il s'agissait d'évoquer l'identité des auteurs possibles des crimes de sang contre les pourris du régime. Il s'en fallait même de peu pour que les éditoriaux ne se transformassent en véritables plaidoyers en faveur des « criminels ». Un certain Manuel Antonioz signait régulièrement les articles et les reportages sur les règlements de compte en Amazonie. Vargas demanda à une documentaliste s'il était présent dans les murs. La jeune femme consulta une nomenclature puis composa un numéro de poste sur son téléphone. Vargas se tenait prêt d'elle. Il entendit une voix grave qui résonnait dans l'appareil.

— Je vous le passe, fit la documentaliste.

— Diego Vargas, laissa seulement tomber Libertador. Vous me connaissez ?

— Oui, répondit la voix grave. Attendez-moi dans la salle des visiteurs, près de l'accueil. Je vous rejoins de suite.

Vargas rendit la collection des journaux des quinze derniers jours et partit à la rencontre de Manuel Antonioz. C'était un homme de petite taille, très brun, avec une épaisse moustache brûlée par l'abus de cigares, la cinquantaine sportive. Dans ce pays, il fallait être sportif si on voulait sauver sa peau. Ils s'installèrent dans une sorte de parloir, à l'abri des regards et des oreilles indiscrets.

— Qu'êtes-vous venu faire ici ? s'étonna le journaliste.

— J'ai mon fils à Bogotá, mentit Vargas.

— Je sais, mais je croyais... Antonioz ne poursuivit pas. Déjà il était fasciné par ce regard pénétrant qui le mettait à nu, mieux que des paroles.

— Voilà, reprit Libertador. Je n'ai pas beaucoup de temps. Je voudrais retrouver Catalina. Je sais qu'elle se trouve dans la jungle, mais j'ignore où se situe son repaire.

— Pourquoi voulez-vous absolument la retrouver ? répondit, méfiant, le journaliste.

— Ça, c'est un truc qui nous regarde, elle et moi.

Manuel Antonioz alluma un cigare et plissa les yeux.

— Alors ça me regarde aussi, dit-il tranquillement.

Devant l'air surpris de Vargas, il enchaîna.

— Catalina n'est pas seulement une ancienne journaliste. C'est aussi ma jeune sœur. J'ai des consignes très strictes s'agissant de sa sécurité. C'est moi qui lui indique les déplacements prévus de membres de l'État-Major dans la jungle. Après, c'est à elle de jouer. À elle et à ses Indiens souffleurs de flèches.

— Oui, ce sont des hommes valeureux qui « travaillaient » jadis pour moi.

— Je sais.

Le journaliste souffla une bouffée de fumée vers le plafond.

— Qui sait que vous êtes ici ?

— Vous et moi.

— Et au Children Hospital ?

— Je bénéficie du secret médical.

— Je vois, fit Antonioz. Mais le nom de Diego Vargas est encore voyant, par ici.

— Je m'appelle John Lee Seligman, regardez mon passeport.

Il exhiba sa fausse pièce d'identité, sous l'œil écarquillé de Manuel Antonioz.

— Mais pourquoi m'avez-vous donné votre vrai nom, tout à l'heure ?

— À l'*Espectador*, je sais que je ne risque rien. Et John Lee Seligman, cela ne vous aurait pas incité à venir me voir. Je connais les journalistes.

L'homme hocha la tête en souriant.

— Catalina est du côté de Leticia, dit-il simplement en guettant la réaction de Libertador.

— Leticia, mon Dieu...

Vargas avait blêmi. Jamais il n'avait envisagé retourner dans cet endroit où il avait connu les plus grandes joies mais aussi les plus grandes peines. Il resta un instant silencieux, puis répéta pour lui, *mezza voce*, « mon dieu, Leticia ». S'il n'avait pas retrempé son âme dans la force de vie des Indiens, pendant ces longs mois au lac Powell, sans doute aurait-il renoncé à affronter sa mémoire dans les ombres de Leticia. Mais Vargas avait retrouvé ses forces et sa faim de lutteur bien décidé à prendre sa revanche sur le sort. Manuel Antonioz lui indiqua le lieu précis où se trouvait Catalina. Libertador s'avisa que le campement de la guérillera n'était pas éloigné de l'endroit où reposait Yoni. Il vit là le signe qu'il attendait. En chemin, il retrouverait la seule femme qu'il avait jamais aimée.

— C'est indiscret si je vous demande ce que vous voulez dire à ma sœur ? questionna Antonioz.

— Oui, répondit Libertador avec un large sourire, en lui serrant chaleureusement la main.

Il arriva le lendemain, en fin de matinée, dans la zone que lui avait indiquée le journaliste. Il s'était engagé sur une piste étroite, bordée de palétuviers, qui traversait la troisième colline au nord-ouest de Leticia. Pendant les six heures que dura sa marche à travers la jungle, il avait laissé son esprit vagabonder au rythme de son pas, en s'efforçant de ne jamais s'arrêter sur rien, ni sur les parfums, ni sur les souvenirs du temps où il était heureux dans cet univers qu'il avait choisi comme paradis. Il sentit la fatigue s'emparer doucement de lui, et, plus son corps pesait, plus sa mémoire lui paraissait légère. Comme il s'y attendait, deux Indiens lui barrèrent le passage lorsqu'il fut à proximité du campement. Mais il leur suffit de découvrir les traits de son visage et son regard si particulier pour qu'ils s'écartent devant lui, non sans l'avoir salué avec une discrète ferveur. Libertador crut reconnaître l'un d'eux.

— Catalina se repose, fit un jeune Colombien qui montait la garde devant la tente de la guérillera. Les éclaireurs indiens l'avaient averti que cet homme était un ami. Par excès de zèle, il procéda cependant à une fouille en règle et prit le poignard que Vargas avait emporté avec lui.

— C'est par là, dit le Colombien en désignant un point en contrebas.

Quand il fut près du but, le murmure de l'eau se fit entendre. C'était comme une bouffée de fraîcheur dans l'atmosphère épaisse et moite de la forêt. Libertador ne reconnut pas tout de suite la belle aventurière. Elle se tenait de profil, les jambes nues, assise au bord de l'eau, sur le dos et les coudes pliés. Les yeux fermés, elle semblait assoupie. Elle se redressa d'un bond en entendant un léger craquement sur le sol. Déjà elle avait tiré son pistolet de sa poche. C'est en le tenant en joue qu'elle accueillit Libertador.

— Eh, c'est moi! s'écria Vargas en levant les deux mains. Ne tire pas, voyons!

La guérillera sourit en se portant à la hauteur du jeune homme.

— Te voilà donc! Je me demandais si, un jour, tu donnerais signe de vie.

— Signe de vie, c'est beaucoup dire. Je suis plutôt une espèce de mort vivant.

Ils se regardèrent l'un et l'autre intensément. Ils étaient émus de se revoir. Libertador n'avait pas imaginé que cette rencontre le bouleverserait autant. Catalina non plus.

— Pourquoi as-tu fait toute cette route? demanda-t-elle.

— C'est long à expliquer. J'ai besoin d'un peu de repos.

— Alors viens. Tu vas dormir jusqu'au dîner. On parlera quand tu auras récupéré.

La guérillera chargea ses hommes de préparer un couchage et une moustiquaire dans sa propre tente. Elle exigea que personne ne vienne troubler le sommeil de Vargas. Celui-ci s'allongea de tout son long. Il s'assoupit jusqu'au matin. C'est le cri d'un oiseau qui le réveilla. Un long cri comme il en avait entendu autrefois, sous le même ciel ombré. Dans le jour qui pointait, il aperçut le corps à demi nu de Catalina. Il secoua la tête et la regarda dormir un long moment. Quelque chose le retenait de s'approcher d'elle. Quelque chose ou quelqu'un, le souvenir d'une autre femme, qui dormait d'un autre sommeil, éternel celui-là, à quelques pas d'ici.

Vargas sortit sans bruit de la tente pour respirer l'air encore frais. Dans une heure, on étoufferait déjà. Il n'avait pas l'intention de tout dévoiler de son plan à l'ancienne journaliste. Non pas qu'il manquât de confiance en elle. Mais précisément, elle avait gardé son flair de reporter. Rien ne garantissait qu'elle observait le silence face à son frère Manuel qui ne manquerait sûrement pas de l'interroger sur sa mystérieuse visite.

— Déjà levé ? fit une voix dans son dos.

Le visage de la guérillera trahissait un mauvais sommeil, de la fatigue, des soucis.

— Tu m'as entendu ?

— Non. Mais après cinq heures du matin, j'ai l'impression d'être en danger quand je suis couchée. Du café ?

— C'est pas de refus. Tu sembles préoccupée.

La jeune femme hésita.

— Tu as connu cette vie de reclus et de paria. On finit par se demander si on ne ferait pas mieux de se rendre, d'habiter une maison confortable de Bogotá ou de Cali, à regarder ses enfants grandir.

— Tu as des enfants ?

— Non, dit-elle sèchement.

Puis, sur un ton plus aimable :

— Nous avons essuyé quelques pertes le mois dernier. Trois généraux étaient en patrouille. Nous n'avions pas vu qu'une escouade de dix hommes, armés jusqu'aux dents, les doublaient sur un itinéraire parallèle. Quand ils nous sont tombés dessus, on avait presque plus de munitions. Heureusement qu'on a eu les souffleurs de fléchettes. Sinon, on y restait tous.

— Je vois, compatit Vargas, que ces paroles ramenaient aux plus douloureux de ses souvenirs, ceux qu'il avait tenté jusqu'ici de contenir dans le tréfonds de son être.

— Et, bien sûr, tes hommes rechignent à poursuivre, ajouta-t-il.

— Comment le sais-tu ?

— Il suffit de te regarder.

Libertador s'assit près d'elle et se mit à réfléchir.

— Ce serait bien compliqué, et sans doute inutile, que je t'explique tout ce que j'ai entrepris depuis que nous nous sommes trouvés toi et moi devant le cadavre de Manrique. Sache seulement qu'il s'agit d'une tâche dénuée d'utopie qui vise à abattre ce monde capitaliste archaïque et sans foi ni loi.

— Tu n'appelles pas ça une utopie ?

— Non, parce que je me suis donné les moyens d'atteindre ce but. Je vais perturber les marchés financiers comme on ne l'a jamais vu, même en 29 ou en 87. Ce sera un raz de marée !

— Et tu es venu jusqu'ici pour me raconter ça ?

— Oui, répondit gravement Libertador. Pour te dire surtout que j'ai besoin de toi. Et ne dis pas non. Ce que je vais te demander sera de nature à remotiver tes hommes à un point que tu n'imagines pas. Mais attention, tu devras préparer ton affaire dans la plus grande discrétion. Je veux dire : pas un mot à ton frère.

— Que de mystères! répondit Catalina qui ne pouvait dissimuler sa curiosité.

— Voilà. J'ai besoin d'un détonateur. Et je crois que je l'ai trouvé.

— Dis toujours.

— Je suis sérieux, Catalina.

— Je t'écoute sérieusement, répondit la jeune femme.

— Il faudrait prendre le canal de Panamá. L'empêcher de respirer pendant huit jours. Je veux dire : arraisonner tous les navires, bloquer les ports de Balboa et de Cristóbal.

— Mais pour quoi faire? demanda Catalina interloquée.

— Le canal de Panamá revient à Panamá après des années de gestion américaine. Panamá doit revenir à la Colombie comme c'était le cas autrefois. C'est une belle cause nationaliste, non? De quoi redonner du cœur à l'ouvrage à tes fidèles.

La jeune femme n'en croyait pas ses oreilles.

— Suppose que l'expédition me tente. Tu imagines une cinquantaine d'hommes paralysant le canal?

— Les Américains vont bientôt découvrir que le canal a été cédé à une société privée franco-taiwanaise, la Hutchinson-Whampoa. Deux de mes hommes ont servi de prête-noms dans cette opération. La Hutch-Wampoa a émis des actions auprès de milliers d'investisseurs à travers le monde dans la perspective du retrait américain.

— Tant mieux pour toi et tes hommes, sourcilla Catalina, mais je ne vois pas ce que je...

— C'est pourtant simple. Nous avons en main tous les secrets de l'accès au canal de Panamá, le maniement des écluses, les variations du tirant d'eau, les zones sensibles qu'il faut neutraliser pour que tout s'immobilise. On peut prendre au filet plus de quatre cents navires avec leurs cargaisons. Toi qui luttes contre les trafiquants de drogue, tu ferais d'un coup une pêche miraculeuse. Nous te donnerons les consignes pour que tout se fasse en sécurité. À ce

410

moment-là, tu pourras avertir tes amis de l'*Espectador*.

Il faisait maintenant grand jour. Le lendemain, Vargas devait impérativement être à son bureau de Boston. Trop de temps avait passé depuis sa disparition au lac Powell. Il se sentait de nouveau lucide et fort.

— Je ferai ce que tu veux, murmura la guérillera. J'ai confiance en toi.

— Merci, répondit Libertador. Je suis sûr que tu n'auras pas à le regretter. Laisse-moi une adresse, une poste restante, un moyen de te joindre.

La jeune femme s'exécuta en lui donnant un numéro de téléphone satellite, diablement crypté. Il quitta le campement rassuré : le premier acte de son plan était préparé. Quand, au retour, il arriva près de l'endroit où reposait Yoni, il se contenta de passer son chemin en sifflotant une chanson des Stones qu'elle aimait. Elle n'aurait pas voulu qu'il pleurât. Encore moins qu'il perdît son temps auprès d'un fantôme.

52

Isidore Sachs n'était resté que quelques jours à l'hôtel Mandari Oriental de Kuala Lumpur. Dès son arrivée en Malaisie, il s'était mis en quête d'une de ces vieilles maisons anglaises de Jalan Ampang, devenue après le départ de ses compatriotes l'avenue des millionnaires chinois. Depuis sa plus tendre enfance, le jeune homme avait été bercé par les récits d'un grand-oncle maternel parti au début du siècle faire fortune dans le *rubberwood*, l'arbre à caoutchouc. Il avait longtemps gardé dans ses cahiers d'écolier le dessin à l'encre réalisé par son aïeul de la maison des palmes, une solide bâtisse à colonnades et poutres de teck, nichée au milieu de la jungle dans l'État du Selangor, parmi les gibbons et les singes wah-wah. Sans avoir jamais connu la Malaisie, le garçon avait rêvé de cette vie aventureuse que les Britanniques avaient eu la raisonnable excentricité d'adoucir par l'implantation de clubs décontractés, où l'on dégustait de vieux malts en suivant des parties de cricket. Les règles étaient d'ailleurs nettement assouplies pour cause de soleil, de jours plus courts et d'irrespect envers l'étiquette encombrante héritée de la capitale d'empire. Isidore ne tarda pas à dénicher la maison de ses rêves et il eut le sentiment d'être, le temps que devait durer sa mission, un des sultans malais bienheureux et prospères qui avaient fait l'histoire de la péninsule.

Depuis la crise qui avait foudroyé les économies d'Asie, la capitale malaise n'était plus qu'un chantier inachevé. Certes, les Petronas Towers construites par l'architecte américain Cesar Pelli dominaient la ville de leurs quatre cent cinquante et un mètres, évoquant un rêve de suprématie qui s'était brutalement brisé après la chute du ringgitt, la monnaie nationale. Cela n'empêchait pas les dirigeants malais de rappeler qu'ils avaient érigé dans le ciel d'Asie les plus hauts gratte-ciel du monde, plus élevés que le bâtiment de la Bank of China de Hong-Kong, que le World Trade Center de New York ou encore que la Sears Tower de Chicago. Ces symboles d'une opulence compromise l'emportaient encore sur tous les édifices les plus fous restés dans les limbes, et nul ne croyait à Kuala Lumpur que les Japonais réussiraient à construire au cœur de Tokyo une Millenium Tower culminant à huit cents mètres.

Le débat était ouvert lorsque Isidore Sachs fit ses premières armes en Malaisie. Il loua, pour lui seul, deux secrétaires et trois cents mètres de bureaux dans les tours Petronas que la crise pétrolière avait vidées d'une partie considérable de leurs effectifs. Situé au soixante-treizième niveau, il pouvait à loisir contempler la ville à ses pieds et laisser vagabonder son regard jusque dans la touffeur verte de la jungle encore proche, malgré les grues et les pelleteuses qui attendaient un sursaut de la croissance pour reprendre leur marche triomphale. Isidore prit rapidement ses marques sur les marchés des changes. Il gagna la confiance d'une clientèle chinoise locale et amassa des renseignements précieux en provenance de la diaspora de Pékin sur l'opinion des milieux d'affaires concernant la tenue du yuan. D'après un de ses nouveaux amis, rencontré au bar du Shangri-La, les autorités chinoises s'abstiendraient de toucher à la parité monétaire si elles n'y étaient pas forcées. La rétrocession de Macao, prévue pour le 20 décembre, occupait tous les esprits de la Cité interdite. Isidore Sachs en conclut qu'il avait toute latitude pour manœuvrer. Chaque jour, le fonds Circle liquidait discrètement des positions, sans peser sur les cours des actions. Ces sommes étaient aussitôt transférées sur un compte à Kuala Lumpur, puis réinvesties en yuan. Mais le gros de la cavalerie restait à venir. Au jour J, Isidore Sachs comptait acheter pour plusieurs milliards de dollars de yuan... À Paris, Hugues de Janvry se tenait prêt à suivre le mouvement opposé, au yuan près.

Un soir d'octobre, le téléphone sonna dans les bureaux déserts. Les deux secrétaires étaient parties depuis longtemps. Isidore Sachs était en retard pour sa partie de bridge au club, où il avait pris l'habitude de jouer avec un vieil Anglais très à cheval sur la ponctualité. Il hésita, se dirigea vers l'un des ascenseurs ultrarapides de la tour, puis se ravisa. Vargas appelait quelquefois par le standard, comme un simple client. Par acquit de conscience, Isidore fit demi-tour et prit le téléphone. Aussitôt il reconnut cette voix pleine d'assurance.

— Petit cachottier, vous aviez quitté Londres sans avertir votre amie Premilla.

Avant qu'il ait eu le temps de réagir, La Vierge-de-Platine était déjà passée à l'attaque.

— Je vois ce yuan qui monte, qui monte. Va-t-il grimper jusqu'au ciel ?

— C'est vous la spécialiste, répondit le jeune cambiste.

— Mais qu'en pensez-vous ? Vous en pensez bien quelque chose ? Diego Vargas m'a conseillé d'en acheter jusqu'à la gueule. C'est vous qui lui avez mis cette idée en tête ?

Au nom de Vargas, Isidore Sachs redoubla de prudence.

— Je crois qu'il est assez grand pour se faire sa propre opinion, reprit-il. S'il vous a dit d'acheter, à votre place, je foncerais. Vargas ne s'engage pas à la légère sur de tels sujets.

— J'entends bien, répondit Premilla Stoltz en faisant mine de réfléchir. Mais la hausse aura bien une fin. C'est la fin qui m'intéresse.

Isidore Sachs laissa s'installer un silence. Il connaissait la masse de fonds que La Vierge-de-Platine était capable de déplacer en claquant des doigts. Mieux valait l'avoir avec soi.

— À vous de juger. Moi, je suis haussier.

— Tout le marché est haussier ! s'exclama-t-elle soudain. Mais je veux comprendre pourquoi. Vous connaissez l'adage des navigateurs : il n'y a pas de bon vent pour celui qui ne sait pas où il va.

— Je sais, rétorqua Isidore. Mais les monnaies obéissent à l'affect, c'est vous-même qui me l'avez appris. Et pour l'heure, on veut de la Chine.

— Rendez-moi un service, Isidore.

— Je vous écoute.

— Dites-moi où je peux joindre Vargas.

— Personne ne peut lui parler, mentit le cambiste.

— Vous avez reçu des consignes, c'est ça ?

— Non, vous vous trompez. Il est au chevet de son fils, en Colombie.

— Cet homme est décidément parfait, fit Premilla Stoltz agacée. Alors promettez-moi une chose.

Isidore regarda sa montre. Il était en retard au club.

— Demandez toujours.

— Mettez-moi dans le coup si vous avez des informations qui annoncent que le vent tourne. Faisons équipe sur ce *deal*. Je vous donnerai la tendance de Zurich et je vous préviendrai si je sens se dessiner en

Europe des mouvements contraires à votre stratégie. Je connais beaucoup de cambistes, vous savez.

— Oui, acquiesça Isidore. Pour le moment, je ne peux que vous dire une chose : il y a beaucoup d'argent à gagner, énormément d'argent, si vous pariez sur le yuan. Je ne suis pas en mesure de vous expliquer pourquoi, c'est une affaire de confiance entre nous.

— Et entre Vargas et moi, ajouta la jeune femme.

— Bien sûr, Premilla. Soyez patiente. Sans doute finira-t-il par vous faire signe. Mais, en attendant, fiez-vous à ses paroles. Je ne l'ai encore jamais vu se tromper.

Isidore raccrocha. Sur le marché de Tokyo, le yuan s'était encore renchéri de 1,7 pour cent.

53

L'élection de Barco Herrera à la présidence de la république du Brésil frappa comme un coup de tonnerre l'Amérique latine, et même l'ensemble du continent américain. C'est en apprenant ce coup de maître qui, pour une fois dans ces terres violentes, n'était pas un coup de force, que le comédien star de Hollywood Warren Beaty décida de se lancer dans la campagne des primaires américaines sur un ticket indépendant, jugeant qu'il arrivait un moment où il fallait tirer les dividendes de sa popularité. Barco Herrera venait de s'imposer pour quatre années à la tête de son immense pays, avec la même aisance qu'il se jouait jadis des défenseurs des équipes adverses du Mundial ou de la coupe des Amériques.

À l'origine, l'ancien ailier gauche de Botafogo espérait simplement déstabiliser le pouvoir du président Manolo, dont les fastes de Brasilia reflétaient le mépris envers le reste d'une nation qui souffrait d'injustices et d'inégalités, autant qu'à l'époque de l'esclavage. Les propriétaires de *latifundia* tenaient des millions d'hectares avec l'appui des militaires et de leurs fusils, pendant que les paysans sans terres formaient des groupes toujours plus nombreux de malheureux errants par les chemins, les côtes saillantes et la faim au ventre.

Barco Herrera n'avait pas tardé à mesurer la force explosive de cette population laissée sur les marges de la prospérité. Le Brésil avait beau se compter parmi les dix premières puissances du monde, il sécrétait la misère et le malheur comme le foie donne de la bile. C'est avec ce pays aux richesses confisquées, valet de l'Amérique du Nord et oublieux de ses valeurs métisses, que Barco Herrera voulait rompre. Aux côtés de sa jeune femme Carla, épousée une veille de l'Assomption pour placer son bonheur sous le signe de la Vierge Marie, il mena plusieurs opérations spectaculaires qui lui valurent aussitôt le soutien du peuple. Ayant repéré les champs de plantes génétiquement modifiées du Rio Grande do Sul, on le vit, accompagné de crève-la-faim et d'une poignée d'Indiens d'Amazonie, venir détruire ces « mauvaises herbes », comme il disait, devant l'objectif des caméras de télévision accourues pour le filmer.

Des villes du Sud jusqu'aux confins de la grande forêt, le nom de Barco Herrera courut à la vitesse de la lumière, transformé en synonyme d'espérance. Des fans clubs animés par ses anciens supporters de Botafogo essaimèrent à travers tout le pays, y compris dans les quartiers déshérités de Boa Vista, au cœur de l'inextricable Amazonie où l'on se nourrissait encore de larves et de vers gras.

Le président Manolo tenta bien de salir l'image du jeune homme, avec l'aide de la presse à scandale de Rio, en lui trouvant des douzaines de maîtresses, dont huit d'entre elles prétendaient avoir été sauvagement violées. Mais plus les calomnies étaient grosses et basses, plus la cote de popularité du magicien des stades grimpait. Entouré de ses conseillers du palais Alvorada, l'œil perdu devant les colonnes élancées vers le ciel de sa résidence, qui devaient symboliser son irrésistible ascension, le président Manolo paraissait vaincu avant même le jour du scrutin. Depuis 1984 qu'on élisait le chef de l'État au suffrage universel direct, jamais mobilisation n'avait été aussi grande. Dans les restaurants à viande les plus huppés comme dans les cantines des « gamelles froides », il suffisait de tendre l'oreille pour mesurer combien Barco le courageux, Barco le bienheureux, Barco l'enfant du pays était soutenu par la *vox populi*, comme le héros d'une nation lassée par les affaires de corruption. Lorsque le président Manolo, dans un dernier sursaut, décida de répandre dans la presse le bruit que la carrière de champion de Barco Herrera s'était déroulée sous le signe de la cocaïne, la cour de son palais fut nuitamment submergée de milliers de sachets de farine d'un blanc immaculé. La Présidence reçut le message et n'insista pas de ce côté-là non plus.

À quarante-huit heures du jour fatidique, le journal indépendant de São Paulo, *Diario*, reprit des informations confidentielles parues la veille dans le *Boston Daily News*. Une enquête très détaillée sur les finances du Brésil montrait que la dette publique atteignait un montant équivalent à celui de la richesse nationale annuelle, mesurée à travers le produit intérieur brut. La dépréciation quotidienne du real sur les marchés mondiaux grevait la situation du Brésil face à ses créanciers. La communauté internationale recommençait à montrer du doigt ce mauvais élève du libéralisme mondialisé dont les recettes prévoyaient un contrôle strict des dépenses et un abaissement drastique des déficits de toutes sortes. Paradoxalement, le président Manolo crut trouver là une occasion inespérée d'organiser sa riposte. Il s'en prit violemment aux lâches et cupides agents du FMI, juste bons à édicter des règles impossibles à suivre.

— Vous préconisez des thérapies de choc. Ce sont des chocs sans thérapie, avait dit un Manolo, toutes griffes sorties, pendant le débat télévisé qui l'avait opposé à son adversaire.

Barco Herrera avait gardé son calme en précisant qu'il n'avait rien à faire avec l'organisation monétaire de Washington.

— Mais à tout prendre, avait-il perfidement ajouté, je préfère ces tristes messieurs à mallette en peau et calculette à la place du cœur que les généraux dont certains analystes réclament le retour en versant des larmes de crocodile sur le bon temps de Pinochet au Chili, quand la croissance était à deux chiffres et l'inflation un mot oublié du langage courant.

Dès le lendemain, des sondages officieux donnaient l'ancien dieu de Maracana gagnant avec 54 pour cent des voix. Dans les favelas, où la campagne officielle d'inscription sur les listes électorales avait été boycottée par les fonctionnaires légitimistes appuyant Manolo, des milliers de pauvres et d'illettrés s'étaient rassemblés spontanément devant les mairies de district, sortant de leurs poches des papiers d'identité qu'ils savaient à peine lire, et exigeant de participer au prochain vote. Les résultats ne furent pas divulgués dès le lundi, car le pouvoir, groggy, demandait qu'on revérifiât les chiffres.

S'il avait été soldat, Manolo aurait défendu son pouvoir les armes à la main. Mais il était faible et craintif devant les mouvements d'opinion. C'est pourquoi, le mardi suivant l'élection, il annonça lui-même à la télévision nationale les scores les plus déconcertants de l'histoire démocratique du Brésil. Barco Herrera, gamin des quartiers durs de Rio, devenu ambassadeur de tout le Brésil sous le maillot rouge sang de Botafogo, venait, à trente-quatre ans, de conquérir la présidence de la République sans avoir montré autre chose qu'un sens aigu de l'intérêt national et une volonté limitée de faire des concessions.

Adroitement conseillé par de jeunes économistes de Harvard pressentis par le Pr Bradlee et testés par Vargas en personne qui les recevait dans ses bureaux de Boston, Barco Herrera prit les décisions d'urgence qu'on attendait d'un dirigeant responsable : il fit flotter le real pour découvrir à quel niveau le situaient les marchés. Il constata au passage que la monnaie frappée aux couleurs bleu et vert de la nation ne valait pas plus que le prix du papier. Il décida le contrôle des changes et bloqua les sorties de capitaux. Les grandes capitales du monde développé saluèrent la sagesse du nouveau chef de l'État et prirent bonne note de son désir d'assainir ses finances gangrenées par la planche à billets, les fraudes, les ententes occultes et le manque alarmant de compétitivité du secteur industriel et bancaire. Wall Street, qui avait connu trois séances de baisse et une dizaine de jours maussades au lendemain de l'investiture du président Herrera, se montra ensuite rasséréné, effaçant ses pertes pour voler vers de nouveaux records. Le Brésil était en main, et en de bonnes mains. Ce message qui circula de place en place eut l'effet d'un gaz euphorisant au sein de la communauté financière. Barco Herrera fit la couverture de nombreuses publications sur papier glacé, photographié en compagnie de sa jeune femme Carla, dont la beauté candide s'accordait à merveille avec son sourire de jeune premier, ses boucles blondes, et surtout son regard bleu profond qui semblait regarder vers l'avenir, plein de l'assurance tranquille de ceux qui défendent des idées justes. Le jeune couple présidentiel fut immortalisé en pied sur les marches du palais Alvorada. Puis il posa en contrebas, devant le lac artificiel de Paranoa, dont les reflets argentés semblaient rendre l'hommage de la pureté au lointain lac Powell cher à Diego Vargas, le premier qui, une nuit où tout semblait perdu dans la tristesse amazonienne, avait prédit ce qui arriverait à Barco. L'ancien champion avait manifesté son incrédulité. Il avait eu tort.

Il ne lui restait plus maintenant qu'à attendre le signal pour accomplir l'ultime volonté de Libertador.

54

À quelques jours des fêtes de Noël, une seule affaire occupait les esprits des grands de ce monde : pourraient-ils relier comme prévu les destinations lointaines, exotiques ou bizarres qu'ils avaient choisies, après maintes hésitations, pour terminer d'un seul coup l'année, le siècle et le millénaire ? L'inquiétude atteignit son comble vers la mi-décembre lorsque les compagnies aériennes — parmi les plus renommées — firent état de leurs soucis. Plusieurs centaines d'hôtesses s'étaient mises en congé de maternité dès l'automne avec l'espoir de donner le jour au « premier enfant de l'an 2000 », obligeant les compagnies à renforcer leurs effectifs en personnel navigant masculin. Les syndicats de l'aviation civile avaient montré les dents lorsque, dans les questionnaires d'embauche des intérimaires, les services de direction avaient carrément posé la question aux candidates : êtes-vous enceinte et, si oui, depuis quand ? Quant aux pilotes de longs-courriers, que la guerre des prix et la concurrence exacerbée entre compagnies mettaient à rude épreuve, ils envisageaient une grève internationale pour le réveillon de la nouvelle année, laissant entendre que, cette nuit-là, pas un seul avion ne volerait dans le ciel.

C'est dans ce climat que Neil Damon décida de louer un jet privé pour rejoindre son lieu de villégiature dès le 21 décembre, préférant payer plus cher le service afin d'avoir toute satisfaction. S'il était connu pour son austérité confinant à la radinerie, la fréquentation de Vargas et ses contacts réguliers avec Isidore Sachs, à l'époque où Libertador s'était mis en retrait, lui avaient donné le goût de vivre un peu plus au large, de renverser la relation maladive qu'il entretenait avec l'argent. Celui-ci avait longtemps été son maître. Il apprenait à en faire son serviteur. Neil Damon était d'autant plus serein que les Bourses mondiales continuaient leur parcours euphorique, gonflant la bulle financière comme un énorme ballon accroché au ciel du village mondialisé. Wall Street évoluait en apesanteur, Paris touchait des cimes inconnues depuis plus de quinze ans et, à Tokyo, on murmurait que l'indice Nikkei ne baisserait plus avant deux cent cinquante séances au moins, si on en croyait les graphiques modélisés. Passé les fausses frayeurs de fin du monde agitées au moment de l'éclipse solaire de l'été, le monde capitaliste était reparti de plus belle dans son délire expansionniste, rêvant de nouvelles colonies interplanétaires et extrasolaires, de frontières à repousser afin de développer les marchés au-delà de la petite planète Terre.

En attendant, chacun s'apprêtait à boucler ses bagages pour enterrer le siècle défunt et accueillir le suivant. Libertador avait expressément demandé à ses hommes de ne pas s'éloigner, même une heure, de leur théâtre d'opérations. Ils auraient le reste de leur vie pour contempler l'éternité à laquelle ils aspiraient, si tout s'enchaînait comme ils le voulaient avec leurs trésors d'obstination. Neil Damon avait prévenu Vargas : il partait pour un continent englouti, une île perdue de la Méditerranée où avait vécu autrefois, croyait-on, la plus brillante des civilisations. Sa chambre était réservée à l'hôtel Nikos de Santorin, le site présumé de l'Atlantide rêvée par Platon.

— Serez-vous joignable ? lui avait demandé Vargas avec perfidie.

— Non. Je m'accorde un vrai repos, hors d'atteinte de tous. Le principal, c'est que moi je puisse vous joindre, au besoin.

— De ce côté-là, pas de souci, fit Vargas. Vous avez ma ligne cryptée. Je crois qu'elle fonctionnerait même de la lune.

Le patron du fonds Eternity s'était envolé l'esprit tranquille.

Les chefs d'État avaient rivalisé d'excentricité dans le choix de leurs destinations. Des indiscrétions savamment orchestrées par la presse *people* avaient indiqué le départ de Jacques Chirac pour le mont Athos, avant de rectifier et de révéler sa véritable destination : le président français passerait les fêtes de fin du millénaire dans l'enceinte de la Cité interdite, à l'invitation des autorités chinoises. Sensibles à sa passion pour l'Asie qu'elles trouvaient exagérément portée vers la culture japonaise, elles avaient consenti ce geste rare destiné à séduire le premier des Français à la veille de batailles commerciales pour lesquelles l'appui tricolore ne serait pas superflu face à la machine américaine.

Le ministre des Finances chinois, lui, avait décidé de longue date un voyage incognito dans le temple de l'argent fou. Il avait pris une suite à l'hôtel Mickey de Las Vegas, accompagné de sa femme et de ses huit enfants. Dans un réflexe qui lui parut *a posteriori* prémonitoire et coupable, il emporta, dans une mallette, de grosses liasses de dix mille yuan qu'il échangea contre cinquante mille dollars pour ses faux frais. Le jeune ministre avait bien l'intention de s'amuser.

« Là où il n'y a rien, subsiste l'essentiel. » C'est en lisant cette devise, inscrite à la devanture d'une agence de voyages de la Madeleine, que le haut fonctionnaire de Bercy Gilles Duhamel décida, un matin, d'acheter un réveillon clés en main au Sahara Palace de Nefta, aux portes du désert tunisien. Il s'imaginait déjà guettant le tournant du siècle à la belle étoile, une coupe de champagne à la main, qu'il aurait bue par petites gorgées, les pieds confortablement enfoncés dans des souliers souples en poil de dromadaire, marchant lentement dans le sable en pensant aux quelques centaines de milliers de francs que lui avaient valu ses placements dans le fonds Circle, dont Janvry lui avait vanté les mérites. Quand avait éclaté l'affaire Michelin, à l'automne, Duhamel s'était bien gardé de dire à quiconque dans son entourage qu'il avait misé une bonne partie de son épargne dans le fonds américain. Il n'avait pas plus bronché lorsque les commentateurs financiers et la classe politique s'étaient offusqués de voir la célèbre firme au Bibendum annoncer de lourdes restructurations fatales aux salariés en même temps que des profits records. L'homme de Bercy savait que c'était là le prix à payer pour que le show capitaliste continue. Et, accessoirement, pour lui permettre d'offrir à sa famille un luxueux réveillon à plus de quinze mille francs par convive. D'autant que l'agence organisatrice avait prévu une cerise sur le gâteau : placer deux mille francs au nom de chaque hôte, qui seraient remis avec intérêts à leurs descendants, le 31 décembre 2099. Cette perspective d'une générosité différée ravissait Duhamel qui essayait d'imaginer la tête de ses arrière-petits-enfants lorsqu'on leur offrirait, dans un siècle, la somme opportunément placée par un soir digne des Mille et Une Nuits.

Denis Dupré, lui, était bien décidé à ne pas céder à la folie ambiante qui consistait à jouer les gogos et à sacrifier aux fantaisies les plus grotesques, sous prétexte que la pendule des temps grégoriens sonnait deux mille coups. N'était-on pas aussi en l'an 1378 de l'Hégire, en l'an 4697 du calendrier chinois, en 1716 d'après le calendrier copte, en 5760 du calendrier juif ? Voilà qui, d'après le jeune trésorien, ramenait à plus de modestie. En bon Normand qu'il était, Denis Dupré avait décidé de passer la fin d'année dans la petite commune de Villers-sur-Mer, où vivaient encore sa mère, sa grand-mère et deux de ses sœurs. D'autant qu'une grande affaire se préparait dans cette petite localité proustienne qui, comme la plupart des gens l'ignoraient (sauf les habitants de Villers) était la première commune traversée par le méridien de Greenwich. Les sœurs du conseiller de Bercy avaient insisté pour qu'il participât aux festivités. Il s'agissait de former une longue chaîne humaine sur le tracé du fameux méridien, à l'instant où la terre entamerait sa première journée de l'an 2000. Tous se rendraient ensuite sur la plage où un écran géant diffuserait les images des plus grandes villes du monde passant à l'an 2000, fuseau horaire après fuseau horaire, Sydney, Shanghai, Bombay. Un funambule était prévu dans la soirée pour marcher sur le méridien, que matérialiserait un rayon laser. Pour faire plaisir à ses sœurs, et après s'être assuré que tout cela n'était pas hors de prix, Dupré avait accepté.

Parmi ceux qu'avait encore enrichis l'arrivée triomphale des fonds de pension étrangers en Europe, l'oncle Marc-Antoine Weil et le commissaire bruxellois Jérôme Annepont figuraient parmi les privilégiés. Et pour cause : en rétribution de leur action de lobbying, Hugues de Janvry avait fait en sorte de leur servir, dans les meilleures conditions, des titres de la Dolphin Oil et de la Bafokeng Mining, en se gardant bien de les avertir des moindres rumeurs qui commençaient à circuler sur la réalité de ces gisements prétrolier et minier. C'est pourquoi les deux hommes avaient chacun cédé à leur folie des grandeurs et du faste. Marc-Antoine Weil avait opté pour l'Égypte éternelle : Louxor, Karnak et l'allée des sphinx. Une coquetterie de sa part : ne l'avait-on pas surnommé, toute sa carrière durant, à cause de sa propension à ne rien dire de ce qu'il savait — surtout quand il s'agissait d'argent —, le sphinx ? C'était décidé : Marc-Antoine Weil se placerait sous la protection des dieux d'Égypte pour entrer dans le nouveau millénaire. Il s'imaginait déjà descendant le Nil sur une felouque rutilante, un rayon de lune éclairant les pyramides...

Quant à Jérôme Annepont, c'est sans hésiter qu'il s'était inscrit au bal impérial du palais Michel, que la ville de Saint-Pétersbourg ouvrait à un demi-millier de privilégiés. S'il n'entendait pas grand-chose à la danse, il salivait en relisant chaque jour, dans son bureau bruxellois, le menu de la Saint-Sylvestre. Comme étaient douces à son regard ces quelques lignes qu'il finissait par savoir par cœur : Koulibiac de saumon et sandre, sauce au caviar rouge ; caviar servi sur socle de fleurs en glace ; vodka Cristall Stolichnaya. Annepont s'était renseigné : des créatures peu farouches, portant un loup de velours sur les yeux et des bas résille, seraient là spécialement pour les cœurs seuls et entreprenants, moyennant un petit supplément. Le commissaire piaffait d'impatience, remerciant chaque jour la Dolphin Oil et la Bafokeng Mining de lui avoir offert le privilège d'un tel extra.

À Bakou, le président Heidar fit savoir qu'il se rendrait exceptionnellement sur la plate-forme N 319, qui représentait l'avenir de son peuple. C'est à ce moment que Tony Absheron décida d'intervenir. Mais trop heureux du coup d'éclat qu'il préparait, il ne se méfia pas lorsque, le 22 décembre, Minaï le quitta un matin, ayant déposé sur son lit une enveloppe brune cachetée de grand format. Après avoir convaincu son premier conseiller de le recevoir en cette période de vœux, l'ingénieur anglais était occupé à préparer le dossier qu'il devait remettre, l'après-midi même, et en main propre, au Président. Tout y figurait : l'état de ses recherches sismiques dans la région et, surtout, les développements, d'une précision parfaite, des clichés pris sous l'eau à proximité de la plate-forme fantoche. Tony Absheron ne prêta pas tout de suite attention à cette enveloppe en souffrance sur son lit. Puis, à l'heure du déjeuner, qu'il se fit porter dans sa chambre pour régler chaque détail de son affaire, il s'avisa de cette enveloppe que Minaï lui avait laissée. À peine eut-il ouvert le pli qu'il vacilla sur ses jambes et dut s'asseoir. La précision des clichés n'avait rien à envier à la sienne. Sauf que les photos qu'il tenait à présent dans ses mains compromettaient définitivement ses plans. La parution d'une seule de ces vues, où il apparaissait fort à son aise dans un exercice de pénétration, l'aurait aussitôt rejeté hors de la bonne société londonienne où il avait eu tant de mal à gagner sa place. Son beau-père, le riche magnat de la Oil & Gas Limited, l'aurait renvoyé sans ménagement et il aurait traîné toute sa vie cette réputation de jeune type brillant mais aux mœurs, comment dire, *shocking*... Tony Absheron invoqua un contretemps fâcheux pour annuler le rendez-vous à la Présidence. Dans l'enveloppe laissée par Minaï, un petit mot écrit de sa main disait : « Je passerai ce soir chercher tes photos en échange de celles-ci. » Il n'hésita pas une seconde. Ce dossier qu'il avait pris tant de peine à préparer à l'intention du chef de l'État azeri, il le remit quelques heures plus tard à la sœur de Natig Aliev qui, avec *fair play* et une mine désolée de circonstance, lui confia les négatifs des photos compromettantes. « J'ai ajouté moi aussi les films originaux dans l'enveloppe », commenta simplement Tony Absheron. La jeune femme fila, soulagée que son amant n'eût pas osé soutenir son regard, serrant contre elle les précieux clichés qui avaient failli se révéler fatals au plan de Libertador.

55

La semaine noire commença le 25 décembre à Panamá. La veille, le *Financial Watch* avait justement appris à ses lecteurs que le ministre de l'Économie et des Finances français, Jean-Cyril de la Muse d'Andieu, explorant le projet d'élargissement du canal en compagnie d'industriels des travaux publics, passerait les réveillons de fin d'année dans l'ancienne résidence de Ferdinand de Lesseps à Panamá City.

Le jour de Noël, juste avant le lever du soleil, une bande de rebelles, emmenée par une superbe guérillera prénommée Catalina, venait de bloquer le trafic du célèbre canal, aux écluses de Gatún et de Miraflores. Ils demandaient la restitution de l'isthme à la Colombie pour rétablir leur pays dans ses dimensions d'origine.

Cette fois, c'était l'heure.

L'étranglement surprise de la voie d'eau entre l'Atlantique et le Pacifique eut d'abord pour effet de déstabiliser les principaux pays exportateurs d'armes. Le canal n'était pas seulement une route commerciale utilisée par les grands cargos transportant des céréales et du pétrole. Il offrait surtout une route pour tous les trafics, licites ou non, pour l'acheminement discret des missiles, du matériel nucléaire, des chars et des mortiers en pièces détachées devant servir sur les dizaines de théâtres d'opérations régionaux qui embrasaient encore çà et là la planète, du Congo au Tchad, à la Sierra Leone et au Liberia, du Timor-Oriental au Karabach arménien, sans parler des snipers serbes, des nationalistes tchétchènes ou des islamistes du Daghestan. Par ce circuit, si longtemps géré avec une complaisance confondante par les représentants de l'Oncle Sam, passaient aussi toutes sortes de produits prohibés, dangereux ou précieux, des tonnes de cocaïne et d'ivoire, de l'or, des diamants, des colibris et autres oiseaux exotiques interdits à la capture. Si les compagnies de négoce des matières premières traitées en toute légalité sur les marchés mondiaux furent pénalisées par la fermeture des écluses, bien plus embarrassés étaient les affréteurs de navires dont le contenu interdisait le recours à une quelconque assurance.

Depuis le renfort précieux apporté par l'ancienne journaliste de l'*Espectador*, Catalina, à la suppression du général Manrique, Libertador avait régulièrement maintenu les liens avec la belle métisse de Cali. Par Cheng et Hugues de Janvry, qui avaient œuvré dans l'ombre pour souffler à l'ancien doberman de Noriega, Belisario Dundley, les statuts de la société internationale du Canal de Panamá — une structure d'investissement semi-privée —, la jeune femme avait obtenu les plans précis des installations, repérant ainsi les points faibles du système de sécurité. Accompagnée d'un groupe de choc, à peine une centaine d'hommes tous de nationalité colombienne — et non des mercenaires comme l'avaient dit à tort les premiers communiqués des agences —, elle avait mis la main sur ce symbole de l'économie mondialisée, tant dans sa dimension licite que dans sa partie cachée. Les navires pris dans le « tuyau » furent arraisonnés. Aussitôt, des dizaines de télex et de fax partirent des quatre coins du monde, de Bagdad, Damas, Washington, Moscou, Pékin, Delhi, Beyrouth, Belgrade, Alger, ou de Grozny. Ces textes disaient tous à peu près la même chose dans les langues respectives des expéditeurs affolés : que va devenir « la » cargaison ? Et sous ce simple mot de « cargaison » se dissimulaient des choses inavouables assurant, à la clé, des millions voire des milliards de dollars, dès la livraison effectuée. Mais, cette fois, rien n'arriverait à bon port. La belle Calena [1] avait prévenu ses anciens confrères de l'*Espectador* et, conformément aux accords verbaux conclus avec Libertador, une sorte de dette d'honneur, elle avait contacté à temps les reporters du *Boston Daily News* pour qu'ils fussent sur place, aux premières loges, au moment de l'intervention.

Les équipages avaient dû décharger à quai les marchandises contenues dans les cales, sous l'œil des télévisions qui s'étaient précipitées dans la région du canal déclarée zone ouverte. Les *networks* n'avaient fait qu'emboîter le pas à la presse écrite, mais leur impact fut déterminant : les images de ces fusils, canons, mines antipersonnel, sacs de cocaïne et oiseaux bleus recroquevillés en boule firent en quelques minutes le tour de la terre. On compara le canal de Panamá à un vaste égout pestilentiel, où s'accumulaient la pourriture et la corruption du siècle.

Dans la soirée s'engagea une négociation entre Catalina et les autorités panaméennes qui s'apprêtaient à fêter dignement le retour du canal dans leur giron.

Mais le scandale des marchandises étalées à la vue du monde atteignait une ampleur internationale, impliquant toutes les grandes nations — habituellement défenseurs enflammés, dans les tribunes officielles, des droits de l'homme, des libertés et de la paix. Les opinions publiques s'émurent de ce déballage brutal, et quantité de manifestations spontanées

1. Métisse originaire de Cali.

eurent lieu, malgré l'hiver, en Europe et aux États-Unis, pour protester contre ces trafics indécents et meurtriers. Des pacifistes, auxquels se joignirent une foule de citoyens, organisèrent des sit-in dans la neige devant la Maison-Blanche et le palais de l'Élysée. Jacques Chirac, tenu informé de la situation heure par heure, déclara à l'agence Chine nouvelle que la France, bien qu'exportatrice d'armements, ne s'était jamais abaissée, sous sa présidence, à consentir des livraisons irrégulières de matériel militaire. Quand le journaliste évoqua devant lui l'affaire Luchaire [1], il répondit qu'il s'agissait d'un épisode associé à la gestion mitterrandienne de la diplomatie tricolore, à présent révolue.

Le lendemain, 26 décembre, ce nouveau scandale de Panamá se trouva relégué au second plan, dès les premières heures de la matinée, par une incroyable nouvelle publiée dans le *Financial Watch*, aussitôt relayée par toutes les radios et télévisions qui en un temps record diffusèrent l'information sur toute la planète. Photos à l'appui — les fameuses photos sous-marines prises par Tony Absheron sous la plate-forme et interceptées par la sœur de Natig Aliev, Minaï —, le journal d'Hugues de Janvry révélait un scoop de taille : la société Dolphin Oil n'avait jamais trouvé la moindre goutte de pétrole au fond de la mer Caspienne. Pire, l'or noir, dont les dirigeants azeris s'étaient copieusement aspergé les joues, était du brut irakien, acheminé en violation de l'embargo international. Les premiers flashs d'information radiodiffusés annonçaient ces éléments sous toutes réserves. Mais au fil des heures, le conditionnel disparut des commentaires et il fallut se rendre à l'évidence. Natig Aliev, le jeune président de la Dolphin Oil, était introuvable. Et les reporters, accompagnés d'experts pétroliers étrangers qui rongeaient leur frein à Bakou depuis des mois, ne furent pas longs à éventer le stratagème des baffles qui, une

1. Livraison d'armes françaises à l'Iran au moment de l'Irangate.

fois débranchés, laissèrent place à un silence de mort sur le bloc d'exploration vierge de tout forage.

Le président Heidar, qui avait pris ses quartiers sur la plate-forme N 319, fut sommé d'expliquer une supercherie dont on le crut complice. Devant la forêt de micros qui se tendaient vers lui, il balbutia quelques mots d'indignation avant de s'effondrer sous le coup d'une syncope. Évacué d'urgence par hélicoptère, il fut placé en observation à l'hôpital des Pionniers de Bakou et se montra incapable de produire le moindre son, interdit et prostré au fond de son lit à regarder les images de sa chute, tant politique que physique, à la télévision nationale. Dans la soirée, des milliers de Bakinais s'étaient massés devant les portes de l'hôpital qu'ils menaçaient d'enfoncer. Leur déception réclamait un bouc émissaire. Natig Aliev s'étant subitement volatilisé, ce malheureux président Heidar constituait une cible tout indiquée.

Mais ce cruel dépit n'était rien, comparé à l'effondrement général des grandes Bourses mondiales. Wall Street, que l'on disait au sommet de sa forme, perdit plus de mille points en une seule séance. Malgré sept suspensions consécutives des cotations pour permettre au marché de reprendre ses esprits, le Dow Jones tomba irrésistiblement, chaque fois que les opérations reprenaient, au point que les autorités du Stock Exchange, rompant avec une pratique quasi séculaire, décidèrent, en violation des règles de liquidité du marché, d'agiter la cloche de la clôture des échanges, une heure avant le temps légal. En écourtant la séance, Wall Street ne connut qu'un répit provisoire. Dès le lendemain matin à 8 heures, le panneau d'affichage indiqua la baisse générale : une déroute, un Waterloo doublé d'une Berezina. L'anticommunisme des petits porteurs américains atteignit son comble. Toutes les valeurs pétrolières chutèrent dans le sillage de la Dolphin Oil. Les analystes dissertèrent doctement sur les dangers de voir l'inflation redémarrer, au risque de compromettre la belle croissance occidentale.

On déplora des suicides du haut des buildings géants de Manhattan, de Boston et de Chicago. Lorsque des clients pénétraient, la mine défaite, dans le hall d'un hôtel, les réceptionnistes avaient pour consigne de leur demander s'ils voulaient une chambre pour dormir ou pour se jeter dans le vide. Ceux qui, ayant investi dans le fonds Circle, avaient placé l'essentiel de leur épargne-retraite dans les pétroles de Bakou, se précipitaient dans les pharmacies à la recherche de Prozac et de Lexomil. D'autres choisirent de ne pas mettre fin à leur existence, gardant l'espoir fou que les cours finiraient par remonter.

De Santorin, où il s'instruisait de la philosophie platonicienne, Neil Damon, en plein cauchemar, tentait en vain de reprendre contact avec un jeune homme, qu'il croyait encore s'appeler Barnett Frieseke, afin de lui exprimer sa façon de penser.

Lorsque Jacques Chirac, affolé à l'idée de devoir affronter les porteurs d'emprunts russes — dédommagés peu de temps auparavant en actions de la Dolphin Oil —, tenta d'établir le contact avec son ministre de l'Économie, Jean-Cyril de la Muse d'Andieu cherchait le moyen de quitter Panamá sans se faire remarquer. Des navires français, transportant des armes pour des destinations peu recommandables, avaient été vidés de leur contenu. Le *Boston Daily News*, confraternellement informé par Hugues de Janvry, avait signalé la présence du ministre dans la résidence de Lesseps, donnant aux reporters sur place une folle envie de le rencontrer pour lui poser quelques questions.

En Irak, Saddam Hussein devait se défendre face à son propre peuple d'une accusation de détournement de la richesse nationale au profit de son clan. Lorsque la foule demanda la tête du ministre des Hydrocarbures, le dictateur ne put faire autrement que la lui donner pour gagner du temps et préparer sa propre défense. En apprenant cette destitution, Mourad eut le sentiment d'avoir partiellement vengé la mémoire de son père, tout en regrettant au fond de lui de n'avoir pas suivi son instinct qui lui dictait d'étrangler cet assassin. Mais il avait obéi aux recommandations de Libertador : ne plus tuer de sang-froid, faire confiance à la justice. Cette fois, heureusement et douloureusement, la justice était en train de passer.

À New York, Londres, Paris, Francfort, Milan, Zurich et Tokyo, l'onde de choc de la baisse se propagea avec une rare intensité. On n'était que le 26 décembre, et déjà Libertador pouvait espérer avoir changé le monde. Un peu seulement. La tâche était loin d'être achevée. La journée du 27 décembre ne serait pas sans effet pour la cause des révolutionnaires.

Ce jour-là encore, la matinée fut chaude. Dès 7 heures du matin, avant même l'ouverture des marchés, la nouvelle tomba sur les téléscripteurs : le séisme venait d'Afrique du Sud. Dans un entretien exclusif au *Sowetan*, l'ancien syndicaliste proche de Nelson Mandela, devenu l'un des leaders du black business, dénonçait la tromperie. La Bafokeng Mining Company, que le monde occidental avait plébiscité en raflant toutes les actions émises sur le marché, n'avait découvert aucun gisement de platine. Comme il le lui avait promis, Lancelot Palacy laissa le soin à son ancien rival de donner le coup de pied dans la fourmilière. Trevor Jones n'épargna pas la spéculation anglo-saxonne et boer qui, pour une fois, avait aussi été victime de sa cupidité. Il démontra que le minerai du territoire bafokeng, rétréci aux limites du Magaliesberg, n'était qu'une pauvre roche stérile dépourvue de la moindre once de platine. En propos vigoureux, il appelait les conglomérats miniers, tenant le haut du pavé en Afrique du Sud depuis un demi-siècle, à restituer aux Bafokengs leur patrie d'origine. Ainsi pourraient-ils reprendre le contrôle de réels gisements de métaux précieux et honorer les dettes qu'ils avaient contractées en vendant à l'avance une richesse qu'ils ne possédaient pas dans leur sous-sol. L'homme d'affaires noir rappela que ses frères mineurs étaient en grève depuis le mois de mars, le plus chaud à Pretoria, moins à cause des montées du mercure que des rénégociations salariales annuelles avec le patronat. Depuis l'effondrement des cours de l'or, les ouvriers avaient vu leurs revenus stagner, en dépit des promesses d'amélioration de l'Anglo-American. La perspective d'une crise ouverte sur le platine laissait peu d'espoir aux hommes du fond de voir leur situation évoluer en mieux.

Sitôt la nouvelle vérifiée, puis claironnée à travers le monde que la Bafokeng Mining n'était qu'une coquille vide, un frisson de panique se saisit de nouveau des grandes places financières. On vit s'effondrer les valeurs minières sur toutes les places de cotation, le doute s'emparant soudain des investisseurs et rejaillissant sur les firmes qui avaient annoncé dans les mois précédents des découvertes prometteuses. Le marasme vint frapper de plein fouet les actions pétrolières qui n'avaient pas besoin de cette deuxième onde de choc au lendemain du traumatisme de la Caspienne. Une crise de confiance sans précédent éclata, laissant sans voix les dirigeants des multinationales comme les maîtres de la planète.

Sollicités par les radios et les télévisions, les chefs d'État les plus en vue se firent brusquement discrets, incapables de trouver les mots qui auraient pu rassurer, tant ils étaient eux-mêmes ébranlés dans leur vision du monde changée brutalement en scénario de cauchemar.

Le téléphone fonctionnait difficilement entre Jacques Chirac, prostré dans le palais des Ming, et Bill Clinton. Il est vrai que l'hôte de la Maison-Blanche avait quitté le plancher des vaches. Pour les fêtes du millénaire, il s'était lancé dans un tour du monde en ballon avec le héros suisse Bertrand Piccard, qui avait accepté pour l'occasion d'emmener Bill et Hillary dans son engin jules-vernien. Quand ils réussirent enfin à établir une liaison radio, les deux présidents ne purent que confronter leur impuissance devant les phénomènes qui semblaient avoir été programmés en série, comme un lugubre feu d'artifice. On aurait dit que les hommes sautaient dans le nouveau siècle, nus et impuissants, exposés aux ravages d'un mal aveugle qui les mettait face à leurs propres turpitudes. D'avoir trop aimé l'argent les avait dénaturés et ils se réveillaient, à quelques journées de l'an 2000, avec une terrible gueule de bois, et sans aucun remède pour enrayer le mal qui venait soudain de les faucher.

Les premiers responsables à réagir furent les maîtres de l'industrie automobile. Dans un discours qui se voulait maîtrisé, le patron de la General Motors annonça que les pots catalytiques à base de platine auraient de toute façon été dépassés par une nouvelle génération de carburateurs propres rendant inutiles ces équipements. Mais en voulant minimiser l'impact de l'affaire « Bafokeng Mining », le P-DG ne fit que souligner l'état d'impréparation de la plus grande industrie mondiale. Ces carburateurs de l'ère nouvelle n'étaient pas encore au point. Des années de marasme précéderaient les temps post-modernes. Pareille perspective ne pouvait entraîner que de fâcheuses répercussions parmi les millions de détenteurs de titres, regroupés dans les principaux fonds de pension américains et européens.

Au bord de l'apoplexie, Neil Damon avait renoncé aux enseignements platoniciens et s'escrimait à vouloir reprendre langue avec Libertador. Ses tentatives infructueuses lui confirmèrent qu'il avait bel et bien mis le pied sur un continent englouti, d'où il était impossible de contacter le reste du monde. Seuls Barnett Frieseke et Isidore Sachs avaient le pouvoir d'exécuter les ordres de vente que Neil Damon se désespérait de réaliser avant que ses valeurs ne vaillent plus un cent. À chaque minute qui passait, des milliards de dollars s'envolaient en fumée.

Lorsque, le 28 décembre, éclata l'affaire des vins français frelatés, la sanction fut immédiate : les fonds Bacchus et, toujours par effet de contagion, Fiat Lux, gérés par Hugues de Janvry, connurent à leur tour une véritable implosion. Punis d'avoir sucré leurs barriques pour faire monter le degré d'alcool, de les avoir excessivement boisées pour accroître le goût tannique, les vignerons qui croyaient décrocher la fortune en furent pour leurs frais, de même que les actionnaires des châteaux et propriétés dans la foulée. On vit, dans les rues de Bordeaux, des bourgeois bien tranquilles aligner des bouteilles aux étiquettes prestigieuses sur les trottoirs du marché des Capucins et les tirer à la carabine comme dans les foires à trois sous, ivres de rage et peut-être de folie.

Le scandale fit grand bruit et grandes pertes.

Mais tout cela n'était encore rien : lorsque, au soir du 28 décembre, peu avant la clôture des places financières, les petits épargnants à cheveux blancs réclamèrent à cor et à cri qu'on leur rende leur argent, la réponse leur assena un coup de massue : les actions avaient été vendues, dès la semaine précédente, quand elles atteignaient encore leurs cours historiquement le plus haut. Ils ne devaient pas se réjouir pour autant : les ordres de vente passés par un courtier de Kuala Lumpur avaient été exécutés pour être aussitôt transférés sur un compte numéroté de la place malaise. Depuis, nul ne savait quel usage avait été fait de ces sommes astronomiques qui représentaient quelque cinq mille milliards de dollars. « Tout l'argent du monde est à Kuala Lumpur », titra un journal français de l'après-midi, avec en sous-titre cette interrogation : « Mais que fait-il là-bas ? »

Le ballon du président Clinton survolait précisément la Chine quand se confirma le krach mondial. Le Dow Jones n'était plus qu'une baudruche dégonflée. Les *blue chips* ne valaient plus rien et nul n'aurait osé parier sur un redressement possible. On parla de fermer les marchés pour arrêter le massacre. « Halte au bain de sang ! » titra le très réservé *Wall Street Journal*. Un ouragan financier ravageait le capitalisme spéculatif.

Dans la capsule du ballon, le président américain avait fait installer, sur l'insistance de Hillary, un terminal d'ordinateur relié aux principaux marchés boursiers de la planète. Car depuis qu'elle avait annoncé sa candidature au siège de sénatrice de l'État de New York, la First Lady ne pensait plus qu'à une chose : financer sa campagne électorale. Le couple Clinton s'était officiellement ressoudé en achetant une immense demeure de style géorgien à Chappaqua, à trois quarts d'heure d'auto de Big Apple. Les médias du monde entier avaient montré des vues d'hélicoptère de la propriété, qui contenait une large piscine jouxtant un terrain de golf. Les vues rasantes s'étaient attardées sur les grandes façades blanches et le péristyle à colonnes, les commentaires précisant que l'ensemble comprenait onze pièces réparties sur cinq cents mètres carrés. Quant au prix, fixé à 1,7 million de dollars, il avait surpris plus d'un Américain moyen, car, régulièrement, une certaine presse publiait l'état des dettes des Clinton. Les frais d'avocat, liés à l'affaire Monica, atteignaient quelque 5 millions de dollars, et l'opinion se demandait comment le couple présidentiel avait pu, par-dessus le marché, s'offrir cette folie. Bien sûr, les Clinton avaient des amis banquiers qui leur avaient consenti des conditions de prêts défiant toute concurrence. Mais Hillary s'était lancée, d'abord à l'insu de son mari, puis avec son assentiment admiratif, dans la spéculation. C'est ainsi que l'ancienne étudiante austère et bûcheuse, de culture méthodiste, avait fait le grand saut en jouant sur les IBM et les valeurs de haute technologie, rapportant parfois plus de cinquante mille dollars d'un coup lors des liquidations mensuelles. Dès lors, elle avait compris qu'elle tenait là un filon prodigieux pour subvenir aux besoins des démocrates de l'État de New York, qui entendaient lui organiser la plus belle, la plus fastueuse des campagnes. En un rapide coup d'œil sur l'écran embarqué dans le ballon, elle comprit que ce rêve venait de s'effondrer.

— C'est horrible, fit Hillary. Ma campagne ! Mon élection au Sénat ! Et comment allons-nous payer les traites de Chappaqua ?

— Calme-toi, ma chérie, répondit le Président qui planait littéralement.

Il se tourna en direction du pilote et demanda la position exacte de leur appareil, qui filait à plus de trois cents kilomètres à l'heure sur le *jet stream*.

L'aérostier suisse consulta la carte électronique.

— Nous sommes au-dessus de la Chine, mais, rassurez-vous, il n'y a aucun risque d'être pris en chasse par l'aviation. Nous avons obtenu des accords de survol de l'espace aérien chinois. Seulement, il ne faudra pas franchir le 26ᵉ parallèle. C'est notre accord avec Pékin.

— OK, dit Clinton. Pas question d'aller si loin. Où pouvons-nous atterrir ? Je veux absolument que nous nous posions.

Le pilote examina de nouveau sa carte électronique, sur laquelle apparaissaient des milliers de petits points lumineux.

— Si vous voulez, nous serons au-dessus de Pékin dans moins de trois heures. On peut tenter la place Tien an Men.

— Vous êtes sûr ? s'écria Hillary, vaguement inquiète en entendant le nom de ce lieu de sinistre mémoire.

Piccard hocha la tête.

— Aucun danger. Notre ballon a été identifié depuis notre entrée dans le ciel chinois. Ils savent aussi que vous êtes à bord.

— Dans ce cas, lança Clinton avec un sourire forcé, allons-y.

L'enveloppe argentée, gonflée d'air chaud et d'hélium, amorça lentement sa descente. Dans tout Pékin et alentour, on vit cette étrange poire rebondie, de cinquante-cinq mètres de haut, s'affaisser par-delà la Cité interdite. Lorsque la capsule toucha le sol, au beau milieu de la place où le sang de la jeunesse avait coulé, les Clinton éprouvèrent un pincement au cœur. Bertrand Piccard les précéda. Deux officiers les attendaient, tandis qu'un cordon de policiers à foulard rouge tentait de contenir une foule nombreuse qui laissait éclater une joie tout enfantine, comme si l'enchantement du ballon évanescent avait gommé, l'espace de quelques minutes, les cauchemars et les ombres tragiques de Tien an Men. À peine avaient-ils posé le pied sur le sol chinois que les Clinton entendirent éclater l'hymne national américain. Ils se figèrent dans un même mouvement rigide de fierté retrouvée, obsédés par l'idée d'entrer au plus vite en contact avec la Maison-Blanche pour en savoir davantage sur le krach.

On les conduisit à la Présidence. Là, le président Yang Zemin et le Premier ministre Li Peng firent savoir, au moyen de mille circonvolutions, qu'ils n'étaient pour rien dans la panique générale, en dépit des apparences qui montraient déjà une appréciation suspecte du yuan. Peu convaincu par ces excuses mais soucieux de ne pas commettre d'impair, Bill Clinton garda son air jovial et fit connaître son désir de rencontrer son ami Jacques Chirac qu'il savait à Pékin.

Le président français s'était réfugié dans le palais de l'Harmonie suprême, dans la Cité interdite. Croyant bien faire, les autorités chinoises s'étaient procuré quantité de bonnes bouteilles de vin, garanties non frelatées auprès des restaurateurs tricolores installés dans les quartiers à la mode de la capitale. Dans la salle à manger, quelques flacons de cosd'estournel, de pauillac et de côte-de-nuits attendaient l'enfant de la Corrèze. Quelle ne fut pas la surprise des majordomes chinois quand ils virent le président français tordre le nez et avouer qu'il aurait préféré une bonne bière chinoise. Un messager avait aussitôt été dépêché au palais présidentiel. Yang Zemin avait écouté les souhaits du chef de l'État invité, puis s'était tourné vers Li Peng. Il avait chargé son Premier ministre de faire porter derrière les murailles pourpres de la Cité interdite les meilleurs bières du Sichuan ainsi que la célèbre Tsing-tao, fabriquée depuis le début du siècle dans la province du Shandong par des brasseurs européens.

Jacques Chirac se délectait de ces boissons fraîches et légères quand un mandarin franchit les couloirs du palais pour annoncer l'arrivée impromptue des visiteurs américains. Le président français accueillit le couple à bras ouverts, heureux de retrouver des visages familiers. Il les invita crânement à trinquer, confirmant la vaillance de l'esprit français dans les pires tourmentes du siècle. Le président Chirac proposa aux Clinton d'attendre ensemble le cataclysme qui ne manquerait pas de se produire le lendemain.

Mais, le 29 décembre, il ne se passa rien. Rien de nouveau. Car la messe était déjà dite. Les places financières n'étaient plus que feu et cendre. *Brokers*, *golden boys* et courtiers d'affaires, banquiers et pythies de la Bourse rasaient les murs. Certains cherchaient sans conviction à se replacer dans les œuvres caritatives. À Wall Street, les autorités boursières, qui ne savaient plus à quel saint se vouer, firent appel à une grande prêtresse brésilienne du candomblé, Ika da Silva. Armée de petits pots d'aromates, qu'elle disposa çà et là dans l'enceinte de la salle des cotations, la jeune femme tenta vainement d'éloigner les mauvais esprits. Le Dow Jones poursuivit sa chute abyssale, sans qu'aucun aromate soit en mesure de ranimer la cote anémiée. Le capitalisme était bel et bien à terre.

Déjà l'Amérique s'inquiétait de voir la grande fête électorale de l'an 2000 définitivement gâchée. Ne devait-on pas assister à une folle campagne entre George Bush Junior et le vice-président de Bill Clinton, Al Gore, lancés à coups de milliards de dollars dans la course à la Maison-Blanche? Si la crise soudaine fit l'effet d'un électrochoc dans le monde entier, c'est aux États-Unis que l'émotion fut la plus vive. Depuis l'été, les bonnes nouvelles avaient succédé aux bonnes nouvelles. Jamais les marchés n'avaient été aussi fermes, la guerre était finie au Kosovo, la crise brésilienne semblait rangée au rayon des mauvais souvenirs, comme les craquements de l'économie russe. Les firmes automobiles en étaient même à proposer des emplois à vie à leurs salariés, signe d'une confiance inoxydable que confortaient, chaque jour ouvrable, les prouesses du Dow Jones.

La confiance atteignait aussi l'Europe. C'est ce que tentait d'expliquer Jacques Chirac à son ami Bill. Entre deux gorgées de bière, le président français, confortablement calé dans un fauteuil impérial à accoudoirs d'acajou, se lança, dans cette avant-dernière soirée du siècle écroulé, dans un magistral exposé sur des lendemains meilleurs, le passé récent se portant garant de l'avenir. Devant le couple Clinton ébahi, Jacques Chirac commença par tomber la veste et, la chaleur aidant — les autorités chinoises avaient veillé à bien chauffer leurs invités —, il se retrouva très vite canette à la main et sourire goguenard aux lèvres.

— Vous voyez, dit-il à son auditoire restreint, suspendu à ses paroles apaisantes, nous avons connu une croissance à tout casser — surtout vous, les Américains —, une ascension spectaculaire. Nous autres Français, nous avons transformé notre peuple de bouseux en boursicoteurs avisés, connaissant la cote mieux que les saints du calendrier. Les salaires de nos cadres et de nos dirigeants d'entreprise ont explosé par le jeu des stock options, des fortunes se sont bâties sous les gouvernements de gauche, en particulier depuis que l'ancien trotskiste Jospin est à Matignon. Même l'État ne sait plus quoi faire de son pognon. Contre vous, nous nous sommes battus sur les marchés céréaliers, sur le bœuf aux hormones, sur le bruit du Concorde quand il atterrit à New York, sur l'entrée des Chinois dans l'Organisation mondiale du commerce. Maintenant, l'épreuve que nous vivons doit nous inciter à faire un pas chacun. Gommons nos divergences. Sur les cendres des marchés effondrés renaîtra le phénix de l'espérance, à condition que nous nous tendions la main comme aux pires moments de notre histoire sanglante.

Fascinés par cet accès de lyrisme, les Clinton applaudirent à tout rompre avant de sombrer à nouveau dans un silencieux chagrin. Sur son petit portable équipé d'un écran financier, Hillary venait de voir le Dow Jones tourner une nouvelle fois de l'œil. Et ses fonds de campagne s'envoler en fumée.

Le 30 décembre à 14 heures, la population brésilienne, rassemblée devant une célèbre télénovella diffusée par TV Globo, attendait de savoir si une autre héroïne, la jeune métisse de Rio, Paula, amoureuse à la fois du champion de formule 1 Alberto et du banquier Joachim, allait enfin se décider pour l'un des deux soupirants. Le suspense avait été entretenu tout au long de la semaine, la passion était à son comble, des favelas de la capitale aux fazendas les plus reculées de l'Amazonie. Mais à peine le générique fut-il lancé à l'antenne que l'image s'effaça et l'hymne national retentit. Quelques secondes plus tard, le président Barco Herrera apparut à l'écran. Il portait un costume sombre et une pochette, aux couleurs vert et jaune du Brésil. Son air grave et digne laissait présager l'annonce de nouvelles préoccupantes. Fixant les caméras bien en face, il commença un discours qui se voulait proche des gens, fraternel, le plus clair possible. Il expliqua que depuis plusieurs années, son pays avait vécu au-dessus de ses moyens à cause d'une élite privilégiée qui dépensait sans compter pour satisfaire ses caprices sans jamais penser au peuple, laissé pour compte dans des logements dignes d'il y a un siècle, quand le Brésil connaissait encore l'esclavage. Le Président s'exprimait sans notes ni prompteur. Au moment de citer des chiffres où il n'était question que de dettes, de ré-échelonnements avec les créanciers du Club de Londres et du Club de Paris, il s'aida d'une fiche bristol pour aligner des sommes astronomiques. Les Brésiliens comprirent que ces quantités d'argent — plus qu'ils n'en verraient jamais au cours d'une vie entière — leur pays les devait à d'autres pays, à des banques ou à des organismes internationaux, lassés de prêter sans voir revenir le moindre remboursement.

Au terme de cet exposé douloureux, Barco Herrera annonça qu'à compter de ce jour le Brésil était en état de banqueroute. En conséquence, la monnaie nationale allait flotter librement sur les marchés, afin que le cours s'établisse à son niveau véritable, c'est-à-dire au plus bas.

— Cette fois, c'est le bouquet! commenta Jacques Chirac, tandis que Bill Clinton pressait le président français d'appeler Michel Camdessus, le président du FMI, afin qu'il intervienne au plus vite pour endiguer cette crise brésilienne.

Retiré pour les fêtes dans un monastère de Castille, le financier français avait laissé comme consigne de n'être dérangé sous aucun prétexte pendant sa retraite religieuse. C'est alors qu'il était perdu dans la contemplation d'un retable du XIVe siècle, représentant le Christ en croix, qu'un frère capucin finit par oser troubler ses dévotions. Après avoir vérifié que Bill Clinton et Jacques Chirac le pressaient bel et bien de se manifester auprès d'eux sur un numéro de téléphone au code d'accès chinois, M. « petites mains » découvrit l'étendue des dégâts qui ravageaient la planète depuis le jour de Noël. Lui, qui avait annoncé que les crises monétaires étaient révolues, dut agir en toute urgence pour soutenir le real qui s'effondrait. Mais devant la chute générale de tout ce qui avait eu quelque valeur, il se demanda si l'oxygène à apporter à la devise brésilienne était véritablement la priorité. Bill Clinton et Jacques Chirac surent le convaincre que oui.

Le soir de la déclaration de Barco Herrera, l'agence Reuters envoya trois *leads* successifs annonçant que le FMI venait de vendre la moitié de ses réserves en or pour financer l'appui exceptionnel apporté aux finances du Brésil. Cette ponction eut pour effet d'entraîner une rechute des métaux précieux, sans que le real enregistre de véritable mieux dans les milieux cambistes où même les moins avisés se débarrassaient, comme d'un mistigri, de cette monnaie déchue. Les économistes qui osaient encore donner un avis se mirent à craindre une réaction en chaîne dans le sous-continent latino-américain.

Jacques Chirac et Bill Clinton demandèrent qu'on

les laissât seuls dans la salle de méditation de la Cité interdite. Le président américain se fit aisément convaincre par son homologue français que quelques bonnes bouteilles de bière aideraient leurs esprits à inventer la solution qui sortirait le monde du marasme. Jacques Chirac commanda aussi de la cochonnaille et quelques pâtés impériaux sur leur lit de salade fraîche et de feuilles de menthe, histoire de se donner des forces et de l'entrain.

À mesure que les heures passaient, le monde entier prenait conscience de la gravité des événements. Les épigones de Nostradamus étaient les seuls à afficher un air triomphant, proclamant que tout cela était écrit depuis belle lurette et que les temps d'expiation avaient sonné. Les médias leur accordaient soudain une audience disproportionnée car ils étaient désormais les seuls à se faire écouter. Les autres intervenants de la vie publique étaient si déconsidérés que nul n'attachait plus d'importance à leurs points de vue — quand ils avaient encore l'audace de les formuler. La journée fut ainsi marquée par la prise de parole, qui ressemblait à une prise de pouvoir, des charlatans de tout poil annonçant la fin des temps, la vengeance du divin et l'enfer éternel. De sa retraite castillane, Michel Camdessus priait Dieu de venir enfin de son côté et de lui donner raison de façon éclatante, lui qui avait promis des lendemains qui chantent à la grande majorité de l'humanité soumise aux lois quasi divines du libéralisme.

Le calendrier indiqua le 31 décembre. Pour cette dernière journée du millénaire, les populations se réveillèrent tôt le matin. On reparla de fête, de cotillons, de lampions, de flonflons. La tour Eiffel, gainée d'un halo de brume, laissait apparaître un lumineux et inquiétant « − 1 », de même que le World Trade Center de New York et la tour Seiko de Tokyo. Les Cassandre qui s'étaient multipliées virent dans ce nombre négatif le présage d'un nouvel épisode funeste. Ils n'avaient pas tort.

Pendant que Bill Clinton et Jacques Chirac sommeillaient profondément après avoir refait cent fois le monde, le ministre des Finances chinois, Wang Pu, venait de se poser sur l'aéroport de Pékin. Une limousine noire l'attendait, qui fila directement vers le palais de la Présidence. Nul ne fit allusion à son séjour dans l'enfer de Las Vegas. D'ailleurs, tous les lieux du monde étaient désormais des enfers. Sur un écran affichant en permanence les grands marchés des changes, le ministre des Finances fut invité à observer le comportement étrange du yuan depuis la veille. Alors que toutes les monnaies sans exception étaient emportées par la bourrasque, la devise chinoise tenait bon. Mieux — ou pire —, elle gagnait du terrain à chaque minute, atteignant des cours records qu'elle n'avait jamais connus dans toute l'histoire de l'empire du Milieu. Il fallait désormais dix dollars pour obtenir un yuan, et la tendance ne cessait de s'aggraver au détriment de la monnaie américaine. Sommé par le Premier ministre Li Peng d'expliquer cette brutale montée de fièvre, Wang Pu resta sans voix.

Au même moment, à Zurich, Premilla Stoltz surveillait de près l'évolution du yuan. Faute d'avoir obtenu d'autres renseignements de Libertador, elle s'était résignée à utiliser ses seules recettes en vue d'empocher le maximum d'argent chaud, profitant du désastre enregistré par toutes les bourses pour préserver le seul et unique îlot de hausse qui subsistait. Mobilisant les fonds de tous les portefeuilles d'actions, d'obligations et de bons d'État qu'elle gérait, elle s'était portée sur le yuan à hauteur de 10 pour cent de ses avoirs, en prévoyant un système d'engagement progressif : si le yuan rattrapait le dollar, 50 pour cent de ses avoirs iraient automatiquement sur la devise chinoise. Si cette dernière enfonçait le plafond des deux dollars, elle placerait dessus 55 pour cent. Son mécanisme devait ainsi s'étaler de 5 pour cent en 5 pour cent, jusqu'au sommet, qu'elle n'osait envisager, de dix dollars pour un yuan. Lorsque ce plafond, à sa grande surprise, fut aussi crevé, elle sollicita l'ensemble du système bancaire zurichois pour continuer à alimenter la hausse. À 11 heures du matin, La Vierge-de-Platine avait provoqué, à elle seule, une appréciation du yuan de 47 pour cent. Isidore Sachs, tapi derrière son clavier à Kuala Lumpur, n'aurait pû rêver meilleur tour de chauffe. Quand il se mit à relayer le mouvement en jouant le yuan à raison de cinquante milliards de dollars toutes les trente secondes, le casino mondial explosa sous les coups de ce que les commentateurs appelèrent aussitôt le « nouveau péril jaune ». À midi, le yuan avait définitivement éclipsé les autres devises. Il enregistrait une fulgurante ascension de 1 000 pour cent, effectuant dans le firmament monétaire des bonds de comète, sans que nulle force soit en mesure de s'y opposer.

Hugues de Janvry pouvait prendre, autant qu'il voulait, des positions baissières, le marché voulait monter. Tout ce qui restait de devises encore un peu vaillantes sur les marchés mondiaux se rendait au yuan comme une armée de vaincus au général victorieux. L'effet boule de neige était tel que les ventes à terme du Français furent absorbées sans coup férir.

À Pékin, l'agitation atteignait son comble. Le ministre Wang Pu cachait mal son extrême fierté de voir la monnaie de son pays damer le pion à toutes les devises du monde capitaliste.

— Il faudrait avertir le président des États-Unis que le dollar est mort, souffla sans rire Wang Pu, réussissant à peine à dissimuler sa joie. De toute façon, ce n'était qu'une peau de grenouille verte, fit-il en se souvenant d'une chronique récente de Cheng sur les ondes de Money.

— Vous êtes fou ! réagit Li Peng. Il ne faut surtout rien dire à Clinton. Il est notre hôte dans la Cité interdite, avec le président français Chirac.

De la terre entière parvenaient des messages d'inquiétude et de doléances. Pékin ne pouvait pas continuer sans réagir à laisser sa monnaie ridiculiser les autres. Michel Camdessus, une nouvelle fois dérangé dans son monastère, en appela solennellement à la sagesse de Confucius et, passant du spirituel au pragmatique, avertit les dirigeants chinois qu'à vingt dollars pour un yuan — c'était la parité au moment de son allocution en début d'après-midi —, les produits *made in China* ne trouveraient plus aucun acquéreur, pas même dans les émirats.

La joie du ministre Wang Pu fut donc de courte durée. C'est la mort dans l'âme qu'il dut se résoudre à rédiger une allocution qui empruntait à ses ennemis héréditaires nippons leur rite sacrificiel du hara-kiri.

À 16 heures, temps universel, devant les caméras de télévision du groupe Moloch et sous la surveillance vigilante de Cheng, à l'instant où le yuan cassait un nouveau plafond de vingt-huit dollars, le ministre des Finances annonça, au soulagement général, la dévaluation de 3 000 pour cent du yuan. Sitôt dit, sitôt fait.

À Kuala Lumpur, Isidore Sachs considéra sa mission accomplie lorsque les centaines de millions de milliards détournés, par la ruse, du fonds Circle, s'envolèrent en fumée. Neil Damon, averti par un message laconique de Vargas de ce transfert de la dernière chance sur le yuan, s'aperçut qu'il n'avait plus de quoi payer sa facture d'hôtel à Santorin. On le vit traîner sa longue silhouette et sa barbiche défaite le long de la mer, habité par la tentation de se fondre dans le bleu profond de la Méditerranée.

Tranquillement installé dans son bureau parisien, Hugues de Janvry n'avait plus assez de place sur sa calculette électronique pour évaluer les gains qu'il venait d'empocher en rachetant ses yuan à un prix dérisoire, comparé au cours auquel il les avait vendus sur les marchés à terme. Il se remémora la conversation au café de la Paix, le jour où Libertador l'avait initié aux subtilités complexes de ce jeu de papier. Quand, à la mi-journée, sa ligne cryptée se mit à sonner, il sut que Libertador était au bout du fil.

— Bravo, Hugues, beau travail.
— Ce n'est pas moi qu'il faut féliciter, je n'ai fait que suivre tes instructions. C'est Cheng qui a été

champion. Comment a-t-il pu les convaincre de dévaluer subitement ?

— Chaque atome de patience est l'espoir d'un fruit mûr, rétorqua Libertador.

— Tu as lu Valéry ? s'étonna Janvry.

— Les bons auteurs sont universels, fit Vargas sur un ton modeste. Cheng a mené un travail de sape morale de chaque instant. Quand Sachs a commencé ses coups de boutoir, les Chinois ont craqué.

— Que va-t-on faire de tout ce fric ? demanda tout à coup Janvry.

— J'y réfléchis. Je te ferai signe bientôt. Tiens-toi prêt à me rejoindre, tu recevras des instructions.

Ils se quittèrent sur cette nouvelle promesse de se retrouver. Vargas semblait avoir recouvré tous ses moyens depuis sa longue éclipse. Il n'avait pas dit un mot de La Vierge-de-Platine.

À Zurich précisément, une femme à la chevelure blonde décolorée venait de se jucher sur le premier U de l'enseigne de la banque Julius Warms. Quelques heures plus tôt, c'était encore une créature sémillante, énergique, dominatrice et sans complexe, qui expliquait aux derniers banquiers suisses réticents que toutes les fortunes des rois nègres et des narco-trafiquants avaient l'occasion d'être « jaunis », comme elle le disait en ricanant, dans les meilleures conditions de rentabilité. Elle avait attiré dans la spéculation sur le yuan l'ensemble de la communauté bancaire, ainsi que quelques francs-tireurs gestionnaires de *hedge funds* [1], les persuadant que l'heure de la Chine avait sonné. Le matin, elle avait passé sa robe fourreau, très échancrée, pour recevoir un des derniers financiers qui osait lui résister. L'homme s'était présenté à son bureau à 10 heures et Premilla l'avait accueilli dans sa tenue provocante. En sa présence, elle avait appelé Isidore Sachs à Kuala Lumpur, prenant soin d'appuyer sur le bouton du haut-parleur pour permettre à son visiteur d'entendre l'enthousiasme du trader britannique à

1. Fonds spéculatifs.

propos du yuan. La jeune femme avait raccroché avec une moue. Le banquier n'avait eu d'yeux que pour ces lèvres sensuelles et gourmandes qui semblaient lui réclamer un baiser, le baiser de sa vie, un baiser à dix milliards de francs suisses, tous les avoirs de son établissement. Premilla, après s'être fait désirer, avait repris son air occupé de femme d'affaires, sourcils froncés, lunettes sur le nez et voix cassante.

— Donc, vous ne me suivez pas, avait-elle lancé perfidement.

Dérouté par ce qu'il avait vu de ses cuisses et de sa bouche autant que par ce qu'il avait entendu de la part d'Isidore Sachs, l'homme avait fini par céder. La Vierge-de-Platine lui avait alors lancé un de ses sourires les plus désarmants, de ceux qui avaient ensorcelé Libertador.

Quand fut annoncée la dévaluation, Premilla s'épilait soigneusement les poils pubiens dans sa salle de bains. L'écho de la radio lui était parvenu, assez lointain, de la cuisine où était branché l'appareil. De stupeur, elle laissa tomber sa pince et courut coller son oreille au poste, mais les commentateurs essayaient déjà de prendre la mesure de l'événement sans en rappeler le détail, tant le détail était énorme. Une dévaluation de 3 000 pour cent, cela n'avait jamais existé de mémoire d'*homo economicus*.

Le mécanisme qui était à l'œuvre devait se révéler implacable. Dès l'effondrement de Wall Street, le patron de la Federal Reserve Alan Greenspan avait déclenché le plan « Orsec » en décidant de relever les taux d'intérêt. Il savait bien qu'une telle mesure aurait tôt ou tard comme effet de peser davantage encore sur les cotations en déprimant l'économie. Mais il y avait urgence. Pour sauver le dollar du naufrage, seule restait l'arme à double tranchant des taux. Il s'agissait de gagner du temps. Dans la foulée de la décision de la Fed américaine, la plupart des banques centrales des grandes nations avaient entrepris de vendre leurs réserves en or. Les grands argentiers de la planète s'étaient donné le mot pour faire savoir *urbi et orbi* que le dollar allait remonter, qu'il fallait surtout ne pas paniquer. Mais cette fois, les mots ne suffisaient plus. La devise américaine avait continué sa descente aux enfers, et ce malgré le renchérissement spectaculaire du loyer de l'argent. Les banques centrales étaient exsangues, leurs dépôts en métal fin avaient fondu comme neige au soleil, sans que le dollar ne reprenne le moindre cent à la hausse. « Le temps arrange tout », essayait de se convaincre Alan Greenspan, qui ne voulait pas croire à un si terrible chaos pour l'économie mondiale. « Tant pis pour la Bourse, expliquait-il en privé, sauvons notre monnaie. » Mais rien n'y fit, et la crise s'étendit jusqu'en Russie et au Japon.

Au moment où le patron de la Fed espérait une accalmie, Libertador avait sonné la charge ultime. Le *Boston Daily News* diffusa une rumeur qui fit rapidement le tour du monde par *Financial Watch* et les médias du groupe Moloch interposés : les autorités financières de Washington envisageaient sérieusement de lancer un dollar rose, un dollar externe à l'Amérique, qui subirait une forte décote comparé au billet vert interne. Autrement dit, c'était la fin des eurodollars. La nouvelle fit l'effet d'une nouvelle bombe sur les marchés. Tous les possesseurs non américains de dollars s'en débarrassèrent comme d'un mistigri, et plus dure encore fut la chute. C'est en écoutant ces explications à la radio que Premilla Stoltz comprit que tout était perdu. Les taux étaient au plus haut, les réserves des banques centrales en or étaient parties en fumée, et l'Amérique se préparait à se défausser sur le reste du monde avec ses dollars de pacotille. Il ne restait plus qu'à attendre la fin. La jeune femme en était là de ses réflexions lorsque son téléphone se mit à sonner. Ce fut l'hallali.

Des banquiers parmi les plus policés de Zurich, élevés dans les meilleures écoles, menaçaient, en vociférant, de venir lui casser la gueule — c'étaient les mots qu'ils employaient — ou de lui faire manger des yuan jusqu'à l'étouffer. Premilla ne savait plus que faire. Elle finit par débrancher sa prise de téléphone et se mit à courir en tous sens dans son appartement, incapable d'entamer la moindre action cohérente. Elle trouva dans son bar une demi-bouteille de scotch, qu'elle vida presque d'un trait, directement au goulot.

La jeune femme avait perdu sa superbe. La mèche en bataille, le khôl coulant sur ses joues, porté par des rivières de larmes où le chagrin le cédait à la colère, maudissant Vargas et Isidore Sachs, La Vierge-de-Platine hurla comme prise de folie. Par sa fenêtre, elle venait d'apercevoir des hordes de financiers, costume débraillé et cravate au vent, qui couraient dans la direction de son immeuble.

La panique soudain la prit. Elle enjamba son balcon et tâtonna, tremblante, dans un état second, jusqu'au premier U de Julius. Là, jetant un dernier regard de défi à son icône accrochée à la façade de l'immeuble d'en face, elle sauta, les yeux grands ouverts pour ne rien perdre de sa chute finale. Un cri terrible accompagna sa fin.

À peine annoncée la dévaluation du yuan, à son tour le Dow Jones piqua du nez. Si on ne déplora aucune perte de vie humaine, les pertes sèches furent, elles, incalculables. L'Amérique qui avait construit sa fortune en enflant la bulle financière se retrouva pauvre comme Job, privée des attributs de son arrogance : l'argent s'était volatilisé. Une caricature, parue dans l'édition du *Boston Daily News*, montrait Bill Clinton dans les bras de Jacques Chirac, des dizaines de grenouilles sautant de leurs poches en criant qu'elles avaient le vertige. Elles n'avaient plus d'autre choix, cependant, que de se jeter dans le vide.

— Le pouvoir n'est plus à prendre, il est à ramasser, observa Jacques Chirac avec des accents de dignité gaullienne, en apprenant les tribulations du yuan.

Le ministre Wang Pu en personne était venu à la Cité interdite s'enquérir du moral des deux chefs d'État. Il put constater que les deux hommes avaient cessé d'en découdre à propos des affaires épineuses de bœuf aux hormones et de cognac taxé à 200 pour cent.

« Bill viendra voir comment on élève nos bêtes en Corrèze. Il m'a promis d'imposer leur méthode aux farmers du Midwest », essayait de se réjouir le président français, tandis que le héros malheureux du Monicagate offrait à Wang Pu, en souvenir, un vieux dollar fripé qu'il tenait de sa grand-mère. Puis les deux présidents et Hillary se dirigèrent vers une salle de prières. Là, ils se recueillirent en écoutant la voix ténébreuse d'un bonze.

Si les grands de ce monde commençaient à prendre conscience de l'incroyable séisme qui venait de frapper la planète financière, l'onde de choc s'était propagée avec moins de violence dans les zones éloignées des marchés, dans le désert parmi les pyramides.

C'est pourquoi Gilles Duhamel avait passé une semaine tranquille à maîtriser les déhanchements d'un dromadaire facétieux dans les dunes du Sud tunisien, sans penser une seule seconde que son capital, grâce auquel il croyait avoir assuré ses arrières, avait déjà fondu comme neige au soleil. C'est seulement le 31 décembre à presque minuit, alors qu'il dégustait en famille un délicieux *regag* au pigeonneau, en suivant d'un œil distrait des tableaux de danse orientale, qu'il fut brutalement ramené aux réalités du monde capitaliste. Un bédouin était sorti de sa *khaïma* [1] en poussant de grands cris, hurlant à qui voulait l'entendre qu'il était ruiné. Les touristes venus d'Europe et parfois de plus loin pour les festivités du millénaire crurent au début qu'il s'agissait encore de spectacle et applaudirent à tout rompre cet Harpagon des sables bondissant, par sauts de cabri furieux, devant l'assistance. Mais les danseuses s'étaient brutalement interrompues et avaient, à leur tour, lancé vers le ciel des cris aigus. L'organisateur de la soirée était venu dire combien il regrettait cet

1. Tente bédouine traditionnelle.

incident, précisant qu'à l'occasion d'une liaison avec la radio nationale, le bédouin avait appris l'effondrement des marchés mondiaux.

— Ce bédouin est notre ami depuis des années, avait expliqué l'organisateur. Il a pris l'habitude de placer une partie de ses économies en Bourse par l'intermédiaire d'un courtier de Tunis, très introduit dans les sociétés financières parisiennes. Il vient d'apprendre que toutes les valeurs sont suspendues à leur plus bas niveau historique.

L'organisateur avait à peine fini de parler que Gilles Duhamel se précipitait vers lui.

— Où peut-on téléphoner ? C'est urgent !

Déjà l'organisateur était assailli par des dizaines de touristes qui, jusqu'alors, avaient écouté calmement les chants et les musiques, avant que le ciel ne leur tombât sur la tête. Le bonhomme était débordé. Il n'eut pas le temps de dire que le téléphone satellite ne serait pas connecté au réseau mondial avant le lendemain matin. Les riches invités du désert tentaient désespérément de joindre un ami qui les aurait rassurés, leur aurait dit que tout cela n'était qu'un mauvais rêve, que le CAC 40 et le Dow Jones se portaient comme des charmes. Mais pas plus Gilles Duhamel que ses compagnons d'infortune ne purent obtenir le moindre réconfort. Quand une jeune femme passa parmi les convives avec un plat d'agneau fumant, elle ne rencontra que des visages fermés qui portaient le deuil de leur argent, comme si on pouvait penser à l'argent un soir pareil...

Pendant ce temps, au pied de la chaîne libyque, dans le temple-forteresse de Medinet Habou, devant les fresques merveilleuses peintes sous le règne de Ramsès II, Marc-Antoine Weil s'imaginait en pharaon. La rumeur d'une crise mondiale avait bien atteint les cicérones chargés d'accompagner le groupe de milliardaires à travers les vestiges de l'histoire égyptienne. Mais des consignes très strictes avaient été données par la direction du tour operator au Caire : pas question de briser le rêve des « invités ». À trente mille francs la soirée, il ne pouvait s'agir que d'invités de marque. Comme autrefois, dans les galères, on avait recours à un menteur prétendant que le temps serait clément et les conquêtes somptueuses, on garda le cap de la bonne humeur et de la confiance dans le petit groupe parti à l'assaut des pyramides, même si, après minuit, le carrosse devait redevenir citrouille.

Marc-Antoine Weil se demanda plus tard ce qu'il aurait pu faire pour échapper à la curée s'il avait été averti plus tôt. Il dut convenir, à l'aube du premier jour du nouveau siècle, que son génie de la spéculation avait été abusé. Et par son propre neveu par-dessus le marché. Quand il réussit à entrer en ligne avec Paris, une voix lui apprit que M. de Janvry s'était envolé la veille pour une destination inconnue. Marc-Antoine Weil comprit que, sauf miracle, il était ruiné à hauteur de cinq cents millions de francs, ce qui représentait au moins la moitié de sa colossale fortune de mercenaire des affaires.

— On n'est jamais trahi que par les siens, ruminait-il, au matin du 1er janvier, devant un hiératique Ramsès.

À Saint-Pétersbourg, le commissaire Jérôme Annepont avait été prévenu dès Noël que quelque chose ne tournait pas rond au royaume de la finance. Mais l'hiver était exceptionnellement clément sur les îles du delta de la Neva, et le haut fonctionnaire bruxellois s'était abandonné à la douce torpeur décadente de la Venise du Nord, s'abîmant dans la contemplation des Rembrandt et des Matisse du palais de l'Ermitage, quand il ne déambulait pas sur la perspective Nevski, emmitouflé dans une luxueuse pelisse, dernier cadeau qu'il s'était offert après avoir appris sa banqueroute personnelle.

Sans l'en avertir, Annepont avait même engagé toute la fortune de sa femme, une héritière des aciéries de Belgique, dans les fonds de pension vantés par Hugues de Janvry.

Quand la nouvelle de la faillite des Bourses mondiales fut connue dans l'ancienne capitale des tsars,

Annepont ne changea rien à ses habitudes. Venu en célibataire (son épouse, au chevet de sa mère malade, devait seulement le rejoindre pour le feu d'artifice du 31 décembre, tiré des jardins du palais Michel), il passait des nuits délicieuses avec trois jeunes Slaves qu'il avait choisies, l'une pour ses cheveux blond paille, l'autre pour sa parure châtaine, la dernière pour sa rousseur. Le matin, il déjeunait vers 9 heures dans la salle commune de l'hôtel Astoria, puis traversait la rue pour se recueillir quelques minutes à l'église Saint-Isaac. Ses prières avaient brusquement pris un tour très matériel : « Faites, Seigneur, que la bonne fortune me revienne après cette secousse financière que je n'ai pas méritée. » Il se signait, puis sortait guilleret, avec le sentiment du devoir accompli, une mignonnette de vodka au fond de sa poche.

Pas une seule fois le commissaire ne tenta de joindre Paris ou Bruxelles afin de s'assurer de la gravité des événements. Il avait immédiatement compris que la ruine avait soufflé la planète capitaliste, comme au jeu de dames on balaie un pion immobile. Annepont savait aussi qu'un jour viendrait où l'on remonterait la chaîne de responsabilités. On chercherait qui, en Europe, avait exposé les épargnants à la propagation du virus spéculatif. Il ne donnait pas cher de son sort. N'avait-il pas rédigé quelques notes, habilement tournées, à l'intention du président de la Commission européenne et du ministre français des Finances, visant à faciliter l'entrée dans l'Union des Quinze de ces produits financiers garantis sans risques ? L'idée le traversa de reprendre contact avec ses supérieurs pour leur demander de faire disparaître ces documents qui signaient son erreur en même temps que sa faute. Mais il y renonça aussitôt. Il faisait doux à Saint-Pétersbourg, et Sonia la rousse l'ensorcelait quand elle enlevait sa petite culotte et plaquait contre sa poitrine ses seins opulents. Il flamba ses derniers dollars dans l'exploration minutieuse et haletante de ce corps de braise, ayant appris par un télégramme que son épouse ne ferait pas le voyage, sa mère n'ayant pas supporté la ruine familiale qui lui était désormais imputée.

Le 31 décembre, assistant au feu d'artifice du millénaire sur le grand balcon du palais Michel, tandis que les cloches de Saints-Pierre-et-Paul annonçaient frénétiquement la fin du xxe siècle, Annepont respira, l'espace d'une seconde, un air de liberté qu'il ne devait plus jamais retrouver.

Le lendemain, arpentant la salle des fêtes du palais, il tomba sur le célèbre tableau de Karl Brullov, *Le Dernier Jour de Pompéi*, et fut brutalement ramené à la réalité. Pendant que l'ensemble académique de Saint-Pétersbourg interprétait *a cappella* des chants orthodoxes, Annepont s'écroula, victime d'un arrêt du cœur.

À Villers-sur-Mer, où le temps était plutôt frisquet en cette fin d'année, Denis Dupré devint, à son corps défendant, l'emblème d'une certaine résistance héroïque, rappelant la Normandie éternelle, celle de la guerre de Cent Ans, des luttes contre l'adversaire héréditaire, la perfide Albion, ou encore du Débarquement. Le jour où la catastrophe financière éclata, les habitants de Villers répétaient leur exercice d'alignement sur le méridien de Greenwich. Ils étaient déjà plusieurs centaines, main dans la main, formant une chaîne radieuse et gaie, lorsque le haut-parleur branché sur France Info diffusa soudain un flash aux accents de fin du monde. Wall Street et le Palais-Brongniart étaient en cendres. Il n'y avait pas plus de pétrole à Bakou que de platine dans le Magaliesberg sud-africain, les fonds de pension n'étaient plus que fumée.

Soudain la foule se dispersa en poussant de terribles cris, les mêmes qui avaient résonné dans le désert tunisien et partout où se trouvaient de petits ou de gros capitalistes au cœur plaqué d'argent.

C'est ainsi que, le 28 décembre, vers 10 heures du matin, Denis Dupré, qui avait trop le sens de l'État pour avoir celui des affaires, se retrouva seul, sur la route de Villers, à incarner le méridien de Greenwich, les bras tendus, l'un en arrière, l'autre en avant, attendant que la chaîne veuille bien se reformer. Il resta là immobile, jusqu'à la tombée de la nuit, et put méditer tout à loisir sur la solitude de ceux qui ont eu raison contre tout le monde. Lui qui ne voulait pas de ces fonds de pension, triomphait dans un champ de ruines. Des photographes et des télévisions accoururent pour saisir cette image de la résistance. On le compara au général de Gaulle, celui qui a dit « non ». Cela ne fit qu'aggraver le sentiment de supériorité qu'il se mit à nourrir envers l'ensemble de l'humanité faible et avide, en proie au désespoir collectif...

56

Le 1er janvier de l'an 2000, à midi, heure mondiale, la planète entière était suspendue aux lèvres d'un homme encore inconnu d'elle, mais dont chaque trait du visage allait bientôt s'imprimer à jamais dans plusieurs milliards de mémoires. Libertador avait longtemps hésité avant de sortir de l'ombre et de s'exposer à la fureur et la curiosité des foules humaines. Il savait cependant que le courage n'avance jamais masqué. Les chambardements qui avaient bouleversé le monde depuis une semaine n'étaient pas le fait d'un irresponsable, mais au contraire d'un citoyen universel, conscient que l'humanité courait à sa perte si l'un de ses représentants ne se dressait pas pour briser le cercle vicieux des égoïsmes et les transmuter, par ses paroles et ses actes, en cercle vertueux, le cercle sacré des solidarités humaines retrouvées.

C'est de ce cercle que Libertador allait parler à ses contemporains rassemblés devant leurs téléviseurs, ce 1er janvier 2000 à midi. Lui-même avait retenu la leçon de vie de Yoni : sache que même si tu descends dans l'arène, si tu touches la fange et t'y salis au point de ne plus te reconnaître, sache que tu es protégé par ton propre cercle qui garde intacte et pure ton âme. C'est en se rappelant la voix de Yoni qu'il trouva le courage de dévoiler son visage, convaincu qu'une force invisible, sans commencement ni fin, une force éternelle, protégeant son être, le tiendrait à jamais à l'abri des passions et des haines qu'il n'avait pas manqué de susciter en tuant le veau d'or d'une civilisation décadente, l'argent veule et roi, aveugle et injuste, l'argent meurtrier qu'il avait fallu éliminer pour espérer vivre.

Depuis décembre, les compagnons de Libertador connaissaient la consigne. Une fois le plan exécuté dans ses ultimes développements, tous devaient partir pour Boston et rejoindre la suite de John Lee Seligman à l'Elyseum Palace. Là, ils attendraient Jack Tobbie. Seul l'agent de la CIA avait accompagné Vargas au lac Powell. Il saurait donc mener les hommes du nouveau roi du monde à l'endroit précis où se reconstituerait le premier cercle, né dans le malheur et l'espérance d'une nuit amazonienne. En attendant leur venue, Diego Vargas avait installé, devant sa maison indienne, un système assez rudimentaire mais très efficace de caméra fixe reliée par satellite au reste du monde. Il avait placé dans le champ de la caméra sept fauteuils de palissandre sur lesquels tous prendraient place. Leurs sièges espacés l'un de l'autre d'à peine cinquante centimètres formaient une ronde. Le fauteuil de Libertador était le plus proche de l'œil de la caméra.

Lorsque le cheval de Jack Tobbie dévala la pente en direction du lac Powell, il restait trente-cinq minutes avant le commencement de l'émission attendue. À Pékin — et même dans le palais des Ming —, à Washington, à Paris, à Tokyo, à Johannesburg, à Santorin, partout où la télévision poussait ses antennes, c'est-à-dire sur l'immense étendue des continents habités, petits et grands de ce monde, riches et déshérités, Blancs, Jaunes et Noirs, jeunes et vieux, hommes et femmes, tout ce que la terre

457

comptait de ressortissants avait trouvé place pour un événement unique, qui allait marquer les esprits, plus encore qu'une finale de Mundial ou qu'une guerre en direct.

Il fut midi. Un homme en veste noire de coton léger, aux yeux d'une terrible intensité dans un visage résolu marqué pourtant d'une extrême douceur, un homme se mit à parler. Rares furent ceux qui reconnurent les mots qu'il employait. Diego Vargas avait choisi de s'exprimer dans la langue indienne de ses ancêtres. Il pensait ainsi faire mieux partager les métaphores que les hommes s'inventent pour se trouver un lien avec les éléments qui les entourent — la terre et le feu, l'eau et l'air. Pour être compris de tous, Diego Vargas avait passé des journées entières de décembre à enregistrer son intervention dans les langues véhiculaires les plus répandues à travers le monde, ne se contentant pas du simple « bonjour et bonne année » proclamé *urbi et orbi* par le pape, de son balcon du Vatican. Il se garda bien de la moindre bénédiction, même si la presse internationale, cherchant à percer sa personnalité, parlait de messie, de gourou, de chef de secte ou de millénariste illuminé. Les médias rectifièrent rapidement le tir : ils avaient d'abord affaire à un homme, tout simplement, un homme habité par la passion du juste et du vrai, épris de valeurs transcendant la plus misérable des conditions humaines.

— Je vous déclare la paix, commença Libertador.

Le monde entier avait fait silence. L'écho de sa voix traversa les ondes, et peut-être que, même sans les moyens modernes de télécommunication, sa force de conviction, alliée au recueillement soudain des populations, aurait suffi à porter ses paroles dans les plus lointaines contrées.

— Je suis un homme de bonne volonté. Ceux qui m'entourent et dont vous découvrez maintenant les visages — la caméra opérait un lent panoramique allant de Cheng, à l'extrême gauche, à Lancelot Palacy, tout à droite — sont les compagnons d'une lutte généreuse et fraternelle que j'ai menée pour notre délivrance et notre salut à tous. Nous étions sept, unis par le malheur d'avoir côtoyé la violence, l'injustice, le crime et la corruption, sans avoir jamais la force de les dominer. Nous avions des armes, nous vivions cachés dans la plus vaste forêt du monde, mise en coupe réglée par des généraux, des trafiquants, des politiciens et des capitalistes bornés, qui s'en prennent à la terre et aux arbres comme on viole et s'approprie des êtres asservis. J'ai compris que dans les veines du monde circulait un sang pourri, responsable des vices des puissants et des maux d'une écrasante majorité de nos populations vivant dans un état de pauvreté indigne de nos sociétés civilisées. Mes amis et moi étions lucides. La lucidité est une terrible impuissance, car on sait et on ne peut rien. Seul, je n'étais que moi-même, un Indien savant, éduqué aux meilleures sources du savoir, et désespéré que l'étendue de mes connaissances bute sans cesse contre l'égoïsme du monde.

« Avec mes amis qui sont ici, avec Cheng mon maître chinois qui affronta un jour les chars de la place Tien an Men ; avec Mourad qui brisa les liens de sang qui l'unissaient à son grand-père Saddam Hussein ; avec Lancelot Palacy qui rêvait d'inviter l'Afrique au banquet de l'universel ; avec Barco Herrera, grâce à qui le Brésil a gagné un pouvoir intègre et à visage humain ; avec Hugues de Janvry qui s'est attaqué au mur de l'argent de son berceau français ; avec Natig Aliev qui craignait les communistes autant que les capitalistes, nous avons formé une alliance. Un cercle sacré. Le premier cercle. Rien ne pouvait rapprocher un Indien d'un Noir de Soweto, un Brésilien blond d'un Irakien à la mine sombre, un Indien comme moi, fils du soleil, d'un enfant des neiges et des glaces comme mon frère d'épreuves Natig. Mais nous avons rêvé ensemble en unissant nos mains. Quand plusieurs hommes font le même rêve, on ne peut plus parler d'utopie : c'est le commencement de la réalité. Nous avons voulu la naissance d'un monde neuf, délivré de ses chimères matérielles, de la soif de puissance des uns, de la voracité financière des autres, de la technocratie liée au pouvoir de l'argent, des instincts mortifères qui feraient revenir l'humanité à l'âge des cavernes et des gourdins, si la vanité continuait encore de mener la danse.

« Nous allons bâtir la société pacifique, fraternelle et créatrice de demain, sans oublier jamais que la terre qui nous accueille nous ne la tenons pas de nos parents, nous l'empruntons plutôt à nos enfants. On nous donne la vie mais, à la fin, il faut la rendre. Plus belle que nous l'avons trouvée.

« Nous allons créer les conditions d'un monde meilleur. Sans rente de situation, ni coalition d'intérêts, ni forteresse de l'immobilisme. Nous sommes sur le point de l'atteindre. Nous allons aider l'humanité à emprunter la seule voie possible, la voie de la sagesse et de la maturité. Ni marxisme autoritaire, ni libéralisme aveugle. Donner le champ libre à l'énergie, à la capacité créatrice des hommes; supprimer la chape de plomb de l'establishment; détruire la machine à tuer l'espoir; attendre des gouvernements une seule chose — qu'ils laissent travailler les hommes d'idées; arrêter d'habiller les choses simples avec des mots compliqués; cesser de frapper le travail en ménageant le capital non créatif; rendre le pouvoir aux idées : voilà notre Révolution, celle du bon sens et de la liberté. Du communisme, elle gardera un certain sens de la solidarité, et du socialisme celui du partage. Du libéralisme la liberté, mais attention, la liberté des individus, pas celle des groupes, des castes ou des braqueurs de la finance.

« Avant nous, un homme se croyait libre et pourtant ne pouvait atteindre les frontières de son rêve légitime à cause de l'intervention d'un État technocratique allié à un capitalisme archaïque protégé par des régulations faites pour lui. Cet homme-là vivait dans une ère de barbarie. Nous l'avons libéré.

« Mes amis, nous qui avons connu une autre Amérique, celle de l'esprit d'entreprise, de la liberté de créer et de poursuivre un idéal, nous allons lui rendre ce visage de nation humaniste et l'étendre au monde entier. Vous le savez aussi bien que moi, il existe une Amérique que nous n'avons pas aimée, celle du racisme et de l'intolérance, de la chaise électrique et des armes à feu, celle du profit sans autre but, celle qui pousse aux crimes et aux guerres, à l'expansionnisme belliqueux. Qu'est devenu le pays d'Hemingway, de Dos Passos et des comédies musicales ? Le pays où un jeune homme fauché pouvait devenir un héros national par la seule magie de son génie, par l'exploitation d'une idée ? Revenons à l'esprit de la révolution américaine, inventons des lois pour protéger les faibles et non les conglomérats multinationaux qui se jouent des réglementations contraignantes, tant ils sont habiles pour les contourner. C'est en rendant au monde sa capacité de créer, de se réinventer, que nous aurons accompli et justifié notre mission. La justice et les juges doivent, partout dans le monde, favoriser la liberté par rapport à la détention abusive, la réinsertion des hommes plutôt que la répression. La présomption d'innocence doit être un droit sacré de l'humanité. »

Le monologue de Vargas multipliait les références à sa propre culture. L'allusion à l'élan, *nehoka*, et au clown sacré, *keyoka*, êtres visionnaires capables de raconter l'avenir aux peuples adultes, revint souvent, de même que le salut à l'étoile du matin, *anpo wicahpi*, qu'il adressa au début et à la fin de son propos pour mieux marquer l'avènement d'un jour tout neuf, un jour sans hier.

Au moment de poser les nouveaux principes qui allaient gouverner la destinée des hommes sur cette terre, Libertador était seul dans le champ resserré de la caméra. Il marqua un silence, regarda les milliards d'humains dans les yeux et délivra son message tout à la fois confidentiel et universel, dénué du moindre commentaire afin d'accroître la solennité des engagements. Le silence était absolu.

« Détruisons les armements nucléaires et conventionnels, prononça-t-il d'une voix nette et parfaitement timbrée, qui traversa des milliards de cervelles, pendant que la traduction s'affichait simultanément au bas des écrans et qu'une voix off prenait le relais dans les grandes langues du globe.

« Créons une force internationale représentée par tous les pays de la terre à des fins de maintien de l'ordre et de secours aux populations sinistrées par les catastrophes naturelles. Instaurons un droit d'ingérence comme l'Otan l'a appliqué au Kosovo et l'Onu au Timor oriental.

« Faisons du racisme et du révisionnisme affichés un crime passible des tribunaux internationaux. Créons un gigantesque mémorial de l'humanité où seront inscrits l'Holocauste du peuple juif, les génocides du Rwanda, du Cambodge et tous les autres crimes contre l'Homme, pour que cela ne se reproduise plus. Je le financerai personnellement et, dès aujourd'hui, j'appelle tous les artistes — cinéastes, peintres, architectes, sculpteurs, écrivains... — à se joindre à ce projet, qui sera itinérant dans chaque capitale du monde et où toutes les disciplines seront présentes pour condamner l'horreur.

« Adoptons une monnaie unique mondiale afin de supprimer partout la spéculation contre les devises faibles, source de guerres commerciales et d'appauvrissement des nations défavorisées.

« Abolissons le travail forcé des hommes, femmes et enfants, que ni la concurrence internationale, ni la course à la compétitivité dans le processus de mondialisation ne peuvent justifier.

« Supprimons la prostitution adulte et enfantine.

« Octroyons, grâce à la suppression des dépenses d'armement et à la réduction du train de vie des États — ce privilège intolérable — un revenu décent à tous les habitants de la planète, leur permettant de jouir librement des fruits de la croissance, d'accéder au savoir, à la santé et à tous les moyens intellectuels et matériels susceptibles d'accompagner leur développement harmonieux.

« Reconnaissons les territoires ancestraux de toutes les minorités ethniques du monde, des aborigènes d'Australie aux peuples bantou, bafokeng d'Afrique du Sud et falasha d'Éthiopie. Donnons aux Indiens d'Amérique du Nord et du Sud un droit sacré sur les territoires originels de leurs peuples, des plaines du Montana et du Dakota aux territoires forestiers de la grande silve amazonienne.

« Abandonnons la science sans conscience dans les domaines du génie génétique, afin que l'homme demeure un être unique et qu'aucune copie à l'identique de sa destinée singulière ne soit possible. Que ce respect de l'intégrité des êtres vivants s'étende à la faune et à la flore, aux animaux domestiques et sauvages comme aux plantes cultivées par l'homme depuis des millénaires pour assurer sa survie sur la terre, selon le précepte des anciens Grecs ainsi formulé : que notre aliment soit notre médicament.

« Protégeons des espèces naturelles pour les intégrer à la nouvelle économie mondiale, où la beauté des paysages et des animaux sauvages sera source de revenus pour les États qui auront su les préserver. Que l'écologie devienne la grande affaire de demain en s'intégrant dans la nouvelle économie. Qu'être écologique et protecteur de l'environnement soit un argument publicitaire pour les industriels du nouveau monde. Que l'écologie soit source de profit par la richesse et le bien-être qu'elle procure, au lieu d'être un vœu pieux. »

Libertador ajouta une sorte de recommandation subsidiaire, hautement symbolique. Ce n'était pas, comme les autres, une condition indispensable à l'épanouissement de l'humanité, mais elle constituerait le signe extérieur et visible, dans les sociétés modernes attachées aux images, que les hommes sont en marche vers un chemin de lumière. Dans un silence complet, le jeune Indien livra ce dernier vœu, qui semblait lui tenir personnellement à cœur comme le règlement d'une dette et le respect d'une promesse : l'adoption du cercle comme symbole de l'Organisation des Nations unies, et l'ajout de ce cercle aux cinq anneaux multicolores de l'emblème olympique.

Quand il eut terminé, Libertador fixa encore quelques secondes l'objectif de la caméra et prononça ces mots : *mitakuye oyasin*, « tous les miens ». Il marquait ainsi le lien indélébile qui l'unissait à ses ancêtres. Leurs noms d'hommes ayant vécu apportaient tout leur poids à l'engagement de Vargas, survivant d'un peuple *wanagi*, un peuple fantôme.

Ensuite, il saisit une longue pipe de terre rouge, le calumet du vaillant Geronimo qu'il emplit avec soin de *kinnickinnick*, le tabac indien composé de minuscules morceaux d'écorce rouge de saule. Libertador s'était juré qu'un jour viendrait où, l'âme et le cœur apaisés, il allumerait le calumet du vieux chef et le passerait à ses frères les plus proches afin que sa fumée aux parfums de bois ancien et de pétales séchés vienne consacrer leur union. On vit ainsi un jeune Irakien, un Chinois, un Noir sud-africain, un Européen, un Brésilien blond et un Azeri de Bakou aspirer dans la relique et souffler des volutes qui montèrent par petits disques légers et fragiles dans l'air pur du lac Powell, toujours plus fins, toujours plus larges. Quand le calumet fut revenu entre les mains de Libertador, il prit une dernière bouffée avant de le tendre à l'humanité suspendue à ses lèvres.

Soudain l'image se brouilla et un vide emplit, durant quelques secondes, les écrans. C'était comme si tout d'un coup le soleil s'était caché, laissant les hommes transis de froid, frissonnants et perdus. Peu à peu, relayant cette voix et ce visage, subitement disparus comme ils étaient venus, tous les *networks* du monde reprirent l'initiative. Dirigeants politiques et princes de la finance apparurent sur les écrans. Ils se mirent à commenter le chemin de liberté ouvert par Vargas. On salua le début d'une ère nouvelle, on évalua la faisabilité de telle ou telle condition, avec ce sentiment diffus mais puissant que rien ne serait plus jamais comme avant.

Très vite, des communiqués parvinrent des grandes capitales du monde. Les chefs d'État, rentrés précipitamment de leurs villégiatures, décidèrent en toute hâte de se réunir dès les premiers jours de janvier pour concocter un plan de sauvetage mondial. Libertador avait clairement expliqué dans son exposé initial qu'il avait constitué une réserve financière considérable qu'il mettrait à la disposition de la communauté internationale, dès qu'elle aurait enfin compris qu'elle doit s'occuper de l'essentiel : le sort des êtres vivants sur cette planète, en renonçant une bonne fois à l'esprit de lucre, de domination et de vengeance qui porte en lui les germes de la guerre et de la misère, comme la nuée est grosse de l'orage.

Philosophes, théologiens et économistes furent invités à unir leurs pensées plutôt qu'à se retrancher jalousement dans leurs babils de spécialistes abscons. On appela à la rescousse des poètes et des écrivains, des zoologues, des médecins sans frontières, des ingénieurs sociaux. Le monde se déclara en état d'urgence. L'heure n'était plus à l'individualisme, mais au partage des avoirs et des compétences pour tâcher de reconstruire les sociétés modernes, non à l'identique mais selon des plans neufs où serait interdite toute exclusion. Cet incroyable effort de l'humanité sur elle-même était le prix à payer pour que souffle enfin sur la terre un véritable renouveau, que Libertador appelait *maka*.

Ce grand chambardement ne s'arrêta pas là. On disserta longuement sur la symbolique du cercle qui unit, entoure et protège l'humanité comme l'atmosphère et la couche d'ozone unissent, entourent et protègent le globe. En prononçant la troisième condition, une seule monnaie pour un seul monde, Libertador avait brandi une toute petite pièce brillante et ronde, sans que la caméra s'approche assez près pour que les téléspectateurs, si nombreux pourtant, puissent l'identifier. Il s'agissait d'une piécette de *dos pesos* que Libertador avait reçue de Yoni quelques secondes avant sa mort. Elle n'avait pas eu la force de parler mais, des yeux, elle avait désigné cette pièce transformée en médaille, accrochée à son cou. Vargas avait ôté la chaînette et découvert le petit trou au milieu de la pièce. Il avait compris que dans chaque cercle existe un autre cercle, plus petit, garant de la réalité du premier. Libertador avait eu la vision de l'homme au centre de la terre, protégé par elle à condition de la protéger. Son intervention achevée, il avait repassé la chaînette dans l'orifice étroit de la pièce avec le sentiment qu'il venait de boucler une boucle intime qui l'unissait à Yoni et, à travers elle, au monde entier.

57

Au lendemain de l'intervention historique de Libertador, ses hommes reprirent chacun la route pour retourner là où leur propre destinée les attendait.

— Maintenant, il appartient à chacun d'entre vous de rentrer dans son propre cercle et d'en occuper le centre, déclara Vargas à l'instant de la séparation.

Un à un il les étreignit, les remercia pour leur confiance illimitée.

— Nos faiblesses additionnées nous ont donné la force, ne l'oubliez jamais.

Tous devaient veiller à l'exécution du plan gigantesque de Libertador. Barco Herrera et Cheng étaient attendus à Washington au siège du FMI. Cheng était pressé : il savait que Mai Li l'attendait dans un hôtel de la 5e Avenue. La jeune épouse de Bob Moloch avait promis à son fiancé de Tien an Men une nuit d'amour, une nuit unique, avant que chacun ne reprenne sa route. Hugues de Janvry, lui, était attendu au ministère des Finances où il devait diriger l'équipe des conseillers du ministre. Lancelot Palacy devait regagner Jo'burg afin de créer un centre d'observation des droits des minorités en Afrique. À Bagdad, on espérait le retour triomphal de Mourad, qui était promis à brève échéance à un destin national, tandis que Natig envisageait de partir pour un tour du monde des capitales financières afin de mesurer les dégâts du krach et veiller à la reconstruction d'un nouveau système suivant les préceptes qu'avait édictés Libertador.

Vargas chargea Tobbie de reconduire ses compagnons jusqu'à Phantom Ranch où les attendaient leurs voitures. Quand ils furent loin, Libertador mesura combien, au bout du compte, il était un homme seul. Il marcha un long moment sur les rives du lac, observant le miroitement du soleil sur l'eau, son déclin doré puis rouge feu au travers de petits nuages de beau temps, déroulés comme des stores vénitiens. Il s'apprêtait à retourner sur ses pas, lorsque sur son téléphone portable s'alluma un voyant bleu. Son sang ne fit qu'un tour. Cette lueur indiquait le numéro spécialement dévolu au Children Hospital de Bogotá. Vargas avait demandé que le médecin chargé du sort d'Ernesto n'hésite pas à le composer à la moindre évolution de l'état de son fils, ou seulement pour donner quelques nouvelles, même mauvaises. Depuis plusieurs mois, le voyant bleu affichant ce numéro ne s'était plus allumé. Le souffle coupé, le sang cognant dans ses tempes, Libertador appuya sur le bouton « yes » de son portable, qu'il colla contre son oreille. Au bout de la ligne, c'était la voix d'une femme, l'infirmière qu'il avait rencontrée peu après l'admission d'Ernesto. Son visage changea d'expression. Un sourire se dessina sur sa bouche et ses yeux se mirent à rayonner.

— Je serai là demain matin, s'écria-t-il, mais ne lui dites rien. Je lui ferai la surprise.

Moins de douze heures plus tard, Diego Vargas se posait à Bogotá à bord d'un avion spécialement affrété pour lui. À Las Vegas, on n'avait rien su lui refuser quand il avait demandé qu'un hélicoptère vienne le chercher au lac Powell puis qu'un petit appareil soit prêt à partir pour la Colombie. Le pilote l'avait regardé comme une apparition et, à l'aube du lendemain, il s'était retrouvé dans la capitale colombienne, le cœur palpitant à l'idée que son fils avait prononcé son nom.

— Cela s'est passé hier après-midi, expliqua le

médecin traitant qui accueillit Libertador, avec maints égards, dans son bureau. Je suis entré dans la chambre d'Ernesto, un journal plié sous le bras. Je me suis approché de lui pour vérifier sa température. J'ai vu ses yeux fixés sur mon bras. Il regardait le journal. Votre visage et votre nom s'étalaient en première page. Il a tendu les mains. J'ai déplié la manchette pour que votre figure n'apparaisse pas déformée. Il s'est abîmé dans la contemplation de votre photo. Et tout à coup il a murmuré : papa, papa. On aurait dit qu'il vous parlait. Il riait, comme il riait! Puis sans transition il s'est mis à pleurer. Nous lui avons administré des calmants. C'est là que j'ai demandé à Mlle Jones de vous alerter.

— Vous avez bien fait, docteur, remercia Libertador. Maintenant, je peux le voir ?

— Je crois même que vous pourrez l'emmener.

— Mais comment expliquez-vous qu'il m'ait reconnu sur un journal et pas dans la réalité ? N'est-ce pas ce qui va se reproduire une nouvelle fois ?

— Je ne crois pas, répondit le médecin, sûr de lui. Certains chocs cérébraux provoquent chez le patient une amnésie des visages mobiles. Ils ne reconnaissent un proche que sur un portrait figé. C'était le cas d'Ernesto. Mais maintenant qu'il a reconnu vos traits sur un cliché et qu'il a spontanément prononcé « papa », il saura faire le lien entre votre image et vous, face à lui. Surtout, ne lui parlez pas tout de suite. Laissez-le d'abord vous voir et vous reconnaître. N'ayez crainte, il sait qui vous êtes, maintenant.

Malgré les propos apaisants du docteur, Libertador était plein d'appréhension quand il fit jouer la poignée de la porte d'Ernesto. Il entra doucement, resta un instant immobile dans l'embrasure, puis, prenant son courage à deux mains, marcha en direction du lit. Le petit garçon s'était redressé. Il ne portait plus aucun bandage autour du crâne, et ses cheveux avaient poussé. Libertador se sentit soulagé de voir ce petit visage qui ne le quittait pas des yeux et commençait à sourire d'un air mi-rêveur, mi-intrigué. L'homme s'assit sur une chaise au chevet de l'enfant et, respectant les consignes du médecin, garda le silence. Ernesto se taisait lui aussi. Mais bientôt il tendit les bras vers ce père qui lui revenait. Il voulut toucher les joues de Vargas, les caressa lentement. Puis il se blottit contre lui et, d'une petite voix étouffée, murmura :

— Papa, tu m'as manqué.

Vargas, incapable de retenir ses larmes, serra à son tour son petit homme en pyjama, si fort que l'enfant se plaignit de ne plus pouvoir respirer. Ils ne furent pas longs à rassembler les quelques affaires d'Ernesto. Diego l'aida à s'habiller, le chaussa, écouta les ultimes recommandations de Mlle Jones qui voyait partir son jeune pensionnaire avec une joie mêlée de regret, tant ce garçon silencieux avait su se rendre attachant par ses seuls regards.

Les moteurs de l'avion étaient déjà chauds quand ils arrivèrent à l'aéroport de Bogotá. Les hélices de l'hélicoptère tournaient déjà quand ils se posèrent à Las Vegas.

Ernesto n'avait pas parlé de Yoni. Il savait.

À minuit, Libertador et son fils étaient sur les bords du lac Powell. Ils s'endormirent aussitôt sans prendre la peine de fermer les volets, l'enfant blotti contre son père.

Le lendemain matin, ils furent réveillés par les premières lueurs de l'aube. Une poudre dorée tombée du soleil naissant saupoudrait l'immense étendue turquoise. Vargas prépara du café noir et du chocolat au lait. Ernesto aimait toujours autant le cacao en poudre. Le garçon jeta des morceaux de sucre dans son bol et, quand il eut fini de boire, une petite moustache brune et moussue soulignait le dessus de sa lèvre supérieure. Libertador vit dans les yeux de son fils son propre reflet. Une fois de plus, il fut frappé par son expression farouche et décidée, si semblable à celle de Yoni. Il s'approcha de l'enfant, scruta ses pupilles couleur noisette. Il songea qu'à travers l'intensité de leurs regards, ils venaient à l'instant de reconstituer le premier des cercles, celui du père et de la mère quand ils donnent naissance à l'avenir en créant un enfant.

Libertador écoutait un flash d'informations sur une radio américaine. Les Nations unies venaient précisément d'adopter le cercle comme emblème de reconnaissance. À Washington, la Federal Reserve avait officiellement renoncé au dollar comme instrument régalien du capitalisme mondial. Les grands argentiers de la planète étaient convenus de se réunir pour discuter d'une nouvelle donne économique et monétaire.

Mais il n'était plus question cette fois de fastes somptuaires à l'hôtel Plaza de New York ou au château de Versailles, où s'étaient tenus tant de sommets entre riches. C'est à Bobo-Dioulasso, petite bourgade du Burkina-Faso, que les décideurs avaient choisi de se retrouver, conscients de la nécessité d'adapter leurs politiques aux préoccupations des plus humbles de la terre.

Libertador tourna le bouton de la radio.

— Suis-moi, fit-il à Ernesto.

Ils sortirent de la maison et longèrent la rive du lac Powell en empruntant un chemin de roches feuilletées, dont la lumière du jour exaltait les tons pastel. Le sol était éclaboussé de milliers de petits cristaux, brillant dans le soleil neuf de ce monde immaculé qui s'ouvrait devant eux. Ils contemplèrent en silence ce paysage féerique et calme, l'eau couleur saphir, les cheminées de pierre érigées vers le ciel. Vargas éprouvait chaque fois la même émotion lorsqu'il se tenait ainsi devant le lit du Colorado. C'est dans ce fleuve impétueux que les premiers conquistadors avaient trempé leurs armures. Et lorsque, étranglé par les canyons, il se métamorphosait en rapides meurtriers, jetant les embarcations contre les parois de pierre, lorsque ses colères le gonflaient en crues indomptables, le jeune homme y voyait l'expression d'une farouche liberté. Jusqu'aux années 60, les habitants de la région étaient coutumiers de ces sautes d'humeur du fleuve rouge dans sa gangue désertique.

Le lac Powell ressemblait à un décor grandiose et austère de commencement du monde, comme si Dieu avait voulu ce coin de terre et d'eau à l'image du paradis, un havre de paix, une œuvre d'art à contempler. Pourtant les hommes avaient construit de gigantesques barrages, emprisonnant le Colorado dans le dédale des canyons et de dix millions de tonnes de béton immergées. Les Indiens qui peuplaient encore les lieux avaient crié au viol de leur territoire. Mais, comme par enchantement, la masse d'eau, qui avait recouvert et dompté le fleuve rouge, avait donné naissance à un nouveau paysage tranquille et pacifié, ramenant les angles vifs de la pierre à des courbes lisses et clémentes.

Vargas se souvenait de ce que lui disait, dans son enfance, le frère de sa mère : pour les Blancs, tous les rochers que tu vois se ressemblent. Mais, pour nous autres Indiens, chacun a un nom et une signification, ils sont sacrés. Et l'oncle avait entrepris de nommer un à un ces lieux de culte, les égrenant comme les pierres d'ambre d'un chapelet. Ensemble, au bord du lac, ils avaient connu l'aube tendre, la brillance de la pluie sur les rochers nus, les nuages pourpres du crépuscule. Diego avait inscrit à jamais dans sa mémoire la présence des mondes engloutis sous cette eau endormie. Il avait aussi appris à aimer ce nouveau monde en le découvrant au rythme régulier des coups de rame. Un jour qu'il avait vu à la télévision les rugissements du Niagara, les rochers entrechoqués sous la violence des flots emportant sans discernement les arbres et les vies humaines prisonnières d'embarcations trop légères, il s'était dit que la sagesse avait sûrement présidé au choix de dompter le Colorado sous le lac Powell.

Il y a un temps pour chaque chose, un temps pour la guerre, un autre pour la paix ; un temps pour mourir, un autre pour renaître. Alors que le monde pansait les plaies ouvertes par les égoïsmes, le calme insouciant du lac annonçait le frémissement d'une vie à recommencer sous le signe de l'harmonie et de la concorde entre les hommes de bonne volonté.

Ernesto ne disait rien, étourdi par le spectacle de la nature en majesté. Libertador prit son fils par la main et lui montra au loin, très loin, le trait d'union du ciel et de la terre.

— Regarde. L'horizon n'est jamais une ligne droite. C'est une courbe régulière et parfaite. Il nous apprend que, quel que soit le lieu de la terre où nous nous trouvons, nous en occupons le centre.

Diego Vargas était torse nu dans la fraîcheur du matin. Il tenait son fils par l'épaule et tous deux marchèrent en direction du lac. Vargas ne pouvait s'empêcher de serrer Ernesto contre lui, de caresser ses joues, ses bras, son dos, trop heureux de sentir la chair de sa chair, le seul trésor de sa vie qui lui avait été rendu comme par miracle. Tant de fois dans ses mauvais rêves il avait vu ce petit visage inanimé ou, ce qui lui semblait encore pire, indifférent, comme devenu étranger au monde. Ernesto sourit à son père et se colla encore plus près.

— Moi aussi je suis un Indien ! s'écria-t-il en enlevant sa chemisette.

Sur la rive, une pirogue au nez pointu attendait. Vargas aida son fils à monter puis détacha l'amarre.

— Où allons-nous ? demanda Ernesto.

— Je vais te montrer une merveille du monde, répondit son père.

Une heure durant, il rama doucement sur le fil sinueux du fleuve. La pirogue s'engagea dans un défilé étroit de roche nue et orangée que la lumière du soleil levant changeait peu à peu en féerie rose, puis rouge, violette ou incarnate. Parfois, le cours d'eau s'élargissait en une vaste baie. Parfois au contraire, se profilait une passe resserrée au point que les rebords de la pirogue manquaient de se frotter à l'à-pic de quatre-vingts mètres des canyons dégringolant dans le cordon bleu du lac. Ernesto retenait sa respiration, la nuque cassée en arrière pour admirer cette nature colossale qui semblait vouloir en découdre avec le ciel. Ils débouchèrent sur une plage de sable fin dans Indian Creek.

Diego Vargas consulta sa montre. Il songea que le jour était peut-être venu. Dans un petit ranch au bord de l'eau, ils prirent deux chevaux indiens et trottèrent en direction de Monument Valley, dans un décor de précipices et de gigantisme minéral évoquant les commencements de l'univers. Quand ils passèrent devant les baraquements du Goulding Trading Lodge, son restaurant et son dispensaire pour les Indiens, Libertador eut une pensée pour ce bon vieil Harry Goulding qui avait jadis amené John Ford sur ces terres magiques et arides. En implantant le cinéma ici, il savait sauvé bien des indigènes promis à une mort certaine, tant l'endroit était inhospitalier, loin de la civilisation du progrès, là où l'on peut manger à sa faim et se soigner.

— C'est encore loin, où on va ? demanda Ernesto.

— Non mon grand, nous arrivons.

En effet, ils y étaient. Ernesto ne put retenir un oh ! de surprise.

— Comme c'est beau ! s'exclama-t-il. On dirait un coquillage géant.

Un dôme superbe de grès rouge se dressait devant eux, modelé en formes rondes et avenantes, percé en son sommet par un orifice où se découpait une tache de ciel bleu. Ils attachèrent leurs chevaux au seul arbre alentour, un arbre sacré au tronc noueux et tourmenté, un vieil arbre, assurément.

— C'est mon rocher préféré, fit Vargas quand ils eurent mis pied à terre. On l'appelle l'Oreille du vent. Maintenant, écoute.

Ils laissèrent s'installer le silence. Aussitôt monta un murmure, harmonieux et puissant comme un chœur d'opéra. Une brise légère s'était prise dans l'anneau de roche et soufflait un air qui semblait venu du plus profond des âges. Ernesto écoutait, émerveillé. Au milieu de cette mélodie, Libertador crut entendre une voix humaine, celle du vieux sage Little Wolf. « Le jour où le soleil percera l'Oreille du vent, disait-il, un nouveau monde naîtra de la clarté céleste. » Au même instant, un rayon de lumière traversa la trouée rocheuse et vint former un cercle incandescent devant l'arbre sacré, aux pieds de Vargas et d'Ernesto. Libertador se tourna vers son fils et le dévisagea gravement.

— Nous sommes enfin dans le cercle sacré, mon fils, nous assistons à la naissance d'un nouveau monde, et ce monde t'appartient.

Ils restèrent encore un long moment à contempler l'Oreille du vent, à écouter le chant du premier jour.

Du même auteur :

MONEY (Denoël, 1980).
CASH (Denoël, 1981), Prix du Livre de l'été 1981.
FORTUNE (Denoël, 1982).
LE ROI VERT (Édition° 1/Stock, 1983).
POPOV (Édition° 1/Olivier Orban, 1984).
CIMBALLI, DUEL À DALLAS (Édition° 1, 1985).
HANNAH (Édition° 1/Stock, 1985).
L'IMPÉRATRICE (Édition° 1/Stock, 1986).
LA FEMME PRESSÉE (Édition° 1/Stock, 1987).
KATE (Édition° 1/Stock, 1988).
LES ROUTES DE PÉKIN (Édition° 1/Stock, 1989).
CARTEL (Édition° 1/Stock, 1990).
TANTZOR (Édition° 1/Stock, 1991).
LES RICHES (Olivier Orban, 1991).
BERLIN (Édition° 1, 1992).
L'ENFANT DES SEPT MERS (Stock, 1993).
SOLEILS ROUGES (Stock, 1994).
LE RÉGIME SULITZER (Michel Lafon, 1994).
LAISSEZ-NOUS RÉUSSIR ! (Stock/Michel Lafon, 1994).
TÊTE DE DIABLE (Stock, 1995).
LES MAÎTRES DE LA VIE (Stock, 1995).

LE COMPLOT DES ANGES (Stock, 1996).
SUCCÈS DE FEMMES (Plon, 1996).
LE MERCENAIRE DU DIABLE (Stock, 1997).
LA CONFESSION DE DINA WINTER (Stock, 1997).
LA FEMME D'AFFAIRES (Stock, 1998).

Composition réalisée par EURONUMÉRIQUE

Achevé d'imprimer en Europe (Allemagne)
par Elsnerdruck à Berlin
Dépôt légal Édit. 7997-01/01
LIBRAIRIE GÉNÉRALE FRANÇAISE - 43, quai de Grenelle - 75015 Paris
ISBN : 2-253-14980-2